本书为上海高校一流学科（B类）建设计划规划项目

上海市教委比较文学与世界文学创新团队

上海师范大学国家重点学科比较文学与世界文学研究中心资助

# 当代美国小说研究

黄铁池 著

夏志清 题

上海三联书店

**CONTENTS** | 目

录

# 序

改革开放以后,自《美国文学简史》(1986)出版以来,我国学者相继有不少关于美国文学的史作问世。属通史类的有常耀信先生的《美国文学史》(上),杨仁敬先生的《20世纪美国文学史》;以某种体裁作史的,有毛信德先生的《美国小说史纲》和张子清先生的《20世纪美国诗歌发展史》。这些著作都为评介美国文学及其发展作出了学术贡献。黄铁池先生这部《当代美国小说研究》是专门探索第二次世界大战之后的美国小说创作的,是填补我国美国文学研究空白的一部专著。

浏览了这部著作,给我印象较深的有三个方面。

首先,如何概括当代美国小说的特点和走向?听到过两种说法:一种突出现代主义、后现代主义,或者"实验性创作";另一种强调现实主义或者"现实主义的回归"。当然,这两种作品都存在而且为数不少,但一定要说死哪种是主导,似乎没有多大把握。我倾向于黄铁池先生在本书"绪论"里提出的"多元化",如果说现实主义的小说数量占多数,那也是当代的现实主义,含有"多样性和驳杂性"。

与二战前的美国小说创作相比,战后的小说很难用什么什么一代来概括一个"十年"。比方说,用"迷惘的一代"来统领20年代的小说导向,或者用"粉红色的30年代"这类说法来概括经济危机时期的美国文学。举个例子说,本书重点分析了60年代七部小说:《兔子,跑吧》、《卢布林的魔术师》、《第二十二条军规》、《愚人船》、《挑绷子》、《他们》和《波特诺的主诉》等。怎么概括它们的共同点或者相似点呢?很难。从内容讲,有写当代美国的,也有写30年代的;同样写犹太人的,有的写世纪初东欧犹太人群体,也有的写犹太移民与美国社会生活关系的。写法上有写实的,也有超现实的,荒诞色彩浓厚。如果我们再扩大点，把拉美裔和亚裔作家的作品也包括在内，那更是多样得无法收拾了。正如作者在"绪论"里所说，除了从欧洲移植到美国来的各种文学流派之外，"美国本土的超验主义、黑色幽默、新新闻体、非小说等等也新旧并存，争奇斗艳。这种现象就如美国社会本身的构成一样，处处显示了其兼容并蓄的宏大气魄"。

再一点给我印象深的，是作者对重点作品的选择和分析。本书一共分析了 21 部有代表性的小说。这代表性不仅是指作家的代表作，有的还代表一个流派，有的反映一个社会侧面甚至时代潮流。作者根据作品的不同类型，或先介绍故事情节，或先分析人物，不论从哪个角度切入，主要的篇幅用来评析作品的思想社会意义和艺术特色。这些分析是详尽的、中肯的，常常有作者自己的语言和见解。例如，他认为：梅勒的《裸者与死者》虽然写的是二战，但作为反战小说，就其荒谬成分而言，"与约瑟夫·海勒的《第二十二条军规》似更为接近，二者有异曲同工之妙"；塞林格的《麦田里的守望者》主人公的所作所为，"也和鲁迅笔下的'狂人'一样，要'救救孩子'"；马拉默德的创作是"以小人物写大主题"，而《第二十二条军规》中的主人公"实质上是一位颠倒了的英雄"等等。

对于这些作品的艺术特色，也有作者自己的思路和见解，例如，他认为：埃利森的作品很重视感性色彩，能"娴熟地运用视觉上的象征意象诸如光、色、感觉、视觉、顿悟等等来渲染形象"；马拉默德的对话像海明威的对话一样简洁，不同的是海明威"蕴含了刚健的美"，"马拉默德的语言明快中又显出了柔和而有韧性"；凯鲁亚克的《在路上》一泻千里，"就像中国大写意的画家、落笔纸上，顷刻间千山万水满园锦绣尽显眼前"等等。这样中肯的评析都是作者自己独立思考、分析比较的结果。

我感觉尤其可贵的是作者能根据自己判断指出一些美国小说的不足。作者认为，美国 19 世纪的超验主义小说"常常有说教之嫌"；那些重点分析的作品也不是十全十美，例如，凯鲁亚克的人物"缺乏立体感"，"黑色幽默"的经典之作《第二十二条军规》在"结构方面显得紊乱""令读者难以把握故事情节的进展和人物性格的内在逻辑"，这"多少影响到读者的思路，增添一些阅读上无谓的负担"。

能够在艺术层面上分辨出一部外国文学作品的长处和不足，是我国文学评论水平提高和成熟的标志。任何民族的文学都有它的长处和短处，具体到每一个作家，更有其社会地位、艺术修养和表现手段上的优劣，我们应该用自己的眼光去审视。中国人有中国人的审美趣味和阅读习惯,说好说坏,完全可以有我们自己的标准,不必跟着外国评论家的屁股后面走,这样才能评出中国的特色来。

在这部分里,作者对重点作品的选择是不是每一部都与一些专家们的看法一致,不太好说。譬如,对贝娄来说,能代表他对人类社会关切的是《抓住时机》,还是《赫索格》? 约翰·契弗写得最精彩的是他的短篇小说还是长篇小说? 可以有不同的看法。这是一个见仁见智的问题,可以讨论但毋须统一。

第三个方面是写史的体例。通常的做法是把二次大战以后的美国小说分成数类,如"南方小说""后现代派小说""犹太小说""黑人小说"等等。这种归类法实在令文学史家和作家双方都感到头疼。文学史家为教学或评述的方便,免不了对作家作品进行盘点疏理,分类归纳,而作家,尤其是大作家,几乎个个认为自己是一面多棱镜,艺术上有多方面的开拓,岂能容你用一个标签把他们钉死? 其实,文学史家何尝不知分类法的弊病? 比方说,黑人女作家,是归入黑人小说,还是妇女文学? 又如,"南方小说",这是按地域来划分的类别,可是不少来自美国南方的小说家未必都具有福克纳式的怪诞特征。文学史家不会不明白,分类也是出于无奈。黄铁池先生的《当代美国小说研究》尝试了"以时间为序"的新办法来编织篇目,即以小说发表的年代为主轴,评析时结合时代特征和文学思潮,"试图串联与反映当代美国小说创作发展的概略与走向"。这样做的好处是避免贴标签,读起来有时序感,而且重点突出,清清楚楚,明明白白。

只是这样写法也有两个问题。一个是作者自己意识到了,有的作家创作生涯很长,早期与晚期倾向不同,只选一部难免忽略其他方面。再一个问题是,任何一部有影响的小说与前后左右、纵向横向的文学现象都有着千丝万缕的关系,如果统统都说,面面俱到,那就谈不胜谈,难免与另一部小说里的同一个问题重复;如果哪一个方面分析得不到位,或省略过多,也会显得孤立"离群"。

一句话,不论哪种体例,都有利有弊。不过,本书作者试图走新路,这总比走老路好,尝试、创新总比墨守成规好。既然都有利有弊,那么,各种体例、各种写法并存,让它们去"竞争",去互补,是修史多样化的理想格局。

最后要说明一点,本书作者黄铁池先生一直执教于大学中文系,有着较深的中国文化的素养,尤其精于篆刻、书法和绘画,而且已自成一家。可贵的是,在专业分工细化的今天,他跨过太平洋,一步跨到美国当代小说领域里来,这实在不是一件容易的事情。今后,希望他能发挥中西文化比较研究的才能,不断关心美国文学,进一步探索和勾勒美国当代小说发展的轨迹。

董衡巽

2000 年 3 月于北京

# 绪　　论

## 第一节　美国文学的第三次高潮

空前惨烈的第二次世界大战使一度日臻绚烂的美国文学失去了它耀眼的光彩。当时不少文学评论家对战后美国文学大趋势的预测并不乐观。人们有充分的理由认为,第二次世界大战不仅使数千万生灵涂炭,它也是人类文化史上空前的灾难,势必给文学艺术带来巨大的负面影响甚至造成时代性的阻隔。

但是,战后美国文学发展的事实,多少令人们有惊愕之感。在新旧世纪之交的今天,我们回首当代美国文学发展的这段历史,看到的竟是一派繁花似锦、宏大壮丽的辉煌景象,其缤纷的色彩足以与以往任何美国文学的高峰期媲美,成为美国文学史上又一个奇峰突起的高潮。

美国文学的历史不长,但却出现过两次被美国人民引为自豪的黄金时代。第一次是以"新英格兰"作家爱默生(Ralph Waldo Emerson)、梭罗(Henry David Thoreau)、霍桑(Nathaniel Hawthorne)、朗费罗(Henry Wadsworth Longfellow)以及麦尔维尔(Herman Melville)、惠特曼(Walt Whitman)等人为主体,还包括了詹姆斯·拉塞尔·洛威尔(James Russell Lowell)、奥利佛·温德尔·霍姆斯(Oliver Wendell Holmes)等人。他们大都是美国超验主义(Transcendentalism)的奠基人或信奉者。由于这些文坛巨人的共同努力,终于使美国文学形成了它特有的民族风貌而跻身世界文坛。文学史上称之为"19世纪美国浪漫主义运动",也称为"美国的文艺复兴"。它巨大的意义在于真正地挣脱了欧洲文化对美国文学的束缚而走向了本土文化的广阔前景,结束了以往人们习惯地把美国文学看成是英国文学的一脉支流的看法,令人信服地看到了这片新土地上文学艺术蓬勃发展的曙光。而这些作家也是首次在世界文坛上崭露头角。从此以后,美国文学开始在世界范围内展现出它放达与开放的景象,一些欧洲著名的作家如波特莱尔等人都承认曾受到"新英格兰"作家的影响,朗费罗的《生命颂》(*A Psalm of Life*)几乎传遍了欧洲各地,一个在克里米亚作战的英国士兵在塞瓦斯托波尔临死之前还在背诵《生命颂》中的句子。

作为这一派作家创作的主导思想,超验主义不仅仅是一种哲学思想或文艺思潮,它更重要地是作为一种人生的态度而越出了国界。要追溯它的起源,可能会涉及欧洲的浪漫主义、"新柏拉图主义",以及德国的理想主义,甚至还掺杂了一些"东方神秘主义"的东西。但它毕竟是产生于美国的第一个重要的文化思潮,它强调精神力量,认为"超越灵魂"是宇宙中至关重要的事情。同时,它又注重自我与个人,把它看成是社会中首要的因素。把自然万物视作神意的象征,因而神意无处不在。超验主义成了美国第一次文学上的黄金时代在思想上的有力支撑而一直影响后世。当然,从另一个角度看,该时期美国文学的一个弱点也与这种文化思潮密不可分,即过分地强调文以载道的作用,反映在小说方面,常常有说教之嫌。但总的说来,该时期的作家们代表了一种当时美国雄心勃勃的进取心。从此以后,那种在"别国高度文明的产物面前显出来的忐忑不安与惊愕之状正迅速地消退"。

第二次美国文学的黄金时期出现在两次世界大战之间,也即20世纪上半叶的大部分时间。美国文学,无论是小说、诗歌,还是戏剧等等发展至此,已经进入了成熟的阶段。西奥多·德莱塞(Theodore Dreiser)、埃兹拉·庞德(Ezra Pound)、沃利斯·斯蒂文斯(Wallace Stevens)、舍伍德·安德森(Sherwood Anderson)、辛克莱·刘易斯(Sinclair Lewis)、欧内斯特·海明威(Ernest Hemingway)、斯科特·菲茨杰拉德(F. Scott Fitzgerald)、约翰·多斯·帕索斯(John Dos Passos)、詹姆斯·托马斯·法雷尔(James T. Farrell)、约翰·斯坦贝克(John Steinbeck)、威廉·福克纳(William Faulkner)、托马斯·沃尔夫(Thomas Wolfe)以及艾略特(T. S. Eliot)、克林思·布鲁克斯(Cleanth Brooks)、尤金·奥尼尔(Eugene O'neill)、阿瑟·米勒(Arthur Miller)等一大批才华横溢的天才作家都以自己的力作为这场波澜迭出的文学浪潮增添了瑰丽的色彩。他们的创作,无论在主题意义上还是在艺术手法上都呈现了以往美国文学中难以达到的高度和勃勃生气。现实主义是该时期最突出的文学流派。美国小说中一些栩栩如生的典型人物出现在作家的笔下并展示了巨大的艺术感染力。辛克莱·刘易斯、尤金·奥尼尔和赛珍珠分别于 1930、1936 以及 1938 年为美国文坛赢得了最早的诺贝尔文学奖,标志着美国文学已经走到了世界文学的前列,也象征着美国文学走进了一条酣畅舒展的大道而进入空前发展的时期。那种曾经对美国文学嗤之以鼻,挖苦挪揄的言论,如锡德尼·史密斯(Sydney Smith)在《爱丁堡评论》(*The Edinburg Review*)中大声诘问"四海之内,有谁读美国书,看美国戏,欣赏美国的绘画雕塑"之类的话反成了他人的笑柄。

　　紧接着,第二次世界大战爆发,作为一个主要的参战国,美国无疑处在浓重的阴影笼罩之下。这场有史以来人类最血腥的相互残杀似乎一下子抹去了许多作家创作的灵感,刀光剑影中更需要的是勇气与行动。世界文坛,当然也包括美国文坛曾一度陷入混乱与沉寂之中。但是,出人意料的是,美国文学就如美国的经济一样,不但没有被战争的炮火摧毁,而且在战争的尘埃刚刚落定时,那种不可遏制的无限生机便破土而出。人们惊魂未定,却已惊异地发觉美国社会在物质与文化上都取得了新的历史性的发展。战争的痕迹被这种刺激所湮没,美国文学的又一个黄金时代接踵而至。

　　如果我们按照约定俗成的提法,把第二次世界大战结束(即 1945 年)以来一直延续至今的这一历史时期称之为当代的话,那么,当代美国文学,是继前两次文学高峰后的又一次高潮,而且它建立在一个更为泓阔深广的基础之上。这一点,已经为它的发展历史和大量杰出的作家以及他们优秀的作品所证实。

　　可以说,近半个世纪以来,美国文学,特别是作为它的主体的小说,呈现了前所未有的璀璨景象。这种繁荣,不仅表现在作家作品的巨大数量方面,而且特别体现在流派纷呈,风格迥异,思想活跃等总体水准方面。小说的思想深度有了重大的突破,从对个人灵魂的探索直到对人类大我的生存状况作深入的思考;从揭露官僚统治到反映社会民生细微的生活,作家敏锐的洞察力,新颖独特的视角,往往能启迪人思,发人深省,而艺术技巧上的圆熟以及形式上的不断更新,是当代美国小说走出陈旧的套路,别开生面的基础。

　　当代美国小说,从作品本身的层面看,尽管也有数以万计的平庸之作,有的甚至还充斥着无聊、浅薄或低级的内容,但是,我们称之为严肃的、真正的文学作品始终处于文坛的主体地位。这一点在很大程度上应归功于文学评论界和大批具有艺术品位的读者,一些主要的文学杂志如《日晷》(*The Dial*)、《党派评论》(*Partisan Review*)、《大西洋月刊》(*Atlantic Monthly*)、《纽约书评》

（*The New York Review of Books*）、《纽约客》（*The New Yorker*）、《周末评论》（*The Saturday Review*），以及像《诺顿美国文学选》（*The Norton Anthology of American Literature*）等书刊都起到了积极的作用。它们不仅使许多优秀的作家作品得以脱颖而出，而且一直在引导、提升读者的欣赏水平方面不遗余力。有了一大批精于鉴赏的读者，反过来又促使并激励了作家对社会对人生作严肃的思考，提高了创作的层次。因此，虽然美国的文化市场难免鱼龙混杂，但多数情况下却泾渭分明，那些低级趣味的东西很难混迹于文学的高雅殿堂，而真正的文学作品却能豁然而出，得以拓展这一片神圣的土地，再加上适度的文化氛围，于是，一个奇馨异彩的创作高潮汹涌而来。如此众多的杰作在一个短时期内的涌现，恐怕很难在世界文学的历史长河中找出同例。

　　从作家群体方面看，最引人注目的自然是惊人的数量。如果要我们列一张当代美国主要作家的名单，那将是一件困难的事。从早期的罗伯特·彭·华伦（Robert Penn Warren）、凯瑟琳·安·波特（Katherine Anne Porter）、海明威、斯坦贝克、兰斯顿·休斯（Langston Hughes）、理查德·赖特（Richard Wright）；中期的约翰·契弗（John Cheever）、欧文·肖（Irwin Shaw）、J. D. 塞林格（J. D. Salinger）、诺曼·梅勒（Norman Mailer）、威廉·斯泰隆（William Styron）、哈泼·李（Harper Lee）、索尔·贝娄（Saul Bellow）、伯纳德·马拉默德（Bernard Malamud）、艾萨克·巴什维斯·辛格（Isaac Bashevis Singer）、拉尔夫·埃利森（Ralph Ellison）、彼特·泰勒（Peter Taylor）、杜鲁门·卡波特（Truman Capote）、菲利普·罗斯（Philip Roth）、尤朵拉·韦尔蒂（Eudora Welty）、弗兰纳里·奥康纳（Flannery O'Connor）、约瑟夫·海勒（Joseph Heller）、杰克·凯鲁亚克（Jack Kerouac）、艾伦·金斯堡（Allen Ginsberg）、约翰·厄普代克（John Updike）、库特·冯纳古特（Jr. Kurt Vonnegut）、托马斯·品钦（Thomas Pynchon）、约翰·巴思（John Barth），乃至近期的西尔维娅·普拉斯（Sylvia Plath）、乔埃斯·卡罗尔·欧茨（Joyce Carol Oates）、罗伯特·斯通（Robert Stone）、艾丽丝·沃克（Alice Walker）、托妮·莫里森（Toni Morrison）、安·贝蒂（Ann Beattie）……佼佼者不下百人。在战后数十年中，美国作家获得诺贝尔文学奖的就有 7 人。这支浩浩荡荡的文学大军不仅数量上蔚为壮观，而且各具特质，不少人才气与灵气并存。索尔·贝娄的深沉，诺曼·梅勒的广博自不待言，就连那几位以一本小说而闻名的作家如塞林格、埃利森、海勒等人，也令读者为他们的才情所折服。近期来大批咄咄逼人的后起之秀更令人看到了美国文学灿烂的明天。

若从艺术流派和写作技巧的角度来审视当代美国小说，则犹如见到一只五光十色的万花筒，有目不暇接之感。美国作家素来厌恶雷同，崇尚创新以及张扬个性，使读者感受日新，即使是同一题材的创作也少有模仿的痕迹。我们常常会在同属一派的作家作品中找到截然不同的表达方式和相异的色彩。这正是当代美国文学一个显著的特点，也是美国社会纷繁复杂的背景和思想在文学中的反映。这种由多声部合力构建的声浪汇成了一股澎湃之势，充分地体现了多元文化给美国的文学艺术带来千变万化的生命力量。

于是，当代美国文学，特别是小说创作，爆发出了耀眼的熊熊烈焰。

# 第二节　战后美国社会背景及文化思潮对小说创作的影响

1945 年 8 月 6 日，广岛原子弹爆炸；8 月 15 日，日本宣布投降，标志着第二次世界大战的结束。但原子弹爆炸所带来的灾难性破坏，远远超过了一个大型城市被彻底摧毁，8 万人民丧生的惨剧。它同时还毁灭了人们的信仰与最后的精神支柱。热战刚过，冷战已经开始，世界各种政治力量的争斗与角逐一直没有真正地结束。这以后，一连串灾难性的动乱此起彼伏，人们仍然无法摆脱战争的阴影。1947 年的马歇尔计划和杜鲁门主义象征了美国正式步入冷战的时代，随之而来的是东西德之间的对抗，1949 年苏联原子弹爆炸以及西方人对氢弹的恐惧，朝鲜战争，古巴导弹危机，60 年代美国国内爆发的人权运动和民族运动，1963 年肯尼迪遇刺，五年后他的兄弟和马丁·路德金被害，卷入越战，城市贫民的暴力事件，凯州大学四名学生遭杀所引起的大学生暴力抗争以及后来的水门事件，尼克松被迫辞职，伊朗、黎巴嫩、伊拉克的新威胁等等，极大地影响了美国人民的生活。

冷战给美国国内带来的第一个后果是，以参议员麦卡锡为代表的“非美活动委员会”的右倾势力在 50 年代掀起了一股空前的反共高潮，这场类似丑剧的“忠诚调查”运动发展到了无法无天的地步，最后演变为一场政治大迫害。二三十年代曾经活跃一时的左派思潮遭到封杀，大批进步人士受到指控、审讯，有的甚至还被投入监狱，一时间真有黑云压城之势。文化知识界人士为全身远害，对政治三缄其口，人人自危。埃塞尔·罗森堡和米利叶斯·罗森堡夫妇的案件或许是该时期政治迫害最典型的例子。他们于1951年被判犯有在二战期间向苏联输送有关原子能秘密的罪行,最终于1953年7月19日被送上了电椅。这件事至今还对美国作家产生重要的影响,人们常常以此来印证卡夫卡式的梦魇。虽然文学远非生活本身,但一个国家社会历史中某个阶段或某些方面所显示其闹剧或悲剧的色彩无疑终究会影响到文艺的创作。大多数作家既不愿被扣上"颠覆"、"非美"、或"异己"的帽子,也不愿随波逐流,出卖良知跟着信口雌黄,残民以逞。于是,当代美国文学的第一个特征,即文学作品的非政治化倾向便出现了。这种倾向与战前,特别是二三十年代的进步思潮相比,显得十分突出。故战后美国的经典小说中鲜有与现实事件直接挂钩的,也少有对黑暗社会作猛烈抨击的,甚至60年代社会发生大动荡,各种矛盾激化后引发的群众运动如黑人的民权运动、妇女解放运动以及70年代青年反文化运动等等均未在当时的文学作品中得到及时的反映。这固然有时间相隔太近,作家尚未作出理性思考与体认的原因,但更重要的还是许多作家希望能与政治和现实保持一定的距离。战后的作家似乎更乐于在人类的本质及人类当前的处境等方面来探讨社会问题,把这些问题提到哲学的高度来加以认识并把它视为一种高超的态度。如果我们把战后出版的几部战争小说如诺曼·梅勒的《裸者与死者》(*The Naked and the Dead*)、詹姆斯·琼斯的《从此地到永恒》(*From Here to Eternity*)、约瑟夫·海勒的《第二十二条军规》(*Catch - 22*)与战前海明威的战争小说《永别了,武器》(*A Farewell to Arms*)等作一个对照,那么,显而易见的是,战后的战争小说大都为"醉翁之意不在酒",其基本的主题思想是超越战争的。

另一方面,战后美国的经济得到空前的发展,成为世界上经济力量最强的国家。经济上的成功,多半依托科学技术的发展与进步。科学技术在当代社会的各个领域中发挥了越来越重大的威力。美国从当时的"后工业社会"步入今天的"电子信息社会"仅用了几十年的时间,整个社会的面貌发生了或正在发生根本性的变化。科学技术给人类社会的诸方面如社会结构、生活习俗、道德观念、价值取向等等都带来了巨大的变革。战后美国两大支柱性产业汽车与电脑正好成为"当代"这段历史的开始与结束的标志。这种整体性的巨大变化毫无疑问也深深地影响了文学与艺术。因此,当我们在审视当代美国的文艺作品时,另一个显著的特征便清晰地凸现出来,极大多数的当代作品都裹挟着科学技术的因子或酵素,这是以往文艺作品中很少见到或难以引起注意的。

它的影响既表现在一些以科幻形式出现的小说如库特·冯纳古特的作品中，也常常见之于一些写实作家如约翰·厄普代克的兔子四部曲或者现代主义、后现代主义的作家如托马斯·品钦的《万有引力之虹》等等作品中。假如说，当代美国小说的第一个特征即淡化政治的倾向使作品缺乏时代气息的话，那么，它的第二个特征则正好相反，它处处提醒读者，面对时代，面对现实，因为文艺作品所显示的社会背景都不可能脱离物质存在的时代特征，包括了科学技术发展的水平。人类登月的背景不会出现在 19 世纪的作品中。因此，当我们在品钦的小说中读到"热寂说"，在厄普代克的《兔子回家》中看到俄国飞船在空中对接的场景，在威廉·吉布森的《神经肿瘤症》中读到"海港的天空呈现出电视机调至空白频道的颜色"这样的句子时，马上就会产生一种鲜明的时代感。

同时，科学技术所具有的负面作用也是当代作家严肃认真思考的主题之一。广岛原子弹的爆炸进一步激发了许多思想上的先行者们对此问题的关切。反法西斯战争虽然取得了全面的胜利，但这场战争最后的一幕却令人们久久难以平静。在震惊悲叹之余，人们经过冷静的思考，发现能为人类造福的科学技术在一定情况下也是对人类最大的威胁。科学技术是一把双刃剑。事实上，这样的认识并非空穴来风，因为所有最先进的杀人武器都是高新技术的结晶，而一旦这样的技术掌握在缺乏理性甚至丧失了人性的野心家、独裁者手中，整个世界将面临毁灭的危险。这绝非危言耸听，实乃有关人类命运的大事。从阿道夫·希特勒的纳粹德国的例子中我们可以清醒地认识到这种危险。一些敏感的作家由此入手撷题，常常用现代神话或寓言的形式来描绘这令人恐怖的场景，以此表达对人类前景的忧虑。在这方面对美国作家影响较大的是英国作家阿道斯·赫胥黎（Aldous Huxley），他的小说《美妙的新世界》（Brave New World）中的新世界，就是一个人类无奈受控的未来世界。结合了当代科技的进展，许多人相信赫胥黎所描绘的可怖场景不是没有产生的可能。更令人忧心忡忡的是，这样一个"新世界"，居然还戴上了"美妙的"光环。库特·冯纳古特的科幻小说是表达这种思想十分成功的载体。那些奇谲惝恍的故事情节和荒诞不经的人物一开始并没有引起人们足够的认识，但时隔不久，当他反复强调的主题在被读者细细地咀嚼之后，竟然觉得颇关痛痒，有一种启示录式的感受。在他的笔下，许多"杰出"的科学家、政治家、宗教领袖等被描写成偏执狂或疯子式的人物。如他小说中的"原子弹之父"就是其中典型的一位,正当几万人惨死于他发明的原子弹爆炸,他却在家中玩挑绷子游戏,毫无人性的样子。这样的人物在思想上的麻木和他所掌握的科学技术在应用上的异化,造成了人类可怕的灾难。其主题意义之深刻,用其他的小说形式很难达到如此的效果。早在60年代初,冯纳古特就用这种形式的小说"突发奇想",对统治阶级追求"绝对平均"的愚民术以及电脑高度发展后产生的情感要求等对人类的潜在威胁作了深入而认真的思考。现在看来,这种思考与"模拟"是非常深刻的,具有前瞻性意义。它所揭示的社会矛盾或许是现代人最值得玩味与思索的问题,而对那些掌握了权力与技术的人来说,这些故事必将有益于他们对理性的把握。

当然,科学技术对文学艺术的影响是全方位的。除了上述内容之外,它还会化合、分解于文风、句式、审美情趣诸方面,于细微之处间接地表现出来。比如,科学技术的发展,带来了生活的快节奏,人们的心理感受也随之变化,现代社会中的读者已不可能像以往的人那样,悠闲地、慢慢地欣赏那些全景式的描写和堆满了形容词的句子,如今的小说变得越来越短,内容也越来越精炼。19世纪那种不厌其烦的现实主义的背景描写或表面的细部刻画不再配读者的胃口,以前被奉为经典式人物与场景的描写如"安娜出场"或"伏盖公寓"等在科学技术带来速度的今天显得过于冗长。

尽管战后的美国曾经受到过各种各样的文化思潮与哲学理论的影响,但一个不争的事实是,弗洛伊德主义与存在主义是该时期两个影响最大、活力最强且至今不辍的思想主潮。

早在20世纪初,弗洛伊德的学说已被介绍到美国来。弗洛伊德本人也应马萨诸塞州克拉克大学的邀请于1909年来美作了有关精神分析学的演讲。但是,第一次世界大战的爆发转移了人们的视线。紧接着,20～30年代激进思潮又扫荡了整个美国的思想领域,弗洛伊德的学说并未在当时流行开来。这种情况一直持续了相当长的一段时间,虽然它在当代美国的土地上必然会有生根发芽的时机,但即使在第二次世界大战之前,弗氏的精神分析学还只是停留在人们对性的重新认识与理解上,与真正的弗洛伊德学说的精髓相距尚远,再加上当时美国正处于经济的萧条期,而新的世界大战的乌云已经逼近,对前途的失望与对战争的恐惧,使人们无暇留意这样的新思潮。所以当时即使有几个先锋作家开始尝试以精神分析的方式来描写人物与情节并力使作品具有艺术或美学上的价值,如格特鲁德·斯泰因(Gertrude Stein)的《三个女人的一生》(*Three Lives*)、尤金·奥尼尔的《奇妙的插曲》(*Strange Interlude*)以及托马斯·沃尔夫对儿童时代生活回忆的作品等等,有意识地运用弗氏的理论来诠释生活,但这些作品尚处在摸索阶段,没有达到一定的深度与高度,也未引起读者的注意。到了二战以后,一些小说家开始接受弗氏的理论,不少人似乎是一下子对精神分析学有了深入的理解。于是,短短一个时期内,弗洛伊德的学说成了知识界内的一种时髦而且被运用得得心应手。在一些小说中,这种思想不再是生硬的套用,也不是一味停留在对乔伊斯或斯特林堡的模仿上,而更多的是出于对精神分析的理性感知即有意无意地让它在作品的内容和人物性格中自然而然地流露,使小说更具魅力和说服力。斯泰隆的《躺在黑暗中》(*Lie Down in Darkness*)、菲利普·罗斯的《波特诺的主诉》(*Portnoy's Complaint*)、弗拉迪米尔·纳博科夫的《洛丽塔》(*Lolita*)都是典型的例子。随着时间的推延,在当代美国小说的批评中,对有关弗洛伊德精神分析学的讨论正日趋式微,其原因不是现在的小说中缺乏这方面的内容,而恰恰是因为弗洛伊德的思想已为极大多数的美国人所接受,成了一个不需要再加以挖掘的洞穴。因此,从战后美国小说创作的整体来看,弗洛伊德学说的影响之大、流风之盛,是难以估量的。

另一个影响巨大的文化思潮是存在主义。存在主义作为一种哲学体系和社会文化思潮,它无疑是20世纪世界范围内最重要的思想潮流。存在主义几乎是轻而易举地在美国找到了扎根的土壤。它强调人类自由本质的理论与美国人民向来信奉的《独立宣言》(*The Declaration of Independence*)中的宗旨不谋而合,它号召人们去争取获得真正的存在,对自身的认识与思考等等成了战后美国小说最寻常的主题思想,也是深入人心的口号。特别是加缪与萨特小说中的存在主义思想以极大的感染力激起了美国读者的共鸣。战后的社会现实使许多作家更倾向于存在主义哲学观,这种思想融解于大多数的作品之中而无论其风格与流派。

当然,这种情况也非处处一目了然。存在主义在有的作品中只是时隐时现或略具痕迹,到了"我"字当头的50年代之后,它的影响突然变得很大,成了一些文艺流派的思想武器,有的干脆就以存在主义为理论支撑。综览战后那些经典的文艺创作,我们不免会因这种思潮的泛滥而喟然生慨。

除了弗洛伊德主义与存在主义之外,对当代美国文学产生影响的社会与文化的思潮当然还有许多,美国本土的超验主义,欧洲各派现代主义、实证主义、浪漫主义、现实主义等等都在美国有一定的市场。有人还认为西方的文化思潮已出了毛病,无法挽狂澜于既倒,于是,他们转而向东方哲学,特别是道家思想与禅宗思想寻找慰藉。多元思想的汇合为美国文学的创作提供了精神上的生机与空间,也铸就了一个再创文学高峰的历史契机。

## 第三节　当代美国文学及小说的 主题倾向与创作思想

当代美国文学,可谓缤纷多彩、无奇不有。几乎所有的作家都以自己独特的方式观察与反映这个变幻莫测的世界。他们敏锐的目光、冷静深邃的思考,往往能够透过种种表面的现象,抓住各种日益加深的社会危机的实质。

战后文学的内容与主题,涉及社会的每一个角落,丰富多彩、包罗万象。从人类的前途、战争、宗教、科学、法律、道德、种族矛盾、家庭解体、环境污染,乃至内心探索、自我寻找、两代人的隔阂、变态心理、妇女问题、感情纠纷……千变万化,无所不包。既有严肃、深刻、细致、逼真的优秀巨著,出现了一大批杰出的文学大家,同时也有鱼龙混杂及不少低级庸俗的作品。

题材的多样性与深刻化,成了汹涌汪洋的当代美国文学及小说的一个特点。

由于战后特殊的社会背景,极大多数的美国人生活在这个时代,这个社会中,会产生一种无可奈何、渺小无力的感觉。人们精神上的障碍,对社会、对前途的失望以及由此而产生的茫然与失落,使许多人深为不安,一个冷酷无情、人性殆失的病态社会在人们的精神上不可避免地造成了阴影与危机。如何在这种情势下生存下去,成了战后美国人民迫切想探知的困惑。"上下求索"是许多人,特别是知识分子的心理写照。人们精神上的危机感取代了以往物质贫乏时期旧有的矛盾,成为西方当代社会最突出的社会问题。作为社会中最敏感的一个群体,作家们不失时机地把这一矛盾揭示出来。许多与此相关的潜在问题如走马灯似的社会变革、集权主义的威胁、世界形势的动荡、人在社会中岌岌可危的地位以及很多合乎人道的准则正在土崩瓦解……所有这些,令他们产生了一种恐惧感,他们怀疑人的价值、人的权利、人的尊严、人的本质等等是否像过去想象的那么美。虚幻的美国梦破碎了,公众的权力和领域越来越甚地被各种邪恶的势力所控制与吞噬。美国向何处去、哪里是灵魂安息的地方、现代社会中人到底处在什么样的位置……这些都成了当代作家积极探索的热点问题。

在错综复杂的社会焦点中，人们首先关心的，莫过于人类的前途与归属。这是许多当代美国作家共同的主题，也是20世纪的人们在经历了种种的磨难之后意欲作出理性探讨的大问题。在当代美国作家中，尤以几位敏感、警觉、深刻而又身经坎坷的犹太作家于此最为关注。他们特殊的身份与经历或许是作品发人深省的基础。索尔·贝娄曾经说过："人不可能忍受没有前途的迷路。"

那本被《纽约客》称为"几乎是一本完美无缺的小说"（《赫索格》）（*Herzog*）就是这种思想的最佳表达。这部小说着重描绘了当代美国社会的种种动乱给人们带来的精神上的痛苦与压力。作为一贯崇仰人道主义的大学教授赫索格，面对冷酷无情的社会现实，他想有所作为，但这个社会却未能使他如愿。广大底层民众仍然生活在普遍的贫穷之中。人与人之间一般都是赤裸裸的金钱、利害关系。更为可怕的是，世界到处被一批最具野心的危险人物控制着。人们的良心在进一步丧失，已到了礼崩乐坏、前景黯淡的地步。在如此的狂乱之中，人类应该怎样面对生活，怎样生存下去？赫索格最后的答案是，只有通过重新安排人与人之间的关系，呼吁人们要富有同情心，要相互谅解，同舟共济。抱了这个信念，他自己准备把房屋与财产分给穷人，并想以此说服他人。他认为只有这样，以这种人道的、有益的生活，来使人类进入一个崭新的境界，人类才有可能有所进展。

作者对人类前途的忧患意识，同样也渗透在他的另一部长篇小说《赛姆勒先生的行星》（*Mr. Sammler's Planet*）中。书中的主人公赛姆勒先生是一个犹太人，索尔·贝娄借了他那双眼睛，对美国社会及其本质作了极为深入的观察，阐述了自己的人道主义思想。赛姆勒先生的人生态度，可以说代表了很大一部分美国作家共同的看法。他认为，这个世界之所以堕落到如此地步，形形色色的罪恶不断发生，主要是因为人们无止境地追求个人的私欲，人与人之间丧失了合乎人道的准则，人们精神上的绝望导致人格的丧失。现实是如此的险恶，人生的道路布满了荆棘，但赛姆勒先生还是坚信，只要人与人之间改变那种相互敌视的态度，而代替以一种新的、富有人性的关系，以"爱"为道德原则，那么，人类的前途还是光明的。

索尔·贝娄在当代美国作家中是一位颇有代表性的人物。他非常清楚地肯定人道主义的基本原则,为了追求他那理想的社会和人类的前景,有时甚至不惜使用近乎说教的口吻,坚定而有信心。

同样是犹太作家,同是人道主义忠实的信奉者,伯纳德·马拉默德的写作风格与他不同。他更注重于小说中人物的感染力。犹太人孤独和不幸的遭遇常常是他小说的内容,他笔下的人物心灵上都有很深的创伤,他们的悲欢离合,无穷无尽的磨难,生意上的破产,理想的幻灭等等深深地打动了读者。通过这些好心肠的犹太人坎坷不平的生涯,我们可以看出作者虽然处在这个充满了对未来怀有各种恐惧的时代里,仍然坚持以人道主义思想来改造社会,探寻人类光明的前程。在马拉默德的这类小说中有时还蒙上了一层浓重的宗教色彩,如他的代表作《伙计》(The Assistant)中的主人公莫里斯最后冒了严寒为铲除去教堂路上的积雪终致肺炎复发与世长辞。作者用隐喻的手法,把他的死与神圣的教堂大路联系起来,又与整篇小说中反复强调的人道精神及其力量完全融合在一起,用意昭然。

另一位犹太作家艾萨克·巴什维斯·辛格,他的小说大都以东欧波兰地区犹太人聚居区的生活为背景,故事中不时还掺杂了一些奇人怪事。但从这些小说的内容来看,辛格作品的最大主题,还是探索人类的命运。他极力要证明的是,人们必须在这个世界里重新获得正义和尊严,重新以人性的尺度去对待世间的一切,着手于精神方面的更新。他认为,只有这样,才能登上人类前途的长阶。他的一句名言"人人都是犹太人",把犹太人几千年来痛苦的经历看成是人类共同的财富。从这个角度认识他的小说中许多看似难解的人与事——如《卢布林的魔术师》(The Magician of Lublin)中雅夏把自己砌死在石室之中的怪异情节等才能得到真正的理解。辛格的小说,诚如诺贝尔文学奖授奖辞所说的:"他那充满了激情的叙事艺术不仅扎根于犹太血统的波兰人的文化传统中,而且反映和描绘了人类普遍的处境。"

如果说,上述几位作家对人类的前景从正面表达了深深的忧虑,以及提出了自己的救助方式,那么,凯瑟琳·安·波特的《愚人船》(Ship of Fools)则从另一个侧面表达了同样的观点。在这部小说中,波特把世界比作一艘驶向永恒的大船。"维拉"号成了宇宙中的旅馆,其中的人物来自不同的国家和民族,他们以各自的偏见和自私等不断地伤害他人和自己,在人生的舞台上血刃相见。作者借此揭露整个人类的困境和人性的弱点,希冀以大声的呐喊促使人们对自身的处境体认思考,以求有一个彻底的顿悟。她表明,作为一个人和艺术家的立场,"应该面对人类自我内心中那种需求和恐怖所缠的场面",而作为一个作家,其目标是"发掘特定事件的特定生命源泉和发现人类生活在他自己创造的社会中失败的范围和意义"。

当代美国文学的另一个重大的主题,是探讨个人在社会中的命运与地位。这个主题显然与存在主义思想和美国人越来越看重的"我"字有关。虽然有的作家认为,"命运———一种生来注定,无法规避的生命迹象",但更多的人则相信命运并非按照规律挪动的棋子,而更像捉摸不定的彩票。在弱肉强食的社会中,前途未卜使很多人担心自己的命运和境遇。这种思想表现在不同形式的文艺作品中,加深了人们对社会不安的情绪,勤勤恳恳一辈子,到头来可能落得个"转眼乞丐人皆谤"的下场。就以戏剧为例,阿瑟·米勒(Arthur Miller)的《推销员之死》(Death of a Salesman)最有代表性,这部戏剧之所以风靡一时,引起广泛的共鸣,就是源于人们普遍怀有的这种恐惧心理。作者揭示了这个社会是怎样把一个无辜的人推上了绝路,谴责了资本主义制度下人与人之间的丑恶关系和惨无人道的道德准则,与尤金·奥尼尔的《毛猿》(The Hairy Ape)相似。而相同的主题,在小说中比比皆是,特别是在"黑人小说"中,这种反抗非人的待遇,争取应有的社会地位的作品相当突出。

当代许多美国人都有一种人格上的危机感,他们对于自己在这个世界中的作用与位置,茫然难知。于是,文学作品,特别是小说中一个新的创作倾向便出现了,用马库斯·坎利夫(Marcus Cunliffe)所著的《美国文学史》(Literary History of the United States)的一段话来说"出现的一个后果是,人们有一个强烈的欲望,想知道将会发生什么,越来越多的美国人讨论着他们的'自我确定'———个人与国家的"。

在这冷酷虚伪,勾心斗角,争权夺利,充满了陷阱的社会中,各种异化心理日益加重,有感于人的价值、人的尊严、人的本质的日趋式微,作家提出"自我确定"或者"自我寻找"(identity)是有其战斗意义的。这可以说是人道主义在今日西方社会中一个新的形式或一种武器,与传统的人道精神相比,它没有那些理想的色彩而更带上了悲哀的情调。黑人作家拉尔夫·埃利森的小说《看不见的人》(Invisible Man)中,一个深受各种压迫的黑人青年想在社会上寻找自我的位置却落得一场空。他到处受愚弄、被嘲笑,最后不得不隐逃到地下室去,成了一个"隐形人"。他的遭遇和内心的隐痛大大地刺伤了一些美国人惯有的自尊心。假如说,十八、十九世纪的人道主义者为人的价值大喊大叫而充满了希望，那么，在今日美国，由于现实迫使人们对世事改观，对前景忧虑，对人在社会中的地位与价值发生了怀疑，许多人只得带了一种酸楚的心情，想通过内心的自我确认，来证明今日的世道，正是人的价值日益低落的根源。这样的主题，切中了当代人敏感的心灵。另一位黑人作家詹姆斯·鲍德温（James Baldwin）也有类似的作品《到山上去呐喊》（Go Tell It on the Mountain），它描写了一个美国黑人少年是如何在他 14 岁生日的那天经历了一番内心的自我寻找以及灵魂拯救的心路历程，涉及到黑人在这个社会中的自我本质及其命运。我们注意到，这两位黑人作家的小说已经越出了种族与肤色的范围，他们写出了当代人普遍感到的在物质力量与社会异己力量的压迫下，人们内心的一种失落感，从而急切地想了解和探寻自我在社会中的角色与定位，有着极为普遍的社会感召力。

当代美国文学的又一个主题是，许多作家痛苦地认识到，在如今这个世道中，人心难以沟通。但尽管如此，他们并没有放弃对"人类必须沟通"的努力以及对人性的完整性的追求。女作家乔伊斯·卡罗尔·欧茨的小说《在冰山里》（In the Region of Ice）所写的就是这方面的内容。小说中的主人公修女艾琳和温斯坦都是人道主义的信奉者，温斯坦声称"人道主义者必须信奉整个人生"。但由于客观现实中很难遇到或做到这样的人，特别是罩在修女头上的宗教意识犹如冰山那样坚硬，因此，人与人之间想沟通却困难重重，人们力争打破这种状态但又显得无能为力。又一部小说《挣脱锁链》（The Defiant Ones）比欧茨小说更加直白地表达出这种思想。两个肤色不同的因犯在共同的命运下从相互敌视到最后成了生死与共的患难之交，原本两颗不相容的心灵如今紧紧地融合在一起，命运与苦难帮助他们走上了共同的道路。小说结尾处，他们之间铁的锁链已经被砸开，但他们彼此之间却又有了一条新的锁链，那就是人性的光辉把他们重新缚在了一起。虽然他们最终没有逃脱警察的追捕，但他俩紧紧地抱在一起，唱出了令人心碎的歌声，这使我们看到了人类的沟通在这到处是苦难和争斗的世界里还是可能的。这部作品震撼了许多读者的心灵，当它被改编拍成电影后，博得了更为广大观众的赞赏，其原因就在于它点明了当代社会中人们关心的问题——人类必须打破隔阂和敌视的态度，在强大的外力重压下，我们只有携手共进，才能走向灿烂的明天。

同样的主题，也反映在荒诞派的作品中。爱德华·阿尔比（Edward Alebb）的独幕剧《动物园的故事》（The Zoo Story）情节荒诞，从头到尾充满了晦涩与难解,但其主题意义却十分显然。

阿尔比认为,当前这个世界充满了虚伪与奸诈,但即使如此,人们还应该采取各种手法,包括急风暴雨式的方式来争取人类可能的沟通,甚至为此不惜献出自己的生命,他曾经说:"……据我看,荒诞派是对某些存在主义和存在主义后期时代哲学概念的艺术吸收,这些概念主要涉及人在一个毫无意义的世界里试图在其毫无意义的存在中找出意义来的努力。"因此,这一流派代表了现代人为了同他生活于其中的世界达成妥协而做出的努力,力图使人们正视人的现实,因为人的尊严就在于有能力面对毫无意义的现实,毫不畏惧,毫无幻想地接受甚至嘲笑现实。

战后美国文学的主题极为广泛,除了上述这些内容外,更包括了人们所关注的各个社会的侧面。由于表现方式的不同,有时类似的主题会有完全不同的形式。如60年代走红一时的黑色幽默(Black Humor),是当代美国文学中最重要的流派之一。这一派作家常用荒唐离奇的表现手法来状写世事万物,以一种无可奈何的嘲讽态度来表现环境与个人之间的不协调,并把这种不协调的现象加以放大,扭曲,变成畸形,使它们显出荒诞不经或滑稽可笑的样子来。他们用调侃玩笑或讽刺反讥的手法来暴露社会的弊端,独具慧眼,击中要害。而且他们常常以无逻辑非理性的形式来对抗表面上所谓的清楚明了。他们笔下的社会画面,似是而非,真假难辨,从中却可以窥见一个畸形的资本主义社会,特别是人们精神上的创伤残缺。这些作品常常令读者捧腹大笑,但笑后细细回味,又有一种苦涩的滋味。这是一种并非欢乐的笑声,一种辛酸欲绝的笑。这一派作家尽管把故事编得疯疯傻傻,悲剧喜剧不断转化,荒唐的情节,机智的幽默,表面的挖苦,暗中的怜悯,对传统的蔑视和对现实的讽刺……但万变不离其宗,所有这些作品,都从现代人的基本状况出发,以人性的回归与纯净为目标。黑色幽默作家常常用一些先进的科学技术作故事的背景,随时激起读者对非理性的敏感,如约翰·巴思的《羊童贾尔斯》(*Giles Goat-Boy*)写一个假想中的大学里,有一架万能的电脑控制着一切,主人公贾尔斯是被当作山羊养大的。他长大后,发觉自己是人而不是羊,改名乔冶,他想拯救人类于危难之中,与电脑的操作程序斗智斗勇,但最后被当权者送回了跟动物一起度过童年的地方,贾尔斯成了争斗的替罪羊。作者在小说中真正要表现的,是电脑时代人的精神与肉体上的分离。另一位黑色幽默作家库特·冯纳古特更擅长表现类似的主题,他的"科幻小说"凭借时空优势,放手虚构人物与情节,非常轻巧地抒写凝重的内涵。他的短篇小说《哈里逊·贝杰龙》(Harrison Bergeron)篇幅虽小,容量极大。在小说中,他设想在不远的将来(2081年)"人与人终于平等了"。而这种"平等"的取得,完全归功于国家的"优劣平均局",生来智商高超的人,必须在耳朵上装一只微型的干扰机,每隔20秒,它发出刺耳的声音来打扰他的思路;生得漂亮的人,必须藏上丑恶的面罩以示公正……但即使在这种"绝对平等"的社会里,还会出现犯上作乱的人物把天下搅得不安宁。应该说,这是一篇寓意相当深刻的作品,是对统治阶级愚弄人民、麻痹人性的鞭挞与嘲弄。

当然,在洋洋大观的当代美国文学作品中,也不是所有作品的主题都是一目了然的。有的作品一时难以看出其思想指归,有的甚至在相当长的一段时间里被误解。如菲利普·罗斯的《波特诺的主诉》(The Portnoy's Complaint)刚发表时,受到许多读者的指责,认定它是一本海淫的坏书,有关当局禁止它在美国出版发行。弗拉迪米尔·纳博科夫的《洛丽塔》(Lolita)也曾有过相似的遭遇。而杰克·凯鲁亚克的《在路上》(On the Road)则被称为嬉皮士颓废生活的大特写,有碍风化等等。但时间的检验是公正的,这些小说不久便被文学评论家和读者发现具有重要的现实意义和审美价值。《波特诺的主诉》反映了美国第二代犹太移民的真实生活与他们内心的痛苦以及对传统道德的反叛,《洛丽塔》从多个侧面揭示了人性中的某些弱点,而《在路上》中的人物为逃避现代文明与社会的不公等作出的消极反抗的行为,无疑能激发人们对整个社会与文化作深层次的思考。又如那些追求情节怪诞、氛围奇特的南方小说等,虽则表层上的故事似乎无关宏旨,却始终未脱离南方古老的社会之衰败以及人们精神苦闷的问题。正如福克纳说的:"诅咒这块土地,是因为土地的主人把人类当作工具。"他告诉记者,只写南方的优点将无助于改造那些恶棍……他之所以要写这些违反人性的事情,是因为希望这些事物不再存在。福克纳写了丑恶与犯罪的故事,但它并不是一个悲观主义者。恰恰相反,他对人类的前景怀有坚定的信心,他的立场始终是反对奴隶制的。他在谈到这些小说时说:"我一生的作品,是人的血汗与痛苦的产物,我不为名,不为利,只是想从人类精神的素材中创造出前所未有的东西。"他一生的创作实践都没有忘记这一诺言。显然,当代美国的作家,特别是现代派的黑色幽默、南方作家等擅长的"意识流""多角度""时序颠倒"象征隐喻,以及快速闪回等等艺术手法,都没有影响作品本身的内容实质和思想深度,它们只是邀请读者共同参与理解与思考,这也是文学技巧在不断进步,读者层次在逐步提高的证明。另外,如杜鲁门·卡波特(Truman Capote)的《灾星》(*Master Misery*)中的主人公整日担惊受怕,最后为了生活,甚至把自己的梦也"卖"了出去,活生生地表现了一个绝望了的美国妇女的精神状态。而卡森·麦卡勒斯(Carson McCullers)的《伤心咖啡馆之歌》(*The Ballad of Sad Cafe*)初初读来只觉得是满纸荒唐言,那个荒僻小镇上发生的故事是那么的怪诞难解,爱与恨交织的三角恋爱显得畸形和变态。但隐藏在这个哥特式小说背后的,是作者对人性中怪异现象的探索与揭示,和《洛丽塔》的主题有异曲同工之妙。

至于当代美国文学中更为普遍的一些题材,如金钱关系破坏了人与人之间应有的相爱和互助的原则,环境的变迁可能给人类带来的灾难,家庭解体给下一代造成的悲剧和不健全的人格,物质主义对现代人的统治,种族歧视与黑人觉悟的高涨以及他们寻根追祖的热情,妇女争取独立与解放的抗争等等,都是当代作家所关注的热点。因此,战后美国文学,特别是小说创作的主题主要表现在对人类普遍状况以及个人命运的观照。但同时又显出多样化与平民化的大趋势。另一方面,从经典作品的层次看,主题的深刻化与哲理化走向强势,传统意义那些所谓的永恒主题如男女爱情、战争、死亡等等较少触及,这也是一个十分醒目的特点。

综上所述,尽管当代美国文学及小说有着似无穷尽的题材内容,但极大多数作家面对令人困惑和不安的社会现实,还是不约而同地拿起了多少年来深入人心的斗争武器——人道主义思想,从各个侧面来反映、揭露乃至抨击丑恶的现实。对社会中一切违反人性,有碍人道的东西大加挞伐。因此,维护人性的完整,争取被大多数作家认为已经丧失的人性是战后作家最大的愿望。这是因为,用美国人自己的话来说,"生活的道路是可以自由的、美丽的,只可惜我们迷失了方向,贪婪毒化了人的灵魂,在全世界筑起了仇恨的壁垒,强迫我们踏着正步走向苦难。我们发展了速度,但是我们隔离了自己。机器是应当创造财富的,但是它们反而给我们带来了穷困。我们有了知识,反而破坏了一切,我们学得聪明乖巧了,反而变得冷酷无情了,我们的头脑用得太多了,感情用得太少了。我们更需要的不是机器,而是人性。我们需要的不是聪明和乖巧,而是仁慈温情,缺少了这些东西,人生就会变得凶暴,一切也都完了"。

另一方面,我们应该看到,当代美国文学中所表现出来的人道主义思想,已不能完全等同于十八、十九世纪的人道主义,更有异于文艺复兴时代的人文主义。时代在前进,人道主义精神本身在不断地发展与演进,虽然它最根本的原则也即充分肯定人的价值、人的尊严、人的力量,打破陈规陋习的束缚,彻底解放个性等原则均未改变,但它在每一个特定的社会与时期,都会有不同的内涵与特征。如果我们把人道主义思想看成是人类思想史上一条奔腾不息的大河,那么,卢梭、狄德罗、莎士比亚、雨果、罗曼·罗兰、托尔斯泰等人的人道思想都是其中的一脉,而当代西方文学,包括当代美国小说中的人道主义,已成了最新的溪流,而且有百川归流的特征,显示了其多样性与驳杂性。它是在继承传统的人道精神的基础上又发扬了本国、本土的特定内涵。从美国文学短暂的历史看,几乎可以说从头到尾都贯穿了一条人道主义思想的主线。美国文学中第一篇巨作,被马克思誉为"第一个人权宣言"的《独立宣言》中,就明确指出,"一切人生而平等","生存,自由,追求幸福"是"天赋人权",神圣不可侵犯。而从美国文学史的发展过程看,无论是"废奴文学"、"黑人文学"、"妇女文学"或现实主义或自然主义等,还是惠特曼、华盛顿·欧文、纳撒尼尔·霍桑、马克·吐温、德莱塞、刘易斯乃至今日的索尔·贝娄、诺曼·梅勒、托妮·莫里森等人,都是这个伟大传统的继承者,他们的作品中处处散发着人文主义的精神。

时至今日,人道主义思想在美国社会,美国文学以及小说创作中又有了新的发展,人们在谈论一些新人新作时,常常会冠以一些新的名词如"忧患人道主义"、"感伤人道主义"、"宗教人道主义",或使用一些新的表达形式如"自我寻找"等等,所有这些,说明了人道主义在当代文学作品中多元与复杂的现象,而且也恰恰表明了人道主义在现阶段的演进特征。

## 第四节　艺术形式争奇斗艳,<br>现实主义久盛不衰

当代美国小说的艺术技巧,与作家作品的数量之巨、小说主题的奇幻多变相比,毫不逊色。美国作家一个鲜明的特征就是崇尚个性、独创与新颖。几乎所有的作家都在寻求最适合自己创作的形式,在小说个性化方面怀有极大的积极性。其结果便产生了缤纷多彩,甚至令人眼花缭乱的文学作品。就小说来说,可以列出的较大的艺术流派就有近二十种。从神话寓言到科幻小说,从现实主义到自然主义、现代主义、后现代主义等等,而这些流派又各有其详,一些原产欧洲的文学流派如表现主义、象征主义、达达主义、意识流、未来主义、

浪漫主义、超现实主义、新小说、荒诞派等等都能在美国小说中见出一斑。美国本土的超验主义、黑色幽默、新新闻体、非小说等等也新旧并存,争奇斗艳。这种现象就如美国社会本身的构成一样,处处显示了其兼容并蓄的巨大气魄。大多数人都愿意自成其道而害怕落入他人窠臼,他们即使在汲取或借鉴前人的成果和技巧时也从来不忘添加新的"自我的酵素"。就连那些被归为同一流派的作品,艺术风格上也有巨大的差异,尽管这种差异常常被掩盖在某些相似的特征之下。例如一提起"南方文学",我们会很自然地想到它的盟主福克纳,联想到他的代表作《喧哗与骚动》(*The Sound and the Fury*)以及意识流写作手法等。但事实上"南方文学"作为一个地域性分类的文学流派,与"纽约文学"等一样,有着较大的覆盖面,它可以用意识流手法来创作,也可以用任何其他的艺术风格与手法来表达。可以说,这一流派中的每一位作家都有自己独特的个性。同样是描写南方这片曾是落后、保守又常常是充满了感伤与怀旧情调的土地,福克纳与杜鲁门·卡波特、威廉·斯泰隆的风格不同,而凯瑟琳·安·波特、罗伯特·彭·华伦、尤朵拉·韦尔蒂、弗兰纳里·奥康纳(Flannery O'connor)等人又与前者手法迥异。又如在色彩强烈、特征显著的"黑色幽默"派中,各个作家的具体作品也存在着很大的差异,库特·冯纳古特与约瑟夫·海勒、约翰·巴思的小说至少在艺术形式方面就大相径庭。

　　有人曾经把洋洋大观的战后美国小说分为现代主义与后现代主义两部分,这种观点并不符合事实。近半个世纪以来,美国文学确实出现了不少现代主义的作品,也有过短暂的后现代时期。因为这些作品形式新颖、色彩浓烈,非常引人注目,但这些作品远非整个当代文学的全部。持反对意见的批评家指出,这是一种把人"引入歧途"的分类法,既简单又武断。其实,就总体而言,以传统手法特别是现实主义来创作的作家数量,还是占了大多数。颇具权威的《哥伦比亚美国文学史》注意到了这种现象,并明确指出"在小说领域内,现实主义一直经久不衰,而且十分强大"①。美国作家始终在这样的理论影响下从事写作,即"合乎理想的小说家是这样一位艺术家,他渴望能了解事物的本来面目,他喜爱和追求真实,他是表现处在一定条件下的事物的艺术家,是表现事物影响精神和精神影响事物的艺术家。他的事业的成功既取决于他对事

---

① 埃默里·埃利奥特主编,《哥伦比亚美国文学史》,朱通伯等译,成都:四川辞书出版社,1994年,第949页。

物的了解,又取决于他对精神的了解。"①

　　现实主义,在美国小说的创作中一直具有强大的生命力。这种传统,可以追溯到上个世纪的末期,从威廉·迪安· 豪威尔斯、弗兰克·诺里斯、西奥多·德莱塞、杰克·伦敦、亨利·詹姆斯到舍伍德·安德森、辛克莱、刘易斯、斯科特·菲茨杰拉德、海明威、赛珍珠、多斯·帕索斯、约翰·斯坦贝克等一大批杰出的小说家,他们都曾集结在现实主义的大旗下。虽然其中有几位也融合了其他的一些艺术手法如自然主义乃至现代主义等,有的还对现实主义作出过不甚公允的评判,但正如一些评论家所指出的那样,"实际上没有一件自称为反现实主义的作品不把现实主义作为主要成分包括在内,而且大多数被认为实质上是反现实主义的重大运动都一致声辩它们实际上是现实的一种形式——正如阿兰·罗伯·格里耶关于'新小说'所作的论断那样。"因为这些作家都生活在这样一个时代里,"历史的沉重压力,作家们关注人类政权与政治力量,关注人类暴行和人类恐惧的责任,以及他们为了创作冗长篇幅的小说而承受的想象力的冲击,从来都没有现在这么大。于是,与他自己就是其中一分子的现实生活休戚相关的当代作家不得不从头做起"。②

　　正因为现实主义是一种拥有无比丰富的表现的可能性,像生活本身那样取之不尽的创作方法,能够那么广阔而丰满地反映人类生活的各个侧面,揭示社会生活中这个或那个历史时期、历史环境的典型特征,真实地再现现实生活的种种本质,故当代美国作家同本世纪各国优秀作家一样,继承与发扬了现实主义的传统并把它推进到一个新的层次。

　　正如布莱希特在他著名的文章《现实主义方法的广度和多样性》中所指出的:"要确定某个作品是不是现实主义的,只有拿它同它所反映的那个现实对照才行,在这里没有值得注意的任何特殊的形式方面的特征。"③从这个观点看,尽管战后的美国小说在艺术形式方面显得有点五花八门,有用平铺直叙来暴露社会黑暗的,也有以胡言乱语式的幻想来寄托对理想世界追求的,或游离于预言与怀旧之间来达意抒情的,还有以嬉笑怒骂、讽刺揶揄对丑恶现实作一针见血批判的,不一而足,但读者往往能在这花里胡哨的艺术形式的背后,看

---

① 莱昂内尔·特里林,《逃亡者的聚会》,1956 年。
② 埃默里·埃利奥特主编,《哥伦比亚美国文学史》,朱通伯等译,成都:四川辞书出版社,1994 年,第 949 页。
③ 布莱希特,《论戏剧》,北京:外国文学出版社,1960 年,第 48 页。

到作家一颗跃动着的现实主义的灵魂。

当然,战后美国小说创作中的现实主义有了新的内涵,也可以称之为一种新的现实主义,它一度与现代主义、后现代主义并驾齐驱,也受到它们的影响与挑战。美国当代著名文学理论家特里林早在50年代就把小说定义为"充满了现实主义精神"的文学形式,能"在社会世界中发现了重复性和多样性,矛盾和虚伪,存在于制度与意识形态之外的实验的和真实的东西的复杂性","那么小说就是一种对真实的永恒的追求"。这种观点为当代美国小说的历史所证实,尤其是进入到20世纪80年代以后,现实主义的手法在构建当代美国小说的多元舞台中占据了更为重要的地位。新一代小说家如约翰·厄普代克、艾丽丝·沃克、托妮·莫里森以及新近崛起的边缘作家,特别是亚裔作家如汤婷婷、谭恩美、李健孙等人都是现实主义风格的继承者,近年来小说题材的平民化倾向又为现实主义的发展提供了广阔的前景。

## 第五节　当代美国小说的分类及本书的框架

倘若要对战后美国小说作一个较为全面的介绍,那将是一件十分困难的事。其巨大浩瀚的作品数量以及林林总总的流派就是最大的障碍。要在这汗牛充栋的作品中理出一个头绪,加以整理抉剔,犹如走进偌大一个大观园,不知从何说起。也因此,迄今为止,极大多数有关当代美国小说的著作都采用流派罗列的方法,把近半个世纪以来一些重要作家作品归入几个主要的文学流派来加以讨论评述。这种归类的方法有其合理的地方,其最大的优点是条理明晰、重点突出而且易于把握与撰写。但不足之处也很明显,首先,它缺乏一种历史的线性叙述,与一般的文学史不同,很难从中见出文学发展的前后流程以及各个文学流派之间的有机联系,难以确切地、全面地感受到各个时期文学发展的整体风貌与时代气息,对流派间相互影响、同存共处的关系缺少了解,显得割裂分散。其次,由于所列的文学流派在性质上各有不同,造成了表面有序实则紊乱的局面。如常见的分类中有南方小说,社会风尚小说,妇女文学,黑人文学,黑色幽默小说,战争文学,垮掉派小说,新新闻小说,纽约小说等等。其中南方小说和纽约小说是以地域命名的;黑色幽默等以艺术手法见称;犹太小说、黑人小说等又以种族来加以区别;战争小说、垮掉派及社会风尚小说却依小说的题材内容而定,而妇女文学又以性别成派……凡此种种,很难在一本文学史中叙述得调配得当、熨贴工稳。而且这种标签式的方法令许多作家大为不满,他们发表谈话或声明,拒绝套在自己头上的帽子。事实上,许多作家确实难以用一顶帽子给以"定性"。如诺曼·梅勒,有人把他归入战争小说作家,有人说他是犹太作家,又有人视他为新新闻体或现实主义或黑色幽默作家,莫衷一是。他本人则对此概不承认。又如凯瑟琳·安·波特,有人称她为南方作家,也有人称她为妇女作家。索尔·贝娄、厄普代克等人也都是这样,不同的视角,便可列入不同的流派,几乎无迹可循。除此之外,还有许多称谓各异的文学流派如荒诞派小说,边缘小说,青年反文化,嬉皮士,实验派,先锋派等等。因此,这种按不同性质分类的方法很容易引起读者的误解,它不仅在时间与空间上难以帮助读者对文学史加以较全面的把握,而且还在无意间掩盖了一个当代文学史上重要的事实,即现实主义文学始终没有退出过历史的舞台,它处处闪现出倔强的生命力却又很少被提及。

本书从另一个角度,也即以时间为序,特别以小说出版的年代为主轴,结合时代特征以及文学思潮的演变,以具体的小说文本分析为主体,试图串联与反映当代美国小说创作发展的概略与走向之一斑。本书所撷取的小说,大多为各个时期中较具代表性的作品,就数量而言,只能是挂一漏万,但这些作品的重要意义在于,就纵览整个当代美国小说史的角度看,它们或许是不可或缺的。

当代美国小说发展的流程,大体经过了三个阶段,即早期、中期与近期。

早期(40 年代中到 50 年代末)的小说创作,主要是战前文学高潮的继续,这时期老一辈的作家如福克纳、海明威等人虽名声大振但鲜有巨著,取而代之的是新一代的作家人才辈出,第三次美国文学的黄金时代已初露端倪。

中期(60~70 年代)是美国历史上最动荡不安的年代,也是当代美国小说创作空前繁荣的时期。除了传统的现实主义、自然主义流派外,许多实验派小说,现代主义小说如黑色幽默等进入成熟时期,为数众多的文学流派和作品的涌现以及作品思想性、艺术性的提高,标志着当代美国文学进入了一个全盛的时期。

近期(70 年代以来)美国小说经历了激烈的沉浮之后日趋平稳,女性作家再度表现出不凡的业绩,小说题材的平民化倾向以及边缘小说的兴起成了该时期最引人注目的文学现象,并显示出美国小说今后一段时期的趋势与走向。

应该指出的是,对于包罗万象的当代美国小说来说,无论哪一种陈述、归纳的方法都有其局限性。如本书以时间,特别是以小说出版的年代为序,时间上大致有别,但仍有一些问题,如一个作家创作的生涯可以相当长,早期与晚期的作品不可同日而语,但篇幅所限,只能选他一部作品,故很难窥其全貌,索尔·贝娄、诺曼·梅勒等人都是这样,他们的创作几乎贯穿整个当代时期。又如凯瑟琳·安·波特这样的文坛老将,她在战前已经是一个被誉为笔意巧妙、潇洒出尘的杰出作家,但她最重要的小说《愚人船》却经过了几十年的苦心经营,直到 1963 年才得以出版,而把这样一位才情早熟的女作家列入当代美国小说发展史的中期来加以评论,实在也是出于一种无奈,由此可见其捉襟见肘之处,但限于篇幅等原因,这些无疑不在本书详述的范畴之内。

# 第一章 战后年代(40 年代中至 50 年代末)渐入佳境

　　受战前 20～30 年代那些明显具有政治倾向或社会抗议性作品的影响,第二次世界大战结束之时的美国小说也显出类似这种倾向的痕迹。最初的几部有影响的作品如罗伯特·彭·华伦的《国王的人马》(*All the King's Men*,1946),诺曼·梅勒的《裸者与死者》(*The Naked and the Dead*,1948),詹姆斯·琼斯的《从此地到永恒》(*From Here to Eternity*,1951),赫尔曼·沃克的《凯恩号兵变》(*The Caine Mutiny*,1951)等都表明了这一点。但是,仔细分析二战前后的美国小说,我们不难发现,这种继承与影响的关系,主要体现在题材方面。实质上,它们在思想内涵与艺术技巧上,已悄悄地发生了重大的变化。战前那种激烈的政治主张,对社会黑暗的谴责与揭露以及为争取民族平等权利而发出的抗议等悲愤之情开始趋于平缓,而建立在一个新的更高层次的对社会、对人的探索正逐步形成。这既是客观社会形势变化的必然,也是文学发展过程中的自新与升华。同样是战争小说,《裸者与死者》、《从此地到永恒》、《凯恩号兵变》等与海明威的《太阳照样升起》(*The Sun Also Rises*,1926)、《永别了,武器》(*A Farewell to Arms*,1929)、《丧钟为谁而鸣》(*For Whom the Bell Tolls*,1940),就有不同的视角和不同的主题思想。海明威笔下的战争是残酷的,许多人,特别是年轻人精神受到创伤,幻想破灭,是引起他们一片失意、彷徨混乱的原因。战争制造了一场场的人间悲剧,包括爱情的悲剧。《永别了,武器》中的青年弗雷德里克·亨利与凯瑟琳·巴克莱的相爱以及他们最后不幸的结局震撼了不少读者的心灵。而《裸者与死者》、《从此地到永恒》、《凯恩号兵变》中对战争的描写,则完全不同于此。战争只是整个故事中时隐时现的背景,各种人物在这特殊背景下的活动以及相互间的关系等等才是作者真正关注的中心。特别是在《裸者与死者》中,诺曼·梅勒几乎完全放弃了敌我双方你死我活的战争场面的描写,而把矛盾的焦点集中在美军内部两种人物性格,两种世界观以及两种社会势力的较量,从而引发读者对"另一场战争"即人文精神、自然力量与集权势力、机械力量之间抗争的思考。这种超越战争本身,以战争为背景而翻进一层作更为深入、更为广泛的描写与思考,不仅跳出了以往战争小说的框架,更主要的是开辟了一条新的战争小说的途径。60年代以后约瑟夫·海勒的《第二十二条规》(Catch‑22,1961)到库特·冯纳古特的《第五号屠场》(Slaughter-house Five,1969)都受到极大的影响,至今流风未息。

同样,《国王的人马》因涉及"政界社会",主人公威利·斯塔克系根据真实人物而塑造,故许多读者一开始时想当然地把它看成是一部社会政治小说。而事实上,正如作者彭·华伦后来所说的:"政治不过提供了一个故事的结构。"他写这部小说,为的是探索人的本质。通过斯塔克一生的沉浮,说明人与原则是对立的,丧失了人性,所有的人都处于孤独无援的状态。每个人都兼有善与恶两个方面,人们只有生活在上帝与人道的感召之下,人生才能得到终极的价值。因此,与其说《国王的人马》是一个反映社会政治斗争的故事,毋宁说它是一部探索人生之路的小说。

另一方面,从20世纪一直常盛不衰的"黑人文学"的角度看,大战前后的小说主题也有了各自不同的面貌。

理查德·赖特是战前最有影响力的黑人作家。他在代表作《土生子》(Native Son,1940)中明白地宣称,小说主人公黑人青年别格·托马斯的悲剧命运是美国社会制度的必然产物。他性格中粗暴的一面正是从小受到白人统治粗暴对待的后果,白人社会对黑人的敌视使他本能地反抗这个社会中的一切。赖特用阶级斗争的观点剖析了美国社会中的种族压迫并以此表达了黑人用暴力形式进行反抗的日子已经来临。他的另一部自传体小说《黑孩子》(Black Boy,1945)中用大量的事实揭露了白人残酷的暴行以及发生在他周围那些触目惊心的事件。赖特成了黑人苦难生活的记录者,也是一位力图改革社会的抗议者。他声称,这不仅是他个人生活的经历,而且也是全体黑人的历史。他的小说开了后来黑人民权运动的先河,变成了这个运动的精神食粮。而战后的两位黑人文学的代表人物,虽然都曾受到赖特思想的影响,但却与这位黑人革命的先驱人物的观点多有不同。拉尔夫·埃利森是理查德·赖特的学生,一度也曾是政治上的激进分子。但战后美国社会的政治形势与存在主义思潮的影响使他渐渐地改变了自己的世界观,他后来一再声明自己是一个艺术家、一名作家而不是某一项政治事业的代言人或者某一社会集团的代表人物。这种态度特别鲜明地表现在他的代表作《看不见的人》之中。这部小说虽然也以年轻黑人为主角,描写他坎坷的一生和他所面对的一个彻底混乱与疯狂的世界,但小说真正的主题是超越肤色的。它反映的不仅仅是种族问题,而主要地还是描写人在这个社会中的"自我本质"问题。主人公首先是作为一个当代美国人,然后才是作为一个黑人出现的。埃利森之所以要选择这个黑人作为小说的主角是因为他认为在美国这样一个社会中,黑人的生活境遇也许更具广泛的意义。他们生活中的处境、地位以及自身的价值等等问题显得更为尖锐和典型而已。因此,当埃利森被问及自己为何没有成为一名黑人战士时,他回答说,他首先是一个"人"。埃利森后来被 60 年代一些黑人激进的民权运动者指责为"缺乏战斗精神",也即基于这个事实。

另一位当代黑人作家的代表人物詹姆斯·鲍德温也有类似的思想。他的小说《到山上去呐喊》虽然也涉及种族矛盾,但并没有把矛盾的焦点放在现实社会中加以考察,而是从性、宗教、自我的本质、领悟等等方面加以理解。鲍德温甚至把赖特等人用强烈的情感描写黑人生活的现状看成是肤浅、简单的方式,认为文学作品不应仅仅以表面的种族冲突为题材。他的观点冲淡了美国社会当时处于紧张状态中的种族矛盾,宣传以自我内省来取代黑人的争取民权的运动。

因此,综观战后小说,无论是内容涉及社会政治、战争,还是民族斗争,一个共同的特征便是尽量淡化了政治倾向,而转向了对人的自身价值的探讨。作家们似乎有意地避开政治,贬低倾向性,表现出一种对现实"不介入"的态度。这一时期的文学作品少有与现实直接挂钩的,与战前同类小说判若泾渭。这种现象无疑与当时的现实政治、社会背景,特别是嚣张一时的麦卡锡主义有关。也因此,有人把这一时期称之为"平头时期"或"平庸时期",它给美国文坛带来的影响可见一斑。再加上存在主义思潮开始在美国广泛的传播,文学创作中出现这样的倾向是十分自然的。

该时期美国小说创作中的另一个显著的特点,是一些作品中流露出对现实社会的恐惧而渴望回到自然,回到儿童时代的心理写照。"社会的矛盾很容易地变成了个人的病症"。一些故事中的主人公成了"病人",这是一种情感性的病症,病因是"要求服从和一致性的社会不断地向个人发起进攻,要削弱个人'真正'的自我,直到完全消灭它为止""这种情感上的疾病往往表现为故事的主人公希望永远停留在儿童时代"。① 威廉·斯泰隆的《躺在黑暗中》(*Lie Down in Darkness*,1951),J. D. 塞林格的《麦田里的守望者》(*The Catcher in the Rye*,1951),索尔·贝娄的《抓住时机》(*Seize the Day*,1956)以及尤朵拉·韦尔蒂的《庞德之心》(*The Ponder Heart*,1954)都有这方面的内容。这些小说中的主人公都是所谓理性社会、成人社会中的失败者,《躺在黑暗中》中的蓓登因家庭关系的破裂和社会的重压而产生了幻灭感,她最后脱光了衣服从摩天大楼上跳下来自杀,意在表明自己渴望追寻无邪的婴儿时代。因为在她的记忆中,只有婴儿时代才是纯洁无瑕的、幸福愉快的。《麦田里的守望者》中的主角16岁的霍尔顿也是如此,他的年龄使他无可奈何地结束了儿童时代,但他却没有勇气投入成人社会,因为这个社会太可怕、太虚伪、太危险了。霍尔顿喜爱一切弱小的人物与东西;他已死去的弟弟,他的妹妹,路上的小学生,中央公园浅水湖中的鸭子等等。他对博物馆内永远静止不动的动植物标本情有独钟,那是因为这些东西符合他内心"停格"的要求。在离开学校到纽约去闲逛了三天之后,他对丑恶的现实更加反感,他自感精神崩溃,与天斗,斗不过;与地斗,斗不过;与人斗,更斗不过。于是,他害怕长大,不敢踏入这四处陷阱的成人社会。不仅如此,他还向往自己能站在麦田边上的悬崖处,为正在天真嬉闹的孩子们作保护者,以免他们跌入可怕的深渊。这个意象充分地说明了霍尔顿要"救救孩子"的意愿与决心。《庞德之心》中的庞德老爹也是如此,虽然他已届耄耋之年,但他仍保持了一份童心。也因此,他被大多数世俗的人物视为异端,他悲剧式的人生揭示出在美国南方社会的环境中,一个不拘社会习俗、真诚无邪的人物根本无法撞破由社会陋习与保守势力所建立的"秩序"之网。

同样的主题,在索尔·贝娄的小说《抓住时机》中更掺入了哲学的思考。主人公汤米·威廉在他父亲以及社会上许多人的眼里,是一个远非成熟的孩子。他一直是个失败者,一个典型的倒霉人,一事无成。原因是因为他始终为自己的情感所累,他在理性社会面前显得手足无措、荒唐可笑,常常沉陷于

---

① 埃默里·埃利奥特主编,《哥伦比亚美国文学史》,朱通伯等译,成都:四川辞书出版社,1994年,第869页。

对过去时代的幻想之中。他的悲剧是个人的悲剧又是社会的悲剧、时代的悲剧。索尔·贝娄对这个人物的可悲处境给予无限的同情正表明了对理性社会的否定。威廉最后的失声痛哭是对自己遭遇的感情宣泄，也是一种对社会的悲愤与抗议。

如同美国经济在战后时期得到高度的发展一样，当代美国文学，尤其是小说创作在短短几年之中也显出了繁荣的趋势。作家及作品大量涌现，那些在二三十年代已驰骋文坛的老将宝刀不老，创作热情仍具无穷尽之势，而新一代的小说家开始崭露头角。这一时期中，尤以索尔·贝娄、诺曼·梅勒、伯纳德·马拉默德等人为代表的"犹太作家"最具活力，他们的作品足以证明美国社会与欧洲社会一样，可以为文学创作提供足够的文化背景与社会经历。而且，在他们的小说中，有一个共同的地方就是对现代人命运的关注与思考。他们故事中的犹太人主人公常常就是整个人类的化身，有着重大的寓意。

另外，在这个时期中，出现了两位各具特色的杰出作家：杰克·凯鲁亚克和弗拉迪米尔·纳博科夫。他们在当代美国文坛上犹如两匹黑马，一下子吸引众多读者的注目，《在路上》与《洛丽塔》曾给读者以极大的新鲜感和震动感。前者是"垮掉的一代"思想与生活的生动写照，后者触及了社会道德中一个敏感而又客观的事实。由于它们各自的特殊性，这两部小说至今仍是读者讨论与思考的热门话题。

当代美国小说起始于一场血腥的世界大战之后，继而又处于一个平庸高压的社会背景之下。虽然该时期有许多作家被认为是沉默的一代，但政治上的幻灭感、猜疑、迫害等等毕竟没有吓住真正杰出的作家，历史的洪流不可阻挡，当代美国小说很快地显示出奇崛的生命力。战争的炮火以及战后冷峻的思考似乎为当代作家提供了一个更为广阔的思维空间。从这一时期业已显示的粗略风姿看，当代美围小说创作开始进入了一个成熟的时期。

## 第一节　罗伯特·彭·华伦(1905～1989)

罗伯特·彭·华伦(Robert Penn Warren)1905 年出生于南肯德基州的古闸里镇。他的作品，无论是诗歌、小说还是散文、戏剧等都充满了一种故乡即美国南方乡镇的历史氛围。他的这种历史感大多直接源自他的父亲，父亲常常在家中高声朗读历史与诗歌。同时也来自他的外祖父。华伦在童年的暑假里常常去外祖父家度假,那里是一个孤寂遥远的烟草种植场。外祖父参加过南北战争,常给他讲一些战争中的故事。有时老人一时兴起还会背诵吟唱一些诗歌,大都出自司各特和罗伯特·庞的手笔。农村自然的景色和这些感人的诗歌给华伦以美的享受,这些印象可以在他的作品中窥见一斑,甚至到他70岁高龄时,他在一首题为"古风"的诗歌中还会回忆起童年时代的美景和一位叫"K"的小朋友。

对彭·华伦来说,他的文学生涯开始于16岁那一年,他进入了凡德比大学。他本想当一名海军军官但终因眼疾而希望落空。当时凡德比大学诗风炽盛,连校内一些橄榄球运动员也会吟诗作赋。华伦在大学一年级时受到作文老师的影响也写起了诗歌。他参加了一个叫"流亡群"的组织。他们常在一起讨论哲学、文学和一些社会问题。接着,他们又组织了一个规模庞大的诗社。专门朗读自己的新作,也对他人的诗歌创作作一番评论。在这个诗社里,华伦认识了艾伦·泰特,一个天才的诗人和文学评论家。他们随后又结识了一批志同道合的朋友,致力于南方文学的创建与研究。

彭·华伦在加州大学和耶鲁大学完成了研究生学业后,赴英国牛津大学进修。从1935年到1942年,他成为路易斯安那州州立大学的英语教师。他同时与友人克林斯·布鲁克斯、查尔斯·皮金等人一起创办了《南方评论》(*The Southern Review*)。他在杂志社中辛劳七年,使《南方评论》成为美国文坛最有影响的杂志之一。他也成了著名的"新批评"派的台柱,这一文艺理论流派在五六十年代曾风靡一时。

华伦先以诗歌闻名,其小说创作到40年代末才引起广泛的注意。《国王的人马》(*All the King's Men*)原先是一部诗剧,后来改写成小说,获得了普利策奖,随后又被改编成电影,广为流传。它以一位与前路易斯安那州的州长极其相似的人物叫威利·斯塔克的在政界的沉浮经历为情节,描写了一些发人深思的人生问题。华伦的小说一般都以南方社会为背景,具有浓郁的地方色彩。

从1944年至1954年,华伦似乎专心于小说创作,没有新诗发表。1952年他与伊莲娜·克拉克结婚,这是他的第二次婚姻。其时他们正住在欧洲,在异国他乡的风景触动下又加上年过半百喜得子女的喜悦,华伦重新焕发了抒写诗歌的激情。在新作"晚宴之后"和"爱的诞生"中,他那种历史感又融入其中。1978年,他的诗歌《此时与彼时:1976~1978的诗歌》(*Now and Then*)显示出他不服老之将至,决心向时间与存在挑战的心愿。

综观彭·华伦的创作生涯以及他在文学的多个领域中所取得的卓越成就,称他为当代美国的一代文豪并非溢美之辞。

## 沧桑·感悟
### ——罗伯特·彭·华伦的小说《国王的人马》(1946)

在当代美国小说中,罗伯特·彭·华伦的《国王的人马》是一部较为特别的作品。说它特别,一是因为它的故事内容涉及美国文学中较少见的政界社会,这在小说发表的年代(1946年)属于凤毛麟角的题材。小说在主人公从一个普普通通的农家子弟一直爬到州长的宝座最后又死于非命的整个情节过程中,始终没有离开政治上的倾轧、明争暗斗及尔虞我诈等伎俩。这与一般美国人脑子中的民主政治的距离相差甚远,也使许多读者看到了"政治人物",哪怕是曾经受到拥戴的人物的另一面。而且,尽管作者矢口否认本书是有关前路易斯安那州州长休伊·朗的传记体小说,但许多读者还是把小说中的主人公威利·斯塔克和休伊·朗的生平联系起来,把《国王的人马》视作一部社会政治小说。这种看法虽有一定的根据但毕竟对小说的主题缺乏深层次的理解。直到有些文学评论家,如苏黎世大学的史乔曼教授、著名的戏剧专家本特雷以及作家吴尔夫等人撰文对这部小说作了详尽的分析与研究后才慢慢改变了这样的见解。

另一方面,罗伯特·彭·华伦在小说创作之前早就以诗人和文学评论家的名声闻世。他的诗歌承继了艾略特和英国玄学派诗歌的传统,融合了经典与现代的双重技巧又饱含激情,在读者中很有影响。1935年,华伦和朋友布鲁克斯等人创办了著名的文学杂志《南方评论》,不但扶持了许多文坛新秀如后来名盛一时的南方作家凯瑟琳·安·波特、尤朵拉·韦尔蒂等人,而且还形成了他们自己的理论体系——"新批评派",其影响之大几乎主导了50~60年代的文学评论而且至今流风未息,成为20世纪最重要的文艺批评流派之一。此外,华伦与他人合著的《理解诗歌》(*Understanding Poetry*,1938)、《理解小说》(*Understanding Fiction*,1943)等著作,多少年来一直是美国大学中文学课程的必读书,是学习与理解当代文学的经典教材,影响深远。正因为华伦在诗歌、文艺理论以及戏剧、散文等多方面的成就,他的小说创作曾一度缺乏知音,未被读者充分认识。但时间毕竟是公正的,彭·华伦的小说不久便脱颖而出,人们通过这些小说不仅看到南方社会的某些历史痕迹,而且还看到了作者对社会对人生所作的认真而深入的思考。可以说,《国王的人马》的出版是人们改变对华伦小说的看法的转折点。这部小说还为他赢得了普利策奖,使彭·华伦成为美国文坛上唯一一位既获得普利策诗歌奖又获得普利策小说奖的作家。因此,《国王的人马》无论从华伦个人创作生涯或当代美国小说的历史来看,其意义都非同一般。

《国王的人马》是以路易斯安那州州长威利·斯塔克的政治生涯为线索,写他在从政事业上由弱变强,渐入佳境的过程以及在道德、性格诸方面走向反面的种种表现。这个人物最后的悲剧性结局留给读者不少启迪。除此之外,作为威利·斯塔克生平的旁观者和故事的讲述者、州长的秘书和记者杰克·伯登在其中的活动与感受,构成了小说中第二条重要的情节线索。

小说开始时,威利·斯塔克已是该州的州长,他正带了自己的"人马"衣锦还乡看望住在乡下的父亲。所到之处受到人们的欢呼与热情的接待,到处可以见到他的巨幅照片,照片下面是他的一句誓言:"我悉心研究的,是人民的心愿。"

威利·斯塔克确实在民众中,特别在农民中拥有广泛的支持者。他出身于一个贫寒的家庭,靠着奋发自强通过了法律学科的各门考试,终于成了一名自学成才的律师。他纯朴正直的品质和擅长演讲的口才使他在政治道路上赢得了不少民众的信任。但是,这条道路对他来说也并非坦途,一旦踏入这道门槛,他所面临的便是荆棘丛丛。当他初出茅庐在县城当上一个司库之职时,就接触到一起以权谋私的腐败事件。县里的头儿把一项建造学校的工程指派给自己的亲戚,而那个只顾赚钱的亲戚根本无视工程质量,偷工减料草草了事。威利见此不平则鸣,拍案而起,予以坚决的揭发与抵制。但结果却很惨,胳膊拧不过大腿,他小小司库岂是县官们的对手,于事无补反而弄丢了饭碗。回到乡下后,他闭门坐室,刻苦自修,博览群书,最后当上了律师。从此他可以以法律为武器,为乡亲们的利益而斗争。两年以后,那幢质量低劣的学校发生了倒塌的事故,造成了三个学生当场丧命,十几个孩子重伤的惨剧。其时正值威利准备在政治上东山再起,雄心勃勃地想加入竞选之时,学校的倒塌成了他立身扬名的好机会,人们纷纷记起了威利当年的正义行为,使他一时名声大振。

新一轮州长竞选开始了,该州竞选的两大派势均力敌。代表城里人利益的哈里逊和维护乡村权益的麦克默费均绞尽脑汁搞垮对手。哈里逊班子里有人想出妙计，鼓动威利·斯塔克出来参加竞选，目的是分散、争夺麦克默费的选票而乘势各个击破。因为"威利在这个州北部的农村里是个举足轻重的人物"①。在哈里逊一派的吹捧与鼓动之下，威利欣然答应参加竞选，他决心大干一番，到处巡回演说，足迹遍布乡下而且"一心要使每次演讲都是盖底斯堡②的翻版"。正当他积极活动，踌躇满志之时，他的女秘书萨迪向他捅穿了哈里逊他们的阴谋。这一击对威利·斯塔克来说犹如五雷轰顶。他又气又急，政治上的幼稚遭人愚弄，使他自感羞愧难言。他喝得酩酊大醉，一觉醒来，顿有大彻大悟之感。第二天他在选民面前揭露了哈里逊的阴谋并宣布自己退出竞选，他要以实际行动来帮助麦克默费竞选州长，击败哈里逊以平心中的怒气。

　　四年后，威利·斯塔克怀着改革政治、为民谋利的美好愿望再次角逐州长的位置。这时，他的支持者已超过大半，因此他顺利地当上了州长。但随着参政多年的经验，威利·斯塔克已不再是从前质朴单纯的他。他在政治斗争中学会了克敌制胜的种种手法，玩弄权术，翻手为云覆手为雨的伎俩也成了他的拿手好戏。他逐渐丢开了自己固有的道德原则和政治主张，一切从实利出发。为了升官的需要，他不但网罗了一批像杰克·伯登、萨迪等有用之才，而且还招降纳叛，把政敌手下的小人如泰尼·达菲等也纳为自己的人马。这些人的所作所为根本不是为民谋利而是为他们的新主子威利出谋划策、大打出手。

　　政治上的胜利使威利骄横一时。他在生活中开始暴露出随心所欲、专断蛮横的劣性。他慢慢地抛弃了曾患难与共的妻子露思，到处拈花惹草，与女秘书相好后又爱上了前州长的女儿，也是杰克青梅竹马的女友斯坦顿·安妮。威利与妻子的分歧越来越大，特别是在教育孩子汤姆的方法上南辕北辙、各不相让。露思主张让儿子接受传统教育，培养他成为一个有责任心、有道德有学问的人才。而威利则认为让汤姆自由发展，要他充满阳刚之气，哪怕行为出格也无所谓。因为在他看来，凭他州长的权势和财力，没有摆不平的事。在他的纵容惯养之下，汤姆很快就变成了一个花花公子。他是本城的橄榄球明星，生活上的堕落遭致后来颈骨摔断不治而亡。在此之前，威利在竞选参议员的问

---

① 罗伯特·彭·华伦，《国王的人马》，陶洁译，长沙：湖南人民出版社，1986年，第101页。下同，只标页码，不再另注。
② 指美国总统林肯于1863年南北战争后期在盖底斯堡发表的著名演说。

题上与老法官欧文发生矛盾。他指令杰克·伯登调查欧文的黑材料,而欧文是杰克从小敬仰的长辈,他不相信如此正直的法官会有什么见不得人的隐私。但威利却坚持他的观点即"人是罪恶的结晶,人在血污中诞生,人的一生从臭尿布开始,以臭尸衣告终,总有些问题"。(第78页)杰克在无奈之下,抱了替法官正名的信念而开始明察暗访,但不幸的是,他发掘的结果却令自己也瞠目结舌,欧文法官果然如威利所说并不是一个干净的人。他在1915年曾收受过美国电力公司大笔的贿赂并受到当时的州长斯坦顿的庇护,为此,原电力公司的律师利特保先生走上了绝路,跳楼身亡。这个事实使杰克心中的偶像倒塌了,不仅是法官,连他的好友亚当·斯坦顿和安妮·斯坦顿的父亲,前州长斯坦顿的形象也破碎了。他和法官一直是杰克·伯登心中的偶像、做人的楷模。从此以后,杰克对威利的人皆罪恶的观点深信不疑。而威利·斯塔克则叫杰克利用自己掌握的材料胁迫法官就范,不断施加压力进行政治讹诈。

威利在政界里与对手斗得昏天黑地,不择手段,不失为一个卑鄙无耻的政客,但在对待民众百姓方面,他却自认是大救星,是正义的化身。即使处在四面楚歌的尴尬境地,他还是想在本州造一个全世界最好的公费医院,让人们在这里接受免费的诊疗。这项雄心勃勃的计划是他一心想造福于民的大手笔。为此他耗费了大量心血,四处考察,精心策划,设计图纸直至委派医术高超、为人方正的亚当·斯坦顿当院长等事无巨细,他都亲自过问。但在由谁来承包建筑这项工程的问题上,他的手下人为争这块肥肉而相争不下。泰尼·达菲先是赢得了承包权但不久听到州长准备另请高明时,他怒火中烧,再也无法抑制心中的忿怒,乘威利·斯塔克诸事不利之际,他挑拨州长与亚当间的关系。告诉亚当说他的院长位置是因为妹妹安妮·斯坦顿与州长姘上而得来的。亚当闻此痛苦万分,他的自傲自尊被谗言击得粉碎,他无法容忍州长与妹妹的行为,盛怒之下开枪打死了威利·斯塔克,而自己也丧命于州长的汽车司机唐娃的枪下……

《国王的人马》以威利的秘书兼记者杰克·伯登的语言述出。事实上,除了威利个人的悲剧命运外,杰克·伯登的生活在小说中也占有重要的地位。正如他自己所说的"这是威利·斯塔克的故事,但这也是我的故事……它讲的是一个生活在世的人,在很长的时间内,世界在他看来是一种样子,但后来他对世界的看法改变了,变得很不一样。"换句话说,这部小说也写出了叙述者的世界观改变的全部过程。

　　杰克很早就认识威利·斯塔克。当时他是《历史报》的一个小记者,而威利正为县立小学的校舍建筑承包问题与县里的头儿们发生争执。杰克作为新闻记者来采访此事,威利刚正不阿的性格给他留下了深刻的印象,为他以后跟随威利从政参谋打下了基础。

　　杰克·伯登从小生活在离梅逊市不远的一个叫埠头的地方,和前州长斯坦顿家邻近而且与他家的两个孩子亚当·斯坦顿和安妮·斯坦顿十分友好,几乎每天都在一起玩。安妮一度成了他的未婚妻但终因分离与误会未成伉俪。杰克家境虽然富裕但并不幸福,父亲离家出走,母亲走马灯似地更换丈夫,最后一位的年龄与杰克相差无几。杰克本人也很早就离家求学,家庭的变化影响了他对人生的看法,他对母亲为人处世的态度表示不满。也因此,他习惯用玩世不恭的样子看待一切,不讲原则与公道,成了一个消极懒散的人,生活失去了目标。

　　自从认识了威利·斯塔克之后,他发现这个人的性格中有许多地方正是自己缺乏的。特别是坚韧的意志和实现信念的干劲,不屈不挠的斗争精神等都给了自己一种鼓舞。于是,他积极地投入了威利的政治阵营当了他的助手和参谋,充分施展了自己的才华。在多少年来的工作中,杰克始终在威利的身旁以一个旁观者的眼光目睹了现实中种种丑恶与腐败。为了平衡内心的不安与谴责,他发明了"大睡眠"的方法即遇到不顺心或看不惯的事,他干脆大睡一场,借以忘记一切痛苦以求难得的糊涂。但是,这种浑浑噩噩的度日方式并不能掩盖生活中无情的现实关系,他受雇于威利·斯塔克,自然免不了要为他的政治斗争出力效劳。当威利要他去开掘欧文法官的隐私以便对付他时,杰克心中充满了矛盾。因为他根本不相信像欧文这样的人还会有什么见不得人的罪恶行为。迫于压力,也是出于保护欧文法官的名誉目的,他这个研读历史出身的记者开始了对欧文的调查。令他震惊不已的是,历史事实告诉他欧文确实有过极大的罪恶甚至还间接地致人死命。这个事实改变了他的人生观,对威利的那句名言"人生是罪恶的结晶"加深了理解。而且,更令他难堪的是,他受命用这些材料去胁迫欧文法官改变政治立场的做法竟然导致欧文自杀身亡的惨剧。而当这不幸的消息传到他家,他从母亲撕心裂肺的尖叫声中得知欧文乃是自己的生身父亲。这一消息令他痛心疾首,面对眼前的一切他无言以对。为了替他人争权夺利而逼死了自己的父亲,还发掘他的罪恶,使自己永远背上了难卸的包袱。从这件事中,杰克似乎从混沌中醒悟了不少,他不仅弄清了为什么当律师的"父亲"会离家出走,也对威利·斯塔克他们的行为有了新的认识。

此外,安妮·斯坦顿的生活遭遇也使杰克对世事的态度大为转变。安妮和她的哥哥亚当是他童年时代最要好的朋友,他们曾经共同拥有欢乐的过去,彼此间建立了真诚的友谊。杰克与安妮分道后曾娶过一位性感的姑娘但因诸事不合弄得不欢而散,这场婚姻给杰克的精神造成了极大的伤痕。安妮·斯坦顿则经受了生活上的打击而投身于慈善事业。待到他们重逢之时都已受到了命运的折磨,彼此心照不宣而又犹豫徘徊。这种局面一直到杰克得知安妮已取代萨迪成为威利·斯塔克的情妇时才大受刺激。他意识到正是自己的作为促成了安妮投入威利的怀抱,因为他曾经把安妮的父亲、前州长斯坦顿祖护欧文法官的事情告诉过她,安妮为了替父亲赎罪也是为挽救父亲的面子而与他相好。这件事情对杰克的打击实在太大以致他几乎无法面对现实,他虽然冷眼看世,对一切都不在乎,但对安妮是例外。痛苦之余他故伎重演,一个人跑到加利福尼亚州的一家旅馆里睡了三天三夜,过去的一切如电影般地重现在脑海里,他不得不用"一切都不是你的过错,也不是任何人的过错,因为事情本身就是如此这般"的虚饰之词来欺骗自己破碎的心。

最后,杰克在经历了一系列的事件——欧文自杀安妮沉沦,亚当与威利同归于尽汤姆死于非命以及他们这班"国王的人马"生死沉浮的命运等等之下终于彻底改变了他的人生观,他的自然主义宿命论思想被动摇了。不久他发现挑拨亚当与威利关系,促使他们反目成仇并造成悲剧的刽子手正是那个从敌人营垒里投过来的泰尼·达菲。达菲为了个人的私利和权欲,他一箭双雕达到了卑鄙的目的。威利死后他顺理成章地当上了州长,这个一贯的政治打手开始组阁登台,他邀请杰克·伯登进入他的班子,但遭到严辞拒绝。杰克决心揭露他的罪恶,他把达菲的行为告诉了威利以前的司机、嫉恶如仇的唐娃,希望他有朝一日能为威利·斯塔克和亚当·斯坦顿报仇雪恨。同时,杰克也认识到每个人的行为对世事的影响以及必须有负责任的勇气。他已从虚无的阴影下走了出来,回到老家埠头与安妮·斯坦顿结婚安家,勇敢地面对现实,生活下去。

《国王的人马》是一部颇有争议的小说,其焦点集中在小说的主题究竟是什么。许多人认为,从全书的内容看,威利·斯塔克从一个农家子弟最后成了大权在握的州长,他的奋斗历程以及他性格的变化构成了小说主要的框架。作者彭·华伦创作这部小说的原始材料,无疑与前路易斯安那州的州长休伊·朗的生平有关。和小说中的威利·斯塔克一样,朗也是个贫家子弟,从未上过大学。他通过刻苦自学,8个月修完了法学院的全部课程并取得了考试成绩,成了一个自学成才的律师。后来他怀着改变农民生活的良好愿望参加竞选取得了胜利。朗上台后确实为人民做过不少好事,譬如修公路、造医院、办学校等等,赢得民众一片赞扬之声。但另一方面,在政治对立面的夹击之下,他很快学会了对付他们的手段,即以其人之道还治其人之身。他网罗了不少政治打手作为他的"人马",拉帮结派,打击异己以巩固自己在政府中的绝对统治。然后,朗又于1932年当上了美国国会参议员,正当其权势达到顶峰之时,他不幸被一位医生莫名其妙地开枪打死。1937年,彭·华伦在路易斯安那州立大学执教,为朗的故事触动而创作了《国王的人马》。威利·斯塔克参政的经历几乎就是休伊·朗的政治生活的写照。根据这一事实,一般人认为这部小说旨在为朗的政治活动及其功过作一番评价与解释,带有传记体小说的性质。彭·华伦一方面极力否认小说的主题仅仅有关朗的政治生涯但又不得不承认如果他没有在路易斯安那州听到朗的故事的话,那就根本不可能有这部小说。我们应该看到的是,把这部小说简单地归纳为个人传记体小说或有关政治社会的小说都是片面的。照作者自己的话来说:"对这种无知的愚蠢或是中了信条之毒的歇斯底里,实在没有什么可说的。"他一再强调"政治不过提供了一个故事的结构",他所要表现的是"更为深刻的问题"。

那么,什么是彭·华伦所谓"更为深刻的问题"呢?如果带着这个问题我们细细再读小说,在威利·斯塔克与杰克·伯登的生活经历中确实可以看到一些令人深思的问题,其意义远远超过小说的表层情节。

威利·斯塔克的一生带有某种悲剧的色彩。一开始时,他并不是一个唯我独尊的强权人物。他投身政界是为了改革社会,造福于民。那时候为了伸张正义他甚至不惜得罪权贵丢了饭碗。他身上有许多闪光之处,即使在失意痛苦之时仍礼贤下士,关心民众的疾苦。但作为一个政治家,在这样的社会环境下他也会被腐蚀与改造。他那实用主义的信念和他反复强调的世界充满了邪恶的论点使他只相信动机与结果而否认手段与方法。为了达到目的,他可以使用任何手段,讹作、威胁、收买、行贿等等都是家常便饭。他认定"天下根本没有什么值得人干而又能保持尊严的事情"。(第61页)他自创了"脏土论"，即"上帝创造的绿色地球上，除了水就只有脏土"。在他看来，善根本不存在，人们只能在邪恶中创造善。他对善与恶的看法实际上并没有上升到哲学上的高度而只是指一种指导行为的思想。因此，他从来没有为自己的行为考虑道德上的评判。只要能为己所用，只要能达到目的，他是不惜与坏人为伍或干一些坏事的。当他刚出山时，曾经被别人愚弄、利用、收买，而一旦换了个位置，他便毫不犹豫地采用相同的手法。他上台后重用叛将泰尼·达菲，有人对此有异议，威利大言不惭地告诉他们："泰尼的最大好处是谁都不会相信他，这一点你也知道，你要是找一个大家都能信任的人，你就会夜夜失眠，担心你是不是那个大家相信的人……有了泰尼当副手，你睡觉就安稳了，你唯一要做的事情是把他吓得屁滚尿流。"(第 26 页)读者可以看出，这时候的威利已是一个老谋深算的政客了。威利后来的成功，多少有赖于他当教师的贤妻露思的支持，但一旦飞黄腾达，他马上另求新欢把她甩在一边，只是难得与她拍张照以骗取民众对他道德及家庭观念上的信任。他的悲剧在于太自负、自信。他对儿子汤姆在外惹是生非非但不加管教反而表示欣赏，他要儿子成为一个"强者"，一个出人头地的人物。他的放纵使本已任性的汤姆更加胆大妄为，导致最后的堕落与丧命。

显然，威利·斯塔克具有分裂的性格特征。他既是一个理想主义者，又是一个实利主义者。从性格发展过程看，他从前者逐步走向后者，其趋势与他从一个单纯质朴的青年蜕化为堕落变质的政治野心家同步。威利·斯塔克在美国社会政治的大背景下走向反面的故事正是对这种制度的怀疑和无言的控诉。

另一方面，《国王的人马》中另一位主要人物即故事叙述者杰克·伯登的经历也耐人寻味。一些评论家甚至认为，与威利·斯塔克相比，杰克这个人物似乎更能体现作者的创作意图和小说的主题。正所谓旁观者清，杰克·伯登在小说中并不像威利那样叱咤风云，他只是站在旁边不时对面前的现实和自我的行为作一番评判与思考。他的精神境界和内心的思考显然比威利等人深了一层。他曾经说人"需要发现自我，需要在生存这张巨大而不断变化的图表上找到自己"。因此，杰克的故事也可以看作是一个自我寻找的故事，这种对自我的寻找正是当代美国作家从不同的角度加以审视的大题目。

当杰克初识威利时，他的处世哲学是绝对的怀疑主义和玩世不恭的人生态度。他常说"没有人对任何事情负有责任""除了'伟大的抽搐'之外并没有神的存在"。他对生活中发生的一切都毫不在乎，相信凡事都是历史的必然，人在这些强大的、必然的因素面前毫无作为。在这种机会主义的信念下,杰克觉得活得很无奈。作为一个学习历史的人,他有过几次探索过去的行为。第一次是他撰写博士论文时接触到一个叫凯斯·马斯敦的故事,也即《国王的人马》中故事中的故事。

　　杰克仔细地研究了此人所写的日记。马斯顿因爱上了朋友的妻子造成朋友自杀、情人痛苦不堪以及她家的黑奴被贩卖等罪过。为了赎罪,马斯顿给家乡的黑人以自由,又参加南北战争以期用死亡来弥补自己的罪孽。他在日记中忏悔所述的罪恶与个人的责任关系和杰克原来愤世嫉俗式的观点大相径庭。马斯顿认为"世界是一个整体……就像一张巨大的蜘蛛网,不管你碰在哪里,不管你碰得多么轻,蜘蛛网的震动都会传播到遥远的边沿。"这种观点与霍桑的看法十分相似,也就是说,任何人的行为包括罪责都将产生不同的影响而波及整体甚至后世。"无论你是有意还是无意碰了蜘蛛网,结果总是如此。"对这样的观点,当时的伯登既不理解也不接受,于是他扔下材料,大睡一觉,不再继续写论文。但多年之后,经历了诸多的世事变迁和人生的感慨,回头想起马斯敦的观点,杰克似乎有所感悟,他终于觉得马斯顿的思想实质就是"人皆有罪,人必须赎罪"的另一种表述。而且这种观点与威利的人生格言"人是罪恶的结晶……"有相同的地方。他第二次"发掘过去"即调查欧文法官的隐私之事使杰克的人生观有了根本的转变。表面上道貌岸然的法官竟然罪孽深重,这个世界上可以诱人犯罪的因素实在太多了。杰克曾扪心自问:"除了原罪之外,一个人最可能因为什么原因失足犯罪?"回答是"野心、爱情、恐惧、钱财……",欧文就是栽倒在钱财上。由于思想观念的改变,杰克·伯登的两次调查结果完全不一样。第一次失败了,他后来总结原因时说"是因为我在探索过程中企图发现真理,而不是寻找事实"(第 243 页),也即他企图在案件中寻找符合自己观点的"真理"。第二次调查的成功应归功于他"用撬棍掘地三尺"的方法。伯登在发掘他人的隐私时也同时掘出了自己的东西。他以前一直把博学的律师看成是生身父亲,威利·斯塔克是他的精神父亲。这一次,他终于把这两位"父亲"从脑子中清了出去而得知了事实真相。更重要的是,杰克从以前麻木混沌的状态下走了出来。他深有感触地说:"我们搞历史的人都知道人是个复杂的玩意儿,人不是分好人坏人两种,人本身是又好又坏,好来自坏,坏又源于好,人如果不是这么复杂的话就要天诛地灭。"他以这种观点来观察、分析威利·斯塔克,塑造了这个性格复杂而又真实可信的人物,使读者看到了威利在本质上并不是一个坏人,但是他忘记了作为人的局限性,妄自尊大,受到权力的腐蚀,结果走向了反面。

这部小说中,除了威利与杰克之外,比较重要的人物还有法官欧文。他不仅是杰克的父亲而且在整个故事中有特殊的意义。他对杰克的影响是多方面的。虽然他曾经有过不光彩的历史,但正如杰克所认识到的,很难把他看成是一个坏人。威利曾经多次对他进行政治上的威胁讹诈等,但都遭到他的拒绝,表现了他不畏权势的坚定立场。他对政治的看法是"政治永远是个选择的问题,而人不是自己安排各种选择的,作了选择就要付出代价……你作了选择,你明白你付出了多少代价,总是有个代价的。"(第 531 页)事实上,欧文不仅为自己的政治选择付出了代价也为自己犯下的罪孽付出了沉重的代价。他的自杀行为不能看成是一种逃避现实的怯懦,相反,这是他晚年对以前的行为进行反思后的一种否定。杰克·伯登虽然是直接逼死他的"凶手",但欧文的死使杰克明确了每个人必须为自己的行为负责的真理。他后来认识到,历史可能盲目,但"人"却不然。个人的动机与行为都应该接受善与恶的检验。他改变了以往那种消极厌世的人生观,最后与安妮一起去迎接新的生活。从这个情节来看,杰克的自我寻求有了一定的结果。正如史乔曼教授指出的:"《国王的人马》讲的是一个再生的故事。"杰克·伯登在往事的废墟中像火中的凤凰再次腾起。也由此可见,《国王的人马》确实不同于一般的社会批评或政治小说。作者彭·华伦所关心的是人生存的基本状况、道德原则和自我认识等大问题。这种对人生的思考使小说具有了深层次的意义,成为当代美国文学中的经典之作。当然,受宗教观念等影响,华伦把所有的社会现象和人性的善恶等都纳入抽象的宗教意识的解释之下,其局限性也是十分明显的。

《国王的人马》是彭·华伦小说创作的代表作,不仅内容上引人入胜,艺术技巧方面也相当突出。华伦作为一个诗人,他对环境与气氛的感受有不凡之处。小说一开始描写杰克跟了威利·斯塔克去梅逊市,顺着 58 号公路高速行驶时在路上看到的景色就是典型的一例。闪烁着亮光的柏油马路、阳光照耀下的白色石板、平展光滑的中心线、绿色无垠的棉田、路边画着骷髅的标志牌、杂草丛中的藤蔓以及一路上的汽油味、刹车皮圈的焦臭、烈性酒的气味和农田里苦干着的黑人等等组成了一幅逼真的南方农村风景画,马上把读者带入了特定的地域环境。更为成功的是,华伦对人物的刻画另有一功,他特别注重人物的个性化语言,即使是同一个人物,他的语言也不是一成不变的。威利·斯塔克是一个天才的演说家,他在当选前后的演讲中或者说话的口气上有很大的变化,完全符合人物性格与角色的变化,但即使当了头儿,他语言中的一些基本的特征如粗野、率直的风格仍然依旧,使读者闻其声可以想见其人,看到一个鲜活的人物形象。

此外,华伦作为一个文学评论家毫无疑问见识过各种成功的小说布局。《国王的人马》在这方面也是经过深思熟虑的。故事并非采用那种按部就班的时间顺序,而是巧妙地在事件中穿插杰克·伯登的回忆,时而正叙、时而倒叙,以此制造悬念,给人一种曲径通幽的感觉。再加上华伦朴素而圆熟的文笔,丰富而具深意的意象运用等,更使这部小说充满了艺术的魅力。

## 第二节  诺曼·梅勒(1923～2007)

诺曼·梅勒是当代美国重要的作家之一。他生于新泽西州的朗布兰奇,在纽约的布鲁克林长大,曾就读于哈佛大学航空工程专业并获得工程学士学位。1943 年应征入伍,后随部队在菲律宾服役。1946 年复员前,曾随着占领军在日本小住。

梅勒在哈佛读书时就产生了成为一名作家的冲动。他在学校里学习一系列的写作课程,获得了一些文学奖。毕业后他怀着要写一部关于太平洋或欧洲战争的小说的心愿加入军队。他在第二次世界大战中的经历为他的第一部小说《裸者与死者》(The Naked and the Dead)提供了素材。1948 年,这部小说出版后获得好评,十分畅销。年轻的梅勒几乎是一夜成名。

《裸者与死者》不仅仅是一部关于二战的战争小说,也不只是揭示了美军内部的权力之争和社会上日趋严重的专制、保守势力,它的主题思想是多方面的。时至今日,这部小说的实质性成就仍没有得到统一的看法,有关它主题的争论尚未结束。

梅勒少年成名,未免对他的生活有重大的影响,《裸者与死者》发表后的七八年中,他过着"虚假"的生活,直至 1955 年《鹿苑》(The Deer Park)的出版才使他重新振作起来。《鹿苑》以好莱坞为背景,作者试图发掘性、权力与金钱的内在联系。不久,梅勒开始迷上了嬉皮士式的生活,1959 年在《异议》杂志上发表的《白种黑人》(The white Negro)可以说是他"嬉皮士主义"的宣言书。

1955年以后,梅勒逐渐从小说创作转向新闻体作品的写作,《自我广告》(*Advertisements for Myself*, 1959)即为一例。他的"小说"、"散文"、"诗歌"对传统文学来说极具破坏力。1965年他的又一部巨作《一场美国梦》(*An American Dream*)曾被视为文学领域的一种叛逆,许多批评家对它严厉指责,纷纷大喝倒彩。实际上梅勒以此作为一种尝试,意图在于探索美国生活梦幻般场景以及暴力等极度的发展结果。正如有的评论家后来撰文指出的,这部小说的主题是为了赢得精神上的健康。小说中的主人公罗杰克犯罪是为了得救,他与魔鬼为伍是为了得到上帝的救赎。

梅勒擅长小说创作,他个人的生活经历也极富戏剧性。他曾六次结婚,又竞选过纽约市的市长,喜欢体育运动,也曾用刀刺伤他的第二任妻子。他因精神上的苦闷与失落而吸毒,也因经济上的需要写一些格调不高的作品。梅勒还写"非虚构小说",即"新新闻小说",反越战的《夜幕下的大军》(*The Armies of the Night*, 1968)是其代表作。1979年他写的《刽子手之歌》(*The Executioner's Song*)曾引起巨大的反响与争论,后被搬上银幕。他以充满同情的笔触描写了杀人犯盖雷·吉尔摩被判死刑并最终受刑的始末,该书为他赢得了第二年的普利策文学奖。

梅勒一生都渴望成为一个举世闻名的大作家,他曾说过:"令我沮丧的是,一种想推动时代作出变革的感觉缠绕着我,不管正确与否,很明显我业已把要对美国小说界产生深远影响作为目前及未来所要做的事。"他为此努力工作,创作热情长盛不衰。在当代美国作家中,他与乔伊斯·卡洛尔·欧茨都以多产而闻名,但梅勒在不同体裁及写作手法的多种变化的尝试中确实一枝独秀。

梅勒迄今已有二十几部作品问世。作为一名作家,他获得了多种荣誉,包括普利策奖和全美图书奖。1967年,他被选为美国艺术学院院士,据说他还曾于1969年被提名为诺贝尔文学奖的候选人之一。尽管梅勒的作品是否实现了他曾为自己许下的诺言——革新我们时代的意识还需时间的考验,但至少他的创作从各个角度分析和反映了当代美国社会的各种矛盾,成了这个时代最形象的见证而影响深远。

## "自然力量"与"机械力量"的对抗
### ——诺曼·梅勒的《裸者与死者》(1948)

美国当代著名作家诺曼·梅勒的成名小说《裸者与死者》出版于1948年,

至今已有逾半个世纪。这部小说在当时可以说是一炮打响,引起了轰动。《纽约时报》书评权威奥维尔·普雷斯科特(Orville Prescott)在1948年5月7日,也即小说出版没几天后就发表文章,称《裸者与死者》是他所读到的有关第二次世界大战的"印象最深的作品",并预言梅勒将成为一位了不起的大作家。第二天,另一位书评专家马克斯韦尔·杰斯马(Maxwell Geismar)在《周末评论》上说:"正当我们停止了再谈50年代的文学成就时,它却显出了新的方面。"他称梅勒是一位成功的新作家。第三天,即5月9日,《纽约时报》书评版又有戴维·丹伯西(David Dempsey)撰文赞扬这部小说"毫无疑问是描写最近的冲突中最有力的作品"。5月10日,《时代》周刊把此书称之为能与托尔斯泰的《战争与和平》相媲美的巨著。而同天的《新闻周报》说梅勒"几乎是一个完美的作家"。在这一片赞美声中,《裸者与死者》的销售量急剧上升,1948年夏天,雄踞美国最畅销小说之榜首。

可以说,《裸者与死者》自发表后没几天一直到现在,始终受到了高度的评价,几十年来人们对它的热情未有稍减,截至上世纪90年代,《裸者与死者》的精装本已售出25万本,而平装本达300万本以上,这在美国也是不多见的盛况。

但是,尽管如此,有关这部小说的争论似乎也没有中断,时至今日,仍有一些文学评论家怀疑"它的许多成就就仍然未被人们充分地认识""它还有更重要的,不同于一般的地方"。其中一个突出的问题便是,它究竟是部什么样的小说,它经久不衰的魅力究竟何在? 迄今尚未有定论。

有人称《裸者与死者》是一部自然主义与现实主义的杰作,是一部历史文献性的作品,认为它是作者在二战中军队生活的真实记录。对此,梅勒本人并不同意。他承认采用了一些现实主义的写作手法,但又认为与其说它是一部自然主义与现实主义的小说,还不如把它看成是如同麦尔维尔的《白鲸》(Moby-Dick)一样的象征性的作品。

也有人认为这是一部表达存在主义思想的小说,意在说明战争的残酷与荒诞,人生的虚妄与无望。这在小说的内容特别是结局和人物的经历中都可以看出较为明显的痕迹。而事实上,50年代正是存在主义思潮风靡西方的时代,许多作家特别是青年作家都受到了不同程度的影响,梅勒也不例外。但综观全书,确切地说,它只是具有一些存在主义思想的倾向,但绝非主旨。

更多的人则把《裸者与死者》看成是一本反映二战的战争小说或"反战小说",把它归入诸如霍恩·彭思(Horn Bums)的《画廊》(The Gallery,1947)、詹姆斯·琼斯(James Jones)的《从这里到永恒》(*From Here to Eternity*，1951)、《细细的红线》(*The Thin Red Line*，1962)和赫西(*Hersey*)的《恋战者》(*War Lover*，1959)一类的作品。因为一个不可否认的事实是，梅勒确实以第二次世界大战作为小说的背景，描写了美国军队在这场战争中所经历的种种磨难。但是，如果把《裸者与死者》看成是单纯的战争小说的话，那无论在战争场面的描写和历史背景的阐述等方面，这部小说都不比上述作品来得出色。而且，值得注意的是，二战的敌方——日本军队在小说中几乎没有正面的描写。针对这种普遍的看法，梅勒本人也申辩说，"开始的时候，我从未想过这是本反战小说"。因此，我们不难发现，作为一部以二战为背景的小说，它与约瑟夫·海勒的《第二十二条军规》倒更为接近，二者有不少相似的地方。

那么，这部小说真正的主题是什么，是什么地方引起读者如此的兴趣呢？这个问题连梅勒本人的解释也显得语焉不详，他曾在《自我广告》一书中回答读者说它是一部充满了希望的"有关人在历史中运动的寓言"。这种抽象的，含糊不清的说法并没有让读者感到满足，相反，引起了人们更多的猜测，也导致了许多不同的解释。

事实上，要探讨小说的真正含义和价值所在，发掘它"不同于一般的地方"，我们最好还是回到作品本身上来。

《裸者与死者》的情节并不复杂，讲的是二战中南太平洋近菲律宾的一个叫"安诺波贝"的小岛被日军侵占，美军上将卡明斯奉命率领一支6000人的部队夺回该岛。小说把焦点聚集在这位将军的指挥部和一个仅有12个战士组成的侦察排。特别突出了四个人物，除了卡明斯上将外，还有他的助手霍恩中校、侦察排排长克罗夫特及战士瓦尔生。由他们四人构成了两对矛盾：将军与助手霍恩中校在思想意识方面处于对立状态，而排长克罗夫特又与处处顶撞他的瓦尔生作对。卡明斯为了维护自己的权威与尊严，把霍恩派到克罗夫特的侦察排去负责一次极其危险的敌后侦察行动，这样又使霍恩中校陷入了与克罗夫特的紧张对峙之中。克罗夫特对中校的到来表示了极大的敌意，这不仅是因为嫉恨而且还由于彼此之间观念上的冲突以及他鄙视霍恩那种混淆了军队上下级之间关系的做法。因此，在侦察行动中克罗夫特有意让中校暴露在日军的火力之下而丧生。与此同时，克罗夫特又处处对瓦尔生施加压力，在他长期的攻势下，瓦尔生终于屈服畏缩。小说的结局令人深思，这次付出了惨重代价，包括几个人丧命的侦察行动实无必要，因为就在他们拼死拼活企图越过高山的时候,日本军队已经被击垮。当这些垂头丧气的残存者拖着疲惫的双腿回到基地的时候,才听到了这一消息。

整部小说的情节在几个层面上同时展开,一是军队要征服大山,执行侦察任务但最后没有达到目的;二是军队内部的种种矛盾与斗争,在这个层面上又有两条线索,一是作为军官层的卡明斯将军与霍恩中校之间的对抗,另一个是基层侦察排中克罗夫特与瓦尔生之间的冲突,而全书又通过对霍恩中校惩罚性的被"下放"到侦察排而干净利索地把两条线索串在一起。

从小说的内容中我们可以看出,作者真正的本意并不在写美军与日军之间那场残酷的战争。如果我们把小说中两个最重要的象征——大山与军队看成是两种"系统"或两种"力量"之间的较量,那么,全书的意义就清晰明了了。美军一心想征服的阿那卡山峰高高地耸立在安诺波贝岛的中心,它是一种"自然力量"的象征,而它的对立面,即由卡明斯将军和克罗夫特率领的军队则是"机械力量"的具象。这两种力量在另一个层面,也即在军队内部则由具有法西斯集权主义思想倾向的卡明斯将军和克罗夫特排长与崇尚个性完整、追求民主思想的霍恩及瓦尔生之间的对抗而构成。

在小说中,所谓的"机械力量",指的是战争、军队、武器及这种力量的化身;美国工业主义者的原型如卡明斯和克罗夫特等人,而"自然力量"即是大山、丛林及代表了民主自由思潮的霍恩、瓦尔生等人。二者在这广阔的历史背景下展开了一场激烈的斗争,这是小说真正吸引读者的地方。

卡明斯将军是一位"卓越"的军队指挥官,毕业于著名的西点军校。他性格中最突出的特征便是冷酷与无情,他是一个只看重"力量"的偏执狂,也是权欲与控制欲极强的铁腕人物。他出身于中西部富有的人家,父亲从小就教会了他这个社会里通行的"狗吃狗"的生意原则,并告诉他美国社会是建立在"恨"与"恐惧"的基础上,说这是一条不变而有效的原则。当他成了一名美军指挥官以后,他急于要用这套所谓的"恐惧阶梯"的理论来治理他的军队,并设想将来用以治国平天下,特别是对付战后与苏联的冷战,明显地带有法西斯主义思想倾向。他的这种理论遭到了他年轻的助手霍恩中校的抵制与反对,二人由争论而渐至对抗。霍恩虽然与他一样出身一个中西部富有的家庭,但他就读于哈佛大学,更向往民主思想,他成了自己家庭的反叛者,从他父亲残酷的物质主义下逃了出来而投入一种自己也搞不清的人道主义。他在赴安诺波贝的途中曾敏感地意识到正直的青年人在这个一切都"机械化"了的美国社会是毫无希望的,他相信所有聪明伶俐的青年人都会在年轻的时候被什么东西撞得头破血流而那东西却完好无损,这正是他向卡明斯将军的权威挑战结果的隐喻。

霍恩少尉与卡明斯上将的冲突是军队上层的意识对抗,在小说中,这种对抗也有一个非常复杂的过程。刚开始时,霍恩对自己的上司甚至还有几分崇拜,并且也受到他迷恋权力的影响,而将军对他也常常显得前后矛盾并隐隐约约地显出了一种同性恋的态度,时而残暴、时而亲切。而随着卡明斯不断地宣扬他那一套强权理论,逐步暴露他那"机械"式性格之后,使那个非常惧怕个性丧失的霍恩中校忍无可忍,他们之间的对抗是不可避免了。霍恩最反感的是卡明斯所强调的在军队中个人必须从属于机械(军纪、武器等)的理论,也反对他运用"恨"与"怕"的手段来统治军队,甚至对他那种冷若冰霜的生活方式也不无讥讽。因此,他很快成了卡明斯将军的眼中钉、肉中刺。这种对上司的权威的挑战是将军绝对不能容忍的,他把霍恩的言行看成是军队中一股威胁他权威力量的代表必欲置之死地。正如他曾告诫过中校的,"权力中重要的一点是,它只能自上而流下,如果在中途遇到任何障碍或反抗,那只会引来更强的力量,把它打得粉碎。"①运用这条原则,他毫不留情地惩罚了霍恩,把他调到克罗夫特的侦察排去负责一次非常危险的行动而导致了他的死亡。

在小说中,卡明斯的形象完全是按照"机械力量"的化身来塑造的。他被刻画得像一架无情的机器一样,冷漠高效、强壮有力。他可以一刻不停、几个小时地考虑问题,"甚至连地图也不看一眼";他有充沛的精力,可以毫无倦色地不懈工作;他注意力高度集中,对部下了如指掌,犹如一台电脑一样精确无误。作者暗示,卡明斯的能力是常人无法企及的。而且"他无论在哪儿,没有活生生的气息",他的帐篷中简朴无华,行军床折得像是没人睡过似的,办公桌上有条不紊,连帐篷的地板上也一尘不染。他"那台灯的灯光穿过长长的对角线投影于帐篷内长方形的物体上,看上去就像一幅抽象画"。(第172页)这一切表明,他与别人不同,他没有人的"迹象"。

就在这空荡荡的,没有一丝生气的帐篷里,卡明斯将军展开了他的"机械"理论并积极地用于他所控制的军队。他全部理论的基础就是基于用权力来控

---

① Norman Mailer,*The Naked and the Dead*,NY:Rinehart and Company,INC,P. 323。下同,只标页码,不再另注。

制"混乱的现实"。在他看来,军队即是未来社会的缩影,而控制军队最好的方法是用"恐惧阶梯""当你害怕你的上司,你就会做得最好而蔑视你的下级",这正是机械社会特殊的哲学。他进一步露骨地说:"机械技术在这个世界里必须加强和巩固,只有这样你才会有恐惧感,因为大多数人都必须服从于机器,而这并非他们本性所愿意的事。"

卡明斯扮演了"机械力量"的象征,也是这种力量的产物。当他用他那支心爱的火枪开火时,浑身感受到一种机械力量的高度兴奋(第566页),自称"我感受到了一种久等的紧张"。他把个人看成是机器的附属品,"换句话说,在战斗中,人与机器的关系超过了人与人之间的关系。"他把整体的人视为一种机械的力量。他说:"战斗是成千上万的人与机械组织起来的冲锋陷阵。"正因为如此,他对机器的崇拜超过了一切。在他看来,机器的力量,它的价值,不仅仅是控制军队,控制政治的有力工具,而且已经渗入到一切之中。很显然,卡明斯这种机械至上论已经构成了对自然及人类人性完整的严重威胁,他是美国集权主义思想的一个典型代表。在这种思想的鼓动下,他自认为可以压倒一切障碍,无论是自然还是人。当我们看到卡明斯将军那张披在身上的人皮渐渐剥落之后,他实实在在是一只赤裸裸的动物。小说中有一个情节引人注目,那就是霍恩中校面对着卡明斯的法西斯军国主义式的暴虐言行,存心在他的帐篷里丢下一个烟蒂以示抗议。此举被卡明斯知道后,马上显露了他极为凶恶的本质,"如果他这个时候手中牵一只动物的话,他会马上勒死它"。他把霍恩找来,在一顿辱骂与威胁之后,又侮辱性地要他把烟蒂拾起来,否则将受军纪处罚,这几乎可以说是他们间的一场公开的、白热化的斗争。霍恩作为一个军人,一个卡明斯理论的反对者,他不愿接受这个侮辱性的命令,但慑于将军铁的意志、严酷的军纪及他那双布满了血丝的眼睛,霍恩不得不退缩。他的这个"反叛"行为直接导致了卡明斯惩罚他的决心。

同样,人与机械的斗争也在克罗夫特与瓦尔生之间展开。克罗夫特是卡明斯的追随者,他们在许多方面有着惊人的相似处,有时简直可以说是一对孪生兄弟。他也是一个强硬派人物,一个权欲迷,一个向往以"恨"来控制他人的野心勃勃的人物,而且还同样有着同性恋的倾向。而最突出的,他也是一个相信可以用自己的意志来征服世界、征服他人的人。他的至理名言是"我仇恨一切不属于我的东西"。克罗夫特处处显得阴冷,"窄窄的三角脸上没有一丝表情,又硬又小的额部没有多少肉,尖削削的脸腮,又短又直的鼻子,细细的黑发……"从梅勒对他的外表的描写就几乎令人看到了一尊冷冰冰的机器人的样子。而瓦尔生则与他相反,是一个活泼的、血色红润的热情小伙子,"脸上生了雀斑,有一头红发"。他坎坷的经历使他成为一个渴望自由而个性完整的战士。瓦尔生出身于一个贫苦的家庭,在参军以前常用流浪汉式的生活逃避现实世界中机械力量的威胁。他从 14 岁起为了挑起家庭的重担不得不当了一名矿工,在那地下几十米的深井里,几乎没有立足之处的矿道中用极为笨重的钻机采矿,常常还要被又烫又湿的矿石绊倒。他用尽了全身的力气、用胸膛把钻头顶进矿石中。就这样一天干十小时,一周做六天,只有在星期天的时候才能见到天日。他是"机械力量"的受害者,他的青春就是在煤屑和机器声中耗尽的。战争爆发后,他从美国社会的底层来到了军队,期望呼吸到一种新鲜的空气,摆脱几乎迫使他发狂的机器的束缚。但是他错了,当他来到了安诺波贝岛以后,发觉自己已陷入一架更大的机器(军队)之中。他与克罗夫特的争吵在书中很早就出现了,他常常敢于得罪、顶撞这位排长,向那些不合情理的军纪挑战。在这个岛上,生命对他来说唯一的意义就是竭力保护自己自然人性的独立,反对克罗夫特的权威,就像霍恩对卡明斯一样。

在权欲与狂热的鼓舞下,克罗夫特不惜任何代价要争取侦察任务的胜利完成,他一次又一次地驱使手下的人冒险登山。为了执行将军拟定的军事计划和表现他的战斗才能,他不顾客观条件而冷酷无情地要战士接受他铁的意志。这个人物在小说中被描写得完全丧失了人性,是一个施虐暴戾的人物。他曾经在逗弄了一个日本犯人之后开枪打碎了他的头颅,他也是霍恩少尉不幸中弹的精神上的谋杀者。他蓄意让少尉去送命是因为后者威胁到他脑子里的上下秩序和集权主义思想。作为霍恩之死的预兆,他在丛林中一手捏死了一只活生生的小鸟。在六天六夜的艰苦跋涉中,克罗夫特的人性已完全湮没于无情的机械性之中,也是在他这种狂暴的进攻之下,瓦尔生的斗志逐渐消融,最后不得不低头屈服。

霍恩与卡明斯以及克罗夫特与瓦尔生之间的对抗,完全可以看作是当时美国社会中两种思潮和两种力量较量的反映,梅勒把军队中和社会中的权威主义和个人完整的丧失联系在一起。从这个视角看,似乎自然个性的力量远不是机械强权力量的对手。但是,事实并不然,这仅仅是局部的对抗与冲突,是作家忧心忡忡的地方,而在另一场背景更为广阔的斗争中,情况则正相反。

阿那卡山峰是安诺波贝岛上最高的山峰,远远望去,一片紫气缭绕,神秘莫测,它的表面覆盖着密密的热带丛林。它是小说中最重要的象征,这座孕育了无数有机世界的山峰显示了"自然力量"的伟大与生机勃勃。卡明斯为了试探敌军的虚实,命令侦察排必须越过阿那卡山峰插入日军后方,这样,使"机械的力量"与"自然的力量"进入了直接对抗的局面。虽然由霍恩与克罗夫特带领的侦察排为此付出了惨重的代价,但他们碰上了真正的对手。阿那卡高峰对克罗夫特来说就像军队对卡明斯将军一样,是一个不受控制的对象。要在这布满了荆棘的丛林中开道前进几乎是不可能的,梅勒在书中写道:"没有一支军队,能够生存、活动于其中。"克罗夫特以他特有的狂虐之情,一心想征服这座大山。他驾车一头冲了进去,但却遇到了自然力量的有力抵抗。克罗夫特先是感到四肢麻木,接着又在河中碰得浑身青肿。这变幻莫测的丛林中到处散发着一股难闻的好似破烂抹布的臭味,令人头晕目眩。最后,克罗夫特又不小心一脚踩在蜂巢上,大群的黄蜂围攻上来,迫使这个邪恶的战争狂人退了下来,终于尝到了失败的滋味。他"不断地看着这座山峰,他失败了,失去了崭露头角、自我炫耀的机会,失去了自我和别的,甚至生命及一切东西。"(第709页)

因此,我们若从这个总体的意象上看,在这场两种力量的交锋中,无论是卡明斯还是克罗夫特都不是胜利者,也不是英雄。他们虽然用自己的权力和地位击垮了各自的对手,但在代表了永恒的"自然力量"前显得渺小无力。最后连卡明斯也感到了无可奈何并自己觉得无所事事,这正是这部小说高于一般反战小说的意义所在。可以说,《裸者与死者》是对梅勒的一个重要的思想,即尽管"人类正处于一个堕落与混乱并到了无可救药的状态",但"人们还是存有对较为美好世界的企望"的形象表达。这说明人类的历史、美国的前途并不会像卡明斯所想象的那样,他与克罗夫特最后的失败证明了"机械力量"作用于人与自然的破产,从而肯定了人的尊严、自由与个性的完整。

曾经有人问诺曼·梅勒,你最恨的是什么样的人?他坦率地回答:"是那些有权力而无同情心的人,也就是没有一点人性的人。"(《自我广告》,第271页)我们决不能忽视了这句话与卡明斯和克罗夫特间的联系。

至此,这部小说的现实意义与重要价值明确了,它否定了法西斯军国主义式的集权主义及这种"机械"的力量,同时肯定了各种自然的本性并揭示了人们在现代社会中与剥夺个性的力量作斗争的状况。

应该看到的是,这种描写自然文明与机械文明、人与武器的对抗是美国近代文学中的一个传统,它在以往的许多作品中并不鲜见,无论是诺里斯·玛根(Norris Magun)、舍伍德·安德森(Sherwood Anderson),还是海明威、多思·帕索斯甚至德莱塞的作品中都可以见出端倪。而诺曼·梅勒在《裸者与死者》中结合了更为重大的背景——第二次世界大战又加以尽情表达,引起了人们普遍的兴趣与关注。

《裸者与死者》的成功还与作者娴熟的写作技巧分不开。有人说它是一部现实主义的小说,也是有充分根据的。梅勒的写作态度十分认真严肃,许多材料都得自他在军队中的亲身体验,据梅勒的一位战友戈特纳后来回忆说"他(梅勒)甚至连名字也懒得改"。在正式写作前他又作了充分的准备和周密的考虑,全书该有几章,每章的情节安排都预先写在卡片上,每个人物的年龄、身高、家庭背景、出生地点及教育情况也一一列明。这种一丝不苟的写作态度使他笔下的人物读来真实可信,尤其是人物的语言与各自的家庭背景和文化层次相当吻合,使读者感到如见其人、如闻其声,有强烈的现实感。另外,小说还为整个故事的背景提供了多方面的数据,包括正文前安诺波贝岛的地图等等,所有这些,都得力于梅勒在哈佛大学读书时培养起来的严谨的态度和学风。

许多文学评论家指出,梅勒在写《裸者与死者》时受当时另一位著名作家多思·帕索斯的影响,说他是"多思·帕索斯的一位自觉的学习者"。[①] 特别是前者的《三个战士》给了他很大的启发,梅勒也承认这一点。在《裸者与死者》中最引人注目的写作方法是"闪电式回顾"(Flashback),也即一面推进美军在安诺波贝的军事行动的同时,一面运用"时间机器"(Time Machine,这正是多思·帕索斯专长的),追述小说中各个人物参加战争之前的生活历程,从而使人物的形象更加丰满。我们由此可以看到无论是卡明斯与霍恩间的矛盾还是克罗夫特与瓦尔生间的冲突,都是人物性格发展的必然。

如前所述,《裸者与死者》描写了几个层面的冲突与对抗,在如此复杂的陈述结构中,诺曼·梅勒又加入了过多的人物对话与哲学思想,这无疑是一种很大的冒险,但他又成功地以扣人心弦的悬念及快速变换场景的手法越过了这些障碍。他从来不让内容在独立的章节中结束从而使读者想看下文,以这种方法来推动情节主线的向前发展。

另外,《裸者与死者》的总体结构也很有特色。它一共分四个部分,其中第

---

① Orville Prescott, *New York Times*, May 5, 1948.

一与第四部分极其简单，只是交代故事的前后过程，用笔相当经济，快速带过。如第一小节只有三句独立的句子，全书以"没有人能入睡"一句开始，简洁明了地表达了战前人们忧虑的心态。小说的最后一句只有"热狗"二个字，那是那位击溃了日军的威尔逊少校正在构思一项新的计划——在作战地图上放一张迷人的女孩的照片来吸引士兵们的注意力并希冀借此蒙获上司的青睐而平步青云地往上爬，心情一得意，脱口而出的粗口之词。

在表现主要情节的第二、第三章中，梅勒又交叉地使用了"时间机器"与"复调"的方法，前者用以揭示各个人物战前的背景，后者用来描述这些来自社会不同阶层的人物在战争的压力和被混淆了的权力之下是怎样变得混乱不堪和"机械人化"的。

此外，梅勒又成功地把两条主线，即代表了追求个性完整的霍恩、瓦尔生与代表了机械力量化身的卡明斯、克罗夫特间的斗争及阿那卡山峰与军队间的对抗互相交织在一起，使情节步步推向高潮。

《裸者与死者》是诺曼·梅勒的第一部作品，虽然有的读者抱怨小说的结局给人一种意犹未尽的印象，似乎觉得还不够完整，但本书严肃的主题思想的深度及前瞻性是令人赞叹的。今天，尽管人们对这部小说的性质还会有各种不同的看法，但至少有一点是众口一致的，即当时年仅25岁的诺曼·梅勒以他的《裸者与死者》一书，可以毫无愧色地跻入美国当代最优秀的作家之列。

# 第三节　威廉·斯泰隆(1925～2006)

威廉·斯泰隆(William Styron)被认为是20世纪50年代美国最重要的作家之一，也是继福克纳之后杰出的南方文学的代表。他出生于弗吉尼亚州的纽波特纽斯，也即他作品中多次作为背景的沃立克港。斯泰隆于1947年毕业于著名的公爵大学，曾应征去朝鲜战场，但他对这场战争抱有反感，认为这是人类自相残杀的悲剧。1953年发表的《漫长的行程》(The Long March)集中地反映出他反抗暴力、歌颂理性的思想。1952年起他任《巴黎评论》的顾问编辑，70年代以来又参与编辑《美国学者》杂志，并执教于耶鲁大学等著名高等学府。斯泰隆的创作得到许多资深文学批评家的称赞，如麦氏维尔·基司默和美国文学史专家伊哈布·哈桑教授等都一致认为他的代表作《躺在黑暗中》(Lie Down in Darkness，1951)是二战以来最杰出的小说或最具有想象力的小说之一,并认为威廉·斯泰隆的才华与成就可以和索尔·贝娄、梅勒、厄普代克等人相提并论,说他具有"令人不可思议的天赋"。

《躺在黑暗中》是威廉·斯泰隆最成功的小说,他自称这部作品完全是受福克纳作品的启发而动笔的。小说不仅写出了一个南方贵族家庭的没落,也充分表现出南方人的负罪感与失落感,从一个角度凸现了当地人们的精神面貌。一些西方读者还相信,在这部小说中,斯泰隆的人物蓓登之死描写了"恋父情结",具有一种希腊悲剧的色彩。而这部小说的成功,很大程度上得力于意识流手法的运用。

除了《躺在黑暗中》和《漫长的行程》之外,斯泰隆较有影响的作品还有《纵火焚屋》(*Set This House on Fire*,1960)和《奈特·特纳的自白》(*The Confessions of Nat Turner*,1967)。《纵火焚屋》的主题与《躺在黑暗中》基本相同,也描写了人们在历史的重负与现实的空虚之间苦苦挣扎的状态。小说主人公凯斯·金索尔文是一个出生于南方,旅居意大利的画家。他的职业要求他具有一种激情和对生活的热望,但他偏偏没有信仰和理想,生活于空虚无聊之中。由于始终唤不起创作的热情,他开始厌烦自己,在两个女人之间周旋并酗酒为乐。他渴望把自己与现实永远隔开,但身处黑暗之中又恶梦缠身。最后,他决意为争取自己的精神解放和艺术上再生驱除这股腐蚀的邪恶势力,他离开了欧洲,回到了美国的南方。

斯泰隆最有争议的作品是《奈特·特纳的自白》,题材取自南方历史上1831年发生的一次黑奴暴动。小说刚问世时曾受到普遍的好评,第二年即1968年出版的一本题为《威廉·斯泰隆的奈特·特纳——10个黑人作家的作答》的论文集却对这部小说口诛笔伐,主要焦点集中在斯泰隆塑造特纳这个人物形象时"毫无理由地歪曲了史实"。事实上,作者正是想通过历史人物作"历史的沉思",从而开掘历史与现实之间的关系,特纳不仅仅是一个黑人,他也是一般人的代表,他悲剧的人生和复杂的心理变化成为斯泰隆所刻画的最成功的人物形象。

1979年,威廉·斯泰隆的又一新作《苏菲的选择》(*Sophie's Choice*)出版。这部小说耗费了他五年的心血,但相当成功,不仅畅销一时,还被拍成电影。作者通过苏菲曲折坎坷的生活经历来探索人性中绝对的恶。他试图证明每个人都会有意无意地伤害他人,构成使他沦为非人的罪恶力量。人们难以相互沟通,放弃对善的追求而最后被黑暗所吞噬。这部小说因对人性的考察而具有了哲理的意义,被哈桑称之为"表现了一种沉思的想象",而斯泰隆在故事的结尾处呼吁"让你的爱涌流向一切生命",虽嫌空泛但寄希望于人性的复归而仍不失积极的意义。

斯泰隆于 1967 年获普利策奖,1970 年又获豪威尔斯奖,他在小说创作方面的成就甚至为他赢得了国际性的声誉。

## 天堂的失落
### ——威廉·斯泰隆的小说《躺在黑暗中》(1951)

《躺在黑暗中》作为威廉·斯泰隆的第一部小说在 1951 年出版时所受到的评价是相当成功的。但大多数读者和文学评论家对它的反应是建立在这部小说与南方作家如福克纳、伍尔夫、华伦、乔斯等人的作品有类似的外表之上,涉及原罪、性、失落、死亡、赎罪等主题。他们笔下的南方社会从天真浪漫蜕变为腐朽与堕落,写出了一个衰败的和正在衰败的天堂。时至今日,《躺在黑暗中》仍然作为战后最重要的作品之一,它以一个旧式家庭崩溃的故事,通过这个家庭中各个人物内心的刻画和他们之间的矛盾与对抗到最后的悲惨结局,形象地揭示了 20 世纪 40 年代美国南方社会日趋式微的颓败之势。

《躺在黑暗中》的故事围绕着洛夫蒂斯一家的几个人物展开。主人公米尔顿·洛夫蒂斯,他的妻子海伦·洛夫蒂斯,女儿蓓登,另一个精神上智力上迟钝的女儿毛获也是全书的主要人物。除了他们之外,还有米尔顿的情妇多丽,她是一个有夫之妇,又是社会名流;海伦的至交凯里·卡和蓓登的丈夫亨利·密勒以及她的第一个情人狄克等。故事情节并不复杂,现实时间只有几个小时——从米尔顿等人去火车站接回女儿蓓登的遗体到她的入葬过程。作者在这短短的现实时间中运用多重叙述的手法,使人物定格并闪回各自的过去,又绾合了蓓登自杀之前的意识活动,多角度地描绘出了洛夫蒂斯一家悲剧的内在实质。小说开始时,米尔顿·洛夫蒂斯正随着枢车去火车站接回女儿的遗体,这是一个极普通的日子,弗吉尼亚州的海港城市华维克就如平时一样显得忙乱不堪。船上卸货的噪声,装了煤和烟草的大卡车重重地碾过路面……但这一天对米尔顿来说几乎是肝肠寸断。他哀叹这个世界如此无情,谁也不会体谅他此时此刻的悲痛之情。而且,像是故意嘲笑他似的,周围显得一片嘈杂混乱,米尔顿只感到心烦意乱。在这苦苦的等待中,他的思绪回到了过去的岁月。一时间,洛夫蒂斯一家人难堪的生活环境和各人的意识、记忆等等都在现实时间中一起涌了出来。蓓登·洛夫蒂斯原是一个年轻漂亮、热情而又颇具才华的姑娘,她的父亲米尔顿是一个律师,但他似乎对自己的事业并无多大的兴趣,整天沉溺于酒色和幻想之中,蓓登的母亲海伦出身名门,继承了娘家大笔的遗产,因此显得孤傲自大。米尔顿与她之间没有真正的感情,他把自己全部的爱倾注在女儿蓓登身上,几乎超越了父女之情的程度。他对女儿百般纵容、惯养却并没有给她带来幸福。相反,米尔顿的这种偏爱招来了海伦对女儿的嫉恨。她视蓓登为敌,又不能与丈夫沟通,故把全部的感情寄托在另一个女儿——弱智的毛获身上。而毛获不幸病故之后,他们家那种勉强的平衡被打破了,矛盾更为激烈。另一方面,米尔顿因所渴望的爱不可能在家庭中得到满足,他于是找到一个情妇叫多丽,多丽成了他感情上的发泄口。不仅如此,米尔顿还迷上了酒,他以酒浇愁,企图化解内心的忿懑之情。而海伦则越来越固执,精神上空虚无望,除了凯里·卡之外,她对所有的人都不信任,她那阴郁的心情给家里蒙上了一片阴影。蓓登眼见了这个"礼崩乐坏",充满了火药味的家庭,她决意出走。只是在她举行婚礼时,她与丈夫亨利才回家小住几天并举行仪式,这本是洛夫蒂斯一家,特别是母女和好的契机,但米尔顿在蓓登的婚礼上举止失态,他借着酒力亲吻、拥抱女儿使海伦妒火又起,风波遂至。这以后,蓓登虽然有了自己的家,但她始终摆脱不了对童年时代生活的向往以致酗酒滥交,逼走了丈夫。她想用堕落的办法来反抗现实的做法彻底失败,在绝望之中,蓓登看清了自己在这个社会中既无法生活下去又逃脱不了内心痛苦的折磨,那么,摆在她面前唯一的出路便是死亡。她终于登上了纽约哈莱姆一幢大楼的顶部,脱光了衣服从十二层高处纵身跳下自杀身亡。

　　正如许多文学评论家指出的,《躺在黑暗中》的故事框架与福克纳的名作《喧哗与骚动》十分接近,二者都以写南方的传统和南方价值的失落、南方旧式家庭的悲剧为内容。但相比较而言,《躺在黑暗中》似乎更具一种悲剧的倾向。这种悲剧显然不是古希腊文学中所强调的命运决定论,而是故事中人物的悲剧。虽然斯泰隆笔下的人物也常常受命运的捉弄与摆布,但他们对自己的行为并不是完全没有选择的。无论是蓓登、米尔顿还是海伦,他们的悲剧都是各自性格与行为的必然结果。作为他们共同的特征,他们都显得自私、卑鄙、空虚而又缺乏生活目的。他们身上那种人类之爱的潜能似乎在童年之后就不再有进展。这是他们悲剧的根本原因,也是战前整个南方社会走向最后的凋零之一斑。

　　米尔顿·洛夫蒂斯是一家之主，他五十多岁年纪，"灰白的头发"一看便知是一位千帆过尽、次第江湖的长者。但他曾经有过英俊潇洒、风流倜傥的青年时代，这也是他当初吸引海伦的地方。在小说中，米尔顿在情妇多丽的陪伴下来到华维克的火车站。当火车进站的喧嚣声传来的时候，他不禁为蓓登的命运和自己的处境悲伤难忍。这正是他的错误，他过分"爱"的结果。蓓登的死使他尝到了生离死别的滋味，无限的往事破空而来，他无法解释这一连串令人悲伤的事件。或许为了减轻生活中的孤独与伤感，他酗酒成性，酒精的力量使他处于浑浑噩噩的边缘，而这种状态又把他禁锢在孩童时代无限的追忆之中。他想起了自己的父亲曾经用一种很古老的语言告诫他，他的青春年华很可能会毁了他一生的事业。事实也正是如此，自从他与海伦在一次舞会上邂逅并坠入情网直至结婚成家之后，他把自己的一切都交付于她。原先在政治上与事业上（律师）的热情消融殆尽，他就像 20 世纪美国文学中许多青年人物——如海明威笔下的杰克·巴恩斯、菲茨杰拉德小说中的盖茨比一样，在他们年轻的时候，从未超越感情上的纠葛。米尔顿对父亲那种清教徒式的道德观念完全置若罔闻，他认为父亲对婚姻对人生的看法是毫无意义的，因为他相信他的生活为环境所决定。也因此，米尔顿一直为自己的情欲所支配，对自己的女儿怀有一种依恋之情，这成了日后蓓登自杀的重要因素。但米尔顿始终没有罪恶感和责任感，他想到的只是"生命看来只是一刹那间的事""在这个世界上无所谓错与对"。但不管他本人是否意识到，蓓登在家中对母亲的反叛举动，大都与他的言行分不开。他对待蓓登除了表现出父亲之爱外又掺杂了一种乱伦的激情。也因此，米尔顿·洛夫蒂斯在自己家中那种毁灭性的三角关系中被推到了两难的境地。他是一个没有浪漫情调的浪漫者，一直生活在自我的幻象之中，沉溺于寻找他那漂亮的女儿蓓登的渴念中。而明知这种渴念不会有结果，他一面由此憎恨妻子海伦，一面又与多丽保持着性关系，把自己过了头的爱转移到她的身上。斯泰隆暗示，他与多丽的这种关系只是一种性爱的扩张与转嫁，是一种替代式的乱伦，实质上他对多丽也没有什么真正的感情可言。

　　米尔顿这种类似梦魇式的欲念在小说中有充分的展示，特别是在蓓登的婚礼上，他仗着酒力举止不雅。也是在这个时候，醉眼蒙眬之中，米尔顿像是也有了一分清醒，"他看见屋子对面蓓登离开了那个年轻的中尉，她的手臂曲到肘部形成一个奇特的脱臼的样子……他想走到她身边去，和她单独谈一谈，解释一下,他只想对她说,宽恕我吧,宽恕我们大家,也宽恕你母亲,她看见了,但她只是不能理解,这是我的错,宽恕我对你的爱如此过分。"[①]这是米尔顿第一次承认对女儿过分的爱,但他并没有进一步深入下去,他找不到心灵痛苦的答案,只是感到自己是如此的可怜与软弱。于是,他继续饮酒沉沦,因为在良心的发现之下,他将是无法生活下去的。对读者来说,米尔顿·洛夫蒂斯的行为是不负责任的,他害了女儿蓓登,也破坏了整个家庭,这个人物几乎很少有可以"赎回"的余地。但值得我们注意的是,斯泰隆不凡的手笔并没有把他打入十八层地狱,他把洛夫蒂斯一家的悲剧提高到社会的高度并用艺术的手法描绘出来。我们读了小说后,对米尔顿这个人物还会表示一点同情,对他的痛苦给予几分怜悯。

　　而与之相反,海伦本是这个家庭的"受害人",她被丈夫冷落,又与蓓登处于对抗之中。除了毛荻,她在这个家中无人可爱,而毛荻一死,她便陷入了没有目的、没有意义的生活中。但事实上,海伦的这些处境并没有赢得读者真正的同情,这与她强烈的个性,从不松懈的梦魇式的神经过敏等等密不可分。大约是出身名门之故,海伦一向孤高自傲,她从小受到南方社会两种腐朽的传统,即所谓的南方价值和军人素质的熏陶。她的父亲是一个严峻的军官,道德上又是一个纯粹的清教主义者。在海伦的记忆中,他是那么的威风与严厉,充满了爱国的热忱,坐在马背上,检阅着他的部下。受他的影响,海伦也有一种权力欲,她像父亲一样待人,想支配他人,甚至是自己的丈夫。但她也像米尔顿一样,感到生活空虚乏味,随着年华的流失和蓓登、多丽等人给她造成心理上的压力,她有意塑造一个想象中的新的自我,一个"浪漫的女孩子",她在镜中顾影自怜,但却看到"一个女人的脸,形容枯槁,鬼一般的脸,我还未到五十……半个世纪就像对断瓦残垣的记忆一般飘然逝去。她用一双苍白的手掠去后面的白发,那双压在头上的手几乎像是半透明的……"(第24页)由于丈夫的冷落和生活的失意,海伦变得十分警惕,她对蓓登恨之入骨,称她是荡妇,用她的感情来赢得父亲的"小费"。她拒绝与米尔顿一起去火车站接回女儿的遗体,蓓登的死并没有唤起她的宽容之心,在她的生活中,除了憎恨之外再没有别的事可做。她生活在自我欺骗与自我保护的意识中。她也渴求改变现实,但不是向前而是朝后,当她想起死去的女儿毛荻时,记起了她们曾共同去

---

① William Styron, *Lie Down in Darkness*, New York：The Modern Library，1951. P. 291.

寻找一个所谓的"纯净的地方",寻找"另一个美国,一个高尚的,充满着浪漫气息的,既无邪而又美妙神奇的地方"。而对海伦来说,这种"理想国"就是她童年时代在父亲的膝下所度过的天真无邪的时光。毛获死后,海伦整天都沉溺于对童年时代的追念,要不就是与她的好友凯里·卡相处。凯里·卡成了她最好的朋友,是她的另一个父亲、心理医生和精神上的情人。而对读者来说,凯里·卡又是海伦行为的报告者,一个知情的"局外人",他认为海伦是一个精神病患者,一个可怜的人。在小说中,斯泰隆虽然竭力用优美的语言来解释海伦的行为,但她却一直未能得到读者的同情。随着小说情节的发展,海伦最后变成了一个充满着恨、无情而自私、性情暴戾的女人。她是这部小说中最令人讨厌的人物,甚至对她悉心照顾女儿毛获的行为,也被许多人认为不过是以此为武器来对付丈夫与蓓登罢了。海伦这个人物被视为美国文化中两种态度的代表,一种是卢梭主义者,另一种是清教主义者,而海伦本人也在这浪漫与反本能的宗教之间徘徊,她内心中保持了那种对浪漫的稚童生活的追求,希望返回失落的天堂,躲在父亲的形象之中,就这一点来说,她与蓓登又是一致的。

蓓登·洛夫蒂斯是《躺在黑暗中》的焦点人物,但斯泰隆却很少对她有直接的描写。她的形象在小说的上半部中由他人,主要是透过她父母亲"散光"的眼睛来看出,后半部则由她自己大段的内心独白来表现。我们知道她是一个充满生气、漂亮而又聪明的姑娘,且正当年华。但蓓登在她母亲的眼中是米尔顿感情上的同谋者,她得到父亲太多的爱而遭海伦敌视。从本质上讲,她确实与父亲米尔顿更接近,他们都向往自由,向往没有罪孽感、没有责任心的童年时光。但现实对她来说太可怕了,生活于她就像一个坐在球场边线上的球迷,为自己所爱的球队被击垮而揪心哭泣。她想用性犯罪来解脱自己的烦恼,但却陷入更深的痛苦中。于是,她厌倦了不得安宁的生活,被死亡所迷。在她生活的最后阶段,她理解到非此就无法解救自己,她想到要从现实中"飞出去",放弃世俗中一切外套而追寻原始的自我。在跳楼之前,她甚至还有过理性的思考。

"哦,我要说,亨利,你从来不理解我。没有什么出于对我的罪孽的报复之外。因为有些东西早就接近我垂死的灵魂,我犯罪只是想躺在黑暗中,寻找梦境中的地方,一个新的父亲,一个新的家。"(第379页)像米尔顿一样,蓓登也一直不能摆脱"过去"对她的纠缠。所有孩提时代的欲望:饥饿、渴、厕所(性)都对她有相当大的诱惑力,在她自杀前的意识流中,她把自己想象成为一只无翅、无望的小鸟,它要飞出去,飞向永恒之地。因为她无法在这个世界中找到一个"父亲"来取代已经失去的"那个",她必须到天国中再找"一个父亲""一个新的家"。在不断的挫折与失落中,她流下了自怜的眼泪。她想到,要爬到一个高处,那必须先跳入低谷,"我想只有犯罪才有可能把我送入极端的地方,所有的灵魂只有在下落后才能上升。而对我们罪孽深重的人来说,在自我毁灭前还散播罪恶,必须在最后的坠落前先上升。"于是,她爬上了高楼,"结束吧!我要大声地说,哦,让我死去……"(第385页)

蓓登在自杀前做了所有"纯净"的仪式,她脱去了象征堕落与腐朽的外衣,回归到刚来这个世界时那种天真无邪的状态。显而易见的是,蓓登的自杀是"恋父情结""升华"的表现,她用毁了象征母亲身体的自身来报复于父亲的"失落",是意识中的一种自惩性行为,她的自尽也是她生活的必然结果。她最后希望以跳楼达到解脱,完成她"只有通过地狱——彻底的堕落才能升天"的幻想。

自《躺在黑暗中》出版以来,斯泰隆一直表明这部小说的内容,很接近爱伦·坡的作品,不过是"写一个漂亮女人的死"。他还对采访他的记者说:"这个故事的情节是我父亲写信告诉我的,发生在我的家乡弗吉尼亚州……他告诉我一个年轻的女孩子自杀了,与我一样的年龄……我为她的死而感到震惊。"[1]而事实上,这部小说的价值,远远超出了普通的家庭悲剧的范畴。正如题目所示,它是继福克纳作品之后又一部描写南方传统价值失落的力作,一本研究"从天堂坠落到混乱的小说"。这确实是一个家庭的悲剧,但也是一味传统价值的腐蚀剂。小说中的主要人物都以各不相同的手段来逃避自身的罪孽。米尔顿用酗酒、通奸,海伦用发疯与歇斯底里,蓓登则借助于乱交与死亡。尽管手段不一,但谁也摆脱不了内心的痛苦。他们几个人物也都有回归童年的愿望,而事实上是他们的心智不全,没有跳出童年与青年的阶段。对洛夫蒂斯一家人来说,他们似乎从未进入成年时期。米尔顿在蓓登的葬礼上发现"地狱"的边缘时以手擦泪,这个动作暗示了他有过那么一刹那的醒悟但转瞬即逝。

有人认为,《躺在黑暗中》这部小说真正的魅力在于它的艺术手法如意识流的运用、独特的文体结构和象征意象等等,特别是后面两点为斯泰隆赢得了批评家的赞许。像大多数年轻作家一样,刚开始写作的时候,斯泰隆曾为用什

---

[1] Robert K. Morris and Irving Malin, *The Achievement of William Styron*, Athens: The University of Georgia Press, 1975, P. 43.

么样的结构来写这本小说而犯愁。他后来在回答《巴黎评论》的采访时承认，他当初写《躺在黑暗中》所遇到的最大的问题便是"时间的进行"。他说："是的，小说从一个男人叫洛夫蒂斯的开始，他随着灵车站在站台上，等候火车从北方运回他女儿的遗体，我想给他一个'稠密度'，但所有有关他的悲剧都发生在过去，因此问题是回到过去去，回到这个男人的悲剧中去而又不能破坏故事的进展，这使我踌躇了一年。然后我决定用不同的时间段，对我来说时间的进展问题是小说家最困难的了。"经过反复推敲，又一遍遍读了福克纳的小说，借鉴他的写作技巧，斯泰隆运用了现代手法来写他的故事，而这种手法是相当成功的。《躺在黑暗中》整个故事的时间进程不到三小时，所用的现在时间是蓓登的入葬，但作者又同时在时间上朝前与向后推进，向读者展示过去，理解现在和发现将来。这种写作手法与英国作家艾米莉·勃朗特的《呼啸山庄》有异曲同工之处。而不同的是，《呼啸山庄》以陈述人洛克乌一人的口气来叙出，而《躺在黑暗中》包括作者本人在内，先后用了六个不同的叙述者，角度也随之经常变换，而且所有叙述人在联系各个重要事件的过程中，都用了自己的记忆，故整部小说乍读起来有点紊乱的感觉，但细细咀嚼之后，读者又会觉得这实在是一种最经济、最有力的表现手法。它的长处是能在陈述中套陈述，在观点中套观点，使整部小说的内容更为充实。这种"多元"的陈述手法使作家轻易地成了一个"全知全能的操纵者"，从而立体地凸现了人物和事件、时间及人的意识等等，出现了交叉、环绕的效果。

除了陈述手法之外，《躺在黑暗中》另一个艺术特征是许多象征意象的使用，如"无翅的鸟"、"钟"、"孩子"等等。斯泰隆甚至还设置了一个"荒原"的背景，即蓓登的尸体第一次被葬入的靠近纽约的荒塚——"波顿"坟地。这些意象常常是文学评论家最感兴趣的地方，他们抓住要点，层层剖析，加以"X"光透视，由此来揭示其深邃的内涵。

虽然迄今为止有关分析《躺在黑暗中》象征意象的文章不少，但真能加以阐释并具说服力的并不多，即以"鸟"的形象为例，我们可以窥见一二。在《躺在黑暗中》，"鸟"的形象反复出现，尤以蓓登自杀前的意识流中为最。她梦见自己最后成为一只裸鸟而死，而且还把他们一家人都想象成鸟的一种——海伦是秃鹰，米尔顿是鸵鸟……但"鸟"的形象究竟象征了什么？很多解释语焉不详，似乎难以断定。有些评论家根据洛夫蒂斯一家人都相信"罪孽就像长了翅膀的东西"，把它解释为意识中的罪恶、不安全和人生混乱的象征。同时，在蓓登的意识中,特别是她与第一个情人狄克做爱时的感觉,"鸟"的形象显然又与男性的性器官有关。而从整部小说来看,"鸟"更重要的意义是洛夫蒂斯家的图腾,也因此,蓓登最后幻想化为裸鸟飞向永恒是暗示了他们家的彻底崩溃。

与"鸟"一样,"钟"在小说中也是一个重要的象征。美国著名评论家梅尔文·富莱特曼(Melvin Friedman)在一篇论斯泰隆的文章中指出,在蓓登的独白中有许多有关"钟"的意象,但斯泰隆作品中的"钟"与另外一些意识流作家如福克纳、乔伊斯、弗吉尼亚·伍尔夫等人的小说中的有关"钟"的意象并不一致,后者运用"钟"的想象基本上都是建立在柏格森的"心理时间"上的。这些作家用钟来表示情绪、事件和时间的变化,而斯泰隆则用"钟"来比喻子宫——人生最初的乐园,是秩序、安全、没有痛苦的地方。在蓓登的意识流中,"钟"是用来与肉体的痛楚相对照的,是蓓登向往回到婴孩时代的象征。

《躺在黑暗中》现在已被公认为当代美国文学中的杰作。它那浓郁的弗吉尼亚地区的背景,洛夫蒂斯家传统的生活方式以及黑人女佣等共同构成了南方小说的特点。威廉·斯泰隆成了自福克纳以来最享盛名的南方作家。但另一方面,我们也应看到,这部小说出版之时,斯泰隆年仅 26 岁,而且,这还是他的处女作,作品中无疑还会有不尽如人意的地方,特别是小说的结尾处显得混乱无力。另外,作者虽然没有在小说中正面记叙故事发生的时间,但还是断断续续向读者透露了一些信息,还有不少明确的时间标出,如海伦的记忆中写到宾夕法尼亚州去看她哥哥爱德华,是 1922 年,她当时 24 岁,由此我们得知海伦出生于 1898 年。又小说中提到蓓登在纽约哈莱姆跳楼自杀的日子是 1945 年 8 月 7 日,她当时 22 岁。但小说中写到她的父亲米尔顿曾收到蓓登自杀前写来的一封信,讲到"今天是我 22 岁的生日",根据前面提供的信息,蓓登 22 岁生日应是 1945 年 8 月 31 日,也即在她死后三个星期以后,这显然是一个疏忽。虽然这样的细节疏忽并无碍于整部小说的思想意义和艺术成就,但作为一部严肃的文学作品,类似这样的错误也应是力求避免的。

# 第四节　J.D.塞林格(1919~2010)

J.D.塞林格(J.D. Salinger)出生在纽约的一个犹太人家庭。他的父亲是专门经营火腿和奶酪的商人。母亲是爱尔兰人。家境较为富裕。他 15 岁时就读于宾夕法尼亚的福奇谷军事学校,第二次世界大战期间,他服役来到欧洲,曾参加了诺曼底战役。大战结束后,他对西方文明感到失望而转向探索东方神秘主义哲学。他在军队中服役时的感受可以在小说《麦田里的守望者》(*The Cather in the Rye*)里霍尔顿的哥哥的话来道出,"军队里都是些像纳粹一样的杂种。"

塞林格在他 30 岁左右就发表了一些短篇小说,刊登在《星期六评论邮报》(*The Saturday Evening Post*)、《纽约客》(*The New Yorker*)等杂志上。1948 年出版的小说《在康涅狄格州的威吉利叔叔》被改编拍成了电影。塞林格最拿手的题材是描写那些早熟敏感的青少年形象。1951 年问世的《麦田里的守望者》是他最重要也是最成功的作品。这部小说使他成为自菲茨杰拉德、海明威以来最受欢迎的美国作家。一些文学评论家常把这本小说看成是马克·吐温的名作《哈克贝利·费恩历险记》的当代续篇。虽然书中两个青年主角相隔了几乎七十余年,但他们之间似乎有着血缘关系。他们都是流浪人,对美国社会的生活方式和道德准则都大加鞑伐。两部作品在艺术上也有共同之处,都以主人公那种独特的个性化的语言对这充满敌意的成人世界加以揭露和讽刺。

塞林格以后出版的小说大都围绕着格拉斯一家的成员而展开。像塞林格本人一样,格拉斯家族也是一个富裕的中产阶级家庭,父亲是犹太人,母亲是爱尔兰人。兄弟姊妹七人都是小说中的主人公。1961 年发表的小说《弗兰妮与卓埃》(*Franny and Zooey*)是由两个篇幅较大的故事构成,前者写弗兰妮与她的男朋友各有所好,感情上难以投合而引起的精神紧张,她最后不得不求助于东方神学与耶稣的主祷文;后者的内容紧接前面,卓埃是弗兰妮的哥哥,在电视台当演员,他得知妹妹的心事,极力试图让她摆脱这样的困境。

塞林格后期的作品如《抬高房梁,木匠们;西摩:小传》(*Raise High the Roof-Beam, Carpenters; Seymour: An Introduction*, 1963)还是写格拉斯家的几个儿女的故事,内容是他们在青春期细微的心理变化以及由此而产生的一种危机感,可以说是《麦田里的守望者》的基本情节的扩大。这些中产阶级子弟在精神上、思想上所面临的困境以及他们追求解脱的方式成了塞林格小说不变的主题。

塞林格被许多人看成是一个"遁世"的作家,他成名之后离开了喧闹的大都市来到乡下过着隐居的生活,在新罕布什尔州买下了一些土地并造了一座小屋,过着深居简出、与世隔绝的生活。据说他一直在发奋写作,从不间歇,但几十年过去了,读者盼望的类似《麦田里的守望者》式的巨作仍未问世。于是,渐渐地,人们对他那种普鲁斯特式的写作已不再抱有希望。

# 当代美国青年造像

## ——J. D. 塞林格与他的小说《麦田里的守望者》(1951)

J. D. 塞林格的小说《麦田里的守望者》出版至今已有将近半个世纪的时间。从篇幅上讲,这部不足 200 页的小说有点像中篇小说,看来不太起眼。但许多文学评论家认为,恰恰是这部篇幅有限的小说最能表明文学作品在当代社会中的价值。它在当代美国文学史上乃至对整个美国社会的影响不容低估。小说主人公霍尔顿·考尔菲德鲜明的个性,他独特的世界观、社会观曾引起强烈的反响和共鸣,他的举止行为、思维方式等等至今仍是许多西方青年仿效的楷模,而作家塞林格本人似乎在走霍尔顿的未竟之路,他远离尘嚣,躲进偏僻的林中小屋,断绝与公众的交往,参禅读经,一心向往东方神秘主义哲学等古怪的行为也引起人们特别的兴趣,为这部小说平添了几分诱人的色彩。

《麦田里的守望者》问世之时,可谓不得时势,其时正值朝鲜战争进入高潮。小说发表的那天即 1951 年 7 月 16 日,《纽约时报》文艺版在当天就配发了有关的评论文章,但读者寥寥。因为那天报上有关战争的消息压倒了一切,联合国的表态、美国政府发言人在纽约言辞激烈的声明以及对朝鲜战况的分析和战场地图等等几大版的火爆新闻令读者根本无暇顾及“报屁股”上的那些文学评论,战争似乎吞噬了一切,于文艺尤然。

但一旦战争的尘埃落定,人们回过头来好像在战争的废墟中重新发现了这部“新颖”、“大胆”的作品并随之引来了一场褒贬参半的读者评论。可惜的是,那些文艺界的权威人士却未置一词,使这场讨论失去了该有的分量。因此,后来有人抱怨说“塞林格在当时的文坛上未能引起正式的注意,是我们这个时代的一件怪事”。① 这以后,《麦田里的守望者》好像突然交了好运似的,有关它的评论一下子冒了出来,而且很快在全美蔚然成风。这些文章的内容大都系哗众取宠、远离主题的东西,数量虽多,质量不佳。这种现象被称之为

---

① 大卫·史蒂文森,《民族》杂志,1957。

"塞林格工业"①。该文作者分析了造成此种现象的原因,一是当时文学评论
受"新批评派"的影响,脱离作品实际,有失公允;二是学术机构林立,批评家太
多,文学评论已成为一种晋升的阶梯,连一些无聊的小报杂志上也可以见到有
关的评论。许多文章研究的是一些无关宏旨的鸡毛蒜皮,如主人公霍尔顿的
语言词汇和语法错误,讲话的时间以及一大堆隐喻幻像之类的东西。有人则
无限地拔高小说的主题意义,把霍尔顿在纽约三天的闲逛说成是人类在荒原
世界中勇敢的探索等等,还有人认为霍尔顿的思想与行为体现了作者塞林格
参禅顿悟的影子等等不一而足。这些随心所欲、武断臆测式的评论风靡一时,
直到一些颇有研究价值的文章面世后才慢慢平息下来。到了 60 年代,塞林格
在文坛上的地位得以确定,他被认为是"一位天才和有趣的作家",《麦田里的
守望者》也成了众口一致的经典作品。1963 年,评论家沃伦·弗兰契说有关
它的文章已超过任何当代美国小说。1965 年,E. M. 密勒称塞林格是自菲茨
杰拉德和海明威以来最使公众和文艺界感兴趣的一位作家。《麦田里的守望
者》销售量急剧上升,至 1961 年售出 150 万本,1965 年为 500 万本,而到近年
来总共售出了破天荒的 1000 万本以上。它在许多方面的意义已超出了单纯
小说的范围而成了久藏人们心底的生活教科书。

　　《麦田里的守望者》的故事情节平淡无奇。它以主人公霍尔顿·考尔菲德
在加州一家精神病院里向心理分析医生自述的形式回忆了他在圣诞节前离开
母校潘西中学后在纽约的三天流浪式生活的经历。通过他在这三天里的所见
所闻和所想,读者仿佛看到了一个桀骜不驯而又极其敏感苦闷的当代美国青
年怎样在平庸、虚伪和丑恶的社会环境中处处失意、走投无路的狼狈相。

　　16 岁的霍尔顿因为五门功课中有四门不及格被潘西中学开除,这是一所
颇有声望的预科学校,而霍尔顿这已是第四次被迫辍学了。那一天,他远远
地、孤独地站在学校操场边的小山坡上,眼看着其他同学正在为年内的最后一
场橄榄球赛加油鼓劲而暗自悲伤。被学校除名令他沮丧,但更痛苦的是他觉
得到处都是伪君子,周围的一切使他感到难忍作呕。他去历史老师斯宾塞家
中作别,斯宾塞先生家中的那股陈腐之气以及他瘦骨嶙峋、老迈病态的样子叫
他很不舒服。这位老先生尴尬地为自己给霍尔顿的历史考试不及格作了一番
解释,而心不在焉的霍尔顿却极不耐烦,不知怎的突然想到了纽约中央公园里

---

① 乔治·斯丹纳,《民族》杂志,1959。

湖边的那些鸭子在这严寒之中不知怎样安身,那里是他童年常去的地方。告别了斯宾塞以后霍尔顿回到了宿舍,与他同室的斯特拉德莱塔因为晚上要出去与女友约会,因此请他代劳写一篇作文,霍尔顿虽然此时情绪不佳但还是答应了。而紧接着他听说斯特拉德莱塔约会的女友正是去年夏天与自己热了一阵的琴·迦拉格之后,心里不免酸溜溜的,想到斯特拉德莱塔是一个粗暴的色鬼,他的内心很是忧虑,情绪更为低落。晚上,斯特拉德莱塔回来之后,霍尔顿借故挑起事端与他打了一架,但霍尔顿根本不是他的对手,被打得鼻血如注。这个时候,霍尔顿再也无法忍受在潘西中学发生的一切,他决定马上而不是三天后离开这"混账的地方"。黑夜之中,他将一顶红色的猎人帽反戴在头上,提了箱子,高声怒骂着离开了学校。

他的运气还不错。在这寒风透骨的黑夜中没等多久就上了回纽约的火车。在车上,他遇到了一位同班同学的母亲,于是,他编造了一大套有关她儿子的事迹,骗得她心花怒放,他自己也感到一阵满足。到了纽约,霍尔顿不敢贸然回家,他想与其马上遭一顿臭骂还不如先消消停停地逍遥几天再说,好在身边还有不少钱,他的外婆既有钱又糊涂,寄钱给他过生日,有时一年寄四次。他乘出租车住进了一家叫爱德蒙的旅馆,在客房的窗口望出去,第一眼看到的便是一幅令人恶心的画面:旅馆另一侧的一个窗户里,一个看上去很有身份的老头正"光穿着裤衩"在穿一套女人的衣服——"长统丝袜,高脚皮鞋,奶罩,搭拉着两条背带的衬裙,等等"[①],还一个劲地抽烟照镜子。接着,他又在另一个窗户里看到一对男女在"用嘴彼此喷水",像是歇斯底里大发作。"这类下流玩意儿瞧着还相当迷人",但霍尔顿还是想到了自己此时的处境。因为无聊,他想到酒吧去消磨时光,侍者见他年轻拒绝卖酒给他,这使他感到忿忿不平。他又想与几个远道而来的姑娘胡闹调情也未遂心愿。百无聊赖之中他回到旅馆,开电梯的毛里斯问他要不要找一个妓女来玩玩,讲好是五元钱一次。霍尔顿漫不经心地答应了,接着马上又懊悔起来,虽然他贪玩任性,但这方面还没有真正的经验,也违反他的生活原则,不免感到一阵紧张。待到那个叫孙妮的妓女进来时,霍尔顿已经完全失去了兴趣,他只觉得心情沮丧,不断地向她解释并承诺钞票照付,但妓女对他的行为很不理解继而十分恼火。她走后霍尔

---

① 塞林格,《麦田里的守望者》,施咸荣译,杭州:浙江文艺出版社,1992年,第58页。下同,只标页码,不再另注。

顿仍无法入睡,他一面拼命地抽烟一面想起了已经死去的弟弟艾里。天快亮了,毛里斯带了妓女孙妮又来到他的房间声称还欠他们五块钱,霍尔顿对这种无耻的敲诈非常愤怒,但最终遭毛里斯的辱骂与拳头还被抢去五块钱。霍尔顿重伤之下躺在那里幻想自己拿了手枪在电梯里找到了毛里斯,朝他连开六枪以解心头之恨。

第二天上午,霍尔顿离开了爱德蒙旅馆,他一路晃到中央车站附近吃早饭。在餐馆里他遇到两个来纽约贫民区教书的修女,跟她们聊了一番以后他感到心里很舒畅,主动为慈善事业捐了十块钱。接着他又荡到百老汇街为妹妹菲苾买了一张流行歌曲的唱片,然后他去了中央公园,希望在那儿能碰到妹妹。徘徊失望之余,霍尔顿又去与女友萨莉约会看戏,尽管他知道萨莉与自己是两股道上跑的车,但因为看见她打扮得特别漂亮而兴奋不已。但短短几个钟头接触下来,萨莉那种"假模假样"的样子令他十分反感。霍尔顿最后天真地向她建议一起出走,住到偏僻而朴实的乡下去生活,遭到萨莉无情的嘲弄和严辞拒绝。于是,霍尔顿实在憋不住了,他愤然离开她,拂袖而去。在痛恨与寂寞之中,霍尔顿又不慎把唱片跌得粉碎。夜晚降临了,他独自一人坐在空旷的中央公园,脑子里突然想到了死,想到自己死后妹妹菲苾一定会很难过。于是,他想应该回去看看菲苾,向她作"最后的诀别"。他"冒险"回到家中,菲苾见到他十分高兴,告诉他父母到外地参加舞会去了,要很晚才回家。和妹妹相处在一起,霍尔顿觉得既轻松又愉快,心中的郁闷一扫而尽。菲苾问他喜欢什么,他想不起这个世界中还有什么可喜欢的,最后他说他喜欢已经死去的弟弟艾里。艾里虽然死了,但他比"那些活人好上一千倍"。菲苾又问他将来打算做什么,他想起了一首歌,歌词第一句是"你要是在麦田里遇见了我",他对妹妹说,他将来要做一个麦田里的守望者——一大群孩子在一个悬崖边的麦田里追逐游戏,他要守在悬崖边上以防他们不慎摔下去。不幸的是,正当他一吐胸中块垒之时,他的父母亲回来了,这使他不得不狼狈地躲进壁橱里,后又作贼似地逃出了家门。黑夜之中,他到了从前的一位英语老师,也是他最尊敬的人安多里尼先生家里,安多里尼和他几乎"年长六十岁"的妻子接待了他。这位博学的老师跟他讲了一番做人的诀窍之类的话,又提醒他不应该沦为思想混乱的迷途青年。霍尔顿睡在他们家的长榻上,半夜醒来,他发现安多里尼正在抚摸自己的头发。霍尔顿被吓得跳了起来,他怀疑安多里尼是一个同性恋者,于是急急地寻了个借口冲出门去,他在中央车站候车室的长凳上度过了后半夜。

翌日,霍尔顿觉得倦怠无力,他心中有一种马上就会失踪的感觉,一边穿过马路一边心里喊着"艾里,别让我失踪"。于是,他决心离开可恶的纽约,到西部僻静的地方生活下去。现在他唯一要做的就是告别妹妹菲苾。他去了她的学校,留下一张字条,约妹妹午间到博物馆门口见面。菲苾准时来到那里,但她不是来向哥哥告别的,而是要跟他一起去西部,态度非常坚决,还带来了自己的箱子。霍尔顿对此十分吃惊,而且任凭他威胁恐吓都不起作用。无奈之下,霍尔顿只得打消去西部的念头,他打算和妹妹一起去动物园玩一会后即一起回家,尽管他此时心里还是混乱不安,但看到坐在旋转木马上的妹妹玩得高兴的样子,霍尔顿也露出了一丝的快意。

在小说最后短短的一节中,霍尔顿暗示了自己怎样回家以及怎样被送到这儿来医疗,他的哥哥 D. B 已来看过他几回,D. B 原是一个很有希望的小说家,但现在照霍尔顿的话来说"已他妈的去好莱坞当婊子了"——专门写一些媚俗的电影脚本以迎合一些审美情趣低下的观众,而这种电影又是霍尔顿最为深恶痛绝的"假货"之一。

可以说,霍尔顿·考尔菲德是《麦田里的守望者》中唯一的一位人物形象,其他的一些人如他的妹妹菲苾,他的同学、老师和朋友等等都只是他"眼中"或与他一时交往的人物,并非重要的角色。霍尔顿这个人物的性格特征主要是靠他在特定的环境中的思维和行为模式来表现出来的。这部小说的成功与塞林格精确、细腻的人物描写特别是心理刻画分不开。霍尔顿无疑成了当代美国青年的一个造像。他出身富门,沾染了不少恶习,整天游手好闲,是一个不求上进的"坏学生"典型。但是,这仅仅是霍尔顿这个人物的一个方面。塞林格大手笔的不凡之处在于,他同时还令人信服地表现了霍尔顿性格中许多积极的侧面。他是一个矛盾人物,一个如 E. M. 福斯特在《小说面面观》中称之为"圆形"的人物。霍尔顿身上所再现的真实感,显示了文学作品中人物造型的特殊魅力,就如哈姆雷特或者《红楼梦》中的宝、黛一样,霍尔顿也是一个说不尽道不完的人物典型。

当霍尔顿·考尔菲德被潘西中学开除时,他虽然很失望但却并不以为然,因为他早已有过好几次被学校除名的经历,而且据他看来,潘西中学"的确是一个阴森可怕的学校,不管你从哪个角度看它"。这里也和以往的几所学校一样,是一个虚伪、丑恶的地方,迟早会呆不下去。从霍尔顿断断续续的回忆中,我们得知他在家中排行老二,他的哥哥 D. B 在好莱坞写剧本,弟弟艾里不幸得了白血病于三年前死了,那是在 1946 年 7 月 18 日那天。艾里的死使他很伤心,几乎为之精神失常,他当时用拳头砸碎了汽车间的玻璃窗,家里人准备把他送到精神分析医生那儿去。他还有个妹妹叫菲苾,聪明漂亮,虽然年龄还只有十岁,但既懂事又富有同情心,是霍尔顿真正的知音。他的父亲是一个富有的律师,母亲则是一个敏感的人,整天咳嗽抽烟又通宵失眠,她至今还不能从失去儿子的痛苦中解脱出来。

从一个层面看,霍尔顿身上集中了某些纨绔子弟常有的恶习:不学无术、酗酒、(还不到法定年龄)抽烟、胡闹、说谎、玩世不恭又庸俗无聊。这些方面固然有他自身的原因,但又与他所处的社会环境分不开。他是这个社会的一个产物,也是受害人之一。他的许多同学也和他一样,问题不少。霍尔顿说:"越是贵族化的学校,小偷就越多。"从小说中我们可以看到,霍尔顿所面对的是一个罪恶的、不人道的世界。他的生存状况就如哈姆雷特一样,是"站在一个行将崩溃的世界"面前,他"为这个不人道的物质至上的世界所欺"。霍尔顿生活的美国社会,已不再是梭罗或者亚当斯生活的那个社会,它是一个"现代"的、复杂的、都市化了的异化社会。人们普遍地处在虚伪、冷漠、卑下、无耻、堕落的包围之中。透过霍尔顿的眼睛,塞林格不仅写出了主人公的生活环境,更重要的是展示了一个令人害怕、令人作呕的所谓"成人世界",这个世界的基本特征照霍尔顿看来就是伪善无耻,一切都显得"假模假样",而这一点正是追求自然纯真的霍尔顿最为憎恶的。"假模假样"这个词是霍尔顿使用得最多的,全书中不下四十余次,也是他最敏感的所在。霍尔顿自述他离开爱尔敦、希尔斯中学的主要原因便是"因为我的四周全是伪君子。就是那么回事,到处是他妈的伪君子。举例说,学校的校长哈斯先生就是我生平见到的最最假仁假义的杂种,比老绥摩(潘西中学校长)还要坏十倍。比如说,到了星期天,有些学生家长开了汽车来接自己的孩子,老哈斯就跑来跑去跟他们每个人握手,还像娼妇似的巴结人……"而对那些家境一般的学生家长,"那时候老哈斯就只跟他们握一下手,假惺惺地朝着他们微微一笑,然后就一径去跟别的学生父母讲话,一谈也许就是半个小时……"(第 16 页)潘西的情况也差不多,这所自称"自 1888 年起就把孩子培养成为优秀的,有头脑的年轻人"的学校,压根儿说的"完全是骗人的鬼话。在潘西也像别的学校一样,根本没有栽培什么人材"。

(第6页)这儿随处可见的都是些欺世盗名式的人与事。就拿周末晚上的伙食来说,照例总是牛排什么的。但这份美食并非是为了学生的口福,而是因为星期天总有不少学生家长来校,校方认为"每个孩子的母亲都会问他们的宝贝儿子昨天晚饭吃些什么"。这个牛排骗局令霍尔顿十分讨厌,他告诉妹妹菲苾说,潘西中学是"一个最最糟糕的学校,里面全是伪君子,还有卑鄙的家伙,你这一辈子再也没有见过那么多卑鄙的家伙""教职员工里虽有一两个好教师,可连他们也都是假模假样的伪君子",甚至连那个老实巴交的历史老师斯宾塞先生也不例外。因此,霍尔顿相信,这样的学校培养出来的学生,必然也是像他们的一路货。他跟女友萨莉说:"你几时最好到男校去念书试试。里面全是些伪君子,要你干的就是读书,求学问,出人头地,以便将来可以买辆混账的凯迪拉克。遇到橄榄球队比赛输了的时候,你还得装出挺在乎的样子,你一天到晚干的,就是谈女人,酒和性,再说人人还在搞下流的小集团……"

霍尔顿对伪善的憎恶,使他对一切假惺惺的人与事都有着极端的敏感性。他最恨电影,视他哥哥D.B写电影剧本为堕落,因为他认为电影中充斥了胡编乱造的情节和装腔作势的人物。在纽约的酒吧里,一个名叫欧尼的老黑人在弹钢琴,霍尔顿认为他的演奏水平实在不高明,常常在弹奏中卖弄些小聪明或其他油腔滑调的鬼把戏。但那些自以为内行的听众却"全都疯了",他们总是在不该鼓掌的时候鼓掌。每当欧尼弹完一曲,"每个人都在拼命地鼓掌",而此时"老欧尼就从他坐着的凳子上转过身来,鞠了一个十分假、十分谦虚的躬,好像他不仅是个杰出的钢琴家,而且还是个谦虚得要命的仁人君子"。这里,霍尔顿把掩盖在文明面纱下的丑恶一下子抖了出来。而且他还知道,爱德蒙旅馆中的那些心理变态的家伙到了早晨,个个都会变成谦虚谨慎的君子淑女……这些社会面具下的丑行都没有逃过霍尔顿的目光。特别令他反感的是,他和萨莉去看戏,第一幕结束后,他出去抽烟,在场外看到那些出来休息的观众,"这真是一个盛举,你这一辈子从未见过这么多的伪君子聚在一起。每个人都拼命抽烟,大声谈论戏,让别人都能听见他们的声音,知道他们有多么了不起……用那种疲倦的,势利的声音批评着戏、书和女人……"(第116—117页)

霍尔顿对虚伪的感应度,已到了细微的程度。如他刚到爱德蒙旅馆时,领他进房的侍者是一个65岁左右的老头,他"把所有的头发都梳向一边,半遮掩自己的秃顶",就这么一个微不足道的细节也使霍尔顿感到泄气,他认为这实在是一种掩饰、一种虚伪,他在想"要是我,宁可露出秃顶也不干这样的事"。

从小说中我们可以看到,霍尔顿痛恨伪善的同时,又伴随着对自然与纯真的不懈追求。他的女友萨莉长得很漂亮,外表令霍尔顿倾倒。一见到她,霍尔顿甚至希望能马上与她结婚。但他们性格相左,一个在南极,一个在北极,不需几个小时,霍尔顿对她的势利与虚假就厌恶透顶,远远超过了对她的爱慕,觉得自己根本不可能爱她。相反,那个潘西中学校长绥摩的女儿长得一点不好看,"她的鼻子很大,指甲已剥落,像在流血似的",但霍尔顿却挺喜欢她,因为她"从来不瞎吹她父亲有多么伟大,也许她知道他是个假模假式的饭桶"(第6页)。

霍尔顿念念不忘的另一位女友琴·迦拉格也是如此,他们之间的交往不需要戴面具,彼此真诚坦率,即使怄气失和也不失真意。琴留给霍尔顿印象最深的是他们下棋时,她总是喜欢把那些"国王"们放在最后一排不肯动用,她的这个举动常使霍尔顿遐想不已,认为她也是性情中人。

当霍尔顿溜回家去,与妹妹菲苾谈话中说起社会上到处都是可憎的人与事时,菲苾笑他"你不喜欢一切现存的东西"。这句话与霍尔顿的英语老师安多里尼说他"想要寻找某种他们自己环境无法提供的东西",本质上是一致的。确实,霍尔顿所厌恶的东西太多了,而他一心追求的东西在现实中显得虚无飘渺。他眼里看出去的人与物,极大多数是无法忍受的,所谓"成人世界"的一切都令人讨厌。学校、同学、老师、朋友甚至父母也都如此。因此,当他妹妹要他举出一件"非常喜欢的东西"时,霍尔顿难免一时语塞。但读者却能清楚地看到,霍尔顿并非真的一无所爱,许多人与事都给他留下美好的印象。实际上他所爱的还真不少。他死去的弟弟艾里,连同他那只写满诗句的垒球手套,他的女友琴·迦拉格,那个在口语课上率性而谈的理查德·金斯坦,在餐馆遇到的两个修女,中央公园和博物馆门口的孩子们,特别是他的妹妹菲苾,另外,中央公园浅水湖里的鸭子和鱼,博物馆里的陈列物乃至他在纽约花了一块钱买来的红色猎人帽……从这些东西中传递出霍尔顿潜意识中的一些信号,霍尔顿所爱的不外乎二者:一是像他一样性情纯真、童心未泯的弱者,二是一些"定格"不变的东西。同时也见出了霍尔顿对爱、纯洁、真实、智慧以及个人尊严等等的热切向往,是他对真、善、美的理解和寻求。

但是,读者或许还会注意到霍尔顿身上憎恨虚假与他惯于说谎这同时存在的矛盾,这一点还相当突出。霍尔顿自己承认:"你这一辈子大约没见过比我更会撒谎的人,说起来真可怕,我哪怕是到铺子里买一份杂志,有人要是在路上见了我,问我上哪儿去,我也许会说去看歌剧,真是可怕。因此,我虽然跟老斯宾塞说要到体育馆去收拾东西,其实完全是撒谎,我其实并不把我那些混账体育用具放在体育馆里。"(第18页)从他整个的陈述中可以看出,霍尔顿简直就是个说谎成性、信口开河的家伙,不仅满口脏话,还擅胡编乱造。他为了斯特拉德莱塔与琴·迦拉格的约会而醋性大发与他打了一架,但转眼他告诉阿克莱说是为了保护阿克莱的名誉,替他打抱不平而打架的;在纽约维格酒吧的厕所里,他正好遇上了那个被他称为"钢琴弹得糟糕透顶的家伙",但霍尔顿却言不由衷地吹捧他说"你的钢琴弹得他妈的真叫好……你真应该到电台上广播";半夜三更他想打电话给女朋友琴但又怕对方学校的人不肯去叫,于是他马上想出来说自己是琴的舅舅,说她的舅妈刚才被车撞死的鬼话,而更加典型的是,他离开潘西后搭火车回纽约,在车上碰到同班同学欧纳斯特·罗摩的母亲。"她的儿子无疑是潘西有它那段混账历史以来所招收到的最最混账的学生,他洗完淋浴以后,老是在走廊上拿他的湿毛巾抽别人的屁股,他完全是那样一种人。"但为了讨好这位漂亮的中年妇女,霍尔顿编造了一套她的儿子怎样腼腆、谦虚以及大家怎样推选他当班长之类的故事。而且还冒名顶替,捏造了自己"脑子里长了个小小的瘤子",准备回家动手术的谎言。霍尔顿吹牛,是因他知道"不管是谁家的母亲,她们想知道的,总是自己的儿子是个多么了不起的人物""那些当母亲的全都有点儿神经病"(第153页)。

霍尔顿这些作假的言行似乎与他求真的性格格格不入,但他性格中的这种矛盾却是真实可信的。他并不是一个完美的天使而是一个早已被玷污了心灵的"坏学生"。然而我们倘若作进一步的分析,就会觉得他的这种"假"与成人世界的"假"不可同日而语。它显示了一个不成熟、贪虚荣、缺乏责任感又玩世不恭的青年的心理特征,与成人世界中那种表面矫饰、实则尔虞我诈的伪善本质不同。霍尔顿的胡编乱造有时甚至是一种保护自我或他面对现实的手法。也许正是这种性格中的矛盾,使我们更感到这个人物的真实性。

从某种意义上来讲,《麦田里的守望者》的故事好像只是一个精神上特别敏感的青年在生活转折期的一个简单的陈述,用他自己的语言讲了最近的经历和他的感觉,内中并无什么特殊不凡之处,也无惊天动地的事件可言。读者可能会觉得他与他的那些同学也无多大的区别。但是,如果我们顺着霍尔顿的眼光来审视周围的一切,透过这些琐碎冗杂的事件,那么常常能从这些简单的陈述中见出许多大问题,甚至可以把这部小说看作是该时代标志性的作品,其思想意义是多方面的。这里,我们且不谈它的社会认识价值和心理学上的价值(西方许多大学社会学系,心理学系都把它列为学生必读书,甚至用作教材),而就其文学上的意义来说也有许多值得探讨的地方。

《麦田里的守望者》通过霍尔顿离开学校在纽约闯荡三天的经历,真实地反映出当代许多美国青年所共有的孤独、苦闷、彷徨与对现实的愤懑之情。霍尔顿成了一代青年的代表,难怪本书出版后在社会上特别是青年学生中引起了巨大的反响,大家争相阅读,先睹为快,"有千百万美国青年觉得自己对塞林格要比对其他作家更为亲近。"因为他塑造的这个人物使许多青年有似曾相识的感觉。霍尔顿给人们最大的快意是他表达了一代青年的心声、他蔑视传统习俗的价值标准以及他对西方社会中处处弥漫着的伪善丑恶、愚蠢麻木等等的无情揭露。

从世俗的眼光看,对于霍尔顿这样一个出身富家的孩子来说,前景是相当诱人的。只要他循规蹈矩、顺应社会潮流,那么,"上大学、坐办公室、挣大钱"这条"成功者"的道路上少不了有他的一份。但霍尔顿却偏偏对这种物质至上的生活观十分反感,他有自己的生活理想。当他的女友萨莉劝他上大学,然后"有的是好地方可以去"时,他毫不含糊地回答:"我说不,在我进大学以后,就不会有什么好地方去了。你仔细听着,到那时情况就完全不一样啦,我们得拿着手提箱之类的玩意儿乘电梯下楼,我们得打电话给每一个人,跟他们道别,还得从旅馆里寄明信片给他们。我得去坐办公室,挣许许多多的钱,乘出租车或者梅迪逊路上的公共汽车去上班,看报纸,天天打桥牌,上电影院,看许许多多混账的短片、广告和新闻片。新闻片,我的老天爷。老是什么混账赛马啦,哪个太太小姐给一艘船行下水礼啦,还有一只黑猩猩穿着裤子骑混账的自行车啦……"霍尔顿视这样悠闲舒适的中产阶级生活为单调无聊,几乎使他透不出气来。因此,当他的妹妹问他将来是否和爸爸一样当一个律师时,霍尔顿回答说"律师倒是不错,我想——可是不合我的胃口""我是说他们要是走出去搭救受冤枉的人的性命,那倒是不错,可是你一当了律师,就不干那样的事了。你只是挣许许多多的钱,打高尔夫球,打桥牌,喝马提尼酒,摆臭架子……"于是他干脆讲明了"我父亲要我上耶鲁或者普林斯顿,可我发誓决不进常春藤联合会①的任何一个学院,哪怕是要我的命!"

那么,什么是霍尔顿对前程的自由选择呢?他告诉菲苾:"不管怎样,我老是在想象,有那么一群小孩子在一大块麦田里做游戏,几千几万个小孩子,附近没有一个人——没有一个大人,就是说——除了我。我呢,就站在那混账的悬崖边,我的职务是在那儿守望,要是有哪个孩子往悬崖边奔来,我就一把把他捉住——我是说孩子们都在狂奔,也不知道在往哪儿跑,我得从什么地方出来,把他们捉住,我整天就干这样的事,我只想当个麦田里的守望者。"这个异想天开的工作,是霍尔顿从罗伯特·彭斯的一首诗中得到启发幻想出来的。尽管他自己也知道"这不像话",但却十分明确地表达了愿意保护那些天真无邪的儿童的心愿,这是霍尔顿始终不变的想法。小说中无论他对妹妹菲苾还是偶然在路上碰到的孩子,他都表现出一份特殊的感情。同时也只有和他们在一起,他才会有一种快感。霍尔顿喜欢儿童,因为他们是纯真的。他痛惜自己童年时代的流失,又拒绝成为成人社会的一个角色,这就是霍尔顿式的困惑和痛苦,他已经无法回到纯洁的儿童世界,但又害怕进入一个虚假伪善的成人世界,他在这两个世界之间彷徨徘徊。而且,令他不安的是,他意识到自己已被成人世界所玷污,正处在可怕的包围中。而为了不让那些清白的孩子重蹈自己的覆辙,跌入深渊,他愿意站在悬崖边上当一个守望者。因此,他本人虽然已经学坏,满口脏话,也不乏庸俗无聊之举,甚至小小年纪已招来妓女,但当他在菲苾的学校以及博物馆的玻璃柜下见到那些下流的字眼时却义愤填膺,他害怕这些字眼会弄脏孩子们的心灵故不避嫌疑地尽力擦去。从这个举动中,可见霍尔顿表面的粗俗并没有掩盖住他求真求美的本质。也因此,据他看来,在纽约这样罪恶的地方不可能过上真正美好的生活,他想找一处山清水秀的净土,住在那溪边林中的小屋,找一份实在的工作,自己打柴、烧饭……这种简朴自在、自食其力的生活,是霍尔顿逃离"现代社会"的方法,也显出了他对物质文明的厌恶。当然,这种乌托邦式的田园生活也是许多美国人梦寐以求的。经过了三天的磨难,霍尔顿更坚定了这种向往,他决心到西部去寻找这样的乐土,"那儿阳光明媚,景色美丽","那儿没有人认识我,我可以随便找一份工作做",并且"我若是到了那儿,就装作一个又聋又哑的人。这样我就可以不

---

① 常春藤联合会(Ivy League),指美国东北部地区八所名牌大学,其中包括哈佛、哥伦比亚、耶鲁、普林斯顿、康奈尔、布朗、达特茅斯、宾夕法尼亚等,以学术成就和社会影响而著称。

必跟任何人讲任何混账废话了……谁都不会来打扰了,我用自己挣来的钱造一座小屋,终身住在里面,我准备把小屋造在树林旁边,而不是造在树林里面,因为我喜欢屋里一天到晚都有充足的阳光,一日三餐我可以自己做了吃。以后我如果想结婚什么的,可以找一个同我一样又聋又哑的美丽姑娘。我们结婚以后,她就搬来跟我一起住在我的小屋里,她如果想跟我说什么的话,也得写在一张混账纸上,像别人一样。我们如果生了孩子,就把他们送到什么地方藏起来,我们可以给他们买许许多多的书,亲自教他们读书写字。"(第 180 页)这是一个令霍尔顿"兴奋得要命"的打算。这种超越时间、超越空间的伊甸园只能是一个梦想,而且还是属于孩提时代的梦。而为了保持这种罗曼蒂克的幻想,霍尔顿愿意永远不长大。他希望自己还是一个 12 岁的小孩,周围的一切都不要变化。所以,当他在博物馆时,心里感到很舒坦,因为那里的东西都是"永久"不变的。他幻想中的世界几乎是冻结了的,鸟不飞,鱼不游,一切都呆在原地一动不动,"谁也不挪移一下位置,你哪怕去十万次,那个爱斯基摩人依旧刚捉到两条鱼,那些鸟依旧往南飞,鹿依旧在水洞边喝水,还有那个裸露着乳房的印第安女人依旧在织同一条毯子,谁也不会变样儿。"(第 111 页)这些都显出了霍尔顿想保持童心、回归自然的潜在意识,也是对所谓的"现代文明"的一种批判。

《麦田里的守望者》之所以吸引广大的读者,其魅力首先就在于真。正如前文所述,霍尔顿憎假求真,是他性格中最耀眼的地方。而从另一个角度即艺术的角度来看,这种真的魅力也显示在他的心理活动和他的语言运用等方面。霍尔顿自身是一个"问题"人物,他对社会的认识和对事物的判断都是出于他特定的立场和经历,也符合他的年龄特征。他张口"混账"闭口"他妈的",还喜欢在别人的名字前冠以"老"字,把自己厌恶的东西大大地渲染一番。除了这些标志性的东西外,霍尔顿的语言中还常常带有一种满不在乎、略含讥讽和神经质的样子。这样的语言非常准确、真实地表现了像他这样一个心理不平衡又处处失意的纨绔子弟的语言风格,给人以闻其言知其人的感觉。比如,他那句愤世嫉俗的话"他们发明了原子弹倒让我很高兴,要是再发生一次战争,我打算他妈的干脆坐在原子弹顶上,我愿意第一个报名参军……"中可以见出他甚至愿意与这个世界一同毁灭的激忿之情,联系到他想去西部装一个既聋又哑的人时,其内心的酸痛是可见一斑的了。在小说中,成人世界的种种现象如社会面具、讲话方式、阶级意识等等都被写得如此淋漓尽致,那都是因为运用了霍尔顿真实的感受来表达的,使读者与小说中的人物相当接近。而反过来说,一个不道德、不人道的社会,一个伪善无耻的成人世界以及人类可悲的状况等都为霍尔顿提供了他特殊的青春敏感反应的材料。

霍尔顿语言的另一个特色是生动活泼,富于比喻,有时还会产生强烈的戏剧效果。正如有的人指出的那样:

> "他拿起我试卷的样子,就像拿着臭尿什么的。他放下那份混账试卷,拿眼望着我,那样子就像他妈的在比赛乒乓球或者其他什么球的时候把我打得一败涂地似的。"
>
> "摩罗那家伙敏感得就跟一只混账的马桶差不多。"
>
> "跟老马蒂跳舞,就好像抱着自由女神石像在舞池上拖来拖去。"

又如:

> "你看得出她们俩谁也不愿意自己长得像对方"。
>
> "他们完全像电影院里的那些疯子,见了一些并不可笑的东西却笑得像魔鬼似的。"

……其例不胜枚举。

《麦田里的守望者》艺术上的突出成就,还表现在它的象征手法的运用。有人说,这部小说通篇就是一个象征。

霍尔顿最早听到"我在麦田里遇到你"这句歌词,是他在纽约街上闲逛时,看见一个小男孩跟在父母后面,沿着车水马龙的路边边走边唱。这个孩子正处在危险之中但却毫不留意,他的父母也不照看着他。这个意象促使霍尔顿想起要在麦田里当一个守望者。这悬崖边的一大片麦田是孩子们尽情嬉闹的天堂也是霍尔顿心中的伊甸园。但可怕的深渊就在它的边上,孩子们兴高采烈地在这儿飞奔追逐,欢天喜地中却隐藏着危机,一旦跨过了边缘就会坠落下去。霍尔顿要守在这里,他要救孩子于危机之中。事实上,这个意象确实是全书中最重要的象征。霍尔顿不仅这样想,他确实也这样做了,他擦去那些下流的字眼就是在履行这种职责。霍尔顿想当"麦田里的守望者",也和鲁迅笔下的"狂人"一样,要"救救孩子"。

类似的象征相当多。小说一开始,霍尔顿站在山上远远地注视着那场橄榄球赛,"看得见两队人马到处冲杀",乃开门见山,隐喻了人生就是一场激烈的搏斗厮杀。这种思想随即由潘西中学的校长绥摩一语点破:"人生是场球赛,你得按照规则进行比赛。"

霍尔顿好几次突然想起纽约中央公园南边浅水湖中的鸭子在冬天里的处境,这实质上隐含了他对自己处于险恶环境的一种忧虑。而霍尔顿越来越害怕会沉溺于这个可怕的世界中的心情则用他走在第五大道上时"心里有一种感觉,好像我永远到不了街对面"的情节来表达……除了这些意象较为明显的例子,小说中有的象征显得隐涩难辨,霍尔顿对性的看法即为一例。对霍尔顿来说,一方面,他和他的大多数同学一样,对性的问题看得很随便,是他们经常挂在嘴边的一个热门话题。在纽约时,他还想从妓女那儿得到一点这方面的经验。但另一方面,他又把性看成是牵连很广,甚为复杂的问题。与"死亡""侵犯"等等联系在一起。他把性看成与时间是一样的东西,认为性是时间的一种过道,而时间又是死亡的无声参与者。妓女孙妮进门后的连续三次问他是否有表,霍尔顿回答没有。这个意象旨在告诉读者他尚未离开没有时间限定的儿童世界。他把性关系看成是成人世界的一种关系而加以拒绝也即意味着不肯进入这个世界。不仅如此,霍尔顿还把性关系看成是一种"侵犯",而这种行为是对他人的一种伤害,也是导致死亡的一种形式而有悖于他的"原则"。也因此,霍尔顿经常想起并很欣赏的琴把"国王"放在后排不肯动用的举动实际上也就是赞赏她"保持自己童贞"的做法,这一点也与霍尔顿希望一切美好的东西"停格不动"的思想是一致的。

《麦田里的守望者》中象征的手法是多样的。除上述那些诉诸视觉的意象外,还运用了嗅觉上的象征。小说中,霍尔顿多次闻到一些令人作呕的气味,从他的同学阿克莱从不刷牙的口臭到斯宾塞先生家中那种混杂着维克斯滴鼻药水的陈腐气再到他妹妹的学校和中央公园的隧道里"老有一股撒过尿的气味"等等,这些臭气使霍尔顿确信这个世界闻起来臭不可言。这种嗅觉上的象征有力地烘托了霍尔顿其他方面的感觉,以致他不得不绝望地悲叹"麻烦就在这里,你永远找不到一个舒服、宁静的地方,因为这样的地方并不存在。"(第185页)

《麦田里的守望者》篇幅虽小但内涵甚丰。霍尔顿这个"新流浪者"三天里的游荡开掘了当代社会真实面貌的一隅,也反映了一个美国青年孤寂的精神世界。霍尔顿的形象影响了几代美国青年,今天,当我们漫步于美国的街头时,仍然可以看到那些反戴着红色鸭舌帽的"霍尔顿式"的青年,这正可以说是这部小说影响力深远的一个佐证。

# 第五节　拉尔夫·埃利森(1914~1994)

拉尔夫·埃利森(Ralph Ellison)1914年生于俄克拉荷马州,在俄克拉荷马城长大。1933年他获得了州奖学金去亚拉巴马州的塔斯克奇黑人学院就读,学习音乐,主修小号。他的音乐天赋使他拥有从古典"严肃"音乐到现代爵士乐广泛的兴趣和才能。他年轻时认识了许多名重一时的爵士乐演奏家,曾跟随他们一起演出。埃利森是一个认真的演奏和作曲的学生,但最后他在文学上的才能还是盖过了在音乐方面的爱好,尽管在他的文学作品中往往还能见出音乐给他的影响。

不久,埃利森离开了塔斯克奇学院前往北方大都市纽约图发展。1936年,他有幸在纽约哈莱姆结识了当时有名的黑人作家理查德·赖特,赖特鼓励他成为一名作家。埃利森开始时发表了一些文艺评论和短篇小说,1945年他开始写《看不见的人》(Invisible Man),经过七年艰辛的努力,1952年小说出版,幸运的是一炮打响,不仅赢得了全美图书奖,而且还得到不少社会组织的奖金,他被一些大学聘为文学教授。1965年《看不见的人》被文学评论界定为经典之作,使他在当代美国文坛上占有了一席之地。

拉尔夫·埃利森在美国黑人作家中有着特殊的地位。他师承理查德·赖特,在赖特的影响下步入文坛,也受过赖特直接的帮助。但不久他们之间在意识形态和社会理想等方面的重大分歧便暴露出来,以至最后弄得不欢而散,各行其道。他们共属一个时代,都有在纽约哈伦黑人居住区的生活经历,又同时为美国黑人文学的两大台柱,但他们两人的作品无论在主题思想或艺术手法上都大相径庭,存在着很多的不同之处,可谓春兰秋菊,各一时之秀。

和其他黑人作家不同的是,埃利森一再强调自己的创作不受政治立场和民族情绪的影响。早在1953年,他在回答采访时说过:"假如一个黑人作家,或者任何其他作家,他想为自己所希望(的东西)而写作那么就好比没上战场就败下阵来一样。"这段话不仅仅代表了他的创作观,也是他的世界观。而事实上,倘若从埃利森的作品来看,他的这番话也不过是标榜自己与众不同而已。他那种艺术完全超然于社会现实之上的表白并不能说明他自己的作品。他确实不屑于当一名"暴露""揭发""控诉"社会黑暗的作家,但他却有鲜明的政治主张和社会立场,他是布克·华盛顿(Booker Washington)的忠实信徒。这位塔斯克奇学院——埃利森母校的奠基人有关黑人解放的新思路即"建设性的而不是毁灭性的,进攻型的而不是防守型的,友好的而不是敌意的或者投降的"号召正是埃利森在《看不见的人》中反复强调的黑人自强自救之路。

在理查德·赖特等人的指导下,埃利森阅读了不少文学巨匠的作品,乔伊斯、海明威、福克纳、马克·吐温、陀斯妥耶夫斯基等人对他的影响最大,这也可以从《看不见的人》中那种兼收并蓄的艺术特征中见出一斑。

埃利森是当代美国极少数几个"一鸣惊人"(以一部作品走红)的作家之一。虽然读者好几次风闻他的新作不久即将问世,人们也确实在《党派评论》上见到他第二部小说《愚人之船》的第一章,但许多年过去了,这部小说似乎又没了下文,只是在他去世五年后才出版了一部遗作《六月十九日》。人们普遍认为,拉尔夫·埃利森的少产,一方面固然因为他是一个严谨的作家,名声又大,发表新作当然不得不慎而又慎,但客观上过多的荣誉与赞扬也给了他负面的影响,一大串的头衔诸如教授、编辑、顾问、委员、主席、理事、院士等等弄得他既无余暇,也乏"闲心",以至他始终只以一根柱子支撑着自己在文坛上的地位。

## 追寻自我本质的寓言
### ——拉尔夫·埃利森的小说《看不见的人》(1952)

拉尔夫·埃利森是一位严谨而少产的作家,至今仅以一部小说《看不见的人》行世,但他在美国文坛上的名声却大得惊人。《看不见的人》出版于1952年,翌年埃利森即荣获了全美图书奖。1965年,当时美国的主要文学评论刊物《书评周刊》在征得了二百余位文学评论家的意见后,确认该书为战后美国最佳小说,奠定了它在当代美国文学中不可动摇的地位。在随后的几十年中,埃利森鸿运高照,各种荣誉和奖状接踵而至,许多大学争相请他讲课,从纽约的巴德学院一直到耶鲁大学、芝加哥大学和纽约大学。自1963年起,塔斯克奇学院和哈佛大学等十几所高校授予他博士学位。1963年,美国总统向他颁发了美国自由勋章,第二年,法国又授予他文学艺术荣誉勋章。他还成了美国文学艺术院院士,相继被聘为许多图书馆、艺术馆的顾问等等,一时间风光十足,红极美国,其热闹景象确实少见。相对而言,其他黑人作家的运气则相形见绌,哪怕是赖特和鲍德温等人也望尘莫及。事实上,一些读者在读完本书之后不免有些失望,《看不见的人》的故事情节并不精彩,人物形象也不突出。埃利森作为一个黑人作家,他作品中对黑人的社会处境、黑人运动以及黑人的前景等等并没有许多深入的描述和思考,《看不见的人》的主人公虽然是一个黑人青年,但他的经历和感触似乎已经超出了肤色的范围。也许正因为此,这部小说才引起了更多人,特别是文学评论界的兴趣。它与以前那些黑人作家所擅长的"暴露小说"、"反抗小说"、"控诉小说"等不同,主要写一个疲于奔命的黑人青年对"自我本质"的探寻,唤起了广大美国人民对自身价值和命运的关注。这个主题在当代西方社会,特别是经过了第二次大战后,人们普遍感到在物质力量与社会异己力量的压迫下所产生的一种失落感,急切地想了解和探寻自我在这个社会中的角色和定位的氛围中,有着广泛的共鸣基础。因此,《看不见的人》的成功,与其说是靠故事的情节和人物的行为等等,还不如说它触及了一个相当敏感的社会问题。

《看不见的人》的故事系由第一人称的主人公娓娓述出,讲一个没有姓名的黑人青年从中学时代起的生活经历。出生于保守的南方社会,主人公从小就养成了迎合白人意志,处处谨小慎微的生活态度,希冀能顺利地踏进这个充满敌意的社会找到自己的人生位置。但经过了一番残酷无情的捉弄后,他终于明白了自己只是一个"隐形人",一个不被人们看得见的人。由此,他产生了寻找自我和探究自我在社会中的价值的强烈愿望。他从南方来到大都市纽约,从年幼无知到逐步认清这个社会的本质,在这个过程中,他觉得各种力量都在欺骗他,控制他,利用他,他一直是这场生活闹剧中的一个小丑而备受折磨,任人摆布。他一心想找到自我本质后做一个真正的人,但结果却总是徒劳无获还落入别人的圈套,最后只能一个人躲进一间地下室,变成了视而不见的隐形人。当然,就如一个西西弗斯式的英雄,他仍幻想着有朝一日重返社会继续他寻找自我的努力。

《看不见的人》按故事情节可以分为两个部分,其背景分别为南方和北方大都市纽约,第一部分的南方又可以分为某地小镇和一所州立黑人学院。从孩提时代起,主人公已懂得如何隐藏自己因黑人的身份而受到社会不公时的情绪。他接受白人教育的影响,处处揣摩如何在白人占统治地位的社会背景下安身立命之道,努力讨好、迎合他们的口味。他还常常记得祖父临终时的遗训,要他以"唯唯诺诺""笑脸相迎"的态度来对付这个社会。于是,他竭力克制自己对现实的不满和对白人的反抗情绪,以优异的学习成绩和安分守己的生活博得了那些"生就一身白皙皮肤的人的称赞",成了人们眼中品行端正的楷模。在中学毕业那天,他发表演说,阐明黑人青年进步的秘密在于谦卑等观点,赢得了上层白人的欢心而大获成功。为此,他应邀去参加镇上头面人物的一次聚会,准备再一次讲述他对成功的看法,呼吁黑人大众在社会中忍让自强、恭守低微。他自信这样的观点肯定能讨好镇上那些重要人物以得到他们的青睐。但这些人物聚在一起只是为了逗乐成趣,他们让那些黑小子(包括小说的主人公)先看一个全身脱光的姑娘卖弄风骚,挑逗这些年轻人的情欲,然后迫使他们蒙上眼睛互相斗打,眼看着他们一个个被打得鼻青眼肿、鲜血淋漓的样子而狂呼乱叫,兴奋不已。接着他又让这些穷孩子在通了电的地毯上去抢硬币,看他们被电流击得浑身抽搐疼挛,滚倒在地被折磨得死去活来时,这伙酒足饭饱的大人物才乐得前俯后仰,心满意足。在经历了一番身心受虐之后,主人公又被带到台上去作他谄媚式的演讲。虽然他此时已经痛得难以忍受,嘴里含着鲜血,但他还是把"黑人的社会义务"重新讲了一遍。出乎他意料的是,那些白人尽管对他的演讲不屑一顾,还着实讥笑了一番,但为了回报他对白人社会的敬意和对黑人大众的规劝,镇上那些头面人物决意鼓励他以示后者,他们不仅奖给他一只渴望已久的公文包而且还给了他一份进州立黑人学院就读的奖学金。这个黑人青年自我盲目的行为虽然使自己成了一个出卖灵魂的木偶,丧失了自我的尊严与人格,但却得到了一次"成功"的机会。于是,他带了浑身的伤痛和巨大的野心,又怀着感激与自豪的心情进了大学并暗暗下定决心死心踏地地沿着这条路走下去。

在州立黑人学院,他故伎重演,虽然他内心讨厌那个与自己性格类似的黑人校长布莱索博士,但他还是尽量伪装自己以取得他的好感。三年之后,布莱索校长果然特意挑选他为一位专门来校参加校董会的白人校董、百万富翁诺登先生驾车去学院周围兜风观光。他们先来到一所破旧的农舍前,在那儿诺登先生听到了一个叫吉姆的黑人农民讲了自己与女儿乱伦,养下了孩子的惊人故事,引起了这位大富商内心的隐痛和回忆。为了给他买酒压惊,主人公又把他带到了附近一家称为"金日酒家"的乡村酒店。那里每逢周末挤满了伤残的士兵和下等妓女,在这混乱不堪的地方,诺登先生被吓得昏了过去。他一个养尊处优的大富豪在这里所见的一切使他深受刺激。回到学院,校长布莱索博士对此十分惊慌,并迁怒于这个黑人学生,他大发雷霆,决意把他开除出校以绝后患,但他却假惺惺地装出伪善的样子并为他写了几封推荐信,要他去纽约打工赚钱后再回校继续学业。这样,主人公虽然满腹委屈但又满怀了希望离开了学院来到纽约,投入到这个五光十色的大都市。

　　到了纽约,这个黑人青年才真正陷入了黑暗的深渊。为了糊口求生,他一处一处地递上了布莱索校长给他的推荐信,常常提醒自己要以渺小自卑的态度换取白人的首肯,接下来他便焦急不安地等候着"佳音",但事与愿违,他翘首以望的回音始终没有到来。待到他递上了最后一封推荐信后,才从那位雇主的儿子那儿打探到这些"推荐信"的内容竟是告诫那些雇主千万不要雇佣这个犯有前科的黑小子,说他是一个"走上歧途"的危险分子,要大家协同校方让他永远不停地为自己没有希望的目的而东奔西跑。这真是晴天霹雳,布莱索校长竟如此狠毒地置他于死地,这重重的一击顿时使他丧失了一切希望。此时他才明白为什么所有的收信人都给他吃闭门羹,他"仿佛泪液一下子都枯竭了一样",落到个"没有人会相信我,连我自己也不相信的地步"。布莱索他们把他送入了这危险的贫民窟,他再次尝到了被人愚弄、受人欺凌的痛苦,于是,他心中矗立的大厦倾倒了,对布莱索校长之流那种表面伪善、内心狠毒的实质有了真正的认识。在一切希望都破灭之后,他必须自己去找工作,要活下去,先得老老实实地找一份苦力的差事。但命运似乎老跟他作对。他不久在一家称之为"自由牌油漆公司"找到了一份工,干的是把一种黑色的添加剂滴在白色的油漆中用以增白的工作。此时"他马上注意到,那些闪闪发光的黑色滴剂,它们先是停留在油漆的表面上,颜色变得更黑了,然后突然向四周扩散开去。"埃利森运用这种巧妙的笔法,把美国社会中黑人在白人社会里可怜的状况着实地揶揄了一番。不幸的是,这份工作他只做了半天就丢了,原因是他不慎搞错了添加剂,把"政府订的这批货色给糟蹋了"。这样,他又一次在"白色的油漆"中失足翻船。接着,工厂又给了他一份新的活计,要他去二号楼地下室帮助一个叫卢修斯的老工人烧锅炉。卢修斯对他的到来十分反感,他先是认为上头嫌他老了,找一个年轻的工人来取而代之,接着又疑心他是工会派来的"奸细"。于是,卢修斯决意把他的加入看成是一种危险的挑战,他存心误导主人公为锅炉增加压力以致最后造成锅炉爆炸,这个黑人青年虽在事故中幸免不死但却弄成重伤住进医院。在医院里,他接受电击治疗,一度失去记忆,此时的他真不知是在梦中还是在现实之中,他比以往任何时候都更想弄明白"自我"究竟是什么?

他又一次失去了一个生存的机会。出院以后,他带了困惑不解的心情住进黑人聚居的哈莱姆。经过一番认真的思考,他意识到应该改变以往一味讨好白人、仰人鼻息的生活态度。哈莱姆对他说是一个新世界,是第二次生命的地方,周围一切都是如此的亲切和熟悉。他希望能在这儿找回自我的本质。他发现自己正经历着一场自身的变化,变得更为成熟。但"我是什么、怎么会成了如此这般的"等等问题依然萦绕在他心头,时时摆脱不了。他结束了自己的过去,告别单纯无瑕的青少年时代,走在哈莱姆满天风雪之中,像一个梦游者。在一家商店里,他瞥见了那些久违了的黑人宗教用品,勾起了无限的回忆。当他在街上买到了黑人喜欢吃的烤山药时,内心涌起了一股强烈的自由感。在这里,他再不必顾忌别人见到他吃山药时会有什么想法,"也用不着考虑怎样做才得体"之类迎合白人的念头。"让所有这一切见鬼去吧!虽然山药实际上还是原来那样甜,可是一旦有了这种想法,它的味道就变得像花蜜一样甘美!"很显然,此时的山药在他——一个黑人的眼中不仅仅是自己喜欢的食品,更重要的是使他感到找回自我本质的一种象征。

与此同时,主人公此时的内心正处于极端的矛盾之中。他一方面为找回自己黑人的生活习惯而自豪,但另一方面又竭力想摧毁自己的黑人形象。他在房东玛丽的屋子里看到一尊"红嘴唇,宽嘴,黑漆漆的铁铸黑人像""它咧开着嘴满脸堆笑,两只白眼从地面上直瞪着我瞧,那唯一的一只大黑手掌心向上搁在胸前"。这是一只旧的储币器,"一件早年的美国古董"。看着这尊黑人像,他突然觉得火冒三丈,非把它砸碎不可。他操起了一根水汀的铁管猛击上去,铁像应声而碎,连同内中的硬币滚了一地。他把碎片捡在一起带出去丢在垃圾箱内,但有人发现他"随意"丢抛垃圾,喝住他要他捡回去,无奈之下他只得兜了它准备"掉落"在马路上被踩融的雪地里,但还是失败了,一个好心的路人提醒他掉了东西,捡起来还给了他。于是,主人公不得不把这包碎片再次放回自己的公文包。埃利森的这个情节隐喻了主人公无论如何也无法丢弃自己黑人的形象。

在一次偶然的事件中,这个黑人青年的命运似乎出现了转机。一天,他在哈伦街上看到一对年迈的黑人夫妇被警察肆意欺凌,引起了围观人群的忿怒,他们与警察展开了针锋相对的斗争。他为情势所动,站出来以雄辩的演说号召大家以合法的手段保卫自身的利益。他的演说才能被一个称之为"兄弟会"

的政治组织的头头叫杰克的看中,他们主动邀请他参加该组织并赋予重任,酬以高薪,让他担任该会的发言人和公开场合的领导以贯彻他们追求自由平等,为穷人谋利益,"为历史,为变革"而奋斗的政策。这桩差事对主人公来说不啻喜从天降。从此以后,他全身心地投入兄弟会的革命斗争,到处宣传鼓动民众,他所擅长的演讲和组织才得以充分地发挥。同时,他又成为一名颇受欢迎的女权运动的演说家,所到之处,受到公众热烈的欢迎。这些成功不禁使他飘飘然,除了从小就渴望的领袖欲隐隐得到一些满足之外,他还认为终于在社会中找到了自我的价值而踌躇满志。他自认为已成了一个像布克·华盛顿一样的黑人领袖。而事实上,他的一言一行都刻意模仿这位著名的黑人社会活动家。

但好景不长,事隔不久,他的美梦即被残酷的现实击得粉碎。原来在兄弟会的领导层中,各种意见和倾轧从未间断。他们雇佣他当宣传工具来鼓动民众,但对他本人的政治觉悟和思想观念却大有疑虑之处,有些人干脆视他为危险人物,一个成事不足败事有余的累赘,坚决主张要处处限制他,不得让他有丝毫超越兄弟会政治主张的地方,但令这个黑人青年苦恼的是,兄弟会的政治主张本身就是含糊不清、各执其是的。因此,主人公受到了来自各方面的压力,他必须服从他人的意志,做他人要他做的事,重复别人的言论,这实在有悖于他的理想。如今,他终于认识到自己在兄弟会中不过是被人玩弄、受人控制的玩偶罢了。他根本无法表达自己真实的想法,明白了自己只是他们手中的一件工具,徒有虚名却压根儿不知道这个组织的真正内涵。慢慢地,他发现自己有两个脸,一个旧的自我和一个新的公共的自我。他开始反抗套在头上的枷锁,不再愿意任人摆布,不想运用别人现成的答案,他怀疑像兄弟会这样的组织究竟会不会把他这样的黑人真正看重。不说别的,在这个组织中甚至那些淫荡的女人都视他为工具,她们无耻地"希望他再黑一点、更强壮一点",以供她们泄欲。他无法满足这些人的要求,他知道自己在兄弟会中成了另一种类型的"看不见的人",而这个自称为进步组织的兄弟会不过是一个机械的、残忍的大杂烩,对美国黑人并无积极的意义。他们所强调的仅仅是一些空乏抽象的原则,他们所提倡的运动并不能给社会或个人带来什么希望。

但可笑的是,主人公虽然在兄弟会中只是一个傀儡式的小人物,他却被哈莱姆内另一个黑人民族主义的极端组织视为敌酋。该组织以"规劝者"拉斯为首,他们认定主人公是兄弟会的头领而屡屡发起向他的进攻。"规劝者"的政治主张相当激烈,他们认为兄弟会那种软弱无力、不分黑白种族的做法已经使自己沦为白人政权的帮凶,因此把斗争的矛头直指兄弟会,要"规劝"他们改弦易辙并以武力大打出手。在拉斯的煽动下,一些黑人群众用恐怖的手段与社会对抗,又对兄弟会这位"首领"穷追不舍。此时,主人公已陷入腹背受敌、内外夹击的境地。为了逃避厄运,他不得不戴上一副墨镜,以企"破帽遮颜过闹市",全身远害。但不幸的是,他这副打扮却被许多人误认是哈莱姆的一个无赖之徒叫赖困哈特的,他是一个集流氓、赌棍、牧师与浪子于一身的人物,于是遭来了更多的麻烦。这个时候,主人公才意识到即使自已已完全丧失了自我但仍然摆脱不了世俗的纠缠,在这个茫茫的人海之中,他真不知何去何从。

终于有一天,那个全身武装,如今已被称为"煞星"的拉斯在街上认出了主人公,他正在指挥一群暴徒到处抢劫横行。于是,他马上命令喽啰们上前捉拿这个兄弟会的"头头",扬言要"把他吊死,作为全体黑人的一个教训"。这个黑人青年惊恐万分,"旋风似地落荒而逃",在昏天黑地之中筋疲力尽地跌入一个地窟中。当他醒过来后,明白了自己在这个世界上已成了一个名副其实的隐形人。躺在黑暗里,他突然思绪万千,"我走了漫长的道路以后又折了回来,我原先曾梦寐以求想爬到社会的某一阶梯,此刻却反弹到了原处。"经历了"拥护"和"反对"社会这两个阶段,他尝尽了人间的甜酸苦辣,如今外部世界已经彻底把他抛弃,但他却隐隐地得出结论,丧失自我本质的不仅仅是他自己,而是人类普遍的命运,不仅黑人是隐形人,白人也是如此。尽管他如今孤零零地住在地窟里,把一切都给丢了,但他相信唯独心灵没有丢失,他在地室中装了一千多盏电灯泡,希冀让炽热的灯光照出自己的身影,渴望再次回到那混乱而又充满了威胁的世界中作再一次的努力。

《看不见的人》的故事,很自然地使人们想起了福克纳的小说《八月之光》(*Light in August*)和陀斯妥耶夫斯基的《地室手记》。福克纳的名著《八月之光》发表于1932年,讲的也是"一个小黑鬼四处奔走"的故事。相隔20年,埃利森的《看不见的人》继续了这种情节线索,但却表明了在思想深度方面的进步。这两位作家都把生活看成是一场疯狂的把戏,都把小说纳入带有悲剧意味的喜剧范围。但二者之间不同的是福克纳对这个荒诞的世界表达了愤慨之情而埃利森则是抱了一种喜剧性的接受态度,主人公在失败之余还没有放弃不懈的努力。

《看不见的人》的主人公最后躲进了地洞里,这个象征性的地洞是一个与陀斯妥耶夫斯基所描写的地室相类似的地方。一个现代人经受了外部世界的压迫而转向内心深处、灵魂深处的探索。从这个意义上来说,本书又有康拉德《黑暗的心》的某些影子。而本书中所写的地下室又被写成是散发着光和热的地方,其亮度甚至超出了代表世界贸易中心的百老汇和象征了美国辉煌的帝国大厦,主人公想借此照出自己的身影,等待着自我本质被人——自己与他人所发现的那一日。

《看不见的人》在文学上的价值,是因为它是一则现代人追寻自我的寓言。主人公孜孜以求的自我本质是许多文学巨著共同的主题。虽然每一个时代对这个主题的开掘都有不同的表现形式和内容,但从古希腊古罗马的神话故事到莎士比亚的作品和现当代的不少著作,尤其是在一些现代派作家如乔伊斯、加缪、卡夫卡等人的作品中,其精神实质是相同的。人们对自身的价值,对自我行为的根据,对自己所以是自己的一种特质等等都怀有极大的兴趣,这些作品,包括《看不见的人》在内,都是探索"找到你自己"的典型的例子。

当然,埃利森作为一个当代的美国黑人作家,他的作品中无疑也会传达出自己对社会和政治理想等诸方面的见解。因为他毕竟是以一个黑人的眼光和一个黑人的经历来表达自己的观念的。因此,整部小说中对黑人在这个社会中受歧视遭迫害等种种处境都有着真实的描写。尤其精彩的是,他运用隐喻的手法相当简明形象地表达了各种矛盾、对比的关系,如他通过描写"自由牌油漆"中黑色添加剂在白漆中的作用成功地说出了黑人在白人社会中仅仅只是一种衬托的看法,深刻而有力。然而,对于这些社会不公的现象,埃利森的政治主张和其他黑人作家如理查德·赖特等人并不相同。小说中的主人公身上在许多地方与埃利森本人有着类似之处,书中多次提起的那位黑人领袖布克·华盛顿就是作家心目中的英雄与楷模。他竭力主张黑人必须走自我教育、自我改造的道路,反对以暴力抗争社会压迫,鼓励黑人要"就地取材",努力学习,自强不息,使自己成为这个社会中一个"有用"的人,占一席之地。这种平和的、"黑人在政治上应该采取的立场"正是埃利森赋予小说主人公的安身立命之道,也是博得主流社会喝彩叫好的地方。但从另一个角度看,埃利森的这种观点多少削弱了黑人运动的斗志,也必然遭到许多人的反对与唾骂。

《看不见的人》在思想意义上有重大的影响。埃利森所强调的自我本质的追寻在当今西方社会中人们普遍感到压抑与失落的情绪中引人关注而使小说声名大振。另一方面,这部小说的成就与其精湛的艺术手法密不可分。一些评论家称埃利森是一位"具有惊人技巧和深刻感性的作家"。我们看到,《看不见的人》中所运用的艺术手法是多重和常变的,这一点与其他小说明显不同,现实主义、自然主义、象征主义、表现主义乃至现代派的超现实主义的一些因素和特征都能在本书中找到。小说的前半部分即在南方的背景下,主人公还想适应这不公正但又很传统的生活,笔调基本是现实主义和自然主义的;在纽约,主人公四处碰壁,若有所失,笔调转成了表现主义;而到了小说的后半部分即主人公陷入兄弟会以及最后坠入地窟,笔调又换成了超现实主义。这些艺术手法的运用与整个故事的情节进展相当吻合。全书从实到虚,首尾相衔。行文间充满了诙谐幽默的语言,为小说增色不少。而从艺术的角度看,《看不见的人》最为突出,也是最成功的地方,还在于埃利森娴熟地运用了视觉上的象征意象诸如光、色、感觉、视觉、顿悟等等来渲染情节。如为了突出"看不见的人"这一形象,他在小说一开始就安排了许多有关视觉上的意象,主人公自述"他们看到了一切的一切,唯独看不到我",原因"只是因为人们对我不屑一顾",他在路上与一个陌生的行人对撞而至相互打斗,直打得"血流如注",但转眼间他明白了对方撞上了自己,实在是因为那个人"没有看见我"。他与那些黑孩子在白人俱乐部厮打,先得蒙上眼罩,眼前一片黑暗;最后呆在地洞里,他虽然点了一千多盏灯泡却仍然照不出自己的身影来⋯⋯阅读这部小说,读者时时会感受到各种视觉上的刺激如灯光开关、血的红色、黑白对比等等,这些视觉上的困惑为全书的中心,即一个黑人怎样看清自己以及别人怎样看他作了铺垫,也揭示了心理与现实之间的关系。也因此,类似的描写在小说中比比皆是,有时甚至被写到难以置信和精妙细微的地步。除了主人公之外,其余的人物如白人校董诺登先生在"金日酒家"昏厥后双目紧闭;黑人学院奠基人的铜像旁跪着蒙目的黑奴;巴比牧师双目失明以及在兄弟会演讲的会场上见到的被人打瞎了眼睛的黑人拳击手的照片;兄弟会头头杰克兄弟的一只玻璃眼珠从"脸上弹出来,重重地落到桌子上"等等,所有这些视觉上的描写,组成了梦魇式的象征,最后都归结于自我存在(看不见)这个问题上,其手法几乎成了小说的一种原动力。我们若从这种视觉上的幻觉来看,那么无论是小说的主人公还是诺登先生、布莱索校长、"煞星"拉斯以及杰克兄弟、赖因哈特等人,没有一个能避免"隐形人"的命运,其"可见"的程度,也不过大同小异而已。因此,可以说,埃利森在小说中所布下的视觉象征的意象,为其艺术成就奠定了坚实的基础。

# 第六节　詹姆斯·鲍德温(1924～1987)

詹姆斯·鲍德温(James Baldwin)1924年8月2日生于纽约哈莱姆,是一个私生子,他母亲后来嫁给大卫·鲍德温,詹姆斯成了家中九个孩子中的老大。从他的一些带自传性质的作品如《到山上去呐喊》(*Go Tell It on the Mountain*, 1953)、《没人知道我的名字》(*Nobody Knows My Name*, 1961)等当中,我们了解到他的童年生活是多么的不幸,这种不幸特别体现在他与继父大卫·鲍德温之间紧张的关系中。大卫·鲍德温是一个黑奴之子,原籍新奥尔良,他从南方来到纽约,一心以传播宗教福祉来帮助贫穷黑人脱离精神苦海,他乐此不疲简直到了如痴如狂的地步。同时,他强烈的个性使他在家庭中显得十分霸道,他对长相丑陋的詹姆斯一直抱有敌意,使儿子从小就受到心灵的创伤,也埋下了日后父子冲突对抗的契机。

詹姆斯在学校的成绩还算不错,酷爱文艺作品和历史典籍。他曾经因一篇写给教堂报纸的小说而获奖,这给他后来走上文学创作的道路树立了最初的信心。由于他年纪小小就显露才华,使哈伦教堂中一些长者对他的天资颇为赞赏。受家庭和环境的影响,詹姆斯从小就迷上宗教,一心希望将来能像父亲一样供职教堂,甚至超越他。

在中学时,詹姆斯·鲍德温碰到了第一个影响了他一生的重要人物即他的白人老师比尔·米勒小姐。她成了少年詹姆斯心目中的天使。他后来在回忆那一段学校生活时说"她是一个年轻的白人老师,一个漂亮的女人,对我非常重要""我爱她……当然是一个孩子的爱"。就因为她的缘故使詹姆斯·鲍德温一生对白人"没有真正的仇视"。

和《到山上去呐喊》中的主角约翰一样,詹姆斯也是在他14岁生日的那一天正式皈依了宗教,不久便如愿当上了教堂的牧师。几年的布道生活虽然很顺利,使他赢得了名声又把继父讲坛下众多的信徒吸引过来,在精神上击败了他。但他的内心中却日益感到基督教并不像自己所宣传的那么好,他开始对宗教也抱有怀疑的态度。

詹姆斯·鲍德温高中毕业时,正值美国卷入第二次世界大战,父亲生病,家境日趋艰难,但此时他已决心成为一个作家,用文章来表达内心的感想。他从15岁起就向往曼哈顿的格林威治村,那个地方充满了一种艺术的氛围,许多艺术家包括作家、画家等等聚在那儿各抒己见,从事自己的创作活动。为了生活,不仅是自己的生活,还有沉重的家庭负担,詹姆斯一开始并没有如愿以偿住进该村。他必须工作,养家糊口。1942 年,他的一位朋友为他在新泽西州找到一份工作,收入不错,这使他有条件从家中搬出,周末的时候到格林威治村去泡吧,在那儿的酒吧饭馆认识了许多人,包括白人、黑人艺术家。1944 年,他有幸结识了当时红极一时的黑人作家理查德·赖特。鲍德温曾经读过他的小说,对他的才能佩服至极。赖特指导他写作并帮助他拿到了尤金·萨克斯顿奖金。1948 年,詹姆斯·鲍德温在理查德·赖特到法国后不久也尾随而去,得到后者的许多帮助。1955 年鲍德温出版的言论集《一个土生子的札记》(*Notes Of a Native Son*)显然是受了赖特的小说《土生子》(*Native Son*)的影响。但是,他们之间的这种关系并没有一直维持下去,鲍德温因在看待黑人的问题上与赖特观点相左,两人从此分道扬镳。

詹姆斯·鲍德温的文学创作,主要以三部小说而得名。它们是《到山上去呐喊》(1953)、《吉伐尼的房间》(*Giovannis Room*,1956)和《另一个国家》(*Another Country*,1962)。

《到山上去呐喊》带有明显的自传性质,特别是约翰与他继父加布里埃尔的对抗几乎是詹姆斯与继父大卫之间冲突的翻版。此书除了描绘一个黑人家庭现实生活的意义外,更重要的是通过约翰·格里姆斯 14 岁生日那天皈依宗教、顿悟人生和那种精神上的觉醒,表达了作者为改变黑人自身地位和处境所作的严肃的思考。

在 1974 年的一次记者采访中,鲍德温声称《到山上去呐喊》中的主角约翰在《吉伐尼的房间》中成了吉伐尼和大卫二人的化身,除了指出他的人物具有"长线"意义外,更揭示了这些人物身上的共同点,他们都是詹姆斯·鲍德温宣传自己思想的象征人物。在这部小说中,作者表达了他"爱"的哲学,内容则涉及性、政治、经济和种族矛盾等等。他指出无论对个人来讲还是对种族群体来讲,拒绝爱将铸成大错、酿成灾难。书中对大卫与吉伐尼之间同性恋的描写也罩以爱的光环。鲍德温说:"假如你能真正地爱上一个人,那你就会爱上所有的人。"

《另一个国家》写一个黑人音乐家为严酷的现实所迫,最后投哈德逊河自杀的故事,内中又穿插了庞杂而又曲折的情节,但总的基调还是不变。他曾指出,在这部小说中"爱并不像我们所想象的那样开始与结束,爱是一场战斗,是战争,爱是不断成长着的东西。"社会上对这部作品的反应并不一致,黑人办的杂志给予很高的评论,白人的反应交叉混合。有人甚至赞它为"继 T. S. 艾略特《荒原》发表40年来,鲍德温给了我们完全形式不同的有关人类孤独无依的描写",这部小说在当年成了畅销小说。

除小说创作之外,詹姆斯·鲍德温还写过不少文章,尤其以有关种族矛盾的论文见长。他呼吁人们献出爱心,和睦相处,最终获得自身拯救。

詹姆斯·鲍德温最后的小说是《告诉我火车走了多远》(*Tell Me How Long the Train's Been Gone*, 1968)和《就在我头上》(*Just Above My Head*, 1979),总的来说,质量已不比以前,显得冗长、空泛,结构松散。艺术特征上则显出一种无可奈何的感伤情调。他大约想与诺曼·梅勒一样,在多种文体方面进行冒险,但效果并不理想,至少造成中心不突出。

詹姆斯·鲍德温的晚年虽然受疾病的折磨,但他始终没有放下手中的笔。他一直为人类的公正与种族的和解事业工作到生命的最后一刻。1974年他曾荣获"20世纪先知"的称誉,13年后,在纽约圣·约翰大教堂为他举行的追悼仪式中,人们更深地体会到他这个称号的真正意义。

## 一个寻求拯救的黑灵魂
### ——詹姆斯·鲍德温的小说《到山上去呐喊》(1953)

到山上呐喊

登高而声远

到山上呐喊

耶稣降世了

——旧歌

正如这部小说的标题所示,詹姆斯·鲍德温的小说《到山上去呐喊》充满了宗教的色彩,它引自有关《圣经》的旧歌,又借助了基督教"施洗者约翰"(John the Baptist)到"圣者约翰"(St. John the Divine)的故事框架,描写了一个当代美国的黑人少年是如何在他14岁生日的那天经历了一番自我寻找及灵魂拯救的心路历程,表达了作者对黑人在这个社会中如何求自立图生存的严肃思考。

詹姆斯·鲍德温是著名的美国黑人作家,与另一位黑人作家拉尔夫·埃利森一起被视为当代美国黑人文学的两大台柱。他们各自的代表作《到山上去呐喊》和《看不见的人》虽然在许多方面诸如内容情节、艺术风格甚至思想观念等有很大的不同,但却有一个共同的主题即探讨黑人在这个社会中的自我本质以及他们的命运。在当时反种族歧视运动高涨的背景下,这个主题引起了极大多数美国人的关注,特别在黑人知识分子中产生了巨大的反响和共鸣。此书也成了风靡一时的畅销书。由于詹姆斯·鲍德温特殊的家庭背景和生活经历,与埃利森不同,他的作品中充斥了宗教思想的影响,而这种影响之大之深,几乎贯穿于他整个的创作生涯。

《到山上去呐喊》的主角是黑人孩子约翰·格里姆斯和他的继父加布里埃尔·格里姆斯,整个故事以他们的家庭为中心。除了他俩之外,人物还有约翰的母亲伊丽莎白·格里姆斯、他的姑妈也即加布里埃尔的姐姐弗洛伦斯和她已故的丈夫法兰克。加布里埃尔和伊丽莎白结婚以前各有一段浪漫史,加布里埃尔的第一位妻子叫黛博拉,她已于多年前去世。他还有一个情妇叫埃丝特,他们曾经有一个非婚儿子叫罗亚尔。而伊丽莎白原先的情人叫理查德,也即约翰的生父。加布里埃尔与伊丽莎白婚后又生了许多孩子,但小说中主要提及的只有罗伊,他与约翰是异父同母的兄弟。他们家之外,还有一个人物是约翰周日学校的老师,也是他的好友埃利夏,他在约翰皈依宗教求得灵魂拯救的过程中是一个重要的角色。

受古典戏剧三一律的影响,詹姆斯·鲍德温恪守时间、场景同一的手法。他把整个故事浓缩于约翰·格里姆斯 14 岁生日的那一天,描写他在这 24 小时内经历的巨大思想变化,悟出了人生的真谛,最后达到灵魂得救的结果。而与之相关的场景只有三处,其中又以“火施洗大教堂”为主景。故事的主要情节则围绕了约翰与他的继父加布里埃尔之间的一场对抗和约翰灵魂深处的搏斗。他们父子之间在精神上的“升”与“降”的对比关系不仅涉及他们一家人的行为与经历,也是鲍德温借此表达黑人灵魂与肉体自救的方法,具有一种普遍的宗教意义。

《到山上去呐喊》篇幅不大,仅 300 页左右,它由三个部分构成。第二部分最长,主要的内容也都体现其中。第一、第三部分较短,用以衬托中心,交代前因后果。第一、第三部分的主角是儿子约翰·格里姆斯,中间即第二部分的主角则为父亲加布里埃尔所取代。如果我们粗略地翻阅一下这部小说,不难看出在第一部中约翰与加布里埃尔的地位已开始变动。约翰长期生活在恐惧与不幸之中,受浓重的宗教氛围的影响,他始终怀有一种罪孽感但心中又充满了爱。他在这个严厉的、继父视他为敌的家庭中处处遭受挫折,感到身心压抑。但约翰又是一个有抱负、有理想的黑人青年,随着年龄的增长,他的自我意识开始觉醒,而在这凶险的社会环境中,他开始思考自我的出路。小说的第三部分,我们看到了父亲形象的低落和儿子受上帝启示,越过他的家庭、继父,自我形象的提升乃至重新获得精神上自由的故事。作为本书主要情节的第二部分,背景是"火施洗大教堂",它地处纽约哈莱姆的雷诺斯大街,是这个全美最混乱的黑人居住区的"清洗"象征。面对着不堪入目的社会现实,许许多多黑人在这儿聆听"上帝的声音"求救于"主"的恩惠,在这教堂担任上帝的牧师、传达天国指示的,正是约翰的继父加布里埃尔·格里姆斯。他是教堂的执事,又是布道者,拥有不少虔诚的信徒。"火施洗大教堂"不仅是第二部分的场景,也是第一部分后面及第三部分前面的故事背景。因此,可以说,小说第二部分的内容在第一部分中已有了铺垫,而在第三部分中又有了结果,这种连贯的结构使整个故事显得完整而紧凑。

从题名"祈祷"的中间部分,我们看到了格里姆斯一家人的现状和他们以前复杂的经历。约翰 14 岁,正处于青春觉醒期,性意识的萌动使他内心激荡不安,而生活在这混乱邪恶的地方,到处都有性的诱惑与陷阱。在教堂服务的埃勒·梅,她那种卖弄风骚的样子引得约翰不得安宁。而哈莱姆的大街上粗鲁而淫乱的环境对一个涉世未深的青少年来说实在充满了危险。除了这些形形色色的外在罪恶力量之外,约翰的内心也正经历着一场微妙的变化。虽然他仇恨继父系事出有因,是对他一贯敌视行为的一种报复,但另一方面我们也可以看出,这强烈的仇恨之中也不免有一丝"俄狄浦斯情结"的痕迹。他在浴室中看到父亲"丑陋"的身体,他的"私密",对此恨之入骨,"一直想把他推倒""想阉割他"等等,都是这种情结的表现。作者暗示,在约翰灵魂的搏斗中,他首先应该认识到的罪孽就是色欲。在鲍德温看来,这种人的本能对约翰来说犹如地狱深渊,他要逃脱命运的摆布,做一个真正"自由自强"的人,那就必须经历一场内心的领悟和对多方面引诱的拒绝。虽然故事只有短短的 24 小时,但约翰确实闯过了这一关。这对一个处于成长期的孩子来说确实是至关重要的。在鲍德温描写与暗示、象征等多重写作手法之下,我们似乎看到了他醒悟的全过程。

另一方面,约翰一直受到继父加布里埃尔精神上的压迫与歧视。加布里埃尔是一家之主，又操纵着这儿人们灵魂清洗的大权，他敌视约翰，是因为约翰不是他的亲生儿子而且脾气变得越来越倔强。另外，作为一个黑人，约翰又时时感到整个社会对"他"的敌意。在这种内外交困的压力下，约翰的反抗自立意识日益滋长。但显而易见的是，他所探求的自新之路将是非常坎坷的，因为他正处于性意识的幼稚期、生活于种族对立的社会环境中。而且更糟的是，他的继父加布里埃尔几乎堵死了他灵魂自救的通路，他是天国的使者，约翰不可能拜倒在神坛之前而不屈服于他，这正是约翰绝对不愿干的事。此时此地，他环顺四周，真是焦虑万分，他发誓要击败继父，走出困境。怀了一种报仇雪耻的心情和巨大的抱负，他经常独自一人登上纽约中央公园的山，发泄内心的块垒之气，他"像一个巨人充满愤怒地爬在这座城市之上……像一个暴君要用他的后跟碾碎这座城市……像一个长期等待的征服者用他脚下之花散播四处。在他面前，大众高呼：主啊！"①

经过内心痛苦的斗争，约翰终于认识到，摆在他面前的出路只有一条也即先是自我灵魂得救，然后"以其人之道还治其人之身"，他要皈依宗教，走继父一样的道路，以自己对上帝的虔诚之心感天动地，希冀超越加布里埃尔，直接与神沟通，最后夺取他在家庭和教堂中的权力。

在小说的主体部分，作者用突然"闪回"的手法向我们揭示了约翰的继父加布里埃尔，他的母亲伊丽莎白和姑妈弗洛伦斯的过去，重现各人的经历。他们三人都是来自南方的黑人，带了一种甜蜜的幻想到北方来寻找"美国梦"，但严酷的现实把他们的幻想击得粉碎，甚至使他们否认了一向所信奉的爱的拯救力量。

伊丽莎白与弗洛伦斯的经历由她们的对过去的沉思而显出。伊丽莎白真正的心上人是理查德，他们一起来到纽约——美国人心中的"大苹果"，盼望能过上一种种族平等和睦、家庭愉快幸福的好日子，这是一个美妙的开始，但却只是一个悲剧的下场。理查德与加布里埃尔的第一个妻子黛博拉以及他的儿子罗亚尔、罗伊等人一样，热衷于与白人社会的抗争，但却不公平地被控有罪。虽然伊丽莎白为他挺身而出，最后使他无罪释放，但理查德悲愤至极，痛感社会之黑暗以至自杀身亡，抛下了伊丽莎白与当时还处于嗷嗷待哺的儿子约翰。

---

① James Baldwin, *Go Tell It on the Mountain*, New York: Universal Library, 1953, p. 35. 下同，只标页码，不再另注。

伊丽莎白后来成了书中伦理道德的中心。她对理查德的爱情,在关键时刻能自我牺牲保护亲人的举动足以说明她善良的本质,但现实世界并不公正,她饱经打击,惊恐不已,种族仇恨夺去了她的情人,理查德成了这个社会的牺牲品。作为一个母亲,伊丽莎白对几个孩子一视同仁,她一直爱着约翰,是家中唯一不忘记他生日的人,她用自己的爱来补偿加布里埃尔对他的偏见与仇视,但同时她也爱着罗伊他们,当罗伊同一伙白人殴斗受伤之时,她表现了一个母亲对子女无限的爱心。

　　约翰的姑妈弗洛伦斯与伊丽莎白一样,也有过一段辛酸的往事。她早年就受南方白人雇主所欺,到了纽约后,遇到了后来成为她丈夫的法兰克。虽然法兰克生活于色欲之中,弗洛伦斯为此痛心不已,但她还是非常珍惜与他的感情。后来法兰克在第一次世界大战中战死于法国,这对弗洛伦斯是致命的一击,她从此沉溺于对往事,特别是对亲人法兰克、母亲和兄弟的回忆之中,而且对她的继侄约翰也怀了一种强烈的兴趣,她成了约翰的教母,和伊丽莎白一道处处照顾着他。同时,弗洛伦斯在他们家中又是一个重要的人物。加布里埃尔虽为一家之主,但却受到她的钳制。她强烈的个性使她成为对加布里埃尔"自我圣洁"伪善面貌的一个怀疑者,因为她掌握了其弟过去一切的秘密,包括他的前妻黛博拉、他的情妇埃丝特以及他死去的儿子罗亚尔的种种事实。这些事实对一个道貌岸然的家长和教堂中的执事、布道者来说是不利的,因此加布里埃尔对她敬畏三分,深怕有朝一日她把手中握有的黛博拉的信公开出来,使自己的真实面貌暴露于大众之前。而另一方面,弗洛伦斯显然受到她丈夫法兰克和社会上主流思想的影响,接受了黑人低等、卑鄙、犯罪的种族歧视观。正如后来詹姆斯·鲍德温所说的"美国人对黑人生活的想象也存在于黑人的心目中,当他们处于这种想象的包围之中,他不可能是现实的。"[①]弗洛伦斯就是这样一个黑人,她被这种观念所控制,成了一个自怨自艾、自我虐待而又充满了犯罪感的组合人物。作者指出,她不可能取得生活中所肯定的爱和她自身所潜在的自我本质,到小说的最后,她的生活已经接近于绝望之中。但无论如何,就格里姆斯家庭而言,弗洛伦斯举足轻重,她的存在改变了他们父子间争斗的砝码重量。她对加布里埃尔来说是一大障碍,因为她扬言要把一切老底都兜出来,"将使伊丽莎白知道,在你的屋子里,她不是唯一的罪人(指与理

---

① James Baldwin, *Notes of a Native Son*, New York: Pantheon, P. 38.

查德的关系),而小约翰,他也将得知,不只是他才是唯一的私生子!"(第293页)

在他们三人的"祈祷"中,篇幅最长,内容最多的当数加布里埃尔的部分,占全书四分之一强。他的第一个妻子是可怜的黛博拉,他们的结合完全是加布里埃尔出于一时的同情心。他有一天从黛博拉那儿回家的路上突然得到"神示",从而使他作出了娶她为妻的决定。因为黛博拉曾经在某一天晚上被一伙白人糟蹋而致终身不育。加布里埃尔明知其事而执意娶她,希望以自己的"义举"博得上帝的青睐。但结婚以后,加布里埃尔却一心渴望有自己的儿子,于是他瞒了黛博拉又与一个叫埃丝特的女人相好而生下了罗亚尔。为此他心里感到既骄傲又恐怖,有一种犯罪的感觉。当然这仅是一时的矛盾心理,不久他即淡忘了折磨他的内疚感而庆幸自己有了一个"小加布里埃尔"。为怕此事传开后对他供职教堂的形象不利,加布里埃尔又竭力否认与埃丝特的关系,而埃丝特在生孩子时不幸死于难产,他们的儿子罗亚尔被带到加布里埃尔的家乡抚养长大,父子之间只相聚过一次。罗亚尔后来在芝加哥的种族冲突中死于非命。当黛博拉得知这些实情后,她痛责加布里埃尔与"妓女"(埃丝特)鬼混和他作为父亲的身份,而此时加布里埃尔甚至在承认了上述事实后也感到无所谓。他认为自己既是上帝的使者、教堂的执事,那么上帝肯定会理解他关照他。

在伊丽莎白的祈祷中,我们看到加布里埃尔在妻子黛博拉死后刚到纽约之时,尚有改变自己、追求新生的愿望。他通过弗洛伦斯认识了伊丽莎白和还是孩子的约翰,为她所吸引,原谅了她的"罪愆",娶她为妻——和以前对黛博拉一样,开始时他总不乏同情之心,把自己的行为看成是一种"义举"。他当时认为约翰是上帝赐给他的礼物,他会像对亲生儿子一样抚养、教育他。但事实上,他那种强烈的自我意识和宗教习俗在婚后马上抬头,使他故伎重演。他既不能容忍伊丽莎白的过去,也不能把约翰看成是自己的儿子,而一旦自己的子女出生后,他对约翰的态度便完全变样,这也是日后他们父子之间对抗、敌视的基础。在鲍德温的笔下,加布里埃尔是一个十足的伪君子,他不过是用宗教的面具来掩盖灵魂的丑恶。他与伊丽莎白结婚后,把她看成是一个有罪的女人,而对自己同样有非婚之子的事却毫无罪愆感。他执讲于"火施洗大教堂",貌似清白公正而事实上对他人,哪怕是对自己的儿子也无怜悯之心。为此,弗洛伦斯正告他,他是生于荒野之中的人,将来也一定会死于荒野,"因为一切都不能改变"。加布里埃尔虽自认为是上帝的仆人,但他却是一个未被拯救的人。从他的私生活来看,他显然充满了肉欲的渴求,这种在宗教中被视为罪孽的欲望始终支配着他,虽然弗洛伦斯一再对他提出警告,但加布里埃尔还是无动于衷,我行我素,他在教坛上呼吁大家放弃世俗的享受,清洗自己罪恶的灵魂,但他本人却从不理会这样的说教,过着一种双重人格的生活。而在鲍德温看来,强烈的性欲必然是对他人的一种侵犯。为了遏制加布里埃尔这种亵渎上帝的行为,作者安排了约翰对他的反叛和弗洛伦斯对他的约束,而小说的最后,读者看到了加布里埃尔正是被他的本性、他粗俗的行为、他不光彩的过去和他的继子所击垮。

约翰最后的成功也即在这24小时内既否定父亲的形象又自我顿悟、得到拯救的结果都出现在小说的第三部分的"打谷场"中。对约翰来说,他的对手是强大而难以对付的,加布里埃尔是他父亲,又是本地声势显赫的宗教要人,要与这位"巨人"作战,超越他而直接求救于上帝,他非得在这短短的时间内积累他所有的精神力量,用来否认加布里埃尔的人格形象。事实上,约翰以前的命运一直掌握在他父亲手中,教区"每一个人都说约翰长大后会成为一个布道者,与他父亲一样"。要挣脱这父子间的联系并不容易,但约翰清醒地看到这是他自我得救的第一步,"他将不像他父亲那样,或者他祖父那样,他将有一个新生。"他要自强不息,实现自己远大的理想和抱负。当他登上中央公园的山顶时,在他的眼里,纽约就像拉斯蒂涅(巴尔扎克《高老头》等作品中的人物)眼中的巴黎一样。经过了灵魂深处的内省和正反力量的撞击,约翰终于取得了一种"类似魔术般的力量,一种别人所没有的拯救方法""在这种力量之下,他可能会赢得长期以来所渴望的爱"。在"打谷场",约翰突然受到神的启示而倒下,当他睁开眼睛却惊奇地发现自己置身于"圣者"的行列。他们的歌声使他想起了"像约翰那样走在耶路撒冷"的场景。这个晚上决定了他是否能在上帝的感召下直接走向他而不通过加布里埃尔并由此争得人格的独立与自由,告别令他羞愧的过去,并获得他的生父理查德所有的精神力量。理查德在约翰身上的再生犹如那个星期天的早晨约翰再生于施洗者一样。小说的最后,约翰·格里姆斯在他的朋友和老师埃利夏的帮助下皈依了上帝而获得新生,从此以后,"他不再是他继父的儿子而是爱他的天父之子,他也不必再惧怕加布里埃尔,因为每当他们争论的时候,他可以越过他的头,直接对天——那个亲爱的天父诉说……这样,他与继父成了平等的人,他的父亲不能再赶他出去,因为他也是上帝的仆人。"(第 194 页)约翰把上帝视为他的保护人,使他对人生前景充满了信心。他又重新生活于充满了爱的世界而摈弃了粗俗肉欲的引诱,具有了一个"被拯救者"所必具的识别力。因此,约翰·格里姆斯 14 岁的生日"由严厉的现实的星期六的白天进入周末'迟延礼拜'的黑暗最后达到星期天清净明朗的白天"的过程成了一个总体的象征。它在以加布里埃尔等黑暗势力的反衬下,显示了一个(黑)人可以通过敬修基督教的教规而找到自身的价值。

由上述内容可见,《到山上去呐喊》被称为是一部"宗教小说"是有充分证据的。值得注意的是,这部小说的内容与作者詹姆斯·鲍德温的个人生活经历相当一致,被称为"自传性"的小说。与主人公约翰·格里姆斯一样,詹姆斯·鲍德温是一个出生于哈莱姆的私生子,他的继父大卫·鲍德温是教堂的执事、布道者,一个十足的宗教狂。詹姆斯的母亲在他 3 岁时嫁给他,但他的继父却喜欢他婚前的儿子山姆。他讨厌詹姆斯不仅是因为他的身世,而且还为了他的长相:一副蛙眼大嘴的丑模样。詹姆斯不仅在家中受歧视,同时也为学校里的同学所耻笑。面对着内外压力,詹姆斯并没有被击垮,他有雄心壮志,渴望将来出人头地,一洗旧耻。他常常独自登上中央公园的山顶,做着崇高而伟大的梦想。由于家庭环境的熏陶,詹姆斯·鲍德温对宗教产生过浓厚的兴趣,他羡慕继父在神坛上左右众生的魅力,渴望有朝一日也能在宗教的道路上赶上继父、战胜他、超过他而扬眉吐气。他把这种渴望很快地变成了行为的动力,就在 14 岁生日那天他正式皈依宗教并当上了教堂的布道人,在短短的二三年中,鲍德温以其广博的知识和雄辩的口才吸引了众多的教徒,实现了在"同一阵线"内击败继父的宿愿。他与其继父之间的这种较量一直延伸到继父的死才结束。但另一方面,也如小说中的约翰一样,詹姆斯在现实生活中又是一个失败者,他曾经受到警察的侮辱、搜身,为此感到羞愧而耿耿于怀。他心中明白,所有这些都与他黑色的肤色分不开。所以每当他想到黑人在这个社会中的遭遇和他们辛酸的生活,就会激励詹姆斯拿起笔来为正义而书。而更重要的是,他的作品并不是肤浅的抗议或用种族的观点来鼓动种族间的仇恨,而常常是理性的、反思性质的启示录,虽然其中也夹杂了不少宗教的观念。

许多评论家指出,《到山上去呐喊》这部小说中所写的约翰一家人的故事实际上也隐喻了整个美国黑人的境况。约翰在被"拯救"之前有一段经历,他下降到那黑暗的打谷场时叫了出来:"这些人是谁? 他们是什么人?""他们是被人们鄙视的、被抛弃的、不幸的又是贱如雨点般降下的地球垃圾,他是其中之一。"鲍德温在此暗示,约翰正是芸芸众生中的一个,他对加布里埃尔的否定和得到自我拯救的举动,应该是每一个人,特别是黑人行为的楷模。

《到山上去呐喊》在当代美国社会中是一部广有影响的作品:它的价值现在已无人怀疑。但小说刚出版的时候,情况并非如此。评论界对它的看法差别甚大,《周末评论》指出詹姆斯·鲍德温有能力发现他笔下人物的内心,"他洞察约翰·格里姆斯的心。"认为他的才华可媲美于亨利·詹姆斯,有的地方又有福克纳《我弥留之际》的味道。

著名文学评论家爱默生·柏拉斯在《克利夫里快报》上称赞它是一部完美制作的小说。有人则认为它好在完全是以黑人的感觉来写黑人的生活但却没有种族偏激的观点。

另一方面,也因为小说中浓得几乎化不开的宗教色彩,这部作品也容易被误解,它被认为是一部有关宗教和家族的书籍,如奥维勒·伯莱斯考特在《纽约时报》上撰文赞扬它的同时,又把此书说成是有关"希伯来宗教的始祖和先知们一部遥远的历史小说"即为典型的一例。由此可见,鲍德温自认为已经得到灵魂的拯救,找到了当代黑人精神上的出路,他要"去山上呐喊",此举虽然"登高而声远",但终因所言甚玄,其影响也很有限。

# 第七节　尤朵拉·韦尔蒂(1909~2001)

尤朵拉·韦尔蒂(Eudora Welty)1909 年 4 月 13 日生于美国南方密西西比州的首府杰克逊。她的家乡即所谓的"遥远的南方",后来成了她许多文学作品的背景。事实上,韦尔蒂的父母亲都不是真正的南方人,他们结婚后不久移居此地,两人对这个异地的风土人情都不甚了解。她的父亲是带有德国、瑞士血统的美国人,来自北方的俄亥俄州。母亲是弗吉尼亚人,也带有爱尔兰、苏格兰及法国等欧洲血统。她的家庭照小说家凯瑟琳·安·波特的话来说是"令人愉快、兴旺发达"的。韦尔蒂有两个兄弟,她是家中唯一的千金,一家相处和睦亲热,这也是韦尔蒂始终抱有乐观、幽默的人生观的生活基础。她父亲于 1931 年去世,其时正值他事业的顶峰,任南方一家重要的保险公司的总裁。她的一个兄弟也于 1959 年过世,两位亲人的离世对她自然有较大的影响。韦尔蒂在当地读完中学后进入密西西比州大学的女子学院,然后又转到威斯康辛大学并在那儿取得学士学位。接着她去纽约的哥伦比亚大学学习广告。毕业后正值美国 30 年代经济大萧条，无法在纽约找到工作，于是她回到了故乡杰克逊。她在 1949、1950、1951 年连续三次去欧洲旅游，目的是寻回自己失去的感觉。1954 年她又去了德国、意大利、英国和爱尔兰。在她第二次去欧洲旅游的时候，有幸认识了当时著名的作家伊丽莎白·鲍恩。1954 年她参加了在剑桥召开的"美国研究"讨论会并作了"小说中的地方"（Place in Fiction）的讲演，此稿后来整理发表，成了她一篇重要的文艺理论文章。

尤朵拉·韦尔蒂正式从事写作是在她回到杰克逊之后。她的创作生涯虽然受到波特女士、克林斯·布鲁克和彭·华伦等作家的影响和鼓励，但基本上是走自己的路，连她最钦佩的弗吉尼亚·伍尔夫和伊丽莎白·鲍恩的痕迹也很难在她的作品中见出。她喜欢一个人静静地构思，很少参与文学团体的活动，也不喜欢涉足于时髦的社会与政治的各种思潮中。她孜孜不倦地沉浸于小说中人物的塑造，探索南方这一片土地上芸芸众生的性格特点，特别对一些奇特怪癖的人物饶有兴趣。虽然尤朵拉·韦尔蒂从小喜爱写作，但她最初的期望却是当一个画家，后来她又对摄影爱之入迷。在文学上成名之前，她早就以卖画卖摄影作品而在当地小有名气。她是一位多才多艺的人，有人认为她的写作才能，尤其是那种细腻传神的笔法多少得益于她的绘画与摄影的技巧，也即细致入微的观察方法和善于捕捉形象的高超技艺。

尤朵拉·韦尔蒂的第一篇小说《旅行推销员之死》（*Death of a Travelling Salesman*，1936）发表在一份小小的杂志上。不久，她的短篇小说开始在较有影响的杂志如《大西洋月刊》《纽约客》及《南方评论》上出现。从40 年代起，她的作品渐渐引起读者的注意，也受到评论界的赞扬，作品被译成包括日文在内的多国文字。随后，她出版了一系列的故事集，如《绿色的窗帘》（*A Curtain of Green*，1941）、《张开的网》（*The Wide Net*，1943）、《金苹果》（*The Golden Apples*，1949）等，取得了较好的声誉，也奠定了她在当代美国文坛的地位。这些故事题材多样、南方色彩强烈、人物个性鲜明，很快赢得了读者的青睐。与此同时，韦尔蒂又写出了三本小说：《强盗新郎》（*The Robber Bridegroom*，1942）、《迪尔塔的婚礼》（*Delta Wedding*，1946）和《庞德之心》（*The Ponder Heart*，1954）。

《强盗新郎》是一篇童话式的故事，它的基本情节不是建立在现实观察上而是想象与虚构，通过人物身上被夸张了的无知与罪恶，又运用了魔术与神话来显示作品的意义。

《迪尔塔的婚礼》则更趋成熟，它回到了传统的写实手法中来。韦尔蒂认为所有的经验世界与表象世界都必须通过有血有肉的情节来表达。这个故事以一个叫劳拉·麦克瑞芬的9岁小女孩从杰克逊到乡下谢尔芒的叔叔家里去参加一个婚礼为线索，写出了这个叫费尔却德的家族中各个人物的生活经历和他们之间的关系。特别让读者注意的是，韦尔蒂笔下的费尔却德家族并不是当时南方正处于分崩离析的旧族典型(如福克纳笔下的那样)，而是用爱的力量把大家紧紧地捆在一起。因此，这部小说的意义不仅仅是南方或美国的，因为同样的情况也可能在英国农村、法国甚至俄国存在，其意义就显得相当广泛。

《庞德之心》是尤朵拉·韦尔蒂的力作之一，她以一种轻喜剧的方式处理一个南方小镇上的悲剧故事。其独特的叙述方法和自然中略显幽默的语言给人以很深的印象，吸引了不同层次的读者并获得了豪威尔斯奖。

1970年，尤朵拉·韦尔蒂又以《败仗》(*Losing Battles*)一书博得好评，其优雅的风格令不少同时代的作家为之折服。这部小说如《迪尔塔的婚礼》一样并没有引人入胜的情节，而只是写一个南方家族的故事，他们在现代社会中仍竭力维持着旧的观念与生活方式。故事中各个人物聚在一起说长论短，他们各自的语言使读者有一种闻其声见其人的感觉，是一幅精彩的南方世家风俗画。

《乐观者的女儿》(*The Optimist's Daughter*，1972)是韦尔蒂晚年的代表作，写女主人公劳雷尔·麦克基尔瓦·汉德在自我与家庭的矛盾中苦苦挣扎的心路历程。该小说为作者赢得了"普利策"奖。

尤朵拉·韦尔蒂被称为"一个真正的艺术家"，她的才能是多方面的，无论文学、绘画、摄影及艺术鉴赏等都有极深的造诣，这方面可与法国的梅里美媲美。1971年出版的题为《我们的时代，我们的地方》(*One Time，One Place*)的摄影集极为成功，可以说是她多才多艺的一个例子。我们单就她的文学创作来看，其成就就十分惊人。几十年的辛勤耕耘使她荣获了各种大奖，除了上述之外她还得过欧·亨利奖、古根汉姆奖等等，又被选为全美文学艺术院院士。应该说，这些荣誉与韦尔蒂的杰出才能是完全一致的。

## 一部有惊无险的轻喜剧
### ——尤朵拉·韦尔蒂的小说《庞德之心》(1954)

在各种当代美国文学批评史中，尤朵拉·韦尔蒂的名字总会有一席之地。

她不是被归入"妇女文学"就是名列"南方"作家之群,而事实上,韦尔蒂的名声与影响早已超越了这些范畴。人们视她为妇女文学的代表,是因为她继承了19世纪以来美国女性文学的传统并以自己的创作为这一运动增添了光彩。她的许多小说都有取材于当地女性经历的特点,而且还常常把妇女的活动置于小说的中心画面,用细腻传神的笔触描绘出她们在社会中的种种风貌。另一方面,尤朵拉·韦尔蒂又是一个极具地方色彩的作家,她敏感的洞察力使她对家乡密西西比河畔三角洲地区的一草一木都烂熟于胸,特别是对那些生于斯长于斯的当地人物,他们的内心世界、个性特征和社会联系等等都有深刻的理解,她笔下的人物与故事显出了浓郁的南方色彩。因此,她被尊为南方作家中杰出的一位也在情理之中。

读尤朵拉·韦尔蒂的小说,很多人会自觉不自觉地把她与另一位密西西比人、南方文学的执牛耳者威廉·福克纳相比较。这种比较无疑给我们带来不少有趣的发现。他们两人都是以正统的南方作家而闻名,有不少共同之处,但同时又各具特色。他们两人把自己的人物都置于南方这块不同寻常的土地之中,而且笔下的人物都有点与众不同的地方,这些人物常常是些乖戾怪癖之徒,有时令人感到不可思议。但他们却得到了同乡——南方民众的认可与理解。因为他们都是如此熟悉与可信的人物,就像生活在自己身边的人一样。而不同之处是,韦尔蒂与福克纳之间似乎在思想观念、意识形态方面相去甚远,各有自己的一套社会观与人生观。反映在文学作品中,福克纳喜欢以悲剧的形式来描写这一片"受诅咒的地方",即他有时称为"深远的南方",写它的苦难、褊狭与愚蠢;而韦尔蒂则擅长以一种轻松幽默,有时是轻喜剧式的手法状绘生活在这一片神秘土地上的人们及他们悲欢离合的故事,带有点哀其不幸、怒其不争的味道。

尤朵拉·韦尔蒂的故事常常是短小精悍的,她是写短篇小说的好手。仅有的几部中长篇实际上不过是短篇小说的延伸与扩展,其情节容量并不大,但她的故事具有一种动人心扉的真实感。许多南方的读者看了她的小说后,常会试着在自己生活的周围对照这些人与事。她故事中的人物与背景都是典型的"密西西比河畔"式的,但它的意义却又不为地方所囿,在这些看似轻松、幽默的小说背后,人们往往会体会到极为细微的人生经验而感到醒然有味。

《庞德之心》先于1953年12月在《纽约客》杂志上连载,接着于1954年出了单行本,1956年被百老汇戏院改编为戏剧并获得了豪威尔斯奖。这部小说的叙述方法甚为奇特,被称为"百分之百"的独白式小说。故事由毗近南方首府杰克逊城外克莱小镇上一个叫比尤拉的家庭旅馆的业主埃德娜·厄尔·庞德叙出。她的听客是一个因汽车故障而不得不在此歇脚的旅行推销员,我们并不清楚这个听客的名字与情况,因为整个下午唯一的声音就是埃德娜滔滔不绝的,几乎令人喘不过气来的陈述。她的陈述中还包括了对话,但这些对话只是她故事中的人物之间的交谈。这个故事的中心人物是埃德娜的叔叔丹尼尔·庞德,一个单纯、乐观又乐善好施的人,他有一颗"金子般的心",但他最后的结局却令人悲伤,这是一个发生在闭塞、落后的南方小镇上的不幸故事。

丹尼尔叔叔是一个和蔼可亲的老绅士,生活悠闲,无所事事。他和侄女埃德娜一起住在这比尤拉旅馆,整天的生活就是眼巴巴地等着客人的光临或者老朋友从镇上来,偶尔到此聊聊。他非常有钱又慷慨大方,但却不是老天爷赐福归入聪明伶俐的那一类人。他生活中最大的乐趣就是喜欢施舍一些小恩小惠,随便遇到什么人,他总是希望给人家一点小东西以示友好,他口袋里少得可怜的几文零钱常常引得孩子们围着他转。丹尼尔叔叔表面看上去气度非凡,在这小小的克莱镇上,他的衣着常是大家议论的话题,雪白的衬衫,大红的领结,再戴一顶宽松的帽子,一副笑容可掬的样子。他的生活,照埃德娜的话来说,40岁以前一直风平浪静,老是陪了他的父亲庞德老爹进出出,一副大少爷的派头。比尤拉旅馆原是他的产业,但他把它交给埃德娜去经营,也因此省去了许多精力。但是,尽管丹尼尔与世无争而又热情好客、彬彬有礼,他的生活却并不顺心,有时还不免有孤寂之感。

就在他四十多岁的时候,他的父亲庞德老爹突然心血来潮,为他的婚事而煞费苦心起来。经过考虑,他为儿子选定了本地的一个寡妇叫麦琪的为妻子。麦琪原来的丈夫生前是一个"教授",但只是徒有其名,并无什么真正的研究。她有一副好嗓子,是镇上合唱队的主力。他们的婚姻既是庞德老爹作的主,又得到镇上的人特别像埃德娜一类的女人的支持。但丹尼尔本人不满意,他无法接受这样的事实,不久,这桩婚事便告失败。这以后,丹尼尔叔叔还是我行我素、动辄送礼,又喜欢对女性轻易地表示仰慕之情。这些举动,在庞德家看来都是礼崩乐坏的征兆。庞德老爹一怒之下把他送进了杰克逊的收容所。但收容所证实了他既不疯又不傻,是一个无辜的受害者。于是,丹尼尔很快逃脱了这个地方,不久便回到了克莱镇,但令人们大吃一惊的是,他还带回了一个17岁的穷姑娘叫邦妮·蒂·皮科克的并与她"试婚",这件事在一般人的眼里是大逆不道的行为，他们相信决不会有什么好结果。而庞德老爹的死使丹尼尔继承了大笔的遗产，成了真正的富翁。

自父亲死后，埃德娜成了他的照看人。与庞德老爹一样，她对丹尼尔的败家举动以及无志理财的态度深感不安。过去他的父亲每个月只肯给他三块钱零花（他当然不用半天就送了人），埃德娜"接管"了家财之后，仍是照章办理，她认为"金钱对他来说一分钟也不安全——就像不能给一个孩子火柴一样。"①好在丹尼尔也从不在乎这些。

丹尼尔领回邦妮·蒂的时候，声称他们的婚姻是"试验性的"。埃德娜则对邦妮左右看不顺眼，她那张娃娃脸与她17岁的年龄尤其使埃德娜反感，认为她没有一处地方可以与丹尼尔叔叔相配。她暗暗地预感到一种不幸的事件将会发生，而这也正是她内心所企盼的。

邦妮·蒂出生于被当地人看不起的皮科克一族。她本人除了在廉价店里面做一些简单的事如找零钱之外几乎一无所能，实在可算得上是一个"化外之民"。但丹尼尔却对她情有独钟，说她漂亮得可以让人吞下去，又说她剃的头发远远胜过任何理发师。就这样，这个在克莱镇上被视为异端的小女人迷住了丹尼尔叔叔五年之久，而有一天，她突然失踪了。丹尼尔闻讯之后伤心之极，竟然不顾体面地坐在地上放声大哭。幸亏不久她又回到了镇上。回来以后，她先是把丹尼尔叔叔赶出家门，使他不得不再一次住进比尤拉旅店。虽然被妻子撵出来对小镇名流丹尼尔来说不免尴尬，但他还是心满意足，因为如今他毕竟知道邦妮·蒂在哪儿了，这"使人很放心"。

不久之后，邦妮突然又托人带来口信要丹尼尔叔叔回家去，他为此非常高兴，急忙赶了回去。但不幸的是，偏偏就在那天傍晚邦妮·蒂死于风雨交加的晚餐之时。她的族人按他们的习俗埋葬了她，这是全书中浓笔重彩的情节。至于那天致命的暴风雨中究竟发生了什么事，我们不得而知。直到皮科克一家的族人对丹尼尔叔叔提出了谋杀罪的控告，在法庭的开审与辩论中，我们才慢慢得知事实真相。原来那天丹尼尔叔叔回家后，非常激动地拥抱了邦妮·蒂，但他却发现邦妮对山洪与暴雨十分惊怕，特别是闪电与惊雷，丹尼尔见此，想用挠痒的办法引开她的注意力，当邦妮受惊而死的时候，丹尼尔仍在她的头颈处逗她痒，但这个动作使他蒙受了不白之冤。在法庭上，丹尼尔在聆听了一

---

① Eudora Welty, *The Ponder Heart*. New York: Harcourt, Brace and Company, 1953, P. 50.

系列的证词和辩护人的发言之后,毅然决定自我辩护,他坦陈了事件的真相,又在法庭上把自己的全部钱财(当天上午从银行尽数取出)散发给所有在场的听众——几乎是克莱镇的全部居民与皮科克一族的人,他对邦妮·蒂的真情可以说对金钱一样"恣意挥洒",这种态度感动了大家,也软化了皮科克一族人。

小说的最后,丹尼尔叔叔虽然免受囹圄之灾,但毕竟已是人财两空,他不得不又一次回到了比尤拉旅店,显得更加孤独与惘然。尽管命运捉弄了他,他一生也没有找到一条与人沟通的清静之路,但他还是依然故我。照例送一些小零小碎的东西给见到的人,只是动作更迟缓,而且记性也更坏,第二天见面时又会再送一次,哪怕是一根扎火腿的绳子,一对扇尾鸽……

值得读者玩味的是,在这部小说中,表面看来都是有关丹尼尔大叔的故事,他的个性嗜好,婚姻挫折及险罹谋杀之罪等等,但细心的读者一定不难看出故事叙述人埃德娜·厄尔·庞德实际上也是其中的一位重要角色。她是丹尼尔的侄女,又是他财产与名誉的"保护人",从她对丹尼尔种种行为的反应中,我们可以清楚地看出她的思想观念和所扮的角色。作为庞德家族的传人,她与丹尼尔叔叔可谓南辕北辙。她是旧的生活秩序的维护者,一个极想保持"庞德精神"与家族荣誉的代言人。她时时怕丹尼尔"越轨失足",但因为自己是他的受惠者和小一辈,真所谓"心有余而力不足"。这种情况使她陷入了一种困境。她有一颗不安的灵魂,时时感到有责任帮助丹尼尔抵制邪恶力量的侵蚀,她希望丹尼尔能按照传统——南方固有的生活方式和价值观念来面对生活,但丹尼尔的"离经叛道"实在超越了她的束缚之力。而且,另一方面,埃德娜虽然竭力想充当传统道德的卫道士,但毕竟她自己也处在这分崩离析的时代,从小说的字里行间,我们有时也隐隐看出埃德娜也非木石,她在自己的生活中也有盼望自由与爱情的倾向。有人认为埃德娜与丹尼尔叔叔是"日神人物"与"酒神人物"的代表,埃德娜的观念中充满了理性、秩序与经验,而丹尼尔则以自己的感觉与冲动为动力,由他内心的本能促成他的行为,如莫名的慷慨;对女性,特别是对那些合唱队姑娘的仰慕;对埃尔茜·弗莱敏——一个"新潮"女性的好感以及与邦妮不成熟的婚姻等等。作为一个"酒神人物",他在本性包括本能精神支配下的行为必然与埃德娜所力图维护的固有秩序相悖,他与那些抱有保守观念和具"社会责任感"的人物相冲突。这些人物是南方社会的中坚,尤以一部分妇女如埃德娜之类的人物为典型。我们看到,丹尼尔·庞德的这种对社会的"挑衅"并不是戏剧性的,他"生来如此",并不做作,也不为社会习俗甚至历史与时间所拘。他是南方旧制度旧习俗的"反叛者",而处于整个社会尚未理解之前,他的行为必然会失败,这正是埃德娜所预料中的事。但是,我们又应看到,埃德娜对丹尼尔叔叔的态度是矛盾的,表达了尊敬与失望、充满职责而又无可奈何的心情。她老是说丹尼尔有"金子般的心",又说"你得知道如何对待他,他是个男人,和所有的男人一样。"(第16页)她对自己那种夹杂于佣人、保姆、店主甚至是律师式的人物感到既满足又莫衷一是。她哀叹小镇古风不再,但她还是爱它,就像爱丹尼尔叔叔一样。她视皮科克一家为垃圾,但对他们又相当尽责,因为毕竟丹尼尔叔叔曾经娶了他们家的姑娘。因此,与小说中的丹尼尔叔叔和邦妮·蒂相比,埃德娜的形象更为复杂,她身上隐伏着两个矛盾的自我。

对埃德娜来说,邦妮·蒂虽然是丹尼尔喜欢的女人,但实质上是原本平静的庞德世界的破坏者。按照传统的观念"一个好妻子能把丈夫围在平静的社会网络中"。麦琪就是这些世俗人物眼中的这样一个人物,庞德老爹之所以选中她,是因为她对丹尼尔来说将"是一堵永恒的墙,一个禁闭所"。但偏偏丹尼尔不接受她而爱上这个"有点像讨人喜欢的小猫"似的邦妮。而最使埃德娜感到不安的,是她不属于那种安分守己、贤妻良母式的性格。由于环境和教育的影响,邦妮确实没有操持家务的习惯也不懂待人接物那一套。她在公众面前瞠口结舌,住进丹尼尔的大房子里而不知所措,甚至也不懂使唤佣人,更不用说缝洗清理之类女人的"本分事"了。而丹尼尔并不在意这些,"她不知整天能做些什么,但她怎么会告诉他这些呢?他比她老得多,又是菩萨心肠。他是社会名流,不可能老呆在家里,但他希望她能在家里,等着他回来……每天晚上,他可以有一个小听客,他会告诉她他是多么的愉快。"(第48页)而丹尼尔越是喜欢她,邦妮·蒂在众人的眼中越不顺眼,他们认为她那一脸稚气只能引起男人的堕落,是庞德家道德上的腐蚀剂,"具有一种潜在的破坏力"。埃德娜还嘲笑她老是穿一身粉红色的衣服,显得土里土气. 心里称她是"贫穷的小老货"。事实上,邦妮·蒂对埃德娜最大的威胁,莫过于她的年龄和现在她在庞德家的地位,她将是丹尼尔叔叔的继承人。此外,他们公开声称的"试婚"的做法又是对埃德娜等人的道德观的直接挑战。正因为这个女人对庞德家的利益、名声、社会影响等等带来了损害,对她后来死于意外,埃德娜心里多少带有点幸灾乐祸的感觉。在小说中,她曾多次以自己的观念来解释邦妮·蒂的行为。当邦妮出走而又回来的时候,埃德娜提醒丹尼尔叔叔说她的回家大概是为了钱。

而事实上,在她五年的"试婚"期间丹尼尔并没有想到给她分文,因为他自己对钱的反应一直都是迟钝不敏的。或许正因为有感于此,丹尼尔最后在法庭上散尽了自己的家产。

和尤朵拉·韦尔蒂的其他作品一样,《庞德之心》的故事中并没有作者本人强烈的道德倾向,这是韦尔蒂小说的特征之一。丹尼尔叔叔、埃德娜和邦妮·蒂都是庞德家的人,但他们却各有不同的"庞德之心",也可称为"庞德精神",这种不同之处有时甚至处于对立、冲突的状态。埃德娜是故事叙述人,因此本书的基调当然从她的思想观念出发,但作者并没有让她的意识支配整个故事。丹尼尔叔叔和邦妮·蒂身上的弱点是明显的,但读者不会对他们嗤之以鼻。相反,许多同情与怜悯是在他们这一边的。而埃德娜竭力地维护固有的社会模式所作的努力有时却显得可笑。韦尔蒂巧妙地让她的人物各有"自我表现"的机会,她只是揭示他们之间的矛盾和各自的社会立场、个性特征等等,但却不急于给他们以世俗的评价。她的任务是引导读者进入她的故事,但每一个读者都有权根据自己的生活经验作出判断。因此,尤朵拉·韦尔蒂的作品拥有不同的读者层次,从品位高雅的文学爱好者到莘莘学子甚至小学生。即以这部小说为例,你可以在纯文学的书架上找到它,但也会在少儿读物的廉价书摊上见到它(而且还配有插图),这是因为同样的故事与人物在不同层次的读者中会有不同的感受,这正如鲁迅的小说《祝福》等一样,它的意义与魅力已经超越了年龄的层次,同时这也是作者大手笔的标志之一。

当然,这部小说除了主题意义之外,其成功之处还在于浓郁的乡土气息和地方色彩。韦尔蒂有非凡的才能营造南方独特的环境氛围,写出那种闭塞、褊狭的乡镇、那些纯朴而又带有点小家子气的人们,他们的生活,他们的关系和矛盾。她似乎毫不费力地叙述这里发生的一切,她的文笔,她的眼睛,她的耳朵都服从于这种需要。因此,她可以细细道来,巨细无遗。而结果,她所写出的故事让读者有一种看得见、听得到的感觉。读了她的小说,你会觉得似乎是去了杰克逊边上的克莱小镇一般,又像是回到了一个长期记忆中的地方一样。

尤朵拉·韦尔蒂的语言朴实无华,亲切流畅。读她的作品,决没有读福克纳的小说那样费神,这也是他们俩显著的区别。虽然韦尔蒂的小说中也有不少暗示与联想等,你可以意会到其中的涵义,但它不会给你造成一种压力。《庞德之心》中的遣词用语更能见出这种特点。叙述人埃德娜所用的语言是那么平静而自然,没有丝毫圭角之处,读来就像她在给你讲丹尼尔叔叔的故事。

兹以小说的开头与结尾处为例,见出其语言特色之一斑。

>"我的叔叔丹尼尔就像你家叔叔一样——要是你有叔叔的话。
>但他有一个毛病,那就是喜欢与人交往,甚至到了毫无自制的地步。
>要是他听到我们的讲话声,他马上会从楼上下来,也不管晚餐准备了
>没有。要是他看见你坐在比尤拉的门厅里,他会坐在沙发的那一头,
>接着移过来听听你在讲些什么。然后他大概会给你一个小小的亲热
>又给你点什么,你不必为此害羞或客气,他不会让你拒绝的。而今天
>他给你的,他会完全忘记,明天再一次给你……"(第 7 页)

这短短的几句话已把丹尼尔大叔的性格特征交待得一清二楚,有一种先声夺
人之感。同样,故事结束时,埃德娜对那个听客说:

>"我要再一次告诉你,他可能给你点什么——可以想到他会给一
>点什么的,要是他这么做,请帮帮忙,你就当很喜欢地收下,跟他说一
>声谢谢。"然后,埃德娜高叫:
>　　"丹尼尔叔叔,丹尼尔叔叔,我们来了客人了。"
>　　"现在,他会下来了。"

故事到此戛然而止,结束得干脆利索,犹如一些戏剧的结尾一样。而且妙
在回到了叙述的开始,首尾相衔,互相呼应。

除此之外,尤朵拉·韦尔蒂十分注重小说的叙述环境,因为这将关系到读
者的注意力和故事情节的顺利展开。在这部小说中,埃德娜·厄尔·庞德坐
在她那寂静的比尤拉旅店的门厅里讲故事,周围四壁,里里外外一片阒然。这
种环境的安排最适宜作者与读者的交流,令我们想起了另一位女作家凯瑟
琳·安·波特的《愚人船》中的环境设置。那个过路客人,也即第一个读者(听
众)因汽车抛锚不得不坐在这儿有心无心地听着她的唠叨,他虽然没有什么直
接的反应但敏感的读者还是能揣摩出他那种烦躁不安与百无聊赖的心态。而
埃德娜的娓娓独白,她不断地企图控制整个故事气氛的口气以及她那种非把
这个故事在晚饭前讲完的架势都使读者有一种身临其境的感觉,从而增添了
对整个故事的兴趣。

# 第八节　索尔·贝娄(1915～2005)

　　索尔·贝娄(Saul Bellow)是当代美国作家中最负盛名的一位,被视为影响了一代人的小说大家,足可与海明威、福克纳等不世之才相提并论。他1915 年 6 月 10 日生于加拿大魁北克莱兴的一个俄国犹太移民家庭。从小生活在蒙特利尔的犹太区,9 岁时随家移居美国芝加哥。1933 年他进了芝加哥大学,1935 年又转入西北大学,主修社会学和人类学,从他的许多作品中可以看出这方面的背景。他曾教过一阵子英语,第二次世界大战期间服务于美国商船。战后,他曾离开芝加哥达 15 年之久。在此期间,他先后执教于纽约大学、普林斯顿大学等,后又住在巴黎。1962 年后他回到芝加哥并成了母校的一位教师。特殊的家庭背景和专业知识使他后来对美国社会有一个较为超脱的观察立场,同时又对人类的处境抱着一种执着的探究立场。

　　贝娄的第一部小说《晃来晃去的人》(*Dangling Man*,1944)出版时他年已三十,该小说以日记体的方式描写了主人公约瑟夫在参军前的一段日子里痛苦的思索。在种种难解的情绪中,他感到自己成了一个晃来晃去、无所归依的人。他的第二部小说《受害者》(*The Victim*,1947)仍然朝人们以自我确定的方式争取解脱的道路继续向前开发。这部小说的主人公阿沙·李文泰尔在妻子外出访友的一个星期中,孤寂一人生活在纽约而突然遇上了故人柯比·阿尔皮。此人不断地把李文泰尔扯进过去与现在的种种现象之中,他们互相折磨。无论是两位主要人物还是读者都感受到一种灼热的情绪,正如本书第一句开场白一样:"有时纽约的晚上热得就像曼谷一样。"

　　《奥吉·马琪历险记》(*The Adventures of Augie March*,1953)和《雨王汉德森》(*Henderson the Rain King*,1959)的叙述者都是第一人称。主人公的历险无论在芝加哥、墨西哥还是在非洲都是通过一个极度夸张而刺激的经历来加以表现,用以传达贝娄本人希望走向社会、走向世界去寻找生活智慧的思想。《奥吉·马琪历险记》还为作者赢得了该年的全美图书奖。

　　《抓住时机》(*Seize the Day*,1956)是贝娄作品中篇幅最短的一部,但又蕴藏了丰富的思想内容,受到广泛的关注。在《赫索格》(*Herzog*,1964)、《赛姆勒先生的行星》(*Mr. Sammler's Planet*,1969)及《洪堡的礼物》(*Humboldt's Gift*,1975)中,贝娄以美国社会中犹太知识分子为主角,进一步开掘了"自我寻找、自我发现"的主题,喊出了"一个人有权要求人们体认他作为人类而存在的这个事实"的呼声。

贝娄最近的一部小说《院长的十二月》(*Dean's December*,1982)是以芝加哥与布加勒斯特两地为背景,由主人公阿伯德·考德以远距离的视角来观察与思考这两个社会,发表自己的评价,实际上也是作家自己表达观点的一种方法。这部小说遭到一些人,包括厄普代克等人的批评,但却是贝娄思想表达最明显的作品。

索尔·贝娄自称早期受爱默生、梭罗、惠特曼、麦尔维尔影响较多,后来又爱上了陀斯妥耶夫斯基、D. H. 劳伦斯和约瑟夫·康拉德的风格,这在他的小说中是可以体味到的。1976 年他获得了诺贝尔文学奖。直至 90 年代,他还有不少新作(主要是短篇小说)问世,创作精力之旺盛,即此也见一斑。

综观贝娄的作品,我们不难看出,他对小说中故事情节的完整性的兴趣远远低于对人物性格及精神状态的探索,这是贝娄小说最大的特征,也是他的作品被视为上品的价值所在。因此,一般读者若想从他的小说中得到一种故事式的满足恐怕会失望的,但若是随着小说中人物的命运和作者的思路,玩味于小说所揭示的种种问题,有时甚至是有关人类之大我的自身价值等等而参与思考,则会觉得醺然有味或感叹万分。因此,贝娄的小说具有一种哲理的深度和非凡的气概。

## 当今社会中情感与理性的测试
### ——索尔·贝娄和他的小说《抓住时机》①(1956)

《抓住时机》出版于 1956 年,虽然篇幅不长,却被称为贝娄小说中最完美的作品,具有承前启后的意义。

像古希腊悲剧一样,《抓住时机》是一部结构紧凑、文字简洁的作品。它审视了主人公汤米·威廉痛苦的一天——从早晨他在纽约中城区百老汇街的葛丽安娜酒店出现一直到下午在一个陌生人的葬礼上痛哭流涕为止,用叙事及回忆的双重手法,极其简约地写出了在今日美国这样一个适者生存的社会中,个人是怎样受到金钱定位、社会偏见的威胁以及在这个社会中人们对情感与理性的选择等等问题的思考。

---

① 直译为"抓住这一天",作者原意为"机不可失,时不再来"。有人译为《只争朝夕》。

　　小说开始时,汤米·威廉正从这家酒店的23层乘电梯到底楼的门厅去吃早饭。他此时正处于潦倒之中,丢了工作,婚姻破裂,前途无望又无家可归,他来纽约并住进这家酒店是为了寻找自己的父亲——这家酒店的长住客阿德勒医生。这位退休的医生曾是纽约最有名望的诊断医生之一,一贯受人尊敬且手头颇丰。他对儿子的景况感到非常失望,认为汤米的失败与不幸全是他自我作贱的结果。作为一个讲求"理性"的人物,他对儿子的窘迫之状不屑一顾,有时甚至干脆称他为叫花子,汤米·威廉对这种态度感到既惭又怒,他转而寻找另一位父亲的形象,也是这家酒店的长客谭姆金医生以求心灵上的安慰。但此人只是一个夸夸其谈的骗子,他让汤米拿出身边仅有的700元钱去做一宗猪油的股票生意,但结果落得个"全军覆没"的下场,汤米成了一个一文不名的瘪三,而这一天又是他要命的"结账日",各种账单及他妻子要他立即付清儿子的赡养费及学生保险金的来信逼得他走投无路,他再次求助于自己的父亲。具有讽刺意味的是,阿德勒医生正在享受豪华的按摩,他非但"见死不救",反而狠狠地训了他一番。汤米悻悻地退了出来,他想去找那个精神骗子谭姆金,但他早就溜之大吉了。于是,在恍恍惚惚之中,汤米被无意之中挤进了一个又暗又冷的殡仪馆,那儿正在举行一个葬礼,他看到了死者而触景生情,情不自禁地号啕大哭,宣泄了心中的悲愤之情。

　　汤米·威廉是全书的中心人物,这在小说的结构中也看得出来。整部小说共分七章,但却很整齐地分为两部分,第一部分的主要情节讲汤米与他父亲阿德勒之间的关系,第二部分则侧重于他与那个狡猾自私的"父亲代理人"谭姆金之间的交往,谭姆金医生正好出现于小说的中间部分。这三个人物之间那种既恨又爱的感情纠葛构成了这部小说情节的基本框架,另一方面,汤米·威廉又是一个典型的"问题人物",一个彻头彻尾的失败者。他只会回想过去,忧虑将来但却无法把握现在。人到中年才意识到世路多歧,生活中有许多事情是超越个人情感的。他简直是一个"过于长大的孩子",喜欢沉溺于两种信仰之中,一是浪漫的情感,生活于自我感觉之下,另外又被犹太人常常想到的"受苦是生活的一种"的思想所缠。当我们刚看到他时,他正从23层楼乘电梯下来,"电梯降而又降"的意象无论从字面上还是从象征的意义上来说都是对这个人物最好的写照。他此时正品尝着一个沉沦者的痛苦,失去了工作和家庭又债务缠身。面对着一场又一场的灾难,汤米就像索尔·贝娄其他小说中的人物一样,是一个在生活中把不住舵而陷于苦海中盲目挣扎的人。他也曾有过美好的理想,为了追求独立的人格和自我的价值,大二时毅然不顾家里的反对,听从了一位电影厂"星探"的劝告放弃了学业而奔向好莱坞,一心想当一个出色的演员,但一晃七年,他终于发现好莱坞对他来说只是一种不真实的希望与幻想,朦胧地得知自己的失败,他转而成为一个儿童玩具笔的推销员,这是一个稳定的工作,也有可观的收入,但又因为一桩小小的赌气——总裁把一个年轻的亲戚安插在他头上使他感到愤愤不平而拂袖而去。这种感情用事,易于冲动的性格常常促使他做出一些"不该"做的事,包括不成功的婚姻。汤米又常把自己视为一个失败者,因为他与周围的环境格格不入,他知道在这个世界里不昧了良心很难生存,但他又怀了一种"对真理的情感",宁做一个"受苦的人"而不愿"清醒"。他也从不认真地思考他种种行为的后果,因为生性懒散或者害怕理解"现实"的意义,他几乎一直无法知道"什么是一个男人所需要的",什么是社会对自己的要求。

汤米的性格中充满了自我怜惜与自我任性,他对自己既厌恶又欣赏,他的"自我专注"(self-absorption)常常使读者感到这个人物确实有点"喜剧傻瓜"的味道。在小说中,他的行为始终为感情所驾驭,故汤米在很大程度上代表了一种"情感"型的人物;而照贝娄的看法,这样的人物在现代社会中必然会四处碰壁。

从汤米痛苦的回忆中,我们可以看到,他老是在不知不觉中由自己的情感而导入失败之中。还在他萌生当演员的念头时,那个叫威尼斯的星探给了他一次试镜头的机会后明白地告诉他应该放弃这种奢望而"回学校去",但汤米不肯为自己的梦想破灭而屈服,他甚至改换了父姓,决心去争取自由的人生。他也知道玛格丽特并不是适合自己的对象但却匆匆地与她结了婚,造成目前这种尴尬的局面。看起来他的行为是如此轻率大意。但在汤米看来都是真实的,他相信自己一时的感觉,没有过多的世故。因此,当他把最后的700元钱交给谭姆金医生去做股票生意时,读者一点也不会感到惊奇。

汤米的悲剧在于他不能接受对生活的残酷本质的认识或者不承认在这个社会中人性中的掠夺性。在小说中,贝娄不断地暗示我们,汤米·威廉并不是一个大家公认的"美国式的英雄",在如今的生意社会或称金钱世界中,他固执地追求"真正的自我",拒绝出卖给虚假的价值,其结果当然只能是软弱无力与孤苦无助。对这种景况,有的人深有感受,有的人则无动于衷。而汤米又是一个思索者,他对生活充满了严肃的抱怨,他自认为无法做到放弃自我情感而去适从于社会的要求。因此,汤米成了现代社会中的哈姆雷特,他与这个社会完会脱节了,他觉得这个世界变得疯狂与混乱,他无法把握生活的真正意义。但是敏感的本质又迫使他在亲友之间去寻找答案。

他身边的几个亲友包括父亲阿德勒、"精神父亲"谭姆金、妻子玛格丽特又都是一些落井下石的卑鄙人物,他们正是这个社会中"理性"人物的化身。老医生虽然富有却对儿子抱了坚壁清野、滴水不漏的态度;谭姆金唆使他投机赢利,结果输得精光。到了山穷水尽的地步,汤米打电话给妻子要求谅解目前的处境却遭到拒绝。因为这些人尽管立场不同但追逐铜臭的目标却是一致的,汤米成了金钱世界真正的受害者,他感到纽约简直"是一个父不父子不子的地方""每个人都用完全不是自己的语言在讲话"。因此,在这样一个不幸的社会中,他感到孤苦无依,金钱的诱惑与物质的泛滥使亲情都已流失,他最后的落泪可以说既是为自己,也是为整个社会流下的。

与汤米性格相反,他的父亲阿德勒医生则是"理性"的象征。他们父子之间的冲突实际上也是索尔·贝娄展示其"情感"与"理性"相对价值测试的一种手法。从他们两人身上,我们可以见到社会困境之一侧。

阿德勒医生年过80而精力充沛、头脑清晰、反应灵活,他永远是衣衫整洁,"站得笔挺",而且谈锋甚健。他的形象与儿子完全不同,汤米在小说中处处显得萎靡不振、弯腰弓背,邋里邋遢,口袋里还装了不少雪茄的烟头,二者形成鲜明的对照。阿德勒不但会享受生活,而且还是一个极端自私的人,对其他人,包括对儿子的痛苦不闻不问,摆出一副铁石心肠的样子。汤米在困境之下想求助于他,但儿子越是想接近他,老子则越是避得远远的。他不想卷入汤米的生活,他咒骂汤米,指责儿子妄图让他背上另一个十字架。他对汤米就像当初对病人一样,二者是一种特殊的买卖关系。作为一个医生,他对儿子的内心一无所知也不感兴趣,阿德勒不能诊断儿子的"病症"是因为他始终囿于自私的心态,他"理性"的世界观不能容忍儿子的"情感",事实上,他过于健全的神经反使他成了一个无论在经济上还是在感情上都是吝啬鬼。他不但自私,又贪图虚荣,他还在一些朋友面前吹嘘汤米生意的成功,装出一副靠儿子赡养的假态。这个人物的种种自私与冷酷处处见之于小说之中,他自命不凡,对自己早年的"成功"非常自满,因此显得十分傲慢。他甚至连妻子的忌日也不记得了,当然对儿子的无能更嗤之以鼻。他的名字在德语中是"老鹰"的意思,这个老头确实是20世纪美国社会中所谓"理性"人物的典型,一个无情无义、强硬自私的"实利主义者"。他谴责儿子的非理性而走到了极端。随着情节的进展,读者清楚地看到他已经完全丧失了自己的情感生活。面对汤米最后的请求,他的回答是:

> "你想把你的不幸带给我? 但我决不会背上这个十字架,我会看着你去死,维基①,上帝在上,在让你对我这样做之前。"
> "爸爸,听我说,听我说。"
> "现在你给我出去,看到你我就感到讨厌,你这个蠢货!"阿德勒医生大叫着。②

索尔·贝娄通过这个人物告诉读者,一个崇高的人物变成污秽是因为他离开了感情和爱。正因为父亲的绝情,汤米·威廉的感情才转向了另一位"父亲代理人"谭姆金医生,因为汤米认为"至少谭姆金同情我,想帮助我"。

对于谭姆金医生这样一个复杂的人物形象,读者很难一下子看清他的面目。他自称是一个精神病理学家,一个诗人,一个崇尚情感的君子。他吸引汤米的地方是口若悬河地侃一通对真理的追求,高谈阔论他的人生观以及对社会不平表现出来愤世嫉俗的态度和无情的抨击。同时,他又在汤米穷极无聊之际"指导"他发财致富的道路。这两个方面正是汤米最需要的,虽然阿德勒再三告诫儿子要提防谭姆金,但汤米却丢了魂似地跟着他,成了他的忠实信徒。谭姆金对汤米的影响是全面的,从个性培养到性爱的选择,无所不包,但最重要的,是他的"两种心灵"对抗的理论,他对汤米说:

> "在这儿,人的胸怀中——无论是你,是我,还是其他人——不仅只有一个心灵,而是有许多,但其中两个是最主要的,一个是真正的心灵,一个是伴装的心灵。而每个人都认识到他会爱一些事与一些人,他觉得必须表现出来,假如你不能爱的话,那你将是什么? 你懂我意思吗?"

---

① 维基:汤米的爱称。
② Nina Baym (ed.), "Seize the Day", in *The Norton Anthology of American Literature* (3rd edition, Volume 2), 1989, P. 1989, 下同,只标页码,不再另注。

"是的,医生,我想我懂。"汤米说,听起来有点费劲,但还不算太难懂。

"那你将是什么? ……在心的当中——将一无所有! 那就是回答……"(第 1966 — 1967 页)

他把这两种心灵冲突的理论——佯装的心灵爱钱财,爱所谓的成功而真正的心灵却需要爱的理论在汤米面前发挥得淋漓尽致,也使汤米对他的人格钦佩不已。

"……真正的心灵是付出代价的一种,它受苦又受罪,它认识到佯装的心灵不能被爱,因为它是一种谎言,而真正的心灵爱真理!"(第 1967 页)他还告诉汤米,真正的世界不是一个由金钱主宰以及希望得到成功的物质世界,而是一个精神的世界,在这个世界里,爱将获得最后的胜利。

谭姆金这些漂亮的言词对汤米来说具有极大的诱惑力,他像是一个具有魔法的巫师,又像是一个仁慈的魔术家,他甚至使汤米懂得了一种催眠术的拼字法。在这种魔法下,汤米能背诵很久以前学过的诗句,也是在这种魔力的感召下,他完全受谭姆金的支配,乖乖地交出了最后一点钱。

"跟着我,"谭姆金说,"我不收费的时候医术最高,那纯粹是为了爱,不取经济报酬,就可以避开社会的影响,特别是金钱的影响。精神上的补偿是我所寻求的,把人们带入现在,这儿,一个真正的世界。时不再来,过去对我们已无价值,将来又充满了忧虑,只有现时才是真实的。就现在,就这儿,抓住时机。"(第 1964 页)

但是,谭姆金本身就是个具有"两种心灵"的人,他这些言论只能看作是一种戏剧性的表演。在实际生活中,谭姆金是一个十足的骗子,他在道德上并不比阿德勒好多少,他的言词往往使我们感到不过是一种虚假的说教。他有一整套的骗术,他知道汤米精神上的缺口,因此故意迎合他,他在汤米的眼中成了一位哲学家,一个愤世嫉俗者,一个现代社会中的梭罗,对物质世界轻视同时又坚持着人类的理想。但是,就是从他的理论来看,其最后的落脚点还是要"抓住时机",而且说到底,也就是要抓住金钱。他把汤米的钱骗出来做股票买卖,使这个倒霉人物彻底破了产而自己溜之大吉,这个人物最终给人的印象就像是一个小丑,在伪善的面目下追逐金钱利益,他与巴尔扎克笔下的伏脱冷和霍桑《红字》中的齐灵沃思十分相像。

《抓住时机》虽然篇幅不长,但却是很典型的索尔·贝娄式睿智型的小说。许多文学评论家认为这部作品中涉及和探讨的主题是多方面的,看上去它像一场模模糊糊的悲喜剧。主人公汤米·威廉一连串的不幸与旧式歌舞剧中的幽默故事很相似,在这些故事中乡下的土佬来到大城市遭到戏弄和打击,或者被当地人欺骗,弄得狼狈不堪。但索尔·贝娄却尝试运用这种旧形式来写出他对新问题的关切。汤米成了一个戏剧化的人物,他在这支离破碎的世界里想保持完整的人格而不顾客观条件,他力图生活于感情之中。在小说中,有一段写他的生活:

> 像这样一个晚春天气……他常常躺在藤椅上,阳光照在海浪上,稚嫩的蜀葵,小小的花,这种宁静(他忘记了这时候还有许多麻烦),逝去了。(第 1951 页)

正如叙述者提醒的那样,汤米忘了他随处都逃脱不了的许多麻烦的缠绕却无动于衷地享受着自然的美。这个人真如他父亲看到的那样"沉溺于太多的感情之中"。毫无疑问,像他这样一个充满了浪漫幻想的人物,在美国这样一个讲究"理性"的社会中是无立锥之地的。贝娄对此十分清楚,因此他对汤米也持双重态度既同情又嘲笑。

汤米在现实生活中是一个失败者,一个对自己的行为不负责任的人。但贝娄又认为,即使如此,汤米身上仍然显示出某些闪光点,因为他始终追求的是真正的情感。作者面对这种情感的价值在理性社会,也可以称之为男性的生意世界中的沉沦表示了很深的忧虑,他把这种忧虑统统倾泻到这个"喜剧傻瓜"的身上使读者感受到一个完整的人格是怎样受社会上那种丑恶的金钱势力威胁的。

而且,我们还应看到,汤米的自我感觉又是建立在一种对自我批判的形态上的。他对自己的困境时时感到痛苦而不解,对生活的意义及自我体认这样一类问题相当敏感。对贝娄来说,汤米的困境不是一种断言而是一种悲哀,他哀悼的是理想主义、情感世界在这个社会中日趋消亡,就像汤米在小说的最后的行为一样。因此,汤米在殡仪馆的放怀痛哭也给了我们一个提示,那个死者一方面可以看作是汤米的自我性格之不可避免的死亡的一种象征,同时也是对一个可怕的、没有友情、没有情感和困顿无助的人类社会的一个警告。通过泪水的洗刷,汤米最终领悟到人类最宝贵的东西还是爱,他对没有爱的世界之否定正透露了索尔·贝娄本人所坚持不渝的观点。

《抓住时机》是一本充满了暗喻的小说,这是当代文艺批评如结构主义等兴盛以来在文学作品中出现的一个普遍的现象。意象、暗喻、象征等往往成了小说品位高低的一个判断标准,因此也是当代作家精心设计的重要内容。这部小说一开始即汤米从电梯里一直往下降到最后被人们挤进葬礼失声痛哭等情节都蕴藏了含义深刻的意象,但全书中更引人注目、贯穿于整个故事的,那就是有关水的意象。贝娄设置了这种意象,旨在暗示主人公一直在水中挣扎的悲惨场景。当电梯降到门厅时,出现了第一个水的镜头。汤米感到似乎置身于百老汇大街汽车的"洪流"中,门厅里的地毯犹如"波浪般地朝汤米的脚下涌来",而"酒店里的法国窗帘就像帆船一般漂浮在阳光之外";"几个街区外那幢安莎尼娅旅馆在气候的变化中就像大理石或海水一样。在阳光下,这个早晨它看起来如置于深水之中……"(第1931页)

当汤米走到报亭,在卖香烟的玻璃柜台中看到了自己的倒影,但又不太清楚,因为"玻璃很暗,又变了形",这是一种水中的倒影。在小说中,汤米一直喜欢自诩为河马,这正是生活于水中的动物。

有关水的象征不断出现在故事情节中。威尼斯——那个电影厂的星探的名字就意味着水。对他来说,汤米正是一个溺水者。另外,当汤米告诉父亲说自己不堪忍受妻子玛格丽特的压力时,形容为"气都喘不出来"。而谭姆金又跟汤米说:"想要知道海草的感觉,你就必须下海。"在小说的后半部,水的意象更为突出,当汤米眼见了生意惨败之后,他奔到谭姆金的房间里想找他。但只见一个女佣人,一间空房间,那"拖粪水的气味就像河滨中的潮水令人恶心"。他接着又去找父亲阿德勒,来到地下室,穿过游泳池,在那个潮湿的按摩房见到了他,他再一次向阿德勒诉说自己,"实在透不出气来"。

在他最后的痛哭流涕时,小说中的那段文字值得细细品味:

> 花和灯光在威廉迷糊湿润的眼睛中融合在一起,像海水巨浪般
> 的音乐如雷贯耳,倾泻于他,他饱含着一种愉悦的眼泪躲在人群之

中,他听到了它,比悲伤更深沉,通过撕裂的啜泣和哭喊直至他内心极端需要的那种完美(第 1993 页)

全书中所有的有关水的隐喻都引向了这最后的一幕。我们犹如看到电影中的慢镜头一样,一个置身于苦海中的灵魂正在拼命地挣扎。他哭得如此伤心,因为这是对人类不可避免的命运的一种认知。

就如贝娄其他小说一样,《抓住时机》的故事情节似乎没有一个结局,它的最后只是一种结束或停止,这正是作者的一个突出的特点。他小说中的人物虽有不同的经历,但大都是一些寻求"生存意义"的人。无论是汤米·威廉、约瑟夫(《晃来晃去的人》)、阿沙·李文泰尔(《受害者》)、奥吉·马琪、雨王汉德森,还是赫索格、赛姆勒、洪堡及阿伯德·考德(《院长的十二月》)等等都是这个疯狂世界里的异己者,他们对自我的体认和对人类大我的关心正是美国当代社会中许多知识分子共同的心声,引起很大的共鸣。因此,对索尔·贝娄的小说,1976 年诺贝尔文学奖颁奖仪式上的评价或许是最贴切的:"在他的作品中可以看出对人类的理解和对当代文化精妙分析的绾合。"

## 第九节　伯纳特·马拉默德(1914～1986)

伯纳特·马拉默德(Bernard Malamud)1914 年生于纽约布鲁克林。他的童年是在父母开的杂货店的柜台后面度过的,这段经历后来成了他的代表作《伙计》(The Assistant,1957)的故事背景。1936 年他毕业于纽约市立学院,六年后又在哥伦比亚大学获得了英语硕士学位。马拉默德发表第一部小说时已 38 岁,十年之后成了闻名遐迩的大作家。1949 年,他执教于奥里岗州立大学(Oregon State University),几年以后,他又转入贝宁顿学院(Bennington College)任教。

他的处女作《天才》(The Natural)出版于 1952 年,讲一个受伤的棒球队的主攻手重新成为杰出球员的故事。1957 年发表的《伙计》一书获得了极大的成功,奠定了他自己的小说风格。在此基础上,1958 年又出了短篇小说集《魔桶》(The Magic Barrel)而获得全美图书奖,从此声誉更盛,他的每一篇小说都受到了文学评论界的重视。马拉默德擅长以小人物写大主题,常以普通平凡的生活背景开掘人类命运的重大题材。他笔下的人物大都是从纳粹浩劫

下逃到美国的犹太人,他对这些人物非常熟悉。他们力图摆脱恐怖的阴影和
寻找新的道德法规。马拉默德自称他的人物总是害怕自己的命运,他们往往
被命运所缠,但又时时想突破它。从1956年到1966年,这一段时间是马拉默
德的多产期,他成了一个受世人瞩目的道德小说的大作家。1966年他出版了
小说《修理匠》(The Fixer)而再次获得全美图书奖。这部小说被拍成电影,取
名《我无罪》轰动影坛。

马拉默德与他的妻子于1956年到意大利住了一年,这段时间给了他大约
12篇小说的故事背景。1961年出版的《新生活》(A New Life)是他根据在奥
里岗州立大学12年的生活经验而写成的。1971年出版的《房客们》(The
Tenants)是又一部被称为典型的马拉默德式的小说。在他第三本短篇小说集
《伦勃朗的帽子》(Rembrandt's Hat,1973)中,除了一篇《银冠》之外,所有其
他小说都显出了新的风格,令人有耳目一新之感。

马拉默德最后两部重要的小说,一是《杜宾的生活》(Dubin's Lifes,
1979),写一个传记作家怎样为女人而改变自己的故事。但他否认一般读者认
为杜宾的生活就是他自己生活的说法,只是承认自己分享了许多杜宾所关心
的艺术和生活。另一本是《上帝的风度》(God's Grace,1982),马拉默德以寓
言的方式写地球上最后一个人试图在一群小猩猩中重新建立一个新的社会,
因为这些猩猩是唯一的智慧动物的希望了。在这部小说中,他写出了几十年
来郁积于胸的疑问,即为什么上帝会容忍纳粹的暴行,为什么有这么多的人参
与这场大屠杀?

马拉默德虽然是一位犹太作家,他始终以犹太人的民族、宗教和文化作为
小说的背景,但他对人生的经验,尤其是人类苦难的经验却是现代人所共同具
有的,也因此,他的作品受到了广大读者的好评。

## "人人都是犹太人"
### ——伯纳特·马拉默德的小说《伙计》(1957)

战后美国文学中,犹太文学独树一帜,成就卓著,为世人瞩目。伯纳特·
马拉默德则是这一派公认的旗手。这不仅是因为他坚持以犹太背景及犹太人
物作为描写的对象,更重要的是,他写出了这一代犹太人在美国社会中辛酸的
经历和他们在苦难之中坚定不渝地追求道德法则的心路历程,成了受苦犹太
人的代言人。马拉默德的小说看来似乎平淡无奇,故事多半发生在纽约布鲁

克林区一些偏僻冷落的贫穷街区,他笔下的人物也常常是一些凡夫俗子,有时甚至是一些谦卑受苦的社会底层人物。但是,就是在这些现实生活中常见的社会背景下,马拉默德开掘了人类心灵的大主题。他的小说蕴含着震动人心的力量,具有一种背负世人苦难的大气象。因此,即使在美国这样一个高度商品化的社会中,他的作品也吸引了大批的读者。

马拉默德是一位大器晚成的作家,他第一部小说《天才》发表的时候,已经是 38 岁了。但他又是一位多产的作家,在他 34 年的创作生涯中,一共出了九部长篇小说,三本短篇小说集,而且几乎都是精心构思的杰作。其中,尤以 1957 年出版的《伙计》最为突出,成了他的代表作。这部小说也是他翌年荣获全美图书奖的基础,被称为是一本纯粹的"马拉默德式"的小说。在这部小说中,马拉默德以其娴熟的写作技巧成功地表达了他那种独特的犹太道德观,也即希伯来的"法规"观念,故事虽无曲折离奇的情节但却引人入胜,有它特殊的魅力。

小说的主人公莫里斯是一个年届花甲的犹太人,他在纽约的布鲁克林区开了一家小小的杂货店,21 年苦心经营却仍是一贫如洗,再加上经济大萧条的影响,生意清淡到了几乎门可罗雀的地步。这年 11 月的一天,他照例一早起来,冒了寒风守候着客人的光顾。但望眼欲穿,从早到晚只做了几笔小生意,总共也不过十几元钱。正当他自叹命运不济、穷愁潦倒的时候,店里闯进了两个蒙面歹徒,他们不但抢走了他全部现钞,还砸伤了他的头部。这真是屋漏偏逢连夜雨,莫里斯的妻子依达和女儿海伦既要照顾他的身体,又要经营小店,还要忙于家务,一时间弄得忙乱不堪。几天后,一个叫法兰克的流浪青年常常出没于小店的前后,他一清早就赶来,主动帮助莫里斯干些搬送牛奶瓶之类的重活,不久又提出了受雇的要求。他自称只是为了学一点经营之道,但求膳宿,不取报酬。莫里斯虽然已穷得难以养家糊口,但对这位无家可归的流浪汉还是动了恻隐之心,也就留下了他。法兰克的到来为小店增添了活力,他勤恳而努力的工作使生意日趋好转,莫里斯心里暗暗高兴,因为他曾经有过一个儿子,但不幸患耳病去世,法兰克的出现使他心中得到一种难以言表的安慰。但事实上,法兰克就是两个蒙面歹徒之一。自他参与抢劫了莫里斯的小店后,常常为此感到内疚,他来这儿的目的是为了赎罪,给莫里斯一份补偿。在这个小小的杂货店中,法兰克非但没有感到痛苦,反而有了一种家庭的温馨感。他在与莫里斯的交往中为他善良的心肠所感动,还暗暗爱上了他的女儿海伦。

他希望从此改变自己,追求新的生活。但是,因长期的流浪生活,法兰克一面赎罪一面又劣性难改。眼见了小店生意渐渐红火,他开始偷偷摸摸地从钱柜里拿一点零用钱,但一番思想斗争之后,又放回了原处。同时,他又在海伦洗澡的时候偷窥她。终于,有一次他又在钱柜上做手脚的时候被莫里斯发觉,这位正直而诚实的犹太老人盛怒之下执意要解雇他。事有凑巧,那天晚上法兰克在公园里救海伦于一个歹徒的暴行之后,却又情不自禁地逼她发生了性关系。虽然法兰克事后为此懊丧不已,痛苦万分,但却得不到莫里斯一家的宽恕。这以后,莫里斯的小店又陷入了困境,他贫病交加,甚至想用意外事件来结束这样的生活。但法兰克并没有真正地离去,每当危急关头,他挺身而出,救了莫里斯。在4月份一场不寻常的风雪中,莫里斯终因心力交瘁又染上肺炎不幸去世,眼看他们一家到了穷途末日之际,法兰克又回到了店里,他毅然挑起了这份重担,日夜辛劳,不但赡养了莫里斯的妻女,而且还在晚上帮人打工挣一份工资让海伦实现了上大学的宿愿。小说的最后,法兰克不仅皈依了犹太教而且还像以前的店主一样,用他善良的心肠照顾着其他的穷人。他受苦,但有了目标。

若从世俗的眼光或以美国社会的价值标准来衡量,可以说,《伙计》中的一些主要人物,特别是莫里斯与法兰克都是失败者。他们如此这般地拚命苦干并没有取得生意上的成功,也难圆他们个人的美国梦,但是,他们却是小说中真正的英雄。马拉默德坚信,人类感情的交流和道德的净化是生活价值的中心,它的意义远非物质的拥有所能比的。就在这杂乱无章的杂货店里,作者几乎为我们塑造了一个现代社会中的耶稣基督及他的追随者。

莫里斯原是一个俄国犹太人,他逃到美国,想来寻找一个辉煌的前程,他对这个社会抱有极大的希望。他想成为一个药剂师,但他的妻子从生活实际出发,劝他还是开一家杂货店谋生。于是,他不辞辛劳地奋斗在这闭塞的小店中,一晃就是二十余年。事实上,美国社会并不像他所想象的那样,他多年的心血却始终摆脱不了贫穷、孤独的阴影。在小说中,我们看到,莫里斯的生活中充满了痛苦,他苦心经营的杂货店已到了破产的地步,儿子去世又使他丧失了对未来的希望,他精神不安,咳嗽气喘,肺上有洞,头上又被抢劫的歹徒打伤。对他来说,命运带给他的是无穷无尽的打击。这家小小的杂货店几乎成了他的牢狱,一生虚度于此,丧失了年华,破灭了幻想,不得不向生活屈服。当他回忆起童年时代在家乡的街上飞奔的欢乐时,心中充满了愉悦,但是"在美国，他很少见到天空"，整天的忙乱、伤心和受苦使他成了一个谦卑而无望的人。

但是，莫里斯虽然贫病交加，一生未遇好运，他却有着一副犹太人善良的心肠和一整套希伯来的道德法规观。在如此险恶的外部环境下他从未丧失过一个真正的犹太人所具有的尊严。他在贫穷之中又善待他人，特别是那些比他更穷的人，他的这种行为有时候几乎是堂吉诃德式的。

他每天一清早起来，为的是把一份3分钱的面包卷卖给一个波兰女人，好让她赶了去做工，而这个女人非但没有感激之辞，反而唠唠埋怨不断。他明知一个酗酒的女人不会付账，但出于同情还是常常赊账给她。但账目日积月累他又怕被妻子依达知道了要责骂与数落，故偷偷地把账目减去一些，"自欺欺人"。他对法兰克慈悲为怀，当法兰克还是一个外人的时候，莫里斯就给了他面包和咖啡。当他再次发现法兰克在地下室里偷面包和牛奶的时候，他又给了他吃的，而眼看了这个年轻的流浪汉饿得浑身发抖的样子，"他把眼睛调向了一边"，抱歉地说这面包是过了期的。他不顾妻子的极力反对和自身经济的窘迫，把法兰克这个异教徒留了下来，提供他膳宿。因此，这个在一般人眼里视为牢狱和坟墓的杂货店却成了法兰克温暖的家，是他以后走向新生的基础。

莫里斯并不是没有赚钱的机会，他周围的小店及对街的酒店老板们都混得不错。他也知道要在这样的社会里立足谋生甚至赚大钱，不昧了良心是难以成功的。他常常在柜台后面与法兰克聊天，讲给他听别人在生意上的诡计，譬如在牛奶中掺水啦、等级低的咖啡混在等级高的咖啡中啦等等，他也清楚一般的顾客绝对分辨不出其中的究竟。于是，法兰克问：

"那你为什么不这样做一二桩呢？莫里斯，你的收入如此之少！"

莫里斯惊奇地看着他反问："为什么我要欺骗我们的顾客呢？难道他们欺骗了我吗？"

"要是可能的话，他们会这么做的。"

"做一个正直高尚的人，我半夜敲门不吃惊，这比弄一二个钱来得更重要。"

法兰克心悦诚服地点点头。①

---

① Bernard Malamud, *Two Novels*: *The Natural and The Assistant*. NY: The Modern Liberty, P. 287。下同，只标页码，不再另注。

莫里斯是个实实在在的好人,一个胸怀宽大的犹太人,他对一个侵吞了他4000元钱而又发了大财的坏人也不记恨。他反复告诉法兰克受苦而为他人是犹太人的美德。他时时记得父亲曾经跟他说过的一句话:"作为一个犹太人,他必须有一副好心肠。"因此,莫里斯一生强调,我们受苦,因为我们是犹太人。他跟法兰克说,做一个真正的人,就意味着对别人"做出你正直的、高尚的、善良的举动""我们的生活已足够艰难,为什么还要伤害人家? 每个人都应该成为最好的人,这不仅仅对你我而言,我们不是动物。这就是为什么我们需要法规,就是一个犹太人所相信的"(第325页)

那么,什么是莫里斯心中的法规呢? 那就是他认定的希伯来人的道德法规。这个法规的基本点即每个人必须发现和建立他自己的道德法则,而这些法则的中心是一种责任感:对自己、对别人的一种职责。他对"犹太人"下的定义便是"受苦而又有好心肠的人"。

莫里斯的一生始终遵循了这条法规,他所有的言行简直成了这条法规的活样板。他说:"要是你活着,你便会受苦。有的人受更多的苦,这并不是因为他们所希望这样,但一个犹太人要不是为了犹太的法规而受苦,那他就白白地受苦了""要是一个犹太人忘了法规,他不是一个好的犹太人,甚至不是一个好人"。而且,据他看来,在实际生活中,人们的受苦是相对的,因此当法兰克问他:

> "那你为什么受苦,莫里斯?"
> "我为你受苦。"莫里斯安详地回答。
> "你的意思是——"
> "我说你也为我受苦。"(第325页)

几个月后,莫里斯患上了肺炎不幸去世,得病的直接原因是他执意要冒了严寒清扫积雪,这个老人在生命的最后一刻想到的还是对别人的职责,他的一生就在小店里静静地耗尽了,被葬在皇后区空旷的墓地里。很多人并不真正地理解他,连他的女儿海伦在他的葬礼上所想到的也是:"他葬身于这店里面,他没有想到失去了什么,他是他自己的受害者。"(第423—424页)

马拉默德笔下的莫里斯,是一个饱经风霜又满足于自我牺牲而贡献于他人的圣者,他给受苦以意义,他给了法兰克巨大的道德力量,是法兰克得以新生的楷模。但是,这个人物绝不是一个干瘪的模型。他正直、高尚而又充满了爱,但他又是现实生活中有血有肉的人。而且,从某种犹太教的教义来看,他身上还有不少"离经叛道"的地方。他几十年来从不踏进教堂也不做祈祷,不吃洁食,不戴犹太人的小黑帽,甚至在犹太教的节日里照样开门做生意。这些行为在正统的犹太人眼中或许是大逆不道的,以至许多人对他的宗教纯洁性表示了怀疑,连法兰克也感到不解。

莫里斯对此解释说:"为了吃饭,有时候必须在节日里做生意。"至于洁食,他认为并不是他所担心的,那是一种"旧的习俗",他真正关心的,是遵循犹太人的法规。

> 我吃不吃猪肉,这事无关紧要,这对有些犹太人来说也许很重要,但对我来说则无所谓,没有人因为我有时嘴干的时候放一片火腿在嘴里而说我不是犹太人,但要是我忘了犹太的法规的话,他们就会这么说。

在莫里斯的葬礼上,拉比①对他一生的评价是极有意义的,可以说是盖棺定论:

> 当一个犹太人死了,有人会问,"他是不是犹太人?"他(莫里斯)是一个犹太人! 我们不用问。有很多方式可以成为犹太人。因此,假如有人来问我:"拉比,我们能不能把一个生活、工作于异教徒之中还向他们出售我们禁食的火腿,20年来从未进过教堂的人叫做犹太人吗? 这样的人算是犹太人吗?"对他,我要说,是的,莫里斯对我来说是一个真正的犹太人。因为他生活于犹太人的生活经验之中,他以一个犹太人的心记忆着犹太人的生活经验。就我们的传统形式而言,他可能不是真正的犹太人——这一点我并不原谅他——但他忠实于我们生活的精神,他推人及己,他遵照上帝给摩西在西奈带出人民的法则,他受苦,他忍受,但又抱有希望……(第423页)

---

① 拉比,犹太教教士。

　　拉比的这段话是全书的精华,也是马拉默德道德观的重要表达。虽然莫里斯的许多行为不符合犹太教的习俗,但法规的文字内容远没有其精神实质来得重要。莫里斯的所作所为,扩大了犹太人的概念,在马拉默德看来,任何一个人,只要有一颗善良的心,他就能成为一个犹太人。

　　《伙计》的中心情节,是莫里斯与法兰克之间关系的发展以及法兰克与海伦之间关系的前后过程。因此,正如题目所暗示的那样,法兰克是全书更为重要的角色。法兰克的新生,无论从字面上还是从象征意义的犹太信仰来说,都是小说真正的主题。

　　法兰克刚开始出现在店里的时候,是一个无家可归的流浪汉,一个被社会遗弃的人。他已沦为一个歹徒、窃贼和反犹太主义者。他原是意大利人,一个孤儿。他曾经告诉莫里斯说自己有一个妹妹,但后来又承认这是吹牛,"我孤单一人……我不想让你知道我是一个叫化子"。他从西部流浪来到纽约是为了想用犯罪的方式改变自己的处境。但自从参与抢劫了莫里斯的小店后,他发觉这位可怜的老人与自己有着类似的苦难。事后他良心发现,想用帮助莫里斯的办法来洗清心中的罪恶感。他虽然只有25岁,但坎坷的人生道路使他显得苍老。莫里斯对妻子说:"我60岁了,但他讲起话来就像我一样。"过去的贫穷生活使他痛苦不堪,他把自己的身世告诉莫里斯:"我出生后一个星期母亲就故世了,我从未见过她的脸,甚至连照片也没有。当我5岁的时候,父亲也离去了,这是我见到他的最后一面。我在一个孤儿院长大,当我8岁时,他们把我送到一个非常粗鲁的家庭,我逃走过十次……"法兰克虽然具有人性向善的一面,但长期的悲惨生活及流浪漂泊又使他积习难改。因此,他在道德上的自新之路显得特别曲折,常常是进一步退一步。自他进入小店以后,特别是他看到了海伦之后,他力图想痛改前非,重新赢得做人的尊严。他曾多次想把参与抢劫的事向莫里斯坦白,但又迟疑畏缩,怕得不到宽恕。由于他勤奋的工作,店里的生意开始好转,但他又经不住金钱的诱惑,不时地从钱柜里拿一些零用钱。他把所偷的钱的数目记在本子上,藏在鞋子里。但当他内心斗争中道德与理智占了上风后,他又偷偷地把钱归还原处。正当他下决心洗手不干并放还最后的赃款时却被莫里斯发觉,因此被毫不留情地解雇了,使他重新做人的梦想再一次破灭。另一方面,虽然海伦一开始对他毫无兴趣,但他的热情与诚恳慢慢打动了她的心,对他的态度有了转变。他自己也认为这或许是自己一生转变的机遇。但偏偏祸不单行,海伦在公园里等他,却被另一个抢劫莫里斯的歹徒瓦特所袭,在这千钧一发之际,正好法兰克赶来救了她。这本是一次加深感情、走向成功的契机,但好像是命运的捉弄,法兰克居然无法控制自己的情欲,对她施了暴行。这样,使海伦对他产生了极大的反感,她不能容忍一个如此丧失理性的卑鄙之徒,从这以后,海伦几乎有一年时间没有理睬他。法兰克遭到双重打击,他失败了,前功尽弃,惋惜叹悔都已晚了。

法兰克是一个非常复杂的人物形象,他的行为中充满了矛盾。他一面走向新生,一面又连连犯下新的罪恶。但是,应该看到的是,即使他在犯罪的时候,仍然怀有一种善的意向,当他在莫里斯店里抢劫时,看到店主人悲苦受惊的样子,他冲洗了一只杯子,倒了一杯水给他;他偷店里的钱又归还;他偷窥海伦又深深地自责,一直到他对海伦的非礼之后,他的精神几乎崩溃了,再也支撑不下去,他整天蜷缩在自己的房里,陷入惊慌失措之中,他相信自己闻到了一股垃圾的味道(实际上是莫里斯想一了百了,"忘了"关上煤气开关)。当另一位房客尼克闻到这股味道时,他匆匆去敲法兰克的门,而法兰克却做贼心虚,他以为尼克嗅出了他犯罪的气味。尼克告诉他是一股煤气的味道,这时,法兰克第一个反应便是直冲海伦的房间,他以为海伦想自杀。整个这段时间内,法兰克坐立不安,他的心态与行为就像陀斯妥耶夫斯基《罪与罚》的主人公杀了人以后一样。

法兰克的再次出现,是在莫里斯的葬礼上。小说中有一个十分形象的象征性情节,他为了看清海伦丢进莫里斯墓穴中一朵木刻的玫瑰而不小心跌入到墓中。当他从莫里斯的坟地里爬出来的时候,隐喻了法兰克已从死者身上得以新生,事实上,莫里斯确实是他新生的指路人。

从本质上看,法兰克仍是一个有道德自我约束的人。他犯下了一系列的罪行,但罪恶对他来说也有积极的一面,它是一种转化的力量。法兰克经过了严厉的自责,他的道德教育得以完成。从此以后,他真正得到了新生。当他再次回到店里后,一切都变化了,他不仅全身心地投入小店的惨淡经营,分文不取,而且晚上外出打工,挣一点钱让海伦上大学,自己则节省得头发也不剃。他这样长期的苦干为的是回报旧主人的恩德,也是想以此赎回对海伦的罪行。他在店里越来越像莫里斯生前的样子,甚至还学了用老店主的意第绪语言和他的动作,他的受苦得到了大家包括海伦在内的尊敬,他不仅在形式上——在医院动了割包皮的手术而成了一个犹太人,而且像莫里斯一样,默默地受苦,为了他人,也为了犹太教的法规。

法兰克和莫里斯是两个典型的人物,他们身上具有马拉默德小说中人物常有的那些共同的特征。他们失败,自己囚禁自己,远离他人但又从来不放弃对道德的追求。特别是他们都是些生活中的受苦人。对马拉默德来说,犹太人就是能在生活中受苦并在受苦中找到生命价值和生活意义的人。受苦在他的小说中有特殊的美学上的积极意义,受苦使他的人物变得在道德上更加纯净,他相信受苦是人类所需要的,因为有了痛苦,人们才能参透,进而产生大知大觉,洞悉人生,进而惜己爱人,共渡苦海。因此,痛苦可以说是上天赋予人类的珍贵礼物,痛苦带来了解脱,也带来了转机。马拉默德借莫里斯的口说:"受苦不是你所寻找的,但却是你愿意得到的。"

另一方面,马拉默德笔下的人物大都具有一种"转换本质",他们能在一个奇特的环境中通过道德的净化而与一个不愉快甚至不光彩的过去告别,成为新人。法兰克的转变证明了作者一贯的观点,即任何事物都会依一定的条件而变化,这个条件也即是相信犹太教的法规。这种思想,在马拉默德的作品中随处可见,有时甚至被强调到令人难以置信的地步,他的另一篇小说《莱维纳天使》(*Angel Levine*)就是突出的一例。主人公老裁缝曼尼斯切维兹与莫里斯一样,是一个受尽了生活磨难的人,他51岁时更交上了坏运,店里失火,儿子战死,女儿不辞而别,老妻病重,自己年老无依。这时,家里来了一位不速之客,自称是上帝派来的天使,但他又是一个黑人,而且住在混乱不堪的哈莱姆。老裁缝当然不会相信他,但在走投无路之际,他想试一试这位"黑色犹太人"的神力,好不容易在哈莱姆一间低级酒吧找到了莱维纳,使他惊奇不已的是,这位天使神不知鬼不觉地治好了他妻子的绝病,这时,他不禁叹曰:"怪了,请相信我,到处都有犹太人。"

毫无疑问,马拉默德所关心的是人类的道德。美国文学评论家阿福莱德·卡津(Alfred Kazin)指出,"马拉默德的作品旨在引出和证明我们所共同享有的世界的真理""可以显示人们意料之外的可能——哪怕是死了的东西也可以再生"[1]。

因此,马拉默德坚持把他的宗教道德观植根于普通人的命运之中,使他笔下的人物具有了广泛的意义。正如当代美国另一位犹太作家菲利普·罗斯

---

① Alfred Kazin, *The Alone Generation*. Peter Lang Publishing, Inc, 1990, P. 26.

(Philip Roth)所说的:"《伙计》中的犹太人不是纽约或芝加哥的犹太人,他们是一种创造,一种代表了一些人的可能性和人类指望的比喻。"

马拉默德的小说虽然都是关于犹太人的故事,但其意义却远远超出了这个范围,有着广泛的象征性,另一位文学评论家西奥多·索拉坦罗夫(Theodore Solotaroff)强调说:"马拉默德的犹太主义是一种比喻——对每个人的生活——无论是对个人的悲剧尺度还是对个人的道德法规及自我拯救来说,心理上的意义大于宗教上的。"[1]

马拉默德在《伙计》中以莫理斯与法兰克这两个形象来说明苦难与厄运可以通过受苦而变得有意义。只要心中有了受苦而为别人的道德法规,他就是一个正直、高尚的"犹太人"。从这个意义上来讲,他相信"人人都是犹太人"。(辛格语)

《伙计》和马拉默德的其他小说一样,有一个完美的主题,也是一部道德的寓言,但它却通过一个令人信服的故事表达出来。无论是它的背景还是人物都写得栩栩如生,它使我们感到,一种最感人的生活可能就出现在最平凡的生活之中,这种风格相当成功。他笔下的人物是道德战场上的斗士,但又是孤独世界里的可怜人物,道德清白,饱受磨难。"不幸而笨拙的人",马拉默德用意第绪的语言,形象而生动地刻画出这些人物的心态与口气。例如,在莫里斯生命的最后阶段,他久病难支,但却想到要去铲除门口的雪。

> "我想我最好还是把雪铲掉。"他吃饭时跟依达说。
>
> "我看你还是去睡觉太平!"
>
> "这对顾客不好。"
>
> "什么顾客?——谁要他们来?!"
>
> "人们不能走在这样深的积雪中。"他争辩说。
>
> "等到明天,雪就会化的。"
>
> "明天是星期天,那些上教堂的人看见了也不好。"
>
> 她的声音变得粗鲁而尖利:"你想得上肺炎吗?莫里斯!"
>
> "已经是春天了。"他嗫嚅道。

---

[1] Theodore Solotaroff, *Bernard Malamud's Fiction*, P. 7.

但不幸而言中,莫里斯冒了寒风扫积雪导致得病长逝。

这种对话,使我们想起了海明威的风格:干净利落、不枝不蔓。但细细比较,二者又各具风韵。海明威的语言简洁中蕴含了刚健的美,而马拉默德的语言明快中又显出了柔和而有韧性,这正是一个温良、受苦而又正直坚定的人物所特有的口气。正是这种对人物个性及言行的正确把握,使马拉默德的道德寓言式的小说具有鲜明的形象和真实感,也是他赢得了广大的读者并获得高度评价的一个重要的原因。

## 第十节　杰克·凯鲁亚克(1922~1969)

杰克·凯鲁亚克(Jack Kerouac)1922年出生于马萨诸塞州的洛威尔城。他们家是从加拿大法语区迁居美国的新移民,父亲是工人,笃信天主教。童年时代的凯鲁亚克一心向往成为一名美式足球的明星。他虽然身体条件不错,但不幸的是一次在球场上受伤过重,断送了他人生的第一个梦想。除了运动之外,凯鲁亚克还喜欢写作,早在青少年时代就练笔不辍,他希望能像杰克·伦敦一样把自己坎坷而又不同凡响的生活经历写出来。也因此,他一直渴望自己的生活色彩斑斓,将来可以打动读者,令他们神往。1940年,凯鲁亚克获得了奖学金,进入著名的哥伦比亚大学。在这里他结识了当时名噪一时,极具反叛意识的文学青年金斯堡(Allen Ginsberg)、格雷戈里·科索(Gregory Corso)等人,后来他们三人成了"垮掉的一代"(Beat Generation)的三大台柱。

杰克·凯鲁亚克被公认为垮掉派作家的代表,这不仅因为他是"垮掉派"一词的始作俑者,更因为他的作品最能够全面地反映出这一派青年共同的思想风貌和行为特征。他一生留下了18部作品,尤以小说《在路上》(On the Road)最负盛名。从他的作品中,我们可以看到20世纪40~50年代出现于美国的"垮掉的一代"人物是怎样不满于社会现实但又自嫌人微言轻,无力改变社会只能以消极"脱俗"的手法来表达自己的愤懑之情。垮掉派是由一群年轻人聚在一起的松散团体,他们自称是一些"没有目标的反叛者,没有口号的鼓动者,没有纲领的革命者"。他们信奉及时行乐的思想,宣扬通过满足感官欲望来把握自我、抓住现时。在艺术上,他们不惜运用破坏一切的大胆手法来"全盘否定高雅文化"。在生活中,他们蔑视传统习俗与道德价值标准,对"现代文明"抱着一种深深的成见。他们往往以享受自由、性爱、吸毒酗酒、爵士音乐、飞车路上、探究东方神秘主义哲学等行为来表达自我的情感和"新"的生活态度。杰克·凯鲁亚克的代表作《在路上》淋漓尽致地写出了这些人物与社会所公认的一切背道而驰的生活场景。

除了《在路上》之外,杰克·凯鲁亚克的小说还有《地下人》(*The Subterraneans*,1958),《达摩流浪汉》(*The Dharma Bums*,1958),《特莉斯苔莎》(*Tristessa*,1960),《孤独天使》(*Desolation Angels*,1959)等。这些小说被称之为"路上小说",大都写主人公为逃避现代文明及社会不公等浪迹天涯的游荡生活。写作手法上借鉴了欧洲达达主义、超现实义等现代派技巧,也即凯鲁亚克的"自发式散文",让未经理性修饰的原始思想随意"流出"。他认为只有这种赤裸裸的文字才是对生活的真切感受,最真实,也最动人。

在垮掉派的重要人物中,杰克·凯鲁亚克原是一位"热派"人物,举手投足之间充满了如火的激情,是一个行为怪诞的嬉皮士式的狂人,这从他早期的作品中可略窥一斑。但随着对社会、对人生诸问题的认识与思考的深入,他逐渐变成了一个信奉禅宗、静思默想的"冷派"人物。由于一生飘泊不定的艰难生活,再加上大麻与烈酒的毒素,杰克·凯鲁亚克的健康状况迅速恶化。1969年,正当他积累了许多素材准备再创巨著的时候,他就像自己所喜爱的爵士音乐一样,声动遐迩的节奏戛然而止,就此离开了人世。

## 奔走在永无尽头的路上
### ——杰克·凯鲁亚克的小说《在路上》(1957)

作为一个作家,杰克·凯鲁亚克的名字或许正渐渐地为人们淡忘,现在年青的一代,倘若对文化思潮、文学流派等不甚留意的,已经很难说出他的大概。但他所代表的"垮掉的一代"或称"垮掉派"的情况则大不相同,它不仅炽盛于西方50~60年代,而且至今流风未息,影响了好几代西方人,特别是美国青年的思想观念、行为方式等等。因此,当我们回顾本世纪美国社会出现过的重大文化思潮、文学流派和重要作家的时候,都不会低估了"垮掉派"和杰克·凯鲁亚克的突出地位。

杰克·凯鲁亚克因酗酒成性过早地离世而去,死时才47岁。他一生留下了18部小说和另外一些文学作品,但其中最有名的一部小说就是《在路上》。这部小说几乎使他成了垮掉派的代言人,因为它足以代表整个垮掉派的思想特征和艺术风貌。在这部被称之为"新浪漫主义流浪汉小说"中,凯鲁亚克极为成功地写出了当代的那些"新流浪汉"们是怎样以四处游荡飘泊,自甘堕落,自我放纵的方式来与社会习俗相对抗,以及他们上下求索而不得的悲苦境况,使读者形象地了解到垮掉的一代青年的思想实质和精神面貌及产生这一流派的社会背景等等,从而进一步激发人们对整个社会文化思潮的思考。

《在路上》于1951年完稿,至1957年才发表。出版后影响巨大,反应热烈,其意义可能是多方面的。小说中的人物反叛传统的生活方式和道德观念,他们不惜受苦受罪而追求返璞归真的生活理想引起了许多美国青年的共鸣,即使是那些对垮掉派思潮持对立观点的人也不得不承认本书"是一部里程碑式的小说",因为"没有任何其他一部作品能如此全面突出地描绘出垮掉派青年的生活画面"。

《在路上》没有完整、系统的故事情节,也没有激烈的矛盾斗争,甚至缺乏人物的个性刻画。这部小说只是以叙述者索尔·佩拉提斯回忆的方式状记了当代美国的一些垮掉派青年的所作所为。全部以这个人物的视角和感触淋漓述出,自然也带上了他的主观色彩。这些青年大都目睹了二战的残酷和战后美国社会空前的压抑人性的政治氛围,他们想挣扎想反抗而深感无能为力,于是只能以消极自虐的方式来表达自己的不满情绪。他们除了表现出对"绝对自由"的强烈追求之外,不惜酗酒滥饮,沉溺于大麻、性事、疯狂驾车以及爵士音乐的麻醉之中,过着一种目标模糊不清的波希米亚式的生活,企图以一些极端的行为来宣泄胸中的块垒之气。他们经常跋山涉水,频频穿梭于美国的东西部之间,一心希望在自然的环境中寻找一个理想中的乐园。这种海市蜃楼式的追求只能使他们在茫茫的大路上疲于奔命。最后,他们不得不承认,这种疯狂的漫游耗尽了自己的心血,对他们来说,人生的旅程或许就是永远徒步走在黑暗的道路上而不知所向,为此,他们最后发出了"为人类悲哀吧!"的呼声。

《在路上》以故事叙述者索尔·佩拉提斯与他的崇拜偶像,那个四海为家的狄恩·莫里亚蒂在纽约初识开始,展开了他们之间其后的交往和闯荡东西的坎坷经历。他们刚相遇时,正值索尔与妻子分手,情绪低落,"似乎觉得一切情感都已经死了。"[①]但自从狄恩闯入他的生活后,一切随之大变,真可谓相见恨晚,他被狄恩这个人物的性格深深地吸引了,从此开始了一种全新的生活,

---

① 杰克·凯鲁亚克,《在路上》,陶跃庆、何晓丽译,桂林:漓江出版社,1990年,第3页。下同,只标页码,不再另注。

他早年曾有过的那种虚无缥缈的去西部寻找伊甸园的梦想重新萌发,他感到自己一下子从沉沦中振作起来。这以后,在狄恩的带领下,索尔·佩拉提斯踏上了无穷无尽的探寻之路。

小说《在路上》共分五章。前四章按顺序分别写索尔与狄恩他们在一起的四次远游,横穿美国大陆的经历,第五章为全书的收尾与总结。

在第一章中,索尔·佩拉提斯还是一个未经世面的青年学子,爱好写作却苦无题材,又缺乏对生活的感受。一个偶然的机会他遇上了素有反叛意识、大名鼎鼎的西部青年狄恩·莫里亚蒂,他们两人一见如故,倾心畅谈,十分契合。其时狄恩刚从西部的波恩维亚教养院出来,第一次来到纽约,还带了新婚的妻子玛丽露。索尔在此之前一直向往西部"自然而粗犷的生活"。他的脑子里充满了传统、浪漫的想法,对西部边沿地区的民族以及那儿一片神秘而蕴含了无限希望的土地憧憬非常。在狄恩身上,他证实了西部人火一样的热情和狂放不羁的性格。于是,不出数天,索尔已经成为这个"发狂的怪人"的忠实信徒,愿意抛弃自己平静舒适的生活跟他去冒险。他们在纽约聚集了一些志同道合的朋友,常常在一起高谈阔论,放言无忌。在一阵又一阵的激情冲动下,他们走上大街要寻找、"探究那些当时颇感兴趣的东西"。这些垮掉派青年渴望一种燃烧的生活,他们对平凡的事物不屑一顾,一心向往轰轰烈烈的大动作,"像神话中巨型的黄色罗马蜡烛那样燃烧,渴望爆炸,像行星撞击那样在爆炸声中发出蓝色的光。"(第8页)他们常常沉浸在安非它明所带来的兴奋与幻觉之中。"这期间他们(狄恩与索尔)的友谊简直在恶魔般地加深,他们几乎废寝忘食地呆在一起聊天。"(第8页)不久,狄恩与妻子玛丽露闹翻只身回西部去了。索尔决心沿着他的道路追踪而去,因为他不仅需要为自己的文学创作补充新的经验,还想更进一步地了解狄恩这个"真正的西部男子汉"。索尔打点行装,带了可怜的一点钱开始了他一发而不可收的旅行生涯。他从新泽西州帕特逊姨妈家出发,以搭车和乘公共汽车的方式穿越广袤的美国腹地。当他狼狈不堪地来到狄恩的故乡——科罗拉多的丹佛城时,身边已无分文。旅程的艰难并没有使索尔却步,因为他心中充满了希望与憧憬。一路上他风餐露宿,几乎过着像乞丐一样颠沛流离的生活,正如他晚上蜷缩在一间木头吱吱嘎嘎作响的屋子里所想到的那样:"这是一生中一个很奇特的时刻,一个最怪诞的时刻,我甚至不知道自己是谁,我远远地离开了家,被旅行折磨得筋疲力尽,心神不宁,我住在这样一间简陋得难以想象的房间里……我好像变成了另一个人,一个陌生人,我的整个灵魂似乎出窍了,我变成了一个鬼魂。"(第18页)虽然此时他已经落到了衣衫褴褛、食不果腹的地步,但中西部那些恬静的小镇、田园般的农村和纯朴本分的人们给他带来了无限的内心喜悦。这正是大城市生活中最缺乏的,也是他一心盼望的东西。于是,他顿时感到信心倍增,"决意要像穆罕默德一样走遍世界去寻找那个隐蔽的字。"

在丹佛——他想象中的乐土,他见到了那些久久思念并互相鼓励、思路相近的朋友,他希望能与他们共同创造一种色彩缤纷的新生活,共度美好的时光。但现实却太残酷了,残酷得几乎令他惝恍吃惊,伊甸园式的生活场景和情真意切的朋友氛围并没有出现,取而代之的是他明显地感到"周围存在着某些阴谋,而阴谋的双方竟是他们圈子中的两派,而他正被这场'有趣的战争'推到中界线上"。他的理想破灭了,第一次遭到精神上的打击。在丹佛,他不仅了解到狄恩是一个窃贼的过去,还得知他正和两个女人——旧妻玛丽露和新好凯米尔周旋,并被搞得晕头转向的现实。于是,在丹佛勉强地混了一段日子,失望之余,索尔决心继续他西去的旅程,他想去圣弗兰西斯科寻找另外一些朋友。

从新泽西的帕特逊行程几千英里来到这片"生机勃勃热情洋溢的加利福尼亚土地",索尔激动无比,尽管他此时已成了一个"形容枯槁的魔鬼"。他的朋友雷米住在一个黑人与白人混居的峡谷里。当索尔好不容易找到他时,他"正处于消沉绝望的阶段"。他的工作是在一些工棚里当警察。他和女友丽·安住在一起,她是一个凶狠的女人,整天对他骂个不停,他们是"大吵大闹的一对"。在雷米的帮助下,索尔竟然也当上了警察,但不久这份差事就给弄丢了,原因是他从未抓到过什么"坏人"。穷愁潦倒,使索尔无以为生,无可奈何之下他只能重新上路向南而去。在开往洛杉矶的汽车上,索尔与一位黑发披肩,两眼如水的墨西哥姑娘苔丽不期而遇,索尔一下子就认定她就是自己寻寻觅觅的对象。萍水相逢,又都是身经坎坷的人,"两颗凄苦孤独,疲惫不堪的灵魂终于融在一起了,他们在彼此身上找到了生活中最亲切、最美妙的东西。"但当他们从爱的梦幻中清醒过来后,首先便面临了生计的问题。索尔打算先去找份工作,但碰壁之余,苔丽不得不提出搭车去纽约的建议,而此时他们身边全部的财产只有十几块钱。商量的结果,他们决定先去帮人家采摘葡萄,希望能赚点钱再去买回家的车票。接着他们又搭车去了苔丽的老家莎比纳,他们住在农夫的仓库和人家的车棚里,白天索尔与苔丽的儿子一起去棉田里干活,晚上回到棚里大家聚在一起。此时索尔对西部田园式悠哉游哉的幻想早已化为泡影,但这种苦涩中仍掺有几分甜蜜的生活至少也使他暂时忘却了奔波于大路上的窘迫和孤寂。虽然他此时过着"胃里灌满了尘土,脚趾都露了出来的日子",但他仍然寄希望于"明天",明天——一个多么诱人的字眼,也许意味着天堂。但"好景"不常,季节嬗变,转眼已是10月,眼看着萧瑟的秋冬即将来临,索尔与苔丽这种半饥半饱的日子也实在无法维持下去,再加上苔丽父亲的干涉,他们这一对恋人在万分痛苦中被迫分手,相约一个月以后在纽约再会。但令人忧伤的是,人生在世,动如参商,他们之间就此音讯隔断,天各一方。而索尔终于带了身心的创伤,行程万里完成了他第一次出游的历程又回到了喧嚣疯狂的纽约. 回到了美国的象征——时代广场。在这儿,他再一次感受到数百万人毫无休止地为了生存而四处奔波的场景,像一场噩梦,到处都是掠夺,攫取,失去,叹息,死亡……时近黄昏,索尔不禁悲苦地自问:"我的生活在哪儿?"

小说第二章写索尔在初次出游的一年多后再一次见到了狄恩并重新踏上了西去的路程。索尔与他的姨妈一起到弗吉尼亚他哥哥家中作客,狄恩与他的前妻,还有一位叫埃迪·邓克尔的朋友开了一辆49型的哈得逊汽车突然从圣弗兰西斯科赶来。他们犹如从天而降,在尘土飞扬的大路上疾驶而来。令索尔他们惊讶不已的是,狄恩等人竟然只用了几天的时间行程6000公里,而且一路上冒了特大的暴风雪,翻山越岭,不吃不睡. 风驰电掣般地来到这里,其艰难困苦可以想见。而此时的狄恩毫无倦色。"他的疯狂已经登峰造极""接下来便是一片混乱"。狄恩他们的到来使这间小小的南方小屋里挤满了11个人。而他们这次冒了生命危险,经历了无数的磨难与奇遇的远征似乎并无什么重要的目的,为的只是想见一见久违了的朋友。他们在纽约一起度过了一个狂欢的圣诞节。索尔不听姨妈的劝告,又一次向往去西部海岸作奇妙的探险,而这一次旅行,除了想进一步弄清狄恩他们的行为外,索尔还想乘机与玛丽露勾搭。他们作了一些简单的准备便出发再次穿越"这块呻吟的大陆"。而他们的朋友卡罗则向他们提出"请考虑一下你们都是些什么样的人,要干些什么?"他忠告说:"上帝惩罚我们的日子就要到了,幻想的气球不会支持太久的,何况,这只是个虚无缥缈的气球,你们会飞到西海岸,但是过后就得跌跌撞撞地回来寻找你们的石头。"真是不幸而言中。索尔情不自禁地坠落于狄恩他们疯狂的泥潭里,他们在蒙蒙细雨中向加州进发。这次旅行从一开始就笼罩着一种神秘的气氛,狄恩一路上精神抖擞地开着飞车,自认为把混乱与烦恼丢在了身后,离开了那个"冰冷的充斥了垃圾的城市"。一路上,他们因超速被警察拦下罚款,成了真正的瘪三,余下的十几块钱无论如何也支撑不到两天。尽管如此,他们还是兴奋异常,热情高涨,在震耳欲聋的爵士音乐和小偷小摸的冒险中向南飞驶。他们打算先去新奥尔良会一会老朋友布尔·李,此人曾是一个教师,有着丰富的人生阅历,自称有七个分裂的自我,从最高的一位英国勋爵直到一个傻子。他平生最大的嗜好就是与人扯谈,好为人师。他成了垮掉派青年崇拜的偶像,谁都愿意拜倒在他的脚下,连狄恩与马克斯也不例外。但布尔·李又是一个"可怜的家伙",他吸毒成瘾,每天的大部分时间得瘫在椅子上度过。他们的相会曾带来短暂的快乐,但不久布尔·李对这一群不速之客就产生了厌烦,希望他们早早离去。于是,在一个残阳如血,萧瑟沉重的黄昏,狄恩、索尔与玛丽露他们不得不重新上路,继续他们西去的旅程。汽车飞驶在尘土飞扬的大路上,狄恩激情不减往日,他忽然间又出新招,把自己的衣服脱得精光,还要索尔与玛丽露也一起赤身裸体。他们三人一丝不挂的样子不时地引来身旁驶过的卡车司机的惊叫。狄恩甚至还停下车来,毫无顾忌地漫步于古老的印第安废墟之间,令那些游客见状瞠目结舌。剩下的路程已不多了,狄恩已迫不及待地想飞回凯米尔身边去,那辆49型的哈得逊似乎注满了他无穷无尽的精力。他们刚来到奥克兰山脚下,转眼间已驶进了那神话般的圣弗兰西斯科。狄恩撇下了身无分文的索尔与玛丽露径自驾车而去。经济上的窘迫迫使玛丽露搭上一个夜总会的老板私奔了,而索尔此时却尝到了走投无路的滋味,他由此意识到自己已经无数次的死亡,无数次的重生。找不到工作又得不到朋友的接济,生活无着落,狄恩也只是爱莫能助。尽管他还会再一次地走火入魔,但索尔内心很清楚,回纽约的时候已经又到了。

　　小说的第三章开始于索尔在家中又一次不耐寂寞,他想到了西部,想到丹佛的许多朋友,他准备找到狄恩并在丹佛定居下来。于是,他又经历了艰苦的跋涉。当他再一次来到丹佛时,却发现这儿的一切都已时过境迁,几乎所有的朋友都离开了这里,索尔心中一片惆怅,"在黄昏的血色中踽踽而行,感到自己不过是这个忧郁的黄昏大地上一粒微不足道的尘埃"。幸亏他碰巧遇到一位旧时相识的姑娘,从她那儿弄到100元钱。这样,他才能重跨大陆去圣弗兰西斯科。他在那儿找到了狄恩,而狄恩却正处于穷愁潦倒之际。他还是老样子,与几个女人同时厮混,又为她们所缠,终日里惶惶不安。索尔见状向他提议索性撇开这些烦人的包袱,先去纽约,再去意大利,"闻一闻外面的世界,做一切没有做过的事情。"狄恩闻此欣然跃起,和往常一样,他不需要多少时间便决定离开这些"爱得要命"的女人。两个衣冠不整的"英雄"在西部沉沉的黑夜中跟跟跄跄地奔向汽车站。他们想先找到狄恩的父亲,但四处打听,杳无信息。一切都在变化之中,在东去的迢迢大路上,他们都感到自己已经老了,崩溃瓦解的兆头越来越明显。许多朋友对狄恩式的疯狂已不再有兴趣。这次旅行的结果是狄恩到了纽约之后马上又爱上了一个叫伊尼兹的姑娘。他们相识仅一个小时,狄恩"在乌烟瘴气的晚会中,他跪在地上,脸颊贴在她的胸脯,喃喃地答应了她的一切要求"。他要和凯米尔离婚,因为只有这样他才能与伊尼兹合法地结合。而几个月后,凯米尔给狄恩生下了第二个孩子,再过几个月,伊尼兹也将生孩子了,连同在西部某地的一个私生子,狄恩现在有四个孩子却没有一分钱。他还像从前一样,到处惹是生非,及时行乐,来去无踪,而幻想中的意大利之行也只能作罢了。

《在路上》第四章写索尔因为"实在无法忍受从新泽西吹来的大陆性干燥的冷空气,决心离开这里"。与以往不同的是,这是他第一次在纽约与狄恩告别而只身西去。他先到了丹佛,在那儿迷人的酒吧里度过愉快的一个星期。突然,一个消息传来,狄恩尽其所有买了一辆新车正急急地赶来。一刹间索尔似乎看到了狄恩正玩命似地飞车而来,这是一个既令人兴奋又令人恐惧的消息,他那张执着坚毅的面孔和炯炯有神的双眼以及他那辆喷射出熊熊烈焰的汽车犹如历历在目。此时他在路上穿田畴、跨城市、越桥梁、横河流,疯狂地燃烧般地向西袭来。狄恩此番赶来目的是准备开车带了索尔他们一起去墨西哥探险。对他们来说,那里是一个神秘的世界,虽然那里又热又脏但却和他们一样具有发光发热的情怀。他们一行三人穿过边境,"嗅到了墨西哥煎玉米饼的味道"。在哥端极里亚城,他们遇上了一个墨西哥青年叫维克多。在他的带领下他们一起到一家妓院里狂饮吸毒,和妓女们纵情跳舞胡闹作乐,这是一个疯狂的日子,酒精、性事、大麻等等使他们飘飘欲仙。待一切结束之后,他们感到非常满足,恋恋不舍地离开了这个地方,还自以为把温情都留了下来。接着,他们又穿越了成千上万只昆虫乱舞的丛林沼泽,在万分劳累之中来到了这次旅程的终点墨西哥城。索尔因过度劳累病倒了,他在痛苦的高烧中得知狄恩已经搞到了一张廉价的与凯米尔的离婚证书,独自一人赶回纽约去了,而索尔在愤怒之余还是理解了狄恩此时的心境,原谅了他的"弃友"之举。

　　小说的最后部分即第五章是一个短短的结尾。写索尔在纽约曼哈顿的一位朋友家里与一位漂亮的姑娘邂逅。她有一双纯洁、天真而又温柔的眼睛,正是索尔梦寐以求的理想情人,他们彼此开始发疯似地相爱。到了这一年的冬天,他们决定移居圣弗兰西斯科。狄恩听到这一消息后,专程坐了几天几夜的硬座火车赶了过来,他"一路上吹着长笛,吃着甘薯来的",他来此向索尔祝福。几天以后,狄恩又将走过5000公里的路程横穿那可怕的大陆回西部去。索尔在纽约与他告别,此时狄恩穿了一件被虫蛀过的大衣,这是他特意带来御寒的,孤独地走了。索尔看着他徘徊在第七大道的转角处,眼望前方,突然消失的身影,心中升起了一种怅然若失的感觉,他想到"除了无可奈何地走向衰老,没有人知道前面将会发生什么,没有人!"(第310页)他想念狄恩·莫里亚蒂,想念着孤独地走在路上的他……

　　《在路上》是以索尔·佩拉提斯回忆往事的方式写成的。主要人物除了他自己之外,最重要的是狄恩·莫里亚蒂。但我们似乎很难脱离了小说中的其他一些人物来谈论他们。因为他们这些人的行为往往是彼此分不开的,代表了垮掉派的不同角色。索尔是一个受过教育的知识分子,他渴望成为一个作家因此也希望积累生活的经验。这个人物正如他的名字(Salvator Paradise)所暗示的,是"天堂的救助者",或者至少说他想成为一个正直的作家,一个"天堂的保护者"。在小说中,索尔不但是狄恩的忠实追随者,也是一个身体力行的垮掉派中坚人物。他不满足与姨妈一起住在新泽西的帕特逊过一种清闲平静的生活。自从认识了狄恩以后,他渴望冒险,渴望探知,不甘平庸,反抗习俗的性格得以充分表露出来。他几年中奔波于东岸与西岸之间,虽身心受到极大折磨,但始终无怨无悔。他对城市文明早就不能忍耐,想去"自由自在的西部"寻找梦中乐园。他"在路上"的生涯有粗俗不堪的地方,但读者不难看出他善良的性格和充满了情感的内心世界。为了探望朋友,他(们)可以不远万里匆匆赶去。见面后也只是畅谈为快。这种君子之交在"现代"生活中是少见的。为了寻找四处流浪的老狄恩,他也付出了艰辛的代价,而最后狄恩在纽约离他而去,消失在茫茫夜色中时,他心中充满了惆怅与悲伤。这种对朋友的真情,常常是垮掉派人物的性格特征之一,与一般的"现代人"有着极大的反差。索尔在小说中另一个特殊的方面,是因为他又是小说的叙述者。故事中的人与物都是通过他的眼睛来加以描述的,他自然成了这部小说中的关键人物。

他的思想方法和接触范围无不影响了小说的每一处细节。最突出的一点是，因为他始终把狄恩视作他生活中的向导，思想上的引路人，故这个人物就成了全书的焦点人物，是小说真正的主角。

狄恩·莫里亚蒂也如他的名字所暗示的（Dean Moriarty）是一种生活方式或一个流派的倡导者。他的一生似乎都离不开无穷无尽的大路。自他呱呱坠地开始就预示了他这种飘忽不停，东奔西走的生命轨迹。他是1926年出生"在路上"的，其时他的双亲正开了辆破车途经盐湖城去洛杉矶。狄恩出现在小说中时，他刚从教养院出来，第一次来到美国人心目中的繁华圣地纽约，他想从朋友那儿更多地了解尼采的哲学思想。狄恩给人的印象是"英俊、瘦长，有一双碧蓝的眼睛，讲一口地道的奥克拉荷马方言"，一看便知"是一个多雪的西部一个标准的留着鬓角的男子汉"。（第4页）狄恩的童年是不幸的，他的父亲是一个酒鬼，"丹佛城里拉里玛大街最酗酒成性的人"，母亲死得又早。事实上狄恩就是在拉里玛大街长大的。他6岁时就不得不为父亲去法庭辩护，常常靠了乞讨为生，还得偷偷地送钱给流浪的父亲。狄恩长大以后便开始在赌场里闲混，他曾创造了丹佛城里窃车的最高纪录。以后便进了教养院，从11岁到17岁都是在教养院里度过的。他的专长就是偷车，驾车。在西部的生活中，他三分之一的时间在赌场，三分之一的时间蹲监狱，还有三分之一出出进进公共图书馆。"人们看到他光着膀子匆匆忙忙地在冬天的大街上行走，有时挟着书去赌场，有时爬到树上找一个空心的树洞，为了潜心读书或是逃避警察。"坎坷的生活经历和他复杂的性格使狄恩成了一个乐于冒险的疯子和勤于探究、思考、寻找，对许多事物感兴趣的人物。他有时是一个热情奔放，放荡不羁的狂人，说起话来手舞足蹈，大叫大嚷；有时又喜欢用学者的口气，以一种学究式的词语来说话。大多数时间他处于精神亢奋之中，行为怪诞精力充沛，他会因一个小小的问题与朋友卡罗面对面地坐在床上作彻夜长谈，甚至彼此争得面红耳赤。性子起来时，他又像一个形容枯槁的魔鬼游荡在迢迢长路上，飞车千里，马不停蹄地去干一些芥末小事或去访问一些志同道合的朋友，但结果又往往是不欢而散。他对什么事情都抱有兴趣，喜欢探究、摆弄一番，但时过境迁又马上忘得一干二净。这种性格也表现在他对家庭生活的态度上，他平时至少与两个以上的女人保持着亲密的关系，在她们之间鬼混，但说不定为了什么事他会马上与这些爱得难舍难分的女人一刀两段。与他"爱得最深"的玛丽露和凯米尔都曾是他妻子，但后来他又与伊尼兹结婚而抛弃了她们。他对

"经验"的追求常常使他把别人都看成是自己观察的对象。而狄恩也确实具有这样一种魅力,像磁石一样深深地吸引着他周围的人们。这些人当中不仅有垮掉派的青年,更多的还是处于底层的知识分子,他们在迷惘中受他人人格的影响,也模仿了那种激情如火,背叛反抗,随意酗酒,飞车路上甚至吸毒狎妓的生活方式,一时间蔚然成风,如痴如狂,不知所止。他们把这种生活方式视为最大限度地追求个人的自由,是蔑视习俗,回归自然的一种壮举。

在这部小说的人物中,除了索尔、狄恩之外,还有不少"垮掉的一代"的典型人物。这些人物虽然在小说中只有寥寥几笔的描写,但他们的形象还是活现在读者面前。卡罗·马克斯是一位超现实主义者,一个忧郁、隐晦的诗人,他代表了垮掉派中的睿智者的形象;查德·金是一个"对人类学和印第安那人的算命术十分感兴趣的人",是这个流派中的活跃分子和智囊人物;雷米·邦克尔,一个英俊的法国小伙子,又是一个"吃喝玩乐、挥霍无度的家伙",还有那个住在新奥尔良的布尔·李,他滔滔不绝地用自己的经历开导着他人而自己却只能靠了毒品支撑着虚弱的身子。

小说中女性形象中比较惹眼的是玛丽露。她是一个漂亮的金发女郎,"长长的卷发披在肩上,像一片金色的海洋",除了美丽可爱之外,"她还是一个特别深沉的女人,有可能做出令人恐怖的事情来。"(第5页)她曾是狄恩的妻子,也做过索尔的情人,但最终还是各行其道。与他们几个一样,她一直过着飘泊不定的生活,跟了狄恩闯荡天下。她既是一个自甘堕落的女人,又是一个追求新生活的先锋,许多地方表现得泼辣大胆,给读者以很深的印象。

《在路上》中的人物描写有成功的一面,大都显得率直质朴,鲜明动人。但我们也应注意到这些人物都是索尔"视角"观照下的形象,有时显得缺少立体感,此乃不足之处。另外,正如一些文学批评家所指出的,凯鲁亚克在小说中运用了不少现实生活中真人真事,把周围一些熟知的人物融入其中,如卡罗·马克斯即垮掉派著名的诗人爱伦·金斯堡;索尔·佩拉提斯多少带几分他的自传性质等等,这种方式虽给人真实感,但也有让读者把小说中的人物等同于某人,作"对号入座"之虞。但无论怎样,作为一个小说家,杰克·凯鲁亚克也和任何一位小说家一样,主要还是通过艺术的手段,用虚构的方式来塑造人物形象。

杰克·凯鲁亚克是垮掉派的代表作家,《在路上》是这一流派在文学上的最高成就。就这一点来说,本书值得我们充分重视。它是美国社会 20 世纪 40～50 年代社会背景下的特殊产物。其影响可能远远超出文学艺术的范畴,波及社会与政治等领域。处在当时那个消沉而动荡的年代,不少美国青年都有一种抑郁难申的感觉,这些人常常聚在一起探讨突破环境桎梏的方法,其结果便出现了富有反抗精神,以疯狂与迷乱来解脱自身的垮掉派思潮。这一流派具有极大的鼓动性和刺激性,难怪不少人投入其中。从《在路上》一书可以看出,垮掉派的基本精神就是不再相信任何权威,无视传统习俗与道德文明的约束。他们对现存的法规、制度等等均表不满。在垮掉派人物看来,所谓的"正常"生活是以牺牲个性为代价的;而多少人企盼的"人生前景"不过是痴人说梦而已。对那些"没有勇气,不敢保持自己个性,不敢用自己的声音说话"的懦夫,他们嗤之以鼻。这些人要求改变生活,改变社会面貌,寻找生活中的兴奋点,用爱情、美色、大麻、烈酒、爵士乐等等来取代平庸无聊的生活,打破一切条条框框。而且,为了招人显眼,他们故意采用一种激烈的形式,凭了一时意气狂呼乱叫、肆意发泄。他们认为人生最大的意义就在于体验各种经验。此时此刻获得精神上、肉体上的满足也即"经验"的取得,因此及时行乐就成了他们生活的信条。为了得到经验的满足,包括吸毒狎妓等等,个人的"绝对自由"是前提。而要有这种自由,远离尘嚣与社会是必然的,哪怕受苦受累甚至有时食不果腹也心甘宁愿。同时,他们又会把辛辛苦苦赚来的钱几分钟内花得精光来满足自己瞬间的快感。他们历尽艰险奔驶在大路上,其真正目的并非追求宁静安逸的伊甸园生活而只是想过一种漫无目标的流浪生涯。他们四处游荡,出没于酒吧,加油站,汽车旅馆等地方是因为厌倦了城市文明。有人曾经问他们:"你们到哪儿去?"他们的回答是:"不知道,谁操这份心!"我们看到,这些青年固然也是美国社会特定时代文化精神的产儿,但他们已不再像他们的祖辈一样,是创世立业的英雄。相反,他们自认为是这个世界的匆匆过客,是被所谓的西方文明戕害的一代。在杰克·凯鲁亚克小说中的人物表面上都给人以一种道德堕落,颓废绝望的感觉。但细细品来,他们那种"难得糊涂"的酸辛和万般无奈的抗争不禁使读者为之一震。他们是那个社会的叛逆者,以特殊的方式表达自己愤懑的情绪,作者曾把这种行为称之为"一种逃遁……对一切世俗观念的厌倦"。他们想借此实现自我的价值和追求有真正意义的生活,这是一种对金钱、社会职责、阶级、种族、家庭义务等一概不加考虑的生活方式。从这一层面上,《在路上》不仅仅只是垮掉派的力作而且还表达了一种由来已久的"美国式的生活方式的根基",就如许多读者想到的那样,对这种生活的憧憬一直可以回溯到惠特曼、麦尔维尔、马克·吐温的作品里,表明了浪漫主义精神在本世纪50年代的美国重新焕发了青春的活力。因此,索尔·佩拉提斯和狄恩·莫里亚蒂的生活使人们想起了马克·吐温笔下的哈克,他们都是社会的逃遁者,密西西比河是哈克的避难所,而茫茫大路则是狄恩、索尔他们的天堂,他们分享了这种美好的理想。当然,这两部小说除了上述的共同点之外,在许多方面特别是总的趋向等方面还是不同的。哈克旅程的意义就像他的年龄一样,从孩子到成人;而索尔与狄恩正相反,他们要的是"走出去寻找河流与人们,闻一闻这个世界真正的气味",他们向往的是从成人到儿童的回归。

毫无疑问,像狄恩与索尔这样"渴望燃烧"的垮掉派人物,其最终的结果只能是把自己也烧烬。小说的最后,索尔与狄恩在耗费了大量的精力与心血之后都觉得此路不通,开始顺从于生活原有的圈子。他们所热衷的滚滚路上的情绪高起低落并逐渐意识到所走的路子已到了尽头。他们需要"休息"一下,调整自己,终于到了彼此分手而进入自己孤独的、无希望的反思之中。索尔在此时经常会想起一位在路上见到的老头的叹息:"为人类悲哀吧!"从小说中这些人物的结局以及他们的所作所为中,读者不难体味出一丝悲凉之意。这是一种人类在无法把握社会与自身时所必然产生的哀伤之情,而这种哀伤也使整部小说的主题获得了更深层的涵意。

《在路上》洋洋几十万言,但杰克·凯鲁亚克只用了三个星期的时间在一架打字机上打了30米的纸张便告完成。这一事实曾引起文学评论界对这部小说具有重要价值的怀疑,认为它不过是一部急就章式的个人回忆录,难免草率粗糙。通篇中粗俗的语言和散乱的情节再加上平实浅露的表达,似乎很难令读者信服此书为上乘之作。但随着时间的推延和沉淀,上述看法已不再占主导地位,更多的人注意到作者在创作方法上受达达主义、超现实主义等手法的影响。事实上,垮掉派作家、诗人大都不愿按步就班,受掣于前人窠臼,沿着传统的步伐走下去。他们的世界观、美学观等等使他们很容易接受新的,甚至有点偏激的现代派手法如超现实主义等,因为超现实主义的"自动写作法"更贴近这类作品的内容。杰克·凯鲁亚克自称他的小说是一种"立体的散文",一种像子弹一样射出来的文字,不尚雕饰,更像是作家无意识的一种流露。这样的文字给读者以一种势不可挡的冲击力。它的节奏犹如小说中狄恩驾了汽车在路上风驰电掣,书中跃然纸上的激情和冲动不断地为读者加大阅读的油门。作者是一气流转,读者是欲罢不能。很显然,凯鲁亚克虽然在短短的三周内写完了书稿,但我们相信此乃长年酝酿的结果。就像一个中国大写意的画家落笔纸上,顷刻间千山万水满园锦绣尽显眼前。这寥寥数笔的功夫可能是他多年甚至几十年功夫的结果。艺术手法的不同不应成为评判作品高低的障碍。超现实主义创作手法及其得失我们可以讨论研究,但至少在这部作品中运用得相当成功,使内容与艺术保持了一致的趋势,不仅如此,它还给读者一种粗犷有力,真切投入的感受。我们很难想象其他艺术手法能胜任这样疯狂的内涵,是否能写出如此精彩的场景和这般热烈奔放的情感。因此,有人认为杰克·凯鲁亚克的《在路上》"创造了一种真正的,纯粹的和感人的艺术手法"并进一步丰富了小说创作的表现形式。

## 第十一节　纳博科夫(1899~1977)

弗拉迪米尔·纳博科夫(Vladimir Nabokov)就像他小说中的许多人物一样,有着颇为复杂的生活背景。他 1899 年生于俄国的圣·彼得堡市,出生于一个贵族家庭。为了躲避俄国革命,1919 年他随家迁居伦敦。他先在英国剑桥的三一学院学习了四年,然后移居德国一直住到纳粹夺取了政权。在柏林,那儿有一个很大的俄国移民组织,他此时用俄语写了不少小说。这以后,他又在法国巴黎呆了三年,最后,他举家移居美国,40 年代至 50 年代在韦尔斯里和康奈尔大学任教,主讲俄国文学和欧洲文学。60 年代他重返欧洲,居住在瑞士直到逝世。期间他曾多次拒绝回美国演讲或留在一些美国大学的机会而宁愿过一种清闲的生活。他曾经说平生最喜欢的两件事是写作和捕捉蝴蝶。他对自己的描述是,"一位俄国人,在德国受教育,用英文写作,却住在瑞士。"

纳博科夫最初的小说大都以俄文写成,以后自己又把它们翻成英语。但这些小说译成英语后,语言枯涩雕琢,不受一般读者欢迎。其中较有名的是《辩护》(*The Defence*,德文版,1930;英文版,1964)与《黑暗里的笑声》(*Laughter in the Dark*,俄文版,1938;英文版,1961)。《辩护》是根据他的短篇小说《卢金的辩护》(*Luzhin's Defence*)扩写而成。这篇小说是纳博科夫的得意之作,书中的主角是一个棋手,他不满于生活的平凡无聊而沉溺于棋盘的战略变化最后却患上了严重的神经衰弱症而跳出窗外。也许纳博科夫本人也是一位棋术高明的人。这个人物写得相当出色,而小说中所蕴含的哲理思想常常令人遐想不已。

《黑暗里的笑声》于1961年译成英语出版。小说的背景在德国,写一个出身低贱的女子毁了一位中年艺术家的故事,其风格很像是一部苍凉沉重的悲剧。

除了《洛丽塔》(*Lolita*, 1958)之外,纳博科夫另一部出名的小说是《普宁》(*Pnin*, 1957),讲一位流亡的教授在美国大学里处处失意的遭遇。或许多少掺杂了他本人的生活经历,但尽管这位教授受了不少的磨难与嘲弄,但他还是坚持做人的本色。

纳博科夫最成功也是最有名的小说当推《洛丽塔》,它于1955年先在巴黎出版,直到1958年才获准在美国面世。虽然此书一经发表便成了畅销书,1959年爬升到《纽约时报》畅销书榜第一位,但舆论多半集中在对"洛丽塔情结"的讨论。许多读者和文学评论家对它的成见颇深。连纳博科夫当时的好友,著名的评论家爱德门·威尔逊和玛丽·麦卡锡也持否定的态度。这种看法几年以后才慢慢消淡下去,原因是有更多的读者和批评家对小说的意义和艺术风格等给予了完全不同的高度评价。这部小说从被视为是一本"脏"书到成为经典名著的过程本身说明了美国文学批评的发展与流程。

1962年,纳博科夫又发表了风格迥异的小说《苍白的火》(*Pale Fire*, 1962),反应不佳,主要是因为内容平泛,语言又太雕饰,意在嘲笑卖弄学问的流风却自己也堕落其中。

纳博科夫是一位多才多艺的作家,除了小说之外,他还写一些非小说、诗歌、翻译及传记性的作品,其中尤以他译的普希金《叶甫盖尼·欧尼金》显得清华隽朗、富有韵味。

1969年出版的长篇小说《爱达》(*Ada or Ardor*)是他最后一部重要的作品,读者仍可以看到纳博科夫对小说艺术的不懈追求。

正如纳博科夫晚年的生活所示,他还是一个地道的蝴蝶迷。他对蝴蝶的兴趣已超出了一个昆虫学家的态度而进入一种感情上迷恋不舍的程度,对纳博科夫来说,他生命的原始目的就是追求一时的"狂喜"。他曾告诉人们他在写作、捉蝴蝶以及人生的游戏的错综复杂中的一瞬间曾得到过这种感觉。这句话不禁使我们想起了他在《洛丽塔》中所塑造的人物亨伯特·亨伯特。

# 绝望的自白、真实的悲剧

## ——纳博科夫的小说《洛丽塔》(1958)

　　《洛丽塔》是弗兰迪米尔·纳博科夫第一部在美国声动遐迩的小说。但在当时(1958 年),它赢得的决不是什么好名声。许多人听说此书早在 1954 年就曾遭到美国出版商的一致拒绝,不得不先在法国、英国出版,然后隔了数年以后再"曲线回国"。1958 年由美国普特南出版公司出版之后,果然引起轰动,但更多的是引来了各方面的攻讦与挞伐,一直到今天,还有人坚持认为它是一部"脏书"而予以抵制,说它的基本内容充满了一种春宫式的气息。但经过了几十年来众多的读者,特别是一些文学评论家和著名的作家如英国的格雷厄姆·格林等人的探讨和研究,这部小说在文学上的重要意义,它的美学价值以及它所蕴含的智慧之光等等已被充分肯定下来。《洛丽塔》本身早就超越了国界在世界范围内风靡一时,畅销不衰。当然,不无遗憾的是,这种大畅销中确实也裹挟着许多令人尴尬的误解,很多人争相先睹为快,大抵又带有一种好奇的心态。出版界沸沸扬扬的宣传多少为本书的畅销起了推波助澜的作用,就连中文译本的封面上也赫然写着"一部世界级的禁书"、"一部非道德的小说"①等等,事实上,这种标签式的文字已成了一种商业性的广告。

　　《洛丽塔》究竟是不是一部淫书,一部非道德的小说? 这个问题最好由作品本身来回答。纳博科夫本人曾提醒说"在古代的欧洲,直到 18 世纪,喜剧、讽刺作品,甚至一个诗人在俏皮嬉玩情绪中的作品,都故意含有淫荡的成分。在今日,'色情文学'此词的含意则是平庸,商业化……"也就是说,纳博科夫认为不能把文学作品中有关性爱的描写看成色情文学的等同。二者根本的区别在于文学作品中这类场景的描写是整部作品的有机部分,是内容与主题的需要,因为它本身也是人生经验的有机部分;低级的色情描写只是一种纯粹的、直接的或者露骨的渲染,而且往往千篇一律,只能引起感官上粗俗的满足。也因此,许多不朽的作品并不忌讳对性爱的描写,从古代的英雄史诗到文艺复兴时期的名著如《十日谈》,莎士比亚的剧作,曹雪芹的《红楼梦》乃至《圣经》中都有淫猥的情节。近代文学的名著如乔伊斯的《尤利西斯》,D. H. 劳伦斯的《查

---

① 纳博科夫,《洛丽塔》,于晓丹译,南京:江苏文艺出版社,1989 年,中译本封面。下同,只标页码,不再另注。

特莱夫人的情人》、亨利·密勒的《北回归线》等等都是突出的例子。这些作品也和《洛丽塔》一样,作者的本意并不是为性写性,而是有其严肃认真的内涵。

　　但问题是,《洛丽塔》又和上述作品一样,确实有一些对情欲的刻意描写。这本书的基本内容就是讲一个性变态的中年男子怎样沉溺于对一个12岁的女孩肉体的觊觎,这正是这部小说声名狼藉的原因。如果我们仅从这个角度来审视它,《洛丽塔》无疑有淫书之嫌。但这种表面的、肤浅的看法并不是一个真正的读者评判一部文学作品所应有的态度。纳博科夫对此也有过担忧,他为此特意说明"要评价一部作品的价值,你就得仔仔细细地阅读它的全部细节,必须在品味和理解了之后再做出某种概括,谁要是带着先入为主的思想来看书,那么第一步就错了,而且只能越走越偏,再也无法看懂这部书了。"①他还指出:"我们应当记住:没有一件艺术品不是独创一个新天地的,所以我们读书的时候,第一件事就是研究这个新天地,研究得越周密越好。"②确实,我们如果在第二遍、第三遍甚至更多次阅读了像《洛丽塔》这样的作品后,心中的感受就完全不同于初次的浏览。在这个看似猥亵的故事背后,我们可以发现许多深沉的东西,人性中隐秘的一隅,多棱镜折射下的世界,深邃的思想火花……而这些,常常是读者在文学作品想要寻找的东西。同时,也只有在细细的品味本书之后,我们才能理解约翰·雷博士,《洛丽塔》中的一位人物兼这部小说的"编辑"所说的,完全不同于一般的见解,"这出悲剧坚定不移地导向于一个道德的顶点。"③这个结论对读者来说非常重要,与中译本封面上的"非道德"论正好针锋相对。它不仅指出了这部小说的严肃内涵,透露出作者创作的本意也为我们理解本书的道德意义提供了有力的依据。也正是站在这块基石之上以及对小说艺术价值的认识,许多读者与文学批评家才对它赞赏有加。美国著名的《大西洋月刊》载文说,"这是我所阅读过的严肃小说中之最风趣者";《绅士杂志》称"《洛丽塔》是一本好书,一本杰出的书,是的,一本伟大的书";《纽约时报》评价"《洛丽塔》是一部最有趣、最哀伤的书",而《自由天主教联邦周刊》则说"该书具有极高的文学价值,不仅如此,其体裁、特性、光辉皆足以为美国文学史创造一个新的传统"等等。即使从我们的视角来审视它,《洛

---

① 见纳博科夫的文章《优秀读者与优秀作品》,《洛丽塔》中译本所附,第393页。
② 同上。
③ 纳博科夫,《洛丽塔》,于晓丹译,南京:江苏文艺出版社,1989年,"引子"第3页。

丽塔》至少也为读者提供了更为广阔的社会生活画面，值得玩味一番。

　　《洛丽塔》是主要人物亨伯特·亨伯特在监狱中以第一人称所写的自白书，内容几乎涉及他从生到死的整个人生，但主要情节集中于他是怎样为一个年仅12岁的"性感少女"洛丽塔所迷，最后因为失去了她而犯下了谋杀罪以致在绝望中死去的故事。洛丽塔始终是这场无悔迷恋中最初和最后的骨骼，是亨伯特·亨伯特甘愿为之付出生命的性爱对象。

　　《洛丽塔》分上下两部。第一部从亨伯特自述生平开始。和作者一样，亨伯特也是一个欧洲人，他1910年生于法国的巴黎，一个混血儿。他的父亲曾经开过一家豪华的酒店，也曾做过生意。母亲不幸早逝，那时他年仅3岁。亨伯特在姨妈的照看下长大。他是一个早熟的孩子，十几岁时就爱上了一个比他大几个月的姑娘阿娜贝尔，在"一刹那间"他们疯狂地、笨拙地、毫无羞涩又痛苦难忍地相爱了。他们经常在一起幽会或外出漫游，品尝缱绻情谊。但这样的相处很快就结束了，阿娜贝尔不幸死于伤寒。于是，快乐变成了惨痛的记忆。这场初恋也成为亨伯特"整个冰冷的青春岁月里任何其他浪漫韵事的永恒障碍"。即使在阿娜贝尔死去很久以后，亨伯特"仍感到她的思想在我的灵魂内浮动"。可以说，"阿娜贝尔时期"影响了亨伯特的一生。

　　亨伯特很快成了一名大学生，整日里处于紧张的学习之中。此时，"一种特殊的疲惫出现了"，他感到过度的压抑，精神上已有了不幸的裂痕，他的兴趣转向了文学。另一方面，在这烦恼的成长期中，他开始形成了一种对"性感少女"特殊的感情，而所谓的"性感少女"照他的话来说，是一些"年龄在9岁到14岁之间的处女，她们能对一些着了魔的游历者，尽管比自己大两倍甚至好几倍，显示出其真实的本性，不是人性的，而是山林女神般的（也就是说，鬼性的）"。这种变态的、特殊的性心理使他日后变成一个"孤独的过客"，一个有着病态嗜好的癖色贪花之人。在这种心理的阴影下，亨伯特在欧洲度过的成年生活是双重的，他既与许多女子有所谓的正常关系，但同时又时时为自己对"性感少女"的渴念而弄得憔悴不堪。他为了寻找这样的女孩而煞费苦心，但结果却屡屡失败。不久，他与一位波兰医生的女儿叫瓦莱里亚的结了婚，但婚后生活很不愉快，他一直无法摆脱对"性感少女"的疯狂渴望。1939年夏天，亨伯特一个在美国的叔叔去世了，留下了一笔可观的遗产，条件是他去美国并继承他的事业。亨伯特决定投向那个"拥有玫瑰儿童和大树的国家"。但就在此时，他的妻子瓦莱里亚挑明了自己生活中"还有一个男人"的隐秘。于是，他们各行其道,结束了这场并不幸福的婚姻。

来到美国后,亨伯特并没有从事他叔叔的化妆品事业,他应邀编写法国文学比较史。孤身一人住在纽约,内心常常为周围所见到的那些天真嬉闹的"性感少女"而躁动不安并为之病倒,险些丢了性命。他几次住进精神病院,为了改变身体状况,亨伯特决定参加一支北极探险队,当一名"医药反应记录员",想用户外的体力活动来消除内心的焦虑。在20个月的"冷劳动"之后,亨伯特重返文明世界,再一次精神失常。病愈后,他希望能在美国东北部的新英格兰乡下或某个"沉睡的小镇"找一处僻静之地专心致志于他的学术研究。经他人介绍,亨伯特来到拉姆斯代尔一位叫黑兹的寡妇家中寄住。这里的一切都显得单调沉闷,但当他在女主人的陪同下来到房子的游廊,在那儿瞥见了黑兹夫人的女儿洛丽塔——一个12岁的"性感少女"时,他顿时感到"一排蓝色的海浪便从我心底涌起",有一种一刹那的颤栗和动了感情的发现。从此以后,亨伯特的"灵魂的真空把她闪光的美丽的每一处细节都吸在眼里"。于是他与黑兹家结下了不解之缘。

亨伯特住进她们家,为的是能不时地看到洛丽塔的身影。他开始记日记,把每天的所见所思用诗人般的语言详尽地记录下来。从他的日记中,读者可以看到亨伯特一副贪婪的眼睛。他从一切可能的方面来窥视洛丽塔的一举一动,并设法慢慢接近她。终于,亨伯特以一个高大、博学而又热情的欧洲人的魅力和成年人所特有的那份成熟吸引着情窦初开、处于兽性与美丽之间的洛丽塔。她开始有意无意地投向亨伯特的怀抱。但直到此时,亨伯特仍压抑着自己燃烧着的情欲,"力图保护那个12岁孩子的纯洁"。

然而,黑兹夫人突然作出了一个对亨伯特来说是十分痛苦的决定,她要把洛丽塔送到夏令营去,因为她相信集体生活可以教给孩子很多方面的长进,包括健康、知识与修养等等。这样,亨伯特的内心处于被一种力量摧毁的痛楚之中,眼看着洛丽塔从自己的眼皮底下被她的母亲送走,他感到一阵刺骨的纷扰油然而生,而更令他大吃一惊的是,女佣露易丝送来了黑兹夫人给他的一封信,在信中,她大胆地向这位客人吐露了自己真诚的爱情并提出要么结婚要么请他远走高飞的请求。亨伯特面对这样一封令人尴尬的信的第一个反应便是厌恶和退却。但一阵思考之后,他很快平静下来并认清了现实的抉择。他知道如果拂袖而去,那么也就意味着永远失去了心中的洛丽塔。于是,他"咬紧牙齿,低声呻吟",突然,亨伯特发出了一阵"陀斯妥耶夫斯基式"的狞笑,他想到了如果他真的与黑兹夫人结婚，那么，他就有权每天以父亲的名义拥抱洛丽塔，"可以一天三次把她搂在胸前，我的烦恼会消尽，我会成为一个健康的人"，他甚至已经开始幻想用一种药效强大的安眠剂注入她们母女的体内，用这样的方法来对洛丽塔恣意纵情。

这对寡妇新娘和鳏夫新郎很快就结合了。三十几岁的夏洛特（黑兹夫人）现在成了亨伯特夫人，她为此欣喜异常，她把这种结合看成是自己新生活的开端，处处显得温柔动人并热心于社会公益活动。但亨伯特却心怀鬼胎，另有图谋，他醉翁之意不在酒，只想借此求得与洛丽塔接近的合法方式。

7月末的一天，一个无比炽热的休息日，亨伯特与妻子夏洛特来到离拉姆斯代尔几英里外的滴漏湖消暑。在这个阒然寂静的地方，亨伯特心中萌发了除掉夏洛特的罪恶念头。周围的一切都显得那么自然，湖水渺茫，波光粼粼，机会终于等到了，他们静静地游在水中，除了千步之外依稀可辨的两个人影外，此地罕无人迹。亨伯特想到，如果在这时"抓住她的脚踝"，带着这个吃惊、慌乱，缺少经验的"俘虏"潜入深水，在"水中坚持一分钟"，那么，她肯定会吸入"一加仑湖水而当场毙命"，待到 20 分钟后营救人员赶来，"可怜的亨伯特夫人"早就成了"抽筋或冠状阻塞或二者并发的牺牲品"。真是简单极了！但亨伯特毕竟没有真正下手，因为想到这里，他又害怕"她的灵魂会一辈子缠住我不放"的。

这以后，亨伯特一心尝试他的安眠计划，夏洛特成了他药物的试验品。但是，有一天，一场真正的角斗终于爆发了。夏洛特趁亨伯特外出的时候设法弄到了他抽屉的钥匙，偷看了他的日记。于是，她明白了一切。她无法吞咽这悲愤的泪水，"认清了这个野兽，可恶、可憎、罪大恶极的骗子的真实面目"，她要彻底与他算账，要把这可怕的消息告诉她亲近的人，在匆匆地写下三封信后，夏洛特不顾亨伯特的阻挠，冲出门去寄信。但不幸的是，惝恍迷离中的她竟被一辆汽车撞死在路上。

亨伯特的罪恶由此被掩盖起来，三封未寄出的信被他撕得粉碎。在匆匆办完夏洛特的丧事后，他马上驾车去营地接出洛丽塔。他对她隐瞒了真相，只告诉她母亲生病，要她一起去医院探望。他花了整个下午的时间为洛丽塔买了许多漂亮的衣饰，又在附近一个称为"着魔猎人"的旅馆定了一间双人房，准备在那儿过一个迷人的夜晚。洛丽塔虽然知道母亲与亨伯特已经结婚，但对这个神气十足的欧洲人还怀有一种非分的情愫。出了营地，她对母亲的病情毫不关心,还没等多久她已经顺势倒进了亨伯特的怀抱并挑明他们是情人关系。车到旅馆,他们以父女的身份住在一起,亨伯特施出了安眠药的手法,而轻浮狡黠的洛丽塔在第二天醒过来后便主动地引诱了他。从此以后,亨伯特处在兽性与美感交织的感受中。为了避开道德与法律的约束,他必须带着洛丽塔四处奔波,走上了一条骚动不安、罪孽与腐化混杂在一起的黑暗之路。

小说的第二部分即亨伯特带了洛丽塔驾车遍游美国的经历以及这个故事的悲剧性结局。事实上,他们那次历时一年(从1947年8月到1948年8月)行程27 000英里的旅行对亨伯特来说"不是一次疲乏的乐事,而是一个艰难的历程"。亨伯特在通往地狱的路上头也不回地飞奔而去。他虽然占有了洛丽塔,但始终处于一种内外夹击的惊恐之中,既害怕别人识破他们的机关,又遭受洛丽塔"阵发性的厌烦情绪"的袭击。表面上好像是无忧无虑的游山玩水,寄情于湖光山色之中,实质上是对法律与道德准则的逃避,一种毫无目的的流窜。在这段时间里,他们从美国的东北部蜿蜒南下,上上下下、东东西西,一直来到"迪克西兰"的地方,又转头向西穿过玉米带和棉花带,两次翻越洛基山脉,接着飘泊在南方的沙漠里过冬,然后西到太平洋,转而向北,跨过广阔无垠的森林与群山到达加拿大边境,接着再折向东去,驶过平坦的农业区,返回新英格兰,隐没于默默无闻的比尔兹利大学城。这是亨伯特为洛丽塔找到的一个女子学校的所在地,也是他想安顿下来的僻静之地。在整个漫游期间,亨伯特不但花费了大量的金钱,也为那个"天真和诡计,可爱和粗鄙,蓝色愠怒和玫瑰色欢笑"的洛丽塔耗尽了精力与心血。她常常处于一种精神上的大破坏状态,不时地显出厌烦与乖戾的情绪。但所有这些,亨伯特都忍受了,因为就他来说,洛丽塔是他的一切,他的生命,不论遭受怎样的磨难,他心甘情愿,毫无怨言。

亨伯特之所以选中比尔兹利,除了这里有女子学校和女子大学外,也出于避开熟人,准备在此与洛丽塔隐居下来的考虑。此时的亨伯特只有一个愿望,那就是无论如何要把洛丽塔"锁住"。这所学校学费昂贵,但没有男生,这点使亨伯特放心不少。而小城中那种浓厚的学术氛围也是他久久向往的,他可以在这儿一边安心钻研他的学问,一边牢牢地监视洛丽塔的社交行为。他甚至选择了一幢可以眺望学校小径的房子,还配备了一架高倍数的望远镜,这样使洛丽塔与自己时时相联。他以为如此便拥有了人生最大的乐趣,但是,这种严密的防范看来并不管用,学校里要求洛丽塔参加戏剧表演,又为女学生与男青年的约会创造条件。而且班上女同学之间相互传递有关恋爱交往的信息也着实使亨伯特深感不安。有一天，亨伯特终于得知洛丽塔没有去练琴而私下里"自由活动"，这桩可疑的行为使亨伯特大为震惊，为此他们大吵一场。最后洛丽塔提出辍学的要求并主动提出再次出游，条件是必须依她的路线走，亨伯特对此建议竟然感动得潸然泪下。

再一次出游，他们先是跨过了整个"阿巴拉契亚山脉"地区，路过田纳西、弗吉尼亚、纽约、佛蒙特、新汉普郡和缅因州，又穿过了俄亥俄和三个以"I"带头的州来到了西部，洛丽塔的目的地是埃尔芬斯通——西部某州的一颗宝石，她急切地盼望去那儿爬一爬迷人的红礁。开始时旅程似乎很顺利，一切显得轻松而悠闲。但不久，亨伯特注意到洛丽塔有私下活动的蛛丝马迹，而且不知从什么时候起，他发现有一辆红色的敞篷车老跟在他们后面穷追不舍。亨伯特警觉地想探个究竟，但随后那辆车消失了，取而代之的是雪弗莱、道奇或克莱斯勒之类的"幽灵"。亨伯特开始怀疑这趟古怪的旅行是否是事先精心策划的一场游戏，那个神秘的终点埃尔芬斯通到底意味着什么？就在此时，洛丽塔患上了一场大病，她浑身滚烫，高热不退，住进了当地最好的医院。亨伯特一面精心地照料她，一面也感到病菌侵袭了他，"像是要把我全部挖空"，他浑身打颤，一个人住在简陋的汽车旅馆里，脑子里充满了对洛丽塔如饥如渴的狂念。但不幸的是，当他能挣扎起来去医院探望洛丽塔时，她却失踪了。亨伯特被告知是一辆黑色的凯迪拉克接走了她，一个自称是她叔叔的人付清了账单。亨伯特闻此犹如五雷轰顶，他"想将医生痛打一顿"，对周围的人咆哮，但这一切都无济于事。他决心要在这茫茫的大地上追回洛丽塔，找到那个红色的魔鬼。几个月中，亨伯特行程万里，在三百多家旅馆和汽车旅馆到处寻找他们的踪迹。他要不顾一切地找到那个拐骗者和失去的宝贝。但结果都令人失望，毫无线索，更无下落。这以后的三年中，洛丽塔的形象时时刻刻萦绕在亨伯特清醒的脑海里，孤独、失眠和歇斯底里常常陪伴着他，他再次坠入悲切凄苦的状态。

在亨伯特四处奔走，上下求索的过程中，另一个女人丽塔闯入了他的生活。虽然这个身材纤细，肤色红润，性格温和又嗜酒如命的女人把一切都给了他，甚至还跟了他一起去找洛丽塔，但亨伯特却并非真正地喜爱她，他的心目中仍然为洛丽塔的倩影所缠。终于，有一天，亨伯特惊喜地收到了洛丽塔寄来的一封信。信中她用干巴巴的语言告诉他她已经结婚，马上就要生孩子了，准备与丈夫狄克一起去阿拉斯加,因为他在那儿找到了一份工作而目前他们的生活十分困难,无钱还债。她希望亨伯特能寄去300~400元钱,最后告诉他自己"经历了许多悲苦和艰难"。这封信令亨伯特又喜又恨,他马上决定按地址去800里外的科尔蒙特公众拯救所。如今他已知道洛丽塔不再属于他了,但更重要的是,他要知道,究竟是谁在三年之前夺走了他的爱,他的生命。他在手枪中压上了子弹,拼命地抗拒着内心的巨痛,打算日夜兼程赶去那个工业小镇。在当地一个污浊发臭的简屋里,亨伯特再次见到了朝思暮想的洛丽塔,但她此时已经面目全非,"肚子很大,脑袋好像小了,布满了浅色雀斑的双额凹陷下去,裸露的小腿和双臀失去了所有微黑的健康肤色,脚上是一双脏兮兮的拖鞋"。在亨伯特一再的追问下,洛丽塔说出了她被那个叫克莱尔·奎尔蒂的剧作家带走的往事,此人曾是洛丽塔的远邻。她被带到一个叫杜克·杜克的牧场,他要洛丽塔参与那些古怪肮脏、下流可鄙的勾当,遭到洛丽塔的拒绝后,这个表面上文质彬彬的剧作家而实质上是酗酒、吸毒的老色鬼马上凶相毕露,无情地把她赶出门去,从此后,洛丽塔四处漂泊,在流浪中遇到了现在的丈夫狄克……

亨伯特再次恳请洛丽塔跟他出走,开始他们的新生活,但被洛丽塔坚决回绝。失望之余,亨伯特留下4000元钱,泪流满脸地与她告别。他要马上赶回拉姆斯代尔寻找那个幽灵似的剧作家克莱尔·奎尔蒂。此人在小说的前面部分曾隐隐提及,如今是亨伯特复仇的对象。他在路上探明了克莱尔的确切住址,又反复地试用了那把小手枪,凭借了酒精的助力,在一阵暴风雨中推开了克莱尔家城堡式的大门,心里一阵怦怦乱跳,这个时候终于来到了。在这古旧宽大的屋子里,两个"文化人",一个醉鬼,一个瘾君子面对面地展开了一场长时间的搏斗。亨伯特甚至还朗读了一份事先准备好的控诉书,也是对奎尔蒂的宣判书。最后,作恶多端的剧作家终于死在亨伯特复仇的子弹下。于是,这场由克莱尔·奎尔蒂精心策划、演出的独创性的戏算是告终了。亨伯特如释重负,认为自己已经洗清了灵魂的污垢。他心平气和地慢慢开车下山,路面正向一片开阔地延伸。他突然想到,既然他已经无视了人性的法律,那么,同样,他也可以无视交通的法规,他随之在高速公路上逆向行驶,内心得到一种特异的乐趣,不久,亨伯特被警察追捕入狱。

这就是亨伯特·亨伯特在监狱封闭的隔离室中花了56天的时间写下的自白,他准备以此作为自己申辩的材料。但是,在开庭前的几天,即1952年11

月 16 日,他却因冠状血栓死于法定的囚禁中。

　　和许多文学批评家一样,合上小说,感慨欷歔之余,人们不禁会问,纳博科夫通过亨伯特·亨伯特这份绝望的自白,他究竟要告诉读者什么? 也就是说《洛丽塔》这部小说的主题意义何在? 这是个事关小说评价高低,也是众说纷纭,莫衷一是的问题,曾引起过广泛的讨论。有人把《洛丽塔》看成是作者不健康心理的一种宣泄,他们致力于考证纳博科夫本人也曾有过对"性感少女"的特殊兴趣,而且把这种病态的表现追溯到他早在 1938 年用俄文写成的小说《魅人者》,那篇小说在巴黎发表,可说是《洛丽塔》的雏形,主要内容也是写一个中年男子为了追猎、亲近一个"性感少女"而不惜与她母亲结婚的故事。所不同的只是最后是这个色情狂死在车轮下而不是少女的母亲。更有甚者,这些人还找到了比《魅人者》更早的纳博科夫自传体小说《天资》,作者在其中早就布下了一个中年男人、一个小女孩以及她的寡妇母亲同居一室的故事框架。而且,纳博科夫还曾说明,这是一篇根据现实生活所写的小说。从上述材料看,我们可以说《洛丽塔》的成书过程中确实带有作者某些生活经历或者某一时期的心理特征。但更多的,恐怕还是说明了此书的来龙去脉和作家对这一题材思考的进展。也有的批评家把《洛丽塔》看成是莎士比亚式的悲剧。认为它的主题是情欲与死亡,亨伯特那种在情欲的支配下的疯狂甚至超越了对死亡的恐惧,这个人物很像《呼啸山庄》中的希斯克利夫,二者在"复仇"后的感觉也有近似之处。还有的人如耶鲁大学的文学教授约翰·贺兰德等人干脆跳出故事的本身,联系到纳博科夫从欧洲移居美国的背景,认为它"暗示了一种惊人的半严肃性的讽刺,亨利·詹姆斯的《奉使记》描写年轻的美国为世故的欧洲所腐化,而纳博科夫正以这本书反讽说:年轻的美国可能变得比引诱她的欧洲更为世故。这当然是作为欧洲人的纳博科夫对'美国人'的无情揶揄"。表现在小说中,亨伯特·亨伯特代表着"欧洲人",而洛丽塔就是"年轻而世故的美国人"了。这种象征的看法曾得到美国文学评论界许多人士的赞同,一时成了对《洛丽塔》主题权威的解释。但多年以后,人们觉得这样的解释难免有牵强附会之感,其说服力相当有限。此外,把《洛丽塔》看成是一本性心理学著作的人也不在少数,所谓"洛丽塔情结"(Lolita complex)也即从这个角度加以诠释的。

　　在各种不同的观点中,我还是比较倾向于作者本人所说的,也即在《洛丽塔》的"引子"中通过小说的"编辑"约翰·雷博士之口说出的"作为一个病历，《洛丽塔》毫无疑问在精神病领域会成为一个典型。作为一部艺术品，它超出了它赎罪的方面，而且对我们来说，比科学的意义和文学价值更重要的，是这本书将会对读者所产生的伦理意义上的影响……他们(指亨伯特、洛丽塔和她的母亲)提醒我们注意危险的倾向，他们指出了潜在的罪恶……"①作者的意思很清楚，《洛丽塔》这部小说的意义就如弗洛伊德的"力比多"理论一样，旨在使人们对自身的心理现象予以认识，然后在认识的基础上扬善避恶，达到道德上情感上的净化。因此，作者揭示了亨伯特身上那种变态、丑恶的心理同样具有"警世"的目的。他写出了这种病态的性心理最终给亨伯特带来了毁人毁己的后果。值得一提的是，纳博科夫在表达这样的道德观念时，他对笔下人物的刻画把握得相当有分寸。他始终置亨伯特于鞭挞的位置，通过雷博士，他告诉读者"他(亨伯特)是极其可怕的，他是卑鄙的，他是道德堕落最突出的典型，是残暴和诙谐的混和体，或许体现了超级的苦难……"作者对这个人物的态度，从一个侧面反映出小说的主旨。他让亨伯特时时处于自我谴责的痛苦之中，为沉溺于一个少女的罪孽付出惨重的代价。同时，作为一个伟大的作家，纳博科夫又没有把这个人物简单化，当成一个恶魔来描写。在对他的好色、邪恶本性暴露无遗的同时，又不失真实地写出这个人物痴情与坦诚的一面。他要人们通过这份自白书"一边憎恨本书的作者(亨伯特)，一边又为这本书神思恍惚"②。

在探讨这部小说的道德主题时，我们应该注意到一个容易被忽视的关系，那就是亨伯特、黑兹夫人和洛丽塔之间的三人圈。亨伯特要夺得洛丽塔，享受他那种畸形的美感而不受干扰，就必须除掉夏洛特这块绊脚石。这一点他很清楚而且在日记中曾加以仔细地分析。但是，当作者似乎是特意提供他一个绝好的机会，即他与夏洛特在滴漏湖游泳时，他却没有这样做。他的失败并不是因为缺乏这样简单的能力，而实在是与内心中的道德观念不相容。纳博科夫用这一细节来表明即使是在举手之劳的情况下，亨伯特也不是一个谋杀者。他的这种否定行为实质上也是道德与良心的战胜。而且，在作者笔下，亨伯特不仅不是一个杀人犯，他与洛丽塔之间的乱伦关系也不能完全归咎于他。特

---

① 纳博科夫，《洛丽塔》，于晓丹译，南京：江苏文艺出版社，1989年，"引子"，第4页。
② 同上。

别是他与洛丽塔初次的性关系中,这个任性轻浮的女孩应负有相当的职责。"我(亨伯特)将要告诉你们一件怪事:是她诱惑了我。"(第 164 页)因此,从法律上讲,在他们三人的关系中,亨伯特既不是夏洛特死于意外的策划者,也不是对洛丽塔施暴的强奸者。他对洛丽塔那种如痴如狂的邪恶情欲,是他心理上某种病态和所谓的"唯美"倾向的表现。从小说中我们得知,亨伯特患有精神失常症并多次住院治疗,去拉姆斯代尔之前,他还在医院中逗留了一年多的时间。但更大的问题在性心理方面,他一直以未成年的少女为钟情的对象,把"性感少女"的年龄限在 9~14 岁之间,他甚至想要自己所爱的少女永远不长大。他自称为每一个过路的"性感少女"的强烈欲望把自己搞得憔悴不堪,为她们"魅人而狡黠的神态,恍惚的眼神,鲜亮的嘴唇"所惑。另一方面,他讨厌乃至虐待每一个他认识的成年女性,包括他的前妻瓦莱里亚,洛丽塔的母亲、他后来的妻子夏洛特,以及最后的女友丽塔等。亨伯特对自己的这种变态行为有一定的认识,也视为一种罪恶,但却欲罢不能。而且他更多地把这种行为看成是"诗人"的气质,是一种唯美主义的倾向。在这份遗世独立的自白书中,他多次强调这种"个人的嗜好"古已有之。从彼特拉克疯狂地爱上一个 12 岁的少女、金发耀眼的劳琳到但丁爱上当时年仅 9 岁的贝雅特里奇以及埃德加·爱伦·坡迷上一个早熟的小姑娘弗吉尼亚·克莱姆等等都是有名的例子。亨伯特坚持认为一个如同他一般的诗人或艺术家必须为美的东西所倾倒。因为在他看来,艺术唯一的目标就是美感愉悦,这种愉悦感是由美的召唤引起的,达到瞥一眼就心满意足而且永远不会完全理解的程度。他这种观点显然受爱伦·坡的影响。爱伦·坡的作品中常常有一些怀有这种激情的人物,其中还不乏一些疯子、谋杀犯、自杀者等等,他们是爱伦·坡笔下的典型人物。因此,可以说,亨伯特与爱伦·坡之间有一种强烈的亲和力,这种亲和力最明显的地方就是他们对"美"的同一反应。他们都曾表明,这种"美"的本质对他们来说既具有美感也有色欲上的发酵作用。爱伦·坡在他的散文《论诗人的原则》中解释了"诗人"为美的事物所吸引的现象,他说:

> 我们仍然有一种止不了的口渴,……这种渴望属于人类的永存不朽的东西。这是他永恒常在的结果与表明,这是飞蛾扑火式的诱感,这不仅是欣赏我们面前的美,而且还要努力去追赶那种美……

亨伯特就是这样一个"美"的追寻者。他直言不讳地描述自己不倦地渴望"性感少女"时的那种"狂喜"。小说中有不少情节,如亨伯特看着洛丽塔打网球时的心理活动等非常突出地表达了这种欲望与"美"感。正因为亨伯特与爱伦·坡之间有这种心有灵犀的关系,《洛丽塔》中多处明里暗里提到爱伦·坡,有时还把坡的诗句一字不移地照搬过来。亨伯特·亨伯特就像坡所塑造的人物威廉·威尔逊一样,杀死了他自己的"双重人格",然后在死之前写下了绝望的自白。其目的也一样,为自己的行为辩护,希冀读者的同情。而《洛丽塔》中克莱尔·奎尔蒂的房子也使我们想起了爱伦·坡笔下的厄舍故屋一样,既古老又蕴藏了许许多多的罪恶。

除了爱伦·坡,亨伯特在谈到自己读书的时候,还提到了普鲁斯特与济慈。他年轻时曾写过有关普鲁斯特的论文。读过普鲁斯特《追忆流水年华》的读者一定会对《洛丽塔》受前者的影响感触很深,而亨伯特对《追忆流水年华》中对爱情与欲望的处理赞赏不已。《洛丽塔》中把普鲁斯特、爱伦·坡和济慈三位风格迥异的作家相提并论,因为这几位作家都认为最最极端的美感欲望与美感愉悦是超越凡夫俗子的经验之外的。亨伯特以此来表明自己对洛丽塔的迷恋虽涉道德罪孽但仍属审美的范畴。而小说中另一位人物克莱尔·奎尔蒂则不同,他在小说中虽然时隐时现,又是一个著名的剧作家,与亨伯特有相似之处,他们都是文化人,且有贪花恋色之好和"唯美"的倾向。但纳博科夫强调的是,奎尔蒂是一个"非道德的唯美主义者",他事业有成但他在大部分时间里是一个骗子、畜生,一个没有道德原则的无耻之徒。他的名字在法语中意为"拐子"。他对道德与生活的蔑视不仅使他把他人当成玩物,而且还把他们看成是自己艺术尝试的潜在材料。他与亨伯特不同,对他来说,追猎洛丽塔只不过是一桩富有刺激的游戏,他愿意为这出游戏付出金钱和危险,使之更为有趣而且最后赢得了它,当然,最后他也因此而付出了生命的代价。

小说的标题人物洛丽塔实际上并不重要,她是两个中年男人追逐的对象,一个年仅 12 岁的无辜女孩。但这个人物身上也体现了当代许多美国年轻姑娘所共有的弱点及特征。洛丽塔除了有亮丽的外表外,"现代综合教育,少年风尚、篝火晚宴等等已经将她彻底败坏难以挽回",(第 166 页)她身上有不少堕落的因素,粗俗下流,浅薄无耻。她所喜欢的无非是漂亮的衣服,懒散的生活,放荡无忌的行为以及口香糖、苏打水之类。她把以自己青春换娱乐和物质享受视为天经地义,她既是这出悲剧的受害者,也是它的参与者。所幸的是她后来经过磨难,结婚以后虽然生活艰苦但却觉得平静踏实。从任性无聊转向成熟自守,当亨伯特再次提出带她出走时,她断然予以拒绝,因为她此时已意识到,"即使最悲惨的家庭生活也比乱伦的同居要好得多"(第362页)。

《洛丽塔》在艺术上自出机杼,新颖独特。从形式上看,它以主人公自白的方式描述自己的生活经历,也即展开故事的情节。这种方式既给了作者极大的自由度也给了读者亲切感。读这部小说就像在倾听亨伯特的一篇自述。而且更重要的是,这种形式允许主人公担任了起诉者与辩护者的双重角色,他对自己的所作所为可以有一个全面陈述的机会。亨伯特对自己所犯的强奸罪供认不讳,认为至少该判 35 年以上的徒刑,但他对所犯的谋杀罪却置之不理。他完全否认对杀死克莱尔·奎尔蒂的罪行的指控,认为这是他"替天行道"而并非过错。当他杀了奎尔蒂之后,甚至连奎的朋友都认为早该如此。从这个地方可以看到,无论亨伯特申辩的目的是否达到,但至少他运用了这个表达动机无辜的手段。而且,这种"自由"除了陈述一个比一般小说更清楚的故事情节外,还包括了解释、分析和自我解剖等,有效地引导着读者的情绪和思路,从而暗暗地为他的罪行寻找开脱的途径,这或许正是一些读者对本书"神思恍惚"的原因。

《洛丽塔》的语言运用显得有些特别。纳博科夫曾受到乔伊斯、普鲁斯特等人的影响,擅长以意识流或往事追忆的方式来编织自己的故事。读起来真切可信并显得简洁自然,省却了许多的赘述和过渡性的文字,跳跃性大而内在联系紧密。令许多文学批评家惊奇的是,英语不是纳博科夫的母语,他写《洛丽塔》的时候才移居美国 18 年。但他那种崇尚雕琢藻饰的语言连一般美国作家也难以企及,辞藻华丽典雅、句式新颖铺张,虽然也有贬之者(包括纳博科夫本人的谦词)说这是刻意做作的结果,但大部分人称赞这种独特的文字魅力,认为足以给美国文学注入新的活力。随便翻开《洛丽塔》,你会看到一串串色彩斑斓的文字映入眼帘。

　　那天午后阳光映射像一个光闪耀人的白色宝石溅出无数红色的火花在一辆停着的小车的后盖上振颤。遍天蔽目的榆树将丰满的影子投在屋外的护墙上,两棵白杨轻轻摇曳……(第53页)

在一边塞勒涅①的辉光中,与茫无边际无月之夜形成对比的,是一只巨形的银幕斜斜地悬在沉寂的田野上空,真是神秘极了,上面,一个扁细的鬼怪正举着枪,从渐渐模糊的那个世界歪斜的角度看,他和他的武器全化成了一汪晃动的洗碗水,一会儿,一排树木就把那画面挡住了(第 370 页。)

纳博科夫的文字确实与众不同。粗粗一看觉得茫然如堕烟雾,但细细读来又能体味出其中平淡而浑成的神韵。当然,这样的文字在小说中只能偶尔为之,不然会给人一种卖弄词汇的感觉,也不符合"自白"的总体格调。这种被称为"纳博科夫"式的文体在他以后的作品中有增无减,最后发展到成为一种弊病的程度。这一现象,在他 1962 年出版的小说《苍白的火》中更为突出。

此外,作为一个训练有素的作家,纳博科夫的观察力相当敏锐。《洛丽塔》中背景的描写,常给人以身临其境的感受,好像读者也跟了亨伯特和洛丽塔漫游在美国的大地上。有些美国人在日常生活中司空见惯了的东西,已令他们的感官木然。但在像纳博科夫这样一个欧洲移民的眼中,却显得新鲜突兀。如他笔下的那些低等旅馆和汽车旅馆的环境,给人以一种豁然而出的活脱印象。难怪像马库斯·坎利夫这样的文学史家在他的《美国文学简史》中称说:"《洛丽塔》是一本充满惊人机智和活力的小说,写美国社会粗俗面,谁都比不上纳博科夫,比如说美国汽车旅馆的肮脏和荒谬,是一个非常丰富的题材,最后终于找到了一个诗人兼社会学家的纳博科夫,把它写得淋漓尽致。"②

---

① 塞勒涅,希腊神话中的月女之神(原注)。
② Marcus Cunliffe, *The Literature of the United States*, Penguin Books, 1986, P. 337.

# 第二章　喧嚣的年代(60～70年代)日臻鼎盛

有人指出,"美国文化的一个显著特征,就在于往往把它的自身存在划分为时间短暂的若干部分。犹如意大利人常用世纪为单位谈论自己的历史。(如他们将十八九世纪分别称为 Settecento 和 Ottocento),法国人和英国人用时代或纪元来考虑他们的过去(如伊丽莎白时代,维多利亚时代,路易十四时代等),每个时代的跨度至少两代人。而美国人则显然将他们的历史感限定在十年为单位。"①这种情况,尤其切合于 20 世纪,这是一种略带感情色彩的历史划分,也是美国社会纷乱更迭的证明。比如,人们常常会说"喧闹的 20 年代"、"萧条的 30 年代"、"战争的 40 年代"、"平头的 50 年代"等等,而在谈到 60 年代时,又形象地称之为"喧嚣与骚动的年代"。这是因为 20 世纪 60 年代乃美国近代史上国内最为动荡不安的时期。一个充满了抗议、挫折和社会暴力的时代,一个随时随地发生着骚乱与破坏的时代。传统的道德标准,公众的价值取向以及行为准则等被掀翻、遭嘲弄。其时典型的时髦人物形象是那些留了长发,满嘴脏话,身刺青花,生活放荡的嬉皮士,他们闯荡街头,寻衅闹事。那些令美国公众深为恐怖和不安的事件与社会运动几乎都集中发生在这个时期。越南战争、城市黑人暴力抗争、大学校园骚动、性革命、毒品泛滥、家庭解体、女权运动的兴起、离婚率高攀不下、政治上的唇枪舌剑以及谋杀行刺等等猖獗一时,其结果,手枪和催泪弹频繁地成为政治和意识形态的替代物,大多数美国人对他们自己和整个人类的前途忧心忡忡。与这种政治上的混乱状态

---

① Rod William Horton, *Background of American Literature Thought*, Prentice Hall College Div. 1974, P. 520.

相平行,这十年的文学创作总的可以称为"愤怒的文学"。

尽管在60年代初,有不少迹象表明了美国社会的生活比以往更趋开放,黑人与白人的种族矛盾有所改善,对性观念的解放如对亨利·米勒小说的开禁,对《洛丽塔》的重新评价以及D.H.劳伦斯的作品在美国的公开销售等都足以证明美国人思想意识的变化。另外,与前苏联签订的禁止在大气层内试验氢弹等条约等,都好像预示了一个机会与和平时代的到来。但好景不常,肯尼迪遇刺的一声枪响随即引来了各种社会矛盾的激化,各种暴乱与骚动一下子爆发出来。

处在灾难与混乱不幸的美国社会中的作家当然不会无动于衷。50年代盛行的存在主义思潮与垮掉派的激愤之情一直具有强有力的影响。在这个时期中,作为美国文坛的一个重要的主题,是对人类困境的思考与种族意识的进一步萌发。艾萨克·巴什维斯·辛格是60年代第一位从人的"小我"来探讨人类"大我"的作家。作为一个东欧的犹太移民,他小说的背景总是在波兰的那一小块犹太人的聚居区域,故事中的人物大都是一些犹太平民,他们平凡的生活,坎坷的命运以及犹太人的种种不幸都是辛格的故事情节。在讲述这些犹太人平平常常的故事中,辛格还常常穿插了一些鬼怪精灵的活动,使小说平添了几分神秘与趣味。辛格正是通过笔下这些凡夫俗子来考察人类的本质和天性,人所难免的缺陷及困境等。他特别擅长将这些人物放在特定的环境之下,表现他们在道德善恶力量方面的较量,进而对人类的精神出路加以研究探讨。《卢布林的魔术师》是他的代表作,在类似主题的小说中,最出色的是女作家凯瑟琳·安·波特。她的小说《愚人船》于1962年出版,但早在20年前已开始构思创作,是她呕心沥血的一部作品。全书长达500页,其中有名有姓的人物多达四五十人。《愚人船》被认为是一部道德寓言小说,具有哲理的内涵。小说分成三个部分,每个部分的前面都有一句题辞,可以看成该部分的象征意象。从这些意象中我们不难看出作家的写作意图。波特女士旨在向人们指出人类一方面不断寻求新的幸福,但另一方面却在现实中丧失了自己最基本的立足点,这是因为我们充满了偏见、自私与贪婪。我们犹如生活在一个道德沦丧的愚昧世界。她那种对人类前景的思考与忧虑,反映出美国小说达到了一个全新的高度与深度。

另一方面,60年代的小说中不乏有对种族题材抱有相当敏感的作品。但这样的作品如上文指出的,一般较少地与政治或现实有直接衔接,尽管60年代是黑人民权运动的高潮期,但如火如荼的运动却鲜有在小说中直接反映。除了美国当代作家有意规避政治的倾向外,还有一个历史距离感的问题。对于一场连一场的社会运动,人们需要时间对它作出深入的思考。而另一个更为隐蔽的种族问题或称之为种族的隔膜感,却从犹太小说中凸现出来。菲利普·罗斯的《波特诺的主诉》是典型的一例。小说中的主人公亚历山大·波特诺是第二代的犹太移民,与他父辈们不同,他们这一代生活在犹太家庭与基督教环境的夹缝中,两种文明、宗教的巨大差异常令他们左右为难,成了自我内心斗争的根源。他与母亲索菲·波特诺之间的矛盾实则上也是两代人、两种生活观念的冲突,说到底,是第二代犹太移民对自身民族的逐步间隔以及对异族的认同。这是一段艰难的历程,也是一个不可回避的现实,必然产生激烈的阵痛,对犹太民族所固有的传统与凝聚力是一种挑战,特别对那些在美国已有了特定的政治与经济地位的犹太人来说,这样的变化既令他们深为不安,又有无可奈何的感觉。类似这样的种族矛盾的题材还反映在南美作家和亚裔作家的作品中,由于这些民族在美国的数量远远少于犹太民族,故他们的作品往往被称为边缘文学。

该时期另一个值得重视的文学现象是各种现代主义、后现代主义流派竞相迭起。其中最引人注目的是"黑色幽默"。它是当代美国文学中的一朵奇葩。主要作家有托马斯·品钦,杰·皮·唐里维,查理·西蒙斯,约翰·巴思,库特·冯纳古特,詹姆斯·珀迪等人,把这样一些作家归为一种文学的流派,是因为在他们的作品中能找出一些共同的特征。美国学者奥尔德曼认为,"黑色幽默""是一种把痛苦与欢乐,异想天开的事实与平静得不相称的反应,残忍与柔情并列在一起的喜剧。它要求同它认识到的绝望保持一定的距离;它似乎能以丑角的冷漠对待意外、倒退和暴行。"简单地讲,"黑色"指的是可怕而又滑稽的社会现实,"幽默"指对这种现实玩世不恭的嘲弄。它表现了现代人在绝望与愤懑的环境中,用讽刺、反语的方式来慰藉自己的复杂心灵。约瑟夫·海勒的《第二十二条军规》就是对现实中的荒谬与疯狂的一种挪揄。什么是这条军规真正的内涵?正如小说中一个老太婆反复唠叨的:"第二十二条军规就是他们(统治者)有权去做任何我们无法制止他们去做的事情。"也即当官的给下级设定了一个永远无法摆脱的圈套。在这种情节面前,读者开始觉得可笑,继而又会泛起一层苦涩的滋味,此乃对"黑色幽默"的一种切身体验。约翰·巴思的《烟草经纪人》(*The Sot-Weed Factor*,1960)长达 806 页,书中的主角库克于几个世纪前来到美国冒险,书名《烟草经纪人》是他创作的讽刺诗的题名。他在马里兰州卷入了政治、宗教、道德等等的运动之中。作者在小说中安排了一系列的闹剧以及滑稽可笑的场面,目的是为了唤醒读者的恐惧与同情,进而对现实与历史作深层次的沉思。詹姆斯·珀迪(James Purdy)的《卡波特·赖特初露锋芒》(Cabot Wright Begins, 1964),如同他以往的作品一样,令读者"望而生畏",其中所写的同性恋、强奸与乱伦的内容即使在性开放的美国也被视为禁区。但小说真正的主题是人们怎样来理解当代美国的文明。赖特的性犯罪并不是单纯的追求性欲的满足,更多的是他出于对生活的腻烦和厌恶。他只是在生存的最本质的意义上感受到一种无可奈何的麻木与疲倦,才放纵他动物性的本能以求某种自慰。珀迪通过这些光怪陆离的内容,用一种近乎病态的幽默状写了现代人精神上的颓废与恼怒,也揭示了真实被种种假象所掩盖,人们难以在现实中找到真正事实的悲剧。

库特·冯纳古特是"黑色幽默"一派中非常突出的一位。他的小说常用科学幻想的作品形式。六七十年代是他创作的高峰期。除了《挑绷子》(Cat's Cradle, 1963,旧译《猫的摇篮》)外,还有《上帝保佑你,罗斯沃特先生》(God Bless You, Mr. Rosewater, 1965),《夜母亲》(Mother Night, 1961)《泰坦的女妖》(The Sirens of Titan, 1959)等作品问世。1969年,冯纳古特以自己在第二次世界大战中的亲身经历,以曾经参加作战的地方德累斯顿为背景,写出了《第五号屠场》(Slaughterhouse-Five)引起各界轰动并被改编为电影。冯纳古特并非在小说中追忆往事,也不是要反映战争的残酷等,而是从一个崭新的角度来重新思考这场惨烈而荒诞的战争。主人公比利·皮尔格里姆(Billy Pilgram)上天入地的荒唐经历、幽默的笔调、怪异的故事以及表面上杂乱无章的篇幅,为的是写出一个荒谬无序、混乱不堪的世界。作者以人道主义的观点抨击了这个社会的黑暗与不公,又以玩世不恭、辛辣嘲讽的笔调来表现这个悲惨的世界,其思想的深度与艺术上的圆熟与另一位"黑色幽默"的大师托马斯·品钦的代表作《万有引力之虹》(Gravity's Rainbow, 1973)相颉颃。品钦的小说也极具个人风格,掺入大量现代科技的内容。他一再宣扬的"热寂"说即认为物质的能量最终都将消耗殆尽,到时物质发生质变,成为反物质。这是一种科学上的理论,他用来象征人类社会必将日益衰败,走向灭亡的结局。

与"黑色幽默"等现代派形成鲜明对照的,是60年代的小说创作中仍有不少作家坚持以传统的现实主义手法来描绘社会风貌,约翰·契弗、约翰·厄普代克、欧文·肖、路易斯·奥金克洛斯、乔伊斯·卡罗尔·欧茨都是其中出类拔萃者。契弗笔下的人物常常是一些居住在市郊的中产阶级,他们特有的生活方式,举止言行以及他们的社会道德观念等等都没有逃过作家犀利的眼睛。这些中产阶级知识分子生活优裕,看上去似乎一切称心如意,怡然自得,但实质上他们精神空虚,内心时时有一种失落感与危机感,有的还沦为犯罪分子。契弗从他们身上开掘,深入地观察了当代美国社会的丑恶实质,把一个日趋衰败的社会风貌揭示出来。约翰·契弗的视角是多方位的,他小说中的情节虽无曲折奇谲之处,但处处真彩内映,现实主义的魅力再一次在他的作品中淋漓尽致地得以表现。另一位现实主义作家路易斯·奥金克洛斯(Louis Auchincloss)被认为是亨利·詹姆斯的继承者,他的作品有《狮子的法律》(*A Law for the Lion*,1953)、《浪漫的利己主义者》(*The Romantic Egoists*,1954)等,1962 年发表的《勃朗斯顿的画像》(*Portrait in Brownstone*)最能显示其感兴趣的社会问题,以一些年青人的生活沉浮状写当代美国社会的变化,他用的几乎是编年史式的手法,让人物活动于特定的社会环境中,逼真地写出了整整几代人的生活场景。

在当代现实主义作家中,影响最大、成就最高的莫过于约翰·厄普代克。他是一位多产的作家,自 1959 年发表的第一部小说《养老院义卖会》(*The Poorhouse Fair*)以来的近半个世纪中,不断有新作问世,1997 年仍有大部小说出版。《养老院义卖会》写一个养老院中的人的精神生活与物质利益之间的冲突,主题看似平常却具有真实性和感染力。他的"兔子四部曲"闻名遐迩,第一部《兔子,跑吧》(*Rabbit,Run*)出版于 60 年代初,从此以后,厄普代克以普通百姓的家庭生活来反映当代社会人们漫无目标的生活以及无可奈何的心态一发而不可收。厄普代克在文学作品趋向现代派的表现手法的大潮中没有动摇自己现实主义的立场. 他认为,"小说使我们对实际的感觉更为充实,现实……是通过显微镜般的精细观察而反映出来的各种精确细节的综合。"这段话可以视作他创作的基础。

乔伊斯·卡罗尔·欧茨是六七十年代崛起的新一代女作家,她小说的题材相当广泛,时间上自 30 年代一直到现在。经济大萧条,第二次世界大战,政治上的怀疑与迫害,黑人运动,妇女解放,城市暴动,校园骚乱等等在她的小说中都有了真实的反映。作为一个 20 世纪的现实主义作家,她的作品既达到了对现实关系深刻理解的程度又借鉴与融合了某些现代主义、后现代主义流派的写作技巧,在细腻描绘故事的同时,常常用一些剪辑式的结构和意识流的方法穿插其中,更深层次地揭示人物内心的活动,特别是当代人的空虚感、幻灭感。小说《他们》(them,1969)的故事背景长达 30 余年,从 1937 年一直写到 1967 年。故事的发生地从北方的一个小镇开始,先移至农村,再回到底特律,所涉范围极大。人们阅读这部小说,犹如看到了一家贫民几十年辛酸的历史。欧茨自己说:"整个底特律是一出传奇戏剧,生活在该地区的人命中注定要在这出传奇中扮演角色。"

在 60 年代波澜迭出的文学流派中,现实主义作为一种传统的创作手法,可能不太引人注目,正如《哥伦比亚美国文学史》所指出的那样:"一个作家越是能准确地表现出某个民族的生活,这个作家的作品就越是不容易被纳入大众文学的'主流',因为它很少'轰动效应'。"事实确实如此,现实主义文学既不像黑色幽默等现代派新颖独特,也不如犹太文学、黑人文学、妇女文学那样浓墨重彩,故许多有关当代美国文学的著作要么对它不屑一顾,要么把它归入社会风尚流派之类。事实上,当代美国社会中,对现实主义情有独钟的不但有许许多多的作家,更有数量庞大的读者。这些读者更愿意在细腻而平实的描写中感受自己所熟悉的生活以及浓缩了的历史。那些看似朴素无华的故事情节和平铺直叙的艺术手法不仅能重重地鞭笞满目疮痍的社会黑暗,也能敏锐而毫不费力地串联起人们的情感之线。因此,这一时期那些具有现实主义倾向的作家作品,为 70 年代以后当代美国小说全面地展示平民生活,走出"永恒的主题",作了有力的铺垫。

## 第一节　艾萨克·巴什维斯·辛格
### (1904~1991)

艾萨克·巴什维斯·辛格(Isaac Bashevis Singer)1904 年 7 月 14 日生于波兰附近拉兹明的一个贫穷的犹太人家庭。他在 1935 年移居美国之前曾在华沙培养拉比的犹太教的经院里读过书,犹太教的宗教观念和民俗民风他非常熟悉,并成为他日后创作的文化背景。辛格深受他的哥哥、著名的意第绪语作家伊斯雷尔·约瑟夫·辛格的影响,从而摆脱了狭隘的宗教观念的束缚并走上了文学的道路。初到纽约时,他感到很沮丧,不得不为生计而奔走。二战后,他开始用意第绪语为《犹太前进日报》(Jewish Daily Forward)写稿,内容是一些自传体式的速写、短篇小说和长篇小说。50年代，辛格的作品开始为广大的读者所接受，因为此时他把一些作品译成英语再发表，引起了美国读者的热烈反响。他的第一部小说《莫斯卡特一家》(*The Family Moskat*, 1950)以及短篇小说《傻瓜吉姆佩尔》(*Gimpel the Fool*, 由著名小说家索尔·贝娄译成英文)等一批故事相继出版，随即博得读者和文学评论界的好评和赞誉。60年代以后，他把注意力集中到中长篇小说的创作，1960年发表的《卢布林的魔术师》(*The Magician of Lubin*)是其中最受欢迎的一部。1978年，辛格获得了诺贝尔文学奖，1981年，他又出版了《故事集》(*Collected Stories*)。

在辛格所有的作品中，他一直探索着犹太人的生活，他们的过去与未来。他对家乡的人们情有独钟。辛格常用日趋式微的意第绪语来写故事，因为他喜欢在故事中夹杂一些鬼怪人物，"而任何语言都比不上一种行将死亡的语言对鬼怪更合适了。语言越接近死亡，鬼怪就越显得生动。"这当然是他的偏颇之辞，但辛格确实感到运用这样的语言写小说更得心应手，更能准确地表达其中的内涵。

辛格小说中的背景往往是世纪之交的波兰，一个东正教占主导地位的社会。40年辛勤的耕耘，他一共写出了8部长篇小说，7部短篇小说，两个剧本，3本回忆录以及11种儿童故事集等等。辛格认为他写的故事虽然带有传奇色彩，但其根本仍落在现实的基础之上，因为"假如一个又一个的传奇不是扎根在现实之中，那么这种传奇本身也就一无是处了。"根据辛格的观点，一切伟大的作品都孕育于现实的摇篮之中。

辛格的长篇小说大致分为两类。一类以《莫斯卡特一家》、《庄园》(*The Estate*, 1969)、《农庄》(*The Manor*, 1967)等为代表作，描写波兰犹太人在现代社会中分崩离析的历史过程；另一类如《撒旦在戈雷》(*Satan in Goray*, 意第绪语版，1935；英文版，1955)、《奴隶》(*Slave*, 1962)、《仇敌，一个爱情故事》(*The Enemies*, 1970)等等，大都写灾难深重及传统枷锁下的犹太人的生活场景，还时时夹杂了鬼怪精灵的故事。辛格自己认为短篇小说是他的强项，《傻瓜吉姆佩尔》中的主人公成了西方社会中家喻户晓的倒霉人的典型，老是为生活所欺，以"傻"迎合生存环境，处处碰壁，是一个受尽欺凌的小人物。《市场街的斯宾诺莎》(*The Spinoza of Market Street*, 1961)含义深刻又充满了机智与幽默。

辛格在小说中所流露出来的对犹太人的理解和挚爱深深地打动了许多读者的心，诚如诺贝尔文学奖委员会在授奖仪式上所说的："他那充满了激情的叙事艺术不仅扎根于犹太血统的波兰人的文化传统中,而且反映和描绘了人类的普遍的处境。"

# 在善与恶之间走钢丝
## ——《卢布林的魔术师》(1960)的主人公雅夏·梅休尔

1978年诺贝尔文学奖得主艾萨克·巴什维斯·辛格无疑是当代美国文坛上最具影响力的人物之一。他一生著述颇丰,长篇小说、短篇小说、剧本、回忆录,再加上儿童故事、民间故事等等总共不下三十几部。短篇小说中的《傻瓜吉姆佩尔》、《市场街的斯宾诺莎》、《泰贝利和魔鬼》等早已闻名天下,常被选为学生教科书的篇目,长篇小说则以《卢布林的魔术师》(1960)最负盛名,备受文学评论界和广大读者的赞赏。本书的主人公魔术师雅夏·梅休尔在道德上的堕落与复归、他坎坷的生活经历以及内心善恶交锋的过程给读者留下了深刻的印象,充分展示了世纪之交一个波兰犹太人精神上失而复得的心路历程。

雅夏·梅休尔是一个犹太人的魔术师,他闯荡江湖,卖艺为生,其精湛的技艺已使他赢得了鼎鼎大名。小说开始时,他正从外乡演出归来,与妻子埃丝特共度犹太人的五旬节。埃丝特是一个安分守己、勤俭忠贞的典型的犹太妇女,雅夏虽然喜欢她,但因自己天性好色,又缺乏传统的道德观念的约束,他在外面到处偷鸡摸狗,与不少女人明来暗往。如今他又在华沙迷上了一个叫爱米丽亚的寡妇,她原来的丈夫是一个数学教授。雅夏视她为上层社会的女子,有风采,具素养,只要一想到她,这位魔术师就会显得神不守舍的样子。

节日过后,雅夏准备了马车,带上了全部的道具和那些会表演的动物猴啊猫啊之类前去华沙准备新一轮的演出。他在路上一个叫皮阿斯克的小镇上接走了玛格特——他的情妇兼助手。雅夏负担了她家里的全部生活费用,故玛格特的母亲埃尔兹贝泰对他特别热情,硬是等着他吃饭聊天,还要留他在家里过夜。第二天,雅夏又去就近的地方与另一个情妇叫泽弗特尔的叙情,她是一个小偷的弃妇,如今正憋在家里闷得慌。她要求魔术师把她带去华沙,而雅夏只是给了她一点钱。

到了华沙,雅夏撇下玛格特迫不及待地前去爱米丽亚家与她幽会。他发现自己不仅迷上了这个女人,连她14岁的女儿海莉娜对爱米丽亚也有着不可抗拒的迷惑力量。爱米丽亚希望名正言顺地嫁给他,为了女儿的身体和雅夏的前程,她还想与魔术师一起去意大利,她相信这个天才人物在那儿一定会一炮打响,大走红运,挣大笔的钱,然后过上消消停停的美日子。尽管雅夏对自己的才能信心十足并时时以此炫耀于众,但不知怎么的,只要他在爱米丽亚面前,这种自豪感便会烟消云散,取而代之的是灰心丧气和一种莫名的忧愁感。他知道要和爱米丽亚一起私奔实在太难了,除了必须冲破道德的心防,目前还面临着弄一大笔钱的困难。而他,一个靠卖艺糊口的走江湖人,哪里能有这笔钱呢?但情欲与野心似乎时时在煽动着他,经过多次痛苦的内心斗争,他认定自己已无法摆脱这个女人的诱惑。于是,邪恶一时间战胜了理性与诚实,他决心为达到目的而不择手段。但要在短时间内弄到这么一大笔钱,看来唯一的门径便是上门撬窃。好在他有开锁解码的特技,又有逾墙入室的本领。当爱米丽亚的女佣有一次无意中提起一位有钱的老头孤独而居又藏钱于家之时,雅夏便暗暗决定就打他的主意。

　　但真的不知是什么原因,行窃失败。那天晚上雅夏似乎突然丧失了开锁的特技,心急慌忙之中跳墙而下摔伤了脚。这以后,事情变得更糟了。玛格特为了爱米丽亚之事与他吵闹不休,雅夏无奈之下来到爱米丽亚家中又透出了行窃失败的底细,因此遭到耻笑,反目成仇愤愤退了出来。待他再次回到寓所却发现玛格特已悬梁自杀,她的惨死给雅夏以沉重的一击,在万分痛苦之余,他去寻找流落到华沙来的泽芙特尔,但却看到她与一个从布宜诺斯艾利斯来的人口贩子赫尔曼同床共眠,露出一副丑恶的样子。于是,雅夏的精神完全崩溃了,几乎在 24 小时内,他失去了三个心爱的情人也毁掉了自己的前程。

　　几年过后,雅夏已经回到了卢布林,回到了他妻子的身边,成了一个跛子。他反反复复地诵念着犹太教法典,痛责自己的过失。为了赎罪与清欲,他叫泥瓦匠在他的院子里砌一个砖石的小屋,只有窗没有门,他不顾众人特别是妻子埃丝特的苦苦劝说把自已砌入其中,准备用终身的囚禁来达到忏悔的目的。他的举动轰动了整个卢布林及其周围的地方。如今,魔术师雅夏变成忏悔者雅夏,他的名声反比以前更大了,许多善男信女们相信他成了一个圣者,把他看成布道解难的拉比,希望他能保佑自己,指点迷津。他的石屋成了人们朝拜求福的圣地,但对魔术师本人来说,他仍清楚地意识到,虽然他如今已坐井观天,囚禁在这方寸之地,但罪恶的邪念却时时还会萌发。有一天,埃丝特给他送饭的时候带来了一封爱米丽亚的来信,她在信中告诉这位以前的情人,海莉娜正在一个疗养院生活而她自己已经又结了婚。

　　《卢布林的魔术师》的情节线索相当单一,人物也比较集中。魔术师雅夏·梅休尔的生活经历以及他道德观念上的起伏构成了小说全部的内容。辛格以其简练生动的笔触成功地刻画了这个极具感染力的魔鬼但同时又是几乎有致命缺陷的英雄。雅夏身上所体现出来的两重性令读者对这个人物既厌恶又同情,他人格中对立与统一的矛盾使人物的性格显得更为鲜明和突出,也因此,他的遭遇和故事最后的结局使许多人感慨万分。

雅夏的形象在小说中存在于两个层面之上,一个是现实的层面,另一个则是道德伦理的层面。他出身贫苦,7岁丧亲,在生活的逆流中跌打滚爬。艰难困苦的生活和犹太人固有的忍受痛苦的耐力锻炼了他,他不仅有一身强健的筋骨,还练就了超凡的技艺。雅复作为一个犹太魔术师,他实际上从不恪守犹太人的生活方式和宗教传统。因此,在一般人眼里他一半是犹太人,另一半是异教徒。作为一个魔术师,他的技艺又几乎是天才的。他的身子能够朝任何一个方向弯曲,据说他"长着可以伸缩的骨头和液体的关节",看过他演出的人没有一个不为他的技艺喝彩叫好的。"他能够用手走路,吃火,吞剑,跟猴子一样翻跟头。他的脚趾差不多同手指一样长,一样灵活。可以夹着钢笔流利地签名,或者用来剥豌豆之类,除此之外,他还能走钢丝,穿了溜冰鞋在绳索上滑行,爬墙,开随便什么锁,甚至还通心灵感应术,催眠术等等。"总之,除了飞翔(这正是他最近在苦苦追求的技艺)之外,他几乎是全能的。这些技能不仅造就了他的大名,也给了他极大的"自由感",他闯江湖,跑码头,行迹如天马行空,而且处处走红。雅夏虽是一个魔术师,但在"上等人"眼中不过是一个耍杂的,根本瞧不起他,他本人却并不在乎,反而常常有得意之感。他年近四十,看上去要年轻十岁,除了喜欢摆弄那些锁啊绳索啊刀剑啊之类,他还喜欢科学知识,常常有惊人之举,因此有人一口咬定他有妖术,说他有一顶隐伞,能够从墙壁的隙缝里钻过去,而另外一些人却说,他是一个制造幻觉的大师。但无论怎样,他这一套功夫吸引了不少人,他也以此到处拈花惹草,与不少女人鬼混一番。除了家中的妻子和那些逢场作戏的女人外,他的助手——年近三十但看上去不足十八的玛格特,那个丰乳肥臀的泽莘特尔和漂亮、矜持的爱米丽亚是与他关系最紧密的三个情妇。他的慷慨与才能倾倒了她们,从这些女人那儿,雅夏得到的是更多的自信。于是,长期以来积淀于他内心的野心与欲望进一步爆发了,飘飘然地自认为是一个不败的强者。事实上,在卢布林的许多人眼中,雅夏也确实不凡,除了一身功夫之外,他在哪儿都混得很好,左右逢源,在犹太人中间应付裕如,他毫无疑问是他们中的一员,在一群小偷那儿,他又是谙熟门道的一个。他在玛格特、泽弗特尔面前轻浮粗糙，但在爱米丽亚那儿又显得彬彬有礼，甚至还谈论些文学、哲学、宗教的问题。为了赢得这个贵族妇女的青睐，他决心要创造新的奇迹，打算在危险的绳索上翻跟头，他要以此震动波兰，驰名欧洲，出更大的名，挣更多的钱，也是为了能和爱米丽亚一家远走高飞，他决心牺牲自己现有的一切，抛弃妻子，改变信仰，离乡去国，他甚至还愿意为之铤而走险。总之，为了放纵情欲，他不顾一切，豁了出去，自甘堕落。追求"绝对自由"和他丧失理智、为情欲所支配是他迈向道德堕落的根本因素。

从雅夏的现实处境来看，行窃之前一切都似乎很顺当，一直在走上坡路。但同时，从道德伦理及理性善恶的角度看，他好像在急急地奔向地狱之门。我们看到，道德层面上的雅夏的堕落以及他后来关进石室进行真诚的忏悔是作者讨论的重点。雅夏是一个犹太人，他不可能完全摆脱这个民族传统的道德观念的影响，而这种观念又与犹太教的宗教观念是紧密相连的。像辛格本人一样，雅夏并不是一个虔诚的犹太教徒。他不蓄胡子，一年只有两次去犹太会堂，那还是看在妻子埃丝特的分上去的。他当然也不是一个无神论者，他相信天地间有一位创造者存在，也承认信仰的本质。事实上，自然界存在的一切现象在雅夏看来都是上帝"插手"的结果。比如每一朵结果实的花，每一块卵石和每一颗沙子都证明上帝的存在。"苹果树的叶子被露水沾得湿淋淋的，好像是晨光中的小蜡烛那样闪闪发亮。他的房子在小城的边缘；他能够看到大片的麦田，眼下是一片青葱，但不到六个礼拜就会变成金黄色，那就可以收割了。谁创造了这一切？雅夏会问自己。是太阳吗？如果是太阳，那么太阳就是上帝。于是，他得出结论造物主是有的，但"这个造物主从来不向任何人显灵，也从来不表示什么是允许的，什么是禁止的，那些以造物主的名义说话的人都是骗子。"很显然，雅夏的宗教观实质上是一种自然神论，他因此在道德伦理上不受太大的约束也不必处处有顾忌。一些好心的犹太人对他的这种异教徒式的邪恶观念和道德行为十分担心，他们竭力劝说他改邪归正，而每逢这样的时候，雅夏总会振振有词地反问："你什么时候去过天堂？上帝是什么模样的？"因此，在卢布林的许多人眼里，雅夏成了一个怀疑主义者，一个肆无忌惮的人。

根据辛格的看法，雅夏的行为显然受他的宗教观和他所追求的"绝对自由"的影响。一旦心中的上帝淡化了、隐退了，那么情欲与野心便乘势而入。

雅夏明知妻子埃丝特的忠诚和情人玛格特的处境,但他敌不过七情六欲的侵袭,最后还犯下了犹太法典中的第八戒,沦为一个窃贼。就这一点来说,他不但毁了自己,同样也毁了他周围的几个女人,包括埃丝特、玛格特、泽弗特尔,甚至爱米丽亚和她的女儿海莉娜。他选择了恶,于是,正如作者所指出的那样"如果(一个人)选择了邪恶而得不到惩罚,那么怎能还有什么自由的选择呢?"雅夏的美梦很快就被击得粉碎,他屡遭打击,一下子失去了一切。在如此惨重的打击下,这时的他萌发了赎罪的念头,埋没在他内心深处传统的犹太教信念和善的火花开始闪现,他浪子回头,想通过肉体的受苦偿还自己的欠债,同时也想抑制内心中依然存在的各种激情与欲念的冲击,他把自己囚禁在这狭小的牢房之中,"是野兽就得关在笼子中"。

我们看到,在雅夏从恶的道路上回过头来重新走向善的过程中,作者有意地安排了他在几天之内三次闯入犹太会堂的情节。第一次,他在去华沙的路上突然遇上一场暴风雨,为了避雨他与玛格特一起进入一所犹太会堂;第二次他行窃失败,为躲避追赶,他匆匆地溜进了会堂;最后一次,当他意识到自己已经失去了一切之后,突然感到非坐下来静思一番不可,于是,他再一次拐进了犹太会堂。这三次具有象征意义的行为无疑旨在说明犹太会堂是雅夏唯一可以避难的场所。也是在这里,他看到了犹太法典中十戒的内容,产生了一种对上帝的敬畏,一种对误入歧途的悔恨。从三次进入犹太会堂的情节来看,雅夏在宗教观念上的回归是逐步演进的。当他第一次走进会堂时,他只是感到样样都是新鲜事,什么朗诵祈祷引言啦,怎么披祈祷巾啦,怎么吻有穗子的衣服啦,怎么戴上祈祷匣啦,怎么解开皮鞋带啦等等,这一切仪式对他来说既陌生又亲切,他想起了自己已有这么久没进圣殿了。结果他并没有什么真正的感触便与异教徒玛格特退了出来。第二次来到会堂,此时的雅夏已感到灰心丧气,心情与上次大不相同,他在生活中败下阵来,会堂里的祈祷声传到了他的心里,"每一个字,在雅夏听来都异乎寻常的陌生,却又异乎寻常的亲切"。

　　感谢主啊! 我们的上帝和我们列祖的上帝,亚伯拉罕的上帝,雅各的上帝,以撒的上帝……你赐予慈爱和拥有一切。你以慈爱支持活人,以伟大的仁慈复活死人,扶持将要跌倒的人,治愈病人,释放被束缚的人,信任长眠于尘土中的人。

雅夏此时已有所感悟,当别的犹太人做完仪式散开以后,他仍独自站在那儿"披着祈祷巾,戴着祈祷匣,拿着祈祷书,他感到左脚沉重,牵痛,但是他仍然继续祈祷为他自己把希伯来语翻译出来""感谢他,他说话,世界仍存在,感谢他,他仍是世界起初的创造者,感谢他,他说话和作为,感谢他,他判决和执行,感谢他,他施仁慈于大地,重赏敬畏他的人""他现在相信这些话了,上帝创造世界,他同情他创造的众生,他赏赐那些敬畏他的人"雅夏自己也奇怪"我到底怎么啦,说到头来,我是世世代代敬畏上帝的犹太人的后裔"。于是,他暗暗发誓,"我一定要做一个犹太人,跟其他犹太人一样的犹太人!"雅夏的宗教观念已有了很大的转变。当到第三次进入犹太会堂时,连他自己也感到十分惊奇,"我怎么啦? 一下子变成了地道的蹲会堂的犹太人啦!"他想到,要是自己也穿上一件有穗子的衣服,每天祈祷三次,那就肯定不会纠缠在这些男女私情和其他的越轨行为之中。他在离开祈祷室的时候从书架上拿下一本《永恒之路》的圣书,打开书本,"看到一条正好同他心里最关切的问题有关的文字",它为雅夏指出了一条赎罪的道路。

雅夏在道德上的堕落和精神上的沉沦直至最后忏悔的经历中,他的宗教观念发生了很大的变化,但综观全书,他的这种转变只是量的演进而不是质的变化。他的宗教观念始终属于泛神论的范畴,并没有完全回到犹太人的信仰中去。但若比较一下他前后的思想,显然能看出这种变化的巨大,他从开始时对上帝的怀疑到后来因禁在小小的石室中看到雪花落在他的窗台上,从雪花的形状"朵朵都是六角形的",想到了"上帝无不显示他存在的征兆"。此时的雅夏闭门坐室,苦修赎罪,上帝的存在,上帝的力量已经成了他抗拒魔鬼引诱的精神支撑。

令现代读者十分信服的是,辛格在塑造雅夏这个人物以及描绘他对情欲无厌的追求中,并没有简单地加以抹黑了事。雅夏确实是造成玛格特自杀、泽弗特尔堕落、爱米丽亚母女失落以及埃丝特不幸的罪人,甚至还要对玛格特一家可怕的悲剧负责。但是,我们也看到,这位魔术师身上充满了复杂性,善与恶,理性和非理性,科学和宗教以及人性与兽性等等。他既是一个卑鄙无耻的堕落者又是一个充满了悲悯同情的好心人,最后还成了自我卑谦的忏悔者。在他身上,善与恶并不是永远游离的,他的堕落和后来的悔改都显出了人性的因素,这或许正是这个人物打动读者的地方。在小说中,他除了在几个女人之间迫不得已地撒谎以求周旋之外,他确实表现得相当忠实,这一点他本人毫不怀疑。当他的朋友舒默尔怀疑他表演的吞剑只是一种欺人的障眼法时,他显得非常愤怒,大声回答:"我不骗任何人!"这种根深蒂固的道德观,才使他在与这些女人的交往中时时谴责自己,否定自己,也是他日后幡然悔悟的内在因素。

《卢布林的魔术师》中有不少具有象征意义的情节,其中最为突出的就是屡屡写到的走钢丝,雅夏开始时自信稳稳地走在这钢丝上,而且还渴望翻出新招在钢丝上翻跟头,但这个花招常使他看到失败及跌下去的危险。这个意象正象征着雅夏的生活道路犹如在善与恶、忠诚与堕落之间走钢丝,稍一不慎就会坠落到道德的深渊中去。甚至在雅夏的自我监禁之时,这位魔术师仍然感觉自己是在走钢丝。他希望通过自我惩罚可以达到心灵的纯洁,那些善男信女们也视他为圣者,一个情操高尚的人。但事实却并非如此,雅夏本人心里最清楚,即使在忍受肉体痛苦的同时,他心里还不时冒出爱米丽亚掘地道进来委身于他的邪念。因此,雅夏发出了"不,诱惑永不停息"的呼声,正如小说的前面部分他在春天的路上赶路时突然深有感触地叫道:"啊! 全能的上帝,你是魔术师,而不是我。"

《卢布林的魔术师》所揭示的主题,是人们行为在道德伦理意义上的矛盾,而这种揭示是通过雅夏·梅休尔这个犹太魔术师的生活经历来体现的。辛格试图说明,人们一旦脱离了传统的道德准则就将陷入个人的危机。但这个故事又不仅仅是那种旧式的道德劝谕的俗套,它在一个更高的层次上表达了更具意义的内涵,雅夏最后把自己囚禁在石室之中,为的是逃避引诱他犯罪的环境,他从一个追求"绝对自由"的强者变成一个被自由所囿的人。作者通过雅夏之口道出了在这个充满了罪恶的世界里,人们的立身之本是"不伤害任何人,不诽谤任何人,甚至不生邪念"。①

也许从另一个角度看,雅夏·梅休尔这个人物就像是现代的俄狄修斯。他俩有着惊人的相似之处,都是在外出的过程中遇到了种种磨难之后最后回到了忠贞的妻子身旁。也因此,魔术师雅夏可以说是世纪之交的一位英雄,他在放纵情欲,身甘堕落,丧失了人生意义之后能够重新获得人的尊严,浪子回头,在扬善避恶的道路上迈开艰难的一步,尽管这种做法并不是人人苟同的。

正如有些读者注意到的那样,从辛格笔下的人物身上不易看出历史与时

---

① 《卢布林的魔术师》,第 254 页。

代的痕迹,那场即将来临的大浩劫无论对整个人类还是犹太人来说都是惊心动魄的,而辛格的视线似乎超越了这场骇人的灾难,或者,说得更准确一些,他更醉心于人类内心善恶力量的交锋以及对人类道德状态的探索,这一点,也可以说是辛格作品的最大特色。

# 第二节　约瑟夫·海勒(1923～1999)

约瑟夫·海勒(Joseph Heller)1923年生于美国纽约市的康尼岛,是当代美国文坛上最重要的作家之一。他的代表作《第二十二条军规》(Catch-22,1961)被视为经典性作品而列入许多大学学生必读书。

海勒的童年并不幸福,他4岁丧父,家境清寒,全靠勤勉的母亲和姐姐拉扯长大。自10岁到19岁,海勒参加了一个叫"互忠社"的邻居俱乐部,成为其中年龄最小的一员。第二次世界大战爆发,海勒应征入伍并被派遣到地中海战区美国空军第十二大队基地科西嘉岛,成了一名空军投弹手。这段经历为他以后创作《第二十二条军规》中许多合乎逻辑或不合逻辑的故事情节提供了众多的素材。另一方面,作为"互忠社"的一员,他深受这个称之为"康尼岛文艺复兴"组织的影响。他作品中蕴含的荒诞感以及反讽式的语汇都受惠于他早年在该俱乐部的生活和阅读经历。

海勒年轻时,"互忠社"几乎取代了他父亲的地位。该社积极分子丹尼尔·罗索福和后来成为作家的乔治·曼德尔都曾给他重大的影响。海勒早在参军以前就想靠卖文为生,但那时只出了两篇短篇小说。

1944年海勒入伍,他原想复员以后能成为像《绅士》等一类杂志的撰稿人,就像名作家欧文·肖一样。

战后,海勒结婚。这时候他才发现自己在文学创作上既乏基础,也无幸运。一些杂志的编辑毫不留情地退还了他的稿子。他曾与罗索福合作写出了一个相当有趣的剧本,但终因不适宜搬上舞台而失败。在无所事事之余,海勒根据美国军人教育法的政策进入纽约大学学习并于1948年毕业,然后又在哥伦比亚大学读硕士学位。在此期间他获得了富布赖特奖学金赴英国牛津大学进修英国文学。1950年回国后,他先在宾夕法尼亚州立学院执教英语,不到两年,他转而服务于《时代》周刊,晚上则开始了他的写作计划。1954年开始写《第二十二条军规》,每周五天,每晚写三页,从不辍止,一共花了七年时间才完成本书。

正如一些评论家注意到的那样,乔治·曼德尔对海勒的创作影响很大。《第二十二条军规》中的主角尤索林就是根据海勒自己和这个人物的原型加工塑造的。曼德尔的小说《蜡制的繁荣》(1962)虽然晚于《第二十二条军规》出版,但事实上它给海勒以重大的启迪。这部小说揭露了一连串军事命令所带来的罪恶,表明军队是如何变得毫无意义和非人道。那些军队中无能的、野心勃勃的军官们是如何的腐化堕落、残民以逞以及人们在强权统治下难以远身避害的困境。可以说,它对海勒的影响远远超过了当时两部风靡一时的小说:诺曼·梅勒的《裸者与死者》和詹姆斯·琼斯的《从此地到永恒》。

《第二十二条军规》于1961年出版时影响并不大,虽然其内容与形式得到不少评论家的赞赏,但小说的结构布局等等也受到了非议。但随着越南战争的爆发,美国国内反战运动的升级,这部小说引起了广泛的反响,成了当时美国青年反战的精神食粮。而且许多读者注意到,小说除了暴露战争的荒谬、残酷以及撕下了所谓的"正义、真理、自由、博爱、荣誉、爱国"等等口号的伪装之外,它更触及到西方社会中许多社会问题如统治集团的无耻、贪婪、自私、愚蠢以及人的尊严的丧失,普通百姓遭愚弄、被戕害的事实等等,小说中那些看似荒诞的情节给读者以极大的震惊,而海勒擅长的"黑色幽默"的手法又给人以哭笑不得的新感受。于是,《第二十二条军规》声誉日重,短短几年中售出了800万册。

除了小说之外,海勒偶尔也涉猎剧本创作。1968年,他的剧作《我们在纽黑文轰炸》(We Bombed in New Haven)在纽约百老汇大剧院上演。其时正值反战运动的高涨,该剧反对一切战争的主题吸引了众多的观众。

海勒的第二部小说《出了毛病》(Something Happened)出版于1974年。小说的主人公斯洛克姆是一家公司的高级雇员,他期望通过努力工作来证明自己的才能,但现实环境又使他整日忐忑不安,难以应付这许多"业已发生的问题",由此而感到了"美国文明的衰落"。这部小说通过展示人物内心深处难以言述的心理病痛来暴露当代美国社会中一部分中产阶级人士的精神危机。小说在艺术上受卡夫卡和鲍勃·迪伦的影响,含蓄、深沉而又充满了隐喻。

1979年,海勒发表了第三部小说《像高尔德一样好》(Good as Gold),主人公布鲁斯·高尔德是一个犹太人教授,他希望能摆脱家庭内兄妹间的倾轧,投身社会,梦想有朝一日成功发达,因此他离开纽约前去华盛顿谋职。在此过程中却亲身尝到了当代社会中人与人之间互相明争暗斗的苦涩滋味,他在这名利场中败下阵来,除了遭受愚弄显得狼狈之外一无所得。小说成功地展现了美国社会从家庭到上层充满了激烈的权力之争,描绘了一幅背景广阔的社会生活画面。

海勒是黑色幽默的代表作家,擅长运用喜剧的形式来表达悲剧的内涵。他那种把痛苦与不幸当作开玩笑的对象的写作手法常常令读者在捧腹之余又感到心酸、恼怒甚至害怕。海勒找到了最能表达自己思想的好形式,由此成功地用来抨击、嘲讽黑暗的现实和深刻的社会危机。

海勒在人物的塑造和语言的运用方面也具特色。他笔下的人物大都是被夸张了的,特别突出人物性格的某一侧面以取得戏剧性的效果。《第二十二条军规》中所写的人物达四十余个,几乎是全景展示式的描写,这些芸芸众痴在荒诞世界中都显得有些疯疯傻傻但却没有一个性格是雷同的,而且常常给人以过目不忘的鲜明印象。海勒作品的语言相当简练、精彩,对话表达真切自然,把人物的心理表现诉诸具体的性格化语言,闻其声,如见其人,增强了小说的真实感和生动性。

## 荒诞世界的人生选择

### ——约瑟夫·海勒的小说《第二十二条军规》(1961)

第二次世界大战远比第一次世纪大战激发美国作家的想象力。于二战结束 16 年之后同时出版的两本小说《第二十二条军规》和《它的最后》(米切尔·古德曼著)不约而同地以此为背景,而且都关注到了这场战争中意大利附近的战事。但是,除了两位作家对小说主题严肃而认真的探讨态度之外,这两部作品无论在内容、基调、手法等各方面都有着明显的区别。事过几十年后的今天,两者的命运更是大相径庭,《它的最后》已逐渐为人们淡忘,而《第二十二条军规》却被誉为当代美国文学中最优秀的作品之一。

自 60 年代《第二十二条军规》问世以来,其声誉可谓是与日俱增,特别是那些持自由主义观点的批评家对它更是喝彩有加,乐此不疲。他们把这部小说说成是二战以来最了不起的作品,甚至有人断言它是美国文学中难得的经典之作。一时间各种评价纷至沓来,说它是一部"令人毛骨悚然的喜剧"者有之,说它是"拉伯雷式的讽刺小说"(Rabelaisian)者有之,把这部小说形容为"令人振奋的""压倒性的""残酷而又明智健全的""令人深信不疑"……的巨著者也有之。总之,这部小说在西方文学评论界掷地有声,引起了广泛的兴趣和探讨。

《第二十二条军规》之所以在当代文坛上产生了如此巨大的影响,实在与作家的胆识和天才有关。约瑟夫·海勒发表这部作品的时候,年龄不过三十几岁,但不同于大多数青年作家那样,他们的处女作往往只是在语言、结构乃至思想内容等诸方面对名作的模仿而已。海勒似乎是当年文坛上的一匹黑马,异军突起,以一种崭新的手法和形象打破了一切常规,他作品中所表露出来的能量与想象令人刮目相看,这也是小说最突出的地方。

如果我们平心而论,《第二十二条军规》的瑕疵之处并不少见。整部小说的布局显得浮夸、松散,"接缝"之处常有破裂之虞(后文详述),有的内容又十分下流可笑、庸俗可憎。但尽管如此,大多数读者还是认为它是一部惊人之作,因为它所描写的疯狂世界以及生活在这个世界中的芸芸众痴给人有惊心动魄的警世感。它使人们想起了卡夫卡式的小说和梦魇世界。小说中所展示的战争、暴力、性、军事混乱、黑市生意、人人相残及疯狂荒诞的背景后面,赫然就是西方社会中不少人认为生于斯、长于斯的一个机械化、制度化、均一麻木、黑白颠倒了的异化世界。读完小说,我们合眼细品,小说中的世界被写得如此的荒谬不经但却又是如此地真实动人,这个社会中人们的言行是如此地痴愚可笑但却栩栩传神,似乎就发生在我们的周围一般。它给我们传递的信息既丰富多样又耐人寻味,令人遐想不已。

《第二十二条军规》虽以第二次世界大战为背景,但实际上并没有正面表现你死我活的战争场面。事实上,二战在小说中并不重要,它只是作为一个秩序、真理、正义、人道等等被粗鲁地取消了的世界的喻体。作为这个世界的具体体现则是靠近意大利附近地中海中的一个叫"皮亚诺札"的小岛,一支美国空军部队驻扎在这个孤岛上。他们的生活内幕构成了海勒笔下的那个荒诞、非理性、无秩序的梦魇世界。皮亚诺札岛就是这样一个世界的缩影,虽然小说的整个故事框架构建于此,但读者一看便知,它的逻辑内涵具有广泛的意义。

在皮亚诺札岛上,到处是一片混乱与疯狂的景象。人欲横流、道德沦丧,人们似乎都变成了没有人性的东西。疯人受勋,坏人得道。正义与理性受到嘲弄,无辜的人们被一种异己的力量所支配、吞噬。那些当官的却借了战争飞黄腾达、升官发财。不仅如此,这些人还勾心斗角、互相倾轧、残民以逞。在这样的社会中,传统的道德原则和社会正义感反被视为异端,人们始终处于一种忐忑不安的敌对环境中,就如书中主角尤索林所感受到的那样。

《第二十二条军规》没有完整的故事情节,它是通过对这个美国空军基地中四十余个人物的言行以及围绕在他们身边所发生的事件的描写,多层次、多角度地来揭示这个社会的本质。整部小说由 42 个章节组成,几乎每个章节都侧重写一个人物(至少还有三个重要人物未被列为专章),又以上尉投弹手尤索林的行为贯穿始终,把各个人物和各式事件串联起来,使整部小说保持了一种既松散又统一的格局。因此,如果我们要对这本小说,或者说对这个疯狂的世界作一个粗略的窥探,最好的途径就是从这些人物形象的所作所为入手。

驻扎在皮亚诺札岛上的这支美国空军是番号 256 中队。负责指挥这支队伍的是第 27 空军司令官佩克姆将军和空军联队司令德里德尔将军。他们两人正为争权夺权而相互暗算、明争暗斗。而且除此之外"再也没有什么更好的事情可做了"。佩克姆将军"是一个恶劣的家伙""在一切重大问题上他都是一个现实主义者。年龄五十三,皮肤红润……对别人的缺点相当敏感,而对自己的缺点则熟视无睹。他发现别人都荒谬可笑,唯独他是例外。"为了邀功请赏,谄媚上司,他先声夺人,灵机一动发出命令,要求所有地中海战区军营中的帐篷统统并排搭起,帐篷的门要朝国内华盛顿纪念碑的方向,而且还要"有气派"。德里德尔将军闻言大为光火,认为这种命令完全是胡扯蛋,他们两人为此打了一场官司。但可笑的是,这场官司的胜负竟由司令部的一个邮件管理员叫温特格林的士兵所左右,因为他不喜欢佩克姆将军的文风,将他向上级报告的信件全部扔进了废纸篓,因此德里德尔将军得以胜诉。两位将军又常常为一些区区小事互相缠住不放,在精神上骚扰对手,闹得不可开交。例如,有一次佩克姆将军在司令部的电话中听到了一句"T. S. 艾略特"①,他对这句没头没脑的话着实伤了一番脑筋,猜测它的涵意和暗示等等,经过一番冥思苦想,他断定这一定是德里德尔将军捣的鬼。于是,他叫人接通了那位将军的电话,也说了一声"T. S. 艾略特"即挂断电话。而德里德尔将军听到这"晦涩难懂"的电话后"紧锁双眉,脸色阴沉沉的,看着叫人不寒而栗",在苦苦思索之后,他认为一定是佩克姆与他作对的做法。于是,他一报还一报,如法炮制又把这句话还给了佩克姆将军。在周围一片残酷的战争环境中,军事司令官们

---

① T. S. 艾略特(1888～1965),著名美国诗人,文学评论家。

出于私嫌竟然玩弄这种无聊的游戏,其堕落程度可见一斑。

　　第256中队的中队长卡思卡特上校是全书的重要人物之一。他"是个有勇气的人,不管有什么轰炸任务,总是毫不犹豫地主动要求他的部下去执行"①。这个铁石心肠的人物为博取上级的青睐,公开声称:"我对损失人和飞机根本无所谓。"他36岁,"不修边幅,性格抑郁愁闷,走起路来有点蹒跚,一心想当将军。一会儿冲劲十足,一会儿又垂头丧气""这个人夜郎自大,欺软怕硬,另外,多年来还一直受到一种忧郁症的折磨"。他有时候十分自负,因为看到"有成千上万和他年纪相同,甚至比他大一点的人,都还没有爬到少校一级。但另一方面,又因为有一些和他年纪相同或比他年轻的人,已经是将军了,这又使他很痛苦,感到壮志未酬,急得直咬手指"。为了拼命爬上去,他千方百计地动脑筋,甚至想通过宗教的途径,要求随军牧师协助他制造舆论,帮忙将他的照片登在《周末晚邮》上来抬高身价,欺世盗名。据他的观点,若要"取得最有效的成就",就非得作出一番轰轰烈烈的业绩不可。为此他不断提高自己中队战士的飞行次数,"从40次一直提高到70、80,而且为了突出自己独一无二的领导才能,他甚至想到可以提高到100、300或6000次"。正是他这种欺下媚上的作为,这个中队的许多士兵被吓破了胆或死于非命。而且,卡思卡特上校不仅是一个权欲熏心的人物,他在谋私和发财方面比谁也不逊色。他勾结食堂管理员迈洛和他的副手柯恩中校在皮亚诺札岛的各个市场以不同的名义买进番茄,乘着夜深人静之际先搬进他在山里的农庄房子,第二天一早再运到大队部食堂卖给迈洛,由迈洛支付一笔可观的佣金,做起了万无一失的买卖。也正是在他的全力支持下,迈洛大搞投机生意,牟取暴利直至"引狼入室"。

　　在这部小说中,迈洛是一个非常引人注目的角色。他虽然官职不大,不过是一个食堂的管理员,但在这支空军队伍中乃至欧洲的许多地方都赫赫有名,举足轻重。他简直是一个天才的生意人,懂得怎样可以从无到有,从小到大,变无形价值为有形价值。他以新鲜的美食来引诱那些军官,说服他们借飞机和飞行员给他,由他用作长途采购和投机贩卖。他在马耳他以7分钱一个鸡蛋收进,又以每个5分钱卖给部队食堂,由此引得不少人为他的买卖担心,怕

---

① 约瑟夫·海勒,《第二十二条军规》,南文、赵守垠、王德明译,上海译文出版社,1981年,第81页。下同,只标页码,不再另注。

他亏本蚀钱。但事实上这些鸡蛋是他在西西里岛以一分钱一个收购进来，运到马耳他几经倒手最后才卖给部队的，他不仅每只蛋净赚 3 分大饱私囊而且还赢得了大家的信任和敬佩。为了拓展他的业务，迈洛成立了一个联营机构，称为"迈——明联营公司"，名义上这个公司归大家所有，人人都有一份，都是股东之一。这样一来，迈洛胆大包天，赚了流入他的腰包，输了大家赔，而且最重要的是，部队里的一切都成了这个公司的资产。他把飞机中用作急救的麻醉剂拿到市场上去倒卖，而且大言不惭地在急救箱里写明"凡有利于迈——明联营公司的就有利于国家"。他不断地为"自己赢得了许多荣誉"，曾毫无畏惧地冒着危险和批评把石油和滚珠轴承高价卖给敌国，同时还异想天开地协助交战双方"保持军事均势"。他"为了致力于本职外的工作，把食堂的价格提得非常高，弄得全体官兵为了一日三餐不得不把他们的薪俸全数给了他"。不久之后，迈洛的联营机构已拥有巨大的"空中舰队"，络绎不断地来往于挪威、丹麦、德国、奥地利、意大利、南斯拉夫、罗马尼亚、保加利亚、瑞典、芬兰、波兰及欧洲各国。"每天早上，迈洛派遣飞机向欧洲和北非各地出发"，而且还利用飞机大做商业广告，机上涂有各大公司的标牌。在他"事业"发展到顶峰的阶段，迈洛竟然利令智昏，他与交战双方订立合同，一方面帮助美军轰炸德军在奥尔维耶托防守的一座公路桥梁，另一方面又跟德军订约用高射炮攻击他自己的进攻，保卫那座桥梁。由此，他两面收钱还外加 6％的"小费"，另外又约定，迈洛每击落一架美军飞机，德国就再赏他 1000 元奖金。这种卖国的行为在他看来只是一桩普通的买卖，是他"私人企业"的生意。最令他得意非凡的是，他不需花费一分一厘，也不出一兵一卒，只是利用美德两国政府足够的人力、物力在那儿火拼就可以坐享巨额利润。为了履行他与德国签订的合同，迈洛还亲自指挥美军轰炸机和战斗机轰炸了自己的驻地，除了飞机跑道和食堂之外，美军基地上的汽油库、修理棚和停机坪以及一些 B-25 新型飞机均遭炸毁。迈洛为此得意忘形，甚至认为"政府完全可以摆脱战争，把整个战场留给私人企业"。后来，迈洛的这种卖国行为被揭露出来，引起了国内人民极大的愤慨并要求对他严加惩办。在怒不可遏的公众面前，迈洛却并不惊慌，他用赚来的巨额利润向政府"赔偿"了他所毁坏的全部生命和财产的损失，于是，一场风波完全平息，他非但无罪而且还异想天开要求立功受勋。他在卡思卡特上校面前装出一副为人谋利而顾不上自己飞行立功的委屈样子，声称要辞去联营公司的职务而投身于战斗，但卡思卡特上校很快就明白了迈洛的工作是无人可以替代的。于是,他们之间又做了一笔"公平的交易",由他人去执行飞行任务而把功劳记在迈洛的份上,最后立功受奖全部归他。这样,迈洛又一次坐享其成,名利双收,他的声望更为高涨。在小说的后半部中,迈洛因为生意的成功,已经被选为许多欧洲城市的市长,所到之处,受到人们雷鸣般的欢呼,男女学生放假列队欢迎,到处悬挂着他的巨大肖像……

从迈洛这个人物身上,读者再一次看到了在这个荒诞的世界里,不法奸滑之徒是如何的左右逢源、飞黄腾达,而反之,一个持有正义、道德与原则的人则四处碰壁,最后不是被逼疯就是逃之夭夭,主人公尤索林的遭遇就是最典型的一例。

28岁的尤索林是一个被降了级的领队轰炸手。他对自己投下的炸弹是否命中目标根本不在乎,整天所想的就是逃命保身。每次执行飞行任务,他胡乱地扔完炸弹就没命似地逃回基地。不仅如此,他还常常装病住院,打定主意要在医院里度过战争的余下岁月。从他表面的言行来看,尤索林可以说是一个十足的胆小鬼。但随着小说内容的展开,我们越来越清晰地看到,尤索林的行为事出有因,他的这番举动乃是面对疯狂世界作出的理性思考的结果。他几乎可以称得上这个岛上一个"独醒"的人物。显然,在这样一个是非准则、传统道德被扭曲被嘲笑的荒诞社会中他毅然作出了"反叛"的选择是相当明智的。他对这场战争的实质看得十分清楚,曾一针见血地指出:"红肠面包,布鲁克林玉米饼,'妈妈牌'苹果馅饼,咱们每个人作战就是为了这些东西,有谁是给体面人物去卖命呢? 没有什么爱国精神,就是这么回事,也没有什么爱国心。"他"联想到世界上所有令人震惊的苦难,在这个世界上,除了擅长钻营奔竞、无所顾忌的一小撮人之外,大多数人还得不到温饱和正义,多么可恶的世界啊!"因此,他拒绝一次又一次地去执行轰炸任务,决心逃出毁人毁己的战争魔窟。他生活的唯一目标就是死里逃生。在他看来,死亡是战争状态的必然结果,他不愿意为此丧生,不愿意成为任何状态中的受害者。为此,他想方设法甚至用荒谬绝伦的行为来逃避战争,他的这种决心在阿维尼翁的那场大祸临头之后变得更加坚定。与他同机的那个叫斯诺登的机枪手被炸成两截,血溅了他一身,这冷酷而又简单的事实使他清醒地意识到死亡的逼近。惨不忍睹的战争把他吓坏了,他脱下了沾满鲜血的制服后再也不想再穿上它。于是,他赤条条地活动于营房的四周,当德里德尔将军为嘉奖他在弗拉拉上空作战有功要授他一枚勋章的时候,竟然发现他一丝不挂地站在队伍中。在血的事实面前,尤索林为他的"逃命哲学"找到了整套的理论依据。在他看来,没有什么是值得人们为之牺牲的,对于官僚统治者常常挂在嘴边"爱国"口号,他不无讥讽地指出:"什么是国家?一个国家就是四周有边界围起来的一片土地,常常是非自然的。英国人为英格兰而死,美国人为阿美里加献身,德国人为日耳曼而战,俄国人为罗宋而死。这场战争中有五六十个国家参加,要知道,许多国家是不值得为之牺牲的。"于是,他采取了"不加入"的办法,不愿听命于他人,千方百计地逃避执行任务。按他的逻辑,他认定"谁让你去送死,谁就是你的敌人,不管他站在哪一方,卡思卡特上校也不例外,这一点你千万不要忘记,你记得的时间越长,你活得也就越长"。尤索林的这种言行显然在这特定的环境中有其合理性,但部队里极大多数人却认为他已变成了疯子。特别是当他宣称"他们"——有人企图谋害他时,更令众人莫名其妙。其中一位叫克莱文杰的忍不住要他说出来究竟是谁想谋害他。尤索林回答,"他们"中所有的人都是。

> "他们是想杀了我。"尤索林平心静气地对他说。
> "没有谁想杀你!"克莱文杰喊着说。
> "那么他们为什么要朝我开炮呢?"尤索林问,
> "他们朝每个人都开炮,"克莱文杰回答,"他们想把每个人都杀掉。"
> "那还不是一样?"(第18页)
> ……

尤索林对执行任务的恐惧和对地面高射炮的反应已到了惊弓之鸟的地步,以致有一次他在森林中散步时见到刚出土的野蕈时竟会牵动神经,怀疑自己误入了高炮阵地而落荒逃窜。他想装病回国,因为该部军规规定凡是神经不正常的人可以申请回国,但军医丹尼卡明白告诉他这是不可能的,因为"第二十二条军规虽然规定任何疯人都可以停飞回国,但同时又规定,任何想回国的人必须自己提出申请,而一旦有人提出申请也即想逃避战斗任务的人都不是疯子,因此他不可能停飞",因为"面临真正的、迫在眉睫的危险时,对自身的安全表示关注,乃是头脑理性活动的结果",(第66页)决不是疯子。这就是第二十二条军规中的一条,也即一副无法挣脱的枷锁,一个圈套。所有的士兵在它的制约下,就如小虫撞上了蜘蛛网,无可奈何又无法脱身,只能落入任人宰割的地步。另一方面,第二十二条军规又规定,每个人都必须无条件地服从上司的命令。正因为此,256 中队的飞行员没人敢抵制卡思卡特上校无限制地提高飞行任务的次数。在万般无奈的境况下,尤索林面前的道路只留下一条,那就是布满了荆棘的逃亡之路。为了生存下去,为了摆脱任人侮辱、任人玩弄和戕害的命运,追求自我的自由与选择,尤索林最后毅然决定突破重围,逃到想象中的和平圣地瑞典。

毫无疑问,海勒在小说中想要说明的是,在一个荒诞的,一切都被颠倒了的社会中,好人的命运不是逃亡即是死亡。尤索林的逃亡之路是一种合理而明智的选择。因为事实是,整个皮亚诺札岛差不多已变成了一个疯人院,岛上几乎所有的人都处在一种疯狂的状态中,他们的言行以及他们最后的命运都表明,要是这个世界还是健全的话,那么只有疯狂才能使它有意义。

军医丹尼卡是属于还保持了部分理性的那种人,他对这个世界的实质看得也很清楚。丹尼卡对尤索林说:"在这个世界里,想顺顺当当地过日子,就得圆滑一点。左手帮右手,右手帮左手,你明白我的意思吗? 你给我搔背,我也给你搔背""尤索林,我们是生活在一个互不信任,精神准则越来越低的时代里,这是一件可怕的事"。怀了这种想法,丹尼卡老是愁眉不展,他把医务工作交给了两个根本不懂医道的士兵,这两个人对付病人的办法千篇一律——凡体温超过华氏 102 度(摄氏 40 度)的,全部送医院。而体温未达此限度的,一律用紫药水涂牙龈和足趾,每人再给一粒腹泻药片了事。而丹尼卡医生就此自己"解放"自己,"简直无事可做,成天就带了不通气的鼻子坐在阳光下暗自纳闷"。丹尼卡不喜欢呆在飞机里,他觉得坐飞机就像坐牢一般,但为了能领到飞行津贴,他要尤索林帮忙说服飞行员麦克沃特把他的名字每次都记在飞行日记上,由此冒领津贴。但后来麦克沃特自杀毁机之后,丹尼卡医生随之招来了麻烦。因为该机留下的机组人员名单中赫然也有丹尼卡医生的大名。于是,丹尼卡的名字被从部队的花名册中勾去了。虽然他还活生生地在部队里,但是所有的人都知道他已经死了。陆军部还及时地把这"不幸"的消息通知了他在国内的妻子。丹尼卡愤怒至极,他到处找人解释,但"证明他阵亡的材料却像虫卵一样迅速繁殖,而且无可争辩地相互证实"。他从此领不到军饷,也得不到陆军消费合作社的定量供应。卡思卡特上校拒绝见他而科恩中校则声称倘若再见到他在大队部露面就要当场把他火化掉。他写信给自己的妻子说明缘由,但她很快地收到了政府支付的几十万抚恤金和保险金等等,"发了一笔意外之财",从悲伤变为高兴。于是,她连地址也没留下就搬到他乡去了。此时丹尼卡医生却呆在皮亚诺札岛上为尽力使自己不被埋葬而饱受折磨。在一切努力都无济于事的情况下,丹尼卡医生"的神气变得越来越像一只生病的老鼠,眼眶下边瘪了下去,显得发黑,他蹒跚地,漫无目的地在阴影中走来走去,活像一个到处出现的幽灵","直到那时,他才真正意识到,他确实已经死了。"(第 527 页)

丹尼卡医生的遭遇确实既可怜又荒谬,但在这支队伍中,其他人物的境况也大同小异。

谢司科普夫少尉原是一个预备军官训练队的毕业生,大战爆发使他"颇为高兴,因为战争使他有机会可以每天穿军官制服"。他是一个野心勃勃、一本正经的人,总是铁板着脸去履行自己的职责。他渴望他的部下在阅兵训练中赢得第一名,为了操练这支队伍,他煞费苦心,甚至想到"请一位在金属片商店里工作的朋友把镍合金的钉子敲进每个士兵的股骨,用几根刚好三英寸长的钢丝把钉子和手腕连接起来。"以此来控制士兵的手臂摆动。就是这样一个白痴式的野心家,他后来步步高升,从少尉被晋升为中尉最后还爬上了将军、司令的宝座。

另一位中队的指挥官梅杰·梅杰少校也是如此。他被莫名其妙地提升到这个职位,是因为一台电脑出了毛病,阴错阳差地弄到他头上。当了中队长以后,他稀里糊涂地处理了一件又一件的尴尬事,但连他自己也不知道究竟在干些什么,他无聊到在别人的信件里签假名来解厌气。身为军官,他却不愿负任何责任,甚至压根儿不想与人接触。他害怕别人走进他的办公室,因此故意伪装起来。进进出出不走正门,而是在那扇脏兮兮的塑料窗里钻进钻出,他趁着四下无人之时溜进丛林里,避开人们省得烦心。他的这种行为已使自己成了一个"隐士",相信中队里再也没人可以同他讲话了。

而那个与梅杰·梅杰上校誓不两立的布莱克上尉的性格正好相反,他事事冲在前头,处处想表现自己的"才干"。为了想得到少校的军衔,他对原少校杜鲁斯在佩鲁贾上空牺牲之事着实感到"心里一阵高兴"。当卡思卡特提升了梅杰之后,这个心地狭窄、生性乖戾的人物一心盘算要得到心理上的补偿。经过一番盘算,他决定以一个情报官的身份首创"忠诚宣誓活动",要求士兵们"转个身就得签上忠诚誓约,甚至领饷,到军中小卖部买东西,让意大利理发师理个发等等也都要签上忠诚誓约","他一天 24 小时都在密谋策划,好比别人抢先一步"。在他的箝制下,整个中队的士兵们整天都忙于效忠宣誓,宣誓之后还要唱《星条旗》,一遍,二遍,三遍,四遍地唱,要不是遭到军官同僚的抵制,这出戏真不知要演到何时才能完。

在皮亚诺札的美军基地中,不仅军官们的行为如此荒谬可笑,那些士兵的言行同样显得疯疯癫癫。哈弗迈耶是尤索林的紧邻,他是一个领队轰炸手,对敌人的炮火毫不畏惧。他最大的乐趣就是每天晚上躲在帐篷里用 45 毫米的大口径子弹打田鼠,待到那些小东西被他的子弹击成毛茸茸的、臭气难闻的肉酱时,他便有一种难以言述的满足感,高兴得呵呵大笑起来。

飞行员麦克沃特则喜欢把飞机尽量飞得很低,在同伴们的帐篷上擦过来看看他们被吓成什么样子。终于有一天,他驾着飞机"沿着岸边穷凶极恶地直冲过来,飞机上的螺旋桨把正在海边散步的另一个飞行员基德·萨普森一切两半,他自己的飞机也撞在大山上,落得个害人害己,粉身碎骨的下场"。

亨格利·乔是一个瘦弱的,神经过敏的可怜虫,他"浑身发痒,汗流浃背,老是淌口水",经常带了一架结构复杂的黑色照相机像着了魔似地到处跑,老想用这台照相机给裸体女人拍照。但他拍的照片一张也没有印出来,因为他不是忘了装胶卷、打灯光就是忘了开镜头。他自称是《生活》杂志大名鼎鼎的摄影师,以登上《生活》杂志的封面来引诱说服那些裸体女人,并保证让她们将来成为好莱坞的大明星,到那时有"用不完的钱,离不完的婚,一天到晚和男人睡觉"。与他同室的是全队最年轻的飞行员赫普尔,他只有 15 岁,为了入伍虚报年龄。他在帐子里养了一只猫,常常为那只猫惹的事与人家闹得不可开交,鸡犬不宁。而那个自作聪明又自认为是理想主义、人道主义者的克莱文杰原是哈佛大学的高材生,一个"绝顶聪明又毫无头脑的人",他相信一个人若为命运而死就是死得其所。他生活上严肃认真,真诚地恪守社会正义与道德准则,为此还常常与尤索林争得面红耳赤。但不幸的是,偏偏是他信奉的那一套给了他当头一棒。他被无辜审判,军事法庭上他的辩护人居然就是控告他的谢司科普夫中尉。他的罪行是因为那天列队操练时在走向教室的路上绊了一跤,第二天他就被控"在列队时破坏队形、行凶殴打、行为失检,吊儿郎当,叛国煽动、自作聪明、听古典音乐等等",在经过一番莫须有的罪行审讯之后,克莱文杰被判有罪,因为他"当然有罪,否则,就不会受到控告了"。由于只有判他有罪才能证明他确实有罪,"所以判定他犯罪就成了这些爱国人士的责任了"。

克莱文杰此时才发现，军事法庭的法官们对他的那种蛮横残忍、置之死地而后快的怨恨远远超过了法西斯的武器。他最后的结局和另一个行为怪诞的飞行员奥尔一样，神秘莫测地失踪于一片云彩之中，可以说，这也是他们面对荒诞世界所作出的一种自我选择。

与奥尔对妓女的变态行为极为相似的另一个飞行员奈特雷也是一个怪异人物。他出身名门却心甘下流，一心一意追求一个讨厌他的下等妓女，为她用尽心思和金钱，但这个妓女对他置之不理，反而常与他的对头布莱特混在一起，甚至当了他的面在街上拉客，有意刺激他、侮辱他、折磨他。但爱的力量已经使奈特雷变成了一个异想天开的白痴。他最后在斯培西亚的上空飞机坠落时阵亡，他的死讯几乎使尤索林丧命于那个妓女，她胡乱地猜疑奈特雷一定是死于尤索林之手，故死死地追杀他不放，发誓要"报仇雪耻"才罢休……

类似这些莫名其妙的人与事在皮亚诺札岛上真是比比皆是，层出不穷，令人目不暇接。一位哈佛大学动物系的鲸鱼专家被请到部队当医生，这是因为IBM公司的一架电脑出了故障，计算错误，于是，他被胁迫来此"行医"；在弗拉拉战役以及在围攻波洛尼亚的战役中，斯奈克下士在食堂的伙食中放毒，目的是要"证明大伙的口味很低级，好坏不分"，他把几百块肥皂捣碎了掺在地瓜里，中队里每个人都由此得病，战斗任务也不得不取消；尤索林为逃避作战，竟然在黑夜之中把部队作战室里的作战地图上的红线擅自挪动，引起了军事战略的重大失误；科恩中校（他是书中一位重要角色却未被列入专节）是卡思卡特上校的助手，他为这位上司出点子说："要知道，对于我们应该感到羞耻的事，反而自我夸耀地来处理——这也许是解决问题的办法，这可是个永远灵验的诀窍。"事实上，这种颠倒是非，混淆黑白的方法在官僚仕途上确也有效，因为在一个畸形的社会中，任何荒谬的做法都是合理的。他最后主张与令人头痛的尤索林做一笔交易，放他回国，条件是要他在国内新闻媒体上为他与卡思卡特上校喝彩捧场。他毫不含糊地称"我是一个根本不讲道德的聪明人"，要尤索林为他们抬轿子，欺骗国人与上司；部队里的随军牧师莫名地受到审讯并一天24小时处于监视之下，吓得他整天牙齿打颤，四肢无力；一级准尉怀特·哈尔福德是一个俄克拉荷马州的印第安人，"由于他自己一些神秘莫测的原因，他决意要患肺炎死去"，他一字不识，更不会写却被指派为布莱克上尉的助理情报官；和他睡在一起的弗卢姆上尉又整天提心吊胆地害怕哈尔福德会在他熟睡时一刀切断自己的喉咙，故彻夜难眠，后来索性逃进了灌木丛中……皮亚诺札岛简直犹如一个行将崩溃的疯狂世界、一大批神经错乱者竞技发疯的场地。

诚然,海勒给我们描绘的也即第二十二条军规控制下的社会并不是一个真实意义上的存在。它只是一个荒诞的、非理性、无秩序的梦魇世界,一个梦幻与怪诞无以区别的世界。因此,《第二十二条军规》与其说是一部战争小说,毋宁说是一部隐喻式的警世之作。海勒写一个畸形的世界,实质上蕴含着对现代社会在道德上、哲学上的一种思考、一种忧虑。在这样的社会环境中,根本无所谓善与恶的区别,价值取向倒置,权与法都只是当权者使用与需要的把戏。在异己力量的支配下,暴乱、恐怖、悲哀、痛苦及担忧等等得以无穷无尽地扩散。小说中的第二十二条军规就是这股邪恶力量的代表,它无所不在,处处施展其威力,但要真正弄清它的内涵,恐怕又只能是白费劲,因为它并不成文而且或许只是荒诞层面上的存在而已。虽然如此,只要在它的控制之下,一般平民百姓便成了被任意宰割的对象,它有权废除个人的权力和自由,是官僚统治者为所欲为的金科玉律。卡思卡特上校无限制地提高飞行次数、无理阻挠飞行人员复员回国、任何人都得服从上司哪怕是荒谬绝伦的命令、那些美国大兵可以在罗马随意把妓女赶出她们的住地……所有这一切,都是在第二十二条军规的障眼法之下实施的。照丹尼卡医生的话来说,这军规实质上是一个骗局。作者海勒也在小说的扉页开宗明义地告知,它只是一个圈套,是套在一切弱者身上的枷锁。当尤索林在罗马看到那些妓女被士兵赶走,对此表示大惑不解的时候,他问那幢房子里唯一的一个幸存者,那个奄奄一息的老太婆——

　　　　"那他们凭什么这么做呢?"
　　　　"第二十二条军规。"她回答。(第621页)

尤索林惊呆了,"他感到整个身体都哆嗦起来"。那个老太婆又毫不含糊地告诉他,"第二十二条军规说他们有权为所欲为,我们不能阻拦他们"。
　　这恐怕是对第二十二条军规最好的诠释了。
　　不难看出,第二十二条军规作为一种统治世界的疯狂力量的象征,它实质上是机械世界、恶毒世界和专制意志的一种体现。因为有了它,正义和道德才成了嘲笑的对象,无辜者成了牺牲品,而那些专横跋扈、腐化堕落、投机钻营、自私愚蠢的家伙个个活得有滋有味。它处处约束下层人们的行为,控制和麻痹人心但却又是一种看不见摸不着的幻象。尤索林他们也知道它实际上并不真正存在。"但这无关紧要,问题是每个人都相信它的存在,而且这更坏,因为这样使人们无法嘲笑它,反驳它,谴责它,批评它,攻击它,修正它,恨它,辱骂它,向它吐唾沫,撕成碎片再踏上一脚或烧掉它!"

于是,人们不禁要问,身在这样一个荒诞而又危险的世界,应该何去何从呢? 这正是作者在本书中所关注的问题。从整部小说的内容看,海勒似乎要强调,在第二十二条军规的世界里,道德上和哲学上所面临的问题并不是如何在这个世界上幸存下来,而是应该怎样自由地生活下去,也即怎样在荒诞的环境中不失去个人存在的自由。作者笔下的许多人物诸如卡思卡特上校、迈洛、科恩甚至奥尔等人都没有死,但这些人物在海勒看来并没有达到真正的生存自由,而是精神上的死亡。从这个角度来看,小说中唯一具有真正意义上的幸存者就是那看似疯疯傻傻的尤索林。毫无疑问,海勒的这种看法乃是他深受存在主义思想特别是加缪思想影响的明证。根据加缪的荒诞观,人乃宇宙之中心,他必须看到作为人的意义和价值,在他所生活的世界中始终保持纯正和自由。荒诞的生活,荒诞的世界需要人们具有足够的勇气、意志和反叛的力量,与宇宙共谐,没有前景也没有弱点。"荒诞人"不是去"适应"——那只是一种自杀,就如小说中极大多数人一样;也不是"失踪"如奥尔与克莱文杰一般,那样也是一种自杀。相反,"荒诞人"生活中所需要的是一种反叛和选择。对荒诞者来说,面对无意义的现实,只有保持个人的尊严与自由。为了能在这个荒诞世界里幸存下去,"荒诞人"必须像著名的文学评论家马丁·埃斯林指出的那样,学会"自由接受,没有畏惧,没有幻想——但可以嘲笑它"。

尤索林就是这样一个"荒诞人"。他给读者的表面印象似乎一直是一个只想逃命的胆小鬼,他身上最突出的地方就是生存欲非常强。正如丹尼卡医生说的,他有着一种对死亡"深恶痛绝之感"。而实质上,尤索林的胆小,"开小差"都是他一番思考之后作出的自我选择的表现。他认为这是一场卑鄙而混乱的战争,他完全可以"没有它而活下去——长久地活下去"。他宁愿为任何事情去死也不愿为战争捐弃生命,特别是当他目睹了他的战友们和他们的亲属都成了这荒诞世界的屠场中的牺牲品之时,更坚定了逃离死亡的决心。斯诺登被子弹打得内脏流出,这血腥的一瞬也许是给他刺激最深的一幕。尤索林由此得出结论:"人就是这么回事,那就是斯诺登的秘密。把他丢出窗外就会摔死,用火烧他就会烧死,埋葬了他就会腐烂,像其他垃圾一样。一旦灵魂离去,人就是垃圾。"从这一天起,他不仅意识到人不过是血肉之躯,并非坚如磐石而且人的存在就在于"灵魂"——如果没有一种确信和信念,没有本质与"灵魂",没有信仰与希望,那么生命也就毫无意义。而尤索林自信一旦拥有了这种独立不羁的"灵魂"感,他便毫不犹豫地拒绝继续投弹炸大坝,甚至敢于脱光了衣服在军营中独来独往,成了一个叛逆的形象。他告诉别人,"我一直在为国而战",而如今"我要为救我自己而战","从现在起,我只想我自己"。

尤索林终于撕下了伪装和虚假的面具,从被欺骗、被愚弄的圈套中走了出来。事实上,他所面临的困境是真实的,他所遭受的痛苦与挫折是真正的,他是一个在荒诞世界中被虚妄与矛盾所缠的代表人物,是那个罪恶社会中的一员,一个无法抗拒非正义的小人物。他的"逃避""不介入""反叛"等等都只是在他生命受到无谓的威胁时才作出的反应。皮亚诺札岛上有的是浑浑噩噩的芸芸众痴,他们都是些"适应"环境幸存活下去而丧失个人自由的人物。他们奉行的,就如那妓院老头所说的"一个人不可能在荒诞世界中太理想化而活下去",他劝告人们放弃"原则"活下去,去迎接新一天的人生"游戏"。在他们看来,道德原则和社会正义感在一个"疯人受勋"的社会中是毫无意义的。但相比之下,尤索林与他们完全不同,他虽然是一个"问题"人物,但他的问题就是始终没有放弃这种原则与正义感。现实世界太可怕,他曾多方面寻求一条自慰的道路。寻之于声色,结果失败了,没有能够找到有意义的性关系;求之于法律与秩序,他也失败了,因为法律与秩序是站在第二十二条军规这一边的;接着他又寻之于人道的兴趣却同样惨遭失败,那个奈特雷的妓女恩将仇报,非欲杀他报复不可;同样,他想求之于理想主义与逻辑的企图也一样失败,因为这些东西在荒诞世界中委实显得可笑无用。在四处碰壁之后,尤索林面前似乎只剩最后一条路了,那就是逃亡,逃出魔窟,逃往自由,逃往自我能够生存下去的地方,勇敢地生活下去。他开始选择逃亡的地方是部队的医院,也曾在那儿躲了一阵子但最后还是被赶了出来,经过一番触目惊心的遭遇之后,他最后毅然逃到了和平圣地瑞典。

尽管尤索林这种避死求生的行为看来并不光彩,但在荒诞的背景下,这样的选择乃是一种反英雄主义的作为。实质上他是一位颠倒了的英雄。他不仅不是道德上、精神上的死亡者而且还是近代文学史上一个最具道德震撼力的形象。他的逃亡行为是海勒对荒诞世界的价值和社会行为否定的一种表达。

作者在表达这种思想的同时从未忘记这个人物身上所闪现的道德光彩。也因此，作者在安排他最后的一跳（逃亡）之前，仍描写了他不辞艰辛，苦苦寻找奈特雷的妓女的小妹妹，想救她于苦海之中的那种充满了爱心的高尚行为。

尤索林是《第二十二条军规》中为数不多的正面人物中最重要的一个，从他的身上也最能见出作者浓重的存在主义思想和荒诞观。除他之外，随军牧师最后的话"我将留在这里，不屈不挠"，同样也表达了海勒在荒诞世界中勇敢地坚持下去的观念。

《第二十二条军规》在思想意义上的巨大成功使它毫无愧色地跻身于当代最杰出的文学作品之例。同时，它在艺术上也有较大的突破，其中最为突出的是，海勒所描绘的世界是一个令人忧虑不安的荒诞世界。但却并没有因此而造成读者的心理负担。他成功地运用了黑色幽默的笔法，把忧虑与恐惧寓于插科打诨式的喜剧语言中。阅读这本小说，处处令你忍俊不禁，笑出声来，但笑过之后，你又有一种难以言述的滋味，一种沉重的感觉，正如海勒自己说的，"我要人们笑出来，然后在对所笑的事回味的时候，感到惊恐不已。"这种笔法显然是对当代生活的各个方面诸如思想、感觉、行为、色彩等等的讽刺，在嬉笑怒骂中展示启示录式的内涵，因为在作者看来喜剧的形式或许是当代人对理性、现实幻想的失望中唯一可以采取的姿态。

而另一方面，在充分肯定这部小说的认识价值和艺术创新的同时，我们还应看到，它毕竟是海勒的处女作，绝非完美。尤其是在小说的结构布局方面显得紊乱，这种紊乱一方面有助于小说的整体氛围，但同时也令读者难以把握故事情节的进展和人物性格的内在逻辑。也因此，早在小说刚刚出版之际，《时代》周刊的评论说"海勒的才能给人印象深刻，但（小说）又是杂乱无章的……几乎每一个情节都是讲了又讲。"《纽约时报》书评栏有文章指出"它的材料反复运用，显得单调。"事实上，一般的读者甚至很难理出故事的时间顺序。全书主要的时间进度基本上以尤索林的行为为线索，朝前或向后推进，但问题是尤索林又像许多当代小说中的人物一样，他不仅生活在现实时间中，同时又生活在心理时间中。再加上其他人物的行为时间穿插其中使整部小说出现了多重时间。海勒的用意或许是以此来构筑一个无秩序、非理性的荒诞世界，增加荒谬的色彩，但这种手法的极端效应又多少影响到读者的思路，增添了一些阅读上无谓的负担。

# 第三节　卡森·麦卡勒斯(1917～1967)

卡森·麦卡勒斯(Carson McCullers，1917-1967)原名露拉·卡森·史密斯(Lula Carson Smith)，是二十世纪美国最重要的作家之一。她年仅20岁就开始创作《心是孤独的猎手》(The Heart is A Lonely Hunter，1940)，23岁时便因其一举成名，成为南方文学界最负重望的新星。随后，《金色眼睛里的映像》(Reflections in a Golden Eye，1941)、《伤心咖啡馆之歌》(The Ballad of the Sad Café，1941)和《婚礼的成员》(The Member of the Wedding，1946)相继问世，一时间，"当代最优秀的美国小说家"[①]，"我国最令人兴奋的天才"[②]等美誉之词接踵而来，麦卡勒斯于1942年和1946年两度获得"古根海姆基金奖"。20世纪40年代的评论家经常把麦卡勒斯排在福克纳之前，认为她比福克纳更有才华，其作品更富有趣味。直到福克纳获得诺贝尔文学奖，这种情况才有所改变。

卡森·麦卡勒斯1917年2月19日出生在佐治亚州(Georgia)的小城镇哥伦布(Columbus)，她的童年和青春成长期都是在这里度过的，她对南方有着深厚的感情。麦卡勒斯是土生土长的南方人，父母双方的家族都来自南方，父亲拉马尔·史密斯是一个钟表匠，经营一家珠宝店，后来这个高大、沉默且与家庭成员疏离的父亲形象曾多次出现在麦卡勒斯的作品里。母亲玛格丽特·沃特斯·史密斯属于当地受人尊敬的白人中产阶段的后代，酷爱音乐。从麦卡勒斯一出生，她就认为女儿注定会成为一个天才，并培养了麦卡勒斯一生对音乐的爱好。

麦卡勒斯的童年基本上是快乐无忧的，但她钟爱的外祖母露拉·卡罗琳·沃特斯突然病逝对她是一个沉重的打击。一方面她幼小的心灵过早地面对生命和死亡的困惑，另一方面麦卡勒斯开始陷入对基督教亲近与背离的矛盾之中。其实，在外祖母去世后，父母亲对教堂和有组织的宗教活动越来越疏远，但麦卡勒斯却经历了一个对宗教非常着迷的阶段。有七年之久，她定期参

---

① McDowell，Margaret B. *Carson McCullers*，G. K. Hall，1980，P. 9.
② 弗吉尼亚·斯潘塞·卡尔，《孤独的猎手：卡森·麦卡勒斯传》，冯晓明译，上海三联书店，2006年，第97页。

加星期日学校,认真作祷告,把《圣经》的一些段落背得滚瓜烂熟。但没人知道具体是什么原因,导致了麦卡勒斯在 14 岁那年坚决退出了有组织的教堂活动,终此一生很少再进教堂。但她又没有真正地放下宗教,她对待宗教的矛盾态度正如她身体上持续不断的疼痛一样,紧紧地伴随她一生,让她承受着"失去了上帝"的痛苦,并深深地渗透到其作品之中。

麦卡勒斯作品中对生命和死亡的关注离不开她独特的生活经历。1967年当麦卡勒斯 50 岁去世时,她已经半身瘫痪了 25 年。从她童年时期开始,身体不适和疼痛就是她生活的一部分。恶性贫血,伴随着一次次发作的胸膜炎和其他呼吸系统疾病,是她早期的痛苦。15 岁时,她得了风湿热,但被误诊和误治。之后她经历了三次中风,在她 30 岁之前,左边的身体就瘫痪了,行动受到了严重阻碍。在以后的十年里,麦卡勒斯的身体每况愈下,1947 年麦卡勒斯第二次中风时,丈夫利夫斯不在身边,她在没有失去知觉的情况下在地板上躺了八个小时,无法移动和大声呼救,只能独自恐惧地面对着死神,这直接导致了 1948 年麦卡勒斯抑郁症发作试图自杀,甚至被送进了精神病医院。

一次次严重的危机,一次次大大小小的手术,构成了麦卡勒斯短暂的一生,她大部分时间都是在床上和躺椅上度过的,这些可怕而又独特的经历都促成了麦卡勒斯对生命和人的内心世界的观照。有评论家指责麦卡勒斯的作品过于迷恋死亡,其实,对麦卡勒斯来讲,这就是真真切切的生活,是生命中生和死二元素的本真面目。41 岁的时候她就只能借助拐杖的帮助来走路了,麦卡勒斯清楚地知道,死亡随时都可能将她的灵魂从这个早已只剩一具空壳的病体里拿走。从现实生活的角度来讲,这是她的不幸,但从生存的角度来看,这给了她一个机会:让她有机会直面死亡和灵魂。这也让麦卡勒斯这个人、麦卡勒斯的作品具备了不一样的细腻与精致、睿智与深度、达观与超脱。

《心是孤独的猎手》是麦卡勒斯的成名作,此作一经出版,很多评论家即认定麦卡勒斯是天才作家。聋哑人约翰·辛格是小说的中心人物,他是一个银器雕刻工,和伙伴聋哑人安东尼帕罗斯住在一起。两个哑巴没有别的朋友,十年过着几乎"与世隔绝"但却相当平静的孤僻生活。对小说情节和主题发展比辛格更重要的是另外几个主要人物:假小子米克·凯利,她用音乐和对名誉、遥远的地方的幻想把现实关在另一个世界;咖啡馆老板比夫·布瑞农,是一个安静的观察者和性无能者;狂热的工人杰克·布朗特,试图纠正小镇人们思想上的愚昧却均以失败告终;骄傲的黑人医生考普兰德,人们拒绝他的马克思主义理想,他试图提高黑人地位的一切努力都劳而无功且不能被大家理解。小说中的这四个人物都不约而同地发现了哑巴辛格,将一切精神寄托在他身上,把他当成真正的上帝、先知,认为他能够理解、能够看到别人不能理解、不能看到的一切。出乎他们所有人意料的是,辛格的世界却因为他迟钝的伙伴安东尼帕罗斯之死而崩溃,他最终因孤独绝望而自杀。《心是孤独的猎手》的背景虽然设在南方小镇上,但却具有普遍的意义,小说主人公辛格、比夫、米克、布朗特和黑人医生都是这样的典型,来自不同的领域、不同的种族、不同的年龄、不同的身份,但却有着共同点,他们都不再相信上帝,却又无所适从,无所依傍,只能彷徨、苦闷、孤独、痛苦。

《伤心咖啡馆之歌》是卡森·麦卡勒斯的代表作之一,小说沿袭了南方哥特小说的风格。女主角爱密利亚·依文斯小姐母亲早亡,父亲一个人将她拉扯大,于是她养成了孤独怪异的性格。父亲死后她就一个人生活在镇上,和男人一样能干,成为镇上首屈一指的人物。但她不爱追求了她几年的英俊高大的丈夫马文·马西,婚后不久便将他赶出家门,却狂热地爱上一文不名的流浪汉小罗锅李蒙表哥,爱热闹的李蒙表哥却又不在乎对他关爱备至的爱密莉亚,偏偏追逐着对他不理不睬的马文,帮助他报复爱密利亚小姐,捣毁了咖啡馆,并和他一起远走高飞。小说采用讲故事的方式,里面有决斗,有三角恋,甚至有同性恋,人物也都很怪异,但作者意不在此,她不是要讲一个关于恋爱的恐怖故事,而是借人物的特异的经历来考察人性深处的某些东西,这就是人与人之间的精神隔离和孤独。

这种精神的隔离感在麦卡勒斯的另一部小说《婚礼的成员》中也有表现。故事的主人公是个十余岁的女孩弗兰淇,她生活在隔离的世界中,把哥哥当成自己的知己,但哥哥的婚礼却让她陷入一种孤立无援的状态。后来,她希望能和哥哥嫂嫂一起生活,这样就能摆脱孤独的状态,最后却以失望告终。于是,她离家出走,最终发现没有那么大的勇气,于是很快就回到了家里。让人称奇的是麦卡勒斯把这种精神的隔离感和主人公的成长历程结合在一起,通过细致入微的心理刻画,生动地表现了青春期女孩的躁动和孤独状态。

《金色眼睛的映像》是麦卡勒斯的第四部小说,这部小说描写了军营里的一次枪击事件。小说的心理描写同样传神入微,作者把潘德顿上尉病态而又孤僻的性格刻画得入木三分。潘德顿上尉一方面为自己妻子和兰顿上校的暧昧关系苦恼,另一方面又对兰顿上校有着隐秘的热望。而这种热望后来又转移到了下等士兵威廉姆斯的身上。当他发现威廉姆斯竟然偷窥自己的妻子时,愤然开枪打死了他。小说中表现了各种怪诞的情感之下人物的隔离状态,人人都对现实不满,却怎么也找不到出路。

卡森·麦卡勒斯一生饱受病痛的折磨,相对于其他美国作家来说,她的生活和作品都呈现出一种更为孤独和怪异的状态。事实上,麦卡勒斯的作品主题相当丰富,意蕴深刻。从20世纪美国南方的社会问题到青少年的成长问题,从性别问题到种族问题等等,无所不包。有评论家说她的小说是南方哥特小说作家,又有评论家说她的作品是青少年成长小说,甚至有评论家将其作品定为"同性恋小说"。但她独特的生存经历使得她的作品包含了这一切,但又超越了这一切,不同的人物故事的背后蕴含着麦卡勒斯用生命的苦难换来的对生存的思索,对信仰的追寻,对人生意义和价值的体悟。

# 危机即转机
## ——《没有指针的钟》(1961)

麦卡勒斯的最后一部小说《没有指针的钟》故事仍然发生在南方小镇上,主人公是刚刚四十岁的药剂师 J. T. 马龙。对他来说,生活就是每天到药房为顾客卖药,回家后照顾孩子、老婆、吃饭、睡觉等等这些生活的琐事,按部就班,没有激情也没有热情。但当他意外地得知自己得了白血病将不久于人世时,马龙正常的生活节奏被打乱了,死亡的阴影压得他透不过气来,他开始反思自己过去的人生,去教堂找牧师探讨灵魂,向自己的老朋友克莱恩法官倾诉,买定制的西装、装新牙套,在临死前获得了精神上的新生。

《没有指针的钟》的主人公除了马龙之外,还有另外两个主要人物:白人男孩杰斯特·克莱恩,一生下来就成了孤儿,现在17岁了,他从小到大都是爷爷老克莱恩法官的乖孙子,崇拜爷爷,从来都是按着爷爷要求的去做,没有自己的想法和追求,也不知道自己想要追求什么。最关键的是,爷爷一直讳莫如深的父亲自杀的真相让杰斯特感到迷惘。书中另外一个重要人物是长着一对蓝眼睛的帅气黑人男孩舍曼·普友,从小被抛弃在教堂外面的长椅上,正像杰斯特因不了解自己的父亲,而不能确立自我一样,舍曼不知道自己身上白人血液的来源,只能一个人孤独地生活在这个白人至上的世界里,不知自己到底是谁,到底来自哪里。他们都浑浑噩噩地过着日子,直到人生的十字路口——成长的青春期,他们都陷入身份的危机中。后来舍曼受雇成为老克莱恩法官的秘书,但他挑战白人的地位,为自己的地位而抗争,并因此被白人邻居炸死,而杰斯特则在弄清父亲自杀真相、拯救舍曼等一系列事件中获得成长。

这部作品发表于1961年,麦卡勒斯用了近十年时间才算完成,但其实在她的头脑里已经酝酿了二十几年了,它的诞生和麦卡勒斯一生的经历是血脉相连的,并深受丹麦存在主义哲学家克尔凯郭尔的影响。克尔凯郭尔把人分为美学人、伦理人和宗教人三类。而伦理人最容易陷入的困境就是在履行伦理的责任和义务的过程中失却了自我,在疲于奔命中没有了个体的存在。按照克尔凯郭尔对伦理的生活方式的界定,《没有指针的钟》里的药剂师J.T.马龙就是典型的伦理人,在不知不觉中失去了自我。他在小说开始时是一个得过且过的生灵,在日常生活中忠实地履行自己的职责和义务,按照社会认可的普遍的道德准则来约束自己。他似乎很忙,忙于眼前世俗的事物,结婚、生子、获得荣誉和尊严,希望受到别人的尊敬,别人根本觉察不到他在更深的意义上缺乏自我,他的问题并不是会对外在的世界带来什么困扰,因为自我是这个世界最不关心的事情,他的绝望是"它的自身被'他人'骗走。被大众包围着,被各种世俗之事吸引着,越来越精于世故,这样的人忘记了他自身,忘记了他在神圣意义上的名字,不敢相信他自身"①。

马龙正是在突然得知自己患了癌症之后才开始真正地面对个体的生存并意识到自我丧失的危机问题。正是面临死亡所产生的绝望,让处于浑浑噩噩中的人开始思考人生的存在和人对生存所负的责任,这在药剂师马龙身上表现得更加彻底和完整。在生病之前,马龙只不过是一个最平平常常、简简单单的人,"尽管动辄感觉疲劳,但是他仍旧坚持做每天必做的工作。他两条腿走着去上班,而他的药房是那条大街上最早开门的商店之一,而且要到下午六点钟才关门"②,他是一个尽职尽责养家的男人,除了在计算人寿保险的时候,他从来没有考虑过自己的死。但死亡却突如其来,让马龙猝不及防。面临即将到来的死亡,药剂师迷恋于时间的流逝。当珠宝店商人不能调好他的手表时,他愤怒了。当他接触到各种各样的物质的东西时,他心中充斥着这样的念头:

---

① 索伦·克尔凯郭尔,《致死的疾病》,张祥龙、王建军译,北京:中国工人出版社,1997年,第29页。
② 卡森·麦卡勒斯,《没有指针的钟》,金绍禹译,上海三联书店,2008年,第1至2页。下同,只标页码,不再另注。

他将要离开这个世界,而这些东西将存在下去。古老的石头碾槌他已经使用了二十多年了,碾槌在用它的"又古老又不可摧毁"来"嘲笑马龙"(第25页)。最触动马龙而让他不再对时间和自我的丧失习以为常、让他不再对生活麻木不仁还是他偶然读到的那部书,是克尔凯郭尔的《病患至死》(又译《致死之疾病》),一段文字引起他注意:"最大的危险,即失去一个人的自我的危险,会悄悄地被忽视,仿佛这是区区小事;每一件其他东西的丧失,如失去了一个胳膊,失去一条腿,失去五元钱,失去一个妻子,等等,那是必定会引起注意的。"(第165页)这段话让马龙"一下子惊觉了。这几行字他读了一遍又一遍",让马龙开始回忆他人生的枯燥乏味和错综复杂的境况,促使他去思索自己是怎么或在哪里丧失"自我"的。医学院考试的失败让他失去了做医生的资格,让他在人生刚起步的时候就犯下第一个错:做了药房的伙计;玛莎是药房老板的女儿,他理所当然地请她跳舞,但是从来没想过要和她恋爱,更不用说与她结婚了,然而却在义务和责任的促使之下和她结了婚。尽管看起来"也说不准他哪个时候曾经后悔与玛莎结婚,但是悔恨,或者失望,当然是有的"。同样的,"也说不准有过一个什么时候他问道,'这就是生活所有的一切吗?'"但是随着年龄的增长,他知道自己默默地在心中问过好多次。后悔和遗憾在不知不觉中伴随着他的工作和爱情,但是他从来没有正视过它。他想到自己唯一的一次自由:妻子和女儿小艾伦去北方度暑假,而他却和一个年轻姑娘罗拉堕入情网。他为自己的出轨感到高兴,但为了维护伦理的责任和义务——家庭,在妻子回来之后立即结束了这段小插曲,很自觉地按照伦理的道德准则要求的那样回到了婚姻和家庭,回到了现实的生活轨道里。后来听到情人结婚了很伤心,但是"在他心灵的另外一半又觉得松了一口气",在马龙的没有自我的世界里,无论是家庭、婚姻还是爱情,都是由他人来决定的,由世俗的规则决定的,他仅有的一点反抗是那么软弱无力,一次逃离又是如此短暂。"是的,他没有失去一个胳膊,或失去一条腿,或失去五元钱",但是逐渐逐渐地,他"失去了他的自我"(第168页)。

对于卡森来说,马龙真正的问题不是白血病,也不是死亡,而是对于生存和自我的绝望,这才是致死之疾病。因此,在他剩下的十五个月里,他感觉不由自主地要寻找问题的答案,而这些问题以前从来都没有提出来过。倘若马龙没有得绝症,他是不会去思考这个问题的。正如《超越死亡:恩宠与勇气》中崔雅所说:"因为不能再忽视死亡,于是我更加用心地活下去。"[1]也可以说正是面对死亡所带来的绝望让马龙有了自我意识,马龙才开始真正地参与到自己的生存中去。"自我意识对自我来说具有决定性的意义。愈有自我意识,便愈有自我;愈有意识,便愈有意志;愈有意志,便愈有自我。完全没有意志的人不是一个自我;但他愈有意志,他也就愈有自我意识。"[2]马龙开始关注自己的精神,他不再买廉价的衣服,他开始关心自己的牙齿,甚至为它装昂贵的牙套,虽然他根本就不再有机会用到它,他考虑自己一个人去旅行,而不是和妻子在一起……总之,马龙要和过去的那个自我决裂,绝望地想选择真正的自我,并开始了行动。

当马龙抽签抽中要负责去实施对黑人男孩舍曼家的爆炸任务时,他的机会——他选择的真正机会——来了,他坚定地拒绝了:"先生们,我是一个就要死的人了,所以我不会去犯罪,不会去杀人……我不想危害我的灵魂。"(第248页)一辈子怯懦、没有自我的马龙在大庭广众之下,面对着一圈人的诘难,没有屈服于众人的力量,艰难但又是坚决地做出了自己的选择,虽然他不能向贝尼·威姆斯解释什么是"不朽的灵魂",但是他勇敢地守护住了他"不朽的灵魂",坚决不同意用暴力去炸死舍曼,不仅自己不会去,也不同意大家集体去做。他清楚地意识到,他最看重的朋友——克莱恩法官是阴谋炸掉舍曼家、阻止舍曼与白人比邻而居的这伙人的中心人物。曾经的时候马龙把他和法官的友谊当成深感骄傲的事情,他经常带法官喜欢的菜或玉米粉去看望他,在法官周围,马龙有接近权力中心的感觉(法官曾是国会议员)。即使马龙对法官的一些思想有什么疑虑,他也立即将它扼杀,从不流露。马龙对法官做的一切事情都认为是天经地义、理所当然。马龙从来就没有任何真正属于自我的判断和主张,他唯法官马首是瞻。但今天马龙终于摆脱了法官的影响力和束缚,他拥有了让他为之甘愿冒一切风险的自我,做出了完全属于他马龙一个人的抉择。

马龙在思考死亡的过程中逐渐否定了原来的自己,并最终找到了真我,这和法官克莱恩很不一样。克莱恩一直有着强烈的自我意识,不过这种意识被

① 肯·威尔伯(Ken Wilber),《超越死亡:恩宠与勇气》,胡因梦、刘清彦译,生活·读书·新知三联书店,2006年,第356页。

② 索伦·克尔凯郭尔,《致死的疾病》,张祥龙、王建军译,北京:中国工人出版社,1997年,第29页。

他的"复兴南方"的愿望所裹挟，让他变成一个顽固分子。克莱恩法官是一个很有名望的人，但是面对着日新月异的新世界，尤其是在现代化工业大潮冲击下的南方世界，克莱恩忧心忡忡，他一方面仇视着黑人，"看到一个黑人男子和一个白人姑娘同坐一张餐桌，我血液里立即就生出厌恶来。"（第44页）但另一方面，他又不得不"依靠"着黑人。黑人维莉丽在他家当佣人有十五年之久，他后来又雇佣了一个有救命之恩的黑人孩子舍曼当他的秘书，由于舍曼干得很好，他甚至把舍曼当成"宝贝"来对待。但是很快他和舍曼之间的矛盾就凸显出来了，当法官让舍曼记录他的关于"复兴南方"的宏伟计划时，被舍曼坚决地拒绝了。

如果说马龙因为患白血病而意识到自己是个"没有时针的钟"，那么法官克莱恩则是一个试图让时针倒转的人。他力图维护一个失去的世界：旧南方，并竭力维持旧南方的崇高标准：南方的传统习俗——种族隔离。他无法想象现在"就连教育制度也混合了——已经没有了肤色的界限。"（第30页）因此，他提倡强烈的情感，而不是公平与正义。他对孙子杰斯特说："强烈的情感比公正更重要。"（第44页）但正是这种"强烈的情感"导致了法官的悲剧，他的儿子因为不赞成他的这种种族偏见，自杀了。这给法官造成了莫大的伤害。但法官却依然我行我素，希望用这种"强烈的情感"来教育杰斯特。小说的结尾宣告了法官的荒唐可笑，当他作为南方复兴的代表在广播上发言的时候，却突然忘记了准备好的稿子，结果把林肯在葛底斯堡关于解放黑奴的宣言背了出来。当法官意识到自己的错误时，想纠正过来却来不及了，他已经被别人打断了发言。最终法官成了一个滑稽可笑的人，这是另一个种"没有时钟的人"。麦卡勒斯试图用法官的形象告诉读者，这种逆时代潮流的人注定会被滚滚洪流冲走的。

法官在面对着"现实的危机"时，渴望回到旧时代，这反映出当时美国社会的现实。即使到了二战之后，南北战争留下来的创伤依然没有愈合，并长久地留在老一辈的南方人心中。法官家里存了大量的邦联政府时的纸币，法官一直渴望这些纸币能够被现在的政府高价收回，这样他就可以发一笔大财，同时也能利用这笔资金复兴旧南方，他的心理具有代表性。历史问题并没有那么快就消失无影的。因此，60年代的黑人民族运动就更显出时代的历史意义。杰斯特是新一代的南方人，他已经对法官所提倡的那一套厌烦至极，但是由于处在成长期，他的自我追寻之路坎坷异常。他认为公平正义比什么都重要，但是当具体面对着种族问题时,又有些犹豫不决。尤其是在和黑人舍曼的交往中,他处在一种很矛盾的状态中。当然,最后他冲破了种族的牢笼,"爱"上了舍曼,但是舍曼却对他并不领情。杰斯特喜欢音乐和飞行,但是对自己以后到底从事什么职业并不清楚。这种心理是典型的成长期心理,但是当了解到自己的父亲因为没能为黑人打赢官司而自杀之后,他突然有了一种使命感,即当一名律师,为着公平正义而努力。这种平等的种族观和个人成长联系在一起,体现了麦卡勒斯对种族平等的关注,体现了她渴望重建新南方的渴望,也体现了麦卡勒斯强烈的现实关怀精神。

　　有着蓝色眼睛的黑人男孩舍曼是小说中的悲剧性人物,他是种族主义的牺牲品。舍曼多才多艺,会唱歌弹琴,会写字颂诗。他是个孤儿,一直渴望找到自己的母亲,从而确立自己的主体身份。但是,他却肩负着整个民族的重担。而且,麦卡勒斯本意也是如此。舍曼对杰斯特说自己是钢琴调音师,但这个具有象征意味:"我的种族遭受的不公正对待一发生我就振动。"(第93页)他目睹和记录了黑人种族的不幸遭遇,对白人世界深恶痛绝。当他知道法官是个顽固的种族主义者时,他愤然辞职。为了表示自己的不满和抗议,他要"对着干,对着干,对着干。"(第236页)于是他跑到法院大楼广场上的白人饮水处去喝水。但是没有人注意到他。他很失落,又到专供白人使用的男厕所去,但还是没有人注意到他。麦卡勒斯这里的描写让我们想到了埃利森笔下的"看不见的人":处于"不存在"的状态,这也影射了黑人的悲惨现状。舍曼为了引起白人的"注意",后来还跑到白人教堂以及商店里去,但收效甚微,于是,他把法官的狗吊死,并把家搬到白人居住区。这时,全城人都知道有一位黑人住在白人区。这引起了白人的恐慌和仇恨,他的邻居最后丢了两个炸弹把舍曼炸死在钢琴旁。舍曼的死其实也宣布了旧南方的彻底消亡,因为不久之后就会有大规模的抗议活动和民权运动兴起来了。麦卡勒斯也通过舍曼的形象记录了新南方是如何最终到来的。

　　奥立佛·依文斯(Oliver Evans)认为《没有指针的钟》关注的是"来自于与自我的不和谐而导致的孤独","在小说对道德责任的需要和选择的重要性的强调上,我们辨认出存在主义原则的影响:事实上生存危机是这部小说(《没有指针的钟》)的核心。"①马龙、舍曼、杰斯特等人恰恰是在面对这种生存危机时

---

① Oliver Evans, The Achievement of Carson McCullers, *Carson McCullers*, P. 28.

开始了真正的自我选择,并最终实现了自我的发展,完成了个人精神上的飞跃与升华,达到了真正意义上的生存境界。

《没有指针的钟》的突出特点是麦卡勒斯把对种族问题的思考融入到对死亡的思考之中。死亡一直是她的小说主题之一,但是,能把宏大的种族问题联系到主人公对死亡的思考中来却是她的勇敢尝试,应该说这种尝试是成功的,也证明了麦卡勒斯驾驭文字的功力。同时麦卡勒斯在小说中并没有放弃自己一贯的主题:对人的精神隔离和孤独状态的描写。小说中的每个人都是孤独的,无论是马龙、舍曼、杰斯特还是老法官,他们都生活在无边的孤独之中,而种族主义的冲突又加深了这种孤独,使得对南方的描写提到了一个新的层面上来。尽管有着各种不幸和痛苦,但麦卡勒斯并没有对这一切抱着绝望的态度,而是有所期待,有所渴望的。这也是麦卡勒斯的独特之处,在绝望之中给人以希望。

20世纪英国著名小说家、评论家马尔科姆·布莱德伯里(Malcolm Bradbury)对费茨杰拉德有一段精准的评论,同样适合于麦卡勒斯,"事实上费茨杰拉德的创作天赋从一个略不同的侧重面上才能得到更好的理解:不是他与时代的疯狂生活的距离,而是他发现了促成这种疯狂的心理力量。这是他最优秀作品的价值所在。"麦卡勒斯的价值不在于她编织的那些荒唐、怪异的故事,而在于她以敏锐的洞察力和天赋的写作能力,捕捉到了人类细腻、飘忽不定但却是真实的心理状态,描画出了现代人内心里朦胧的恐惧感、孤独感以及人类与之抗争的顽强力量。

## 第四节　凯瑟琳·安·波特(1890~1980)

凯瑟琳·安·波特(Katherine Anne Porter)是当代美国女作家中杰出的一位。因为她生于南方的德克萨斯,故一般文学史把她列入南方作家,而事实上,无论从她的个人经历还是写作范围来看,都远远超过了这个界限。

波特1890年5月15日生于德州的印第安港湾。那是一个土地肥沃、盛产水果、鸟语花香的好地方,一条克罗拉多河的支流蜿蜒流过,故乡的印象成了她许多小说的背景。

她从小丧母,接受的是修道院的教育,但她是一个倔强的女孩和不听话的学生。她少女时代的大部分时间是在新奥尔良度过的,16岁那年她与一个南太平洋铁路局的职工叫约翰的一起私奔,从此改信天主教,但三年后便离了婚。她从这时起先后在纽约、墨西哥城、巴黎、路易斯安那、加利福尼亚及华盛顿等多处住过,行迹飘泊,四海为家。

波特很早就开始了笔耕生涯,20岁出头已经在芝加哥为一家报社和一家电影公司写稿,从此走上了创作的道路。1922年她发表了第一篇小说,1930年因短篇小说集《开花的犹太树》(Flowering Judas and Other Stories)而名噪一时。她是一个创作态度极其认真又喜欢反复推敲写作技巧的作家。既不愿迎合社会风尚写一些无聊消遣的作品,也不屑以粗制滥造的制作换取生活的需要,因此她的作品相当少,包括了长、中、短篇小说在内一共也不过28篇。1931年,波特从墨西哥乘船到德国开始了她的欧洲之行,在船上她把自己的所见所闻用书信的形式记录下来又结合了深沉的思考,这些材料构成了长篇小说《愚人船》的基本结构。

1937年,波特从欧洲回到了美国,她先出版了中篇小说《午酒歌》(Noon Wine),接着,1939年又写出了《灰白的马,苍白的骑手》(Pale Horse, Pale Rider)。这是她最满意的作品之一,女主角米兰达在很多地方与她本人有着相似的经历。特别是那一场几乎夺去生命的感冒对她们来说都是命运的转折点。在这部小说中,波特从哲学的角度对“死亡”“天国”等等作出了独特的思考。

1944年另一部引人注目的小说集《斜塔及其他故事》(The Leaning Tower and Other Stories)问世。在这篇主题小说中,波特写主人公查尔斯·厄普顿抱着一种极大的希望来到柏林,但这里的现实却令他伤心失望,无论是物质还是道德都是这儿最缺的东西。小说中的意象——那摇摇欲坠的斜塔正是这个社会最好的象征与写照。

1962年4月,那本让读者望眼欲穿的长篇小说《愚人船》(Ship of Fools)总算完稿成书,波特为此断断续续写了二十余年,可谓呕心沥血之力作。波特称这部小说只是描写“一个有关好人共谋犯罪的故事,并无恶意,只是与生俱来的罪恶”。

波特小说的形式对这种灵魂中的罪愆作了较为深入的揭示并获得巨大的成功,《愚人船》被认为是一部“近年来很少有如此主题的作品并能与之相匹”的杰作。

1965年,波特以一本《小说选集》(Collected Stories)同时获得了全美图书奖和普利策奖,这意味着文学评论界对她的作品的高度评价,也是她创作生涯的顶峰。1980 年 8 月,这位饮誉美国文坛五十余年的女作家在马里兰逝世。

## 愚人世界众生相
### ——凯瑟琳·安·波特的小说《愚人船》(1962)

《愚人船》是凯瑟琳·安·波特唯一的一部长篇小说。在此以前,波特以短篇小说蜚声美国文坛。她不是一个多产的作家,包括《愚人船》在内也不过二十几篇作品。数量虽少,但波特的小说一向以精巧的构思、细腻的文笔和隽永的内涵给人以深刻的印象。特别自短篇小说集《开花的犹太树》(1931)出版以来,声名鹊起,社会影响日重。许多大学的校园、文艺沙龙以及各种写作学习班都是她经常涉足并受邀发表演讲的地方,她那些对社会的冷峻分析、对生活的深邃见解、对文艺所具有的一种特殊的敏感以及亦庄亦谐的语言倾倒了不少听众和文学爱好者。

《愚人船》是一部道德寓言和社会批评式的小说,故事内容并不突出。这与这部小说的成书过程似乎正好相反。它发表于 1962 年 4 月的愚人节,而此书出版的广告早在二十年前,即 1942 年时已经刊出。在这段时间里,一方面出版商曾先后六次为它作了新书预告,宣称这本"惊人之作"即将与读者见面,另一方面波特在短篇小说方面连接不断的巨大成功使读者对本书抱有一种殷切的期望。但可惜的是每次只是听到楼梯响而不见人下来,它几乎成了自亨利·詹姆斯的作品《在前进中工作》以来最有名气的未发表的小说。有人甚至怀疑作者是否具有写长篇小说的能力,但最终,经过了二十年的苦心经营,这部长达 497 页,人物超过五十几位的"巨型"小说终于问世。《愚人船》之所以姗姗来迟的原因可能是多方面的,但作者一丝不苟的创作态度和对主题的不断思索与体认则是主要的因素。事实上,这部小说也果然不负众望,一经出版,立即引起社会的强烈反响。虽然它是一部严肃的纯文学作品,但却名列于当时最畅销小说榜中达 45 个星期之久,也属文坛盛事。尔后又被改编拍成电影,影响之大,遍及美国及西方社会。也因此《星期六评论》称"波特女士已经跻身于霍桑、福楼拜和亨利·詹姆斯等带头的光荣作家群之列"。

《愚人船》是根据作者一次真实的海上旅行的经历而写成,波特曾在回答《巴黎评论》的记者采访时说:"这是我在 1931 年第一次坐船去欧洲的故事。我们在(墨西哥的)维拉克鲁兹登上一艘德国船,28 天后在(德国的)不来梅上岸。这艘船中旅客拥挤,各种国籍、宗教信仰和政治派别的人聚在一起……我不认为我曾和谁讲过六句以上的话,我只是坐在那儿注视着——不是故意的。我用写信给一位朋友的方式记日记,等到回家,朋友就把信归还给我。而你知道,发生在那艘船上以及此后发生在我心中的事是非常惊人的,因为它现在已经变成小说。"波特选用这个充满了象征意义的书名,也有它的一番来历。在小说的扉页上,她告诉读者:"这部书的书名得自德译本的'愚人船',它是西巴斯蒂·勃兰特(1458～1521)所写的一部道德寓言,1494 年以拉丁文出了第一版。1932 年我在(瑞士的)巴塞尔读到了它,当时我对自己第一次乘船来欧洲的印象还记忆犹新,在我构思自己的小说时,我用了这个简单而又极为普通的比喻。这个世界犹如一艘驶向永恒的船。这个书名一点也不新——勃兰特用它的时候已经是非常陈旧的了,但它却家喻户晓,意义持久,它与我的想法极其吻合,我是这条船上的一名乘客。"①

勃兰特的《愚人船》虽然是四百多年前的作品,但它至今还有着持久的魅力,西方社会中的一些知识分子对这部讲究韵律的作品未曾淡忘,它那些警句式的诗句就像唐诗宋词中的名句在中国一样。

> 整个世界处于黑夜
> 盲目、邪恶与固执中
> 愚人满街而行
> ……②

勃兰特对这个世界忧心忡忡,但却不是一种愤世嫉俗或悲观厌世式的表达,这与波特在构思《愚人船》时的思想相当接近。早在《开花的犹太树》出版的时候,波特就说自己花费大量的精力,目的是努力理解"西方人那种可怕的失败的必然性"。她认为,就她所见,"几乎每个人都是他失败方面令人惊愕的典型"。

"愚人船"不仅在象征的层面上与波特的看法极其一致,而且也与她海上

---

① Kathrine Anne Porter, Ship of Fools, Boston and Toronto: An Atlantic Monthly Press Book Little, Brown and Company,《愚人船》扉页。下同,只标页码,不再另注。
② 引自 The Responsibility of the Novelist, M. M. Liberman, P. 193。

旅程中的一段经历相切合。更重要的是,这个孤立的、处在四周一片汪洋之中也即在时间与空间有限的范围之内的场所,正是作者探索人性本质的一个最佳的艺术环境,因此,波特把本来定名为《希望之地》后来又易名为《没有安全港》的这部小说最终改为《愚人船》。

《愚人船》写一艘叫"维拉"号的德国客轮从墨西哥的维拉克鲁兹驶往德国的不来梅。"维拉"在拉丁语中是"真理"的意思。在这艘"真理"号28天的旅程中,作者以最广与最近的视角来审视一个微观世界中人们的生活,她虽然自称是其中的一位,但在小说中却未曾露面,这种手法,能让读者很容易地感悟到我们都是这芸芸众生中的一个角色,船上人物的言行活动常常使我们产生同一的感想,同时会激起我们对自身及周围世界的观察与思考。

这部小说在结构上分三个部分。第一部分是"登船",第二部分是"在海上",第三部分为"港口"。每一部分都有一句题辞用以醒题,点出该部分的主要情节与思想内容。第一部分用波特莱尔的一句诗"我们何时向幸福出发?";第二部分是勃拉姆斯歌曲中的一句"没有房子,没有家";第三部分则引用圣保罗对希伯来人一句不完全的训谕"因为我们没有继续下去的城市……"从这些题辞及情节安排中,我们可以看出波特转弯抹角的主题思想,这艘满载了人类化身的客轮出发去寻找"真理与幸福",但却发现人类缺少自己的安身之处,也没有精神的故乡,并且连前景也虚幻黯淡。那么,是什么原因造成人类如此的窘迫之状呢? 这正是作者在本书中想要揭示的。

如前所述,《愚人船》是以短暂的旅途生活为背景。在"维拉"号这个小小的世界中,乘客们不期而遇,卷入彼此间的关系之中,故事情节自然不会有惊天动地的场面。作者的兴趣是对乘客自身和对他们间相互关系的描写和研究,并由此来显示人类道德的堕落和精神失落的处境,衡量兽性与罪恶在这个世界中的尺度。

在这艘船上,除了底舱中近千名穷苦的工人外,客轮中的乘客与船员有名有姓的就有五十多人,他们是小说中的主要人物。在如此众多的人物面前,细心的读者并不会感到晕头转向,因为他们鲜明的个性是一把"钥匙",而另一把"钥匙"则是作者在小说前列出的人物名单及其身份,二者结合,我们甚至只要凭了他们的对话就可以清楚地分辨出各个人物。这也可见波特写作技巧精妙之一斑。

"维拉"号是一艘国际客轮,它的乘客包括了各种国籍,有德国人,墨西哥人,西班牙人,美国人,也有瑞典人,古巴人和瑞士人。这些不同民族、国籍的乘客正好象征了人类的一个横切面。在这些人物中,除了船长、船医之外,还包括了一个西班牙的歌舞团,四男四女,以唱歌跳舞为生,但他们是船上最危险的一群人,女的全是妓女,男的则是皮条客,而且全部是小偷。他们还有一对像魔鬼一般的双胞胎叫拉克与力克;有四个美国人,他们在小说中都是重要的角色,其中威廉·丹尼是一个从德州来的化学工程师,他因对生活的失望而整天沉溺于地位与性的渴念之中,被他奉为至宝的是那本《性和精神预防的娱乐面——快乐的真实指南》;第二位是崔薇儿夫人,年过四十,刚离了婚。她想在船上保持一种温和的态度但时时又与人缠在一起。对她来说,过去的生活已变得渺茫无迹而将来的前景又显得朦胧不清;另外两位则是一对相好了多年但又互相折磨的情人叫大卫·司考特和珍妮·布朗。他们都是年轻的画家,彼此觉得不能分离但又好不起来的"欢喜冤家";一个瑞典人叫汉森,性情极其暴躁又为性事感到痛苦,与丹尼一样。还有一些墨西哥人、一个瑞士小旅馆的老板和他的家人以及几个古巴的医学生。因为"维拉"号是一艘德国船,又驶往德国的不来梅,故船上许多人都是德国人。其中有一位卖弄风骚、喜欢搬弄是非的老处女李丝·史包凯克小姐,她拥有几家服装店;一个退休的教授叫赫顿,他是一个肥胖而又夸夸其谈、卖弄学问的老朽,其妻也和他一样,"腿粗得像树干",胖得喘不过气来。他们没有子女,把全部的感情都投注在那只叫"贝贝"的胖狗身上;另外还有一个粗暴的反犹主义者叫吕伯,他是一份贸易杂志的出版商;一个酗酒的律师鲍加顿和他的一家人;一个正统的犹太商人罗文梭,他以制造犹太的宗教用品而谋生;一个叫克老肯的驼背及一个年轻的德国工程师弗里特,他正因为妻子是犹太人而暗自感到痛苦……所有这些人物都受道德失落之苦,在感情上、精神上处于孤独无依的状态。当轮船停靠古巴的哈瓦那时,又有一个西班牙的贵族夫人,也是一位"革命家"的拉·康蒂莎夫人上船,她因参与古巴的政治而被驱逐出境。另外,有876名来古巴打工的西班牙苦工也搭船回国,他们是古巴糖业市场瘫痪的牺牲品。

在这支庞大的乘客队伍面前,波特运用了全景风貌式的手法,从一只只客舱、从甲板到休息室,从船舷到酒吧为读者展示了这些形形色色、性格各异的人物。其中,有不少人给我们留下了深刻的印象。

船长塞勒是这艘船的主人,他高高在上,发号施令,是权威与秩序的象征。他以正统的德国文化的代表自居,处处以自己固有的眼光来评判船上众"愚人"的行为。从他的言论和立场中,不难看出他是一个十足的反犹主义者,一个褊狭、自负的专制统治者。在他看来,这个世界中行之有效的控制手段是规则与纪律,他生活于这样的框架之下,希望统一每一个人的行为。当底舱的西班牙劳工刚显出一种骚动不安时,他立即命令收缴所有的武器与工具。一个巴斯克人的木刻匠人叫埃切给瑞的就此遭了殃,他以雕刻木制的小动物为生,当他不得不交出刻刀的时候,不禁失声痛哭。

长舌妇李丝·史包凯克小姐与船长一样,也是一个反犹太主义者,她恨犹太人是因为在"自己的这一行中"他们(犹太人)"想控制一切",是她生意上的对手。而同样的反犹主义者吕伯的观点则更为激烈,偏重于宗教的狂热与种族的矛盾,但他还要假惺惺地做出一种讲求公道的姿态,小说中写道:"那个吕伯虽然自称不是反犹主义者,而且还说自己非常喜欢阿拉伯人,但他又说'只是忧虑于德国民族及我们民族的血液',要净化(犹太的)毒汁。"(第230页)从这些人物身上,可以看出后来纳粹德国迫害犹太人的民族主义的社会基础。

四个美国人中,崔薇儿夫人是作者浓墨重彩描写的一位。她虽然是美国人但一心向往的地方却是巴黎,巴黎是她心目中的天堂。在船上,她表现得迷人而又有理智,老于世故又落落大方,而且她还是一个小心翼翼、善于控制自我的人。她渴求有一个安静的地方可以坐下来思前想后,把自己的生活道路细细地理一遍,但置身于这样一个混乱的世界,她感到:"从来就没有一个令我不惜代价去买一张票坐在那儿的地方。可能压根儿就不存在这样的地方,或者有过,但现在去已经太晚了。"她虽然处事谨慎,又充满了一种同情心,但还是会卷入一些难堪的场面。她无意中向同舱的李丝·史包凯克小姐说起了弗里特告诉她的一个内心的秘密即他的妻子是犹太人,正好给这位饶舌的老处女提供了消遣的好材料。崔薇儿看似一个相当温和的人,但在特定的场合下也会显出其坚强有力的一面。如那次西班牙歌舞团举行的戏装舞会后,威廉·丹尼醉后错把她当成一个舞女,硬欲闯入她的客舱以行无礼,这时的崔薇儿夫人不知从何处得到了力量,她用拖鞋的后跟狠狠地揍了这个无耻之徒并把他赶了出去。这个事件使她事后备感骄傲,自信在反抗意外的暴力时拥有足够的勇气与力量。在小说中,几乎所有的人都沉浸在自我的幻觉之中,紧锁在固执愚蠢的偏见里,只有崔薇儿夫人有一瞬间的醒悟,认识到人类对于相互理解的迫切需要和因为缺乏这种相互的理解而造成的寂寞与孤独。

珍妮·布朗和大卫·司考特是一对情人,他们彼此以珍妮安琪儿和大卫爱人互称,但实际上已经有好几年不愉快的关系。他们似乎跟自己过意不去,不断地互相指责。他们那种割不断分不开但又融合不在一起的矛盾状态以及他们既恨又爱的情感描写与心理分析,实是波特对当代美国文学所作的一大贡献。从本质上看,大卫是一个大男子主义者,他希望珍妮放弃绘画,认为她不可能成为一个出色的画家,"因为从古到今没有一个伟大的女画家"。(第77页)为此珍妮一直与大卫处于一种抗争之中。她是一个热情好动、性情率直的新女性,一定程度上是当代美国女性的一种代表人物,随便什么人,三教九流她统统搭得上。在大卫的记忆中,她积极地投身于各种政治活动,只要一有罢工游行之类的行动,她马上会参加进去,自告奋勇当一个纠察或什么,但事过之后却连罢工游行的原因也不知道。正因为她性格开朗,活动范围大,波特好几处都借用了她的眼睛描写了不少的人物与场景,也用她的观点来对人类的困境作出思考。

在这部小说中,那对年仅6岁的双胞胎拉克与力克可是"大人物"。他们年纪虽小,但却是波特笔下人类罪恶的象征。他们在船上先是设法把那只猫抛到海里,接着又把赫顿教授的牛头狗弄进大海,为此还伤了一条人命,他们还偷了康蒂莎夫人珍贵的项链并把它丢入海中。他们躲在阴暗角落所干的勾当连船员都不堪形容。这对鬈头发的孩子是"真正的恶魔"。他们到哪里,哪里便遭殃。船医休曼一开始就对他们的行为感到惊愕,看到了他们那种"盲目、眼也不眨的邪恶",相信他们的"罪恶是他们灵魂的蛋"。而那个叫加札的神父则称他们是"被魔鬼迷住了的孩子"(第318页)。船上的人对他们都恨之入骨,盼望他们早早受到上帝的惩罚。波特之所以把这一对孩子写得如此可怕,恐怕意在表达只要是人,无论大小都会有一个罪恶的灵魂,这对小恶鬼的倒行逆施正是他们灵魂罪恶赤裸裸的显现。

在所有的人物描写中,最具启发意义和情感效应的是休曼医生与拉·康蒂莎夫人以及他们间一段流产的"黄昏恋"。休曼是一个虔诚的天主教徒,一个有理性又具良知的人物。他看上去很强壮但实际上却有一种他自己诊断为"非常普通的心脏病",而且随时会有死亡的危险。因此,这次航程是他生命中的最后一次出海,他回到德国去是准备等待死神的降临。在船上众多狂热偏执的人中,他算是少有的例外者之一。他保持了一种较为超然客观的态度,表现出一个深受德国人文主义熏陶的长者的风度。由于职业的性质,他与船上各个层次的乘客都有接触,也为底舱中的穷人看病治疗。他明知自己奄奄一息,但眼见了那对双胞胎准备把猫投入汪洋之际却飞奔过去,拦住了他们的恶行,救出了那只险遭不幸的猫。在船上一片反犹太人的声浪中,他始终保持了清醒的头脑和人类应有的良心,当有人问他:"你对犹太人怎么看?"他毫不迟疑地回答:"我没有反对他们的看法,因为我们崇拜同一个上帝。"(第230页)

作为一个医生,休曼接近了康蒂莎夫人,为她那种"异常"的美所吸引,又为她在古巴的义举而折服。在夫人的邀请下,他拜访了她的客舱。在这儿,他闻到了一股土耳其烟草、浓烈的香水与乙醚混合在一起的味道,康蒂莎则坦率地告诉他自己使用麻醉剂的事实。

"啊,好美啊!我多么喜欢麻醉剂,任何一种,都能帮我睡眠或唤醒,我崇拜它们。"(第120页)开始时,休曼以医生的职责规劝她戒除麻醉剂的使用,但看到了这个可怜的女人非此难以捱日的情形,他又违心地为她注射这种针剂。这两个各自感到日薄西山的病人由于经常的接触和心灵的碰撞而产生了一种难以言述的感情。休曼医生虽然透露出自己不幸的婚姻和备感孤独的内心,但他还是认识到与康蒂莎的感情纠葛是自己灵魂罪恶的一种表现。这种感情与灵魂自救的搏斗犹如一副磨盘碾碎了他的心。而康蒂莎对他的感情则有增无减,以致有一次船上拉警报,康蒂莎对休曼说:"想象中,如果船要沉下去了,我们应该拥抱在一起,慢慢地、慢慢地沉入大海深处,一个黑暗静寂的地方,相爱在冰冷而静静的水中"(第316页)。

康蒂莎的热情几乎打碎了休曼医生富于理性的超然。他晚上到她舱内乘她入睡之际吻了她,出于一种嫉妒的心态,他不准那些古巴的医学生接近她。这些行为表明他与康蒂莎感情上的联系确实已超过一个医生与病人之间的关系。与此同时,他内心的罪恶感和负疚感又不断地迫使他回到理性的一边,经过长时间内心痛苦的斗争,他决心避免卷入更深的爱情漩涡,放弃了这种没有条件也没有义务的情感享受。休曼医生在这段感情上的逾越,表明了作者有关人类只有对自己内心的罪恶不断地加以认识和斗争,才能显示人性高尚纯洁的观点。

波特在描写这些上层、中层乘客的同时,也没有忘记底舱中那"876个不幸的灵魂"。她以那些乘客的眼睛来俯视他们,当这些西班牙苦工在哈瓦那上船的时候,珍妮·布朗看到了底舱内——

　　空气不再是空气,而只是一种热量,充斥着汗水,污物、不新鲜的

食品和弄脏了的干草、褴褛的衣衫及粪便的臭气,这是一股贫穷的味
道。这些人并非无名无姓,他们全是西班牙人,看来有头有脑,眼睛
中显出活力,他们的皮肤是一种挨饿而又过分劳累的人的皮肤,灰白
中带铜绿的颜色,好像他们的血液不足以新陈代谢。他们的光脚青
肿而僵硬,关节处受伤,而他们的手几乎是肿起来的拳头。很清楚,
他们在这儿没有自己的意志和计划,处于无助的被奴役之中,等待下
一个不知是什么的命运(第57页。)

尽管这些人处于如此悲惨的境遇之中,但他们却并不感到痛苦,相反,处处表
现出一种不惜任何代价而生存下去的决心。虽然相比之下他们似乎没有什么
优势可言,但他们可以凭借了繁殖人口来与"上层"社会相抗衡。就像在登船
时他们的两个孩子不无得意地说,他们现在的人数远远多于来的时候。整个
航程中又有七个孩子降生,一个母亲甚至大声说:"全部都是男的!"

《愚人船》虽有不少象征的意象,但它的情节却是扎根于现实生活之中。
波特所构筑的这个特定的环境以及状写生活于其中的人物都是运用了精细
的观察和客观的描摹,在这些人物登船之前,也就是小说开头部分在码头的
场景,读者已经可以感受到一种紧张不安的气氛。维拉克鲁兹港"是夹在陆
地与海洋之间一个小小的炼狱"。天太热,到处是肮脏邋遢、满街乞丐的景
象,旅客与当地人的关系异常紧张,"旅客必须跨过他们的手才能进入临时
候船室",他们想早早离开这个可怕、罪恶的地方,但当地人则希望越晚越
好,他们要从旅客的手中弄到每一分钱。波特在这个场景中还特意描写了
一只猫、一只鹦鹉、一只猴子、一条狗和一个印第安人之间的对立关系。那
只长长的灰猫正注视着它的敌人鹦鹉,而鹦鹉则敌视那只猴子,那条癞皮狗
刚唬走了猫却被那个印第安人一脚踢中肋骨,逃回了肉铺……这种一连串的
描写似乎是一条锁链上的对立物。波特运用这个意象的目的是旨在说明这是
一个相互敌视,冷酷无情,隔离、害怕、对抗并存的世界,这个比喻的意义贯穿
全书。

《愚人船》以人物刻画见长,但这种刻画又是建立在他们的言行之上,故小
说中有些情节值得读者们注意。如拉克与力克把赫顿教授的心肝宝贝"贝贝"
推到海里以后,那位底舱中的木刻艺人埃切给瑞跳入海中救起了这只牛头狗,
但不幸的是,他自己却为此付出了生命的代价。赫顿教授面对此事,他非但没

有对这位好人表达感激之情,也没有为他的牺牲表示痛惜,反而怀疑他的动机是为了索取报酬。他对"贝贝"的落水伤心至极,但对埃切给瑞的生命却毫不在乎,"转身便把他的名字忘了"。这个情节把这位貌似学识渊博的人物的面目勾画得十分清楚。另外,当崔薇儿夫人无意中透露了弗里特的妻子是犹太人后,这个年轻的德国工程师便受到了众人的白眼。他原先在船长的餐桌上有一席之地,这本是乘客莫大的荣耀,但马上被赶了出来。在这个尴尬的场面中,所有的人都附和船长的反犹太态度,他们装聋作哑,甚至落井下石。在一片沉默声中,弗里达只听见喝汤的声音和看见一张张幸灾乐祸的脸,连那个寡妇福·史密特夫人也不吭一声,因为她想到自己如"不属于这些人,那她属于哪些人呢?"最后,弗里达只得灰溜溜地退了下来。但弗里特本来就是一个性格复杂的人。他一直处在内心世界的斗争之中,因为他自己是一个日耳曼人,他此行的目的是把妻子玛丽接到墨西哥去。他之所以会娶一个犹太人为妻是因为她长得漂亮。于是,他在船上以自欺欺人的方式想象与他妻子的一场谈话,他对玛丽说,你不再是一个犹太人,你是一个德国人的妻子,我们孩子的瓶就像我一样纯,而被你玷污了的那部分在德国人的静脉中会慢慢净化。说穿了,他自己实实在在也是一个反犹主义狂。所以当他从船长的餐桌上被撵出来之后无可奈何地坐到了船上唯一的犹太人罗文梭的边上时,"他感到自己的喉咙塞住了,就像受伤后堵塞了一样,有一点是肯定的,他不愿坐在犹太人的桌子上"(第262页。)

在船上发生的种种事件中,西班牙歌舞团所安排的那场戏装舞会相当惹人注目。他们表面上称这场演出是给船长以光彩,但实际上在演出的过程中却竭尽讽刺嘲笑之能事,把船长与那些"上等"乘客狠狠地挖苦了一番,意在把这个场合转变为讽刺那些脆弱、骄傲、贪婪、弄权与愚蠢的"巫魔之夜"。

在"维拉"号这个缩小了的世界中,我们似乎看到了一个西方社会真实生活的缩影。大多数人变得疯狂而自私,沉溺于性、毒品、酒精之中,道德沦丧,受偏见支配。性格中不乏嫉妒、傲慢、贪婪等毒素。更为可怕的是,波特借了珍妮在墨西哥乡村中透过汽车玻璃所见到的一场搏斗曲折地道出了自己一个重要的寓意。

　　　　六个印第安人,男的女的,静静地站在这光秃秃的小屋前,他们
　　目不转睛地注视着什么。当汽车走过,珍妮看到了一个男人和一个

女人,离开这伙人有一段距离,正死命地揪斗一团。他们扭在一起,摇摇晃晃地像是互相撑着,但男的手中操了一把长刀,女的胸前和腹部被刺破了,血正从她身上往下淌,流到大腿上,把她的裙子粘在腿上。她正用一块锯齿状的石块砸他的头,他满脸血污……静静地,他们的脸像受苦中的圣徒所忍耐的那样,难解难分,在狂怒的纯洁、在仇恨中奉献于神圣的目的而互相杀戮。他们的肉体扭成一团在厮杀,他们以左臂挟住对方的身体,像在相爱之中。他们的武器又拿了起来,但他们的头慢慢垂了下去,那女的头已靠到他的胸前,男的则靠在她肩上,就这样子,他们还在打。这只是一瞬间的场景,但珍妮牢牢地记住了阳光照耀下的这一永恒的日子(第144页。)

这个隐喻可以看成小说的中心,它照亮作者所写的一切。珍妮所看到的这对男女之间无声的厮杀,正是西方社会中人类关系的一种写照。无论是在内部还是外部,虔诚与亵渎,犹太对异教,阶级对阶级,国家对国家甚至连情人之间(珍妮与大卫即一例)……都在进行一场场血肉之战,用拳头来赢得"真理"。波特以极其圆熟的技巧来捕捉社会中种种相辅相成但又背道而驰的关系,这是一个乱七八糟的世界,就像登船前在维拉克鲁兹所见到的那样,处处显出秩序与混乱、强力与软弱、爱与恨、欺骗与自我欺骗、个人与大众以及腐朽、毁灭、死亡等等的矛盾,人们在这样的环境中作用与反作用,每一个人都迷失在这怪圈之中。

《愚人船》既以作者的真实旅途经历为内容,当然不会有一般故事的结局之类。船到终点,乘客各奔东西,真如泰戈尔一首诗所说的:

> 我们的生命宛如飘洋过海,
> 我们都相逢在这狭小的舟中
> 到时,我们登上彼岸,
> 又各往各的世界中去……

凯瑟琳·安·波特确实具有非凡的才华,她以"维拉"号作为她的舞台,精心布置和安排了各个场景与人物的登场。她运用自己所擅长的短篇小说的技巧,先是分而写来,然而凑在一起,但整部小说如一气呵成而绝不露圭角。她写作的特点之一是运用优美的文字,间或夹入一些喜剧性的语言以增强效果。如犹太人罗文梭在船上感到生活于如此危险的世界之中,怀疑自己晚上是否敢上床睡觉,但刚想到这儿,他"马上就睡着了"。这种语言的运用大可媲美与奥斯汀的文笔。另一方面,波特又以"聚焦镜"的方式忽远忽近地审视各人及人与人之间的相互关系,放得开又收得拢,具有很强的控制能力。在谈到她自己与人物的身份时,波特说"我一处不在而处处在,我是船长,也是那条晕船的牛头狗,是穿了樱桃红衬衫的唱歌男人,又是那些精力旺盛的孩子和所有的女人及大多数男人"。我们会感到,在这部长达近五百页的小说中,观点似乎时时在变,并没有一个全知全能的作者的观点。这正是本书突出的艺术成就之一,只有用这种观点互异的方式,彼此把他人看作愚不可言的人物,才能表现出自己的痴愚实质。

由于《愚人船》丰富的内涵和巨大的影响,西方文学评论界对它评价甚高,但也有不同的观点或吹毛求疵的看法。有人热衷于以弗洛伊德的人格的三个层次来解释这部作品,他们把船长视为"超自我",众乘客为"自我"而底舱的劳苦大众为"本我",试图把小说纳入精神分析学的轨道而离开了作家的本意。另外,也有人如玛克·斯考拉(Mark Schorer)认为,这是一部"没有情节,甚至不能说是一部小说"[①]的书,更有人批评它是"一个苦心经营的精巧的方程式,被篡改成得到零的得数。"主要认为此书既不符合传统小说的概念又没有积极的道德指向。

事实上,波特确实不准备写一个有头有尾的普通故事。她写这部作品的动机正如她说的:"我不认为这是一部悲观主义的作品,我不想让所有的人都远离圣者或成罪人,我只是想写出人类的弱点和对他人的伤害,或背负着力不能胜的包袱,这些包袱使他们成了现在这样子。"也就是说,她只是想暴露人性中"愚"的成分,写出各人以己之"愚见"判断别人之"愚行"的令人深思的可悲的现实,这正是这个"方程式"的着眼点。这部小说的价值与意义在于以描绘与象征的手法,启发人们去探索人类本质的某些方面,它不可能也无须提出解决的方法和答案,从这个角度看,《愚人船》确实是一部达到了相当的深度并取得了极大成功的小说。

---

① 《纽约书评》,1962年4月,第1页。

## 第五节  库特·冯纳古特(1922～2007)

库特·冯纳古特(Kurt Vonnegut)1922年11月11日生于印第安那玻利斯,很早就显露了文学才华,18岁时就成了校园新闻日刊的撰稿人。1940年进康奈尔大学并为《康奈尔太阳报》写稿。1945年参加美国陆军步兵,同年被德军俘虏并关押在德累斯顿。二次大战结束后荣获紫心勋章。1947年又入芝加哥大学,不久在著名的通用电器公司任公关员,1950年退出该公司专心从事写作。1952年冯纳古特出版了第一部小说《自动钢琴》(*Player Piano*),写一个机器已开始对人类造成威胁的故事并认为美国的将来很可能出现在电脑控制下由机器决定人的命运的局面。这部小说在当时未被引起注意,主要原因是被视为一般的科幻小说。二十年后,当冯纳古特受到文学评论界的青睐以后,人们回头再读这部小说,都为其"前瞻性"惊叹不已,肯定它是一部反乌托邦小说,其意义是作者提出了人们要是让技术控制了世界人类将面临危险的警告。这种思想几乎贯穿冯纳古特的创作生涯,而早在《自动钢琴》中已露端倪。1959年出版的《泰坦的女妖》(*Sirens of Titan*)进一步加强了这种看法,他甚至认为人有可能本身就变为机器的一部分,被其他机器所控制。

1961年《夜母亲》(*Mother Night*)的出版标志了冯纳古特在文坛上地位的改变。这部小说无论是题材还是技巧都受到了赞扬。冯纳古特把科幻小说的形式和社会背景联系起来,写二战中一个美国的剧作家住在德国为盟军秘密工作而大战后又被疑为纳粹战犯的一段极为复杂的生平故事。它成功地改变了以往第三人称的叙述方式而运用了第一人称,这样使故事更加贴近读者。小说中充满了那种嬉笑怒骂式的语言,也就是后来被称之为"黑色幽默"的手法。1963年《挑绷子》(*Cat's Cradle*)的出版又为这种形式赢得了大量的读者。在接下去的《上帝保佑你,罗斯沃特先生》(*God Bless You, Mr. Rosewater*,1965)中,冯纳古特似乎回答了在《挑绷子》中提出的问题,认为新的科学知识或那种"无害的谎言"式的宗教还不能使人们勇敢、善良、健康和愉快,那可能的答案只能放在爱与金钱的结合之上了。

60～70年代是冯纳古特创作的全盛时期,他作品的价值被逐步认识,受到评论界一致的好评。1967年他获得了一笔哥根汉姆研究基金使他能去德累斯顿旧地重游并为新作准备材料。1969年出版了《第五号屠宰场》

(*Slaughterhouse-Five*),这部小说与《挑绷子》一样是他的代表作,他为写这本小说足足花费了二十余年的时间积累素材,构思写稿,被称为"德累斯顿"小说,后被拍成电影,影响巨大。小说的主人公毕利是一个二战的退伍军人,他不但亲眼目睹了战争的疯狂与残酷而且还被带到另一个星球,在那儿见识了许多前所未知的事情。冯纳古特让毕利在如此遥远的地方及"足够"的高度来俯视人类居住的地球,指出它实在是一个充满了危机的地方。这部小说在许多地方与约瑟夫·海勒的《第二十二条军规》有相同之处。

1973年,《冠军牌早餐》(*Breakfast of Champions*)出版,这是一本被称为"反小说"的小说,叙述角度多变,人物统统是作家手中玩弄的木偶,但因其中涉及不少美国社会敏感的问题而受到关注。1975年,冯纳古特被选为全美文学艺术协会副主席。1976年他又发表了新作《粗鲁的滑稽剧或不再寂寞》(*Slapstick；or, Lonesome No More!*)。

## 一部荒诞世界的启示录
### ——库特·冯纳古特的小说《挑绷子》①(1963)

库特·冯纳古特如今已是一位饮誉美国的大作家了,美国最大,也是最有影响的书店"巴恩斯与诺布尔"就以他的画像作为该店的标志之一,以示其新潮与"不同凡响"。这个醒目标志不仅见诸该店的各大连锁商场,而且走在街上,随处可见人们拎着印有这种标志的广告袋,它竟然也成了美国当代社会中的一种时髦。这种情况多少出乎一般人的预料,因为开始的时候大家只是把冯纳古特视为一个普通的科幻作家,认为他无非是用一种插科打诨式的语言写一些荒诞离奇的故事,对他的作品并不十分留意。但是,随着时间的推延,一些敏感的文学评论家开始感觉到这些荒诞故事的背后有一种发人深省的力量,即使是一般的读者也会在捧腹之余意会到一种苦涩的滋味。于是,他的科幻小说或称"科幻寓言"开始得到读者一种新的认识,对其评价越来越高,人们相信这是严肃文学的一种新形式,有人甚至把他视为美国的奥尔德斯·赫胥黎,②认为他的许多小说比之于后者的不朽杰作《美妙的新世界》也毫不

---

① 《挑绷子》("*Cat's Cradle*"),有直译为《猫的摇篮》,实为儿童以手穿绳的游戏,也称"挑绷绷"。
② 奥尔德斯·赫胥黎(Aldous Huxley, 1894-1963),英国小说家,代表作品《美妙的新世界》(1932),他描写了一个人类完全是按照机器和机器社会的需要而设计的世界,引起西方知识分子对前景的极度不安。

逊色。

　　冯纳古特自1952年第一部小说《自动钢琴》到1976年《粗鲁的滑稽剧或不再寂寞》一共出版了十几部长篇小说和一本短篇小说集《欢迎到猴舍来》,大都成了风靡一时的热门书,其中如《泰坦的女妖》《夜母亲》《挑绷子》《上帝保佑你,罗斯沃特先生》《第五号屠宰场》《冠军牌早餐》等都有很大的影响,《第五号屠宰场》还被拍成电影,反响强烈。因此,要在冯纳古特的小说中选一本代表作也是件不容易的事,常有顾此失彼,难以下手的感觉。但尽管如此,根据大多数文学评论家的看法,若从风格技巧与题材思想等几方面来考察,《挑绷子》应是他首屈一指的作品。

　　《挑绷子》发表于1963年,和他的其他小说一样,看上去像是一个胡编乱造的故事。全书有287个章节,内容庞杂,结构松散,充满了无头无尾的情节,给人以一种东拉西扯的感觉。人物时隐时现,既无性格特征也乏前后交代。但若细细地阅读全书,一个基本的故事框架还是清晰的。

　　《挑绷子》的故事由一个叫约翰(姓不详)的作家叙出。他原本是一个基督教的信徒,两次离婚又酗酒如命。他打算写一本题为《世界末日》的书,也即写1945年8月6日美国在日本广岛投下第一颗原子弹的那一天。为了得到第一手的背景材料,约翰决定研究菲力斯·霍尼克博士的私生活,因为他是原子弹的发明者,人称"原子弹之父"。约翰先走访了他生前所在的实验室,想从他的同事、助手那里得到一些这位科学家的生平点滴,但在采访过程中约翰惊奇地发现这个实验室里的科学家虽然研究成绩卓著但却缺乏一种基本的道德职责,这实在是一种令人可怕的现象。他们关心的只是研究的成果而对这些成果带来的社会后果却漠然处之。接着,约翰又为了找到霍尼克博士的子女而来到了加勒比海的一个小小的岛国称为圣·劳伦佐共和国。这里表面看来风平浪静,但实质上却与当时的海地一样正处于专制暴政的统治之下。约翰在这儿不仅认识了霍尼克的三个子女而且还接触到一种新的宗教叫"博可诺主义",这种宗教可以使当地的百姓比较容易忍受现实的煎熬。

　　我们进而得知,当菲力斯·霍尼克博士临死之时,他的三个子女把他最新的研究成果"九号冰"给瓜分了。这项研究是应海军陆战队司令的要求而进行的,目的是使泥泞的沙土能结成固体以便在战争中改善作战环境。根据他们的理论,结冰只是许多种水凝固的方式之一,世界上一定还存在其他水的结晶方式。只要能找到其他的方式,最好溶点不是零度而是十几度甚至几十度,那么这个难题便迎刃而解。霍尼克博士不愧是一位"杰出的科学家"，经过他呕心沥血的探索，终于发明了一种溶点是华氏 114.4 度(合摄氏 45.7 度)的"九号冰"，只要用一点点这种"冰"的原种放入普通的水中，马上会把所有的水凝固成晶体，而且它的威力还在于它的连锁反应，所有与之相连的带有水分的东西都会结冰。在他的实验室里，一只狗因舔了舔放有这种冰的碗马上被冻成固体。

在圣·劳伦佐共和国，约翰越来越被"博可诺主义"所迷，同时他也得知霍尼克博士的几个子女为了换取自己一时的快乐与利益，分别把这危险的"九号冰"出卖给别人的消息。这个共和国现任总统叫蒙札诺，他因身患癌症而痛苦不堪。为了结束这种无法忍受的生活他从霍尼克的大儿子法兰克那儿弄到了"九号冰"后吞服自杀，结成固体。为此他把总统的位置让给法兰克，但此时的法兰克已和他父亲一样痴迷于科学研究之中，对此不感兴趣，他转而想把总统的宝座让给约翰。当他们正在小心翼翼地处理蒙札诺的遗体时，正碰上了一桩飞机撞毁的事件而不幸把这位前总统的冻尸弄进了大海，顿时，一场真正的灾难降临了，"九号冰"扩散到地球的每一个角落，把它整个地冻结起来，同时也毁灭了世界上所有的生命。具有讽刺意义的是，约翰原本想写那本以广岛原子弹爆炸为内容的世界末日的书没成功，却在无意之中参与引来了由"九号冰"而造成的真正的世界末日。

从故事的层面来看，《挑绷子》确实是一部荒诞不经的小说，像是作者随心所欲地编织了一个危言耸听的故事。但如果我们仔细地玩味这些滑稽离奇的情节时，却能从这个故事的背后看出作家对现代社会，特别是科学研究中负面影响的深深忧虑以及对宗教思想中一些欺人之谈的辛辣讽刺和揶揄。冯纳古特在一部小说中对西方社会中这两个相当敏感的问题作了别开生面的揭示，恐怕正是本书引起社会普遍关注的原因。

《挑绷子》中两个最重要的人物即原子弹之父菲力斯·霍尼克博士与"博可诺主义"的创始人博可诺先生都没有在小说中直接登场。但他们却处处"存在"，时时影响所有的人与事。前者是通过他周围的人包括同事、子女甚至敌人(但他没有朋友)的回忆来刻画的；后者则以他的思想及一本贯穿于全书的圣经式的《博可诺之书》来见出，他本人的形象只是到了最后一节中才隐约出现，但仅讲了几句话后即与全书一起结束。

若按 E. M. 福斯特在《小说面面观》中对人物形象分析的理论，《挑绷子》

中所有的人物,包括故事叙述人约翰与这两个重要角色都属于"扁平人物",并无精彩的个性特点可言。但冯纳古特似乎对此并不在意,他醉翁之意不在酒,人物对他来说不过是表达自己思想的玩偶,我们很快能看到这种独辟蹊径的手法有助于取得特殊的效果。虽然霍尼克与博可诺都不在"台上",但他们却有着足够的"表演"。

由他人之口,我们得知菲力斯·霍尼克博士是一个执着的科学家。他全身心地投入自己的研究项目简直到了如痴如狂的地步。他把研究工作视为个人的癖好,因此他做每一件事都是为了满足自己好奇的欲望,同时也是为了赢得社会的尊敬与金钱。但不幸的是,作为一个科学家,他忘记了自己应有的良知与道德。当原子弹第一次试爆时,他看到了自己研究的成果有如此的威力而兴奋不已。而人们得知美国现在只需用一枚炸弹就能毁灭一座城市和成千上万人的生命时,有位年轻的科学家不无内疚地跟霍尼克说:"科学从此应感到罪孽。"但霍尼克却惊奇地反问:"什么是罪孽?"[①]

这个从不关心人类与人性的科学家几乎成了一个可怕的机器人。除了自己的专业,他从来不看书不读报,也没有正常的情感生活。小说第五节中约翰通过他的小儿子牛特的回忆,讲到广岛原子弹爆炸的那一天,霍尼克突然心血来潮想与儿子玩挑绷子的游戏。因为那天正好他收到一本用绳子扎起来的小说稿。这部小说是一个被押的杀兄犯叫何达尼斯所写的,内容讲一个疯狂的科学家是如何制造了一枚恐怖的炸弹把整个地球毁于一旦的故事。他之所以寄稿子给霍尼克博士,目的是向他讨教究竟是什么东西装入这枚炸弹才有如此巨大的力量,以便他写出来时更具"真实感"。但可惜的是霍尼克博士从来"不读小说,哪怕是短篇小说——至少从他儿童时代起就这样"。他把书稿丢在一边,却把那根绳子抽出来玩挑绷子的游戏。我们知道,就在这个时刻,日本广岛几十万人惨遭杀害,数以万计的家庭顿时毁灭,而菲力斯·霍尼克,这位"原子弹之父"却在玩他的挑绷子,读者看到这里,恐怕不会无动于衷。

冯纳古特还暗示我们,这场悲剧的残酷性还在于,霍尼克之类的科学家所从事的工作是在"科学研究"的名义下堂堂皇皇地进行的,他因此还获得了"诺贝尔物理奖",这不得不引起人们的深思。霍尼克博士在领奖仪式上的致词

---

① Kurt Vonnegut, *Cat's Cradle* , New York：Delta Book Press, 1963, P. 25. 下同,只标页码,不再另注。

是："我现在站在你们面前,是因为我从不停止。就像一个 8 岁的孩子在春天的早晨一路荡到学校去一样,任何东西都能使我停下来看一眼,想一想,有时学一下,我是个很愉快的人。"(第 20 页)这段致词虽然简短但却是他最好的自白。他作研究,纯系个人兴趣,除此之外他并不理会。这种态度自然导致他变成一个丧失人性的人,一个六亲不认的冷血动物。在他去领取诺贝尔奖的那天早晨,他在家里吃了早饭后竟然在桌上留了 3 角 8 分算是付出的小费,他这个时候已经把他妻子的身份也忘了。他虽然自称是一个愉快的人,但实际上却是一个既无情感也无生活乐趣的怪物。他不仅没有自己的幸福而且也给家里人带来了痛苦与不幸,他们家里没有"感觉",只有权威。由于无法得到他的爱也难以与他在感情上沟通,他的妻子在小儿子牛特出生时就过早地离开了人世。他的三个子女从此再也得不到一丝家庭的温暖而成了父亲手下的牺牲品。霍尼克让女儿安琪儿很早就辍学回家,待在家里当他的佣人,"没有人叫她出去,也没有知心的朋友,老头子从来不想给她一点钱出去玩玩,她整天闭门坐室,关在家里摆弄录音机,在它的相伴下玩她的弹簧管"。(第 66 页)父亲剥夺了安琪儿作为一个女孩子正常的情感生活以致后来她在霍尼克死后迫不及待地去追求自己个人的幸福,当她遇上了那个英俊的叫哈力森·西·考诺斯的青年时,毫不迟疑地答应了他以分享"九号冰"为条件娶她为妻的要求,对这场交易式的、也肯定是没有幸福的婚姻她一点也不感到不安,她用父亲的"身家性命"换取一时间的快乐。

法兰克是霍尼克的大儿子,他是这个家庭里另一类的受害者。像他姐姐与弟弟一样,从小失去了家庭的温暖使他变得冷漠无情,也丧失了天真与童心。"他几乎没有与任何人交谈的经验。"法兰克曾在一家礼品店干过活,店主人杰克说他"没有家庭,也没有生活",他把小店看成自己的家。因为在家中找不到应有的乐趣与爱,他转而到外面找到了一个老女人的爱,她改变了法兰克自卑与拒人于门外的性格。他以后又与一位朋友的妻子保持了一种性关系,但这种生活方式显然难以满足与长久。于是,法兰克渴望寻找一种新的、更富意义的生活,在四处碰壁之后,他终于步他父亲的后尘,在科学研究中找到了乐趣与自身的价值,开始为地位与荣誉埋头苦干。因此,他也成了一个与世隔绝的人,这种生活使他忘记了痛苦与不安。他开始意识到自己与父亲的相似之处,有一次宣称他已有了"许多绝妙的主意"。像霍尼克一样,他也认为"人不是他的专业"。约翰虽然千方百计地想与他交往,但总感到力不从心,难以沟通。当"九号冰"扩散并破坏了整个世界之时,约翰注意到他毫无罪恶之感。这场恐怖的灾难正是因为他想谋得圣·劳伦佐共和国科技与发展部长的位置而把"九号冰"给了前总统所造成的。当灾难发生后,法兰克就如他父亲在原子弹爆炸时满不在乎的态度一样,正专心致志地观察一只玻璃罩内的一些蚂蚁,他在想为什么这些蚂蚁能逃过这场灾难,是什么东西给了蚂蚁这样不凡的力量? 从这个人物身上,我们可以清楚地看到,他是又一个关在科技世界里的怪物,一个被人类的技术力量所毁的典型。

霍尼克的小儿子牛特的情况比法兰克还要糟,他生来有病,是一个侏儒。在他的记忆中,"他(霍尼克)从未与我讲过话"。因此,那天霍尼克忽然想与他玩挑绷子,一步步朝他走来的时候,他被吓坏了,看到"他的毛孔像是月球上的火山口,他的耳朵和鼻孔里塞满了毛发,一股雪茄烟味闻起来就像地狱的嘴""他是我所见到的最为丑恶的东西"。(第 21 页)当霍尼克死了以后,他也和姐姐安琪儿一样,急于补偿自己的情感生活,他看上了一个俄国杂技团的演员,也是一个侏儒,为了得到她对爱情的承诺,牛特经过讨价还价最后还是把"九号冰"给了她,而事实上,她是一个俄国的间谍,年龄已经 42 岁,足以做他的母亲。

霍尼克显然对自己的子女满怀希望,特别是两个儿子,分别以法兰克林和牛顿的谐音为他们起名,指望他们将来出人头地,事业有成,但终因自身缺乏人性与道德而导致子女人格上的不健全。作者再三称他是"原子弹之父",暗示了他并不是三个子女合格的父亲,他由于自己过分的执着而成了现代社会生活中一个想象的魔鬼。从作者把他三个子女都写成患有缺陷的怪物这一点上,我们不难想象这是一种"现世报"。

霍尼克博士一家的不幸都渊源于这位科学家丧失了人性与道德指向。冯纳古特认为,一旦科学技术的研究偏离了正确的方向,它的发展或许是人类社会最大的不幸。因此,他把科技看成是一把两面有刃的刀,人类今天的物质享受当然是得益于科技的进步,但同时所有最"先进"、最致命的武器也都是科技发展的"成果"。"九号冰"从某种意义上来讲就是一种总体的象征。它原本是人类高度智慧的产物,但也是人类灵魂罪恶的显现。冯纳古特指出,在纽约的伊留姆(书中霍尼克实验室所在地),科技成了一些智力人物博取桂冠与物质利益的手段,是人类智慧力量的一种异化。就如那个实验室的负责人阿沙·勃利德博士对约翰说的:"新的知识就是世界上最有价值的商品。"他认为"九号冰"是霍尼克博士给人类带来的最后的礼物。另一个自称为"非常坏的科学家"柯尼斯瓦德博士因自己的发明使不计其数的平民百姓在战争中罹难,他说为此他准备为人类贡献一切使之变得更好。但冯纳古特则用一种半开玩笑半正经的笔调说他必须从现在做起,天天治病救人直至 3010 年方能抵销死在他的发明中的死者的人数。最使作者感到痛惜的是,这个世界对这些与人性背道而驰的行为不闻不问,处之泰然,就像霍尼克所说的,"没有人会反对任何事""因为他们没有兴趣,他们不会管"。因此,冯纳古特以犀利的笔锋告诉读者,伊留姆的实验室看起来是一个崇高而神圣的科学殿堂而实质上却是一个罪恶的地方,一个充满了兽性的洞穴。这个实验室中只有一位女秘书福斯特小姐对霍尼克他们的研究提出抗议,告诉他在这个复杂的世界上还有上帝即爱的存在,而霍尼克却有恃无恐地回答:"什么是上帝?什么是爱?"(第 53 页)

在审视科学与人性、道德和良知之间关系的同时,冯纳古特又把读者引入对宗教的严肃思考之中。

在小说中,如果我们把霍尼克为代表的那些"科学研究"视为一种反人道、反人性的罪恶,那么,以博可诺为首的新宗教——"博可诺主义"则打出了"以人为中心"的旗号,由此而赢得了无数的信奉者。"博可诺主义"是由一个叫庄臣(后即改名为博可诺)的黑人和一个美国海军的逃兵埃尔·麦开白所创。当他们从圣·劳伦佐附近海面的一艘沉船上赤裸裸地逃到这个岛上来的时候,似乎在海里接受了洗礼而人生再世,当地人们对他们敬之如神,拥之为首。这两个人意识到要使这个贫穷落后的国家不发生革命,唯一的办法就得创造一种宗教,使人们能够容易地接受现存的社会生活而感到心安理得。他们不仅是这个共和国的奠基人,也是这种宗教的创始人。博可诺为此撰写了一部类似圣经一样的《博可诺之书》。他在书中告诉人们只有生活在一种称之为"福沫"(Foma 即"无害的谎言")之中"才能使你勇敢、善良、健康和愉快"。这种"无害的谎言"成了人们救命自慰的精神鸦片。在《博可诺之书》的第一页上,我们就读到了"不要傻了,快合上本书吧!它什么也不是,而只是一种'福沫'即谎言罢了"的"名句",它告诉人们,那种想弄清表面与实际,甚至想了解民族概念等等的做法都是毫无意义的。人们只有相信博可诺才能大彻大悟,摆脱痛苦。对一个博可诺主义者来说,世界上不存在绝对的恶与绝对的善,这二者是相对的,人生的意义在于善与恶之间作斗争。博可诺主义向人民提供了一个无须太多地注意丑恶、痛苦的生活方式,他们的"圣经"中有一段歌谣曰:

> 我希望所有的事情
>
> 看上去都具意义
>
> 这样我们才能愉快,是的
>
> 我用谎言来
>
> 代替紧张
>
> 因此他们(人们)能各得其所
>
> 而我把这悲惨的世界
>
> 变成天堂。(第 109 页)

在圣·劳伦佐共和国,几乎所有的人都是博可诺主义的信奉者,人们普遍地接受这种宗教,一方面是因为它的教义中把人的本质看成是神圣的,大家都成了上帝的一个部分。而另一方面则因为一旦信了博可诺主义,那就不会"再浪费时间去分清什么是现实,什么是虚幻",这个世界原本就没有真正的意义。换言之,你会对现存的社会现实中的一切感到无所谓,心安理得地生活在这个"愉快的世界里"。除此之外,博可诺主义还开创了一种新的社会秩序及关系。在这个教会中,人们可以不分民族、风俗、地位、家庭背景和阶级等等而处在一种被称之为"卡拉斯"的关系圈中,"人类被组成队伍,这些队伍按上帝的意志办事而不需要了解自己在做什么"。(第 14 页)这种人与人之间的关系变得自然而简单。根据博可诺说:"只要你发现你的生活与别人缠在一起而又无特别的逻辑原因,那个人可能就是你的卡拉斯。"

其实,我们只须稍微留意一下就会看出博可诺主义与基督教有许多相似之处。那种认为人们不应该浪费时间去区别真实与虚幻的想法就是基督教"上帝的奇特的方式办事"的翻版,而"福沫"则是人间教堂所做的事,这些"无害的谎言"是社会需要的,因为他们的工作就是帮助人们平静地接受自己的不幸。约翰虽然从一个基督教徒转变成一个博可诺主义者,但他也清楚"福沫"本身就是一种谎言。因为他注意到圣·劳伦佐共和国的人民都是"精瘦的,没有一个胖子,每个人都掉了牙,许多人的腿都屈着或肿胀,没有人有一双清澈的眼睛,女人敞胸而不足道……"(第 115 页)在《博可诺之书》中,先知宣称"任何人不能理解一个宗教可能建立在谎言之上,那他就不可能理解这本书"。(第 16 页)这是冯纳古特对宗教无情的嘲讽,他道出了所有对人们的说教都是建立在谎言上的事实。

但我们还应注意到,冯纳古特对"博可诺主义"是持双重态度的。既认为它和其他宗教一样,是一种精神上的鸦片,同时也指出它又是一种玩世不恭、幽默荒诞的处世方法,在无可奈何的现实中不妨以此保护自己,免遭精神痛苦。在博可诺主义中,上帝非但没有那种高高在上、威严神圣的姿态,反而显得相当温和可爱。当那个被创造了的人问及人生的真谛时,上帝回答说:我留下这个问题让你思考。在博可诺最后的讲话中,他唱道:

> 总有一天,总有一天,这个疯狂的世界将要结束
> 我们的主将收回他借出的一切
> 要是,在那个悲伤的日子里,你要咒骂我们的上帝
> 那为什么不现在就骂,他只是微笑
> 和点头而已。(第 218 页)

虽然博可诺主义不可能拯救人们于苦难之中——而且据冯纳古特看来人类也不可能被救或帮助他人,但它确实也给予人们面对现实生活下去的勇气,成了希望的工具。它的力量主要在于把难以忍受的现实苦难化解为一种麻木不仁的感觉,而且还把基督教相信的人类原罪转向外在物体上去,故使人有如释重负之快。博可诺说:"假如确有一个上帝存在,那么他一定是个爱开玩笑的主,'九号冰'就是他最后的可怕的玩笑。"同时,冯纳古特又借了先知博可诺的话告诫读者:"要是我是一个年轻人,我将写出人类愚蠢的历史……"(第231 页)由此可见,这种宗教最后的立足点还是人类社会的前景,对人类本身破坏世界的行为表示了痛心疾首的态度。从这个角度来说,《挑绷子》中的两大主题即科学与宗教是紧密相关的。

冯纳古特以科幻小说的形式表达了自己悲观失望的看法,他以此警告人们人类若对自身的错误没有足够的认识,那生活将缺乏积极的意义。其原因是人类的意志和抱负不断受挫于充满敌意的命运和自身低下的素质,他认为我们社会中的许多东西就像挑绷子一样,是一种虚幻的游戏。在这个游戏中,大人们总是叫孩子相信其中的"形象"如猫啊、狗啊、摇篮等等,使孩子们对此深信不疑,而实际上这个游戏除了一根绳子之外一无所有,"既无该死的猫,也无该死的摇篮",这个象喻正如人类社会中诸如宗教、婚姻、人际关系或大多数人为之奔驰射猎的蝇头小利一样都是一种伪造的假象,一个建立在虚幻之上

的一时的奇趣而已。作者把人类社会不仅看成是一场游戏而且还十分乏味。

无论是基督教还是博可诺主义,他们对人类起源的说法都是一致的——上帝捏泥造人。人类只是泥土的一部分,最多不过是一种具有潜能的泥土,而那种"九号冰"发明的目的就是为了把泥土凝固起来,它成了破坏人类世界的一个象征。

实际上,冯纳古特在其他小说中也同样显出了悲观失望的情绪。他在二战中被俘并被关在德累斯顿的集中营,这段经历使他看到了许多人类历史的悲剧。他认为人类的历史并不是一般所讲的从兽性到神性的过程,"历史证明人类没有学会任何事情可以帮助他生存下去。"《博可诺之书》中有一个标题是"一个睿智的人希望地球上的人类从过去百万年中得到什么经验?"而博可诺的回答则很明确:"一无所有!"(第199页)因此,博可诺写道:"历史,读它而哭泣吧!"(第204页)

冯纳古特把人类看成是道德上的侏儒,在小说的最后,所有的人都没有改变,那个毁地球、人类于一旦的法兰克还在观察他的蚂蚁。面对着这样一个疯狂而荒诞的世界,人类究竟应该做出什么样的反应呢? 冯纳古特在小说中隐隐约约地提出了几种方法。首先,他认为人类可以运用善良与博爱来赋予原本毫无意义的生活使之变得有价值,此为上策。其次他可以制造一种新的宗教,以这种幻觉来取代现实,就如《挑绷子》中的博可诺主义一样,用它令人信服的谎言使人们对荒诞世界中的腥风血雨视若无睹。最后,他可以用一种嬉笑怒骂、玩世不恭的方式来接受这种悲惨的处境,正如冯纳古特自己说的"开玩笑是我面对悲惨生活唯一能做的一切"。[1]

《挑绷子》确实是一部奇特而成功的小说,它的科幻形式给了作者最大的想象空间与舞台,使他可以尽情地调动情节与人物,使之呼之即来,挥之即去,为小说的主题所用。他那亦悲亦喜的语言风格又最大限度地影响了读者的情绪,使他们获得了一种全新的感受。冯纳古特看似用一种漫不经心的笔触写一个荒诞离奇的故事,但读者在欣赏之余又为小说深刻的主题和独特的写作风格所折服,作者对人类社会中的隐患所表达的深深的忧思更打动了广大读者的心,因此,《挑绷子》对他们来说与其说是一本科幻小说还不如说是一部荒诞世界的启示录,它的重要意义在于显出了"人类在从堕落到赎罪这一线性的

---

[1] Kurt Vonnegut, *"Biafra" McCall's*, April, 1970, P. 135.

历史运动"中获得的一种体认和忧虑,是值得我们进一步深思的。

# 第六节　托马斯·品钦(1937～2007)

托马斯·品钦(Thomas Pynchon),1937年5月8日生于纽约长岛,他是世界文坛上一位极具天赋而又特立独行的作家。他最早的美国祖先威廉·品钦,于1630年随温斯洛普船队移居马塞诸塞湾殖民地,其后一连串的品钦后裔在美国的土壤上获得了财富和名誉,品钦的家族背景是他一系列作品的重要素材渊源。品钦很早就显露了文学才华,就读于牡蛎湾中学期间就开始创作短篇并投稿于校报,这些少年时代的创作已包含日后贯穿他创作的一些重大主题:古怪的名字、一知半解的幽默、违法使用毒品以及偏执狂等。1953年中学毕业后,品钦进入康奈尔大学进修工程物理,但在第二年末离开大学为美国海军服役,1957年他返校转到了英语文学专业并以各科全优的成绩毕业。1959年第一篇公开发表的小说《细雨》出现在他作为编委之一的《康奈尔作家》上,讲述了一名曾于美国海军服役的战友的亲身经历,而且后来品钦小说的人物和情节多是基于他自己在海军服役的经历和体验。1958年,品钦和同学塞尔合写了科学幻想音乐剧《吟游诗人之岛》(*Minstral Island*),描述了一个IBM统治的反乌托邦式的未来世界。离开康奈尔后,品钦在艺术家聚集的纽约格林尼治村住了一年,开始写作他的第一部长篇小说《V.》,当时正是美国60年代即将兴起的各种社会反叛运动和艺术运动的前夜,品钦接触了不少活跃的先锋艺术家。从1960年2月到1962年9月,他在西雅图被波音公司雇为技术作家,在那儿编写安全方面的文章。品钦这一段在波音担任科技刊物编辑的经历和他在物理方面的背景给他创作《V.》(1963)、《拍卖第49批》(*The Crying of Lot* 49, 1966)和《万有引力之虹》(*Gravity's Rainbow*, 1973)提供了许多原材料。1968年,品钦成为"作家及编辑战争税抗议"的447名签字者之一,发誓绝不交纳计划中10%追加所得税或任何战争指派的追加税款,并声称美国插足越南在道义上是错误的。从波音公司辞职后,品钦曾在纽约和墨西哥待过,之后去了加利福尼亚,这段期间创作出了奠定作家重要地位的《V.》《拍卖第49批》《万有引力之虹》。

品钦最早短篇小说集是《笨鸟集》(Slow Learner: Early Stories, 1984),共收录了他1959年至1964年间创作的短篇小说五篇:《小雨》《洼地》《熵》《玫瑰之下》和《神秘巧合》,作品很好地反映了品钦的成长轨迹和文学趣味,使我们得以窥见品钦早期作品中的叙事策略、社会关注和历史意识与后来创作的联系。其中《熵》最为脍炙人口,从某种意义上看,《熵》这篇小说涵盖了他后来小说的全部主题。品钦在给这部短篇集1984年版的序中谈到他那一代人:"我们那一代人没有什么特别的选择。我们都是旁观者:游行队伍与我们擦肩而过,我们所能够得到的一切都是二手的,一切都是当时的媒体提供给我们的消费者。"他们在文学必修课里消费着卡夫卡的绝望、康拉德的苦闷之类的东西,但是在这样一个时代背景之下,品钦并没有像大多数同时代人那样自暴自弃,或颓废下去。他拥有其他作家们拥有但却很少有人使用的资源和财富:记忆、想象、好奇心、广博的知识。

品钦的每部作品都包含着丰富的意旨、风格和主题,涉及到历史、自然科学和数学等不同领域,而作品使用通俗歌曲和双关语的习惯使散文化的叙事中加入流行文化的视点。品钦第一部长篇小说《V.》借助一个水手、一个流浪汉和一个叫"全病帮"的团体的经历,展现了社会的无序和人类的无奈,成为20世纪60年代美国社会的真实写照。1963年《V.》出版后作为当年最优秀的小说赢得了威廉·福克纳基金的奖励,并获得了当年的美国国家图书奖提名,使品钦进入了主流文学的视野。三年后出版的《拍卖第49批》与《V.》一样大量涉及到科学技术并隐藏着一些历史事件,1967年获美国全国艺术与文学院的罗森塔尔基金奖。

品钦最著名的长篇小说是他的第三部小说《万有引力之虹》,出版于1973年,因其晦涩难读被称为20世纪的两部奇书之一,另一部是詹姆斯·乔伊斯的《尤利西斯》。小说主要情节发生在第二次世界大战最后几个月及胜利日接下来几个星期的伦敦和欧洲其他地方,结合了他早期作品的许多主题,包括种族主义、殖民主义、共时性、熵、阴谋和偏执狂等,并衍生出许多注解和评论资料,被认为是美国后现代主义文学的典型文本之一,获1974年全国图书奖,并与辛格的《羽毛的王冠及其它故事》(*A Crown of Feathers and Other Stories*)一起赢得了1974年的布克小说奖。

1988年,品钦获得麦克阿瑟奖金,《葡萄园》(*Vineland*)出版于1990年,也可以说是关于美国那一代人的故事。《梅森和迪克逊》(*Mason & Dixon*,1997年)讲述美利坚共和国诞生期间英国天文学家查尔斯·梅森和他的搭档杰里迈亚·迪克逊的故事。小说用18世纪的英语逼真地再现了当时的真情实景,被评论家誉为表现失落历史的史诗,并被《时代周刊》评为年度全美五部最佳小说之首。

2006 年品钦出版的长达 1085 页的《反抗时间》(*Against the Day*)又是一本让人费解的巨著,小说时间跨度从 1893 年的芝加哥世博会到一战结束后的 20 世纪 20 年代,包括美国矿工的世家复仇记、寻找"冰洲石"和"香巴拉"等主要情节,以及通古斯大爆炸、时间机器、黎曼猜想等众多子情节。小说发行前后备受瞩目,但美国书评界对该书的评价却毁誉参半。最新作品《性本恶》(*Inherent Vice*,2009 年)以寓言的形式描述了作家最熟悉的六七十年代的美国社会,直接拷问人性并指出人性的问题在本质上是无法救赎的,与以前作品相比仅三百多页,被称为是"品钦简装版"。

## 历史想象和文化批评的完美结合
### ——托马斯·品钦的小说《V.》(1963)

在如今在世的小说家当中,美国作家托马斯·品钦的小说被认为是最晦涩、复杂、难懂的。到目前为止,他一共出版了七部长篇小说,此外还有一部短篇小说集《笨鸟集》。现在,品钦被读者和包括哈罗德·布鲁姆在内的文学评论家们看作是美国在世的最优秀的作家,也是后现代小说流派的领军人物。品钦是美国当代重要作家中罕见的同时接受过理工科和文科训练的作家,在他的小说中,包含着当代社会丰富的信息,其小说主题广泛,涉及到美国和人类历史、自然科学、数学、工程学、军事科学、信息学、现代物理学等不同的领域,以全新的视野和感受性表达世界的复杂性和当代社会生活的丰富特征,风格独特到了无人能仿效的地步,使他成为当代世界最独特的小说家之一。

品钦第一部长篇小说《V.》写于美国纽约的公共图书馆,1963 年出版后作为当年最优秀的小说赢得了威廉·福克纳基金的奖励,并获得了当年的美国国家图书奖提名,使品钦进入了主流文学的视野。小说发表在 20 世纪 60 年代的美国很有代表性,60 年代在美国历史上被称为"道德沉沦"的年代,美国内外交困,问题成堆,在社会生活的各个层面上荒唐怪诞的现象比比皆是,避孕丸、超短裙和性解放就是在那个年代出现的,人的自由意志已经丧失,个性和自我日渐消亡。作为社会生活最敏感反映的文学也在内容和形式上都发生了巨变,产生了后现代主义的荒诞派。不少作家审视历史,觉得世界脱节出轨了,这样的时代产生不了正剧,作家只能用一种近乎滑稽嘲弄的喜剧来表达人类生存状态的悲剧性现状,这就是黑色幽默。作品中的主人公们企图在混乱不堪的世界中发现和建立秩序,在杂乱无章的生活中寻觅或想象出意义来,读者在对他们无用的努力发笑的同时,又感同身受地体会到他们的困惑、迷惘、痛苦和空虚。这就是《V.》产生的社会时代背景。

《V.》作为第一部长篇小说完成时品钦年仅26岁,就处女作而言难能可贵地复杂而深刻,内容庞杂丰富,结构错综复杂,像一座巨大的迷宫。事实上细细读来,《V.》并不是整体上混乱无序,我们也绝非无法领略作家高超的叙事技巧。在作家看似信手拈来的后现代叙述下,我们看到的是作家对世界前途命运的独到理解、对战争破坏人类和平宁静生活的愤懑、对社会边缘人群和被压迫民族的同情以及对人类前途的深切关怀。因此小说的内蕴极其丰富,主题也并非如有的评论家认为的那样,仅仅是一部表现美国青年反文化的作品。

小说共十六章,再加"尾声"。情节围绕着两个主人公先平行后交叉的活动轨迹展开。开始两章集中在主人公班尼·普鲁费斯身上,他是个漫无目的的流浪汉,无所用心,随遇而安,干了一份简单的工作又换了一份,勉强糊口。然而他深得女人的喜欢,水手长帕皮·霍德的妻子葆拉·马伊斯特罗尔对他几乎一见钟情,但普鲁费斯本能地与她保持距离。他还多次拒绝朋友安杰尔的妹妹菲娜的爱意表白。尽管他喜欢娇小的红发女郎蕾切尔·奥尔格拉斯,而后者也很中意他,他依旧不愿受到束缚。他也不愿与任何男人结成团伙,力图保持无拘无束的状态,过着得过且过的生活,在纽约下水道里追逐由宠物演变成灾患的鳄鱼。他还和纽约的一群号称"全病帮"的前卫艺术家们混在一起,他们中有紧张症表现主义画家斯拉伯,唱片公司经纪人鲁尼·温森姆及其妻子"勇敢的爱"理论现代版小说作者梅菲娅,在V-诺特酒吧演奏爵士乐的音乐家斯费亚,还有心神不定的姑娘埃斯特,第四章里描述她进行鼻整形手术,这手术使她与整形医生谢尔·舍恩梅克发生关系。这些艺术家们一天到晚忙于他们喜欢的饮酒和聚会。另外,第二次世界大战期间居于马耳他的天主教神父费尔林在下水道里对老鼠布道,劝诱它们皈依宗教。

小说的其余部分在涉及普鲁费斯和"全病帮"的同时以另一个主人公赫伯特·斯坦希尔为中心展开。他在翻阅做过英国情报局特务的父亲死后留下的日记时,发现父亲经常写到一个代号为"V"的符号,但是这个"V"到底是什么,父亲并没有说明。于是,斯坦希尔就开始根据父亲的日记来寻找"V"的蛛丝马迹。正是通过对他的思想和行动的描述,品钦展示了两次世界大战和历史上其他一些重大事件,包括 1898 年英法殖民列强因非洲领土争端而导致的"法绍达事件",1899 年佛罗伦萨的委内瑞拉大使馆暴乱,1904 年德国人在德属西南非洲殖民地对赫雷罗人和霍屯督人实施的种族灭绝,第一次和第二次世界大战,1919 年马耳他独立起义,1922 年纳米比亚邦德尔施瓦茨人动乱和 1956 年苏伊士运河危机等。

通过斯坦希尔我们也了解到波彭泰因在开罗的间谍活动和死亡,曼蒂萨想盗窃波堤切利名画《维纳斯的诞生》但最终未得手,休·戈多尔芬念念不忘在维苏见到的恐怖景象,但在南极见到冰封的蛛猴而顿悟,他的儿子与以 V. 出现的第一个人物维多利亚·雷恩相爱。维多利亚·雷恩而后在小说中依次以恋爱中的 V.、薇拉·梅罗文、维罗妮卡小鼠和女扮男装的坏神父形象相继出现。她作为坏神父的事对于斯坦希尔又引出另一本日志——福斯托·马伊斯特罗尔的忏悔录。马伊斯特罗尔的忏悔录由他的与坏神父有关的犯罪感触发,其中谈到了圣约翰的骑士们和第二次世界大战中意大利侵略马耳他的史实。

小说最后一章叙述普鲁费斯离开蕾切尔,陪伴葆拉和斯坦希尔前往马耳他。后来斯坦希尔跟踪线索离开去他国,葆拉回美国等候丈夫帕皮·霍德,留下了普鲁费斯与临时相识的布兰达在一起。小说的"尾声"部分仍发生在马耳他,但在时间上回溯到 1919 年,一个名叫默罕默德的船长在他的船上向斯坦希尔叙述了 1565 年土耳其入侵马耳他的故事,他提到了白色女神的威力,感叹一切都在变老走向死亡。果然,当斯坦希尔乘坐默罕默德的船离开马耳他时,在离海岸几英里远的海面上刮起的一股白色的海龙卷吞没了船只,使斯坦希尔葬身海底。然后大海复归平静,好像什么都没发生过一样。

《V.》形象地显示了人类社会的熵现象。熵原指物质系统的热力学函数,由德国物理学家 R. 克劳斯于 1850 年提出,其值与系统间以作功的方式传递的能量有关。能量固定的一个系统中其熵可取从零到最大值,熵等于零时可以转化为功的能量等于它的全部能量,熵等于最大值时可以转化为功的能量等于零。热力学第二定律认为孤立封闭系统中熵值只会增加不会减少,这一过程是不可逆转的。因此有人认为宇宙中的熵在增加,即越来越多的能量不能转化为功了,宇宙就将"热寂"。小说第八章第三节末尾叙述者列举了两个月内发生在世界各地灾难中无辜死亡的人数,并说这类事例在任何年鉴的"灾难"栏目下都能见到,它们日复一日地发生着。品钦以此材料来表明在熵的作用下,我们的肉体、精神和社会生活在普遍地走向腐朽。第四章里的埃文·戈多尔芬因面部伤残接受异物植入整形手术,不到六个月面部就开始走样,小说结尾时他的脸已丑陋得可怕。而休·戈多尔芬在南极见到冻结在冰层中的蛛猴时,想起多年前在维苏阳光下见到闪耀着霓虹彩色的蛛猴,他感到一种毁灭的梦和一切都是虚无的感觉。这一切就如小说结尾时默罕默德所说:"我老了,世界也老了……唯一的变化是走向死亡……迟早我们都将腐朽。"①

由这一人类社会的熵现象,品钦深刻地提出了一个关于人的异化问题,主要表现为人的物化和非生命化的问题,这个问题的产生品钦认为在本质上是人类的缺乏人性问题。小说中的V.就是一个最典型的例子。斯坦西尔试图解开父亲的日记所指的"V"之谜,发现V.主要指一个女人。V.1898年以维多利亚·雷恩的名字出现在埃及,她的名字是英国女王的名字,仿佛她是英帝国的女神。她戴着一把象牙梳,上面雕刻有五个上了十字架的英国士兵。这把梳子把她与印度教女神卡莉联系了起来,卡莉既能造福生灵,也能毁灭生灵,但维多利亚·雷恩为人阴险狡诈,个人生活荒淫无耻,只能给人带来不幸。跟她在一起的是她的妹妹米尔德里达,妹妹虽然相貌平平,但心地纯洁善良。姐妹俩就这样象征着美丽和人性的可怕的分裂。小说中维多利亚与其后继人物贯穿全书而米尔德里达此后却不再露面,这种情节安排别有深意,它表明世界美丽虽存但人性泯灭,正在走向堕落。

维多利亚后来在小说中以维罗妮卡小鼠、薇拉·梅罗文、恋爱中的V.和女扮男装的坏神父形象相继出现。她每以一个新面目出现,身上的劣性就增加一份,她的身体不断吸纳无生命的小物件,她有一个以钟面为虹膜的玻璃假眼,肚脐眼是一颗星彩蓝宝石,还有假牙、假发和假足。她的身体越来越物化、非生命化,她的政治倾向越来越反动,她身上的人性越来越少。她与15岁的女舞蹈演员梅勒尼相恋,但她是把后者当做偶像物而不是人来爱恋,这是物化的同性恋,表示了人际关系的异化,导致后者在演出中死去。V.自己也死于同样性质。当她在马耳他被飞机炸毁的房屋掉下来的屋梁压住身体恳求围上来的小孩搬走木梁时,孩子们置她的死活不顾,却忙于剥下她的衣服,取

---

① 托马斯·品钦,《V.》,叶华年译,南京:译林出版社,2003年,第529页。下同,只标页码,不再另注。

走她身上的假发、假眼、假牙和假足,并用刀挖走蓝宝石,任她的脐眼流血不止而亡。马耳他的孩子变得兽性十足是战争造成的恶果,V. 作为坏神父的所作所为对孩子们的思想直接起到推动作用。正如第十四章"恋爱中的 V."里的伊塔古说的,"堕落是从人类的层面向下掉。我们越往下掉,我们就变得越不像人。因为我们少了人性,我们就采取欺骗手段把我们已丢失的人性强加于无生命的物体和抽象的理论上。"(第 466 页)

但在这个缺乏人性的世界上生活着一群崇尚人性、充满人类温情和关爱的人。小说另一主人公普鲁费斯是个流浪汉,但他仁慈宽厚,崇尚自然和人性,如果没有他的及时阻止,葆拉会被好色的水手皮格强奸。他尽管喜欢娇小的红发女郎蕾切尔·奥尔格拉斯,而后者也很中意他,但始终无法接受后者和她心爱的跑车手淫的事实;男女正常的关系已经受到了玷污!他不能容忍这种带有污点的感情!因此在这个机器主宰一切的物化世界里,他宁愿把自己比作一个溜溜球,过着一种浪荡生活。"全病帮"的艺术家们表面上个个都很活跃,都很有个性,整天忙于饮酒和聚会,躲避着时代的平庸和麻木,他们的生活也一定程度上反映了美国五六十年代嬉皮士们消极和颓废的精神面貌。但是个个有着艺术天赋的他们为什么选择这种生活方式呢?温森姆对他的妻子梅菲娅的所作所为是这样评价的:"梅菲娅·温森姆聪明得能创造出一个世界,但愚蠢得非生活在那里面不可。她发现现实世界与她的想象世界绝不一致,就使用各种能力——性的和感情的——试图使它符合后者,但从未成功。"(第 413 页)这是对被称为美国"道德沉沦"的 60 年代的一个艺术家的回应,她没有别的选择,只有生活在她自己的世界里。"全病帮"们在一起生活,共同分享着友谊、财富,最重要的是彼此之间的爱心。当埃斯特被诱骗怀孕想去古巴堕胎但没钱时,斯拉伯招集"全病帮"的成员募捐,大伙毫不犹豫,纷纷慷慨解囊。整个晚会热烈融洽,唯一煞风景的是一个新加入的大学生建议如果他们让埃斯特在楼梯井里掉下去造成流产,那么就省掉去古巴的麻烦,而募捐款也可用于又一次聚会上,结果他很快就被禁止出声。我们不难发现,这个被社会认为出了问题、有毛病的艺术家集体有的正是这个社会最最缺乏的人性,这也是品钦最关心的。

当然,品钦还把目光投向整个人类历史,通过对斯坦西尔的思想和行动的描述,品钦展示了两次世界大战和历史上其他一些重大事件,对 20 世纪以来日益走向荒诞和堕落的西方社会以及人类生活进行审视和剖析。1904 年德国人在德属西南非洲殖民地对赫雷罗人和霍屯督人实施种族灭绝这一殖民主义罪恶在第九章"蒙多根的故事"中充分展示了出来。蒙多根在西南非洲的任务是检测大气层天电紊乱对无线电接收的干扰。当天电紊乱时,扩大器就会发出警报,这些被扩大的无线电紊乱噪音吓坏了周围的土著居民,引发了反抗欧洲定居者的暴乱。土著人的暴乱使躲在福帕尔庄园的西方人的"围困聚会"长达两个多月。就在这个长达数月的狂欢和派对中,蒙多根听说了 1904～1906 年德国人在西南非洲屠杀当地赫雷罗人和霍屯督人的残暴行径。德国人的生杀掠夺,令人惨不忍睹,甚至颁布了种族灭绝的"灭绝令"。残暴的压迫和疯狂的掠夺激起了当地人们的强烈不满和反抗,1904 年 1 月 12 日,赫雷罗人和霍屯督人揭竿而起,奋起反抗德国殖民者的残酷剥削和压迫,至 1907 年战争停止时,大批赫雷罗人和霍屯督人遭到镇压和屠杀,赫雷罗族人几乎濒临灭绝。然而品钦以冷静、犀利的笔触对这一骇人听闻的种族事件进行描述,并借助小说人物之口分析这些被殖民对象绝非天生劣等,而是殖民者的贪婪和残暴导致这些惨无人道的侵略行径:"……那么多关于他们低等的文化地位和我们优越民族的蠢话——但那是给德国皇帝和国内商人听的;在这里,没有人,甚至我们欢乐的登徒子(我们对那将军的称呼)都不相信它。他们曾可能和我们一样文明,我不是人类学家,你无论如何不可那样比较——他们是一个农业、畜牧业民族。他们从小喜爱牛就好似我们喜爱玩具一样。在洛伊特魏因的统治下,那些牛给夺走了,给了白人移民。赫雷罗人自然要造反……"(第286 页)品钦不仅关注殖民者对殖民地进行疯狂的政治压迫、经济掠夺和种族灭绝,他更关心的是殖民者在文化心理层面的表现,对殖民主义进行历史和文化心理方面的寻根探源,指出殖民者本质上是为了满足自己的贪婪淫欲才编造种种冠冕堂皇的理由进行殖民罪恶的。"蒙多根的故事"一定意义上是一个关于殖民主义的寓言。

小说发表于 20 世纪 60 年代,当时世界冷战格局初步形成,但刚刚经历二次世界大战的美国社会尤其是军人阶层对战争的残酷无情记忆犹新,品钦在创作前曾在美国海军有过两年服役生涯,二战中意大利侵略马耳他的史实通过斯坦希尔追踪 V. 展示了出来。第十一章"福斯托·马伊斯特罗尔忏悔录 V"品钦主要借助英国——马耳他诗歌流派的核心——"37 年一代"在二战中经历"马耳他围困"来表达对战争罪恶的揭露,对战争后果的凌厉批判。故事背景是第二次世界大战期间意大利对马耳他这个小岛国进行了史无前例的狂轰滥炸,描述那至今幸存下来的人们还记忆犹新的"十三次空袭日"。在那些最黑暗的日子里,诗人们的祖国就像一个女人"自从 6 月 8 日以来意大利确实在企图奸污她。她恼怒地仰卧在海上;一个远古以来的女人。展开四肢仰卧着,遭受墨索里尼炸弹的亢奋的轰炸。"(第 362 页)诗人们愤怒了:"我们的诗人现在什么都不写,只写从曾经是天堂的空中掉下来的炸弹雨。"(第 349 页)"自从意大利宣战以来,我们没有一个晚上没遭到空袭。在和平的年月里夜晚是怎样一种情况? 在某个地方——多少个世纪以前? ——人能整夜熟睡。这一切都一去不复返了。"(第 357 页)这就是围困期的诗歌。出生于 1937 年的品钦对这场差点就要毁灭人类的、也是刚刚就在身边结束的 20 世纪噩梦进行了最深刻的反思和鞭挞,是什么导致了战争? 原因还是我们人类缺乏人性问题:"要具有人道主义,我们首先必须相信自己有人性。由于我们进一步地堕落,这一点变得更难以做到了。"(第 367 页)

在对历史的如实呈现中包含着作家深邃的历史意识和对现实世界的深切关怀,正如美国作家理查德·波利亚所认为的品钦的读者总是最终发现,他们读的根本不是小说,而是历史。肖恩·史密斯也认为品钦不仅是卓越的美国后现代作家,还是一位锐意创新的深邃的历史小说家,其全部作品的主题是对现代社会巨大变革的关注。无疑,通过对历史的描绘和深入批判,品钦是想给读者指出一条可行之路,一种可尝试的救世良方。

《V.》整部小说就像一个生活的万花筒,人物众多、形象各异。小说题目《V.》更是内涵丰富,除了人物外,V. 作为象征还有多重意义:它可以指胜利(victory)、维苏(Vheissu)、维纳斯女神(Venus)、圣母玛利亚(Virgin Mary)、贞女(Virgin)和马尔他首都瓦莱塔(Valletta)。而小说的每一章每一节都展示了纷繁多样的场景和事件,然而所有的场景和事件都遵循熵这条主线、围绕人性这个主题变化和发展。斯坦西尔追踪的 V. 到底指的是什么? 到最后,斯坦西尔也不得不承认,V. 与其说是一个人还不如说是一个没有兑现的承诺,是一个不同凡响的分散的概念。V. 就如它本身是个字母一样,实际上是一种普遍性的概括,斯坦西尔最后发现,V. 实际上象征着世界的无生命化,象征着物化和死亡。因此小说在一定意义上是一部象征主义小说。

品钦虽然在小说中主要刻画了人类社会因人性缺乏而导致的物化、非生命化和熵增值的现象,但并没有宣扬神秘主义、虚无主义和世界末日的消极思想。在第十一章描绘二战中遍体战争创伤的马耳他的最后以一个哲人的眼光对 20 世纪进行分析和展望:"二十世纪的街道,在它远处的尽头或拐弯处——我们希望——有某种家或安全的感觉。"①而整部小说的最后借助斯坦西尔之口对大战发表了看法,认为这是世界染上了一种疾病,现在它已被治愈并被永远征服了。无疑品钦的目的在于将人类的病态和异化现象放大了来展示给读者看,以达到匡时救世的目的。

《V.》发表至今近半个世纪以来一直吸引着广大的读者,除了其丰富内蕴这一魅力之外,更有品钦后现代主义的叙事技巧和黑色幽默手法的娴熟运用,语言生动活泼、幽默机智,在调侃戏谑的背后隐藏着作家不露声色的讽刺和批判。小说还大力运用各种各样的歌曲,尤其是美国五六十年代的街头流行歌曲,这些歌曲很好地表现了人物的心理,特别是那个时代青年们普遍对生活的迷惘、彷徨和孤寂难申的精神面貌,对于作品主题的表达起到很好的映衬作用。

《V.》可以说包含了品钦后来全部小说的母题和形式要素,被誉为后现代派最重要的小说,也有学者将《V.》称为"世纪之书",美国品钦研究专家、哥伦比亚大学教授门德尔松把品钦和但丁相提并论,更说明了品钦在文学界的不朽地位,证明了品钦作品在世界文学史上举足轻重的地位。

## 第七节　乔伊斯·卡罗尔·欧茨(1938～　　)

1987 年,前苏联领导人戈尔巴乔夫访问美国,他以自己的名义举行了一次宴会,在他邀请的贵宾中,乔伊斯·卡罗尔·欧茨(Joyce Carol Oates)便是其中一位。对此,人们在惊异之余不禁发问,当时的戈尔巴乔夫可谓日理万机,他怎么会有余暇或者究竟读过多少这位同时代作家的作品而对她发生兴趣? 但不管怎样,有一点是肯定的,即欧茨的名声早已越出了国界,产生了世界性的影响。

欧茨于 1938 年出生于美国纽约州北部洛克波特郊外的一个天主教的工人家庭,从小在外祖父的农场里长大,以后又到水牛城附近读高中。从这时候起,她读到了大量的文学作品,特别倾心于陀思妥耶夫斯基和福克纳、卡夫卡等人。然后,她进入锡拉丘兹大学,为她的写作课老师戴克所赏识。1960 年

---

① 托马斯·品钦,《V.》,叶华年译,南京:译林出版社,2003 年,第 369 页。

她从该校毕业后考入威斯康辛大学，获得硕士学位和几项小说奖，接着她在底特律大学一边教文学课一边继续深造。60 年代底特律动荡不安的社会环境给了她不少日后创作的素材，她的成名作《他们》(them) 以及《任你摆布》(Do with Me What You Will，1973) 都以此为背景。这以后，欧茨随着她丈夫一起到加拿大的安大略，她在温莎大学执教，丈夫主编《安大略周报》。1978 年，欧茨回到美国，受聘于普林斯顿大学，专教文学创作，同年当选为美国文学艺术院院士。

欧茨是一个多产的作家，她的作品包括小说、诗歌、散文、文学评论等等，总数已达四十余部，真可谓著作等身，尤以小说创作最为突出。她从一个传统的现实主义作家开始，逐渐吸取了现代派的一些技巧，特别注重刻画人物的心理状态，从而更有力地反映了现代人的精神世界。由于她在小说创作方面令人瞩目的成就，使她赢得了文学评论界的普遍好评和一系列的文学大奖。

欧茨的许多作品中都有"暴力"内容的描写。这是她创作的一个特点，也是读者关注的一个热点。在她的第一部短篇小说集《北门边》(By the North Gate，1963) 中已见端倪。她对自然界暴力场面的描写惊心动魄。她第一部长篇小说《冷得发抖的秋天》(With Shuddering Fall，1964) 中，这种强烈的对抗主要表现在 16 岁的女主角凯伦动摇在宗教秩序、社会秩序和违抗习俗、冲破约束的剧烈争斗之中。而欧茨早期小说的代表作《他们》中有关凶杀、殴打、吸毒、卖淫的情节使读者常有凶险之感，当然，这种感觉又是与底特律 60 年代动荡中的社会环境十分契合的。

欧茨在 70 年代的创作中融入了大量"意识流"的手法。如长篇小说《刺客们》(The Assassins，1975) 的开头部分竟以一个婴儿的"内心独白"来描绘他在母胎中的感觉。虽则新奇，但毕竟不通情理。而 1978 年出版的《黎明女神的儿子》(Son of the Morning) 中描写那个少女被人污辱后的悲愤之情，其"意识流"方法的运用恰到好处地表现了人物内心深层次的画面，达到化境的艺术效果，表明了欧茨的"心理现实主义"已渐趋成熟。

进入 80 年代，欧茨的写作技巧更接近现代派。她在 1980 年与《纽约时报书评》编辑谈话时指出："在我们生气勃勃的美国文学里，现实主义者早已与超现实主义者结下了不解之缘。"这句话印证了她创作上的巨大变化。欧茨一直有一种"巴尔扎克式"的野心，即以小说反映社会历史，《他们》是她第一次的尝试，小说的时间跨度达四十余年。而 1980 年出版的长篇小说《贝尔弗勒》

(*Belle fleur*)则是进一步的探索,她在书中描写了一个大家族贝尔弗勒六代人近二百年的历史,试图以他们家的盛衰命运来见出美国建国后全部历史的缩影。这部小说虽不及《人间喜剧》的场景与人物之壮观,但在对现实关系的理解方面也是令读者折服的。

欧茨作为一个当代作家,她对社会问题、道德观念等都表达了自己独到的见解,从不同的侧面反映了美国社会万花筒般的生活以及生活在这个社会中的人们的心理状态。可以说,欧茨的小说是许多读者了解当代美国、当代美国人的一个窗口。

乔伊斯·卡罗尔·欧茨又是一个多才多艺的作家,正如另一位美国作家厄普代克所说的,"要是'女文人'这个词存在的话,她将是这个国家中当之无愧的人。"

## 一部小说体裁的历史
### ——乔伊斯·卡罗尔·欧茨的小说《他们》(1969)

乔伊斯·卡罗尔·欧茨是当代美国著名作家之一,素以作品多产而闻名。除了小说创作之外,她还写过相当数量的诗歌、散文、戏剧和文学评论等等。从20世纪60年代到80年代短短的二十余年时间里,单是小说就出了长篇14部,短篇12部,而且几乎都是上乘之作,绝无粗制滥造之嫌。从这些作品中,人们可以看出,欧茨的创作思想与艺术手法在不断的成熟与变化演进之中,对现实关系的理解、对人物内心活动的描写等等都达到了相当的深度。她从一个细腻的现实主义作家开始,逐步吸收了现代派文学的某些技巧如意识流等等,把它们成功地与传统手法绾合在一起,最后,她的这种写作手法被文学评论界称之为"心理现实主义"而独树一帜。有人认为,欧茨的创作可分为前后两个阶段,以1971年出版的小说《奇境》(*Wonderland*)为界线。她本人也大致同意这样的划分。在这之前,她的主要作品如《人间乐园》(*A Garden of Earthly Delights*,1967)、《他们》(1969)以及一些短篇小说集等主要以现实主义手法为主。但事实上,即使在这些小说中,读者还是可以看出她的艺术技巧不同于传统的现实主义的地方,在许多方面已为以后的变化积累了相当的经验,即以她早期的成名小说《他们》为例,这方面也是比较突出的。

《他们》发表于1969年,第二年即荣获全美图书奖,令读者对欧茨这位女作家刮目相看。这部小说以欧茨在底特律大学任教期间收集的素材加工而成,内容的时间跨度从 30 年代一直到 70 年代。它以温克尔一家三代人的命运为线索,全面地展示了当代美国社会特别是底层社会的各个侧面,具有鲜明的时代感,用欧茨自己的话来说,"本书是一部小说体裁的历史"①。她声称这部小说的情节绝大部分是由她的一位学生,也即小说主角之一莫琳·温德尔提供的。"她说的话,只要可能,都逐字收入本书""只有这样的小说才是真实的"。由此可见,当欧茨创作这部小说之时,她把真实性放在非常重要的地位。

《他们》的故事以主要人物洛雷塔还是个 16 岁的情窦初开的少女在镜子中顾影自怜开始。对这样年龄的姑娘来说"照镜子如同展望未来,未来的一切在等待着她"。洛雷塔在一家洗衣店干活,家境不好,母亲死了,父亲失业又酗酒如命,她的哥哥布洛克刚满 20 岁,"是一个不可救药的坏种",神经质,十分古怪,老在家中与父亲斗嘴并扬言要把父亲锁起来。他自称已经厌倦了一切,甚至感到"兴许我觉得要杀人了"。尽管家中的情形令人心寒,整个社会又处于经济大倒退之中,一切都显得毫无生气,但洛雷塔此时正堕入情网,对此并不在意。她把双唇涂得鲜红,黄色的眼睛中透出激动的光芒。"今天是周末,将会发生些什么事情呢?"她热切地期盼着。布洛克回家吃饭,洛雷塔无意中发现他口袋中藏有一支手枪,她为此感到不安,劝说布洛克把手枪放在家中但布洛克置若罔闻,毫不在乎地带了手枪出门去了。接着,洛雷塔干完家务后出门去朋友西西家里裁衣服。在路上,她与近日时时想到的男朋友伯尼·马林不期而遇。伯尼缠住她,要她一起去他哥哥家里,那儿正有一个晚会。洛雷塔开始还想保持一种少女的矜持,但转而神使鬼差般地随他去了他哥哥家中。正当这些男男女女玩得高兴之时,一辆警车呼啸而来逐走了这群人的好梦,大家吓得作鸟兽散。伯尼随着洛雷塔来到了她的家,他们紧紧地拥抱,不久便进入甜蜜的睡梦中去。也不知过了多久,洛雷塔突然被一声尖利的巨响惊醒了。她在惊恐之中发觉是哥哥布洛克一枪打死了躺在身边的伯尼·马林。这场飞来横祸把洛雷塔吓呆了。布洛克作案后夺路而去,伯尼·马林的血仍不断地淌在床上、地上。她此时的第一反应便是觉得自己闯下了大祸,处境危险。她无疑被扯进这桩谋杀案,况且马林的哥哥又是个杀人不眨眼的流氓,他不会放过她。洛雷塔想去弄一把手枪保护自己,她急急地出了家门,一边"拼命地奔

---

① 乔伊斯·卡罗尔·欧茨,《他们》,李长兰等译,南京:江苏人民出版社,1987 年。下同,只标页码,不再另注。

跑,一边不断地抽泣",天尚未拂晓,她匆匆地来到朋友丽塔家里。丽塔得知她的情况后,给了她一点钱,让她换了衣服。洛雷塔从丽塔家里出来,旋即撞上了一个值班的警察,她终于支撑不住了,抖抖瑟瑟地自首报案。那个警察叫霍华德·温德尔,他把她带到出事的她的房间,一边为伯尼·马林的惨死感到震惊一边又情不自禁地同情起这个可怜的姑娘而且乘人之危当场又奸污了洛雷塔。

洛雷塔怀孕了,她与警察霍华德结了婚。她搬到城里同他住在一起,她的青春年华也随之宣告结束。但一想到霍华德在这桩案子中为她开脱出力,洛雷塔从心底里感谢他,是这个好心的警察改变了她的全部生活。她哥哥早已远走高飞,父亲因酗酒发疯被关进了州立疯人院,于是,洛雷塔以往的那个家已不复存在了。

待到洛雷塔第一个孩子朱尔斯出生后,霍华德因涉及一桩受贿案而被解职。他们在城里难以养家糊口,便决定随着母亲温德尔太太一起搬到乡下去住。初到农村,洛雷塔浑身感到不舒服,几个月下来仍不能习惯。霍华德则沮丧灰心,变得沉默寡言。生活在这样的家庭里,洛雷塔感到心如枯井,极度的烦恼与无聊使她透不出气来,只有儿子朱尔斯的哭闹声才不时地打破沉寂。在死水一潭的家中,接着女儿莫琳又降生了,霍华德不久参军去欧洲打仗了。朱尔斯飞快地成长着,他看上去精力充沛,胆量过人,6 岁时就离家出逃,幻想做一个"孤独的漫游者"。

终于,有一天,洛雷塔大胆地向婆婆提出要进城去。不顾温德尔太太的极力反对,洛雷塔带了孩子们一起去了底特律,先找到了朋友丽塔又投宿于一家殡仪馆的楼上。她此时 25 岁,朱尔斯已经 8 岁了。为了独立谋生,她到街上去想拉客做妓女,但不幸的是,她第一个搭识的客人便把她送上了警车,洛雷塔被捕。

朱尔斯 12 岁那年开始萌发了性意识。他初恋的对象是修女玛丽·查尔姆,他妹妹莫琳的老师。朱尔斯在教堂里看到她弹钢琴的时候几乎为之神魂颠倒,他整天为她情思昏昏。放学后他去一家杂货店打工赚些零花钱。虽然他也常常做忏悔,但总是隐藏内心最黑暗的东西如偷盗、迷上修女、打架等等,他曾打算去上玛丽的钢琴课但终未成功。为了弄大钱,朱尔斯开始想偷些大件的东西如无线电等。父亲霍华德从战场上回来了,他变得更加消沉和凶狠,朱尔斯真想晚上"用一把斧子把父亲的头盖骨劈成两半,然后就离家出走,按照地图穿过整个国家"。他整天吊儿郎当地晃来晃去,与那家小店的女孩子发生关系。为了能逃避上学,他宁愿陪了祖母去看病。在无聊、拥挤的公共医院里泡上一天。虽然他还年轻,内心里却强烈地向往着华贵的生活。

朱尔斯第二个妹妹叫贝蒂,一个健壮、早熟而大胆粗野的姑娘,她整天混在街上,其行为着实令家人担心。

莫琳16岁时,他们又搬了家,"她已经长大成人,事事谨慎,遇事踌躇,还常常感到害怕,但喜欢读书,人人称赞她文静漂亮"。家中似乎老是充满了不幸,父亲在干活时出了事故,一吨重的东西砸在他身上,父亲死了,洛雷塔哭得伤心悲切,她哀伤欲绝的样子深深地烙在莫琳的心上。

不久,洛雷塔又结婚了,她嫁给了一个叫弗朗的司机,他是个彪形大汉,身材粗壮,肌肉发达的野蛮人。家中的境况越来越糟。莫琳本来是个好学生,但这时学习成绩每况愈下。她总想为自己弄到点钱,但想来想去,除了搭识男人之外还有哪儿可以弄钱呢,于是,她终于迈出了这一步,委身于人,"挣"一些钱来留着备用。但不巧的是,有一天她坐在那个男人的汽车里却被继父弗朗看见,他勃然大怒,又在莫琳的房间里搜出许多大票面的钱。于是,当莫琳回家时,弗朗"一把扭住她的脖子,挥起雨点般的拳头把她打得仰面朝天,直挺挺地躺在地板上。"莫琳被打之后,灵魂出窍,似乎是精神与肉体已经分离,弗朗也因此被捕入狱,洛雷塔与他离了婚。莫琳终日躺在床上,她感到一切都毁灭了,她无法忍受这样痛苦的生活。哥哥朱尔斯早已离家自立谋生。他通过一个已婚的女人认识了一位行为古怪的"大人物"叫伯纳德。此人看起来很有钱,又好像在做大生意,朱尔斯当了他的私人司机,伯纳德应允不久后让朱尔斯上大学,赚大钱。朱尔斯感到自己交上了好运,有点飘飘然;更令他兴奋的是,他无意中看到了伯纳德的外甥女娜旦,朱尔斯一眼就认定她是自己的意中人。

不久,朱尔斯开车送伯纳德到一幢古旧又破烂的房子,一个多小时过去了未见他出来,朱尔斯壮起胆子摸上楼去,但见伯纳德"在没有铺地毯的地板上两眼朝天地躺着,喉咙刚刚被割断,一把杀人刀放在他的手中,手指松开着。"(第288页)

伯纳德死了,朱尔斯的一切希望都成了泡影。他又找了一份送鲜花的工作,他决心去寻找伯纳德的外甥女娜旦。娜旦和她的舅父一样,是一个捉摸不定、浪漫而又古怪的姑娘,在朱尔斯苦苦的追求之下,娜旦终于坠入爱河。但她声称有一个先决条件,要求朱尔斯马上带她离开这里逃往南方,到墨西哥或得克萨斯去。在爱情的感召下,朱尔斯和娜旦开始了他们漫长而又惊险的南方之行。一路上他靠了偷盗或抢劫弄到点钱勉强度日,但他们感到非常幸福,享受到了生活的乐趣。不幸的是,朱尔斯在路上得了流感和腹泻,病得死去活来。等他从昏迷中苏醒过来时却发觉自己心爱的姑娘早已不辞而别,驾了他的汽车逃之夭夭。他与娜旦的那段艳史也告结束,朱尔斯此时身无分文,精神上又受巨创,他从此流落在南方,靠做苦力甚至被当药物试验品度日,受尽苦难,直到1966年才捱回北方。这段时间中,莫琳的病渐渐好转,体力上有些恢复了,但人格与性情却完全变化了,她成了一个无耻与自私的人物,多年来孤苦的生活使她下定决心要找一个丈夫,要有一个自己的家,为达到这个目的可以不择手段,即使拆散他人的家庭也无所谓。因为她看中的,正是一个有妻子有儿女的男人:她的老师吉姆·伦道夫。莫琳认定这个男人是"完美的丈夫,一个理想的对象"。于是,她施展手段"把他从妻子和三个孩子那里夺走",而她真正的目的只是"把自己固定在某种位置上"(第453页)而已。

朱尔斯又意外地遇到了娜旦,几年过去了,而朱尔斯一见到她,他马上意识到自己仍然深深地爱着她。她如今是一个有夫之妇,但朱尔斯仍对她穷追不舍,她也旧情萌发,两人约会在外,爱得难解难分,如胶似漆。但意识到毕竟已经不是以前的"自由人",娜旦最后开枪击中朱尔斯的胸膛,然后她也准备死在枪口之下,同归于尽。

这一枪虽然是致命一击,但朱尔斯却再一次奇迹般地逃脱了死神的召唤。他在底特律的医院里经过几年时间的挣扎,最后终于能下床走动了。长期的病床生活改变了他,他把自己的一切不幸都看成是社会压迫的结果,他本能地投入了当时轰轰烈烈的反政府运动,甚至靠了女友维拉出卖肉体弄点钱。在一次暴乱中,他与警察搏斗,开枪打死了那个警察。待一切平息下来,他决定跟随那个造反组织去加州闯荡新世界了,但他始终还想着娜旦,梦想着哪一天发迹后回来再娶她。

洛雷塔在儿女一个个离开之后痛苦地感叹:"人人都是孤独的,这是个秘密,人人都是孤单的,毫无办法。"

欧茨在校阅《他们》这部小说时曾说过,她当时"有一种可笑的巴尔扎克式的野心,想把整个世界都放进一本书里"。确实,要在这样一部小说中能像巴尔扎克的《人间喜剧》那样,用编年史式的方法全面地反映当时的社会,那当然是不可能的。但我们也看到,欧茨确实怀了这样的"野心",她尝试了以温德尔一家人的生活经历和他们个人的命运沉浮来描绘美国社会从 30 年代到 70 年代的精神风貌,特别是北方底层人民的苦难生活,以小见大,从而让读者感受到整个当代美国的社会实质。欧茨在小说的扉页上强调这部小说实际上"是一部以个人想象书写的历史,是现存的唯一的一种历史。"作为一个小说家,欧茨常常怀有一种历史责任感并以此作为创作的基石。

《他们》写温德尔一家三代,尤以后两代人的活动为主线,时间跨度非常大,足足有四十余年之久。综观全书,洛雷塔可以说是关键人物,几乎所有的人物都直接与她有关,在自己家里,她有父亲,哥哥布洛克。嫁到温德尔家中,除了丈夫霍华德之外,上有婆婆温德尔太太,下有子女朱尔斯、莫琳和贝蒂。洛雷塔以后又结过一次婚,丈夫弗朗给他们家里带来了一场灾难。她还有几个亲近要好的朋友,他们也是小说中不可或缺的人物。洛雷塔不仅是小说的中心人物,而且还是当代美国社会变迁与动乱的见证人。众所周知,美国自30 年代经济大萧条以来,走过了一条崎岖不平的道路,二战及战后政治上的冷战一直似阴霾笼罩着这个国家,国内外一次又一次危机和民族、民权运动爆发,妇女运动和反战情绪高涨,经济的复苏和科学技术的飞速发展等等构成了一个令人眼花缭乱的当代美国社会。所有这些,《他们》中并没有直接的描写或论述,而是通过人物在这个环境中的活动和他们的遭遇自然而然地反映出来,如洛雷塔的父亲生逢经济大倒退之时,他被解雇造成家境困难,贫困无望的生活又使他酗酒解愁直至最后发疯,他的悲剧与当时的"大气候"分不开。整个社会的动荡与混乱又造就了如洛雷塔的哥哥布洛克式的人物,他们无所事事又为非作歹。洛雷塔对美好生活的憧憬以及对爱情甜蜜的感受在布洛克的一枪之下便宣告结束了,而布洛克举枪杀人的目的也并非恩怨或利益冲突,他只是在当时有一种强烈的杀人欲望,一种冲动而找到了借口。事后,他扬长而去,逃脱了法律的制裁,待到几十年后他再次出现在底特律来找妹妹洛雷塔时,这件凶杀案早已灰飞烟灭无人提起了。这实在是美国社会司法漏洞之一斑。洛雷塔的一生,就美国底层妇女的生活来说,具有十分典型的意义。虽然她生活中一系列的遭遇如情人被杀,嫁给警察,丈夫死于非命,想当妓女而被捕,后夫毒打女儿致重伤等等都似乎事出偶然。但通过这些事件我们不难看到一个可怕的美国社会大背景,洛雷塔在这样的社会环境下所走过的生活道路是真实可信的。她做过洗衣工,糊里糊涂地结婚,养儿育女,无可奈何地让丈夫去国外打仗,为谋生而走上歧路,又悲痛地接受丈夫被砸死于工厂的事实。她辛辛苦苦地把几个孩子拉扯大但又眼看着他们一个个离家而去,还要为他们的生活与前程、他们的不幸与苦难担惊受怕,最后留下她孤寂一人。可以说,她是当代美国社会中新一代的"祥林嫂"。欧茨在刻画这个人物时并没有简单化、程式化,而是既写出时代给她的烙印也赋予她独特的个性。她是一个肤浅的、懒散的而又强烈地向往美好生活的女人,为此她曾努力过,付出过,也抗争过,但等待她的并不是想象中的美景,她太渺小了,在时代的风浪里被抛得踪影全无,像大多数底层妇女一样,浑浑噩噩,稀里糊涂地已到了差不多人生的终点站。

曾几何时,洛雷塔看到上一代,自己这一代包括她前后两个丈夫都毫无作为,在沉闷、平庸、不幸、痛苦中消磨了一生。因此,她开始把希望寄托在儿女身上,特别是大儿子朱尔斯成了她心中的光点,连他小时候的哭声以及稍长后调皮捣蛋的行为都令她感到欣慰。无论如何,朱尔斯是一个男子汉,一个强壮有力的人,一个彩色的希望之梦。但过不了多久,洛雷塔的幻想被现实击得粉碎,她还是估计错了。

朱尔斯早在6岁时就显出了"男子汉"的气概。他像许多美国穷孩子一样,渴望自由,讨厌无聊的家庭生活而弃家逃走。这以后,他一直过着飘荡的生活。因家境贫困他不得不出去打工挣钱,混在社会上自然也学到不少恶习,如偷盗、打架等等。可怕的社会环境以及父亲死于非命使他过早地成熟起来。他清楚地感到父亲积郁在心头的愤怒是为生活所迫,是因为没有钱。这种愤怒传给了朱尔斯,一直埋在他的心头而影响了他的一生。为了赚钱,他不想继续读书而想到外面去闯一番,于是,他很早就离开了自己的家。朱尔斯的一生带有某种传奇的色彩,他不仅身体好而且还长得俊,对他一生影响最大的两个人物即伯纳德和他的外甥女娜旦。自从邂逅伯纳德之后,朱尔斯曾一度庆幸自己交上了好运。伯纳德是个很神秘的人,他告诉朱尔斯:"我喜欢冒险,我不敢预言我这种冒险的爱好会把我引向何处。"他看中朱尔斯年轻而单纯,愿意出高价雇佣他当司机。几天之内,朱尔斯从他那儿弄到不少钱而且还得到出钱给他上大学的承诺。这些使这位年轻人感到有"青云直上"的味道。伯纳德还言传身教,把对社会对金钱的看法统统倾泻在朱尔斯身上。"朱尔斯,我告诉你,你得牢记一辈子,永远不要相信任何人。"(第273页)"我觉得人生就像一出戏,我把历史看作是悲剧的展现。"不幸而言中,伯纳德的好戏刚开场不久便落幕了,他被人用刀割断了喉管,这似乎印证了他的人生悲剧观。与伯纳德一样,曾一度使朱尔斯兴奋不已而最后把他抛入深渊的另一个人便是娜旦。是她说服朱尔斯一起私奔南方寻求新生活,她把南方想象成为一个理想的天堂。当时她只有十五六岁时,就怀有强烈的好奇心。但一旦遇到挫折她便原形毕露,自私地丢下病中的朱尔斯而远走高飞。朱尔斯为此付出了沉重的代价。他能捱回老家实在算是命大,靠做苦力,造房子甚至让自己当药物试验品,赚了点钱又付给医院。经过如此磨难,朱尔斯仍未真正地觉醒,他内心里还充满了对娜旦的爱意。这种感情使他第二次见到娜旦时马上又重蹈覆辙。在第二次相爱中,娜旦说:"我爱你……要是我们坐在一条船上,我会把船劈成两半,把它沉到河底,我们会淹死在河底里。"基于这种想法,娜旦在痛苦中想用子弹结束这场难圆的梦,使朱尔斯又一次濒于死亡的边缘。多少年后,朱尔斯成了一具形骸破碎的躯壳,一件"重新缝合起来的重物",他走在街上,自己感到犹如身居于一只烂水果里而虚无缥缈,茕茕孑立,形影相吊。他这种行尸走肉式的生活令他感到愤慨,他要把这一切发泄在与他对立的社会中。不久,他找到了绝好的机会,1967 年 6 月,当代美国社会中最大的一次动乱因越战而爆发,朱尔斯与那些反战的大学生站到运动的最前沿,他们要"改变状态"。他与大家聚在一起慷慨陈辞并策划谋杀总统,发动暴乱,声称"这历史的齿轮要用鲜血来润滑才能运转。"(第 512 页)在一片混乱之中,他先是参加劫持飞机后又"出于无奈"打死了警察。随后,朱尔斯还在电视中为暴乱辩解,把这样的行为称之为革命。

朱尔斯从一个向往美好前程的青年而随着时代的潮流蜕变为一个吸毒、精神绝对空虚、崇尚无政府主义、暴力、追求感官刺激乃至靠女友卖身弄一点钱的人物,非常有力地显示了这个社会吞噬青年的本质。他悲剧式的人生也不完全是个人行为所致。如果这一点就朱尔斯这个人物来说还不够清楚,那么,他妹妹莫琳便是更突出的一例。

莫琳一直是个好孩子,尽管他们家十分贫困,又乏家庭教育,但她却是温德尔一家唯一喜欢读书而又文雅恬静的女孩子,她的大部分时间不是在学校就是在图书馆。但即使是这样一个姑娘,她最后的命运仍不比她的哥哥或妹妹好多少。环境诱使她踏上堕落的道路,为了弄钱不惜勾搭男人。自从挨了继父弗朗一顿毒打后,她完全变了,最后成了一个自私冷漠的人。为了使自己有个立足之处,她夺人之夫,破坏他人家庭,甚至对以前最喜欢的哥哥朱尔斯也不愿多搭理,只想平平安安地蜷缩在自己的小窝里。莫琳从一个天真无邪的姑娘变成一个令人可憎的、心地狭隘的女人令读者慨叹不已,而对她那个天生邪恶淫荡的妹妹贝蒂被捕入狱的结局更不足为怪了。

洛雷塔一家,特别是她三个儿女梦魇般的厄运向人们展示了当代美国社会中底层百姓的生活场景。用欧茨的话来说,"他们"的生活本身就是一部小说,"所以一旦接触,它就具有一种强烈的感染力"。为了突出小说的主旨,作者避免了一些自然主义的描写,虽然她知道那些有关底层社会中污秽不堪、骇人听闻的情节会吸引部分读者的好奇,但作为一个严肃的作家,一个对社会问题作认真探索思考的人来说,那种描写显然失之肤浅。

《他们》是欧茨第一部重要的作品,它不仅在题材内容和故事情节等方面显示了作家的成熟与才华,而且还体现了她卓越的艺术技巧和丰富的文化底蕴。从小说的总体布局看,欧茨力图学习巴尔扎克小说全方位反映时代风貌的特色,突出人物性格及细节的重要性。读了这部小说,我们对该时期底特律以及周边城市、农村的环境与当地的人们有了一个相当完整的印象。这座汽车城所具有的喧闹、刻板机械、平淡乏味的特性以及居住在其中的人们的言谈举止等都似乎历历在目。特别是对像温德尔这样底层家庭生活的描写非常准确传神,小说中的人物无论是主要角色如洛雷塔、朱尔斯、莫琳等等还是其他一些如昙花一现的人物都各具个性,绝无雷同之感。而故事情节的展开,无疑使读者想起了福克纳的《喧嚣与骚动》。福克纳笔下康普生家族的衰亡反映了南方没落贵族家庭的必然颓势。这种以一个家族为背景的故事反映整个社会变迁的小说在南方文学中相当普遍。除了福克纳的许多作品之外,其他如尤朵拉·韦尔蒂的《乐观者的女儿》,弗兰纳里·奥康纳的《格林立夫》《汇合》,卡波特的《别的声音,别的房间》等等都是代表作品,它们共同的特征是具有一种强烈的历史感和家族门第感,这与南方社会特殊的政治经济和地域特点有密切的联系。很显然,欧茨受到南方文学特别是福克纳的影响,她试图把这种手法即以一个家族的命运来反映社会变迁之一隅的故事形式来反映北方城市中底层人民的生活,《他们》可以说是一个成功的例子。读者注意到,这部小说中以洛雷塔、朱尔斯、莫琳等人的故事来串演他们家的命运与《喧嚣与骚动》中昆丁、杰生、凯蒂等人的故事共同构成康普生家族的兴衰过程有异曲同工之妙。

因此,我们甚至可以把这部小说看成是《喧嚣与骚动》在现代美国北方社会的一个翻版。

欧茨出笔很快,作品几乎连续不断地涌出,但她又是个创作态度非常认真的作家,从不为多产而牺牲作品的艺术质量,她的许多小说都有精心的布局与构思。即以《他们》为例,可以看出一斑。小说以洛雷塔在照镜子,接着她的男友遭枪杀开始,而小说的最后又以莫琳在照镜子而朱尔斯遭枪击而结局,几十年的光阴犹如兜了一个圈子回到原地,欧茨有意作这样的情节安排,目的自然是以此象征一般底层人们的生活周而复始,加深主题的涵意。

在创作《他们》的时候,欧茨是一个以现实主义手法为主的作家,处处注意细节的真实性和典型环境典型人物的塑造。但我们也看到,她在继承传统的现实主义技巧中也增添了不少新的色彩,最明显的是加入了大量的心理描写。这种方法使读者透过人物的外表直接看到他们的灵魂深处。有力地凸现了人物的生动性和他的思想深度。成功的例子在书中俯拾皆是。如莫琳在期望把那个男人弄上手时的一段描写:

> 她此刻正在穿衣,准备去上课。这行前整装使她激动。此刻,充溢于她脑际的愿望是:迷住这个男人,使他悦目,把他吸引到自己身旁来。她,莫琳,是能把他吸引到跟前来的,使他如痴如醉的一扇橱窗。他会爱上她,他会抛弃现在的生活,抛弃他的家庭的……
>
> 朱尔斯住在医院里。他的脸苍白瘦削,两眼抑郁感伤,暗淡无神,深陷在眼窝里。脸啦,皮肤啦,骨头啦,软骨啦,那究竟是什么呢?组成眼睛的神秘物质是什么,它能产生怎样的魔力呢?莫琳不明白。这魔力残忍得可怕,因为它会衰退。在美国,这种魔力是会迅速衰退的……(第451—452页)

这段文字中,莫琳先是想到怎样用自己的容颜迷住吉姆,以此把他缠住。但忽而又想起了哥哥朱尔斯目前躺在医院里的一副惨状,看起来这二者风马牛不相及,但事实上这种联想并非莫名地想入非非,它是莫琳感到青春美丽难以永驻的心理闪念,是她一瞬间整个思维的有机章节,她担心"美色的消失比起肌肤骨骼腐朽在泥土之中更为可怕",她把自己的美色与朱尔斯的形秽相对照,令她"感到恐惧,感到惊慌失措"。于是,"她就变得坐立不安,巴不得一下子如愿。"

从这样的例子看,欧茨的小说中有不少地方具有陀斯妥耶夫斯基式的心理描写。早在创作《他们》之前,她已经把这种心理描写融合到传统的现实主义手法中。随着她创作的进展,这种表现方式日趋成熟和深入,以至后来成了欧茨小说的一大特色而被称为"心理现实主义"。

# 第八节　菲利普·罗斯(1933～　　)

菲利普·罗斯(Philip Roth),1933年3月19日生于新泽西州纽瓦克市的一个犹太家庭。父亲曾做过一些收入低下的工作,后来自己开了一家小小的鞋铺,但不久就破产关门,幸亏又在大都会人寿保险公司找到一份推销员的差使,总算在美国经济大萧条的时期勉强撑了过来。他的家庭背景对罗斯的写作产生过很大的影响。

1950年罗斯进入罗特格大学纽瓦克学院,1951年又转入伯克尼尔大学。他的处女作《哲学,或其他类似的东西》就是发表在伯克尼尔的文学杂志上。1955年,他在芝加哥大学获得英语硕士学位,同年参军,但在基本训练中背部受伤而退伍。

1959年是菲利普·罗斯成功的一年。他的第一部小说集《再见,哥伦布》(Goodbye, Columbus)问世并获得了霍夫顿·密弗林基金和哥根汉姆基金及国家文学艺术学院奖,从此走红,也使他对自己的创作才能有了充分的信心。第二年,他又获得了全美图书奖、欧·亨利奖,并进入爱荷华大学的作家创作室。罗斯之所以在这短短一两年内得到众多殊荣,是因为他"开创了新一代犹太人的天地",改变了以往犹太作家作品中那些贫困、潦倒,又厄运不断的人物形象,而是转向了逐渐走上富裕道路的第二代犹太人,写出了这新一代人的精神面貌和行为生活,并敏感地抓住了这些人物被美国社会同化,开始背叛自己的宗教和传统生活习俗的倾向,更具现实意义。

1962年,罗斯又以第一部长篇小说《放开》(Letting Go)获福特戏剧奖。在这部小说中,罗斯把自己在大学执教时的所见所闻融入作品之中,写一个犹太青年教师怎样卷入他人生活的圈子而力图脱身的故事,涉及了许多社会问题,如爱情、结婚、父与子的关系、大学生活等等,尤以其精致的写作技巧而备受赞扬,可以明显地看出他受菲茨杰拉德的影响。而这种影响更多地表现在他的另一部小说《当她还好时》(When She Was Good, 1967)之中。在这本写

20 世纪 50 年代美国中产阶级的"起居室和厨房间"的小说中,读者可以感受到浓烈的时代氛围,包括当时流行的深夜泊车中的做爱,带有韵律的歌词等等。

罗斯最出名的小说要推 1969 年出版的《波特诺的主诉》(*Portnoy's Complaint*)。写一个叫波特诺的犹太青年向心理医生诉说自己的痛苦、不幸及烦恼,展现了一个当代犹太青年的反叛思想与行为,同时也把以前所涉及的犹太父亲与困顿、失落的儿子之间混乱的关系进一步延伸到母子之间,在社会上引起极大的反响。虽然有许多读者不满于作品中过多的、直接的性描写的场景,但对这部小说的社会意义和艺术构思上的成就是毫不怀疑的。小说出版之时,正值美国大学生抗议越战运动的高峰和妇女运动的开始,故波特诺的性解放行为和对家庭、社会的背叛正好切合了时代的脉息,一时被认为是"思想英雄"。1970 年,菲利普·罗斯被选为国家文学艺术学院委员,翌年,他出版了《我们这一帮》(*Our Gang*),以尼克松政府为对象,暴露了美国社会中政治腐败与欺诈的一面。值得一提的是,这部小说出现在水门事件之前,可见作家非凡的政治敏感性。

在《伟大的美国小说》(*The Great American Novel*,1973)一书中,罗斯又尝试用一种"病态幽默"的手法对一些公众热门的娱乐活动和小说作了挪揄和讽刺,其意义已不为表面所写的垒球运动所囿。

除了写小说之外,作为一个大学教授,菲利普·罗斯对欧洲文学有相当的兴趣,特别是对卡夫卡和果戈理二人更为钦佩,他写有不少专门的论文加以研究,也是他在大学里主讲的内容。

自《伟大的美国小说》以后,罗斯的创作又回到了他所熟悉的社会生活中来,诸如家庭、结婚、离婚,或一个犹太人、文明社会的压力、个人不满的组合等等,1977 年问世的《欲望教授》(*The Professor Of Desire*)就是一例。

菲利普·罗斯虽然不像托马斯·品钦和塞林格那样喜欢离群索居,但也很少参加公共活动。自 1970 年起,他在宾夕法尼亚大学任英语系副教授,近年来又在纽约市立大学亨特学院任教。他是美国当代作家中年纪较轻的一位,想必还会有精彩的作品问世,这正是读者与文学评论界所盼望的。

## 一部评价两极的"淫书"
### ——菲利普·罗斯的小说《波特诺的主诉》(1969)

在谈到当代美国作家时,菲利普·罗斯的名字总是与艾萨克·巴什维斯·辛格、伯纳特·马拉默德、索尔·贝娄等人连在一起。因为他们都是美国犹太文学的代表,而且都属于那种"睿智型"的作家,曾有过执教于高等学府的经历。但是,细细地品味他们的小说,我们会发现,即使他们同样以犹太人的生活、思想与情感为题材,但彼此间的区别还是很明显的,特别是罗斯与他们几位属于两个不同的时代,他笔下的犹太人形象已是新的一代,这些人物既不同于辛格小说中那些居住在东欧偏僻地区饱受贫困压迫之苦的犹太人,也有别于马拉默德和贝娄笔下美国大城市中那些历尽沧桑的犹太移民。这种区别正反映了近代犹太人生活的变迁以及这些作家敏感的社会感受力。

菲利普·罗斯的第一本小说集《再见,哥伦布》发表于1959年3月,一共包括五篇小说,第二年即以此获得全美图书奖,运气相当不错。但真正使罗斯一举成名并有了超越国界的声誉的,是1969年问世的长篇小说《波特诺的主诉》。这部小说当时的知名度可谓达到家喻户晓的程度,精装本销出50万本,而平装本则达100万本以上。那些没有看过这部小说的人至少也会从朋友、同学那里听到有关的评论与介绍,或通过大众媒介如《纽约客》《时代周刊》《新闻周刊》《生活》杂志等接触到。几乎从一开始读者对这部小说的评价就是相当对立的,称赞的人称它"开创了美国犹太人的新天地",但更多的人则认为这是一本格调低下的色情小说,为作家"滥用"才华而感到惋惜。但不管怎样,菲利普·罗斯与小说中的主人公亚历山大·波特诺一下子都成了大名鼎鼎的人物,以致在70年代时,只要提起菲利普·罗斯的大名,马上就有人会问"是不是那个写《波特诺的主诉》的人"?

时间或许是文学作品生命力最好的测试。如今,三十余年过去了,《波特诺的主诉》并没有像一般色情文学作品(这在当代美国可说比比皆是)那样随风而逝。相反,这部小说中所涉及的许多问题正受到社会的普遍关注和认识,对小说的艺术成就也有了一致的评价,文学评论界一再显出对它的兴趣,成了研究菲利普·罗斯及当代美国文学不可或缺的一页。

《波特诺的主诉》内容是通过犹太青年亚历山大·波特诺向心理医生诉说自己的内心隐情,表达了一个第二代的犹太青年内心的痛苦以及对传统道德的反叛而又陷入失败的困境。小说运用弗洛伊德心理分析的理论,从潜意识与性心理等方面入手,巨细无遗地披露了这个人物从童年到成人时期的内心世界,让读者直接进入人物的心灵深处,并通过他的陈述与思想感受到一个当代美国青年的困惑,具有强烈的现实感。但另一方面,由于罗斯所用的直接描写法及故意运用潜意识流露等手段,使作品读起来显得十分粗鲁,甚至有不堪入目的地方。这种情况当然不仅见于罗斯的小说中,其中当代美国作家如诺曼·梅勒、纳博科夫、塞林格和辛格等都有这种倾向,他们认为这是"生活真实"的反映,也是使小说中人物显得生动的一种表现手法,并辩解说这样的描写及语言的运用目的不是挑逗情欲或色情满足,而是构成人物性格及作品主题的一个重要方面,与那些低级而单纯的肉欲描写有本质的区别。对他们的这种解释以及 70 年代美国文学中的这种现象的成败得失,我认为可以进行专门的讨论,但作为一个严肃的、有道德责任感的作家,至少有一个描写的角度及掌握分寸的问题。

《波特诺的主诉》虽然是一本平铺直叙的小说,但其艺术结构相当奇特。它以主人公亚历山大·波特诺在医院里向他的心理医生斯班伏盖尔主诉自己的"病情",用喜剧性、内心独白的方式把情节叙述出来。这种以独白的形式展示故事的方法在近代文学中不乏其例,但由一个人一口气讲几天,在书中长达 274 页,而小说中另一个人物即医生只是最后讲了一句话而结束全书的形式恐怕无出其右者。因此,一些文学评论家注意到《波特诺的主诉》中一个重要的方面,即研究"过分"——与中文中"淫"字的本意即"过分""过多"等非常切合,而这种叙述方式也应该是其中的一个内容。

亚历山大·波特诺是第二代美国犹太移民。生于新泽西州的纽瓦克,父亲杰克·波特诺是一家保险公司的人寿保险推销员,母亲索菲·波特诺则是一个墨守犹太陈规,能力非凡的女性。波特诺在医院中的诉说几乎是一部他从小到大的回忆录,从 4 岁的孩提时代起一直到三十多岁。其中所述虽然内容冗杂,一言难尽,但有两条线索是最主要的,一是他母亲对他深刻的影响,二是他与一些姑娘特别是非犹太姑娘之间的情爱关系。在这部小说中,亚历山大与母亲索菲之间的关系一直是人们津津乐道的话题,因为这位正统的犹太母亲对儿子的影响实在太大了,以致在波特诺的心中成了难以动摇的障碍,一生摆脱不了对她的敬畏感。小说第一章的题目是"一个我所见到的人中最难以忘怀的"即指他的母亲索菲·波特诺,而故事的第一句话便是他童年时代对母亲的印象,"她是如此深地印入我的意识之中以致第一年上学时我相信所有的老师都是我妈妈装扮的。当下课铃一响,我飞也似地奔回家去,想赶在她变回原形之前回到家里。"①他当然从未成功,但这种失败只是增加了对她的畏怕,他的这种幻想以及由此而引起的变相一直置于他的心中而成了日后精神上的负担。作为一个原型的犹太主妇,索菲·波特诺似乎确实"太能干"了,这一点连她自己也清楚。家务事她件件拿得起,她做的咖喱冻和烤的馅饼美味可口,家里收拾得干干净净,你甚至可以"用嘴来舔厨房的地板"(第12页)。除此之外,她又会熨衣,又会编结,里里外外在她的手中都显得有条不紊。这种"过分"的能力也同样表现在与丈夫与儿女的关系中,在她咄咄逼人的气势下,杰克·波特诺则显得窝囊、畏缩,再加上他长期受慢性便秘之苦和在公司里处于任人支配的地位,更使他处处显出无能为力的样子。

波特诺的母亲在小说中特别在前半部中是一个重要而充满了权力的角色。亚历山大与她共同的生活经历使他事事露出受其影响的痕迹。她看起来不像一个现实生活中的母亲而更像一个漫画式的人物。读者虽然对她的言行不免有"过分"之感,但又对她的性格深信不疑。她对家人那种"过分"的关照既令人讨厌而又是那么真实,令不少犹太主妇们面有难色。小说中有一段波特诺回忆在小儿麻痹症流行的季节里,母亲对他的身体非常担忧的描写。当他读书回来时,索菲紧张地跟他说:"张开你的嘴,你的喉咙怎么会红的? 你是否有头痛而不告诉我? 你再不能去棒球场了! 亚历山大,直到我看到你头颈能转动为止! 你的头颈发硬,为什么动起来这个样子? 你想呕吗? 你恶心吗?"(第33页)这种经常性的、捕风捉影式的担忧和关心使波特诺感到厌烦。在她的严教之下,童年时代的波特诺便失去了天真与快乐。而且事实上,为了能博得母亲的宽慰,在公开场合,波特诺一直保持了循规蹈矩的样子,是"妈妈的小宝贝",后来又是一个犹太家庭熏陶下的"好青年"。他在学校里成绩始终是A等,毕业后又被指定为"纽约人类机会委员会"助理委员。但内心中波特诺对这种家庭教育和习俗,特别对母亲的所作所为相当反感。当她给黑人女佣一小罐吞那鱼当午餐而显得十分慷慨大方时,波特诺心里明白这实在是一种虚伪,这种4角9分两听的廉价鱼并不能掩饰她吝啬的本质。在这个家庭中,他觉得没有自己言行的自由,一切都得听从母亲的意志。为此他感到精神上处于窒息的状态。"在这个家中,每个人每天都想大哭一场。"(第25页)他处处感到灰心丧气,备受压抑之苦。"当心! 亚历山大,不准这样,不!"这是他

---

① Philip Roth, *Portnoy's complaint*, New York：Random House, P. 3. 下同,只标页码,不再另注。

时时听到的声音。因此,他在诉说中告诉斯班伏盖尔医生:"这就是我的生活,我全部的生活,我生活在犹太人的笑话中,我是犹太笑话之子!"(第37页)作为一个病人(精神分析医生的对象)波特诺生活中有许许多多的痛苦要讲,但母亲的专横以及由此对他造成的伤害则是其中重要的内容,也是他后来认为缺乏阳刚之气的根本原因。因此,在回忆往事的同时,他又发出了"我是自己命运的主人,灵魂的主宰"(第38页)的呼声。在波特诺断断续续的记忆中,母亲不断地"压迫"他。他想起了她追查自己经常跑厕所的原因,想起了常常受罚被关在门外的滋味,也想起了自己不想吃饭时她用小刀威胁他的情形,以及父亲见状也无可奈何、无力相助的尴尬样子。这种心灵上的压抑感使他丧失了自我信心,他把生活中的种种不幸都归于缺乏独立人格而致,因此,他最后不得不叫出了:"妈妈,我已经33岁了,我是纽约'人类机会委员会'助理委员,是法律学校毕业的第一名,记得吗,我是我入读的所有班级中的第一名……妈妈,我是一个在自己这一行中受尊敬的人!……上帝啊!一个犹太男人父母在堂就如一个15岁的小孩,一直到他们死,他一直是一个15岁的小孩!"(第111页)

小说中波特诺对母亲的态度是矛盾的。一方面嘲笑她种种"过分"的举动,另一方面又承认自己挣脱不了母亲对他精神上、道德上的羁绊。他竭力想反叛自己的家庭、母亲、犹太的道德风俗等,但他所用的武器却只是猥亵的行为和"性解放"的方式,想以此来证明自己独立的人格和意识。正因为这种错误的手法使波特诺陷入了两难的困境之中,这两种选择都不会使他得到真正的满足与解脱。波特诺一方面希望实现母亲对他的厚望,做一个传统而"成功"的犹太人,而另一方面又根据他自己浅显的生活经验,想在堕落与性解放中得到一时的快乐。在小说的后半部中,他讲述了自己怎样在道德的心防间徘徊,存心突破它,把猥亵行为当作一种达到目的的手段而又时时不忘自己是犹太人身份的矛盾心理。他的许多所作所为所依据的道德价值又常常是他想逃避的东西,这种矛盾的言行是造成他异常痛苦而无法自拔的根本原因。

波特诺性意识的觉醒相当早,而且也特别强烈。这一点又显出了罗斯这部小说中处处描写"过分"的特点。早在十几岁时,他为了平息内心的厌烦,试了运用性幻想及手淫的方式来自慰,他在饭前、饭后或吃饭时突然装出肚子痛的样子,奔进厕所反锁了门,然后进入如痴如醉的幻想世界。波特诺的这种坏习惯很快就诱导他走上了性冒险的歧途。他跟一个叫阿诺德的同学随着班上的花花公子斯莫卡一起去找一个被学校开除了的姑娘白鲍斯,他们以丢硬币的方式决定谁与这个18岁的臭名昭著的姑娘"玩真的",结果波特诺赢了,"取得了染梅毒的权利——至少他是这么想的"。斯莫卡是他走上邪道的引路人,也是他内心一直羡慕与嫉妒的对象。

从此以后,波特诺觉得非犹太姑娘对他来说有一种无法抗拒的吸引力,这种诱惑与他从小就有的梦想完全合拍。为此,他在她们面前掩盖自己犹太人的身份。虽然他的名字中很难见出不同于异教的痕迹,但他最担心的是自己的长相,尤其是鼻子的样子。从青少年起,波特诺对女性,特别是异教姑娘的追求就到了难以遏制的地步并带了几分变态的心理。从他与一系列女性的接触中,读者可以看到他除了为达到性欲的满足外,还有许多复杂的动机与目的,如想以此来反叛自己犹太家庭与传统,但同时又想以一个犹太人的身份向异教徒报复,甚至向美国社会报复。另外,这也是他想借此证明自己是一个真正的男子汉的表现手段,虽然这些想法后来证明都落了空。

波特诺一直想撇开自己的犹太传统,但每每发现这种企图并非容易之事。在安蒂卡学院,他追上了一个女同学叫凯·坎贝尔,绰号"南瓜"。一段时期相处之后,波特诺觉得她的兴趣、智力及各方面都与自己相配,他们已开始构想将来婚后美满的生活,但"南瓜"显然对他的犹太背景难以接受,她的这种反应足以使波特诺的热情慢慢降温。而那次应邀去她家共度感恩节之行使他们的关系彻底破裂。这是波特诺第一次离家过节,来到了她远在爱荷华的父母家。波特诺在她家里处处感到不自在,他头一回体会到两种文化背景的家庭竟有如此巨大的差异。他认识到自己在这个家中只是一个"周末客人"的角色。开头的一整天他拘谨到对任何人任何事只有一句"谢谢"而已。在这难堪的情形下,他又想起了母亲,把自己失魂落魄的样子和举措不安的狼狈腔统统怪罪于母亲的影响。

波特诺与另一个女孩叫萨拉·艾博特的关系也表现出异教之间的隔膜,最后不得不以告吹了结。萨拉被称为"新教徒",有一个新英格兰的家庭背景。她身上似乎集中了波特诺对女性的要求——漂亮、热情、慷慨而又文雅。波特诺把她看成是"美国的化身",从她身上可以得到一种虚荣心的满足。他这时甚至得意地幻想自己与历代美国的英雄人物如哥伦布、华盛顿一样,踌躇满志,可以"勾引48个州的各个姑娘"(他未把阿拉斯加与夏威夷算人)。但不久之后,波特诺开始对"新教徒"感到厌烦,她身上所体现出来的美好素质在他眼中反而成了嫉恨的地方,他自欺欺人地说:"不,(她)没有什么可爱的!"事实上,这种心理上的逆反现象既表明了他的自卑感也说明他并不是真正地追求爱情与生活,也没有成家立业的打算。他只是受欲望的驱使,正如他自己分析时所说的"我不能停止(追女人),也不能把自己与任何人捆在一起"。

了解了波特诺这种变态的心理现象,我们再来看他与玛莉·简·里德之间的关系或许就不会感到意外了。玛莉来自弗吉尼亚州的阿巴拉契亚山区,绰号"猴子",是一个模特儿。她与波特诺某一天晚上在纽约"萍水相逢",一见倾心。由于她以往不幸的生活与婚姻上的挫折,故这个29岁的姑娘非常渴望有一个温暖的家。她被波特诺文质彬彬的外表所吸引,他们相识的一年中她几乎满足了波特诺所有的要求,她的感情是真挚的,而且她的热情与特具的魅力也曾倾倒过波特诺。他们在郊外度过美好的周末又商量了结婚的计划。但不久波特诺又故伎重演,在"猴子""过分"的热情下,他被吓坏了,同时也开始对她的身世和经历感到不满,因为她出生于矿工家庭,从小在艰苦的环境中长大。波特诺想让她受教育,修正她的语言错误,借书给她,包括《美国的悲剧》《一个土生子日记》等等来提升她的文化修养。他认为这样做是施恩于她、同情她、"救她",但在这种指导思想下他总觉得与她在一起显得尴尬,他最终还是退了出来。但"猴子"却一往深情,认为自从与波特诺相识之后就突破了以往与一般人之间的那种关系。当他在"爱深斯"旅馆里遗弃她时,她不禁求他说:"我爱你,亚历山大,我崇拜你,热爱你,请不要丢弃我,求求你了,因为我受不了,因为你是我认识的最好的男人……"(第211页)她的爱情是如此之深切,但她不明白,她的爱对波特诺来说也许太多了,这种爱除了为他带来一时心理上的愉悦感之外并无更多的意义,一旦时过境迁,他马上会撞破情网,投向再一次猎求。

在与异教姑娘的关系中,波特诺一面不断调换对象以求刺激,另一方面又一直为传统的道德和犹太的习俗所折磨,他时时感受到内疚而自责,这种心理上的障碍与压力使他在无奈与失望中想回过头来找犹太姑娘作伴以寻回内心的平静和道德上的回归感。

小说的最后部分波特诺回忆起因朝圣而回到故土以色列在那儿又与两位犹太姑娘邂逅的经历。当他刚刚踏上以色列国土时,他感到一切都是那么的亲切和熟悉,无论在哪儿遇到的人,包括路上的行人,饭店里的招待,售票员,搬运工,出租车司机……个个都是犹太人,"所有的脸都像是他的朋友,邻居,叔父,老师和父母亲",他感到自己找回了失去的那种人格与身份。他清早起来,徘徊于美丽的海边,觉得这里的沙子也非同一般"这是犹太的沙子"。就在当天下午,他遇上了一位绿眼睛、茶色皮肤的姑娘并很快与她交上了朋友,她是一名以色列军队的中校。他们先是在港口的酒吧混到深夜,然后又到了波特诺住的旅馆。但面对着这位活泼开朗的犹太姑娘,波特诺突然失去了男子汉的勇气,他一时简直不知怎样来解释,但那个中校姑娘愤怒之下,穿上制服扬长而去,使波特诺羞愧万分。这对他来说犹如春梦一场,而且几乎可以说是一场灾难。过不多久,他又搭识了一个犹太姑娘叫内奥米,波特诺称她为以色列的"南瓜"。她是一个女英雄,身高6英尺,体质极佳。波特诺为她的形象所吸引,她的父母原住美国费城,二战前作为一个犹太复国主义者回到故乡。内奥米也参过军,退役后没有回到出生与成长的以色列集体农庄,而是参加了在西奈边界一个山区中由一些青年所创办的公社,生活单调,条件艰苦。但她还是喜欢那儿的生活,她是一个勇敢而又充满了爱国热情的女孩子。波特诺看到了她与自己母亲在许多方面的共同之处,包括肤色、个头、气质、性情等等,似乎内奥米就是他妈妈高中毕业时照片中的样子一般。但波特诺尽量否定自己的这种感觉,在激动之余,他提出要娶她为妻的想法并愿意与她一起去那个山区的青年公社开始自己的新生活。他希望有一个能干而健康的妻子,能讲一口流利的英语,内奥米正好符合这些条件。于是,波特诺大胆地、直接地向她提出了结婚的请求。但内奥米却完全没有思想准备,视他的话为儿戏,她回答说:"你大概晚上喝多了,我想我该走了。"波特诺急忙反锁了门,想进一步说服她。但无论在精神上还是体质上,波特诺都不是这个姑娘的对手,她对波特诺的言行大加鞑伐。说他是"自我贬值,自我嘲弄"(第265页),是精神病发作的表现。她非但没有屈从于波特诺的强暴,反而使他看到了自己的病态与可怜,最后她一脚端在波特诺的胸口,以此来回答他无耻的要求。这个时候,波特诺再一次感受到了绝望的痛苦,他不禁想到,"这是不是'猴子'的报复?!"

波特诺的性冒险屡遭失败,他所渴望的中产阶级生活之梦也随即宣告破灭。他原先想象中的那种"成功的美国犹太人"的生活方式——星期天早上与妻子、孩子去球场,晚上美美地享受几个小时的电视节目等等都成了泡影。而对于这一切,波特诺自己无法解释,为什么他的这种期望无法实现?为什么生活变得一团糟?他想求助于心理医生弄个明白,这也是他滔滔不绝诉说的原因。

虽然波特诺自己很难看清自我的弊病,也无法找到痛苦的根源,但通过他这番诉说,读者倒很清楚他实质上不过是 60 年代美国社会中一个颓废青年的典型.只是他的犹太家庭背景给他多设置了一层的障碍,使他在突破道德心防时更为费力。因此,这部小说的真正意义在于作者描写了一个颓废青年是怎样以发泄性欲的手法来反叛家庭与社会的压抑但最终又惨遭失败的经历。菲利普·罗斯非常成功地把主题与主人公的这段反抗经历联系起来。波特诺潜意识中一直渴望成为一个真正的男子汉,在小说开始时他就说:"保佑我有男子汉的气概,让我更勇敢,更强壮,使我成为一个名副其实的男人。"(第 37 页)到结尾时他在以色列看到那些运动员而想到:"我喜欢这些男人,我希望成为他们中的一员"(第 245 页),与小说中两大主线即竭力摆脱母亲的束缚和想通过"征服"女性为手段表现自己的独立人格是密不可分的。波特诺在这两个方面的失败也即他整个反抗、叛逆行为的失败。但即使如此,他成了当代美国文学中一个典型人物,一个所谓的"叛逆英雄",与马克·吐温笔下的哈克贝利·芬及塞林格所塑造的霍尔顿等人物一样,是美国青少年人物一个造像而影响深远。

在艺术结构上,如上文所述,《波特诺的主诉》极有特色。最突出的就是叙述方式与幽默场景的描写。据罗斯自己说,他写这部小说,是受了几位学生的启发。当时他在爱荷华州立大学执教写作,班上有几位犹太籍的研究生。他们在一次习作中不约而同地以犹太青年为主角,写他们怎样以性冒险的方式来反叛自己家庭与社会习俗的故事。罗斯足足花了四年的时间来推敲这部小说的叙述方法。他最终从弗洛伊德的心理分析中找到了灵感,尝试用一种全新的,能自由地表达思想与幻想的独白方式来讲述故事。这种方法最大的优越处是能传达出对荒诞世界的感觉,波特诺是小说的主角,又是故事的叙述者,分析者,"病人"等几个角色,他可以毫无顾忌地道出内心深处的隐情,把读者带入他的思想中,因此给人以特别深刻的印象。这一方法,与鲁迅的《狂人日记》极为相似,一个是"狂人",一个是"病人",但实质上都是作者的代言人。

这部小说中另一个艺术特色是,作者常常写一些幽默的场景以增添故事的色彩,而且这种幽默是建立在对立与惊奇之上的。故常会产生戏剧性的效果。如波特诺在回忆自己"还不到 14 岁时",一次,他躲在厕所里用他姐姐的内衣想象班上的一个女同学。正当他兴奋不已时,他那个患便秘的爸爸杰克在门外高叫"我已经一星期没有大便了,能不能让让我……"但此时波特诺对他爸爸的请求如耳边风,死死躲在里面不肯出来。

"开门,亚历山大,我要你马上开门,"他母亲出场了。她担心波特诺不知吃了什么脏东西,"亚力克斯(爱称),你回答我,你放学以后吃了法式炸薯条是不是?为什么泻得如此厉害?"

"不,不。"波特诺在里面嗫嚅。

"亚历山大,你觉得痛吗?要不要叫医生,你痛吗?还是不痛?我要知道究竟什么地方痛,回答我!"

"嗯,嗯……"

"亚历山大,你不要抽马桶,我要看个究竟,我不希望听到这种声音。"

"但我,"他父亲哀求道,"我已经一星期没大便了!"

波特诺我行我素,毫无同情心的样子。当他从厕所里出来时,索菲叫住了他,"过来,为什么我叫你不要抽马桶你偏要抽?"

"我忘记了。"

"马桶里是什么东西?你急于抽掉?"

"我泻肚子,"

"大部分是稀的还是干的大便?"

"我没有看,不要再对我讲大便好么——我已经是中学生了。"

"哦,不要对我这样嚷嚷!亚力克斯,不是我让你腹泻的!你知道,要是你吃的东西和家里一样,你不会一天跑五趟厕所的!海娜(波特诺的姐姐)告诉我你在做什么,你不要以为我不知道!"

"我做什么了?"波特诺一惊。

"你放学后去了哈若德热狗店和切石瑞官吃法式炸薯条……不要撒谎了!杰克,你过来,我要你听听这件事!"她向正坐在马桶上的父亲叫道。

"唉,我正在大便,"他答道,"能不能让我在想大便的时候不再受罪听到别人的尖叫声!……"(第23页)

在这段短短的描写中,三个人物的性格通过对话都凸现出来。自私堕落的波特诺,飞扬跋扈的索菲和唯唯诺诺的杰克的形象都十分传神,似历历在目。类似这样的描写在小说中俯拾皆是,显出了菲利普·罗斯不凡的写作才能。

　　另外,小说中又一个相当"过分"的地方即对波特诺的性幻想、手淫以及性关系的描写不仅次数多而且相当露骨,虽然罗斯认为这是人们一直在做但又不敢面对它的事实,但毕竟这种过多的、直接的描写影响了小说的总体格调。这部小说引起如此对立的看法以及迟迟才被文学评论界接受,恐怕与此不无关系。更由于各个民族的道德观念与社会风俗的差异,类似这样"过分"的描写与渲染是中国读者无法欣赏的。

# 第三章　世纪之末(70～80 年代以来)余绪绵绵

　　20 世纪 60 年代那种喧嚣一时的社会紊乱虽有逐步式微之势,但至少在 70～80 年代仍有强劲的余势。70 年代被称为"我字当头"的年代或"疯狂的年代"即是形象的证明。这一时期妇女运动蓬勃兴起,旧有的妇女观受到了猛烈的抨击和前所未有的挑战。对男女关系的新探索无疑影响到许多方面,也包括了小说创作的素材与内容等。新女权运动超越了各种社会的、政治的关系,直接在家庭的城垒内部与男子相抗衡,以求女子能获得真正的自由与平等。这场运动在文坛上的直接后果至少带来了两个方面的变化,一是关注妇女解放运动主题的小说增多,二是妇女作家在数量上有了较大的发展。艾丽丝·沃克(Alice Walker)、托妮·莫里森(Toni Morrison)、保拉·马歇尔(Paula Marshall)等都是其中的代表人物,而且更为引人注目的是,她们都是黑人女作家,尽管她们的成就早就越出了肤色与女性的范畴,但她们作品的主题,常常还是有关妇女,尤其是黑人妇女在社会中的地位与遭遇。艾丽丝·沃克的《紫颜色》(*The Color Purple*)被拍成电影,具有广泛的社会反响与共鸣。小说讲述一个美国南方黑人妇女受困苦之累,又加上受男人的虐待以及最后她自强不息、赢得幸福自由的故事。作家呼吁妇女同胞特别是黑人妇女为砸碎民族压迫与封建大男子主义的双重桎梏而斗争,以坚忍不拔的毅力与传统势力作不懈的抗争。沃克认为,黑人妇女的遭遇,是种族矛盾中特殊的一环,与整个黑人解放运动密不可分,而黑人必须在能够充分了解自己的过去,认清历史给人们带来的重压与包袱后,才能以其固有的民族文化来建立自强互爱的新社会。

　　托妮·莫里森于 1993 年获得了诺贝尔文学奖,是这项世界性的文学大奖第 90 位得主。莫里森的文学成就早在 70 年代已为世人瞩目。她那充满诗意的力量,准确而动听的对话和她对黑人美洲富于表现力的描写博得了广大读者与文学评论界的赞扬,正如瑞典文学院诺贝尔文学授奖辞对她所作的评价那样:"使美国现实社会的一个重要方面变得栩栩如生"。托妮·莫里森的第一部小说《最蓝的眼睛》(*The Bluest Eye*,1970)写黑人姑娘佩科拉渴望自己有一双蓝蓝的眼睛,用以祛灾避邪。但真正如愿以偿,有了一对蓝眼睛以后,一切都显得更加糟糕,家庭也因此被拆散,进而祸及乡里。莫里森说,她写这本小说的初意,"是为了给自己看的""我动手写了一个女孩怎么想要蓝眼睛,可是,真的有了,又是怎么的可怕"。她第二部重要的小说《秀拉》(*Sula*,1974)讲的是一个母系中心家族的末代女孩,放荡不羁的秀拉的故事。黑人儿童在恶劣的生活环境下长大,秀拉成了一个复杂的人物,她被一群白人恶少所包围,靠了割断自己的手指才把他们吓退。她出身低下,虽然后来进了大学,但时时刻刻感到与整个周围的环境格格不入。秀拉后来一头扎进了充满敌意的大千世界,可又被社会习惯势力冲了回来。结果,秀拉毁了自己一家及奈尔的婚事,自己也落得个四处飘泊的下场。

莫里森最有名的两部小说是《所罗门之歌》(*Song of Soloman*,1977)和《柏油娃》(*Tar Baby*,1981)。《所罗门之歌》写的是马扎·戴德和皮拉特里兄妹两家的矛盾。马扎是贫民窟里的霸头,皮拉特里家则以酿私酒为生。两家人历来斗得不可开交,而到了第三代,马扎的儿子密克曼却跟皮拉特里的孙女哈格有了私情。小说全面而细腻地揭示了黑人大家庭的百年历史,同时又对70 年代最敏感的妇女解放问题作了探讨。《柏油娃》叙述了一场由种族矛盾而引发的大冲突,将白种主人与黑人佣工之间的对抗暴露无遗。小说采用循环重复法,涉及到黑人社会的各个方面,包括政治、宗教、性别以及教育等等。托妮·莫里森对黑人的前途仍抱有消极的观念,认为"黑人奴隶制的痕迹很难褪尽,不比别的奴隶制……""黑人,只因肤色不同,过去,被人看作奴隶,现在,成了贫困的象征"。

托妮·莫里森不愧为当代美国作家中有分量的一位。她的作品气势恢宏,视野广阔又不失细腻,代表了当代美国黑人文学的一种倾向。

保拉·马歇尔与艾丽丝·沃克和托妮·莫里森一样,她在小说中所探讨的问题,侧重于美国黑人妇女生活的境况。她似乎更熟悉那些已经脱离了贫穷,进入中产或富裕阶层的黑人女性。1983 年出版的《为寡妇唱赞歌》(*Praise*

*Song for the Widow*)就是一例。艾丽丝·詹森是一个辛苦了一辈子的寡妇，所幸晚年经济上已较为宽裕，成为中产阶级中的一员，甚至可以跻身于豪华邮轮畅游加勒比海。她躺在甲板上回忆过去的生活，一方面满足自怡，另一方面又感到与整个黑人文化、黑人生活脱了节。这部小说既反映了当代黑人妇女生活状况的一面，同时也开创了美国社会风尚小说崭新的题材。

自 20 世纪 60 年代以来，社会风尚小说开始在美国文坛日渐红火，约翰·契弗和约翰·厄普代克等人把一代新风带进了小说创作的领域。这类小说不再以一些英雄或"反英雄"人物为主角，甚至也不以社会中的"小人物"为描写对象。他们写的就是普普通通的平民百姓，写他们所熟悉的社会中的知识分子和中产阶级人士，讲的是发生在读者周围的故事。艺术技巧方面也回归到平铺直叙，文字表达但求舒展达意，毫无晦涩卖弄之弊。正因为这样的小说进一步贴近读者的生活，它所蕴含的魅力很快为读者所接受。契弗的小说大都以市郊为背景，居住于此的人们生活上较宽裕，受到过良好的教育，有的已"事业成功"，常常显出他们无忧无虑的优越感。但表面的光彩未能遮住作家犀利的目光，契弗善于从这些人物的某个生活细节或某些精神活动的侧面发掘他们内心的真实世界，他们生活上的失落感和精神上的危机感。《游泳者》(*The Swimmer*，1964)通过一位不速之客以游泳的方式，接触各家主人，巧妙地展示了这些富人们的精神面貌，整个描写过程自然流畅却寓意隽永。他的代表作《法康纳监狱》(*Falconer*，1977，又译《鹰猎者监狱》)写吸毒成瘾的伊齐基尔·法拉格教授在监狱中的经历，对美国社会的各个方面，特别是现行的监狱制度加以揭露和抨击。法拉格是一个有钱的吸毒者，因杀害弟弟而身陷囹圄，在牢房中受到了种种折磨与精神上的重重打击，后来他设计逃出了法康纳监狱，但觉得外面的世界并不比监狱好多少。这部小说的主人公与作者本人的经历有不少相似之处，有人甚至把小说看成是契弗的自传体笔录。

"社会风尚派"小说中最重要的作家，当推约翰·厄普代克。与福克纳的"约克纳帕塌法"一样，厄普代克也有一个他假想中的故事背景地——宾夕法尼亚州的小城"奥林格"。他小说中的人物大多是生于斯、长于斯的青少年。事实上，奥林格也即厄普代克度过童年时代的小镇希林顿。这地方给了他极为深刻的印象，他小说中的人物，背景乃至当地的风俗习惯等等给读者有呼之欲出的感觉。厄普代克最成功也是使他声名远播的作品是"兔子"四部曲，第一部《兔子，跑吧》(*Rabbit, Run*，1960)写 50 年代的青年哈利·安斯特龙姆出身于中产阶级家庭,生活对他来说只是日复一日的无聊,面对无法忍受的现实,他只能逃离家庭。在外四处碰壁之后,又因他不负责任的行为造成了家庭里一连串的灾祸,包括幼女淹死在浴缸里。眼看了这些后果,兔子自感罪孽与失职,既无法承受,也无力挽回,于是,他只能故伎重演,转身逃跑。第二部《兔子回家》(*Rabbit Redux*,1971)续写"兔子"在科学技术的时代里更显得无所适从,故事内容涉及嬉皮士、黑人运动与越战等等。相隔十年后,即1981年,第三部《兔子发迹了》(*Rabbit Is Rich*)出版,此时的哈利靠了妻子家的遗产而发迹,他身宽体胖,养尊处优但内心的忧虑与悲伤却从来没有消退,精神上处于极度空虚之中。厄普代克对"兔子"情有独钟。1990年,他再以哈利·安斯特龙姆为主角写出了第四部"兔子"的故事《兔子休息了》(*Rabbit at Rest*)。而此时的"兔子"已经年近花甲,他把生意移交给了不成器的儿子纳尔逊管理,自己整天无所事事,身体已大不如前,常常靠了回忆排遣无聊的生活。兔子晚年既平淡又略带了悲凉的气息。有一位文学批评家曾经在评论厄普代克的小说时诘问:"是什么使约翰·厄普代克备受读者的青睐,以致他的新书墨迹未干就已在中学课堂和大学的讲坛上广泛讨论?……是什么原因使约翰·厄普代克在一个竞争空前激烈的年代脱颖而出,赢得前所未有的成功呢?"

厄普代克小说的本身就是这个问题最好的回答。作者描写的常人琐事,看来平淡无奇,然而却惟妙惟肖地展示了大多数美国人有所感觉但又难以言述的生活真谛。这样的作品是小说创作史上又一重大的里程碑,它使小说的题材更趋社会化,平民化。这种在平凡的生活、平凡的人物身上发现、反映社会真实,需要作家敏锐的目光,传神的笔法以及对现实关系深刻的理解。其实,厄普代克小说中的故事情节看似琐屑却是经过周密安排的。他的写作风格以现实主义为主体但又汲取了各种现代文学流派之特长,包括意识流小说的精华。更为突出的是,厄普代克几乎把当代美国社会生活的各个侧面都融入他作品的背景之中,使读者有重温历史的感受。美国文学评论家保尔·格雷认为,厄普代克的小说,特别是"兔子"四部曲是概括过去40年美国生活的最权威而又最富魅力的巨著。厄普代克在小说题材平民化方面的杰出贡献使他成为当前美国文坛上首屈一指的大作家。不仅如此,厄普代克的创作热情一直未见低落,直至世纪之末的1997年仍有重要作品问世。

70年代以来,美国小说的另一个现象是"边缘文化",也即少数族裔与边远地区的文学创作出现了前所未有的繁荣景象。这是美国社会近年来推行多元文化政策的一个积极的后果。这以前曾一度被称为边缘文化的犹太文学、黑人文学等等目前已融入主流文化之中，而现在的"边缘文学"主要指墨西哥裔文学(Chicano Literature，也称奇卡诺文学)、亚裔文学等。因为近年来墨西哥裔美国小说以及亚裔美国小说的创作势头相当强劲，成了整个美国文坛上富有生气的两大支流，拥有许多青年读者。在奇卡诺文学中，影响较大的有里维拉的《大地未裂开》(*And the Earth Did Not Part*，1971)，以十几个内容相衔的故事反映了墨西哥移民当年的生活经历。阿纳亚(Anaya)的《保佑我，乌尔蒂马》(*Bless Me，Ultima*，1972)，描写墨西哥裔美国人的文化变迁。亚裔美国小说，泛指亚洲各国，特别是东亚诸国如中国，日本，韩国，菲律宾，越南等在美侨民的后裔创作的作品。虽然这些作家大都已是移民的第二或第三代，对祖国的文化已隔膜遥远，但因社区与家庭的影响，他们始终保持了一份民族的意识与文化上的认同感。亚裔美国小说之所以到近期才得以兴盛，一方面是因为移民的生活状况有了较大的改善，另一方面也是受到50～60年代民权运动的影响。这一文学现象中，尤以日本裔与中国裔作家最富成果。比尔·细川(Bill Hosokawa)的《吉姆·吉田的两个世界》(*The Two Worlds of Jim Yoshida*，1972)，珍妮·若月·豪斯顿与詹姆斯·豪斯顿(Jeane Wakatsuki. Houston，James D. Houston)的《向蒙扎那告别》(*Farewell to Manzanar*，1973)等都带有自我奋斗式的自传体小说，非常畅销。华裔作家在美国引起读者较大兴趣的，是一批具有新的审美意识的青年作家群。他们与以往华人作家的不同之处，在于他们出生于美国，语言表达上没有障碍，更重要的是他们对东西方文化兼收并蓄，既了解美国人的审美情趣，又富含中国文化的特质与底蕴。因此，他们笔下的故事给读者一种全新的感受，这是亚裔作家作品近年来畅销美国书市的主要原因。在这些作家中，最有名的有汤婷婷(Maxine Hong Kingston)，谭恩美(Amy Tan)，任碧莲(Gish Jen)和李健孙(Gus Lee)等。

谭恩美的成名作《喜福会》(*The Joy Luck Club*，1989)曾在《纽约时报》的畅销书目中保持了九个月，风光一时。这部小说以细腻的笔法和深入的心理刻画描写了两种文化的冲突和两代人之间的代沟。老一代华侨妇女不幸的生活经历以及她们内心的失落感引起了许多读者的共鸣。作者敏锐地抓住了移民后代在两种文化的碰撞中无可奈何的心理特征，与菲利普·罗斯写的《波特诺的主诉》有异曲同工之妙。谭恩美的新作《灶神爷之妻》(*The Kitchen God's*

*Wife*,1991,一译《灶王奶奶》)再一次显露了她不凡的手笔,情节引人入胜,主题新颖独特,读者反响强烈。

与谭恩美相比,汤婷婷更胜一筹。她的五部作品连连获奖,博得文学评论界的高度称赞。《巾帼英豪》也译《女勇士》(*The Woman Warrior*,1976)在《纽约时报》书评封面上,杰·克拉马称它为"辉煌之作""其素材来自于回忆,梦想,神话与欲望"。小说中精彩的故事情节,鲜明的人物性格以及他们坎坷的命运,灵活多变的写作技巧,流畅的文笔等吸引了许多美国读者。《巾帼英豪》的续篇《中国佬》(*China Man*,1980)也相当成功。小说以中国移民在美国创业的辛酸史为内容,历述了四代人历尽千辛万苦在美国生存下来的故事,从一个侧面反映了华工的血泪经历。同样的主题,劳伦斯·叶(Laurence Yep))在《龙门》《龙翼》(*Dragon Gate*,*Dragon Wing*)两书中描写得也非常成功,作为一个儿童文学作家,他赢得了全美儿童文学最高奖"纽贝丽奖"。

变幻莫测的美国文坛,近期以来人们似乎看到了又一次女性文学的高潮。除了上述几位黑人女作家之外,更多的女性作家脱颖而出,崭露头角。与二十几年前随着妇女运动的高涨而发展起来的妇女文学相比,现今这些女作家更年轻且极富朝气,而且从某种意义上来说,她们也属于"边缘文学"的一脉,因为这些作家大多数不再是大城市的居民,而是一些农村的女儿,有的甚至长在边远地区。也因此,她们的作品中充满了浓厚的乡土气息与地方色彩。博比·安·梅森(Bobbie An Mason)1940年生于肯塔基州,从小在农场长大。1985年发表的长篇小说《在故乡》大获成功。写一个父亲死于越南战争的青年女子莎姆·休斯与她那个越战幸存者的叔父共同生活的故事。小说中充满了作者熟知的乡村气息而又时时不离美国人所关注的越南战争。另一位女作家安·贝蒂(Anne Beattie)则以风格见长,她于1947年生于华盛顿市郊的一个中产阶级家庭,二十几岁时已成了杂志的撰稿人。她30岁时双喜临门,同时出版了小说集《变形》(*Distortions*,1976)和《冬天的寒意》(*Chilly Scenes of Winter*,1976)。她笔下的人物如许多70年代以后的小说中的主角一样,是生活中的凡夫俗子。她善于描写这些人物不尽如人意的黯淡生活。她作品中最具魅力的地方是人物感觉的描写。有位评论家曾经指出,安·贝蒂的小说"不是靠人物的发展、行为与道德的结局,而是靠'感觉状态'的描写"。其代表作为《堕落其所》(*Falling in Place*,1980)。

另一位声誉日重的作家露易斯·欧德里奇(Louise Erdrich)现年才四十

多岁,是当代美国重要的女作家中最年轻的一位。她出生于一个偏远的农村小镇,对印第安土著有着极大的兴趣。她的第一部小说《爱药》(*Love Medicine*, 1984)即为她赢得了很高的声誉,获得了全美图书批评奖。虽然她涉足文坛尚无多久,但她的作品中所显示的那种不露圭角、清新明快的文风已给人以较深的印象。新一代女作家的成功,包括1988年全美图书奖的得主又一位女作家,令许多读者感到惊讶,甚至有人认为现时的美国文坛已呈显出一种阴盛阳衰的态势。当代美国文学的总趋势似乎是从喧闹逐渐走向平稳。题材则由"大"到"小"。但这并不是"虎头蛇尾"的印证。随着新世纪的临近,文学有望更加贴近平民阶层,更多的读者对这种发生在周围的故事表现出极大的兴趣,因为它同时给了人们参与思考的机会。对于这种倾向的成就与影响要作一个系统的评价,目前还为时过早,但它至少能反映出美国文学不断发展与更新的特征。如果说,这种倾向是对50～60年代文学的一种反拨,那也许说明,那个时代历史的喧闹、社会的骚动已成为过去。强烈的刺激之后,人们需要静下来,换一种审美的视角来面对这个新旧世纪交替的时代。我们可以相信,这种倾向将给当代美国文学带来一个新的契机,一个充满了生机的美国文坛又吹入了一股清新之风。

# 第一节 约翰·契弗(1912～1982)

约翰·契弗(John Cheever)1912年5月27日生于马萨诸塞州的昆西。他自称6岁就开始练习写作。1930年他的处女作《被逐》发表在《新共和》杂志上,他时年17。这篇小说就像四十多年后他的长篇小说《法康纳监狱》(*Falconer*, 1977)一样,是根据他自己真实的生活经历写成。他十几岁时就被学校除名,从此也中断了学习生涯。

从30年代起,契弗移居纽约,正式开始以写作谋生。他在纽约的生活经历后来成了他许多小说的素材。1941年,契弗参加美国陆军,服役4年。1943年,他的第一部小说集《一些人生活的方式》(*The Way Some People live: A Book of Stories*)出版,开始引起读者的兴趣。在这以后的近十年中,他的小说源源而出。主要的写作阵地为层次较高的《纽约客》(*The New Yorker*)杂志。当时在这本杂志上经常写小说的还有塞林格和厄普代克两人。他们三位是《纽约客》杂志培养出来的战后最有作为的小说家,而且有趣的是,他们各有一篇写青春迷惘期青少年的作品传世。这三部作品除了契弗的《被逐》之外,塞林格的《麦田里的守望者》和厄普代克的《大西洋太平洋商场》已有了中译本。

约翰·契弗 1951 年获得哥根哈姆奖金。1953 年发表了颇有影响的小说集《巨大的电台及其他故事》(*The Enormous Radio and Other Stories*),1955年荣获本杰明·弗兰克林短篇小说奖和欧·亨利短篇小说奖。1958 年他又获得了全美图书奖,奠定了他在美国文坛上的地位。约翰·契弗的创作精力相当旺盛,直至 1978 年,他仍以一本《约翰·契弗故事集》(*The Stories of John Cheever*)赢得了大量的读者。这本集子是他一部自传性的作品,其细腻的文笔和丰富的内容令人们赞叹有加。

约翰·契弗的小说大多以现实主义的手法描写市郊中产阶级人物的生活方式以及他们在精神上、道德上的失落感,他的许多作品都是这方面的例子。

契弗虽然在短篇小说方面成绩卓著,但他也经常涉足于长篇小说的领域。1957 年他即以第一部长篇小说《威普肖特编年史》(*The Wapshot Chronicle*)获全美图书奖。其中特别吸引人的地方是新英格兰海滨地区的背景和浓郁的地方色彩。1964 年,他又写出了这部小说的姊妹作《威普肖特丑闻》(*The Wapshot Scandal*)。这两部作品都用一种感伤的笔调写成,讲的是一个新英格兰家族逐步走向衰败的故事,也表达了作者对现实生活的不满。这正是约翰·契弗小说中经常出现的情节,与他本人的家庭背景不无联系。

在约翰·契弗故世的前几年,也即他本人刚刚挣脱酗酒与吸毒的双重枷锁之后,他写出了最后两部长篇小说:《法康纳监狱》和《天堂像什么》(*Oh What a Paradise It Seems*, 1980),前者成为《新闻周刊》的"封面小说",备受读者欢迎,而《天堂像什么》则是他的封笔之作。

约翰·契弗从年轻时就成了专业作家。他一般很少参加社会活动,也不喜欢在公共场所出头露面如接受采访或上电视演说辩论之类。几十年来在清静的书斋中闭门而坐,埋头创作。他的生活环境决定了他作品的背景与人物。人们注意到在他的小说中很少见到政治或意识形态方面的痕迹,他虽然参加过二战但也始终没有这方面的描写。因此,有人认为契弗的小说缺乏一种社会推动力,没有"重大题材"而显得分量不够。这种说法有一定的道理,但约翰·契弗却并不理会,他只想当一个反映美国社会中一个特定地区、一些特定阶层人物的社会风俗作家,而在这个领域中,几乎无人可以与他相匹。

# 置死地而新生

## ——约翰·契弗的小说《法康纳监狱》(1977)

和欧·亨利一样,约翰·契弗以短篇小说著称于美国文坛,他自17岁时在《新共和》杂志上发表作品起就一直没有间断过短篇小说的创作。几十年辛勤的耕耘使他赢得了"美国契诃夫"的美称并形成了自己的风格。这种风格既包括了他细致入微的观察能力和轻巧灵转的笔触,同时也表现在故事的背景和人物塑造等方面。那些住在美国东部新英格兰乡间以及从纽约到波士顿之间的95号公路边上市郊地区的中产阶级人物常常是他小说中的主人公,他们的生活方式,思想情操,道德观念乃至个性特征、音容笑貌等等都是他用心捕捉的对象,熟悉约翰·契弗小说的读者对此都有深刻的印象。因此,当1972年契弗的长篇小说《法康纳监狱》出版的时候,许多读者都不免感到十分意外。除了对作者在晚年病重期间还能写出这样一部长篇作品表示惊讶之外,更多的是在这部小说中看到了许多不同于契弗以前作品的地方,这种变化引起了人们的兴趣,因为作者笔下常见的那种优裕、闲暇的社会背景和白领人物被一所肮脏邋遢的监狱以及一些杀人越货的凶犯所代替,这在约翰·契弗整个的创作生涯中可说是一个例外。

《法康纳监狱》是契弗少数几部长篇小说之一,而且被认为是最成功的作品,也是美国文学评论界一个热门的话题。故事虽然以第一人称的视角叙出,但线索清晰,情节也比较集中,不难概括。"法康纳"是一所已有百年历史的监狱的名字,它坐落在纽约州北部近哈德逊河畔。小说的主要人物伊齐基尔·法勒格是一个杀兄犯和吸毒者,他出身名门而且本人还是大学里的英语教授。小说开始时,他被判监禁十年并被押送到这所监狱来服刑。所有这部小说中的人物几乎都是他周围的人,其中包括他的妻子马西娅·法勒格,他那个被杀的哥哥埃比恩·法勒格以及他的一些同狱犯,一个浑身刺青,绰号叫"二号鸡"的惯窃,他专偷珠宝钻石,有一次为了抢82块钱竟扼死了一个老太婆被抓了进来,他自知前景无望,每天在狱中唱歌解愁。另一个抢劫犯叫乔迪,他是一个非常聪明的小伙子。除此之外,监狱管理员蒂涅也是个引人注目的角色,他态度粗鲁但有时又不失好心。

伊齐基尔刚来"法康纳"的时候,完全处于一种绝望的情绪中,他自己猜度这儿无疑是他的坟墓。在犯案以前,他虽然过着富足的生活,但由于精神上的贫乏使他堕落为一个靠海洛因度日的人。进了监狱后,这里用"美沙酮"①取代毒品使他一时间感到难以适应。他虽然是一个知识分子也是上层社会中的一员,但因为犯的是谋杀罪,无缘享受坐"A"号牢房的待遇,那是专门为一些有地位、有身份的轻刑犯人而设的,而他所处的"F"牢房则全是一些重犯。伊齐基尔一进此门,顿时感到如入地狱。有人问他时间,他好心地拿出手表给他看,但转眼之间这只名表已落入那个囚犯的口袋。伊齐基尔敢怒而不敢言,这是他在狱中上的第一课。

他的妻子马西娅来法康纳探监,她那种冷淡无情的态度并没有给他带来什么精神上的安慰。本来他们间的婚姻关系就显得一团糟,多年相处之中彼此争吵不休、互相折磨。伊齐基尔的入狱更使这种脆弱的关系陷于破裂状态。他非常渴望见到自己的儿子彼得,但马西娅却没有这种打算,故彼得始终没有来这里探望过父亲。在四周俱是些小偷、强盗及杀人犯的环境里,伊齐基尔感到异常的寂寞和痛苦,他毕竟与这些人南辕北辙,很难与他们有什么感情上的交流。于是,在百无聊赖之中,他开始以回忆的方式历数往事。童年时代新英格兰乡村的生活;不愉快的婚姻;他复杂而乏味的家庭背景以及他所犯的命案;还有隐隐约约的希望和一些古怪的梦想等等都涌上了心头。在这些看似紊乱的记忆中,他想起了与妻子的敌意起始于一次他亲眼见到她与一个叫莎莉·密特兰的女人拥抱接吻的场景,但随着小说的进展,我们很快也清楚他本人也是一个具有同性恋倾向的人物。

伊齐基尔对哥哥埃比恩的仇恨由来已久。他怀疑有一次在一个舞会上,他靠窗而站但突然被人从那儿推了下去就是他哥哥干的。幸而他跌落在人行道上而不是窗下尖硬的篱笆上,不然早已送命。但毕竟双膝受伤,他后来诈称是在狱中被残而致跛。监狱管理员把他关在一个显眼的地方,这样能随时观察他停用毒品后的反应,但敏感的伊齐基尔却感到这是一种侮辱,他在狱中写信给妻子马西娅、律师、州长和主教,向他们倾诉自己的不幸和对种种事情的看法。

一个耐人寻味的情节是他与乔迪之间的关系。他对这个年轻活泼的小伙子十分喜爱,引为知己,甚至有超出友情之嫌。就在这个时候,有一所大学准备为监狱中的一些学员颁发学业证书,当红衣主教乘了直升飞机来到"法康

① 美沙酮:一种合成制品,作用略同于吗啡。

纳"监狱主持发证仪式并提供一些犯人享有"圣餐"的时候,乔迪混在牧师助手的队伍中溜出监狱。但刚到外面就被红衣主教看出破绽。他的谎言实在不是很高明,当主教询问他的来历时,他竟报出了一个不属该主管教区的教堂名称,然而,他被红衣主教带入了他的私室,大约15到20分钟(据说是满足了这个主教大人的私欲),他被同意逃走,于是,乔迪奇迹般地用他的智慧和自身的吸引力出了戒备森严的监狱,成了一个重新自由的人。

当附近一个叫华尔的监狱发生了暴乱之后,法康纳监狱当局借故切断了新闻来源,他们把电视、电台节目都控制起来,为的是防备这儿的犯人闹事。在8月份,每个犯人都要拍一张以圣诞树为背景的照片寄给自己的亲属和朋友。与伊齐基尔同室的"二号鸡"想来想去除了"北极"的圣诞老人,他实在再无别人可寄,他甚至把自己的名字也给忘了。看到他那种孤苦无依的处境,伊齐基尔深为痛心,"没人会在这代表了痛苦的象形文字中(指监狱)能显出笑容。"①

在种种的磨难与受挫之后,"二号鸡"想发动一场暴乱,他用火柴点然了自己的床垫,号召所有的犯人不要睡觉。但火势很快被狱警用水浇灭,而伊齐基尔则照睡如常。他其时正想通过另一个犯人叫格拉斯·伊尔的弄到一点华尔监狱的消息。在那里,28个监狱管理员被扣做人质,警方最后对闹事的犯人发动了突然袭击,至少死了50人、伤了50人。而法康纳监狱因电视、电台被关闭,犯人们每天只能以打牌、吸毒及手淫来消磨时光。

"二号鸡"的病情越来越重,伊齐基尔出于一种同情心尽力地照看他。但眼看着他奄奄一息的样子,伊齐基尔似乎从他身上得到了一种启示与顿悟,他觉得生命的可贵与意义。也就在此时,他意外地得知了自己的毒瘾已被治愈。他被告知一个月以前他所用的已不是美沙酮而只是安慰剂。这个消息使他大为振奋,也给了他在狱外生活下去的信心。接着,伊齐基尔又想起了他那个令人厌恶的哥哥埃比恩,在他俩断断续续的争吵中,他总是用一种尖刻恶毒的语言羞辱自己,而且不断地提起父亲是怎样企图杀死自己在胚胎之时的故事。这使伊齐基尔忍无可忍,他对自己家族的仇恨感一下子发泄出来,于是他操起壁炉中的铁钩朝埃比恩刺去。虽然他一再表明自己是意外失手,而且也只是一击了事,但埃比恩妻子出庭作证说他用炉钩猛击其兄达18到20次之多,法

① John Cheever, *Falconer*, New York：Alfred A Knopf, 1977, P. 164. 下同,只标页码,不再另注。

医也证实了这种说法(伊齐基尔则说是埃比恩喝醉了酒把头撞在壁炉石台上所致)。于是,他的谋杀罪成了铁案。

"二号鸡"终于捱不过监狱中痛苦的生活而死去。而此时的伊齐基尔已完成了精神上与肉体上的更新,他决心逃出监狱重新做人。"二号鸡"的尸体属于那种没有亲属认领也无人照管的"弃尸",伊齐基尔想到了调包计,他果断地移开了"二号鸡"的尸体取而代之,钻进那阴冷的尸袋被送出了监狱,在一片夜色的掩护下落荒而走。就这样,他至少获得了暂时的自由,而这种自由的意义与价值是他以前从未体验过的。

从小说的内容来看,无疑伊齐基尔是全书的中心人物。虽然契弗几乎没有花费什么笔墨从正面来描写他,但我们通过他在监狱中的经历以及他对往事的回忆还是清晰地看到了这个人物的全貌。当他刚刚出现在小说中时,读者被告知他是一个"杀兄犯,判刑 10 年,编号为:734—508—32",此时的他已被剥夺了自己的名字与身份而与整个社会相隔离,不仅如此,他甚至与时间也脱了节(手表被抢即意味着陷入了这种困境)。他原是二战的退伍军人,出身于美国东部地区富裕的人家,但他对自己的身世既自豪又蔑视,因为除了财富之外,他实在再没有什么得自于这个家的。相反,他逐步走向堕落和自甘下流的道路却与这个家庭的影响密不可分。

在狱中,伊齐基尔常常被问及他堕落的原因,这也是他前思后想及自我分析的一个问题。他首先想到的便是自己复杂而"多面"的家庭,特别是他的母亲,与他原先想象中的"母亲"距离实在太大,她是一个独立意识极强的女人,自然不会给家庭带来温暖与情感。而他的父亲又是一个游手好闲的浪子,整天驾一条小船荡漾于港口的小镇之间。他教儿子钓鱼玩乐,欣赏自然,除此则一概不问不闻。在这个家中,伊齐基尔感到自己就像一个"欧洲的边界小国",无人留意自己。也因为这种"多面"的家庭背景的影响,允许甚至鼓励他后来成了一个"双性人"。他对女人有一种敬畏感,"女人是阿里巴巴的洞穴,她们是早晨的光,是瀑布,是暴风雨,是巨大的行星。"(第 100 页)这种看法导致他不能从女人身上得到情感的满足而部分地成了一个同性恋者。在狱中,他越来越清楚自己的这种心理特征。虽然作者极力否认他与乔迪的关系是同性恋,但客观上也确实超出了正常的范围。而伊齐基尔最后认为,女人对他虽有吸引力,但与男人相处更令人满足和得到一种超然的感觉的思想也表明了他具有这种性变态的倾向。

伊齐基尔生于上层人家,但他的生活道路远非一帆风顺。有时甚至还有生命之虞,在他的回忆中至少有三四次之多。他觉得自己周围的亲人包括父亲、兄弟、妻子都有置他于死地的图谋。他记得有一次与埃比恩走在海滩上,埃比恩极力怂恿他下海游泳,当他涉水而入时,正好被一个陌生的渔夫看见,高声警告他这里是"出了名的死亡陷阱",他吓得马上逃了出来,总算免于一死。又有一次,当他睡在沙发椅上醒来之时,尚处朦胧之际,心脏极为难过,而他隐约之中听到妻子马西娅离开卧房来到客厅。

"你要我给你弄点什么?"她问,声音听来杀气腾腾。

"给我一点仁慈吧!"他无可奈何地说,"只要一点点。"于是,他的话又引来了马西娅的一顿辱骂。伊齐基尔此时的感觉犹如被他哥哥推下窗去和听到父亲要他死于胎儿之时一样。从他的回想当中,我们可以看出,他的妻子与哥哥一直与他处于紧张的对抗之中,是他生命的绊脚石。

马西娅是一个漂亮的女人,对此她一直感到自豪。她是一个非常无情的妻子,她以住在牙买加为由,只有两次来探监。她对他们的婚姻关系怨恨有加,每次来这里只是唠叨不停地诉说被他所毁的苦恼。当伊齐基尔问到自己的家时,她只是淡淡地说了句"很好,只需要换个干燥的马桶圈"。显然他们之间已到了毫无感情的地步。这种局面的产生虽然有伊齐基尔吸毒成瘾、任性胡为的因素,但我们看到这个女人也不是一盏省油的灯,她丈夫的堕落与精神上的失落并不是完全与她无关的。马西娅是一个顾影自怜的人,连他们小小的孩子也知道"只要房间里有镜子,你就不可能与她说话"。她常常在卧室的衣镜前照前照后并问道:"这地方像我这样年龄的女人有如此漂亮的吗?"(第18页)她与其他女人乱七八糟的关系在伊齐基尔的心里也蒙上了一层阴影,是他想麻木混世的另一个原因。

与这种尴尬关系相似的是,伊齐基尔与哥哥埃比恩也一直处于莫名的争斗之中。埃比恩在小说中几乎是一个"厄运贩子",每次这个人物的出现都会带来一连串不幸的事件。他一直想谋杀自己的兄弟而未成。约翰·契弗并没有交代他这种企图的动机,但这个人物可鄙的性格却给自己与家庭带来了不幸。他的儿子也锒铛入狱,女儿则三次自杀未遂。在他与伊齐基尔的争吵中,他总是竭尽羞辱之能事,大声高叫"他(父亲)喜欢我,他要杀了你!"(第198页)在一次又一次的刺激之下,伊齐基尔终于抡起铁钩酿成了这桩命案。

很显然,约翰·契弗对伊齐基尔的命运抱了同情之心。他虽然是一个双料的犯人,但作者通过他自身的内省与思绪的游历让读者了解了他自暴自弃、不幸罹祸的客观原因。作为这个人物的另一面,伊齐基尔始终没有丧失良知和尊严,本质上他是一个爱自然、爱生命的人。他对自然有着特别的敏感与爱心。小说一开始,当他步入"法康纳"监狱之前,他仰望蓝天白云,自叹从此与它难再相见。在阴暗的牢房里,每当阳光透过大墙照进来时,他的心情就变得舒畅起来。他在这里最愉快的事情便是在草地上刈草。自然界的万事万物对他都有极大的吸引力,一片落叶也会唤起他对天地自然的情愫。"他喜欢走在土地上,在海中游泳,爬山。在秋天,望着落叶下一个简单的光的现象——光线透过空气之景,对他来说犹如一则令人惊异的新闻。"(第85页)而且,他也和狱中其他犯人一样,在孤寂的铁牢中把自己的感情投注于猫的身上,把猫看成是自己心爱的伙伴。法康纳关有二千余名犯人但却有4000只猫。它们可以在铁栅之间毫无障碍地钻来钻去,除了经常能捕到一些老鼠之外,它们主要的食品则来自这些犯人。在小说中,只有那个监狱管理员蒂涅对它们恨之入骨,有时甚至活生生地把猫的头撕下来,因为常有馋猫叼走了他盘中的肉食。

伊齐基尔虽然写出了好几封信,期望得到州长与主教的关怀,但事实上这些信并无助于改变他的处境。而通过这些书信,读者则看到了这个人物的思想与他种种的观点,有充分的理由认为,与一般的刑事犯有着本质的区别。

这部小说中还有两个经常被提到的问题,一是伊齐基尔与乔迪的暧昧关系,二是作品中所显示出来的宗教意识。

乔迪因参与一桩抢劫、绑架案被判刑坐牢。他在狱中与伊齐基尔过往甚密,气味相投。但作者在描写他们的关系时显得十分谨慎,他撇开了他们之间那种性的诱惑而主要写伊齐基尔怎样在认识了乔迪之后从情绪上得到一种引进。乔迪刚认识他时就领他看了监狱外美丽的河山,这对伊齐基尔来说与性的满足一样重要,也是他后来渴望新生的心理诱导。因此,从某种意义上来说,他与乔迪的关系有助于他对自身的认识。而且,我们看到,他对乔迪的态度也非绝对自私的。当乔迪打算越狱逃走时,他的心中只是希望他安全与成功,当消息传来乔迪在狱外以摩根的化名与一个有钱的东方姑娘结婚时,他又盼望他能幸福与愉快。因此,从这些情节中可以看出他们间的关系并非如有的评论家所津津乐道的纯是同性恋的关系,伊齐基尔最后从绝望中得以振奋,多少得益于乔迪的生活观对他的影响。

　　与约翰·契弗其他作品一样,《法康纳监狱》也接触到一些宗教的问题,而且显得更公开、更直接。伊齐基尔是新英格兰家族的后裔,这个地方浓厚的清教传统不可能不对他产生重大的影响。他给主教的信中充满了宗教的意识。但是,这种意识出现在小说中无非是他准备为赎罪而作的思想准备,正如他所写的:"我是个犯人,我的生活紧随传统的圣徒的生活,但看来我已被那些虔诚的男女大众给遗忘了……我们犯人,比任何人都受自我罪愆之苦,受社会罪恶之苦,我们的情形将因所受到的痛苦而洗净人心之思……"(第72—73页)从这个角度来看,我们可以说伊齐基尔在灵魂上有认识与"清洗罪孽"的意识,带有一定的宗教色彩,因为他最后的"新生"不仅只是行为上转变而且还具有灵魂赎回的倾向。但是,也有一些评论家却以此来概括这部小说的全部意义,把这部现实主义的作品看成是灵魂布新的象征小说,把它看作是霍桑的小说《小伙子古德曼·布朗》的当代翻版,认为伊齐基尔在监狱中的经历也即接受了一场地狱式的磨难而达到了认识原罪的真谛。他们说伊齐基尔与布朗的区别只是在结局方面,前者最后的选择不是一种阴郁、忧伤的人生观,而是"昂首阔步"地走向新的生活。事实上,这种看法正显出美国文学评论界一个常见的通病,即为了提升作品的"价值"而煞费苦心地在作品中寻找象征、隐喻等意象,这种"拔苗助长"的方法往往脱离了小说的真正涵义。我们可以看到,霍桑笔下的古德曼·布朗的森林之行与伊齐基尔的铁窗生涯完全不能混为一谈。布朗新婚三日即辞别妻子前去森林赴魔鬼之约,他在森林中见到了魔鬼也见到了村上所有的"权威"与"虔诚"的人物,这使他的信仰顿时崩溃,从此成了一个阴郁而痛苦的人。这种超自然的行为无疑具有象征的意义,布朗的森林之行实质上也即他自身灵魂罪恶的一次内省,其意义恐怕是全人类的。而伊齐基尔则因刑事入狱,他在牢中与那些凶犯同处一室是因他行凶杀人的结果。作者让他最后精神上和道德上的更新并让他逃出监狱只表现了一个失足者迷途知返的经历,也即描写一个陷落了自我厌恶的人物怎样从沉溺于吸毒、暴力等苦海中找到了一条自新的道路。因此,认识这部小说的真正意义,与其从宗教思想的"高度"入手,还不如从反映社会人生,从一个死亡线上走出来的罪人的生活道路来加以把握更加贴切。如果我们注意到作者约翰·契弗晚年的生活经历并与这部小说的主人公伊齐基尔联系起来,那么上述的看法显然不是一种臆测。

　　与伊齐基尔一样,契弗晚年的生活也陷于混乱之中,特别是由于他酗酒如命并且也服用某些毒品以致好几次导致心脏病发作。1973 年与 1974 年两次严重的发病使他犹如经历了"两次死亡"。也是这两场大病促使契弗放弃了这种醉生梦死的生活方式。1975 年,他不得不去纽约的一家专门戒酒戒毒的诊所治疗,后来他承认这是他生命的"转折点"。他的女儿也回忆说,当他从康复中心回到家里来的时候"似乎从死亡中回过来一样"。契弗在经历了这场"生命的搏斗之后"曾经说:"我想,当我的生命到了垂死之际,我才意识到我对生活的热情是多么真切,任何能使我活下去的有效方法我都愿意去做。"[①]他戒了酒并开始了新的工作——把自己的感想融入了这部新作。

另一方面,70 年代早期,约翰·契弗曾一度志愿去纽约附近的一个"新新监狱"当过义务教员,虽然时间不长,因发病而中止,但他在狱中的所见所闻都成了《法康纳监狱》的原始素材。法康纳监狱成了契弗作品中一个新的背景,是他表达"将死而生"思想的舞台。而且,读者注意到,这部小说虽然以监狱生活为主线,但又不是一般的"监狱小说"。因为这一类小说中常见的情节如贩毒、走私、性暴力等等都未见诸正面的描写,而且无论是乔迪的越狱还是伊齐基尔的逃遁都被写得简单到令人难以置信的地步。约翰·契弗作为一个现实主义的作家并不缺乏细节描写的技巧与能力,就如他在其他作品中所表现的那样。实际上,他有意避开监狱中的许多内幕也是一种深思熟虑后的做法,因为这对整部小说的主题会构成障碍。因此,契弗很明确地告诉大家:"我运用想象出来的'法康纳'监狱的目的只是把它当作一个有限的喻体。它是我所用的第三个喻体。第一个是新英格兰的圣·波土夫村,第二个是市郊小镇叫波力塔·派克的。"[②]同时,这种手法也证实了他一再强调的"所有我的作品,都是在一个喻体范围内展开的为自由而斗争"。

约翰·契弗重写这部作品是在 1975 年 3 月,十一个月以后,即 1976 年 4 月 15 日完稿。这正是"复活节"的前三天。这个日子对这部小说倒是具有象征意义。因为无论是作者本人还是小说的主人公伊齐基尔·法勒格都在此时获得了新生。也因此,约翰·契弗最后说:"这本小说不仅仅是写毒品与酒精的经验,我想它是我一生的总结。"《法康纳监狱》赢得了广大读者的欢迎,它受

---

① John Cheever, *Coal*, P. 103.

② John Hersey, "Talk with John Cheever", New York Times Book Review, March 6, 1977, P. 24.

到的赞美远远超过契弗以前的任何作品,而且还成了当时《新闻周刊》压轴故事,其原因恐怕正是它所发出的一个新生者的心声,表达了一种在绝望面前突然感到的峰回路转的欣喜之情。

# 第二节　约翰·厄普代克(1932~2009)

约翰·厄普代克(John Updike)1932年生于宾夕法尼亚州的里亭,在邻近的小镇希林顿长大。这个小镇后来就成了他小说中经常出现的背景地"奥林格",如福克纳小说中的"约克纳帕塌法县"一样。厄普代克从小就显示了他的艺术才华,特别对绘画情有独钟。1954年他以优异成绩毕业于哈佛大学之后去伦敦学习绘画一年。虽然他以后没有成为一个专业画家,但在艺术方面的修养给他日后的文学创作带来了不少帮助,尤其表现在审美情趣方面。回到美国后,厄普代克就职于《纽约客》杂志,他的第一篇小说就是发表在这份刊物上的,而且至今仍是它忠实的撰稿人。50年代末他离开了《纽约客》,并且举家迁出繁华喧闹的纽约市,带着妻子孩子定居在马萨诸塞州的伊普斯威奇。在那儿,他好几次拒绝报酬丰厚的工作包括大学执教和电视节目制作等。像他所崇拜的豪威尔斯一样,通过勤奋踏实地工作,取得了令人羡慕的成绩。他创作上的成功得力于耐心韧劲,独特的技巧和休闲式的生活。特别是后者,一个成功的作家必须需要这样的工作环境。

厄普代克是一个多产的作家。自从1959年他发表的第一部小说《贫民院义卖会》(*The Poorhouse Fair*)以来,他不仅出了许多长篇小说、短篇小说集而且还发表了四本诗歌集,两个剧本和为数不少的评论集等等。他是读者心目中"奥林格"小说的作者,这个地方小镇的独特色彩诸如人物、房屋、衣着、风景、饮食等等都给读者留下了鲜明的印象和时代的气息,具有浓郁的地方风味。

厄普代克的第一部小说《贫民院义卖会》以一个人们不屑一顾的贫民院为背景,讲述了院内鲜为人知的新旧两派人物的矛盾斗争。他们各持己见、互不相让,把贫民院搞得鸡犬不宁,最终使它陷入了徒劳无益的无政府状态。

厄普代克最为得意的作品是1963年写成的《半人半马》(*The Centaur*)。半人半马是希腊神话中的怪物。这部小说通过一个高中教师的儿子对父亲三天来生活上的错误和混乱的观察作出了自己的评判。作品借助神话的形式写现实生活使之充满了诱人的艺术魅力。1968 年出版的《夫妇们》(*Couples*)和1976 年出版的《嫁给我》(*Marry Me*)两本小说虽然写的是 60 年代市郊生活中许多有趣的故事,但也给他赢得了专写性事、通奸、战争等"编年史"作家的"臭"名。

厄普代克的代表作自然是"兔子四部曲"。这四部小说都具有鲜明的时代感、地方感和生活感。《兔子,跑吧》(*Rabbit,Run*)写出了美国 50 年代的社会风貌。主要讲述了主人公哈利·安斯特龙姆想从他生活的小镇、他的工作、他的妻子孩子身边逃跑以及由此引来了一连串不幸遭遇的故事。《兔子回家》(*Rabbit Redux*)以 60 年代末为小说背景,写兔子虽已回家而且身处科技发展、生产力提高乃至人类登上了月球的"盛世",但他仍然处于碰壁、灰心沮丧的境地。第三部小说《兔子发迹了》(*Rabbit Is Rich*)已涉及美国 80 年代的生活。虽然写得比较温和,但兔子哈利与儿子纳尔逊的矛盾以及对人生的感叹等等使他精神上仍不得安宁。

在最新出版的两部小说《罗杰的看法》(*Roger's Version*,1986)和《S》(1988)中,厄普代克让他书中的主人公对当代宗教、计算机技术、女权运动等一系列"时髦"的社会问题持更为广阔的观点,有时还带有讥讽的口吻。除了长篇小说外,厄普代克还精于短篇小说的创作。如 1959 年发表的《同一扇门》(*The Same Door*),1962 年出的《鸽羽》(*Pigeon Feathers*),1965 年写的《在农场》(*Of the Farm*)和 1966 年的《音乐学校》(*The Music School*)等均受到读者好评。与此同时,厄普代克还是一位诗人,他的诗集《木鸡和其他驯化动物》(*The Carpentered Hen and Other Tame Creatures*,1958)、《70 首诗》(*Seventy Poem*,1972)等被他视为上品,但文学评论界反应较淡。

厄普代克十几年潜心写作,由于他特殊的才能和不懈的努力使他收获颇丰。随着兔子四部曲等小说的成功,各种文学大奖纷至沓来。1963 年获全国学校联合奖,第二年又获全美图书奖。1966 年被选为全国艺术文学院院士,1981 年获普利策奖,成为当代美国文坛上最重要的作家之一。

## 在现实与理想裂谷中的小人物
### ——厄普代克"兔子"四部曲主角哈利·安斯特龙姆

1971 年约翰·厄普代克出版了他第六部小说《兔子回家》,其主人公仍然沿用十年前他第二部小说中的"非英雄"人物哈利·安斯特龙姆。又一个十年之后,1982年,厄普代克还是以这位绰号"兔子"的人物续写了有关他的第三部小说《兔子发迹了》,这三部小说和1990年发表的《兔子休息了》(*Rabbit at Rest*)构成了著名的"兔子四部曲"。这四部小说出版的时间差不多每隔十年,从"兔子"哈利·安斯特龙姆26岁起一直写到他含饴弄孙的日子,通过这个人物三十余年金色年华中的所作所为,全面地反映了该时期一个普普通通的美国人的生活经历,并勾画出广阔的社会背景和时代特征。应该说,无论作家在如此漫长的创作过程中是否有事先安排的周密计划或烂熟于胸的思考,"兔子四部曲"确实为读者提供了一个美国中产阶级从20世纪50年代到80年代最可信、最具典型意义的人物形象。同时,这四部小说也构成了约翰·厄普代克创作的最高成就。

作为当代美国重要作家之一,约翰·厄普代克有其鲜明而独特的创作风格。他的作品除了人物塑造、语言表达等方面与众不同之外,其迥异之处主要还表现在小说的内容方面。读厄普代克的小说,你无法欣赏到传统小说中那些绚丽多彩、令人难忘的故事内容,也很难找到那些可歌可泣、层层深入的情节线索,甚至没有叱咤风云有血有肉的英雄人物或者现代派小说中的"反英雄"式形象。厄普代克笔下的人物似乎就是生活在我们普通百姓中的一个,既无伟业也乏个性。他的小说往往以凡人俗事为描写对象,它可能缺乏传统小说中一些引人入胜的要素,也可能一下子很难提起读者的兴致。但事隔不久,无论是独具慧眼的文学评论家还是那些观察力敏感的读者都会从中品味出一种别具一格、淡而有味的情趣,感受到其中所蕴含的艺术力量。他们常常为这些看似平淡的故事内容所反映出来的当代社会中诸如政治、经济、社会等多方面的内涵而折服,其真实性、深刻性的感染力足以激起人们对自身、对周围环境乃至对整个社会的反省。于是,这种崭新的、特殊的文学创作的视角很快为人们所接受,厄普代克的小说成了人们感受时代生活经验的又一条途径。

厄普代克的小说以常人凡事为对象,内容又常常是一些生活中的"鸡毛蒜皮"、无足轻重的小事,写法上平实浅露。因此,要简洁地归纳出他小说的内容概要并不是一件容易的事。"兔子四部曲"中的主角哈利·安斯特龙姆平凡乏味的一生就是典型的一例。

在四部曲的第一部《兔子,跑吧》中,哈利·安斯特龙姆才26岁,正当年华。他刚从朝鲜战争美国本土服务队退役下来,与詹妮丝结婚不久,詹妮丝又怀上了他第二个孩子。哈利曾经有过一阵子风光不凡的日子,那是他的中学时代,他成了学校篮球队里的主力,一个耀眼的明星,那时候他体格强健、动作敏捷,周围的人对他都投以羡慕的眼光。但如今早已时过境迁,这一切都成了历史。他虽然智商不低,种种原因却使他没有上大学,这对他以后的前程无疑是一个障碍。为了养家度日,哈利不得不在一家厨房用品公司当一名推销员,每天不厌其烦地向客人兜售一种蔬果削皮机,职业的无聊、谋生的烦恼时时折磨着他。

哈利的妻子詹妮丝是一个专售二手车代理商的女儿,婚后更显出其懒散的品性而且嗜酒如命,她在家中无所事事,只是沉溺于喝酒和看一些无聊幼稚的儿童电视节日。对美好的中学时代的回忆和对黯淡的现实生活的厌恶使哈利坐卧不安,老觉得心里不是滋味。一天,哈利回到混乱不堪的家中,看到詹妮丝一副冥顽不灵的样子,她只顾自己酗酒看电视,把儿子留在哈利父母亲那儿,把汽车停在娘家,什么事都不管,而且还异想天开地买回来一件很小的紧身泳衣,想试试自己已经发胖的身体还能否穿上去。哈利一气之下驾了汽车在公路上盲目地驶了大半夜一直来到邻州的西弗吉尼亚。他虽然没有明确的方向但离开了那个令人窒息的家仍觉得浑身爽快。天亮后,他还不想回家,突然想到从前篮球队的教练托塞罗曾经给过自己许多有益的教诲,他想找到他倾诉自己目前的苦闷,讨教人生的经验。但可惜的是,这位教练因犯事刚被解雇,又被自己的妻子赶出家门而深感沮丧难堪,看来他对生活的见解远不如对篮球那般高明。哈利在他那儿美美地睡了一觉。晚上,托塞罗帮他找到了一个叫露思的姑娘,哈利给了她一些钱,两人便一起去了她的住处。哈利想从别的女人身上找到一点温柔的感觉。一宿过来,他与露思有了感情。于是,他打定主意从家中"跑"出来与她同居。

哈利与露思同居之时,他又与年轻的牧师杰克·埃克尔斯交上了朋友。这位圣公会的牧师是受詹妮丝父母之托特意来调解哈利与妻子的关系的。他要劝说兔子哈利浪子回头重新生活。但他与哈利接触不久却被他单纯而强烈的个性所动摇,把他视为一个特殊的例子反而同情起他来。他不仅常与哈利相约一起去打高尔夫球而且还为他找到了一份时间灵活但又相当稳定的工作。哈利为史密斯太太管理花园,这份工作对他来说不啻是一种享受。可惜的是,好景不常,这种田园般的生活很快就结束了,因为詹妮丝又生下了他们的女儿吕蓓卡。

在牧师的劝告下,兔子很不情愿地回到现实而前,承担其当父亲的职责。

他试着与詹妮丝恢复关系,但她却很少从他出走的事实中吸取什么。不出几天,她又故态萌发、我行我素,家庭生活又回到以前那种既忙碌又混乱的状态,多的只是新生婴儿的啼哭声。哈利再次感到失望难忍,虽然此时他的岳父因他"悔过"的表现给了他一份车行里的工作,但哈利在车行因看到岳父非法改动二手车的里程表,抬高车价牟取暴利的欺诈行为而深感厌恶。终于,有一天他无法继续忍受这种生活而对詹妮丝说出了:"天啊!詹妮丝!你只知道成天喝酒看电视,我不是说我没有过错,但我也是被逼得没有法子,你让人觉得还没有断气就先躺进棺材里了。"他又一次离家出走,想去寻找生命中"有价值的东西"。他跑到露思那儿,她却避而不见。而詹妮丝在他走之后变得更加自暴自弃,醉得难以自持。一次,她给新生的女儿洗澡时不慎失手让她淹死在浴缸里。哈利从牧师那儿得到女儿不幸的消息急急赶回家中,他与詹妮丝为孩子的死互相指责,詹妮丝认为要不是哈利的出走吕蓓卡不会淹死,而哈利却辩白说女儿之死并非他的罪过。在吕蓓卡的葬礼上,他感到自己正处于众目睽睽的审视下,他不愿生活在一片谴责声中,于是再次"跑"出去。当他得知露思已怀了他的孩子时,准备与她住在一起并恳求她把这个孩子生下来,但此时露思已对他伤心绝望,她坚决地拒绝了他。在万般无奈和种种打击之下,哈利打消了一切念头,他发觉自己正在漫无目的继续奔跑……

从第二部小说《兔子回家》一开始,读者已经得知哈利与詹妮丝不久便和解了。兔子跑到外面一事无成,只得灰溜溜地回家来。此时已是 60 年代末,他成了一家印刷厂的排字工,与父亲一起受雇于此。这十年来,世界发生了巨大的变化。科学技术的长足发展使人类第一次登上了月球,工业自动化一方面解放了大量的劳动力,提高了产量与质量,但同时也带来了大批工人失业等社会问题。哈利与父亲正受到这种威胁,面临无力供养家庭的压力。而更为糟糕的是,他与詹妮丝间的关系这么多年来仍未磨合,如今詹妮丝在她父亲的车行里工作。哈利那身患重病的母亲常常听到媳妇詹妮丝与别人有染的消息。她的情人是车行里的推销员查理。在一次与哈利口角之后,詹妮丝索性搬出去与查理同居了。兔子早已成了一个麻木的人,他对此倒无所谓,闲暇时常泡在一家黑人酒吧里,不久便与一个离家出走的白人姑娘吉尔邂逅。吉尔来自康涅狄格州的富裕人家,因吸毒成了一个嬉皮士,哈利收留了她,他的儿子纳尔逊也喜欢她,他们三人相处得不错。詹妮丝闻讯马上打来了电话,她要哈利把吉尔撵出去,怕这个行为不端的嬉皮士带坏了她年仅 13 岁的儿子纳尔逊,但哈利却不愿这样做。不久,吉尔又招进一个黑人朋友斯吉特,此人曾参加过越南战争,如今因毒品案为警察通缉。哈利无奈之中让他住了下来,在纳尔逊的眼皮底下,吉尔分享了与哈利和斯吉特的性爱关系。斯吉特是一个思想激进、行为古怪的人,他要"改造"哈利的中产阶级社会观,不断地对他宣传"黑色基督"的教义。吉尔与斯吉特的行为引起了街坊邻居的窃窃私议。有一次,两个白人邻居截住了从车站回来的哈利,威胁他必须马上驱逐这两个危险分子,但兔子既爱吉尔又惧斯吉特,他无法赶走他们。一天,哈利带了纳尔逊去他的老同学、被丈夫抛弃了的佩吉家中过夜。半夜里,他接到黑人斯吉特的电话得知家中起火,待他赶回家时,吉尔已被烧死在家中。斯吉特在哈利的帮助下远走高飞,纵火者很可能就是那两个白人邻居,但查无实据只得作罢。

对吉尔的怀念就如对吕蓓卡一样。这种情怀一直留在哈利的心中。儿子纳尔逊则一口咬定是哈利的大意过失害死了吉尔。不久,詹妮丝与查理关系紧张,表示愿意与哈利重归于好。哈利的妹妹米姆,一个在外地酒吧当招待的姑娘回到家里,她主动提出调解哥嫂的关系,但她与詹妮丝的情人查理见面之后,居然自己投入了他的怀抱,成了他的相好。米姆走后,查理对詹妮丝更加厌恶,两人答应分手,她回到了哈利的身边,共同商量今后的生活……

又过了十年之后,兔子哈利就如第三部小说《兔子发迹了》的题目所示,他成了一个多年来一直羡慕不已的资本家,这要感谢他的妻子詹妮丝。她的父亲去世后,她从母亲那儿得到帮助,继承了父亲的家业。而哈利早就被那家印刷厂解雇了,他成了汽车推销员和潜在的车行继承人,他与查理也不再有磨擦,而且几乎成了朋友。自从他们家被烧掉后,他们一直与岳母住在一起,但哈利与詹妮丝总想买一幢自己的新房子,如今买房对他们来说已不是一种沉重的负担。

哈利这位早年的运动员现在已发福体胖,他成了社交场上的忙人,也是高尔夫球场的常客,年届半百方意识到当父亲的职责。而当年的小纳尔逊已经23岁,像他父亲年轻时一样对前景深感失望,毫无信心,整天和女人混在一起。哈利虽然在金钱上发迹了,物质生活绰绰有余,但心中的烦恼却丝毫未减。有一次,他见到一位金发碧眼的姑娘,她的音容笑貌不禁使他想到自己与露思的孩子,这个想法使哈利饭茶不香,整天神不守舍的样子。另外,儿子纳尔逊如今已长大成人,脾气倔强。他挂名在一所大学读书,但成绩太差只是断断续续地在那儿混下去。纳尔逊发现自我被分裂成原型与野心家两个部分。

他和女友的关系令家中担忧,哈利与詹妮丝都认为他们应该在孩子出生之前到教堂去举行正规的婚礼。纳尔逊无心学业,他只希望在自己家的企业中讨一口现成饭吃,弄一个赚钱的位置。哈利对此不予支持,他的这种态度导致了他与儿子关系的恶化。纳尔逊有母亲和外婆的支持仍无法实现自己的目的,他一怒之下砸坏了两辆刚弄来的古典旧车,父子反目使得两败俱伤,纳尔逊更觉前程黯淡,对生活失去了原有的热情。

所幸的是哈利与詹妮丝之间的关系还算稳定,而且他们家的媳妇又给家里添了一个孙女。这不免使兔子触景生情,他再次想证实那个姑娘就是自己的女儿。他遇到了露思,但露思却用讥刺的口吻误述自己女儿的年龄,不肯为哈利提供满意的答案,而从种种迹象来看,她确实是哈利的女儿。在第四部中,兔子哈利·安斯特龙姆与詹妮丝在佛罗里达过着安稳的日子,那已经到了80年代末。不料兔子又跑了一次,但毕竟年迈体衰,慌张之中心脏病发作,死在他昔日风光过的球场上。

哈利·安斯特龙姆是厄普代克兔子四部曲首尾一致的主人公,也是作者精心塑造的人物形象。但是,从一般的意义上看,这个人物似乎并无什么出众之处。有人或许会问,厄普代克花了三十余年的时间苦心经营,写出了如此一位凡夫俗子式的人物是否值得? 这个问题一时间成了许多读者心中的疑惑。对此,作者在他的回忆录(1965年)中曾专门提及。但事实上,在厄普代克未作回答以前,已有不少人对此作出了有力的解释。他们指出,厄普代克是继豪威尔斯以来塑造美国中产阶级人物最出色的作家。他笔下的故事和人物虽无曲折起伏、波澜迭出或浓墨重彩的描写,但却给人以一种新鲜活泼、真实感人的魅力。在"兔子四部曲"中,哈利所处的环境与时代得以精确地再现,这个人物所特有的精神风貌也栩栩如生,有呼之欲出的感觉。正因为哈利是这个社会最普通的一员,他的经历和遭遇就和许多美国人有相似之处,具有了涵义深广的普遍意义。也因为此,兔子哈利的形象逐渐为越来越多的读者所接受,引起广泛的共鸣和反响。

哈利·安斯特龙姆出生在宾夕法尼亚州一个叫蒙特·贾奇的小城。他的生活与周围的环境一样显得单调沉闷。这里的人们表面上过着安定有序的生活,而实质上在冷冷清清的表象之下到处潜伏着社会危机。新旧社会道德观念的冲突,价值取向的嬗变,个人与社会、个人与个人之间的龃龉等等都给这个社会带来了强烈的冲击波。而家庭悲剧的上升以及个人理想与社会现实间的矛盾成了这个社会最常见的现象。厄普代克敏锐的目光触及了这些问题，他入手擒题，以兔子哈利这个人物全面地反映出这些社会矛盾，并成功地描述了美国当代社会中一个中产阶级小人物的生活烦恼以及他如何在平淡无奇的环境中追寻"圣杯"而又失败的故事。

哈利·安斯特龙姆之所以得到"兔子"这个绰号，不仅仅因为他的"脸庞宽阔白净，短鼻子，眼睛蓝里透白，每当嘴里叼一支香烟，鼻子下面的肌肉就微微颤动"的外表形象，更因为他的性格像兔子，温和老实、胆小怕事，一旦遇上威胁就撒腿逃跑，这是他人生的法宝。在篮球场上，哈利矫健的动作确实可以说是"动如脱兔"。除了这些之外，一些西方评论家还说他在性欲方面和兔子一样强烈。在乏味无聊的生活中，哈利老是会想起高中时代辉煌的过去。那时候，他是一个明星，一个英雄，篮球对他来说不仅是一种运动而且成了一种生活方式。然而进入成人社会特别是结婚后的生活使他大失所望。虽然他无法弄清生活中究竟少了些什么，但他始终有一种摆脱困境寻求安慰的冲动。

然而，哈利的追寻是毫无头绪的，没有目标，没有方向，他好像是为寻找西方文化传统中传说的"圣杯"而四处奔跑。他好几次从家中"跑"出来，一方面是逃避混乱不堪的家和无可救药的妻子，正如他自己所说的："一切都好像每时每刻搅得你六神不安，我好像被那些摔坏了的玩具，空酒瓶，吵吵闹闹的电视，不准时的一日三餐捆住了手脚，无法脱身。突然，出走的念头闯进我的脑子，一走了之，那该有多省事。"另一方面，想去寻找什么东西的念头时时冒出来。他跨出家门，开始时一心向往的地方是"南方某地"，但这个目的地太渺茫了，根本就看不见、达不到。他驾车到了邻州，终于在晨曦中停止了前进的步伐。厄普代克又曾为哈利的这种追寻作过注脚，"个人的愿望与现实之间，两者根本没有办法调和。我写《兔子，跑吧》就是想说，没有解决的办法，这本小说主要写的是'跑'，在两者之间窜来窜去，直到最后，感到累了，精疲力竭，然后死去，这个问题也就随之解决。"哈利虽然是碌碌之辈中的一个，但他却又是一个理想主义者，有自己执着的追求，在刻板沉闷的生活中他敢于改变自己悲惨的处境。而这种不折不挠的奔跑令读者不禁想起了美国传统文化中非常引人注目的一点，前辈作家如库柏、麦尔维尔、马克·吐温、梭罗、菲茨杰拉德、埃利森、辛格、凯鲁亚克、索尔·贝娄等人的作品中都有类似的人物，最近电影新作《阿甘正传》中的福绥斯特·甘也是其中之一。而哈利·安斯特龙姆与他们一脉相承，他们都想在现实与理想之间找到一条通道，想追寻自我的价值和生活的真谛。同样,他们中谁也没有捧回这只"圣杯"。

　　然而,就哈利的情况来说,他弃家而跑的行为客观上也造成了家庭的悲剧。他"跑"到外面并不能达到什么目的,只是一种荒诞的行为。或许他意识到这一点,也许是在外面跑累了,哈利终于回家了。多年来无奈的生活使他锐气殆尽。他成了一个工人,除了整日劳累外更受到失业的威胁,而詹妮丝仍与他同床异梦。当她搬出去之后,哈利反而感到如释重负,他也"自由"了。至此,兔子性格中自私、不负责任的特点更为突出。他与年仅18岁的嬉皮士吉尔混在一起,又容忍了贩毒嫌疑人斯吉特,这样,他实际上已堕落其中。对生活的麻木和放纵最终遭来了不幸,尽管他不须承担法律上的责任,但正如他儿子纳尔逊指出的,吉尔的死并非与他完全无关。哈利·安斯特龙姆作为现代社会中小人物的典型,他根本无法把握自己的命运。接着他又被厂方解雇。此时的兔子虽已回窝但仍四处碰壁,要不是正当其时,詹妮丝与查理闹翻准备回家重新生活的话,哈利的遭遇真令人担忧。

　　命运无常,一向倒霉无运的哈利最后居然富起来了。具有讽刺意味的是,他的发迹全靠了一直难以沟通的妻子詹妮丝。哈利继承了车行,从此时来运转干得得心应手。如今他与妻子的关系也融洽了,他终于挤进了中产阶级的行列,生意上的成功使他踌躇满志。按理说,兔子富了,可以满足了,但事实并非如此。他似乎还没有吃够苦,他的生活中仍有种种难以解脱的磨难。在《兔子发迹了》中,哈利与儿子纳尔逊的矛盾成了主要的冲突点。兔子的社会观随着生活的改变而改变,他骨子里的正统观念与纳尔逊的桀骜不驯南辕北辙,关系日趋紧张。另外,他常常会陷入对露思与自己亲生女儿的渴念之中,生活中永远有烦心的事令他痛苦难忍。

　　哈利与儿子纳尔逊的矛盾是现代西方家庭中最常见的现象。纳尔逊的生活实质上是哈利年轻时的翻版。兔子自觉不自觉地运用传统的价值观和信念来衡量儿子的行为实在是徒劳无益的。这是哈利,也是这一代人性格两重性的表现,这种两重性也反映在他对露思的女儿身上。作家通过这个细节告诉我们,作为一个不负责任的父亲,哈利即使最终感悟、忏悔,也不能带来自己心灵上的安慰,他始终缠身于人生交织的网罗之中而无法脱身。

　　可以说,兔子哈利是作者厄普代克的同龄人,他比厄普代克晚生一年(1933年)。在他的身上既有作家本人的缩影又折射出整整一代人的生活经历。小说从他26岁写到56岁,也即人生的黄金时代,这个人物给读者的启示是多方面的。

厄普代克确实是一位风格迥异、自出机杼的作家。他的小说内容已走出"永恒的主题"之类的窠臼。他选择了这样一个平庸得几乎有点傻乎乎的人物作为四部曲的主角确实有别开生面的意义。当然,写凡人俗事,其难度远远超过那些英雄人物,至少在读者的审美情趣方面是一个冒险。但是他看到了平凡事普通人所蕴有的典型意义。于是,一个看似并不突出也无闪光之处的人物出现在读者面前,人们经过一番咀嚼之后,居然觉得这个人物别具一格。而四部曲本身涵盖了许多方面的内容,有关这部小说以及哈利这个人物的意义也就有了不同的见解。

有人说,兔子哈利的人生经历中最突出的一点是"跑"与"寻",当他受到环境的威胁又无法忍受空虚无聊的生活时,他不得不"跑"了出来。他周围的环境包括了身边的一切。从妻子詹妮丝、儿子纳尔逊、贪心的岳父、唠唠叨叨的母亲、酒气冲天的说教者、白人邻居乃至电视节目里反复出现的米老鼠之类一直到灰暗的教堂,累而乏味的工作等等压得他透不过气来,他是被这一切赶出洞来的。另一方面,兔子的潜意识中一直有"追寻"的意识,他虽然目标不清但却非常执着,无论是他年轻时的跑还是后来对生活对命运的沉思,他对这个虚幻中的"它"的追寻却是孜孜不倦的。从小说的结局看,兔子当然不可能找到这个"圣杯"。但有些文学评论家则认为哈利这种顽强的信念和追求本身就是一种胜利。正如图哈鲁(Toehero)说的:"作为一个圣者,是战斗,而不是战斗的胜利,才具有意义。"

也有人认为兔子的经历意味着人生的悲剧。"无效""无用"是四部曲的基调。这种观点可以在小说的情节、人物、总体意义等方面得到印证。厄普代克似乎要说明人们无法摆脱命运的戏弄。兔子开始时带有积极意义的反抗并没有改变他百无聊赖的生活,而相反他最后的发迹完全得力于他浅薄无聊的妻子詹妮丝。在"生来注定的、无法改变的生命轨迹"前,兔子和大家一样都是个弱者。当他被生活击败时,唯一的出路便是逃跑和忍耐。但无论是跑也好,忍也好,其结果总是"无效""无用"。他从家中跑到露思那儿,又从露思那儿跑回来;从现实跑到理想,又从理想回到现实,如此反复奔走、精疲力竭却一无所得。生活中的一切都显得难以把握,他最后花了不少工夫想弄清那位金发碧眼的姑娘真正的身份,但也只是徒费口舌罢了,对他来说,生活中除了惆怅之外再就是无可奈何了。

也有人从宗教的角度来审视小说的意义,认为哈利之所以在生活中无所适从是因为他缺乏虔诚的信仰。他所生活的小镇蒙特·贾奇是一个宗教氛围相当浓重的地方,哈利的家就靠在教堂的边上,但他对宗教却敬而远之。他的亲朋好友、邻居同事等都觉得他的行为有悖基督教义。他对婚姻的不忠实态度,对家庭的不负责任甚至"开溜"还宿妓放纵等等都是对上帝漠视的结果,造成了他迷失了人生的方向。因此,这些人认为厄普代克反复强调哈利"追寻"的意识,实际上就是写他需要找到上帝,找到信仰。而哈利最终都没有悟出这个目标,自然只能堕落困顿之中。此外,还有人从另一个角度来解释小说的宗教意义。他们主要从哈利与青年牧师埃克尔斯的关系来证明宗教信仰在当代美国社会中式微的大趋势。埃克尔斯奉了詹妮丝父母之托找到哈利,目的是了解他有违教义的行为以及产生这些行为的思想。他原以为找到这样的症结,指出邪道之罪恶,劝他回头是岸应该不是什么难事。但是,他与哈利的接触中非但没有让他改悔自新同登天堂之路,反而渐渐地为哈利的思想所影响。兔子那含糊不清但又执着无悔的信念对他起了反作用,他后来甚至怀疑自己的信仰是否靠得住。通过埃克尔斯牧师的"信仰危机",小说揭示了宗教意识在现代社会特别是西方物质主义潮流汹涌的进攻下颓败衰弱的趋势。厄普代克对这个社会倾向观察入微。写哈利的生活不可能不触及这个问题,因为宗教本身就是社会生活中一个有机的组成部分而无法回避。但有的评论家又对此加以绝对化,称兔子四部曲为宗教小说并认为它的成功就是基于对宗教问题的探讨,显然,这种说法缺乏说服力。

除了上述观点外,我认为更有代表性的说法是以大维·盖洛为代表的"认识你自己"。兔子四部曲的意义在于,许多读者通过哈利·安斯特龙姆的生活经历和他在社会中所扮演的角色而想到了自我的悲剧。正如著名的作家梭罗说过的:"大多数人都是静悄悄地在绝望中活下去。"人们日复一日地忍受着平庸生活的煎熬,但这种生活并不使他感到剧痛,它只是人生的软刀子,一口口地吞噬我们的血肉之躯。厄普代克认为这种无聊平庸的生活是当代社会普遍存在的现实,也是当代人面临的最大的威胁,比饥饿、战争、失业等等远为可怕。反映如此的人生,实际上给许多人敲响了人生的警钟。从哈利这个非英雄人物身上,最能见出美国人特别是那些中产阶级人士的普遍境遇。"你到底是谁?"这个颇具深意的问题是当代许多作家共同的主题,只是各有见解,手法不同。厄普代克创造了一个新的文学视角,以此来观察社会,揭示生活本质,其意义显然不低于那些描写英雄伟业的作品。

约翰·厄普代克的小说已拥有了大量的读者。人们读他的作品,除了对故事的情节、人物等等关注之外,对小说的艺术风格也特别留意。在兔子四部曲中,其艺术上最突出的特点就是把人物置于时代环境中来描写。读这样的小说,你犹如重温了一下当代美国的社会史。把人物和特定的背景缩合起来使之水乳交融给读者以强烈的时代感。从这些小说中,我们不仅看到了人物的命运和故事的内容,同时也获得了大量的时代信息,许多社会问题如种族矛盾,道德观念混乱,家庭婚姻裂变,个人主义泛滥,自我膨胀,大众传播的影响,校园革命,冷战氛围……不一而足,另外诸如朝鲜战争、中东局势、越南战争、阿富汗问题以及阿波罗登月、水门事件,伊朗、利比亚的恐怖活动等等对美国人来说影响深远的事件都可以从中窥视一斑。在第二部《兔子回家》和第三部《兔子发迹了》当中给人印象特别深,这或许与年代的接近有关系,令读者有身临其境的感触。如在《兔子回家》中,小说一开始并未直接导入正文而是引用了前苏联两个宇航员在太空中准备做飞船对接时的一段对话。这种手法使读者尚未开卷已强烈地感受到了时代的气息。另外,黑人斯吉特对越南战争的言辞道出了许多美国人共同的心声,他的一些观点影响了许多读者。厄普代克这种写作手法相当成功,也给其他作家带来了有益的启迪。从诺曼·梅勒的作品中也可以看出这种影响。电影《阿甘正传》也是运用这种创作手法成功的一例。福绥斯特·甘看似平庸却又奇谲的生活经历处处与时代节拍相吻合,给观众真实可信的感受。

在小说的描述语言方面,厄普代克大胆地使用了纯白描的手法,文字上不事雕饰,通俗凝炼,故事娓娓道来,显得朴素自然。他一反时尚的惊人感染或夸张、象征、暗示等等技巧,以平平淡淡的语言写普普通通的人与事,清纯无华、不着痕迹。我们很难从他的小说中看到作家的思想或对事物的评价,他也不对作品的内涵作什么玄虚的哲理分析来挖掘其"深度"等。他的小说之所以吸引广大的读者,恐怕还是靠他对生活细致入微的观察、分析和对现实关系深刻的理解,他能把乏味的生活素材加工成耐人寻味的艺术作品。更令人惊叹的是,他在小说的叙述时态方面大都运用了一般现在时,这种不忌"俗、白"的平铺直叙手法是当代作家中少见的,其好处是在与读者沟通方面毫无障碍,一切都显得一目了然、简洁亲切。

另外,上文曾提及的新的文学视角也是厄普代克艺术手法的一大贡献。

他往往以别的作家不屑一顾的"眼皮子底下"的生活来反映社会、探讨人生。而且在小说中尽量避免曲折离奇的情节使之贴近现实,让读者对小说作出自己的评判甚而对照自己的处境。这种手法给五光十色的美国文学又增添了一分色彩。

厄普代克对当代美国小说作出的最大贡献就是塑造了哈利·安斯特龙姆这个"非英雄"人物。他在现实与理想之间奔跑而找不到弥补龁裂的方法,就像大多数现代人一样,他所求的或许是根本不存在的"圣杯",他的欲望一方面太原始,一方面又太现代。然而他的命运确实能引起人们对自身的深深思考。

## 第三节　艾丽丝·沃克(1944～　　)

艾丽丝·沃克(Alice Walker)1944年出生在乔治亚州伊顿的一个农民家庭。父母靠种棉花为生,家境贫寒,使她自小对南方黑人的穷困与苦难有深切的体会。沃克后来走上文学创作的道路多半是受了弗兰纳里·奥康纳的影响,这位被称为"南方的预言家"的作家的作品,是沃克最最喜欢阅读的。60年代初,当沃克还是史班尔门学院的一个学生时"很少意识到她与我之间在种族和经济背景方面的不同之处"。而后,在劳伦斯的萨拉学院,艾丽丝·沃克写出了她第一部小说《格兰吉·柯柏林的第三次生命》(*The Third Life of Grange Copeland*),这部作品直至1970年才得以出版。小说的内容已经涉及黑人妇女所受到的双重压迫的问题。但当时沃克把这种压迫归结为种族主义与经济状况的结果。小说的主人公格兰吉最后获得了解放,代价却是黑人妇女所付出的钱,她们的劳动甚至她们的肉体,也即牺牲了妇女的利益所创造的条件。故事的最后,格兰吉的孙女露思参加了黑人民族运动,终于在真正意义上地站了起来。她们家祖孙三代走过的黑人妇女的解放之路是相当艰险的。

1968年,艾丽丝·沃克的诗集《一度》(*Once*)发表,她很早就完成了这部诗稿,把它献给了自己的一位老师。这位老师对这些诗歌激赏之余把它送到出版商那儿才使之得以问世。

从萨拉学院毕业后,艾丽丝曾得到一笔写作的奖学金,她本来准备去西非的塞内加尔体验生活、创作作品,但因其时她又在纽约的福利救济会谋得了一个出纳的工作而作罢。1966年她又自愿去密西西比州参加选举的登记工作。

艾丽丝·沃克真正在文坛上崭露头角是1973年在威拉斯力学院期间,她出版了第一部短篇小说集《爱与烦恼》(*In Love and Trouble*)，副题是"黑人女人的故事"。

沃克的第二部诗集是《革命的紫色花》(*Revolutionary Petunias*，1973)，为全国图书奖的提名作品。1976 年，她出版了另一部小说《梅丽迪恩》(*Meridian*)讲的是一个黑人女性参加民权运动的过程，她经历了一连串的不幸，如被男友抛弃、战友惨死和民权运动内部的分裂等等，几乎使她伤心绝望，客死他乡。后来她开始意识到传统的黑人道德力量或许比暴力抗争更具力量。于是她回到自己的家乡，一心以发扬黑人的价值观而找到自己的新生活。1979 年，沃克出了《你压服不了好女人》(*You Can't Keep a Good Woman Down*)，1982 年她的小说《紫颜色》(*The Color Purple*)一出版即引起巨大反响，赢得三项文学大奖，又被改编成电影，从此沃克成了文坛的新星。

艾丽丝·沃克目前创作热情不减，1983 年她最具"女性气"的散文集子《在我们母亲的花园里寻找》(*In Search of Our Mother's Gardens*)发表，在其中对黑人女作家左拉·尼尔·赫斯大加赞扬，就如当初对弗兰纳里·奥康纳一样。她决心以赫斯为榜样，深入南方乡下访问、记录黑人自非洲带来的传统和社会习俗，力图使其中精华的部分得以永远保留下来并加以发扬光大，因为在她看来，这正是黑人在当代社会中自强不息、争取更大自由与胜利的精神支撑，具有重大的意义。

## 挣脱双重桎梏　走向光明前程
### ——艾丽丝·沃克的小说《紫颜色》(1982)

近年来美国文坛上大红大紫的作品当数黑人女作家艾丽丝·沃克的小说《紫颜色》。它于 1982 年出版，当年就成了人们竞相争读的畅销书。翌年又一下子赢得了美国书坛上三个最重要的大奖——普利策奖、全国图书奖以及全美书评家协会奖。1985 年这部小说被改编成电影搬上银幕，轰动一时，影响很大。

那么，是什么使《紫颜色》这部小说获得几乎是上下一致的赞誉呢？艾丽丝·沃克作为一个黑人女作家，她的作品很自然会联系到当代美国社会中两个极受人们关注的热点，即种族与女权的问题。《紫颜色》的成功不仅在于它涉及了这样的主题，更重要的是指出了面对现实广大黑人妇女应该作何选择，走怎样一条解放之路的问题。与以前那些黑人文学或妇女文学的作品相比，它不再停留在揭露、控诉、呼吁、抨击等阶段,也不是退缩到宗教与心灵的反思之中,而是通过小说中的主人公西丽亚以及她周围的一些黑人女性从黑暗中走出来的故事,非常理性地反映了黑人妇女挣脱锁链走向新生的社会阶段。在这个历史的必然之中,艾丽丝·沃克敏锐的感受和积极的指向引起了社会各阶层的好评。从这个意义上来说,《紫颜色》在美国社会中给人们的启迪意义重大。

《紫颜色》是一部书信体格式的小说。它全面而细腻地展现了西丽亚这个黑人女性从14岁时的苦难生活一直至人到中年终于迎来新生活的全过程以及个人内心世界的变迁。通过这种变迁反映了当代美国黑人妇女面临多重压迫和特殊的生活环境下为改变自己的命运而作的努力和探索。小说虽以第一人称的西丽亚先是向上帝诉苦继而给妹妹写信的形式述出,但其中的故事情节和人物性格等还是十分鲜明生动的。

14岁的黑人少女西丽亚“向来是个好姑娘”,①却被父亲(后来才知道不是亲生父亲)屡屡强奸,先后生下两个孩子。她身心受尽折磨,母亲痛苦不堪,不久病死。“父亲”又把两个孩子弄走,声称“抱到外边树林里杀了”。对年纪轻轻的西丽亚来说,她已经饱尝了地狱般的痛苦,在这上天无门入地无路的环境里,她只能把满腔的悲愤时时地向心目中的上帝倾诉。上帝是她生命中最后的一块基石,除此之外,她再也没有可以信赖的了。当她刚开始给上帝写信时,毕竟还年轻幼稚,连早孕反应恶心呕吐都不知原因。母亲在床上大叫大骂中恨恨离世,“爸爸”则反咬一口说她“就是邪恶,从来不干好事”。西丽亚一直希望“父亲”另找女人结婚,但不久她惊恐万分地注意到,他又在打妹妹耐蒂的主意,耐蒂害怕极了。有一天,“父亲”从外面带回一个姑娘,年龄也只有十几岁,他们结婚了。这位“新妈妈”真还不知他们家中有这么多的孩子。耐蒂此时也有了一个男朋友叫某某先生(艾伯特),他的妻子死了,她是从教堂回家的路上给男朋友杀死的,留下了三个孩子。某某先生看上了耐蒂之后几乎每个星期都上他们家来。“父亲”虽然有了新妻子,但他还偷偷盯着耐蒂看,西丽亚为了保护妹妹,硬是挡住他的视线,于是,她不时地遭到毒打。她真盼望妹妹有朝一日能平平安安地嫁出去,免受自己同样的苦难。但“父亲”一口回绝了

---

① 艾丽丝·沃克,《紫颜色》,陶洁译,北京:外国文学出版社,1986年,第3页。下同,只标页码,不再另注。

艾伯特的求婚请求,他说耐蒂太年轻,没经验。在艾伯特一次又一次的苦苦哀求下,"父亲"居然想出让西丽亚代替耐蒂嫁给某某先生的主意,他还特地向艾伯特讲明西丽亚不仅长得丑而且还"给人糟蹋过""饭也不大会做""现在又怀上了"等等,但另一方面,他又向某某先生介绍她"不怕干重活",也"很干净""你可以对她很随便,她决不会向你要吃的穿的",最后,他还提出一项"优惠条件",要是艾伯特真的娶西丽亚的话,"她可以自备被褥去你家,还可以带上一头她亲手喂大的母牛"。

这桩婚事拖了整整一个春天,某某先生一直犹豫不决直至家里的孩子闹得一团糟才下决心娶西丽亚来照料他们。西丽亚对此也心甘宁愿,不但自己可以免遭侮辱,离开虎穴,而且据她想来,待到自己有了家,妹妹耐蒂也可以离开老家和她住在一起,想必艾伯特也不会反对,因为他毕竟很爱耐蒂的。婚后,西丽亚首先碰到的麻烦是艾伯特的大儿子哈波,他12岁了,听说来了个新妈妈,他拣起一块石头就把她的脑袋砸开了,血流了不少。艾伯特已有了四个孩子,如今西丽亚把他们照顾得舒舒服服、干干净净。有一次,她随着丈夫去镇上,在一家布店里,西丽亚看到了自己被抱走的小女儿,因为她"长得就像我和我爸"。孩子已经6岁了。西丽亚得知她现在的父亲是一位仁慈的牧师,生活在一个好人家。终于,耐蒂从自己家里逃了出来投奔到姐姐这里,艾伯特非常热情地接待了她。耐蒂坚持学习,她一心想当一个教师。自从耐蒂住进来以后,艾伯特竭尽恭维之能事,对于他的诮媚,耐蒂只是冷冷地笑笑,后来干脆毫无表示。她的态度很快激怒了某某先生,一天晚上,他下了逐客令,耐蒂不得不离开这里。姐妹分离,前途未卜,伤心之时,她们紧紧拥抱痛哭,西丽亚要耐蒂去城里找找那位好心的牧师,他是她想到的唯一一位有钱而又慈爱的人。

西丽亚从艾伯特的妹妹处得知他除了前妻之外,还爱过一个唱歌的叫莎格·艾弗里的女人,因为父母反对他们才没有结婚。他的大儿子哈波是一个懒懒散散的人,整天东晃西荡的,他不理解怎么爸爸老是揍老婆。艾伯特告诉他说,因为她是女人,"是我的老婆"。他用皮鞭抽西丽亚,叫她自己扒下裤子,门外的孩子则趴在那里从门缝里偷看,而西丽亚则忍着不敢哭。有一天,哈波告诉西丽亚说自己已有了一位女朋友,她的名字叫索菲亚,哈波把她领来见某某先生。索菲亚大约已有七八个月的身孕了,皮肤亮晶晶的,身材高大,结实健壮。他们不顾双方家长的反对结了婚。婚后,哈波好像换了一个人变得勤快起来,艾伯特远远地看着他不禁叹惜,儿子被索菲亚"套上笼头了"。

不久,那个名声不佳的莎格·艾弗里带了乐队来到了镇上,艾伯特打扮得衣冠楚楚去见她。西丽亚也很想见见她,因为她是这一带的大明星。没几天,这位人称蜜蜂王后的歌星终于病倒了,镇上没有人肯收留她、照顾她,连牧师也乘机攻击起她来,她的罪名是为金钱卖唱、偷汉子、穿短裙、抽香烟、喝白酒,总之,有伤风化,形同妓女。艾伯特在她失意落魄之时居然冒了众人之怒把她接回家来,在好心的西丽亚悉心照料之下,莎格转危为安,从病魔手中死里逃生。她那悠闲而舒适的生活方式令西丽亚大开眼界,羡慕不已。在一般人眼里莎格是邪恶的化身,但在他们家中却奉若美的神明,虽然某某先生与西丽亚的视角不同。与此同时,艾伯特的儿子哈波却正处于尴尬的境地,他一心仿效父亲及黑人社会风俗,准备好好地"修理"自己的老婆索菲亚,但强壮的索菲亚却偏偏不买他的账,常常以毒攻毒与他扭打成一团,可笑的是最后吃亏,被打得鼻青眼肿的总是哈波自己。于是,他哭丧着脸,又吐又呕,在这位从小就惯于打架,还"用弓箭打野兽"的女人面前败下阵来,"老婆就该听话"的祖训不灵了。

莎格·艾弗里身体好了以后,她到哈波新开的酒店里去唱歌,引来了不少听客。索菲亚带了她的孩子住到姐姐那儿去了。她一走,哈波又姘上了一个名曰"吱吱叫"的女人。随着时间的推延,莎格对西丽亚的好感日益加深,她既感激西丽亚在病中无微不至的照顾,又同情她的遭遇和处境。莎格准备外出唱歌,但她决心先说服艾伯特改变对西丽亚的态度才离开。此时,又传来索菲亚因在路上与市长太太顶嘴还动手打了市长被判12年徒刑的消息,大家又急又怕,聚在一起想办法解救她。"吱吱叫"有一位远房的亲戚是管监狱的,于是她被派往那儿为索菲亚说情,但不幸的是事情没成功,她自己反被那人强暴了。哈波怒气冲天,妻子被囚,情人被奸污,他真想去拚命,把"他们"全宰了。后来,索菲亚被保释出来,但她不得不去市长家里当佣人,照看他们家的孩子。

莎格回来了,满载而归,她赚了不少钱,还带回一样大家想不到的"东西"——她的新丈夫格雷迪。这使艾伯特很伤心,连西丽亚也感到沮丧不已,因为他们都认为从此莎格另有所爱。有一天,莎格意外地为西丽亚弄到一封她妹妹耐蒂从非洲的来信,原来耐蒂这么多年来一直不断地给姐姐西丽亚写信,但可恶的艾伯特却把所有的信都藏匿起来。西丽亚原以为妹妹早就死了,收到了这封信真令她悲喜交集,她恨不得一刀把艾伯特给杀了。为弄到耐蒂以前的来信,莎格装出与艾伯特热络的样子。一天,机会来了,艾伯特外出,莎格与西丽亚把他的箱子打开,搜出了所有耐蒂的来信。从这些来信中,西丽亚得知当年耐蒂投靠的那位牧师叫塞缪尔,他的太太叫科琳,正是他们夫妇收留了西丽亚的一对儿女。而后耐蒂跟了他们一起到非洲去传教,耐蒂勤奋学习,跟科琳学了不少东西,又得以照顾他们的孩子,也即她的两个外甥,她把自己的爱完全地倾注到他们身上。她在信中告诉西丽亚他们在非洲不同寻常的生活经历,虽然她也知道西丽亚看不到她的信,但正像姐姐给上帝写信一样,她要把自己的一切告诉最亲近的人。他们去非洲的目的是为了"振奋世界各地的黑人"。(第 119 页)他们去的地方叫奥林卡。在当地黑人欢迎的仪式上,奥林卡人把象征了上帝的屋顶树叶送给他们,虽然它看上去微不足道,但生活在这片土地上,它的作用却非同一般。和美国南方许多黑人聚居的地方一样,奥林卡人也认为女孩没有接受教育的必要,而塞缪尔他们来到这里做传教工作,其中一个内容就是要改变人们的这种落后观念。耐蒂他们在非洲一呆就是五年,这其中甘苦难辨。事实上,非洲的黑人对他们的到来并非如有些人所想象的那样热忱。当然,他们亲眼目睹了当地的人们怎样受到白人筑路辟园的威胁,"古老参天的桉树和各种树木,猎狗以及树林里的一切都被砍倒杀死,土地被迫休种,地上光亮亮的……"(第 147 页)黑人们开始大批逃亡到荒僻的地方去。最后,炎热、潮湿的气候、艰苦的生活环境以及当地土人的固有顽习等等夺走了科琳的生命,大家用奥林卡的风俗埋葬了她……

另一方面,此时的西丽亚已开始大为转变。她已不再给上帝写信,因为她经历了如此多的磨难却从来没有得到上帝的救助,这实在令她失望难解。在莎格的影响下,她开始责问:"上帝为我做了哪些事?"于是,她怀疑圣经,甚至亵渎起上帝来,她把"上帝看成是一个白人,而且是个男人"。对"他"不再感兴趣,有时还"真想与他搏斗一番"。随着上帝在她心中的毁灭,西丽亚可以说是"脱胎换骨",重新做人了。

莎格再一次准备离开这里,这一次她决定把西丽亚也带走,艾伯特对此大为不满,但最后连"吱吱叫"也加入了莎格的队伍。他们要去在孟菲斯的莎格家。在那儿,西丽亚第一次尝到了自由的味道。莎格收入颇丰,生活大为改善。西丽亚觉得饱食终日无所事事颇不习惯,她开始以做裤子打发日子,为周围的人,特别为莎格做了条非常漂亮别致的裤子,赢得了许多人的赞美。大批的订单源源而来,莎格见此高兴极了,她建议索性成立一家专做裤子的工厂,大干一番.她对西丽亚说:"这下你可以挣钱了。"

西丽亚走上了一条崭新的生活道路,她得知妹妹耐蒂即将回来了。耐蒂已与塞缪尔牧师结了婚,他们非常幸福,万事充满光明、富有希望。此时又传来西丽亚的"爸爸"去世的消息,根据遗嘱,西丽亚与耐蒂继承他们家的房产。事实上,西丽亚现在已经"有了爱,有了工作,有了钱,有了朋友,也有了时间"。故事的最后,一辆汽车在尘土飞扬中疾驰而来,车上走下来一大群人,西丽亚惊得"心都提到了嗓子眼里,动弹不得",是分离多年的妹妹耐蒂、她的丈夫塞缪尔牧师以及他们的也是西丽亚的孩子们从非洲回来了,大家兴奋得拥抱在一起,久久不能放手……

有许多读者认为,《紫颜色》是一部黑人文学的力作。理由很简单,它是由黑人作家创作的、反映黑人生活的小说。只是随着时代的进展,它所表现的内容与思想明显地有别于以前的黑人文学作品,表明了黑人文学进入了一个新的阶段。在美国,黑人文学是现、当代文学中非常引人注目的一派,它的形成和发展基本上与黑人民权运动的节拍相吻合。理查德·赖特在 30 年代发表的小说《土生子》可以说开了黑人文学的先河,杜波依斯等人也为争取民族平等,控诉种族压迫等写出了大量的作品加以揭露和抨击。随着运动的深入,詹姆斯·鲍德温和埃利森等人又把黑人争取种族平等的斗争与美国文学中另一个大主题即自我寻求缩合起来,更高层次地发掘黑人悲剧命运的根源,其力度和深度显然已超过单纯的"抗议式"的作品。而 1979 年出版的小说《根》则表明了黑人作家在追根溯源努力寻找自己的一种归属感和民族自豪感方面的努力,进一步地激发了黑人的民族意识。近年来,黑人文学的内容与主题还在不断的发展变化之中。因民族运动的胜利,黑人在美国社会中的地位逐步提高,白人与黑人和平相处的社会环境多少有点梦想成真。在这种社会政治背景下,许多作家特别是黑人作家敏锐地察觉到,黑人生活中至今还有不少落后的地方,这是多少年来生活习俗、陈旧观念等等所致,如果完全无视这种状况而一味抱着暴力与肤色等偏见,坚持以往的揭露式题材恐怕于整个黑人民族的素质提高争取更大的解放事业补益有限。全面推进黑人民族的进步应作多方面的努力,而破除及认识自我传统中的弱点意义不小。艾丽丝·沃克的《紫颜色》或许正是这种思维的一个结果,它既血淋淋地展示了黑人妇女在种族和性别的双重栓梏下悲惨生活的真实画面,又对她们如何走向新生提出了自己的看法和积极的探索,这是《紫颜色》大获成功的根本原因。

　　另一方面,更多读者愿意把《紫颜色》看成是一部妇女文学的杰作。因为小说中的女主角西丽亚从一个懦弱受欺的黑人妇女一直到变为一个自食其力、昂首挺胸的新女性的成长过程正表明了女权运动的胜利。美国社会中一个不争的事实是,黑人妇女的地位是最低下的,实际上就是三等公民。除了种族歧视外,她们还要忍受性别上受压迫的从属地位,而且这种状态远比白人妇女承受得更重。随着美国女权运动的不断深入,黑人妇女的自我意识也日益觉醒和高涨,许多人奋起与这种由来已久、不合情理的现实作斗争。她们在与长期形成的社会偏见作抗争时所遇到的困难是多重的。除了挑战男性权威,改变自己被动状态外,最主要的还要摆脱多少年来束缚她们身心的宗教意识,这是条巨大而无形的锁链,黑人妇女的社会观、家庭观、人生观都受它的捆绑。不结束上帝在她们头脑中的统治地位,也就谈不上追求自身作为人的价值。《紫颜色》中好几位女性追求自我解放的道路就是成功的例子。她们从消极到积极,从怨恨到反抗,最后靠了自我的努力,抛弃了旧的宗教观念,冲破家庭、婚姻的羁绊而获得身心的自由。这应该是所有追求享有一种平等生活的女性所走的共同道路。

　　《紫颜色》的成功,与它所包含的民族意识和女性意识的觉醒密不可分,而更重要的是,它活生生地演示了一个黑人女性从苦难的阴影中摆脱出来的奋斗历程。在小说中,这个人物形象即主人公西丽亚。在她的身上,我们不仅可以看到作者的种族观、妇女观,也看到了许许多多别的社会观。西丽亚的生活环境十分凶险,她开始时给上帝写信,是因为"有时候某某先生待我实在过分,我只好跟上帝谈谈"。她年仅 14 岁在自己家中被父亲糟蹋,生了两个孩子又被"嫁"到艾伯特家里。她当时是一个十足的逆来顺受、家庭奴隶式的女人。受传统思想的束缚,她在家里做牛做马但却衣不遮体。她的"父亲"弄走了她的两个孩子后要她"收拾得像样一点,穿件东西"。她的回答是"我能穿什么?我什么都没有"。(第 5 页)尽管她这时候生活悲苦之极,但她却始终怀有一颗善良的心。嫁到艾伯特家里后,她一心照顾那些可怜的孩子。"人人都说我待某某先生的孩子真好",但丈夫某某先生却毫不领情,反而时时痛打她。当她挨打时,"我拚命忍着不哭,我把自己变成木头,我对自己说,西丽亚,你是棵树,我就这样知道树是怕人的"。(第 23 页)在这种地狱般的生活中,她唯一的法宝就是忍。她的妹妹耐蒂曾教她起来与他们斗争,西丽亚答说:"可我不知道该怎么斗争,我只知道怎么活着不死。"连艾伯特的姐姐也说:"你得跟他们斗。"她还是坚决地回答："我不斗,我安分守己,可我活着。"西丽亚这种甘受欺凌、无力反抗的做法正是大多数黑人妇女共同的遭遇,连她的儿子哈波也说："爸叫你干什么,你马上就干,他叫你别做,你就不做,你不照他说的办,他就揍你。"她的丈夫艾伯特的一句话"老婆就该听话"恐怕在黑人家庭中非常典型。当他的儿媳妇索菲亚不甘心忍受哈波的任意摆布时,艾伯特严厉地责问他:"你打过她吗?哼,那你怎么能指望她听你的话呢?老婆都像孩子,你得让她们知道厉害,狠狠地揍她一顿是最好的教训办法。"(第33页)他的这番话并不是自己的发明而是黑人社会中世代相传的老谱子,而且这种观念不仅深入男人心中,连女人看来也是天经地义的。也因此,当哈波向西丽亚诉说老婆不听话,向她讨教管教的办法时,这位也是旧习俗的受害者西丽亚居然教他回去狠狠地揍索菲亚,其悲剧色彩可见一斑。

索菲亚的个性与西丽亚正相反。她特殊的家庭背景和生活环境使她养成了强悍好斗的性格,哈波非但没有"收服"她,反而还挨了不少拳脚。作者把她作为西丽亚的对衬人物安排在小说中,细心的读者会从她们不同性格导致后来不同的命运中看出艾丽丝·沃克的妇女观:索菲亚的"强横"好斗为自己遭来了不测横祸,被判12年徒刑,即使后来被保释但仍免不了去市长家里当佣人,而且,她最后性格也完全变了,成了一个安分的人,充满爱心和责任感。但西丽亚则因能忍受,不斗争而熬出头,成了正果,后福不浅。这种随意的编排显然是作者乌托邦式的臆断,其局限性十分明显。

《紫颜色》中并没有直接描写黑人与白人之间的种族矛盾与压迫的情节,但字里行间仍处处透出这方面的信息。索菲亚被判12年,无非是得罪了白人市长;远在非洲的奥林卡人之所以要逃离家乡,是因为白人筑路辟园,威胁到他们生存的空间;连西丽亚在摒弃了旧的宗教意识后,她也发现以前把"上帝看成是一个白人,而且是个男人";当"吱吱叫"为搭救索菲亚去监狱走门路而被人强暴时,西丽亚的一句话即"我以前一直认为只有白人才干这种伤天害理的事情",足以透露出黑人妇女对白人的满腔愤怒。但另一方面也应该看到的是,《紫颜色》这部小说中更注重黑人社会、家庭的矛盾与问题,特别是黑人男女之间的冲突,大男子主义的陋习等等,探索黑人妇女争取人格独立的道路。西丽亚从一个受尽虐待,自认命苦不敢越雷池一步的弱女子转变为一个独立谋生,有思想敢行动的强者,其性格变化之大前后判若两人。令人不可思议的是,西丽亚这种巨变的力量,主要源于她丈夫的情人莎格。莎格这个人物在小说中意义重大,她既是大众嫉恨的对象又是人们羡慕的人物。西丽亚自始至终为她所吸引,也是在她的指点和引导下,西丽亚完成了人格转变的经历。我们看到,开始时,西丽亚拿到一张莎格的照片,看到她有亮丽的服装,豪华的汽车又过着自由自在的生活,真令西丽亚这样的女性惊羡不已。紧接着,由于莎格不幸罹病给西丽亚有了接触和照料她的机会。莎格与艾伯特以前的关系和现时的暧昧之情没有影响西丽亚对她的好心。她们间的友谊使莎格感到有帮助她摆脱苦难、争取人格独立的义务。她说服艾伯特不再打西丽亚,又帮她弄到了妹妹耐蒂的全部来信,这是西丽亚视为生命中最珍贵的东西。在莎格的影响与鼓励下,西丽亚一步一步地认识了人生的价值,同时也逐渐挣脱了上帝、民俗陋习等锁链,她的心中慢慢地燃起了自尊自强的火焰。最后,莎格索性把她带走,尽管艾伯特还想用夫权的名义恐吓她,但此时的西丽亚已完全"新生"了,因为莎格曾经告诉她:"你眼睛里没有了男人,你才能看到一切""女人干吗要在乎别人怎么想!"仗着众人,特别是令艾伯特却步的莎格的支持,她终于对丈夫大骂一通:"怎么啦! 就是你这个卑鄙的混蛋,我说,我现在该离开你去创造新世界了,你死了我最高兴,我可以拿你的尸体当蹭鞋的垫子""等他(耐蒂和孩子们)回来,我们大家要好好揍你一顿!"西丽亚这番举动真令四座皆惊。如今她在与某某先生之间的关系上已占了上风,这是西丽亚的胜利。当然,读者无疑被告知,这表明黑人妇女扬眉吐气的日子来临了。在田纳西州孟菲斯的莎格家里,西丽亚有了做自由人的感觉,她的人格魅力和聪明才智也得以全面发挥。她所经营的裤子公司给她带来的不仅仅是金钱上的满足,连以前视她为粪土的艾伯特也对她肃然起敬,他终于放下了大男子主义的臭架子而痛改前非,而一向宽厚诚实的西丽亚也原谅了他,他们之间建立了一种新的友情关系。还需看到的是,西丽亚对莎格的感情,多少带有点同性恋的倾向。就西丽亚来说,这与她一直受男性压迫,从未得到过异性的爱护有关。她对男人的印象是"男人脱掉裤子都像青蛙"(第229页),"在我看来男人一般长得都差不多"。她甚至在数落上帝的时候,也把他看成是一个男人,她说:"我一直向他(上帝)祈祷,他干的事和所有我认识的男人一样,他无聊、健忘、卑鄙。"这番话既亵渎了上帝也骂尽了男人。这些当然是她性取向改变的主要原因。因此,每当莎格爱上了别的男人时,西丽亚的内心总有说不出的隐痛。但她最终还是顺应了自然的法则,在她看来,每个人都有选择爱与性向的权利。西丽亚的这种态度实际上也是作者艾丽丝·沃克的态度,她以此来反对那些激进的女权主义者,那些人认为只有以同性恋的手法才能对付性压迫。

西丽亚的解放是比较彻底的,她不仅在经济上、人格上都得到了独立,而且对多少年来一直束缚人们思想的宗教观念也有了清醒的批判意识。她与莎格讨论上帝时的话语简直难以相信出自一个受千百年来神明思想统治的黑人妇女之口,真可谓胆大包天。而莎格则从另一个角度认识上帝。在她看来,上帝存在于每个人的内心或者大自然的造化之中。热爱生活、热爱自然的人自然会找到上帝。待人以爱以及为人所爱是崇敬上帝的最好形式。莎格的这种思想与美国传统中的自然神论十分相似,作为一个黑人妇女,她的这种"上帝观"是挣脱精神枷锁、实现自我价值的重要手段,具有明显的进步意义。

有些读者认为,艾丽丝·沃克为《紫颜色》设计了一个大团圆式的结局难免有败笔之嫌。西丽亚在人性、宗教意识、经济等各方面的独立与新生,艾伯特的改悔,莎格在事业上的成功,索菲亚、哈波、吱吱叫等人生活上的转机以及耐蒂、塞缪尔他们返回祖国等等给人以一种理想化的感觉,特别是西丽亚的人格转型大有脱胎换骨的味道。很显然,这样的结局正是作者刻意安排的。艾丽丝·沃克以此来表明她鲜明的社会观,而恰恰是这种观点才使这部小说大受欢迎。与《紫颜包》在题材上相似的作品在80年代真不少,较为有名的有托妮·莫里森的《秀拉》《最蓝的眼睛》和《所罗门之歌》、保拉·马歇尔的《为寡妇唱赞歌》,而《紫颜色》能脱颖而出,独占鳌头,风头十足,这与艾丽丝·沃克为民权运动和妇女运动所开的这张药方不无关系。

《紫颜色》的艺术形式相当别致。西丽亚以写信的形式先向上帝后向妹妹耐蒂倾诉自己的遭遇及情怀。因为上帝是全知全能的,又是至高无上的,所以西丽亚可以毫无保留地向他敞开胸怀,无须遮遮掩掩。而读者则能站在一个相当优越的位置看到一颗赤裸裸的灵魂以及有关她的动人故事。书信体的最大优势就在于节省了许许多多的描述性文字,既没有对人对事的大段评价,也不需要前后一致的情节框架。它可以把人物最内心的隐私一下子端在读者面前。小说中的人物一般都没有外表方面的笔墨但却个个形象生动细腻,给人印象极深。同时,作家非凡的语言功力表现在人物的口语上。如开始时西丽亚还是一个涉世未深的女孩子,她的说话口气天真中带几分稚拙,对周围发生的事情尚不能理解,处于半懵懂的状态,不断地用探问的句式以求了解。随着年龄的增长,阅历渐多,她在生活的各个方面日趋成熟故语言也大为变化,小说的后半部中她的口气相当理性而成熟,符合人物性格的变化。

《紫颜色》在叙述角度方面有转换的特点,主要以西丽亚的自诉为主,后来又加入了耐蒂的来信,这样使故事的内容得到扩展。更为成功的是,这部小说中人物的语言几乎都用的是间接引语,有时两个或三个人的语言合在一句之中,这样一方面迫使读者必须细细留意语言的讲述者,另一方面又省却了许多角色转换时的赘述与交待。比如:

> 她又哼了几句。我一时想起来的调调,她说。
> 我自己编的。你帮我从脑子里梳出来的东西。(第 48 页)

在这句话中,"她""我"都是莎格,"你"是西丽亚,粗粗读来似乎有些乱,但细细品来却觉得简炼准确又紧凑生动。《紫颜色》篇幅不长,但蕴含的故事情节及人物的心理内容却十分丰富,为改编成电影和其他艺术形式提供了内在的张力,而这一点又证实了作者艾丽丝·沃克卓越的艺术技巧,使这部色彩浓烈的小说就如它的书名一样给人以一种醒目的感觉。

## 第四节　托妮·莫里森(1931~　　)

托妮·莫里森(Toni Morrison)是美国当代最著名的黑人小说家,也是美国第一个获得诺贝尔文学奖的黑人女作家。1993 年她因"作品想象力丰富,富有诗意,显示了美国现实生活的重要方面"获得诺贝尔文学奖。

托妮·莫里森 1931 年生于美国俄亥俄州克利夫兰市附近洛兰小镇的一个黑人家庭,在全家的四个孩子中排名第二。父亲是一名造船厂的电焊工人,母亲是教堂唱诗班的活跃分子。莫里森从小就听母亲的歌声,在妈妈讲的故事中了解到了黑人故事和风俗,这也影响到了她后来的文学创作。1949 年莫里森以优异的成绩考入华盛顿哥伦比亚特区的霍华德大学,主修英语语言。莫里森一入学就加入了学校的话剧社,在一些古典剧目中如莎士比亚的《理查德三世》担任重要角色。在霍华德大学戏剧社的经历不仅为莫里森提供了表演的机会,更重要的是剧社到南方大学巡演,使莫里森能够深入了解南方黑人的生活状态。当亲眼目睹黑人被隔离于白人的生活情景时,莫里森受到了极大的震撼。

1953 年,莫里森从霍华德大学毕业,获文学学士学位,接着她进入康奈尔大学研究生院攻读西方现代主义文学。1955 年获得文学硕士学位后,受聘于休斯顿的德克萨斯南方大学,担任英语讲师。两年后,莫里森重返母校霍华德大学继续她的教书生涯,并认识了当时在霍华德大学学建筑的牙买加学生哈罗德·莫里森。两人相爱,并于 1958 年结婚。1961 年他们的第一个儿子哈罗德·福特出生,但在 1966 年第二个孩子出生后,莫里森和丈夫离婚,并带着两个儿子回到老家洛兰小镇。离开学校之后,莫里森在位于纽约州中部城市西拉丘兹蓝登书屋做编辑,1967 年调入该公司在纽约市的总部任高级编辑。在二十年的编辑生涯中,莫里森帮助出版了拳王阿里、安吉拉·戴维斯等人的传记,也出版了托尼·基德·巴巴拉、亨利·顿巴斯、盖伊·琼斯等黑人作家的小说,她本人还编辑过一本有关黑人历史资料的《黑色之书》(*The Black Book*,1974)。

在工作及照顾孩子之余,莫里森加入了一个写作小组,这个小组有一条规定,每次参加活动都要带自己的作品并当场朗读。莫里森把自己的习作《最蓝的眼睛》(*The Bluest Eye*)带到小组里给大家朗读,并经过反复修改后于 1970 年出版,这是莫里森的处女作。小说以一个 12 岁的小女孩佩科拉希望拥有一双白人那样的蓝眼睛来改变自己的处境的故事,探讨了白人文化冲击下黑人心灵的扭曲,表达了莫里森对黑人主体身份的思考。1973 年,莫里森的第二部小说《秀拉》(*Sula*)问世,被提名为"国家图书奖"。该小说以同名黑人少女的悲惨命运为题材,探讨了黑人女性的独立问题。书中的那位秀拉以激进的性反叛与性解放冲击了黑人社区,也带来了一场思想的变革,这里隐含着作者对 20 世纪 60 年代性解放以及黑人女性如何解放自己的思考。1977 年莫里森的第三部小说《所罗门之歌》(*Song of Solomon*)发表,获得了美国书评家小说奖,该小说奠定了莫里森作为美国当代重要小说家的地位。在莫里森创作的小说中,《所罗门之歌》是唯一一部以男性为主人公的作品。莫里森把探讨的视角深入到男性的内心世界,探讨了黑人男性的成长历程。小说中有一种强烈的寻根意识,"奶娃"(Milkman)的飞翔既是一种寻宝的过程,也是一种寻根的象征,并最终指向遥远的非洲大陆。

1981 年,莫里森发表了《柏油娃》(*Tar Baby*),书名取自小时候听到的一则民间传说,一只兔子偷吃卷心菜,被户主设计用"柏油娃"粘住,最终丧命。莫里森认为这个故事是民间传说作为历史的一个范例,既预示着未来,又是对过去的反思。《柏油娃》即从这个民间故事中"延伸出来",莫里森塑造了一个非洲传统文化的极端守望者森,他敌视工业的进步,排斥白人的一切东西。受过高等教育的黑人姑娘雅丹被他身上独特的"黑人性"所吸引,爱上了他。他们一起去纽约开辟新生活,但由于两个人的观点不一致,最终导致了分手,而小说也以森在寻找雅丹的途中结束。小说的主题很明显:在面对黑人的传统文化时,如何做到既能坚守的黑人"民族性",又不排斥西方的现代化。

1983 年莫里森辞去了蓝登书屋高级编辑的职务到纽约州立大学艾伯特·施韦策人文学院从事教学工作,在此期间,莫里森创作了她的第一部剧本《艾米特之梦》(*Dreaming Emmett*, 1986),该剧本根据 1955 年一名黑人少年被白人种族主义者杀害的真事改编,谴责了种族主义的罪恶。1987 年莫里森推出了她的代表作《宠儿》(*Beloved*),这部小说一出版就成为畅销书,并获得 1988 年的普利策小说奖,好评如潮。《宠儿》是一部历史小说,莫里森以 19 世纪美国内战后南方重建的历史为背景,探讨了奴隶制的罪恶,但《宠儿》又不仅仅是一部历史小说,莫里森通过对"杀婴"事件的改写,融入了大量的想象和虚构,以一种更加真切的姿态切入历史,去寻找黑人民族内心世界伟大的爱,表现了黑人追寻主体身份的坎坷历程。1992 年莫里森的另一部小说《爵士乐》(*Jazz*)问世。该小说以 20 世纪 20 年代纽约哈莱姆区为背景,通过一组从南方农村来到北方都市的黑人寻找幸福生活的经历,写出了"爵士时代"的情景以及黑人独特的追寻之路。《爵士乐》的艺术特点非常鲜明,带有爵士乐式的即兴性和超强的节奏感。1992 年,莫里森的《黑暗中的游戏:白色性和文学的创造力》(*Playing in the Dark*: *Whiteness and the Literary Imagination*)出版,莫里森在书中探讨了白人作家小说中的"黑人因素",把黑人因素看成是白人小说家写作中不可缺少的一部分,该书已经成为研究族裔文学的经典之作。1993 年莫里森获得了诺贝尔文学奖,莫里森从此走向了世界,成为世界性的大作家。

1998 年,莫里森发表了获得诺贝尔文学奖后的第一部小说《天堂》(*Paradise*),在《天堂》中莫里森虚构了一个类似天堂的乐园鲁比小镇,通过鲁比镇二百多年的历史,展示了废奴宣言以来美国黑人所遭受的种族歧视以及他们的生存方式。莫里森对黑人的固步自封和狭隘排外进行了否定,指出所谓的"天堂"必须是开放性的。2003 年,莫里森推出了她的第八部小说《爱》(*Love*),这部小说深入探讨了"爱"的主题:人们在爱中遭受到的背叛,如婚姻关系的破裂,母爱的遗失,姐妹情谊的泯灭等等。莫里森的最新一部作品是

《慈悲》(*A Mercy*，2008)，莫里森把小说的背景设在17世纪80年代奴隶制还未完全建立的殖民地时期，这比《宠儿》中的时间设置还要早两百年，因而被评论界看成是《宠儿》的前篇或姊妹篇。小说以瓦克的农场为平台，刻画了四个女性不幸的人生经历和复杂的情感世界，展现了不同种族和不同身份人们利益的矛盾纠葛，探讨了女性的出路问题。

莫里森的小说带有强烈的个人色彩，正如作者本人所宣称的那样，莫里森主要关注黑人女性的世界，关注黑人女性如何在白人和黑人男性的"双重"压迫下寻找自己的出路，关注两性的平等和女性的自立，关注着女性如何寻找自己的民族之根。当然，莫里森也并不排斥男性的世界，她的小说中不少男性刻画得栩栩如生，如《所罗门之歌》中的森，《宠儿》中的保罗·D。莫里森用一系列优秀的作品表现了美国黑人苦苦寻找自己主体身份的历史，并把这种身份深深地融入到整个美国国家身份的建构上，体现出融合的可能性和必要性。

## 追寻黑人的主体身份
### ——托妮·莫里森的小说《宠儿》(1987)

《宠儿》是莫里森的第五部小说，发表于1987年。该小说自发表以来就获得巨大的好评，获得1988年的普利策小说奖，这是当时莫里森获得的最高奖项，一举奠定了莫里森在当代美国文学的地位。2006年《纽约时报》评选25年来美国最佳小说中，《宠儿》高居榜首，更可见《宠儿》在当代批评家心中的位置。约翰·雷纳德甚至说"很难想象美国文学中没有《宠儿》会是什么样子"。

《宠儿》的创作灵感来源于一个真实的故事。20世纪70年代，莫里森在蓝登书屋做编辑时，承担了编辑《黑人之书》的任务。这部书收集了美国黑人三百年来争取平等权利的史料。在编书过程中，莫里森接触到不少有关黑奴反抗奴隶制的报道，其中一名叫玛格丽特·加纳的黑奴经历让她大为震惊。据当时的报纸记载，玛格丽特带着她的几个孩子从肯塔基州逃到俄亥俄州的辛辛那提。奴隶主带人赶来追捕，来到了她的住处，在绝望中，为了不让孩子们回去当奴隶，玛格丽特抓起桌子上的斧头，砍断了她的小女儿的喉管，她想把其余的孩子也杀死，最后自杀，但是人们强行制服了她。这件事情引起巨大的轰动，废奴主义者要以谋杀罪起诉玛格丽特，因为她杀了人。但是玛格丽特后来以"偷窃财产"的罪名被审讯，而且被重新押送回去，因为她是奴隶主的私人财产。

　　莫里森在一次访谈中，谈到创作《宠儿》的责任感。"我认为美国黑人急匆匆地从奴隶制中逃走，冲破束缚走向自由，他们也从奴隶中挣脱出来，因为这太痛苦了，他们为此甚至会放弃某些责任。这是一把双刃剑，如果你明白我的意思。我们有必要记起这种恐怖，当然要以一种可以消化的方式记起，以一种并不消解历史的方式记起。写作此书，是为了面对它并让它被记住。"①莫里森认为如果不对曾经的历史做一总结，必将导致全民性健忘（national amnesia），因此她拿起了笔，写下了《宠儿》。

　　正因为如此，有不少评论者认为《宠儿》是一部历史小说，表现了奴隶制的黑暗历史，控诉了奴隶制的罪恶，实际上，这不仅仅是一部历史小说，在莫里森看来，历史仅仅是一个框架，进入历史，并从历史中挖掘出更一般意义上的价值，引起人们的思考，这才是最重要的。在一次访谈中，莫里森曾说过她在写作《宠儿》时并没有拘泥于过往的历史，主要依靠想象的力量，充实和重塑了一个杀死自己婴儿的母亲。《宠儿》不仅"重现"了奴隶制的残酷和暴力，而且还表现了美国黑人痛苦挣扎艰难求生，努力追寻自我身份的过程。

　　小说的场景设置在 1873 年的俄亥俄州辛辛那提郊区蓝石路 124 号，这里住着一个叫塞丝的女人和她的女儿丹芙。由于房子里闹鬼，塞丝的两个儿子霍华德和巴格勒先后离家出走，祖母贝比·萨格斯在他们离开后不久离开了人世。塞丝白天在一家餐馆里当厨师，每晚会从餐馆里带些吃的回家，塞丝和丹芙两人相依为命，但 124 号的冤鬼时常会纠缠着她们。"124 号恶意充斥。充斥着一个婴儿的怨毒。"②这个冤鬼让塞丝想到了自己屈死的女儿，她曾经为了把死去女儿的名字刻在墓碑上，献出了自己的贞洁，用十分钟与刻字工做交易，在墓碑上刻上"宠儿"两字。回忆是痛苦的，塞丝尽量不去回忆过去的往事，但是，保罗·D 的出现打破了这种平静。

　　保罗·D 是"甜蜜之家"的最后一个男人。当初塞丝和丈夫黑尔以及保罗·D 一起在"甜蜜之家"当奴隶，还有其他几个奴隶保罗·A、保罗·F 以及西克索。保罗·D 自从被主人卖掉后就一直四处漂泊，最后他来到了蓝石路 124 号。保罗·D 对这所闹鬼的房子并不在意，他想知道这是哪种邪恶，塞丝

---

① Marsha Darling, "In the Realm of Responsibility: A Conversation with Toni Morrison." The Women's Review of Books/Vol. 5, No. 6/ March 1988, P. 5.

② 托妮·莫里森，《宠儿》，潘岳、雷格译，北京：中国文学出版社，1996 年版，第 3 页。下同，只标页码，不再另注。

说"它不邪恶,只是悲伤。"(第10页)塞丝道出了她对小鬼的理解和同情,因为这让他想到自己的女儿,这也是她对这所凶宅不离不弃的原因。保罗·D最终留了下来并赶走了小鬼,124号暂时恢复了平静,但丹芙却很不满意。她首先反对保罗·D"夺走"了母亲,接着她又恨他赶走了小鬼。丹芙是孤独的,她没有玩伴,有时候小鬼的存在也能排解她的孤独和寂寞,因此,她并不怕鬼。塞丝告诉保罗,她的后背上长着一棵树,一棵苦樱桃树,于是记忆的闸门被打开了。小说就在现实和历史切换中游走,莫里森用多角度的意识流手法,把每个人的内心世界都打开了。原来塞丝在逃离"甜蜜之家"时已经怀孕,甜蜜之家的新主人"学校老师"一改之前主人加纳的较为"仁慈"的做法,他抽打奴隶,把奴隶当成会说话的动物。不堪忍受"学校老师"的折磨,"甜蜜之家"的奴隶们约好一起逃跑,最后只有怀孕的塞丝带着孩子们逃掉,丈夫黑尔不知下落,西克索被烧死,保罗·A被卖掉。塞丝告诉保罗·D,她曾经被"学校老师"的两个侄子抢走了奶水,还被皮鞭抽打后背,结果就留下了一道深深的疤痕,像一棵樱桃树,"一棵苦樱桃树。树干,树枝,还有树叶呢。小小的苦樱桃树叶"(第19页)场景一下切换到丹芙的身上。丹芙通过自己的想象回忆了自己出生的经过,也就是塞丝在逃亡的路上生她的经历。那时,塞丝已经托人把两个儿子一个女儿送到贝比·萨格斯的住处,独自一人奔逃在路上,可她已经耗尽了力气,晕倒在俄亥俄河附近的一座松岭上,这时,塞丝碰到了一位白人姑娘爱弥·丹芙,她鼓励塞丝要活下去,她给塞丝揉脚,接生,使塞丝最终挺过难关。塞丝于是把自己的小女儿取名为丹芙,以表谢意。丹芙沉浸在回忆中,这是她最爱听的故事,可是妈妈从来不会多讲,丹芙只能反复回味。

　　保罗·D的到来彻底改变了塞丝的生活,124号不再闹鬼,塞丝的感情被激起,她不再是漠然地面对生活,她开始发现生活中的"色彩",开始憧憬未来,她也想彻底抛掉过去,因为"未来就是将过去留在绝境。"(第51页)保罗·D对现在的生活也很满意,他有了一个落脚的地方,有了一个女人,他一边哼着歌,一边干着修理的工作。他需要找到一份工作来养活自己。为了拉近塞丝母女的关系,他决定用自己攒下的两块钱请塞丝和丹芙去城里参加狂欢节。这是塞丝18年来头一次外出社交,丹芙也从来没有这样出去玩过,因此,当逛完狂欢节回来时,三人之间有一种很亲密的关系。"在回家的路上,尽管投到了他们前面,三个人的影子依然手牵着手。"(第59页)但这种亲密的关系很快就被打破了。当他们回家时,碰到一个叫宠儿的姑娘,她没有父母、没有家庭,没有过往历史,她很渴很渴,一杯接一杯地喝水,塞丝收留了她,丹芙仿佛也找到了伙伴,悉心地照料着宠儿。保罗·D被孤立了,他很想赶走宠儿,但他不是房子的主人,他无权这样做。于是宠儿开始在124号住下来。

宠儿对塞丝非常依赖,她甚至知道塞丝有过一对耳环,这让塞丝又开始了回忆。在小说中保罗·D以及宠儿都是一种"催化剂",让塞丝不断地回忆往事,回忆那痛苦不堪的奴隶史。那对耳环是当时塞丝结婚时加纳太太送的,后来丢掉了。塞丝接着又回忆了自己的妈妈,那个乳房上印着一个奴隶标记的女奴隶,后来被吊死在树上。保罗·D觉得宠儿光彩照人,和其他的黑人姑娘不一样,他追问宠儿的历史,想寻找点破绽,但没有成功。在和塞丝聊天的过程中,保罗·D告诉塞丝,他丈夫黑尔当时就在厩楼里看着她"受辱",这让塞丝大为惊讶,也冲击了塞丝的心理底线。画面一下子又切换到了宠儿这边,宠儿正在和丹芙一起跳舞嬉戏,宠儿想听丹芙的故事,于是丹芙又把自己如何出生的故事详细地向宠儿讲了一遍。塞丝知道黑尔看到自己受辱而不出来相救之后,无法排解自己的情绪,决定带着丹芙和宠儿去"林间空地"寻找心灵的安慰。"林间空地"就在124号旁边,是贝比·萨格斯布道的地方。贝比作为一名不入教的牧师,用充满激昂的布道来抚慰黑人的心灵,受到黑人群体的热烈欢迎和拥戴。贝比也热情地接纳了从"甜蜜之家"逃出来的塞丝,塞丝在"林间空地"度过了28天的非奴隶生活。"痊愈、轻松和真心交谈的日子。交朋会友的日子;她知道了45个其他黑人的名字,了解他们的看法、习惯,他们呆过的地方、干过的事;体验他们的甘苦,聊以抚慰自己的创痛。"(第113页)记忆戛然而止,塞丝被历史压得喘不过气来,仿佛被掐住了脖子,丹芙和宠儿的到来让她"醒悟"过来,她决定果断地抛掉过去,回去找保罗·D,他是塞丝目前可以依靠和信任的对象。从"林中空地"回来之后,丹芙也陷入了回忆,她记起了自己曾经走出124号去上学的往昔,她学习使用粉笔字,欣赏大写的W,小写的i等等,可是,一个男同学关于她母亲是否杀死亲生女儿的问题,让丹芙再也不愿回到学校,她呆在房间里,和那个小鬼做伴。

保罗·D也有痛苦的过去。他被"学校老师"卖掉,在佐治亚的一个工地上带着锁链做苦工,整整做了86天,直到山洪爆发,他们46个奴隶才死里逃生,被印第安人解救下来。保罗·D想去自由的北方,印第安人让他跟着开花的树走就能找到北方。保罗·D苦苦寻找,最后来到124号。但是宠儿开始"驱逐"他,用温和的方式赶他走。她引诱保罗·D,和他发生性关系,试图破坏保罗·D和塞丝的关系。保罗·D也突然发现了宠儿的计谋,他来到塞丝工作的地方,准备告诉塞丝事实,并离开124号,但是当他面对塞丝时,不忍心让她再伤心,于是他改变了想法,说想和她生个孩子。塞丝感到既意外又开心,他们又恢复到最初的甜蜜。可是宠儿的突然出现,打断了他们之间的亲密气氛,保罗·D觉得自己又被疏远了。画面一下子回到过去,回到了"甜蜜之家",回到了贝比·萨格斯当奴隶的时候,黑尔为了不让贝比受苦,决定利用周末休息的时候去加班赚钱,好赎回贝比的自由。当贝比终于获得自由,她找了一个洗衣工的工作,并被安置在蓝石路124号居住。贝比觉得自己的生活可以期待,她准备做一名牧师,通过布道来安慰黑人贫乏的心灵。可是,一场巨大的灾难马上就要来了。当塞丝带着孩子逃出来,并在124号住了快乐的28天后,"学校老师"带着一帮人马追过来,他要把塞丝和她的孩子们抓回去。塞丝躲在一个小木棚中,为了不让孩子们回去当奴隶,她决定杀死自己的孩子,然后自杀。她用锯子杀死了其中的一个女儿,另外三个侥幸活了下来。这件"残暴"的事件引起轩然大波,塞丝带着丹芙被关进了监狱,贝比从此失去了布道的动力,变得有气无力。当斯坦普·沛德把当年塞丝杀死婴儿的报纸拿给保罗·D看时,保罗·D接受不了这一残酷的现实,他离开了塞丝,离开了124号。这是小说的第一部分。

小说的第二部分从斯坦普·沛德开始的,斯坦普内战前在工作之余秘密帮忙黑人从南方逃到北方。他对塞丝很熟悉,很想去看看她现在的情况如何。他曾经力劝贝比坚持布道,坚持勇敢地活着,做有意义的事情,但是贝比被塞丝的"杀婴"行为击垮了,整天躺在床上,寻找可以看见的色彩。这次斯坦普去塞丝家却吃了"闭门羹",这让他很难过,他觉得自己去任何一个黑人家庭都会受到欢迎。但是,塞丝一家却沉浸在自己的世界中,塞丝、丹芙和宠儿,她们一起溜冰、一起嬉戏。塞丝突然发现宠儿就是自己曾经杀死的孩子,现在还魂归来,索要属于她的母爱。塞丝毫不犹豫地把一切都献给了宠儿,为了更多地陪着宠儿,她甚至没有去上班,整天呆在家里。结果宠儿光彩照人,越来越胖,塞丝却越来越瘦,精疲力竭。画面又切换到"甜蜜之家",当时"甜蜜之家"的奴隶们不堪忍受"学校教师"的凌辱,决定集体出逃,他们策划好了具体的时间和地点,结果计划失败,西克索被烧死,保罗·A被卖掉,黑尔不知去向。只有塞丝带着孩子逃出来,并在路上生了丹芙。斯坦普又去了一趟124号,他看见了宠儿和丹芙,很想知道宠儿是谁,于是跑去问保罗·D,保罗·D告诉了他宠儿的来历：宠儿是突然冒出来的。

小说的第三部分并不长，塞丝和宠儿整天呆在一起，没有收入来源，她们很快就陷入了困境。丹芙不得不出去找工作，以便养活这个家。她出去找到了之前的老师琼斯女士，让她帮忙找个工作。琼斯女士发动大家给丹芙家送吃的，丹芙开始融入黑人社区，开始进入另一个世界。与此同时，关于那个被塞丝杀死的女儿借尸还魂来折磨塞丝的消息在黑人社区传开了，社区的妇女们想要赶走宠儿，解救塞丝。于是她们约好在周三下午去塞丝家门口驱鬼。白人爱德华·鲍德温也赶到蓝石路，想要接丹芙去他家上班。塞丝在门口看到了鲍德温，以为是白人又一次来抓她回去当奴隶，为了保护宠儿，她选择用冰锥去刺杀鲍德温。情急之下，塞丝被丹芙和黑人妇女们拦下，宠儿却在这时不知去向，再也没有出现过，宠儿消失了。故事在保罗·D劝说塞丝重新振作起来的时候结束。

《宠儿》洋溢着浓郁的母爱氛围，这种母爱以一种"变形"的方式重现了奴隶制对黑人的压迫和戕害。小说以 1873 年为基点，虽然奴隶制已经废除，但是黑人的生存依然很艰难："整城整城地清除黑人；仅在肯塔基，一年里就有八十七人被私刑处死；四所黑人学校被焚毁；成人像孩子一样挨打；孩子像成人一样挨打；黑人妇女被轮奸；财物被掠走，脖子被折断。"（第 214 页）《宠儿》揭露了战后南方重建时期的黑人生存现状，虽然黑人在名义上获得了解放，但处境依然艰难。尤其是黑人的内心世界，更是"漆黑一片"。塞丝为了不让自己的孩子像她一样做奴隶，宁肯杀掉自己的孩子，更可见奴隶制的可怕。当宠儿从阴间还魂归来索要母爱的时候，塞丝再也躲不掉历史的重负，她把一切母爱都献给宠儿，她甘愿受尽一切苦，来偿还欠给女儿的债。莫里森曾经说，在当时的社会现实下，塞丝的"弑婴"行为是对的，但是她没有权利去这样做，因为这是不合法的。塞丝的行为体现了一种历史的深刻性，即当奴隶制已经让黑人丧失了一切，黑人只有通过这绝望的"反抗"来摆脱这种冰冷的制度与罪恶。从这个角度来讲，《宠儿》"还原"了历史，揭露了奴隶制的罪恶和不人道。但如果说这就是《宠儿》的主题显然是片面的。莫里森在这部小说里实际上是表现了黑人苦苦追寻自己主体身份的过程。无论是塞丝、丹芙、贝比·萨格斯还是保罗·D、斯坦普·沛德等等，都在寻找着自己的身份，在艰难的求索中，渴望拥抱一个真实的自己。

　　黑人主体身份的寻找一直是美国黑人文学的传统,从美国黑人创作的第一部小说《克洛托儿,或总统之女》(Clotel; or The President's Daughter)1853 年出版以来,黑人就在苦苦寻觅自己的身份。只是最初的寻觅更多地是寻找一种生存空间,寻找更好的生活方式,这从 19 世纪末布克·华盛顿(Booker T. Washington)对白人的迁就主义就可以看出来。布克·华盛顿认为要改善美国黑人的生存现状,当务之急是开导黑人关心那些最基本实用的东西,如工作、卫生、品行等等。他愿意接受种族隔离,以求得黑人的生存空间。但是布克·华盛顿的这种鼓励黑人不问政治、默默屈服于劣等公民地位的妥协路线遭到杜波依斯(W. E. B. Dubois)的批评。杜波依斯强调要争取政治权利,以便尽早争取到全面的人权。他在 1903 年发表的《黑人的灵魂》(The Souls of Black Folk)一书中,提出了黑人所面临的"双重意识","这种双重意识,这种永远通过别人的眼睛来看自己,用另一个始终带着鄙薄和怜悯的感情观望着的世界的尺度来衡量自己的思想,是非常奇特的。它使一个人老喊道自己的存在是双重的,——是一个美国人,又是一个黑人;两个灵魂,两种思想,两种彼此不能调和的斗争;两种并存于一个黑色身躯内的敌对意识,这个身躯只是靠了它的百折不挠的毅力,才没有分裂。"①

　　在杜波依斯等人的鼓吹下,20 世纪 20 年代掀起了美国黑人文学的第一次繁荣,即"哈莱姆文艺复兴运动"。麦卡、休斯、卡伦、赫斯顿等一批黑人作家有意识地去挖掘黑人的传统文化,从黑人的生活、历史及文化中寻找创作之源,塑造"新黑人"形象——一个不同于逆来顺受的汤姆叔叔型的、有独立人格和叛逆精神的新形象。"新黑人"形象是黑人作家力图寻找自我主体身份的象征,提高了黑人民族的自尊心,但并没有塑造出一个典型的黑人形象,直到理查德·赖特在 1940 年发表《土生子》(The Native Son),才为黑人形象提供了一个理想的模本。小说中的主人公比格·托马斯是一名黑人,在白人家里当司机兼锅炉工,他无意中杀死了主人家的女儿,后来畏罪潜逃,又将女友贝思杀死,最后真相暴露,被判电刑处死。在《土生子》里,赖特刻画了一种崭新的黑人形象:黑人成为施暴者而不是被施暴的对象。但赖特也特意说明黑人的野蛮凶暴并非天生的,而是美国的社会制度造成的,是美国社会及歧视黑人的

---

① 〔美〕威·艾·柏·杜波依斯,《黑人的灵魂》,维群译,北京:人民文学出版社,1959 年,第 3—4 页。

法律造成了比格的杀人。虽然,比格的主体身份并没有建立起来,但黑人的反抗姿态非常鲜明。黑人作家对黑人主体身份的追问最形象地表现在拉尔夫·艾里森的《看不见的人》(Invisible Man, 1952)中,艾里森在小说中旗帜鲜明地点出寻找黑人身份的主题:"我一直在寻找着什么,而且我无论走到哪里,总有人要告诉我那是什么。我也接受他们的解答,尽管这些解答往往相互矛盾,甚至本身也是矛盾的。我当时很幼稚。我明明在寻找自我,却到处问人,唯独不问我自己,而这个问题只有我自己才能回答。为了寻求解答,我花了许多时间,兜了许多痛苦的圈子,最后才了解到别人生来就了解的一个道理:我不是别人,我是我自己。"①《看不见的人》表现了黑人的一种生存现状:"不可见性",在白人的世界中"不可见",在黑人自己的世界里"看不见自己",总之,黑人没有自我的存在。

莫里森在《宠儿》中,也延续了这一主题,不过是以一种黑人女性的视角,表现得也更加内敛。小说中的所有黑人都在苦苦寻觅着自己的主体身份。塞丝在"甜蜜之家"做奴隶时,觉得主人加纳对她和其他奴隶都很好,并且很依恋这种主奴关系,这时的塞丝没有自己的主体身份,其身份是作为奴隶依附于奴隶主身上的。塞丝的母亲有一次告诉她自己乳房下的标记,并让塞丝记住这种标记。塞丝告诉母亲她也想拥有这种标记,被母亲扇了一耳光。很显然,这个标记是奴隶主刻在奴隶身上,代表着奴隶主的私有财产。塞丝不知道这种标记的含义,因为,她那时还小,而且她已经是一个没有打上印记的奴隶了。可是当加纳死后,"学校老师"接管了一切,他采取了赤裸裸的剥削方式来对待塞丝和其他的奴隶。有一天塞丝突然听到"学校老师"在讨论自己,这让塞丝很好奇决定去听听具体情况。"学校老师"对学生说:"不对,不对。不是那样。我跟你讲过,把她人的属性放在左边;她的动物属性放在右边。别忘了把它们排列好。"(第231页)塞丝不明白何为属性,就跑去问加纳太太,加纳太太告诉她,"一个属性就是一个特点。一个东西天生的样子。"(第232页)这时,塞丝才明白自己的"动物"属性。后来"学校教师"让自己的侄子吸干了塞丝的奶水,并鞭打塞丝的后背,塞丝带着孩子逃到124号之后,她开始明白自由的含义,也明白了一个黑人主体身份的意义。在124号里,贝比·萨勒斯让塞丝知道什么是真正的自我,什么是心灵的自由。塞丝"她赢得了自我。解放自我是

---

① 拉尔夫·艾里森,《看不见的人》,任绍曾等译,北京:外国文学出版社,1984年,第15—16页。

一回事;赢得那个解放了的自我的所有权是另一回事。"(第113页)正因为赢得了自我,塞丝再也不愿意去回想做奴隶的那些日子,不愿意再回到南方种植园去。因此,"学校教师"带人来抓她回去的时候,塞丝的主体意识得到了大爆发,她决定先杀掉孩子再自杀,无论如何,她也不想让孩子去做奴隶。这种极端的方式让塞丝坐了牢,也留下了永久的创伤:杀死自己的孩子是一种无法忍受的痛。因此,塞丝在刚刚获得自己的主体身份时,又失掉了一个母亲的身份,这种身份的缺失让塞丝默默地忍受着其他黑人的非议和孤立,也一点点蚕食着塞丝坚强的心。当124号房闹鬼时,塞丝觉得并不可怕,她甚至喜欢上了这个可爱的小鬼。保罗·D的突然到来赶走小鬼,并温暖了塞丝的心,塞丝决定把过去的一切全部抛开,放下"剑和盾牌",开始一段新的生活。但是被塞丝杀死的女儿宠儿却还魂归来,向她索要母爱。塞丝又一次陷入了不堪回忆的痛苦中,为了弥补对宠儿的过失,塞丝不停地付出,渴望得到宠儿的原谅,但是宠儿却不断地索取,渴望更多的爱。这里,宠儿对爱的索取实际上是一种象征意义,莫里森借此表达了塞丝的负罪感,负罪感越深,越表现了当初杀婴事件的"无奈"以及奴隶制的罪恶。而且,这种象征意义更指向黑人的内心世界,塞丝在不断付出爱的同时渴望得到宠儿的谅解,塞丝在不断回忆的过程中一点点地撕裂了自己的内心,那个本来已经渐渐平息的心现在又一次被洞穿,被钉在历史的十字架上,逼迫着塞丝去回忆历史,"消化"惨痛的记忆。塞丝最后把自己的生命都给了宠儿,她陪着宠儿吃喝,陪着宠儿玩,好像宠儿之外并没有另一个世界的存在,当黑人社区的妇女们赶来"驱鬼",白人爱德华·鲍德温来接丹芙上班时,塞丝觉得历史要重演,白人又来夺走她的女儿,于是,她毫不犹豫地冲上前去,想要杀死白人。这里,塞丝已经表现出一种救赎意识,这种救赎是母亲主体身份确立的标志,而塞丝作为黑人女性的主体身份的最后确立还要等到保罗·D来完成。当宠儿不声不响地离开后,塞丝仿佛失去了生命的活力,整天躺在床上,塞丝告诉保罗·D,宠儿是她最宝贵的东西,但她已经永远离开了。保罗·D则说"你自己才是最宝贵的,塞丝,你才是呢。"(第326页)塞丝的主体身份最终得到了确立。

　　塞丝主体身份的确立异常艰难,这也表明,长期以来黑人的主体身份都是缺失的。黑人,一直处于被白人定义与限定的地位。当西克索和奴隶主争辩何谓"偷"的时候,"学校老师"揍了他,并让他知道"定义属于下定义的人——而不是被定义的人。"(第227页)和塞丝通过母爱来确定自己的主体身份不同,丹芙是通过走向社区来确定自己的主体身份的。丹芙作为塞丝的小女儿,一直陪着塞丝,即使是塞丝被关进了监狱,丹芙也同样跟在妈妈身边。长期以来,陪伴着丹芙的是孤独:黑人的孤独,女孩的孤独,以及被"禁闭"的孤独。为了排遣寂寞,丹芙有着自己的秘密,她先是发现了科隆香水的秘密,然后找到了被树林围起来的空地,后来她开始喜欢上了小鬼,因为,小鬼也能陪伴着她,让她不孤单。丹芙很少去外面的世界,她基本上就在 124 号房里,由于房子闹鬼,很少有人来串门,丹芙每天所见的人就是母亲塞丝。丹芙曾经偷偷地跑去听课,那是她非常快乐的一段时光,可是,一个同学问她妈妈是不是杀死了自己的孩子,这让丹芙异常羞愧,她不愿意再见到陌生人,于是,她的世界封闭起来了。莫里森在这里探讨了黑人女性主体身份确立的一个很重要的前提:必须要走出去,融入黑人社区。丹芙被家庭所"限制",她所面对的世界只有家庭,因此,她特别在乎塞丝。当保罗·D 来到 124 号,他不仅俘获了塞丝的心,而且赶走了小鬼,让丹芙再一次处于绝对的孤独之中。因此,丹芙是讨厌保罗·D 的,她希望保罗·D 快点离开。但保罗·D 渴望留下来,为此,他做了很大的努力来改善和丹芙的关系,他甚至请塞丝和丹芙一起去狂欢节游玩,这种努力没有白费,丹芙终于认可了保罗·D,但在回家的路上,宠儿的出现又一次打破了平衡。丹芙终于有了自己的新伙伴,她细心地呵护着宠儿,给宠儿讲故事,陪宠儿玩,也不再在乎保罗·D 是否存在了。丹芙通过宠儿逐渐认识到自我,认识一个属于自身的独特的自己。她意识到宠儿就是那个被母亲杀死的婴孩后,她对宠儿更加偏爱。甚至想独占宠儿的爱。"宠儿。等着我呢。漫长的归程搞得她疲惫不堪。时时刻刻需要人照顾;时时刻刻需要我保护她。这回我可得让妈妈离她远点。这很困难,可我非这样不可。"(第 246页)丹芙在照顾宠儿的过程中,个人主体意识逐渐觉醒,但是,宠儿是为塞丝而来的,丹芙也最终被排挤出去。当塞丝和宠儿两个人因为爱而"争风吃醋",彻底忘了外面的世界时,丹芙承担了拯救母亲的责任。她开始主动地往外走,进入黑人社区,去找工作,承担家庭的责任。而在进入外面的世界时,丹芙真正明白了自己的主体身份。丹芙在向别人求救的时候,首先想到的是琼斯女士,小时候她曾听过琼斯女士的课。小说详细描写了丹芙在走向琼斯女士家的心理过程,整整二十年,她才再次踏入黑人社区。她首先表现得小心翼翼,很害怕外面的世界:"远处有声音飘过来,是男人的说话声,她每走一步,就更近些。丹芙一直紧盯着脚尖,唯恐他们是白人;唯恐自己挡了他们的道;唯恐他们说句什么话要她答应。"(第292页),丹芙的小心是恐惧心理的表现,20年来,她和外界没有任何接触,当两个黑人向她打招呼时,她从别人的眼睛里看出了善意,于是,她开始意识到自己没必要这样小心,她开始不慌不忙地打量起周围的街景,开始意识到外面存在的另一个世界。丹芙来到了琼斯女士家,琼斯女士非常热情,并叫她宝贝儿。"丹芙仰望着她。她当时还没有意识到,但就是这一声叫得又轻柔又慈爱的'宝贝儿',宣告她在世界上作为一个女人的生活从此开始了。"(第296页)丹芙开始扩大自己的交际圈,开始主动地和人打招呼,并找到一份工作,"她有个自我,需要去期待、去保存,这是个新想法。"(第301页)丹芙在走向社会的过程中,终于找到了独特的自己,找到了属于自身的主体身份。

在《宠儿》中,最早找到自己主体身份的人应该说是贝比·萨格勒。黑尔利用节假日的苦工终于把贝尔"赎"出来,使她变为自由人。贝比知道作为奴隶意味着什么:"只要没有跑掉或者吊死,就得被租用,被出借,被购入,被送还,被储存,被抵押,被赢被偷被掠夺。"(第28页)贝比在60岁的时候获得了宝贵的自由,她决定做一名不入教的牧师,感化黑人,让黑人认识到自身的力量和心灵,认识到黑人自身的美好。当塞丝逃到她那里的时候,她热情地接待了塞丝,让塞丝也感受到了自由的滋味。但是当塞丝为了不让孩子们被抓回去做奴隶,残忍地杀死了自己的婴儿时,贝比的精神崩溃了,她受不了这种残酷的景象,受不了黑人的悲惨命运和结局,她开始向现实屈服,告诉塞丝是该放下剑和盾了,不要做无谓的抵抗,因为,个人的力量是有限的。"在这个国家里,没有哪座房子不是从地板到房梁都塞满了黑人死鬼的悲伤。"(第6页)贝比在绝望中苦苦煎熬,每天躺在床上,寻找着可以看得见的色彩。贝比是最早找到自己主体身份的人,可也是溃败得最快的人,她顶不住现实的残忍和无奈,向现实低下了高昂的头,最后只能怆然地离开人世。

面临身份问题的不仅仅是黑人女性,黑人男性也同样面临着寻找个人主体身份的难题,长期以来,黑人没有主体性,他们作为一种物品,可以被买卖和转让,即使有所谓的属性,也是被白人定义的。"就是说,任何一个白人,都能因为他脑子里突然闪过的一个什么念头,而夺走你的整个自我。不止是奴役、杀戮或者残害你,还要玷污你。玷污得如此彻底,让你都不可能再喜欢你自己。玷污得如此彻底,能让你忘了自己是谁,而且再也不能回想起来。"(第299页)保罗·D就是如此。他被"学校教师"卖掉之后,辗转各方,先是作为奴隶在一个工地上做苦工,由于山洪爆发,才得以逃脱,然后他又走向北方寻找自由。在寻找的过程中,他在特拉华呆了 18 个月,后来他和三百个被抓来的黑人一道,被押往塞尔马的一家铸造厂,内战结束后,他继续流浪,在特伦顿的一条街道上保罗·D体会到了自由生活的美妙。他帮助一个白人从马车上卸下皮箱,得到一枚硬币,他用硬币买了一把萝卜,美滋滋地吃着,体会到挣钱买东西的乐趣,他后来又到了南俄亥俄,最后来到了 124 号房。保罗·D把过去的苦难都埋在心里,不去想它,也不去打开它,但是遇到塞丝后,他也开始了回忆,尤其是知道塞丝杀死自己婴儿后,保罗·D接受不了如此残酷的事实,他离开了塞丝。但是,在斯坦普的开导下,他终于明白了塞丝所承受的一切,他开始理解塞丝的所作所为,并鼓励塞丝往前看。他对塞丝说道:“我和你,我们拥有的昨天比谁都多。我们需要一种明天。”(第 326 页)这样,保罗·D通过塞丝找回了自我,找回了自己的主体身份。

通过塞丝、丹芙、贝比·萨格斯以及保罗·D苦苦追寻自我身份的过程可以看出,莫里森实际上设计了黑人追寻主体身份的不同道路。塞丝通过母爱获得自己的身份;丹芙通过走向社会,拥抱整个社区来寻找身份;贝比通过宗教的途径来寻找个人的主体身份;保罗·D则通过流浪的方式找寻自我身份。所有的这些寻找都汇入到整个美国黑人寻找民族身份的热潮中,具有更普遍的意义和指导价值。

哈罗德·布鲁姆在评价莫里森的小说特点时说,“莫里森的小说风格及叙事模式与福克纳以及伍尔夫有着复杂而持久的联系。《宠儿》,从较长的视角来看,是福克纳的杰作《我弥留之际》的一个孩子。”①《宠儿》的艺术特点非常鲜明,其多角度叙事、令人眼花缭乱的场景变换,以及意识流手法的运用,的确可以看到福克纳以及伍尔夫的影子。《宠儿》采用了历史交错的方式进行讲述,以 1873 年的蓝石路 124 号为中心,以不同人物的视角来追溯历史,并推动情节的发展。保罗·D的到来,使塞丝回顾之前的痛苦历史,塞丝的回忆又为了解丹芙的身世打开了一道门,丹芙的孤独又牵涉到闹鬼的凶宅,以及宠儿的出现。宠儿的出现又进一步让塞丝回忆起那惨痛的一刻,以及逃亡的历史。

---

① *Bloom's Modern Critical Interpretations*: *Toni Morrison's Beloved*, New York: Infobase Publishing, 2009. P. 1.

而对贝比·萨格勒的追忆又让我们知道"甜蜜之家"的故事,黑尔的故事,西索克的故事。这种场景的切换并没有给人一种凌乱的感觉,这全得益于莫里森细致入微的描写,她把每一个场景,每一种情绪都写了出来,深刻地表达了黑人的悲苦与绝望之情,表达了奴隶制对黑人的戕害,表现了黑人追寻个人主体身份的艰难历程。

除了多角度的叙述外,小说中意识流手法的运用也恰到好处。小说第二部分的大段独白让读者直接触摸到主人公痛苦的灵魂。塞丝的独白、丹芙的独白,以及宠儿自身关于历史的独白,一下子揭开了掩藏在历史后面的沉痛记忆,揭开了黑人被奴役的历史,尽管这种历史是以一种隐喻的方式来表现的。大段的没有标点的句子,不连贯的思维,让人体会到黑人苦苦挣扎的心灵世界。这种意识流手法的运用,使内心世界外化,使痛苦外化,使历史外化,更好地表达了主题。

同时,《宠儿》中的隐喻也相当出彩。书中的人名都有一种象征意味,"甜蜜之家"的那些奴隶们并没有自己的真正名字。保罗·A、保罗·D、保罗·F等等,只是以字母来命名,意味着他们都是主人的私有财产,没有任何主体身份,宠儿(Beloved)也并不是一个具体的名字,是母亲对自己孩子的爱称,莫里森在书的扉页写着"六千万甚至更多",莫里森的用意也很明显:用宠儿指向整个黑人群体,指向那些被奴隶制所残害的人。小说中的祖母贝比·萨格斯拥有自己的名字,当加纳叫她珍妮的时候,她断然拒绝,说她随丈夫姓,贝比(Baby)也就是"宝贝"的意思,是丈夫对她的称呼,于是贝比·萨格斯就成了她的名字。贝比对自己名字的坚持也可以看成是保持自己主体身份的一种象征。小说中的隐喻随处可见,塞丝后背上的疤痕被看成是一棵苦樱桃树,这种身体的伤痕可以看成是一种"身体文本",既代表着塞丝所受的苦难,也象征着塞丝在伤痕中寻找自己的根。

## 第五节　科马克·麦卡锡(1933～ 　)

科马克·麦卡锡(Cormac McCarthy)是美国当代著名的小说家,哈罗德·布鲁姆将其与托马斯·品钦、唐·德里罗和菲利普·罗斯并称为美国当代四大"小说天王"。他出生于美国的罗得岛,父亲是一名律师,母亲是爱尔兰裔移民,信奉天主教。4岁的时候,麦卡锡随家人迁往田纳西州的诺克斯维尔,这对其创作具有决定性影响,麦卡锡后来的许多小说都是以诺克斯维尔为背景。在当地的罗马天主教学校接受了正规的中学教育后,1951 年麦卡锡进入田纳西州立大学,但不久就离开学校加入美国空军。服役四年后,麦卡锡返回学校继续学习并在校刊上发表两个短篇小说。1959 年,还未拿到学位的麦卡锡主动离开学校,在芝加哥成为一名汽车机械工,业余时间坚持写作。1961 年,他与诗人李·霍尔曼结婚,生有一子,但不久就离婚。

麦卡锡最早是以南方小说闻名的,他也被认为是福克纳之后南方小说的重要代表作家之一。1965 年麦卡锡发表处女作《看果园的人》(*The Orchard Keeper*),以"冷峻,严肃和不动声色的幽默"及"生动鲜活的语言"获得当年福克纳基金会的"最佳新人奖"。随后,他利用从美国艺术文学院获得的奖学金,乘船去爱尔兰,在船上遇到了歌手安妮·黛妮丝,他们于 1966 年在英国结婚。1968 年,麦卡锡发表《外围黑暗》(*Outer Dark*),这部小说正式确立了麦卡锡作为南方哥特小说文学传统的继承人。从欧洲返回后,麦卡锡和妻子的日子过得非常拮据,他们曾一度住在一个租来的养猪场,吃豆荚、在湖里洗澡。后来麦卡锡利用古根海姆奖学金搬到离田纳西州的诺克斯维尔很近的一个谷仓。1973 年麦卡锡发表《上帝之子》(*Child of God*),之后几年,麦卡锡为美国公共广播公司(PBS)写了一个剧本《园丁的儿子》(*The Gardener's Son*)。1976 年麦卡锡离开了自己的第二任妻子,住在德克萨斯州的埃尔帕索,两年后他们正式离婚。

1979 年,麦卡锡发表了最具自传性的小说《沙雀》(*Suttree*),小说中的血腥与暴力震惊了所有的读者,暴力也一度成为解读麦卡锡小说最重要的切入点。后来在索尔·贝娄和罗伯特·潘·华伦等人的推荐下,麦卡锡获得"麦克阿瑟奖",他用奖金在埃尔帕索买了间石头房子,并继续创作。1985 年《血色子午线》(*Blood Meridian or the Evening Redness in the West*)的发表给麦卡锡带来了巨大的声誉,哈罗德·布鲁姆认为"《血色子午线》的语言、风景、观念的宏大气势超越了暴力,把血淋淋的景象转化成令人恐惧的艺术,这种艺术可以和麦尔维尔、福克纳相提并论。"[①]《血色子午线》是麦卡锡的第一部西部小说,虽然得到极高的称赞,但并没有改变小说销路不好的命运,此小说卖出了不足 1500 本,但这一情况在 1992 年发表《天下骏马》(*All the Pretty Horses*)

---

① *Bloom's Modern Critical Views*: *Cormac McCarthy*, New York: Infobase Publishing, 2009. pp. 1 - 2.

时得到了彻底的改变。小说一发表就高踞畅销书的榜首,六个月内售出了 19 万册,并获得当年的"国家图书奖"和"评论界图书奖",麦卡锡一下子成为炙手可热的作家。之后,麦卡锡相继完成边境三部曲的另外两部《穿越》(*The Crossing*,1994)、《平原上的城市》(*Cities of the Plain*,1998)。麦卡锡的西部小说采用了牛仔、边境、凶杀、荒野等西部小说常有的元素,但并不是对西部的简单讴歌,而是带有某种程度的反西部。麦卡锡表现了工业化大潮冲击下牧场的衰败,牛仔的孤独与无助,解构了笼罩在西部神话上的神秘光环。

1998 年,麦卡锡和詹妮弗·温克利结婚,之后育有一子,他们一起搬到离圣塔菲中心①很近的特苏基(Tesuque)居住,他的小说《老无所依》(*No Country for Old Men*,2005)就是献给圣塔菲中心的。《老无所依》也是一部西部小说,被科恩兄弟改编成同名电影,获得 2008 年奥斯卡最佳导演、最佳演员等四项大奖。麦卡锡最新一部作品是发表于 2006 年的小说《路》(*The Road*),这部小说标志着麦卡锡创作的又一次转型,从西部小说一下子跨入"后启示录"小说。作者虚构了一次大灾难之后的景象:当人类社会变成了一个巨大的荒原,该如何在其中寻找生存的意义和希望? 麦卡锡通过一对父子的苦苦寻觅给出了自己的答案。

总的看来,麦卡锡的小说创作可以分为三类:南方哥特小说、西部边境小说和后启示录小说,在《血色子午线》之前,麦卡锡主要以自己的家乡诺克斯维尔为中心,创作了一系列的南方小说,如《看果园的人》《外围黑暗》《上帝之子》《沙雀》等,这些小说充满了暴力和血腥,弥漫着哥特式氛围。但是自 80 年代中期以来,麦卡锡开始转向西部小说的创作,并创作了一系列经典著作,如《血色子午线》《天下骏马》等,麦卡锡的西部小说同样洋溢着暴力与血腥,但小说中也有很强的生态意识,如《天下骏马》中对骏马的描写与刻画,表现了人类与马的和谐共存,在《穿越》中,麦卡锡直接描写了一匹孤独的母狼,把和谐的生态观推向了极致。新世纪之后,麦卡锡的小说创作又一次转向,2006 年《路》的发表,使麦卡锡一跃而成为最著名的后启示录小说家。

---

① 圣塔菲研究中心(Santa Fe Institute),此中心是诺贝尔物理奖的获得者盖尔曼(Murray Gell-Mann)建立的一个尖端的科学智囊团机构,麦卡锡是该机构的永久会员,而且是唯一的作家会员。

# 荒原中寻路

## ——科马克·麦卡锡的小说《路》(2006)

　　《路》是科马克·麦卡锡的第十部小说,这部小说获得 2007 年的普利策小说奖,也获得英国最古老的文学奖布克奖。在这部小说中,麦卡锡向人们展示了他新的写作特点:极简主义。故事的背景是荒凉的以及后启示录式的,一场不知名的灾难席卷了整个地球,整个现代文明毁于一旦。没有电、没有汽油、没有工厂和商店,也没有汽车,城市已被摧毁,只有无尽的荒原,幸存的人们为了活着相互蚕食,小说中的那对父子就是在这样的背景下走向南方,寻找出路。

　　在 2007 年接受脱口秀女王奥普拉·温弗瑞的采访时,麦卡锡回忆了写作此书的一些背景。当时,他和自己的儿子呆在一个美国旅馆里,他静静地坐在那里,看着夜晚的窗外,火车经过的声音传了进来,他突发奇想,五十年或者一百年后这个小镇将会变成什么样子? 于是他开始构思《路》这部小说。当这部小说写好后,麦卡锡也把此书献给自己的孩子。他对奥普拉说,实际上他儿子也"参与"此书的创作。

　　约翰·霍尔特(John Holt)认为该小说是后启示录小说中写得最好的一部。一场突如其来的灾难把世界毁于一旦,父亲(the father)与男孩(the boy)相依为命,为了求生,在饥寒交迫的冬天,他们走向南方。小说从一段梦境开始,父亲在梦中发现自己和孩子走进了一个有光的石室,一条巨大的怪兽从湖里钻出来,面对着光源,然后又消失在黑暗中。父亲从梦中醒来,看到儿子仍睡在自己的身边,他拿起了望远镜,"要搜寻每一丝色彩。每一丝动静。每一筒升起的烟。"[1]可是什么都没有,天是灰的,没有阳光,也没有日历查看时间。他们就这样艰难地往前走。

　　小说并没有一个明确的时间线索,仅仅是按照白天、黑夜这样的最原始的时间概念来确定叙述的场合,以父子二人的场景转移为中心来推动情节的发展。父亲不仅要保护儿子的安全,给儿子找食物和水,还得告诉儿子生活的意义,尽管父亲本人也一直处在怀疑中,但儿子的存在让他坚信活着的意义。缺少食物,又冷,父子俩不得不克服各种问题。梦境和回忆也时刻伴随着主人

———————————

[1] 科马克·麦卡锡,《路》,杨博译,重庆出版社,2009 年,第 2 页。下同,只标页码,不再另注。

公,尤其是在父亲的世界中,因为曾经经历过"文明的洗礼",知道被毁灭之前的美好世界,他会不由自主地回忆,用回忆来激励自己。他记起了小时候和叔叔一起去湖边捉鱼的情景,记起了自己的妻子。原来,孩子诞生于大灾难之后,孩子的母亲因忍受不了这种残忍的冷酷生活,为了不给丈夫和孩子拖后腿,选择了自杀。父子二人向南方走去,寒冷和饥饿如影随形。一路上,他们看到了数不清的尸体,父亲不想让孩子看到这恐怖的一幕,但他无能无力。走到一个大坝处,他们停下来休息。由于出生于灾难降临之后,男孩没见过大坝,不知道这是什么,父亲告诉他,修大坝是用来发电的。一次偶然的机会,父亲得到了一瓶可口可乐,儿子也从来没有见过,很好奇。父亲说这是好东西,喝完了可能再也没有了。他们一起经过了一座座小镇。地震、下雪、连着昏蒙蒙的天空。冷,饥饿,让生存如此艰难。他们走到一个瀑布前,在寒冷的水里洗澡,父亲给儿子找到了蘑菇,这也是孩子从来不知道的东西。一路上,父亲都在教儿子如何去认识大自然,如何求生,这种使命感让父亲感到责任重大。

终于在路上见到一个人了,一个被雷劈伤的人静静地坐在路边。男孩想要去救那人,但是被父亲拉走了。父亲告诉孩子,我们不能帮他,我们什么都帮不了他。求生,首先得顾好自己,父亲在告诉孩子生活的道理,但孩子单纯善良的心却可见一斑,这是邪恶世界残存的最后希望,也是麦卡锡所要褒扬的东西。继续前行,父子俩突然看到有一队人马开过来,他们躲在旁边却被其中的一个人发现,在对峙中,那人突然用刀挟持住孩子,父亲情急之下开枪杀死了那人。于是,父子俩一路飞逃。男孩觉得父亲杀人是不对的,他不和父亲讲话,但父亲一番话让孩子明白了父亲的选择。"你不是想知道坏人是什么样子的吗？现在你该知道了。有可能还会发生这种事情。我的职责就是照顾好你。这是上帝指派给我的任务。谁想杀你我就杀谁。"(第67页)接着男孩又听到了狗吠,想带狗一起走,被父亲拒绝了。男孩后来又看到了一个和他差不多大的孩子,他也想带他一起走,也被父亲拒绝了。父亲的冷酷是为了孩子的安全,他知道如果不这样,就永远也走不到南方。

他们已经五天没有吃饭了,他们看到了一大群食人族在马路上走着。有奴隶、怀孕的女人,还有带着狗项圈的孩童。后来,他们来到乡镇周边的一所高房子里,在那里看到了最恐怖的一幕。父子俩无意中找到了一群被食人族囚禁起来的人,他们被关在地窖里,如同二战中被囚禁在集中营里的犹太人一样,但等待他们的不是毒气,而是被宰杀,被吃掉。父子俩拼命地逃走了。最后父亲终于找到了一堆干枯的苹果和储水池,他们又活下来了。

又是长久的饥饿,父亲觉得仿佛死亡就要来临了一样,他看着睡梦中的儿子,忍不住抽泣起来但并非因为想到死,"应该是美或善。这些他已经完全无法去思考的东西。"(第 116 页)但父亲并没有放弃生命,而是很努力地活着,他在废旧的花园里发现了几包秋海棠、牵牛花的种子,把它们都放进了口袋。他还鼓励儿子要不断地尝试,不轻易放弃。终于,坚持得到了回报,他们发现了一个巨大的"金库"——一个废旧的储物室里藏着所有的食物。成箱成箱的罐头,西红柿、桃子、豆子、杏,火腿罐头,玉米牛肉,几百瓶十加仑塑料灌装的饮用水、湿纸巾、卫生纸等等,这简直就是一个人间天堂。麦卡锡花了大量篇幅写他们在这里的幸福生活,因为,这里的一切对小孩子来说都是从未见过的,属于已经消失的东西。文明和文明的衍生物,在麦卡锡看来,是美好的。这里寄托着作者的哀思,有种田园牧歌式的伤感。父子俩终于能暂时安顿下来,洗热水澡,睡干净的床,吃丰美的食物。但他们不能停留太久,他们必须要到南方去,到海边去。蓝色的大海还等着他们。他们把东西打包好,重新上路。

路上他们遇到一个老人,已经 90 岁了,男孩要父亲给那位老人一点吃的东西,并带老人一起走。但父亲并没有答应。他们继续往南走,食物很快就消耗完了,父亲不得不再次找寻一切可以吃的东西。这时的父亲又开始生病,他知道留给自己的时间不多了,他要给儿子找一个好的归宿。父子俩终于来到大海边,大海并不是想象中的蓝色,而是灰色的。父亲在船的残骸中收集有用的东西:食品罐头、防水衣、钳子、扳手等等。他们在营地和海岬之间来回穿梭,在沙滩上艰难跋涉,沿着海岸线一路向南。父亲还从船上找到了信号枪,可以发射求救信号。但是,在他们去海边找东西吃时,一个过路人把他们的东西全拿走了。父子俩赶紧去追寻那人,最后终于赶上了。父亲让那个路人把所有的东西都还回来,为了惩罚他,还让路人脱光了衣服。男孩一个劲地哀求,父亲也无动于衷,父亲带走了路人所有的衣服,包括鞋子。男孩觉得父亲这样太残忍,让父亲把衣服还回去,当他们回到原处时,此人早已不见。

当父子俩推车经过一个小镇时,被楼房里的一个男子袭击。父亲的腿被弓箭射中,反击中,父亲用信号枪打中了那人。父亲让儿子赶紧找急救箱来,儿子没有动,被父亲骂了一句,这是小说中父亲对孩子唯一的一次"不友好",但父亲不久就向儿子道歉了,而且得到了儿子的谅解。从这里开始,儿子开始有意识地照顾父亲,而父亲的身体也越来越虚弱。在临死之前,父亲鼓励儿子要坚强:"你必须继续往前走,他说,我不能和你一起走了。你要继续向前。你不知道路走下去会有什么。我们总是很幸运。你还会幸运的。你会明白的。走吧。没事的。"(第255页)而男孩也最终找到了一个"好人","好人"和他的妻子还有两个孩子热情地接纳了他。男孩终于暂时找到了归宿。路,还在继续。

　　《路》是一部父亲献给儿子的伟大的书,小说中父亲的形象刻画得极为成功。麦卡锡并没有给父亲起一个具体的名字,仿佛一切都被简化了,实际上,麦卡锡想表达一种普遍的真理,即父亲对孩子无私而又真挚的爱。父亲不仅要在荒原般的世界中为男孩找到食物和水,还肩负着教育男孩,为男孩指路的重任。父亲把照顾儿子的责任看成是上帝委派的任务,是一种命定的职责。在寒冷而又黑暗的冬天,为了求生,父子俩走上了漫漫的南方路,"他俩要往南方去。再在这里忍一个冬天是会死的。"(第2页)如同艾略特在《荒原》一书中所写的诗句,"冬天就去南方"①南方代表着温暖和希望。一路上,父亲告诉儿子什么是州际公路,什么是大坝,什么是羊肚菌,什么是地震,什么是大海,什么是防水布。父亲还告诉孩子什么是"好人",什么是"坏人",该如何面对这个残酷的世界。父亲不断地鼓励孩子,给孩子树立生活的希望。父亲总是给孩子以信心,虽然很多时候他自己也陷入怀疑主义的怪圈,但只要面对孩子,他总是充满着信心和希望,充满着活下去的热望。

　　《路》中的父亲形象是让人难忘的,除了父亲对儿子的深爱,还表现了父亲自身的矛盾性,这种矛盾性表现在父亲"游走"在曾经的文明世界和现存的污秽世界中,表现在叩问上帝是否存在与坚定信念往前走的心态上。父亲本身也经历了一种身份的危机,约翰·坎特认为麦卡锡的所有"旅途"小说都是美国寻找自身身份的象征。只是,在《路》中,这种身份的危机与寻找特别明显。对父亲来说,曾经所有熟悉的一切——妻子、朋友、早上升起的太阳、自然、家乡、城镇都消失了,他自己的身份也被瓦解掉了:"你是医生吗?""我什么都不是"(第56页)面对巨大的虚空,父亲也产生了怀疑,"整个世界浓结成一团粗糙的、容易分崩离析的实体。各种事物的名称缓缓伴着这些实体被人遗忘。色彩。鸟儿的名字。食物的名字。最后。人们原本确信存在的事物的名称,也被忘却了。比他所料想的还要脆弱。已经逝去了多少呢?"(第78页)虽然

---

① 托·艾略特,《四个四重奏》,裘小龙译,桂林:漓江出版社出版,1985年,第70页。

对曾经的文明抱着怀疑的态度,但父亲还是利用它来安慰自己,鼓励自己,那美好的过去给了他很大的力量,也让他有勇气有决心带孩子走下去。父亲经常会在梦里重回"故里",他记起小时候和叔叔去湖边捕鱼的情景。虽然是清冷的天,但在水里划船是无比快乐的,他看见一条死鲈鱼漂浮在清水中,还有黄树叶儿,沿岸一路能看到窗户里透出的亮光……他还记起40年前在家里过圣诞节的情景,接着是她的妻子在晨曦中穿过草坪走向房子,穿一件薄薄的玫瑰色的睡袍。他还记起自己出国的日子,在某处窗下,看着下面的街道……所有这一切,都是逝去的美好回忆,他温暖了父亲的胸膛,也让父亲在绝望之中能找到活下去的力量,并把这种力量传递给孩子。

对上帝的叩问和怀疑也深化了父亲的形象。面对困境,父亲在寻找活下去的答案:"你在吗? 他悄声问。我最后能见到你吗? 你有脖子,好让我掐死吗? 你有心吗? 你这该被永世诅咒的,有灵魂吗? 哦,上帝,他悄声道。哦,上帝呀。"(第8页)对上帝的叩问和怀疑并没有使父亲陷入悲观主义的绝望中,恰恰相反,父亲从对上帝的追寻与思考中找到了动力,他觉得保护儿子就是自己的神圣使命,把对儿子的关爱上升到一种宗教的高度。

和父亲的复杂形象相比,男孩则简单多了。小说中的男孩在父亲的带领下穿过数不尽的废墟,走向南方,求得生存。男孩心中有着天然的善的品质。父亲把他看成是"火种","儿子若不是上帝传下来的旨意,那么上帝肯定未曾说过话。"(第2—3页)威廉·肯尼迪在评论男孩的形象时认为,男孩是"一个注定的但未经证实的弥赛亚"①,小说中的父亲对自己的孩子也有种错觉,"此刻他则拥住儿子,于火苗前用手指拨动儿子的头发,好让它们快点儿干。这一切就似古时的涂油礼。那就当做是场涂油礼吧。渲染这个形式。因为在这里你无法凭空实行整套仪式。"(第65页)但实际上,男孩仅仅是一个在灾难中求得生存的人,他诞生于"文明之后",对之前的人类历史毫无所知。他对弥赛亚毫无所知,也不知道涂油礼,更别说圣诞节、平安夜、复活节、感恩节等等了,他心中存有简单的善,希望做个"好人",也希望永远是个"好人"。他充满着童真,对一切都充满幻想。他想象大海是蓝色的,他吹着父亲做的竖笛,他可以坐在手推车上开怀大笑,也懂得珍惜和感恩。当父亲在地下室里发现了大量的食物时,男孩对父亲说,我们应该去感谢那些人。男孩的纯真在这样一个废

---

① William Kennedy, *"Left Behind."* New York Times Book Review, October 8, 2006.

墟的世界弥显珍贵,父亲很珍视男孩的"善",他害怕男孩看到那些太残酷的场景,但这根本不可避免。男孩经常在无意中看到人的死尸,那些挂着的、躺着的、被风干的以及被烧焦的尸体,男孩也逐渐明白这个世界的残酷,但他的内心还保留着希望,他对爸爸说,我们永远都不吃人,我们永远都是"好人"。父亲也向孩子保证,他们永远是好人。男孩的内心世界是孤独的,因为很少见到人,即使见到人也要躲起来,以免被发现,他渴望朋友,渴望友谊,渴望玩伴。在路上,他听到了狗叫,一定要父亲把狗找到,不是为了吃,而是为了保护它,和它一起上路。他还碰到一个小男孩,和他差不多大小。他也恳求父亲带着那个小男孩一起走,被父亲拒绝后,他伤心了好长时间。

麦卡锡在2007年接受采访时曾谈到如何在当代抚养孩子的问题,他认为美国社会和流行文化中不断增长的暴力对孩子影响很坏:"孩子是易变的,他们很容易被周围的暴力所影响,并且有可能去做一些他们不应该做的事……孩子面对的真正罪犯是暴力,许多孩子在成长中并没有得到很好的教育。"[1]麦卡锡的小说有着很强的暴力因素,但实际上他是在对暴力进行反思,并没有讴歌暴力,《路》也同样如此。男孩是纯洁和善良的,他没有接触过流行文化,没有接触过媒体的"轰炸",但他也要面临着各种暴力现象。他被一个路人拿刀挟持,父亲在情急之下开枪打死了路人。男孩在心里有些接受不了父亲的行为,以为父亲和自己都变成坏人了。但父亲却告诉男孩,这是为了保护自己,不是滥杀无辜,而且我们永远都是好人。男孩坚守的生活原则就是善,这种坚守代表了希望,代表了人类存在的可能性。

《路》是一部典型的"后启示录"(Post-apocalyptic)小说,有着后启示录小说的一切特点:灾难、旧世界的毁灭、善与恶之间的挣扎、对梦天堂的渴望、弥赛亚或先知、最终的审判。《路》中有着大量的后启示录意象,比如鳟鱼、老者、梦境中的怪兽、灯火……这些意象使小说充满着后启示录式氛围。其实在麦卡锡之前的小说中就有不少后启示录式的意象,在《天下骏马》的结尾部分,约翰·格雷迪纵马驰骋在西部平原上,"他突然看到一头离群的野牛在如血的残阳中,在漫漫的红色烟尘中滚动,活像即将被宰割的祭品。"[2]这种描写就有后

---

① David Kushner, *"Cormac McCarthy's Apocalypse."* Rolling Stone, December 27, 2007.
② 科马克·麦卡锡,《天下骏马》,尚玉明、魏铁汉译,重庆出版社,2009年,第344页。

启示录的意味,这也预示了格雷迪最终的悲惨下场,他就如同那个被宰割的野牛,惨烈地死去。《穿越》中那个令人印象深刻的先知同样也具有后启示录的意味,当比利在一座废镇中碰到了那个信奉摩门教的老者,老者给他讲述了自己的人生,包括对上帝的亲证。而在《平原上的城市》中,麦卡锡直接提到了《圣经》中的两个邪恶之城所多玛和蛾摩拉,上帝因为那里的人们作恶多端,毫无拯救的可能而实行严惩,摧毁了那两座城市。

《路》的场景设置在"一切之后":世界被毁灭之后、社会秩序被毁灭之后、信仰被摧毁之后,一个巨大的荒原横亘在幸存者面前,没有阳光,没有月亮,没有食物,没有干净的水,土地被尘埃掩埋,雾蒙蒙的大地,地震、火光、暴雪接连不断,人类处在生存的极限中。小说中关于灾难来临时的描写不能不让人想到了9·11世贸中心被袭击的那一刻,情节非常相似:先是一束光,然后是撞击之后的震动。让·鲍德里亚在《恐怖主义的幽灵》中认为在9·11之后,美国文学中的恐怖意象,如燃烧着的世界变成灰烬等等,是美国人对追求政治的全球话语权带来的暴力危害的恐惧反应。奥普拉2007年采访麦卡锡时说,如果在15年之前读这本书,觉得这都不是真的,但现在却感觉非常逼真。的确如此,政治的倾轧、帝国的扩张、核辐射的危险、伊拉克战争、伊斯兰极端分子的叫嚣,还有洪水泛滥、地震成灾、龙卷风、冰风暴的恶劣天气,再加上电视媒体的渲染及好莱坞灾难片的深入人心,这一切都加深了人们的不安全感。不少研究者认为小说中造成人类毁灭的是核战争,但实际上情况并非如此。《路》中的人类并没有被"核辐射"所感染,也没有得各种各样的怪病。麦卡锡没有点明造成大灾难的原因,目的是想让读者把更多的思考放在灾后的世界和重生的可能性上。一个人如何在一个没有文明、没有政府、没有道德规范的社会中生存? 一个人如何避免在一个暗无天日,看不到希望的条件下避免遁入虚无? 面对这样一个毁灭的世界,一个人如何在荒原中找到出路?

麦卡锡在小说中给我们展现的是比艾略特的荒原还要残忍的世界,男孩的母亲因为不堪忍受毫无希望的生活,不想被食人族所吃,不想拖累丈夫和孩子,选择了自杀,留下了父子俩在荒原中穿梭,寻找生存的可能性。父亲也曾迷茫过,他在回忆中寻找安慰,在梦中寻找暖色的记忆。但父亲明白自己的使命,保护孩子就是上帝交给他的任务。于是他勇敢地承担起重任,走向南方。在这里麦卡锡使用了一个关键性意象:火种。火种在麦卡锡的前一部小说《老无所依》中也出现过,小说的结尾部分,老警长贝尔谈到自己的两个关于父亲的梦,在第二个梦中父亲擎着的火种散发着烈烈的火光。这里的火光是一种隐喻,既表示着父亲给孩子的一种勇气、希望,也是一种文明的传承。在《路》中,麦卡锡强化了这种意向。父亲的任务就是护送火种,让男孩的生命得以延续下去。书中有大量的关于火种的描述,每当陷入绝境时,父子俩都以"火种"安慰自己,"我们有火种"(第115页)。但是父亲发现自己最终会被死亡带走,临死前父亲交待男孩要学会保护自己,任何时候都要带着枪,要和好人在一起。火种存在于男孩的身上,只要男孩还活着,火种就会传下去。火种,在这里一方面是指活着的生命,指向希望。另一方面还指向善,指向一切好的东西。男孩在小说中就是一个善的化身,父子俩在荒原中寻找出路,不仅仅只是为着活下去,而且是为了寻找善的可能性,麦卡锡在这里确定了世界毁灭之后的新道德标准:好人。好人没有一个明确的定义,但在麦卡锡看来,他绝不会去主动杀人,不会去食人,不会充满着暴力本性。相反,他是仁慈的,友爱的,充满和善的。父亲是一个好人,他对孩子的爱是赤诚的,他告诉孩子什么是对的,尽管有时候显得有些残酷,他教给孩子做人的道理,告诉孩子要勇敢、坚强,要努力地活下去,绝不放弃。男孩也同样是一个好人,他充满着童真、爱好自然,在极艰难的生活条件下保持着本色,最关键的是他充满着怜悯之心。路上碰到一个老人,他主动让父亲给别人食物,当父亲惩罚着那位偷他们东西的人,男孩哭着求爸爸,不要那样对别人。他心中充满着热忱,对自己、对别人都怀有一颗善良的心。最后,当父亲死去,他碰到一个想收留他的路人,他问那人,"你携带火种吗?"(第260页)火种和善最终合二为一,代表着希望和新生。

英国小说家艾伦·沃德(Alan Warner)认为美国当代小说有两个文学传统,一个是硬汉传统(Tough Guy tradition),从库柏、爱伦·坡,经过麦尔维尔,到福克纳和海明威。一个是学者传统(The Savant tradition),从霍桑,尤其是亨利·詹姆斯、伊迪丝·华顿到菲茨杰拉德。学者传统是自由的、东海岸/纽约的,而硬汉传统是哥特式的、反对派的、虚无主义的、宗教开放的、南方或偏远地区的。[1] 艾伦·沃德认为科马克·麦卡锡是硬汉小说传统在当代最有力的代表者,并高度肯定《路》在小说思想内容及艺术特征上的巨大冲撞力。的确如此,《路》不仅探讨了在灾难面前人类的出路,如何寻找希望及存在的意义,其艺术特征也很突出。

---

[1] Alan Warner, *"The Road to Hell"*, The Guardian, Saturday November, 2006.

　　小说的篇章布局很有特点。全书没有一个章节和小标题,仅是一个片段连着一个片段,这种片段的篇幅也很短,大多不超过一页纸。麦卡锡用这种片段式的手法非常逼真地再现了寻路的过程:断断续续,走走停停,转换的场景,不同的心情。风暴、地震、雨中路、废墟、燃烧的火焰、食人族、荒地……所有的这一切都通过片段式的简单描写表达了一种无尽的含义。如果说麦卡锡早期的南方小说具有福克纳式的语言风格,他的西部小说具有麦尔维尔式的粗犷和雄伟,那么他的后启示录小说《路》则带有海明威式的简洁。艾伦·沃德认为《路》的语言风格特别鲜明,"麦卡锡小说语言中简单的雄辩和单旋律圣歌如早期的海明威小说一样完美,绝对的精确性和完全的适应性适合任何'精打细凿'的描述。就像之前所说,麦卡锡应该写这种圣经式的主题,在由动词和名词组成的某种精妙的段落给人一种惊奇的、令人愉快的感觉,莎士比亚被唤起了。麦卡锡的创作风格很接近贝克特也是值得注意的,小说延续了类似贝克特式多变的段落。"①我们可以看看《路》中的某一段叙事:

　　　　几周以来,男人都没怎么睡。早上他醒来时,男孩儿不见了,他坐起身拿上手枪,然后站起来四处寻望,可男孩不在视线中。男人套上鞋,走到树林边赏东方现出寡淡的晨光。陌生的太阳开始它冰冷的周而复始。男人见到男孩跨过田地朝这边跑过来。爸爸,他喊道。那树林里有辆火车。(第163页)

在这段话里,我们可以看到三种状态和情绪,首先是男人的状态,睡眠很糟,但是当他看到男孩不见时,他突然警惕起来,处于寻找男孩的焦急心情中;当男人四处张望时,一个缓冲,看到的是冰冷的太阳和寡淡的晨光,周而复始,让男人厌倦,这是第二种状态;接着男孩突然跑过来说,树林里有辆火车,兴奋之情不可遏制,男孩是"跨"过田地朝这边"跑"来的,这时候父亲的心情也一下子打开了,父亲很兴奋,处于第三种状态。麦卡锡通过这种场景的转换,仅用简短的几句描写,就把父亲焦急、失望、厌倦、寻找、兴奋的心情全都写出来了,这就是麦卡锡在《路》中的"极简主义"写作风格的具体表现。

　　麦卡锡小说的语言风格是不断变化的,在《路》中,作家一改《老无所依》中

① Alan Warner, "*The Road to Hell*", The Guardian, Saturday November, 2006.

的那种悠长、细腻、干练又略带感伤的语言风格,突然变得简短、有力。他也抛弃了一直被人们称颂的福克纳回旋式的语言风格以及麦尔维尔讲道式的语言风格,进而吸收了海明威的语言模式,简单明了而意味深长,但在此基础上他又发展了自己的独特语言风格:刚劲、准确、简短、圣经式的启示。

梦境和闪回模式的使用在《路》也别具一格。小说的叙述线索是父子俩的荒原寻路,但在具体的描写中,麦卡锡插入了大量的梦境,并用闪回的方式交代了一些最基本"背景",比如大灾难发生的那一刻的情景,孩子的降临,妻子为何要选择自杀等等。这种"闪回"方式增强了小说的可读性,推进了情节的发展,而梦境的使用更使小说弥漫着一种中世纪梦幻文学的色彩。麦卡锡的梦境不仅仅是一种小说情绪,它还连接了两个世界:现实世界与失去的世界。现实世界的苦难映衬着曾经世界的美好,小说中的那位父亲,总是不愿意从梦中醒来,因为在梦中他能"回到"过去,能够体会到温暖和曾经的美好。但梦总会醒过来,父亲不得不面对现实。于是,梦境便增加了某种感伤的情绪和田园牧歌般的氛围,使小说显出独特的哀婉情调。

# 后　记

　　书稿付梓之时,不免勾起对往事的一些回忆。

　　早就打算就当代美国文学中一些具有代表性的小说写些文章。那倒不是"主题先行",而是近年来读了不少当代美国的文学作品,特别是小说,有感于它们的新颖独特以及无论横向比较或纵向对照都显得绚烂多彩、放达开阔的景象,故想写一点自己的感受以供之同好。我认为,当代美国小说的创作又进入了一个新的高潮期,这些作品在主题的开掘和艺术手法的运用等各方面都有了长足的发展,令人耳目一新,代表了整个西方文学发展的重要方面。

　　美国文学的历史不长,而且美国社会以前的生活内容也非缤纷多彩,这对文学创作来说是一种障碍。一些作家,包括新英格兰时期的作家如纳撒尼尔·霍桑等人都曾抱怨过这种状况。阳光底下一条普普通通的大街往往是美国小说共同的背景,单调乏味的社会生活和人际关系常常是早期美国文学缺乏生机的原因之一,也是当时许多美国作家跑到欧洲去寻找灵感与题材的主要因素。也因此,以往美国作家中较有成就的,大都有一段欧洲生活的背景,从霍桑到亨利·詹姆斯包括海明威在内都如此。然而,这种对美国作家来说不啻是一苦涩的体验。在 20 世纪,特别是第二次世界大战以后被一扫而尽。随着美国社会的飞速发展,多元文化的交融以及各国哲学思潮的影响,美国文学自成格局,特别是美国小说发热发光,作家才气与灵气迸发的黄金时代来临了。而这种文学作品完整地感应着时代与社会的勃勃生机令人们对美国文学刮目相看,也是它跻身世界文坛前列的基础。美国文学在短短的几十年中获得了如此之多的诺贝尔文学奖,从一个侧面也反映了它炽盛与璀璨的景象。

　　我希望能对当代美国小说的精华评介一二,并把它们介绍给广大的读者,但真的一旦属意于此项工作,顿时有力不从心之感。资料的匮乏以及背景知识的欠缺是最大的问题。由于涉及知识产权等原因,目前国内能读到的当代美国小说在数量上仍有限,即使把这些作品都读了仍感到难窥全貌。也因此,这项工作迟迟未能动手。1993 年我赴澳大利亚南昆士兰大学讲学,有机会在澳洲看到不少有关的作品与资料,特别是该校的 Jason Jiang 博士多方奔走,为我找来了不少书籍。但毕竟可供选择的范围尚不足,这种在资料上的尴尬困境使我的研究工作举步维艰。

上述情况的根本改变是 1995 年我有机会应邀赴美国纽约市立大学讲学。怀着一种异常兴奋的心情,未及开学先直奔该校图书馆,随后又扩展开来,经常跑哥伦比亚大学的图书馆和纽约市立图书馆。但同样令我惆怅的是,面对着这满坑满谷、以往一心渴望的书籍,我竟如一个小瘪三突然得到一笔巨款,或一个饥渴之人面对着满桌的珍馐而不知如何下箸似的,一时手足无措。此时我才感到,资料太多而又难以取舍,犹如资料缺乏一样,会成为研究工作的障碍。

我要感激纽约市立大学莱蒙学院的美国朋友们,是他们给予了极大的帮助以解我在这方面的困惑。Robert Carling 教授、Carol G. 教授等人不仅热情地提供了图书资料方面的方便,还为本书的选题立意等提出了极为重要的建议,使我的这项工作见出了基本的轮廓并能按步就班地进行下去。另外,哥伦比亚大学的著名学者夏志清先生和纽约市立大学的沈善宏教授也给了我多方面的支持与关怀。其不嫌粗陋,诱迪后进之情,令我感激不尽。

而在所有给予我帮助的人中,有一位更使我难以忘怀。我现在已不能记得她的法文姓名了,只是她有一个中文的法号,叫坤理。她是我的一个学生,原籍法国,出生在加拿大,生活在美国,而又是一个地地道道的佛门弟子。当我第一天走进教室的时候,心里对美国学校中来自五湖四海的学生早有心理准备,但在这许多美国人、波多黎哥人、墨西哥人、欧洲人和日本人、韩国人之中还有这么一位蓝眼睛、高鼻子、一身尼姑打扮且削发剃度的她,不免仍有些惊讶。因为事涉隐私,我至今尚不知这位年轻的洋女子出家的原因,只知道她是一个十分虔诚的佛家弟子、一个恪守教规的洋尼姑,还知道她出生在加拿大的魁北克,毕业于大学美术系(Creative Arts),曾经在一所中学当美术教师,而现在则倾全心效力于美国青年佛教会。午间休息时,我常常见到她在教学楼的走廊里打坐诵经,其慈眉善目的样子至今仍历历在目。以后我们相熟了,她告诉我因为改食素斋,常有饥肠辘辘之感,故上课时不断要嚼一些巧克力以补充热量，望能得到原谅。而更使我惊异的是，坤理除了对佛教的倾心、对美术的爱好之外，对文学作品也有相当的见地。我们在课外的话题常常从佛教的四大名山一直到当代美国的小说。她还告诉我，她目前住的房子，正是已故著名女作家卡森·麦卡勒斯在纽约的旧居，有关这位女作家的生平奇事常常引人遐想。终于有一天，坤理找到我，一脸无奈的样子，说奉师傅之命，她将去旧金山主持一座名刹，故不得不中断学业。临别之时，她递给我一只信封，里面是四百美元的购书券。为了能让我买到好书，她特意花了一天时间横穿纽约去那家最大的书店购了书券相赠。这实在使我很感动。因为我深深知道四百元钱对她这样一个无固定薪金收入的人来说无疑是一笔巨大的开支，但我又实在无法拒绝她的一片诚意。以后我去旧金山旅行曾特意去看望了她，偌大一座庙宇，里里外外就她一人，既是主持又是杂役，而生活与香火的来源只是靠了早晨教一些洋人练习打坐收些学费度日。看到这一切，我对她所赠的书券倍加珍惜，只是在离美之前的两天，才去换回了一大摞必需的书籍。以后每当我处于俗冗纷集或厌烦倦怠之时，想起了这么些曾经给我帮助的朋友，特别是这位洋尼姑，顿时精神振足，信心倍加地投入工作。

有了作品与资料以后，接下来的问题便是阅读与"消化"。尽管繁华都市的环境处处展现其无穷的魅力，但为了在规定的期限内完成这远非轻松的任务，我只能每晚闭门而坐，挑灯夜读。说来也真惭愧，几百页一本小说，往往要熬上十天半个月才能得其要旨，然后记下读书笔记，用自己的观点加以思考与评析，而其中的甘苦，真是别有一番滋味在心头。这段时间最大的收获，莫过于通过这些文学作品对美国社会有了多方面的认识。而一个意外的切身感受是，美国产的电灯泡并不经久耐用，我已不知用坏了多少灯泡。抱怨之余拿起包装一看，其使用寿命只限于一定的时间如 200 小时等，至此才恍然大悟，精明的厂商并不想让消费者一只灯泡用上几年。

当代美国小说数量浩繁，本书所选实乃沧海一粟，挂一漏万在所难免。但相信这些作品已经过时间的沉淀，被公认为当代作品中的经典。我只是希望读者通过这些作品对当代美国的小说有一个初步的了解和认识，也希望抛砖引玉，能有更多的作品被介绍到国内以促进彼此间的文化交流。需要说明的一点是，由于有些作品国内尚无译本，故在谈论这样的作品时对其故事梗概略费笔墨。另外，有些小说国内已有了译本，但我因当时条件所限，没有看到中译本，所据乃英文原著，其中有些引句的表达或注释页码等可能会有不同的方式。

　　本书试图对当代美国小说的概况作一个基本的勾勒,同时在叙述形式上另辟蹊径,考虑以作品发表的时间顺序,结合了文学发展的走向以及美国社会生活的发展为线索加以阐述。这只是一种粗浅的尝试,还望专家学者不吝教正。

　　本书的写作过程中参阅了不少有关的中外专著与学者杂志等,如 *The Norton Anthology of American Literature*（third edition/Volume 2）; *Harvard Guide to Contemporary American Writing*; Marcus Cunliffe, *The Literature of the United States*; *New York Review of Books*; *The Novel and It's Writers*（University of Connecticut）; Hugh Graham, *The American Saga*; Willard Thorp, *American Writing in the 20th Century*; Frank Lentricchia, *After the New Criticism*; Rod W. Horton and Herbert W. Edwards, *Backgrounds of American Modernist Writing*; *A Homemade World: the American Modernist Writing*; *After the Revolution: Studies in the Contemporary Jewish American Imagination* 以及《当代美国文学》（秦小孟主编,上海译文出版社）;《西方现代派文学研究》（陈焜,北京大学出版社）;《当代美国文学词典》（江苏人民出版社）等,在此表示谢意。

　　最后,我要特别感谢夏志清先生为本书的扉页题名和中国社会科学院外国文学研究所的董衡巽先生在百忙中费心阅读书稿,提出宝贵的意见和建议并撰写了序言。对各位前辈师长的热情支持和鼓励,本人只有在今后的工作中更加努力,以表达对他们的课事承教之恩。

黄铁池

2000 年 4 月于沪上一石斋

# 再版后记

　　作为一种强势文化,当代美国的文化几乎在世界各处无孔不入。在异质文化环境中尤其如此。但细细看来,这种影响主要在大众文化的层面上,诸如可口可乐、快餐、好莱坞电影、畅销书籍乃至街舞等等,而与一个国家的精英文化特别是直指人心、探讨社会矛盾的纯文学作品相去甚远。这也是许多人对美国社会、美国人产生误读、误解的根本原因。

　　本书的目的,是想挑选一些能深入感应时代脉动的文学精品介绍给读者。尽管数量有限,但至少能从不同的角度对美国社会的本质、人们的思想以及艺术上的成就作一个不同的认识。

　　原本想趁着这次再版的机会,补充较多的作品,但因篇幅所限,只能略作添加。其中宗连花博士撰写了卡森·麦卡勒斯的章节;博士生贺江撰写了托妮·莫里森和科马克·麦卡锡两个章节;俞曦霞则撰写了托马斯·品钦的章节。另外,贺江、王刚、俞曦霞等人还对全书作了细致的校对和注解。对此,在此谨表谢意。

黄铁池

2013 年春节

# 主要参考文献

埃默里·埃利奥特主编,朱通伯等译,《哥伦比亚美国文学史》,成都:四川辞书出版社,1994 年。

陈焜,《西方现代派文学研究》,北京大学出版社,1981 年。

董衡巽,《美国文学简史》(修订本),北京:人民文学出版社,2003 年。

郭继德等编译,《当代美国文学词典》,南京:江苏人民出版社,1987 年。

罗伯特·E. 斯皮勒著,王长荣译,《美国文学的周期》,上海外语教育出版社,1990 年。

罗德·霍顿、赫伯特·爱德华兹著,房炜、孟昭庆译,《美国文学思想背景》,北京:人民文学出版社,1991 年。

秦小孟主编,《当代美国文学》,上海译文出版社,1986 年。

萨克文·伯科维奇主编,孙宏主译,《剑桥美国文学史》(第 7 卷),北京:中央编译出版社,2005 年。

王守仁主撰,《新编美国文学史(第四卷)·1945—2000》,上海外语教育出版社,2002 年。

Abzug, Robert H. and Stephen E. Maizlish, eds. *New Perspectives on Race and Slavery in America*：*Essays in Honor of Kenneth M. Stamp*. Lexington：University of Kentucky Press, 1986.

Alter, Robert. *Partial Magic*：*The Novel as a Self-Conscious Genre*. Berkeley：University of California Press, 1975.

Baumbach, Jonathan. *The landscape of Nightmare*：*Studies in the contemporary American Novel*. New York University Press, 1965.

Baym, Nina（General Editor）. *The Norton Anthology of American*

*Literature*, 3rd edition, Volume II, W. W. Norton & Company, 1989.

Bell, Bernard W. *The Afro-American Novel and Its Tradition*. Amherst: University of Massachusetts Press, 1978.

Branch, Taylor. *Parting the Waters: American in the King Years*, 1954 – 1963. New York: Simon & Schuster, 1988.

Cady, Edwin H. *The Light of Common Day: Realism in American Fiction*. Bloomington: Indiana University Press, 1971.

Chafe, William H. *The Unfinished Journey: American Since World War II*. New York: Oxford University Press, 1986.

Chase, Richard. *The American Novel and Its Tradition*. New York: Doubleday, 1957.

Cunliffe, Marcus. *The Literary History of the United States*, 4th edition, Penguin Literary Criticism, 1986.

Dickstein, Morris. *Gates of Eden: American Culture in the Sixties*. Cambridge, MA: Harvard University Press, 1997.

Douglas, Ann. *The Feminization of American Culture*. New York: Alfred A. Knopf, 1977.

Fiedler, Leslie A. *Love and Death in the American Novel*. New York: Stein and Day, 1966.

Fisher, Philip. *Hard Facts: Setting and Form in the American Novel*. New York: Oxford University Press, 1985.

Graff, Gerald. *Literature Against Itself: Literary Ideas in Modern Society*. Chicago: University of Chicago Press, 1979.

Graham, Hugh. *The American Saga: Stories, Poems and Essays*, BBS Publishing Corporation, 1995.

Hoffman, Daniel. *The Harvard Guide to Contemporary American Writing*, Belknap Press, 1982.

Horton, Rod W. and Edwards, Herbert W. *Background of American Literature Thought*, 3rd edition, Prentice Hall Press, 1974.

Kenner, Hugh. *A Homemade World: The American Modernist Writers*. Baltimore: The Johns Hopkins University Press, 1989.

King, Richard. *A Southern Renaissance: The Cultural Awakening of the American South*, 1930 - 1955. Oxford University Press, 1980.

Lauter, Paul. *Canons and Contexts*. New York: Oxford University, 1991.

Lentricchia, Frank. *After the New Criticism*. University Of Chicago Press, 1981.

Miller, Douglas T,, and Marion Nowak. *The Fifties: The way We Really Were*. NY: Doubleday, 1977.

Schaub, Thomas H. *American Fiction in the Cold War*. Madison: University of Wisconsin Press, 1991.

Shechner, Mark. *After the Revolution: Studies in the Contemporary Jewish American Imagination*, 1st edition, Indiana University Press, 1987.

Thorp, Willard. *American Writing in the Twentieth Century*, Umi Research Pr, 1959.

Takaki, Ronald T. *A Different Mirror: A History of Multicultural America*. Boston: Little, Brown, 1993.

Tanner, Tony. *City of Words: American Fiction*, 1950 - 1970. New York: Harper & Row, 1971.

Whitfield, Stephen J. *The Culture of the Cold War*. Baltimore: The Johns Hopkins University Press, 1996.

**图书在版编目(CIP)数据**

当代美国小说研究/黄铁池著.—上海:上海三联书店,2014.6
ISBN 978-7-5426-4822-8

Ⅰ.①当…　Ⅱ.①黄…　Ⅲ.①小说研究－美国－现代
Ⅳ.①I712.074

中国版本图书馆CIP数据核字(2014)第114963号

# 当代美国小说研究

著　者／黄铁池

责任编辑／殷亚平
装帧设计／鲁继德
监　制／李　敏
责任校对／张大伟

出版发行／上海三联书店

　　　　(201199)中国上海市都市路4855号2座10楼

网　址／www.sjpc1932.com
邮购电话／021-24175971
印　刷／上海肖华印务有限公司

版　次／2014年6月第1版
印　次／2014年6月第1次印刷
开　本／710×1000　1/16
字　数／350千字
印　张／21
书　号／ISBN 978-7-5426-4822-8/I·899
定　价／68.00元

敬启读者,如发现本书有印装质量问题,请与印刷厂联系 021-66012351